Gisela Heidenreich
Sieben Jahre Ewigkeit
Eine deutsche Liebe

Gisela Heidenreich

Sieben Jahre Ewigkeit

Eine deutsche Liebe

DROEMER

Besuchen Sie uns im Internet:
www.droemer.de

Die Folie des Schutzumschlags sowie die Einschweißfolie
sind PE-Folien und biologisch abbaubar.
Dieses Buch wurde auf chlor- und säurefreiem Papier gedruckt.

Copyright © 2007 bei Droemer Verlag.
Ein Unternehmen der Droemerschen Verlagsanstalt
Th. Knaur Nachf. GmbH & Co. KG, München
Alle Rechte vorbehalten. Das Werk darf – auch teilweise –
nur mit Genehmigung des Verlages wiedergegeben werden.
Umschlaggestaltung: ZERO Werbeagentur, München
Abbildungen: Privatarchiv Gisela Heidenreich
Satz: Adobe InDesign im Verlag
Druck und Bindung: Ebner & Spiegel, Ulm
Printed in Germany
ISBN 978-3-426-27381-4

2 4 5 3 1

Meiner Familie

Inhalt

Erinnerungen sind Versprechen
an die Zukunft

1. Kapitel

»Ein Frühling ohnegleichen«

Es muss sein.

Seit Jahrzehnten habe ich diesen Keller nicht mehr ausgeräumt. »Speicherräumen« und »Kellerräumen«, das waren Programmpunkte im Haushaltskalender meiner Großmutter, sie gehörten ebenso zum Jahresplan wie »Frühjahrsputz«.

Eine ordentliche Hausfrau machte das so: Speicher im Frühjahr kehren, Sommersachen aus dem alten Kleiderschrank holen und lüften. Keller im Herbst, um Platz zu schaffen für die neue Holz- und Kohlelieferung. Den Rest des Jahres wurde gesammelt und alles aufgehoben, was »man mal brauchen« könnte, jede Tüte, jede Schachtel, jeder Karton – falls man mal ein Paket verschicken wollte. Dabei verschickten wir eigentlich keine Pakete, an wen schon.

Wir bekamen gelegentlich welche, von Großmutters Schwägerin aus Schweinfurt zum Beispiel. Die wusste nicht, wohin mit dem Obst aus dem großen Garten, und schickte im Sommer einen großen Karton voll Zwetschgen – »Vorsicht! Glas« stand darauf in dicken Buchstaben, was mich wunderte. Im Herbst kam das Paket mit Äpfeln und an Weihnachten das mit einem großen, schweren Christstollen und einer Blechdose Plätzchen.

Tante Rosina war eine wunderbare Bäckerin, was man von meiner Großmutter nicht sagen konnte. Sie kochte gut, aber das Backen war

9

nichts für sie, das hatte sie auch nicht gelernt zu Hause im Lehrerhaushalt in der Rhön.

»Meinst du, meine Mutter hätte Kuchen gebacken für sieben Kinder? Die war froh, wenn es genug Brot gab für alle.«

Einfachen Ölteig für den Apfelstrudel konnte sie herstellen und Hefeteig für den Zwetschgendatschi im Sommer und Rohrnudeln im Winter. Bei zunehmend besserer wirtschaftlicher Lage gab es gelegentlich einen sonntäglichen Hefezopf, aber Stollen zu Weihnachten? Nein, das aufwendige Kneten und Schlagen des Teiges mochte sie ihren Handgelenken nicht mehr antun. Die waren dick und geschwollen, steckten in ihren letzten Lebensjahren auch im Sommer in handgestrickten Stulpen.

»Ich habe mein Leben lang genug Wäsche gewrungen«, sagte sie, wenn sie den Mürbeteig für die Plätzchen zubereitete, das war nicht so schmerzhaft. Und ich war glücklich, dass ich die Herzen und Sterne ausstechen durfte. Mit Eigelb bestreichen, bunte Zuckerstreusel darauf und ab in den Ofen. Die letzten Reste des ausgerollten Teiges, aus dem man auch mit der winzigsten Form keinen Stern mehr ausstechen konnte, wurden am Blechrand mitgebacken und durften gleich gegessen werden. Die Plätzchen wurden in Blechdosen verpackt und auf dem Kleiderschrank im kühlen Schlafzimmer aufbewahrt. Einige durfte man an den Adventssonntagen essen, aber Tante Rosinas Blechdose wurde verschnürt und erst am Heiligen Abend geöffnet. Die feine Variation diverser Teigarten und Formen gehörte zum Schönsten unterm Lichterbaum: Vanillekipferl, Nusshäufchen, mit Marmelade gefüllte Doppelkekse, mit Schokolade bestrichenes Sandgebäck, das auf der Zunge zerging. Am meisten faszinierten mich die schwarz-weißen Plätzchen mit Schachbrettmuster.

Speicherräumen war schlimm genug, aber wenigstens wurde man von Ziegelstaub und Spinnweben nicht ganz so schmutzig wie im Keller. Dort hieß es den uralten Trainingsanzug anziehen, dessen Hose längst zu kurz war. Beim Zerreißen der verrußten Kartons, die nach Jahren aussortiert wurden, und beim Kehren wurde so viel schwarzer Staub aufgewirbelt, dass er danach in den Haaren saß. Man sollte ein Kopftuch aufsetzen, das hasste ich. In die Badewanne musste ich sowieso, und die wöchentliche Prozedur des Haarewaschens stand auch an. Viel Arbeit war das, solange ich noch hüftlange Zöpfe trug. Ich saß auf einem Stuhl, Strähne für Strähne wurde von meiner Mutter glattgekämmt, das Ausrupfen nicht mehr entwirrbarer »Nester« tat weh. Wenn ich jammerte, sagte meine Mutter: »Stell dich nicht so an, meine Mutter hat sich nicht soviel Zeit genommen für mich damals.«

Weil sie sich die Haare wegen der Dauerwellen nicht selbst waschen konnte und alle zwei Wochen zum Friseur ging, musste sie immer ein Kopftuch aufsetzen: die Dreiecksspitze über die Stirn, die beiden Enden vom Hinterkopf nach oben geschlungen, die drei Zipfel dann fest ineinander verknotet, fertig war eine eng anliegende Haube mit Schleife über der Stirn. Ich fand, das sah blöd aus, sie wahrscheinlich auch, denn sie nahm das Tuch mit in den Keller und zog es vom Kopf, ehe sie wieder ins Treppenhaus ging.

Ich fand es auch ganz und gar unsinnig, dass der Boden gekehrt werden musste, schließlich wurden ohnehin wieder neue Kohlen auf die freie Fläche in der Kellerecke geschüttet. Aber wo käme man da hin, den Kohlestaub liegenzulassen Jahr für Jahr? Ich musste sogar in den Verschlag für die Eierbriketts schlüpfen, die glatten, gepressten Kohlestückchen machten zwar nicht so viel Dreck wie die Bruchstücke, dennoch musste auch dort der Boden sauber sein, ehe der rußverschmierte Kohlenmann in schwarzer Arbeitskluft kam, den braunschwarzen Rupfensack von der Schulter gleiten ließ und rücklings den Inhalt entleerte.

Als meine Großmutter zu alt und zu schwach war für den jährlichen Kellerputz, gab es im Kellerverschlag bald nur noch einen schmalen Pfad zu Holz und Kohlen, und den versperrten die Fahrräder. Später, als eine Gasetagenheizung installiert worden war, als meine Großmutter längst tot war, wuchs der Keller zu, Stück für Stück: die kaputte Stehlampe, der Stuhl mit dem abgebrochenen Bein, Großmutters Küchenhocker, an dem man sich Laufmaschen holte.

Als er bis unter die Decke gefüllt war und sie nicht mehr Fahrrad fahren konnte, benutzte meine Mutter den Keller nicht mehr. Irgendwann hat sie die Lattentür fest zugezogen und das Hängeschloss verriegelt, die letzten Kartons wären ihr entgegengefallen, hätte sie die Tür wieder aufgeschlossen.

»Hilfst du mir beim Kellerräumen?« fragte sie zwar gelegentlich, und ich antwortete: »Ja, ja, wenn ich mal Zeit habe.«

Ich hatte nie Zeit, und so war der Keller so geblieben, jahrzehntelang.

Jetzt aber, nach dem Tod meiner Mutter, muss es sein. Die Wohnung ist ausgeräumt, die neuen Mieter verlangen einen besenreinen Keller.

Vorsichtig öffne ich die Tür, stemme mich gegen den Kartonstapel, fange sofort an, die zu zerreißen, die mir entgegenfallen.

Das klapprige Fahrrad zur Seite, ein verrosteter Heizkörper, die Stehlampe mit dem zerrissenen Pergamentschirm, uralte Holzskier mit abgeblättertem blauem Lack. Es waren ihre Skier, die sie an mich weitergab, als wir ins Skilager fuhren mit der Klasse. Ich habe sie angestrichen, dass man nicht auf den ersten Blick sah, wie alt sie schon waren. Die leuchtende Farbe half freilich nicht, die längst veraltete Telemarkbindung zu verbessern. Es war mühsam, die Metallkabel in die beiden Seitenklammern an den Skiern einzufädeln, den starken Mittelteil in die Absatzrille einzupassen und zuletzt die Feder straff nach vorne zu spannen, bis sie einrastete. Das kostete viel Kraft, aber wenn die Bindung zu locker eingestellt war, ging sie bei jedem stärkeren Schwung auf. Lange habe ich mich über die altmodische Bindung geärgert – meine Freundinnen hatten längst neue, signalfarbene Skier mit den ersten Sicherheitsbindungen.

Ich hätte die uralten »Brettln« ja schließlich auch wegwerfen können, als ich auszog damals und meine neuen silberfarbenen Kneissl-skier mitnahm, die ich mir vom ersten selbstverdienten Geld gekauft hatte. Fast die ganzen Sommerferien hatte ich dafür in einer Papierfabrik gearbeitet, aber im nächsten Winter sind mir die Freundinnen nicht mehr davongefahren.

Das Gitterbett. Sie hat mein Kinderbett aufgehoben. Die zerlegten Einzelteile lehnen hinter den alten Brettern, mit denen ich mir damals ein Bücherregal selbst gebaut hatte: Obstkisten in zwei Türmen übereinandergestapelt, Bretter als Brücken dazwischen. Man musste nur darauf achten, dass in den offenen Kisten die schweren Lexika standen, dann hielt die Konstruktion recht gut. Die Obstkisten hat meine Mutter wohl verfeuert, die Bretter waren zu schade dafür.

Dicke, schwere Kartons stehen im Weg, ich entziffere Fragmente von ehemals grünen Zollaufklebern. Natürlich, ich erinnere mich an die heißbegehrten Kleiderpakete aus Cleveland. Dort lebten die »reichen Verwandten«, die sich in den fünfziger Jahren ihrer deutschen Wurzeln besannen. Genaugenommen war es mein Vetter zweiten Grades Charles, der das amerikanische Priesterkolleg in Rom besuchte und auf der Suche nach Verwandten unsere Adresse in Tölz herausfand. Im Dezember 1951 flatterte ein Brief mit einer Vatikanmarke ins Haus, in dem er sich als Sohn der Cousine meiner Mutter vorstellte und uns bat: »I would love to spend Christmas with my German family, as I cannot afford the flight home for the season.«

Der Brief löste Entrüstung aus.

»Jetzt fällt es ihnen ein, dass es uns gibt«, war der bittere Kommentar der Großmutter, »im Krieg, wo wir gehungert haben, da hätten sie uns mal etwas schicken können, Reis und Mehl und Kaffee, der ist doch billig da drüben, wo er auch wächst. Jetzt sollen wir den jungen Ami verpflegen, womit denn?«

Noch schwieriger war die Frage der Unterkunft, es gab nur ein einziges Schlafzimmer in unserer kleinen Wohnung, meine Großmutter schlief sowieso auf der Ottomane in der Küche. Da blieb nur der Gasthof Zantl nebenan; der »Pfarrer«, wie er in der Familie schon ab dem ersten Semester Priesterseminar genannt wurde, war selbstverständlich bereit, dort zu wohnen, die Kosten schienen ihn nicht zu stören. Und das Ansehen der Familie stieg gewaltig in Tölz, seit bekannt wurde, dass der Pfarrer aus Rom mit uns verwandt war.

Charles entstammte schon der zweiten Generation der in den USA Geborenen und erinnerte sich nur noch an wenige deutsche Worte aus seiner Kindheit, die er von seinem Großvater gehört hatte. So begrüßte er uns zu unserer Verblüffung mit »Griaß di Gott«, konnte aber weiter nicht viel mehr als »Bitte« und »Danke« und »Gute Nackt«, was mich sehr erheiterte. Glücklicherweise sprach meine Mutter gut Englisch (sie hatte ja bei den Amerikanern in der Kaserne gearbeitet), und Charles war begierig, Deutsch zu lernen – und ich lernte meine ersten englischen Wörter. Die Methode war einfach: wenn ich sowieso lesen üben musste, setzte er sich neben mich und hörte mir zu, wie ich laut vorlas. Dann deutete er auf ein Bild im Buch, ließ sich den deutschen

Namen sagen und nannte mir den englischen, am nächsten Tag haben wir uns gegenseitig abgefragt.

Ich war glücklich über die Zuwendung des freundlichen jungen Mannes, noch nie hatte mir jemand soviel Zeit gewidmet. Außerdem gefiel er mir vom ersten Moment an, beinahe hätte ich mich in ihn verliebt, aber die Vorstellung, ihn mal zu heiraten, musste ich mir natürlich sofort aus dem Kopf schlagen, schließlich wollte er Priester werden.

Bereits im Sommer danach kamen seine Eltern und Geschwister mit ihm zusammen aus Rom. Sie waren mit der »Andrea Doria« von New York nach Genua gefahren, hatten Charles in Rom besucht und kamen dann mit ihm von dort mit dem Nachtzug. Meine Großmutter hatte wieder vergeblich auf »ein Pfund guten Bohnenkaffee« gehofft, das Mitbringsel kam direkt aus Rom: ein großes Farbfoto von Papst Pius XII. in weißem Rahmen mit Goldleiste.

»Da kann ich mir auch nix davon abbeißen«, war der trockene Kommentar meiner Oma, aufgehängt wurde das Bild dennoch, aber sofort nach Abreise der Verwandten wieder abgenommen, das Aquarell von der Alpspitze mit den Enzianen wieder aufgehängt. Ein Ritual, das sich nun jährlich wiederholen sollte.

Sie mussten unendlich reich sein, diese Verwandten, in wechselnder Zusammensetzung der umfangreichen Sippe kamen sie Jahr für Jahr, auch als Charles längst Priester und Lehrer an einem College in Cleveland war. Sie besuchten uns auch in München. noch, wohnten dann in der Frühstückspension »Josephine« an der Barer Straße. Ein Doppelzimmer mit Frühstück kostete dort zehn Mark für jede Nacht! Ich wusste freilich nicht, wie billig das zu jener Zeit für die Amerikaner war, jeder »buck« war noch vier Mark wert.

»How was your night at Josephine's?« pflegte meine Mutter zu scherzen, wenn sie am Morgen zu uns kamen, die älteren Männer lachten über die Bemerkung, die jungen erröteten, was mich erkennen ließ, dass die Frage peinlich war.

Und sie gingen jeden Tag ins Wirtshaus, weil sie meiner Großmutter keine Arbeit machen wollten – die hätte ohnehin nicht gewusst, wie sie für so viele Leute hätte kochen sollen – unser Esstisch reichte gerade noch für die vielen Tassen, wenn die Gäste gelegentlich zum

Kaffee kamen und begeistert waren von Omas Zwetschgendatschi und Apfelstrudel.

»Das schmeckt wie daheim«, erinnerten sich die Tanten, denen allmählich auch wieder eingefallen war, dass sie deutschsprachig aufgewachsen waren.

Manchmal haben sie uns mitgenommen zum Abendessen, und ich aß zum ersten Mal im Leben im vornehmen Restaurant »Ratskeller« unter dem Rathaus am Marienplatz Rumpsteak mit Pommes frites. Außer Schweinebraten mit Knödel kannte ich nichts auf der Speisekarte, und weil ich mir aussuchen durfte, was ich wollte, deutete ich tapfer irgendwohin und bestätigte brav die unverständliche Frage: »Like it medium?« mit Kopfnicken. Es hat mir so gut geschmeckt, dass ich mir später von meiner Firmpatin wünschte, mit ihr nach der Kirche in den Ratskeller zu gehen. Sie bestellte sich natürlich den »Schweinsbrat'n« und wunderte sich, dass ich das »blutige Trumm Fleisch« und die ihr völlig unbekannten »Kartoffelstangerl« mochte.

Als der Dollar keine vier Mark mehr wert war und die Preise auch bei Josephine und im Ratskeller stiegen, wurden die amerikanischen Besuche seltener, Kleidersendungen kamen noch eine Weile.

Hatten sie anfangs Kleider zurückgelassen, weil es praktisch war, dann Platz zu haben für einen Maßkrug aus dem Hofbräuhaus und Krippenfiguren aus Oberammergau, so sahen sie auch, wie froh wir darüber waren, und schickten Pakete mit abgelegter Kleidung. Ich war glücklich, wenn von Cousine Mary auch etwas dabei war, sie war die Kleinste und sehr schlank, deren Röcke konnte ich anziehen. Auch wenn ich sie im Bund anfangs mehrmals umschlagen musste, den Saum umzunähen lohnte sich nicht, weil ich so schnell wuchs.

Meine Großmutter freute sich über die Blechdose Kaffee, die irgendwann zwischen den Kleidern lag, weil den Tanten aufgefallen war, wie teuer der Kaffee bei uns war. Die bunten Klamotten hingegen empfand sie als Zumutung: »So ein kitschiges Zeug zieh ich nicht an.«

Bis eines Tages tatsächlich ein schlichtes schwarzes Kleid dabei war, mit einer silbergrauen Seidenborte am Halsausschnitt. Das fand sie »sehr elegant« und trug es an Weihnachten und später bei meiner Hochzeit.

Meine Mutter war besonders dankbar für die pflegeleichten Sommerkleider, sie waren sehr praktisch für die Reise, sie knitterten nicht im Koffer, waren leicht zu waschen und »bügelfrei«: Das war neu bei uns in den fünfziger Jahren.

Die dickwandigen Kartons dieser späten, innerfamiliären »Care-Pakete« aus Amerika wurden immer aufgehoben, waren sie doch besonders stabil und groß. Man konnte andere darin stapeln, und sie waren gut geeignet für Zerbrechliches wie Christbaumschmuck und Einmachgläser.

Und es passten wieder alte Klamotten hinein: Ich finde Unterwäsche und Kleider meiner vor vierzig Jahren gestorbenen Großmutter! Die meisten kann ich zur Kleidersammlung geben, keine Spuren von Motten. Ich zögere, das elegante Kleid mit der Seidenborte wegzulegen, zu deutlich sehe ich die alte, gebeugte Frau darin vor mir.

Diese Kartons kann ich nicht zerreißen, ich werde ein Messer brauchen. Mühsam habe ich mich vorgearbeitet zu dem Regal mit dem Eingemachten. Ich kann es nicht fassen. Es gibt noch verschimmelte Marmelade, mehrere Weckgläser mit schwärzlichen kleinen Kugeln in einer trüben Flüssigkeit.

Die Gummilasche ist mürb, unter der dicken Rußschicht entziffere ich: »August 1964.« Es ist meine Schrift – ich erinnere mich: Wir durften Mirabellen ernten im Garten von Freunden, und ich habe sie eingeweckt. Meine Großmutter war im selben Jahr gestorben, sie hatte mir gezeigt, wie man im Einmachtopf Unterdruck erzeugte. Anscheinend habe ich es richtig gemacht: Vierzig Jahre später sind die Gläser noch dicht verschlossen, wenn auch der Inhalt nicht mehr appetitlich aussieht.

Der hohe Aluminiumtopf steht auch noch da, leere Einmachgläser darin, die Metallklammern zum Festhalten der Gläser verrostet. Daneben Kaffeedosen mit krummen Nägeln, ausgeleierten Schrauben: Tchibo-Dosen aus den ersten Jahren des Kaffeeversandhauses in Hamburg. Zunächst in Taschentücher oder Servietten eingenäht, wurde der Kaffee später in Dosen mit wechselndem Design verschickt. Sie wurden alle aufgehoben, die mit der bordeauxroten Samtapplikation und der goldenen Mäanderbordüre sah besonders kostbar aus; jetzt sind versteinerte Lebkuchen darin.

Eine uralte Flasche Hennessy, ein Armagnac Vieux mit zerfressenen Etiketten aus Frankreich. Wie kam sie dazu?

In dickem Zeitungspapier eingepackte, zerborstene Weinflaschen, die Flüssigkeit längst verdampft. Warum haben wir den Wein nicht getrunken, warum hat sie ihn nicht den seltenen Gästen serviert?

Ich bin jetzt schon erschöpft, der Staub reizt Augen und Lungen.

Warum hat sie das alles aufgehoben, alle die Fragmente eines unglücklichen, eines nie wirklich gelebten Lebens?

»Es war alles doch so anders gedacht.«

Und: »Soviel Schmerz in einem einzigen Leben.«

Und: »Wozu das denn alles?«

Ich habe die Sätze im Ohr, die sie in den letzten Tagen ihres Lebens immerzu wiederholt hat.

Aber auch den: »Ich bin so froh, dass wir unseren Frieden miteinander gemacht haben.«

Das habe ich auch so empfunden, sonst hätte ich sie nicht begleiten können in den letzten Wochen ihres Lebens, als sie nicht loslassen konnte von dieser Welt, obwohl sie sich das schon lange gewünscht hatte.

Ja, ich bin auch froh, dass ich meinen Frieden mit ihr gefunden habe, bin froh, dass kein Ärger, kein Zorn aufsteigt in mir, weil sie es mir überlassen hat, die verrotteten Restbestände ihres Lebens zu beseitigen.

Freilich hätte sie das zuletzt auch nicht mehr gekonnt, aber vor zehn Jahren war sie noch fit, damals hat sie die fünf Stockwerke bis zu ihrer Wohnung ohne Lift noch spielend gemeistert. Hätte sie nicht ab und zu das eine oder andere Teil in die Mülltonne werfen können?

Und hat nicht der erwachsene Enkel jahrelang hier bei ihr gewohnt, warum hat sie ihn nicht beauftragt, er hätte doch leicht den Keller räumen können?

Nun trifft es mich, fast empfinde ich es als Strafe dafür, dass ich nicht alles für sie getan habe, was ich hätte tun können.

Ich habe sie am Ende nicht bei mir zu Hause gepflegt, wie andere Töchter ihre Mütter. Sie hat sich von mir verstoßen gefühlt, als ich sie in ein Altenheim brachte. Aber habe ich ihr nicht angeboten, zurückzukehren nach einem Jahr, als ich sah, dass sie sich nicht einleben wollte im Seniorenstift am See, dass ihr der Blick auf das Wasser und die früher so geliebten Berge nicht half, sich dort wohl zu fühlen? Sie hatte es abgelehnt, es sei ihr zu laut bei uns, die Musik, die Julian mit seiner Band im Keller probte, sei ja nicht auszuhalten, der lautstarke Streit der Kinder, die Unruhe mit meinen Klienten im Haus. Nein, wenn ich sie alle paar Tage besuchte, um mit ihr spazierenzugehen, sie ab und zu über das Wochenende nach Hause holte, so wäre das schon in Ordnung für sie.

Ich habe getan, was sie wollte. Sie hat trotzdem gelitten. Aber habe ich sie je anders als leidend gekannt?

Ich sitze auf Großmutters Hocker, vornübergebeugt wie sie, überlege aufzuhören, ich habe Durst, sehne mich nach einer heißen Dusche, will mich in einen Sessel kuscheln, vielleicht einen schönen Film sehen, am besten einen mit langen Stränden an türkisfarbenem Meer oder einem weiten Blick über Berggipfel.

Es nützt nichts, bald kommen die Söhne mit dem geliehenen Anhänger, um zur Sperrmülldeponie zu fahren. Dann muss ich alles rausgeschafft haben. Eine kurze Pause muss genügen, ich gehe hinauf in die Wohnung, wasche die Hände, trinke eine Wasserflasche leer, nehme ein Küchenmesser mit hinunter zum Zerschneiden der stärksten Kartons.

Der Weg bis zur Kohlenecke ist frei. Ganz in der Ecke neben dem Brikettverschlag steht noch eine uralte Kommode, darauf gestapelte Bündel Anfeuerholz. Stand die immer schon hier?

Ich erinnere mich: Das war der Waschtisch in der Tölzer Wohnung, dort gab es weder Dusche noch Bad, man wusch sich in der großen Porzellanwaschschüssel mit der blauen Blütenbordüre, holte mit dem dazu passenden Krug das Wasser vom einzigen Wasserhahn im Flur. Im Winter kam heißes Wasser dazu aus der in den Küchenherd eingelassenen Wasserreine. Schüssel und Krug standen auf einer Marmorplatte, eine Seifenschale daneben. Die Marmorplatte ist nicht mehr da, sie war beim Umzug nach München zerbrochen. Nun brauchten wir ja auch keinen Waschtisch mehr, hier gab es ein richtiges Badezimmer.

Ich hebe die Holzbündel herunter, die werde ich mit nach Hause nehmen für unseren Kamin. Vergeblich zerre ich an der ehemals hellgrünen Kommode, die von einer dicken Rußschicht bedeckt ist. Ich muss sie ausräumen, sonst kann man sie nicht abtransportieren.

Es steckt kein Schlüssel im verschnörkelten Schloss, die Türen sind versperrt. Ich bin überrascht, dass sich die Schubladen leicht öffnen lassen, alte Handarbeitshefte sind darin, Strickanleitungen für Norwegerpullover und Schnittmusterbögen. Kein Schlüssel. Ich ziehe die Schubladen ganz heraus, kippe den Inhalt auf den Boden, packe ihn Stück für Stück in die Altpapiertüte – ein Schlüssel ist nirgends dazwischengerutscht. Mit der Taschenlampe leuchte ich in die Kommode hinein, sehe einige Kartons – kein leichter Inhalt, sonst könnte ich jetzt die Kommode ohne die schweren Schubladen vorrücken.

Ich greife durch die Schubladenöffnungen und drücke von innen gegen die Türen. Der Widerstand ist gering, das alte Schloss gibt rasch nach, die Türen springen auf.

Obwohl in der Kommode verschlossen, sind die Schachteln in den beiden Fächern von einer Rußschicht überzogen. Im unteren Fach ein Karton und zwei große Pappschachteln mit eingerollten Stoffresten. Es ist, als ob ich ein Fotoalbum aufschlüge, so sehe ich die alten Bilder vor mir: Der weiß-rot getupfte Bademantel. Der geblümte Dirndlrock. Der blaue Dufflecoat mit Schottenkarofutter. Der braune Teddymantel. Das grüne Kinderkleid mit dem bestickten Kragen. Meine Patentante hatte mir all diese Kleidungsstücke genäht,

In der anderen Schachtel sind die Stoffabfälle von den Kleidern meiner Mutter. Nach ihrer Rückkehr aus Nürnberg brauchte sie bald eine Schneiderin, die nach ihren eigenen Entwürfen arbeitete, die Schnittmuster meiner Patin waren ihr auf einmal zu bieder.

Und ich sehe sie vor mir, wie auf einem Laufsteg, meine große, schöne und elegante Mutter: im geblümten Seidenkleid, im eng taillierten silbergrauen Kostüm, im knöchellangen nachtblauen Theatermantel.

Dunkelblauer Samt, Spitzenbordüren, geklöppelte Krägen. Stück für Stück nehme ich in die Hand, zögere, ehe ich die Rollen in den Müllsack werfe, habe plötzlich die Phantasie, alle die Stoffetzen zusammenzunähen zu einem Quilt, einem Lebenspatchwork. Aber würde ich eine solche Decke zu Hause benutzen oder wie einen Wandteppich aufhängen wollen? Mich immer und immer wieder mit den Erinnerungen an meine Kindheit, den Bildern aus ihrem Leben konfrontieren wollen?

Nein, ganz sicher nicht. Mit einer solchen Decke hätte man ihren Sarg abdecken können wie mit einer Ehrenfahne. Und sie dann mit ins Grab legen.

Entschlossen werfe ich die Stoffrollen in den großen blauen Müllsack, die kostbaren Spitzen allerdings in die Tüte »Mitnehmen«.

Zuunterst auf dem Boden der zweiten Schachtel liegt ein weicher Gegenstand, in Seidenpapier eingeschlagen: eine graue Wehrmachtsmütze, ein Hakenkreuz an der Stirnseite. Die Mütze ihres gefallenen Bruders wahrscheinlich.

Ein Karton ist noch schwerer: die alten Wohnzimmergardinen mit dem übergroßen Blumenmuster, die verschossenen beigen Samtvorhänge vom Schlafzimmer. Hat sie die aufbewahrt für »schlechte Zeiten«, um sich ein Kleid daraus schneidern zu lassen wie weiland Scarlett O'Hara?

Nein, das kann nicht der Grund sein, denn im anderen Karton im oberen Fach sind neue Stoffbahnen vom Feinsten: Seidencrepe, Georgette, Damast mit Brokatfäden – aus solchen Stoffen werden Abendkleider geschneidert. Was hatte sie vor, wann wurden diese teuren Stoffe gekauft?

Ich hebe den letzten Karton heraus, eine große Schachtel für Skischuhe. Sie ist mehrfach verschnürt. Keine einfachen Knoten, die man leicht wieder aufmachen kann, sondern feste Schläge, gleich fünf an jedem Strickende.

Ich zögere, ehe ich die Schnüre kurzerhand mit dem Messer durchtrenne.

Briefe. Die ganze Schachtel voller alter Briefe. Einzelne lose Blätter, manche gefaltet, andere ohne Umschläge gebündelt, und etliche in Umschlägen steckend – die Briefmarken ausgeschnitten. Klar, ich habe ja Briefmarken gesammelt als Kind.

Die meisten handschriftlich mit Bleistift geschrieben, viele mit Tinte und ein ganzer Stapel mit Schreibmaschine, alle kaum verblichen.

Die getippten Papiere sind nur mit großen Lettern geschrieben.

Die Handschrift ist immer dieselbe.

Es ist nicht die Schrift meines Vaters.

Ich greife einen der mit auffallenden Großbuchstaben beschriebenen Briefbögen heraus, ein fremdes Format, mehrere Zentimeter länger als DIN A4, ein wenig breiter, kein vergilbtes Weiß, eher bräunlich.

Kein Datum, keine Anrede, keine Unterschrift – der Entwurf für einen Geschäftsbrief?

ALS ICH DICH EBEN LEIDEN SAH, DA HAST DU MIR SO IM INNERSTEN LEID GETAN UND ICH DACHTE, DASS ICH DICH LIEBSTEN UND VERTRAUTESTEN MENSCHEN NIE ALLEIN LASSEN DARF. ICH WILL IMMER BEI DIR SEIN UND BLEIBEN. ES IST UNS VORAUSBESTIMMT, DASS WIR NIE AUSEINANDERGEHEN KOENNEN.[1]

Ein Liebesbrief, ohne Anrede, mit der Schreibmaschine geschrieben?

DU, IN DIESEN LETZTEN 2 TAGEN HABEN WIR BEIDE ES SO SCHMERZLICH EMPFUNDEN, WENN WIR NICHT EINMAL DIE MINUTEN HATTEN, IN DENEN WIR UNS WENIGSTENS UNSERE LIEBE SAGEN KONNTEN. MEIN HERZ IST SO SCHWER UND GRUEBELT, WIE ES ZU DIR KOMMEN KANN, DENN ICH HOERE GENAU, WIE SICH DAS DEINE NACH MEINEM SEHNT. ES GIBT FUER MICH DANN IMMER NUR EINEN GEDANKEN, ICH MUSS ZU DIR UND DICH IN MEINE ARME NEHMEN. DENN DAS IST DER PLATZ, IN DEM ALLES SCHOENE SICH SPAETER EREIGNEN WIRD. GANZ GLEICH, WAS WIR TUEN, IMMER WERDEN DICH MEINE ARME UMSCHLIESSEN, MEINE HAENDE DEIN SUESSES, GELIEBTES GESICHTCHEN UMSPANNEN UND IN MEINEN SCHOSS BETTEN. UNSERE AUGEN MUESSTEN STETS EINANDER SO NAH WIE MOEGLICH SEIN. SIE SIND EINANDER SO UNSAGBAR INNIG VERTRAUT, SIE KENNEN SICH SO IM TIEFSTEN GRUND UNSERER SEELEN, DASS WIR IMMER VON NEUEM BEGLUECKT SIND UEBER DIESES SCHOENSTE UND WERTVOLLSTE GESCHENK, DAS WIR BEIDE VOM LIEBEN GOTT ERHIELTEN, DIESES VERSTEHEN UNSERER

INNERSTEN UND ZARTESTEN REGUNGEN, DIESES IN-DEN-ANDE-
REN-SCHAUEN-KOENNEN, MEIN GELIEBTES HERZ, ICH GLAUBE,
DAS GIBT ES WIRKLICH NUR EINMAL IN DIESER WELT.

Glauben das nicht alle Verliebten dieser Welt?

Wer schrieb diesen Brief, wann und wo?

Es muss der Mann gewesen sein, den sie am meisten geliebt hat in ihrem Leben.

In der kurzen Zeit nach unserer Versöhnung bis zu ihrem Tod haben wir einige wenige und, zumindest glaubte ich das, ehrliche Gespräche geführt. Ich wagte, zu fragen, was sie am meisten verletzt habe in ihrem Leben. Die Tatsache, dass mein Vater sie nicht heiraten konnte? Nein, das nicht.

»Das hätte ich ja auch gar nicht gewollt, das habe ich doch gewusst damals, dass er verheiratet war. Du weißt doch, es hatte andere Gründe, dass ich von ihm ein Kind bekommen habe. Nein, wer mir am meisten weh getan hat, das war der andere, der nach deinem Vater. An den habe ich geglaubt, dem hab ich vertraut – dass der mich dann fallen hat lassen wie eine heiße Kartoffel, das tut mir heute noch weh.«

Der »andere«, das war der »hohe Beamte«, den sie 1947 kennenlernte, im Nürnberger Justizgefängnis, wo sie interniert war als Zeugin.

Auf der Rückseite lese ich weiter.

Wenn Du sagst, dass ich der Mittelpunkt Deines Lebens bin, so muss ich Dir sagen, dass sich auch mein Leben um Dein ueber alles geliebtes Herz dreht. Alles in mir, auch mein wildes Blut, draengt nach Dir, meine Seele hat von Dir Besitz ergriffen. Die Bindung zwischen Dir und mir ist so fest, so fuer ewig unzerreissbar, und nie zu loesen, weil sich die Grenzen zwischen dem Du und dem Ich bereits aufloesen und langsam jene Einheit zwischen uns beiden erwaechst, die unser hoechstes Glueck ist. Ich glaube, dass wir beide uns ein wenig loben duerfen, wie wir es fertig brachten, uns ein halbes Jahr eine Liebe zu schenken, fuer die ich gerne die lange Zeit verlorener Freiheit hier noch einmal wiederholen wuerde.

Mein leiser Schmerz ist nur der, dass ich Dir immer noch nicht zeigen kann, wie sehr und tief ich Dich wirklich liebe. Ich habe Dir vieles ueber uns und unsere Liebe erzaehlt, von dem ich auch weiss, dass es Dich sehr gluecklich gemacht hat. Aber all das, was wirklich in meinem Herzen fuer Dich glueht, und immer noch staerker werden wird, Herzlein, ich konnte es Dir noch nicht sagen, weil meine Worte nur ein schwacher Schein sind von dem, was ich wirklich fuer Dich empfinde.

Wenn ich sage, Du bedeutest alles fuer mich, Du bist mir einfach wichtiger und wertvoller als mein Leben, wenn ich Dir sage, dass es mein einziges Ziel ist, Dich so gluecklich zu machen, wie es alleine Deine Liebe verdient, ist das zu wenig.

Immer wieder moechte ich Dir sagen, dass mir Deine Liebe wie ein ueberirdisches Wunder vorkommt. In ihr klingt eine Zaertlichkeit, die mich vor Glueck immer ganz feierlich werden laesst. In ihr ist eine Guete, die grenzenlos ist, eine Hingabe an mich, die mein Herz aufruehrt, wie es nur eine Liebe fertig bringt, die menschliches Mass schon ueberschreitet. Du musst wissen, dass ich diese Liebe, dieses einmalige Geschenk des Schicksals in seiner Kostbarkeit für mein ganzes Sein erkannt habe und dass dieses der Grund ist, weshalb ich nie von Dir gehen kann.

Da gibt es keine anderen, da bist Du, die mir ein geliebtestes Herzenskind bist und eine ewig suesse Geliebte, mein herzgeliebter Lausbub und eine Heilige, die ich in allem und mit allem und aus tiefster Inbrunst verehre, Du bist mein kleines, umsorgtes und mit aller Zartheit behuetetes Kindchen und bist meinen schoenheitstrunkenen Augen und Sinnen das, was einst in der strahlenden Sonne des alten Griechenlands – die wir auch noch gemeinsam spueren wollen – eine Goettin den Menschen war.

Du bist fuer mich der wundervollste Mensch, den mein Herz kennt.

Du bist fuer mich die wunderbarste Frau, nach der sich nicht nur mein Blut, sondern auch meine grenzenlose Faehigkeit, sich dem geliebtesten und verehrtesten Geschoepf hinzugeben, unaufhoerlich sehnt.

Du bist mir einfach alles.

Dich gefunden zu haben und damit die Erfuellung aller meiner Traeume meiner Kindheit und Jugend und der Sehnsucht meiner Mannesjahre, ist und bleibt fuer mich ein unfassbares Wunder.

Wer war dieser Mann, der zwar im schwülstigen Stil jener Zeit, aber doch in zärtlicher Liebe sie anspricht als sein »Herzenskind«? Sie voller Hingabe als seine ersehnte Geliebte, die Erfüllung seiner Träume begehrt und sie verehrt wie eine »Göttin«, eine »Heilige« und den »wundervollsten Menschen«?

Ich weiss, dass es nicht richtig ist, einem anderen Menschen das zu sagen, – aber ich muss es tuen. Du sollst doch ein wenig wissen, wie gross und tief und endgueltig meine Liebe ist. Vergiss es bitte, aber lass es Dir heute einmal sagen: Ich wuerde, wenn es noetig waere, nie auch nur eine Sekunde zoegern, mein Leben fuer Dich hinzugeben.
Du hast mir einmal gesagt, dass es etwas Heiliges um unsere Liebe waere. Meine Liebe zu Dir geht ueber dieses Leben und ueber diese Welt hinaus. Sie ist so tief und stark, so verwurzelt in meiner Seele und allem, was mich mit der Ewigkeit verbindet, dass sie hinueberstrahlt in diese Ewigkeit, in die ich einmal muenden werde.

Ich muss innehalten. Auf einmal spüre ich, wie kalt es hier im Keller ist. Er hätte keine Sekunde gezögert, sein Leben für sie hinzugeben? Er glaubte an die Ewigkeit, gar an die Transzendenz ihrer Liebe? Dann wären sie jetzt wohl vereint. Eine tröstliche Vorstellung?

Und da ich glaube, dass unsere Liebe gesegnet ist, wird auch dieses uns beiden gemeinsam geschenkt werden. Meine Liebe zu Dir, die ich versuche, Dir taeglich zu zeigen, lebt ueber alle Zeit, ueber Tage und Jahre und eine Lebenszeit.
Und deshalb koennen wir auch das Wort »SPAETER« so beglueckend empfinden. Dass der Gedanke, mich bald von Dir und sei es auch nur kurze Zeit, trennen zu muessen, in mir einen nagenden Schmerz erzeugt, den ich Dir ja doch nicht verheimlichen kann, wie ueberhaupt nichts, wirst Du, mein Herz, das Freude und Leid mit mir teilt, verstehen. Es ist eine klare Gewissheit in mir, dass ohne Dich mein Leben seinen Inhalt verliert.
All das, was ich schoen und lebenswert finde, Sonne, Farben, Duft und Waerme – ist fuer mich in Dir verkoerpert, und zwar so stark, dass ohne Dich mir diese Elemente meines Daseins fehlen. Wenn ich Dir

sagte, dass ich ohne Dich nicht leben kann und mag, so ist das die Wahrheit.

Mein Herz, unendlich stark in meiner Liebe zu Dir, quaelt sich ohne Dich nur weiter, und dieses Herz hat nur eine Bitte, dass es fuer ewig in Deinen geliebten und schoenen Haenden festgehalten wird.

Langsam kommt jetzt die Nacht. Sie hat mir schon so vieles ueberirdisch Schoenes von Dir erzaehlt, ich bin voll Erwartung, meine Lippen brennen, mein Mund hat soviel Schoenstes und Begehrenswertes erspuert. Meine Haende, die Dein ganzes Lebensglueck in sich tragen, haben den Vorhang leis gestreift, der mich von dem Wunder meines stuermenden und wild Dich fordernden Lebens trennt. Spaeter – alles Liebe und Zaertliche, nach dem Du Dich sehnst liegt in diesem Wort – ein Fruehling ohnegleichen: fuer Dein ganzes so geliebtes Ich eine unerschoepfliche Welt voll Glueck.

Denke immer daran, dass alles in mir Dir entgegenfiebert, dass mein Leben erst wieder beginnt, wenn unsere Liebe uns vereint.

Ich werde immer bei Dir sein, ganz gleich, was kommt. Wir koennen nichts anders, als uns lieben, viel mehr und tiefer, als wir beide es wissen.

Wir beide, ich nicht weniger als Du, sind so aufeinander angewiesen, wir koennen nur fuer- und miteinander leben. Das ist die wertvollste Erkenntnis, die ich hier fand. Du bist Mittelpunkt und Inhalt meines Lebens geworden.

Was die Zeiten bringen, weiss ich nicht. Dass wir sie beide zusammen durchleben werden, weiss ich. Dass wir sie zaertlich und gluehend, beglueckend und begehrend eng aneinander geschmiegt durchwandern werden, ist auch gewiss.

Wer war der Mann, der damals so sicher war, dass diese noch junge Liebe ewig dauern würde? Und der doch irgendwann seine »wertvollste Erkenntnis« aufgab?

Das beschworene »Später« kann nicht von langer Dauer gewesen sein, die Zeiten brachten keinen »Frühling ohnegleichen«. Die große Liebe, die im Gefängnis begann, konnte dem Leben in Freiheit nicht standhalten.

Stimmen auf der Treppe, die Söhne kommen, ich bin immer noch nicht fertig. Hastig mache ich den Deckel zu, packe die Schachtel in die Tasche.

Sie haben genug zu tun mit dem Sperrmüll – ohne mich, ich fahre erschöpft nach Hause.

»Na, alles geschafft?« fragt mein Mann. »Du siehst elend aus.«

Ja, genauso fühle ich mich, jetzt brauche ich erst einmal ein heißes Bad.

Sanftes Rosenöl macht das Wasser weich, der Duft beruhigt mich. Die Gedanken über die Begegnung im Justizgefängnis werde ich dennoch nicht los.

Nürnberg, das düsterste und zugleich vielleicht hellste Kapitel im Leben meiner Mutter. Schrecken und Einsamkeit, die Angst, die Verhöre – all dies hätte sie am liebsten vergessen. Aber Nürnberg war zugleich der Ort der Begegnung mit jenem Mann, in dessen Armen sie in tiefer Verzweiflung Geborgenheit fand und der ihr den Zwangsaufenthalt mehr als erleichterte. Und sie auf ein ganz anderes, neues Leben hoffen ließ.

Dabei hatte alles so schrecklich angefangen.

Sie konnte es nicht fassen damals im April 1947, dass sie nach Nürnberg musste, wo seit 1946 der Internationale Militärgerichtshof tagte. Ein halbes Jahr vorher, am 1. Oktober 1946, war das Todesurteil gegen die Hauptkriegsverbrecher verkündet, in der Nacht zum 16. Oktober vollstreckt worden. Zehn der Männer waren in der Turnhalle des Gefängnisses im Justizpalast gehängt worden, nur Göring war der Hinrichtung durch Selbstmord zuvorgekommen.

Sie werde nur für ein paar Tage zur Zeugenvernehmung gebraucht, hatte man ihr erklärt.

Schrecklich genug die Verhaftung in Bad Tölz durch die amerikanische Militärpolizei, das Spießrutenlaufen zwischen den Uniformierten mit den weißen Helmen und den weißen Gamaschen, Insignien ihrer Macht – weithin erkennbar für jeden. Alle konnten es sehen, dass sie abgeführt wurde, konnten vermuten, dass anscheinend auch sie zu denen gehörte, nach denen seit der Vorbereitung zu den Nürnberger

Prozessen im ganzen Land gefahndet wurde: nach Zeugen und Nazi-Verbrechern. Zu welcher Kategorie sie gehörte, gab Anlass zu Spekulationen.

Sie war in den Zug nach Nürnberg gebracht worden, fuhr dann ohne direkte Bewachung dorthin, mit der Auflage, sich umgehend im Justizpalast zu melden. Die Warnung vor einem Fluchtversuch war so klar, dass sie das nicht gewagt hätte.

Wohin hätte sie auch fliehen sollen ohne Geld, ohne Ausweis – den hatte man ihr gleich abgenommen.

Sie hatte damit gerechnet, dass man sie in irgendeiner billigen privaten Unterkunft unterbringen würde, freilich nicht im Hotel wie so manche wichtigen Zeugen der Anklage, doch dass es im Nürnberger Gerichtsgefängnis, direkt am Justizpalast, auch einen »Zeugenflügel« gab, wusste sie nicht.

Nach der Aufnahme ihrer Personalien wurde sie von einer jungen Frau in amerikanischer Uniform angesprochen – auf deutsch.

»Jüdin wahrscheinlich, welche deutsche Frau würde sich sonst in die Uniform des Feindes stecken lassen«, dachte sie sofort, »da ist ja nichts Gutes zu erwarten.«

Überraschenderweise war die Frau freundlich, brachte sie in den dritten Stock des Gebäudes. Im ersten und zweiten Stock waren Männer untergebracht, einige Zellen standen offen.

Sie wurde zur Zelle 398 gebracht – »Alles Weitere erfahren Sie später« –, die Zellentür schloss sich hinter ihr.

Sie, die keiner Fliege etwas zuleide tun konnte, die ihr Lebtag nichts Unrechtes getan hatte, auch in größter Not kein Stückchen Brot gestohlen hatte, eingesperrt wie eine Verbrecherin in einer regelrechten Gefängniszelle! Ein schmaler Raum, keine zwei Meter breit, Steinboden. Ein Feldbett links neben der schweren Tür, ein Stuhl, ein winziger Tisch, kein Haken an der Wand, in der Ecke rechts in einer schmalen Wandnische die schlecht geputzte Toilette.

Fassungslos starrte sie auf das vergitterte Fenster ganz oben in der Mauer.

Ihr wurde schwindelig, sie spürte die Beklemmung, die Enge in ihrer Brust, die dumpfe Luft nahm ihr den Atem. Sie ließ sich auf die Pritsche mit der grauen Decke fallen und begann hemmungslos zu weinen.

Was wollte man von ihr, wieso sperrte man sie in diese Einzelzelle?, fragte sie sich. War die Behauptung, sie als »Zeugin« für die neuen Prozesse zu brauchen, nur eine Finte gewesen? Würde man sie anklagen wie so viele andere, die doch auch nur ihre Pflicht getan hatten in ihrem Beruf wie sie?

Was würde man ihr vorwerfen? Sie hatte doch nur die Adoption elternloser Kinder vermittelt! Wie käme sie je wieder hier heraus?

War der Prozess gegen die sogenannten Hauptkriegsverbrecher nicht ein einziges, schreiendes Unrecht gewesen? Konnte sie auf »Recht« hoffen?

Sie schreckte hoch – ein Geräusch an der Tür, die kleine Fensterklappe war geöffnet worden, sie sah ein Gesicht, hörte eine männliche Stimme, weich, nicht in schneidendem Gefängniston, den sie hier erwartet hätte.

»Ich wollte Sie nicht erschrecken, ich komme jetzt rein.«

Das Schloss wurde umgedreht, die Tür geöffnet, ein großer, stattlicher Mann betrat den Raum. Sie sprang auf, wischte sich die Tränen von den Wangen, murmelte: »Entschuldigung.«

Er verbeugte sich leicht: »Sie brauchen sich doch nicht zu entschuldigen, mein Fräulein – ich sollte das tun, weil ich unangemeldet hier eingedrungen bin. Aber das gehört leider zu meinen Aufgaben.«

Er lächelte sie an: »Gestatten Sie, dass ich mich vorstelle: Wagner, Interniertenbeauftragter. Zur Zeit. Ich bin gewissermaßen das Begrüßungskomitee des Hauses und werde Sie mit den Gepflogenheiten dieser Nobelherberge vertraut machen. Ich kann Ihren Schrecken verstehen, das Ambiente ist gewöhnungsbedürftig, zumal, wenn einem Etablissements dieser Art ganz und gar fremd sind. Ich bin schon eine Weile hier und habe mich daran gewöhnt.«

Sie hatte ihre Strickjacke vor der Brust übereinandergezogen, verschränkte die Arme vor dem Leib und hielt sich mit den Händen an den Oberarmen fest.

»Wenn Sie jetzt schon frieren, wird es Ihnen in der Nacht kalt werden, ich werde für Sie noch eine Decke organisieren.«

Sie blickte dankbar auf, nahm erst jetzt das Wohlwollen in seinen dunklen Augen wahr, sah, dass er ein gutaussehender Mann war. Erstaunlicherweise trug er einen Anzug, war frisch rasiert und hatte gepflegte Hände, so hatte sie sich einen Häftling nicht vorgestellt. Er interpretierte ihren Blick richtig: »Es ist das Wichtigste, sich nicht gehenzulassen hier. Glücklicherweise durfte ich mir meine Anzüge nachschicken lassen. Den Trainingsanzug ziehe ich wirklich nur an, wenn wir zum Sport in die Turnhalle gehen dürfen. Nach vorübergehender Schließung im Oktober '46 und nach gründlicher Reinigung ist das nun wieder ein Ort zur Körperertüchtigung.«[2]

Ein kurzes, sarkastisches Auflachen, dann fuhr er fort: »Wir bekommen morgens und abends eine Schüssel warmes Wasser, und immerhin gewährt man uns die Gnade, einmal pro Woche ein Brausebad nehmen zu dürfen. Bei dem Ansturm bleiben immerhin drei Minuten pro Mann, wenn man sich schon im Laufschritt auf dem Weg zum Keller auszieht. Und was die geschlechtsspezifische Gesichtspflege betrifft«, seine Hand glitt über sein glattes Kinn, »hatte ich das Glück, am heutigen ›Rasiertag‹ beim Friseur dranzukommen – das gelingt selbst mir nicht jede Woche. Den Gebrauch eigener Rasiermesser gestattet man uns aus guten Gründen nicht.«

Wieder ein schmales Lächeln. Dennoch spürte sie, dass dieser Mann Wärme ausstrahlte, merkte, wie sich ihre Verkrampfung ein wenig löste.

»Wie geht es weiter mit mir, wie lange muss ich denn bleiben?«

»Das, liebes Fräulein, entzieht sich leider meiner Kenntnis. Ich habe lediglich erfahren, dass ich den Neuzugang zu begrüßen und über den Alltagsablauf hier im Gefängnis zu unterrichten habe. Sie werden nur in der ersten Zeit ganz eingesperrt. Wenn Sie sich ruhig verhalten – worum ich Sie herzlich bitte –, können Sie sich tagsüber schon bald hier auf dem Flur bis zur Absperrung unter Aufsicht frei bewegen. Und sich mit Ihren Kolleginnen auch unterhalten, über das Wetter zum Beispiel. ›Fachgespräche‹ sind allerdings unerwünscht. Zur Zeit sind nur noch sechs andere Damen auf diesem Flur untergebracht – vermutlich hatten Sie früher bereits das Vergnügen, sie kennengelernt zu haben. Im übrigen bitte ich Sie ebenso wie die anderen, gelegentlich den Blick durch das Maschengitter am Lichtschacht nach unten zu riskieren – die männlichen Häftlinge unter Ihnen freuen sich über den Anblick der Weiblichkeit, und das hilft, die Haltung zu bewahren. Je nach Laune des Wachpersonals ist sogar Kommunikation über die Stockwerke hinweg gestattet.

Die Regelung der Körperpflege habe ich schon erwähnt – als Frau haben Sie sicher die Chance, länger unter der Dusche zu stehen, weil sich die Mengen nicht so drängen wie bei uns Männern. Sie bekommen auch die Möglichkeit, alle zwei bis drei Wochen den Friseur – immerhin ein Deutscher! – aufzusuchen. Um Ihre Gesundheit kümmert sich ein Arzt, Sie werden häufig untersucht werden, die Herren des Internationalen Militärtribunals IMT sind sehr daran interessiert, uns alle gesund zu erhalten. Deshalb ist auch die Verpflegung nicht schlecht, vermutlich besser als draußen, obwohl ich da nicht mehr mitreden kann und auf Auskünfte von Neuankömmlingen angewiesen bin. Wenn auch Sie mir die gelegentlich gewähren würden, wäre ich Ihnen sehr zu Dank verbunden.«

Er wartete vergeblich auf eine Antwort, ihr war eingefallen, dass sie ja ihre Lebensmittelkarte noch in der Handtasche hatte. Die würde sie hier wohl nicht brauchen, aber zu Hause wären sie froh, wenn sie mit ihren Rationen die schmalen Zuteilungen aufbessern könnten.

»Das Essen wird gebracht, hier haben Sie Zimmerservice – es sind freundliche deutsche Häftlinge, in meinen Augen Kriegsgefangene, die das Essen verteilen, manchmal komme ich selbst.«

Sein Versuch, sie ein wenig mit seinen Formulierungen aufzuheitern, misslang, er konnte ihrem traurigen Gesicht kein Lächeln entlocken.

»Schreibmaterial können Sie in jeder gewünschten Menge anfordern.«

Ein kleiner Lichtblick: Sie konnte wenigstens nach Hause schreiben.

»Und wie ist es mit der Post?«

»Briefe nach draußen können Sie abgeben – im offenen Umschlag. Sie werden zensiert, schreiben Sie also keine Dinge, die unseren Gastgebern nicht gefallen würden. Am besten schreiben Sie so, dass nur Ihre Angehörigen verstehen, was Sie meinen … Wann die Briefe allerdings ankommen, kann man nicht sagen. Der deutsche Postverkehr scheint noch immer nicht wieder zu funktionieren, erfahrungsgemäß dauert es manchmal Wochen, ehe ein Brief von hier aus an seinem

Bestimmungsort ankommt, beziehungsweise werden Sie auch so lange warten müssen, bis Sie Nachrichten von zu Hause bekommen können. Ich rate Ihnen dringend, Ihre Angehörigen zu bitten, Ihnen per Eilpost zu schreiben, auf diese Weise gelangen Sie doch meist innerhalb von wenigen Tagen in den Genuss einer Nachricht aus der Freiheit.«

Er reichte ihr die Hand.

»Seien Sie versichert, dass ich alles tun werde, was in meiner Macht steht – groß ist die zwar nicht mehr, aber ich habe hier immerhin gute Kontakte –, um Ihnen den Aufenthalt so angenehm wie möglich zu gestalten.«

Er sah sie an – wieder spürte sie die Wärme in seinem Blick –, und sie gab ihm ihre Hand.

»Verzeihen Sie, es klingt sicher befremdlich für Sie – aber ich freue mich, dass Sie hier sind. Jetzt muss ich meinen Rundgang machen und mich der Kümmernisse der anderen Internierten annehmen. Und: Bitte, wenden Sie sich jederzeit an mich!«

Er hatte ihre Hand festgehalten, mit der Andeutung eines Handkusses ließ er sie los, und nach einer kleinen Verbeugung wandte er sich um und ging.

Sein respektvoller Umgang mit ihr – so, wie sie es früher gewohnt war – hatte ihr gutgetan am Ende dieses Tages voller Demütigungen. Für einen Moment richtete sie sich innerlich auf, dieser Wagner hatte ihr Mut gemacht, ihn hatte man anscheinend nicht kleingekriegt, auch wenn er schon länger hier war.

Wer er wohl früher gewesen ist?

»Bestimmt ein hoher Offizier, bei den guten Manieren«, dachte sie.

Kurze Zeit später klopfte es wieder, die ihr schon vertraute Stimme sagte: »Es tut mir leid, Sie noch einmal stören zu müssen.«

Die Klappe wurde geöffnet, dann die Tür. Wagner reichte ihr eine zusammengerollte Decke: »Vorsicht beim Ausbreiten, ich habe ein kleines Trostpflaster hineingelegt. Leider muss ich Sie außerdem bitten, das Licht anzulassen. Auch die Klappe bleibt die ganze Nacht offen. Vorschrift, zumindest in der ersten Zeit, auch hier im Zeugenflügel. Es gab schlechte Erfahrungen. Allerdings – Sie brauchen sich nicht vor männlichen Blicken zu fürchten: Nach 22 Uhr darf auch ich diese Etage nicht mehr betreten und meine eigene Zelle nicht mehr verlassen.«

Sie hörte, wie sich seine Schritte draußen entfernten, sie hörte ihn sprechen, eine weibliche Stimme antwortete, dann fiel eine Tür ins Schloss, ein Schlüsselbund rasselte laut. Das Gesicht der Frau, die sie vor ein paar Stunden hierhergebracht hatte, tauchte in der offenen Fensterklappe auf.

»Gute Nacht«, sagte das Gesicht freundlich, »ich hoffe, Sie können ein wenig schlafen – auch wenn es nicht leicht ist, wenn man eingesperrt ist. Ich weiß das nur zu gut.«

Vorsichtig entrollte sie die Decke, ein sorgfältig verpacktes Stück Schokolade fiel heraus. Sie aß nur die Hälfte, ließ winzige Stückchen auf der Zunge vergehen – wer weiß, wann sie eine solche Kostbarkeit noch einmal bekommen würde –, wickelte den Rest wieder in das Papierchen und verbarg es unter der Matratze. Sie wollte sich nicht ausziehen, die Decken waren schmutzig und sie hatte keinen Schlafanzug dabei. Am liebsten wäre sie überhaupt nicht unter die Decke geschlüpft, aber sie würde erst recht nicht schlafen können, wenn sie fror.

Sie behielt die Strickjacke über dem Unterrock an, die Bluse und den Dirndlrock musste sie über die Stuhllehne hängen. Mit verknitterten Sachen wollte sie sich hier nicht sehen lassen. Auf das flache Kissen wurde ein zusammengerollter Pullover gelegt, einen Ärmel benutzte sie als Augenklappe, um wenigstens einen Teil des grellen Lichts abzublenden, und schließlich fiel sie doch erschöpft in den Schlaf.

Seit ich mich erinnern kann, konnte sie geschlossene Türen nicht ertragen. Immer war die Tür des Raumes, in dem sie sich gerade aufhielt, einen Spalt offen, daran konnten auch der oft gehörte Schrei meiner Großmutter: »Tür zu!« oder der Ruf: »Du musst es ja haben, wenn du schon wieder den Gang heizen kannst!« nichts ändern.

Ich habe mich geärgert, wenn ich als junges Mädchen spät nach Hause kam, im Flur das Licht brannte und die Tür zu ihrem Schlafzimmer grundsätzlich handbreit offen stand. So leise konnte ich mich selbst mit den Schuhen in der Hand nicht in die Wohnung schleichen, dass nicht ein deutliches Aufatmen, ein Stöhnen, das knarrende Geräusch des Bettes beim Umdrehen zu hören war. Wenn es, selten genug, beim gleichmäßigen Rasseln des Atems blieb, habe ich versucht, lautlos die Tür zu schließen, in Millimeterarbeit den Türgriff leise losgelassen. Spätestens dann wachte sie aber auf, sprang aus dem Bett und öffnete die Tür erneut. Ich habe es aufgegeben; lange konnte ich mir diese »Marotte« nicht erklären. Auf meine Frage bekam ich immer die gleiche Antwort: »Ich mag's halt nicht, wenn die Tür zu ist.«

Erst als mir klar geworden war, dass sie in Nürnberg im Gefängnis gesessen hatte, verstand ich, welch traumatisches Erlebnis das für sie gewesen sein musste. Danach habe ich sie nicht mehr wegen des Türeschließens angesprochen, auch wenn es mich später im eigenen Haus wieder massiv gestört hat. Oft habe ich die Tür zu ihrem Zimmer geschlossen, wenn sie schlief, glaubte an einen »Desensibilisierungserfolg«, wenn das die ganze Nacht so blieb. Wahrscheinlich hat sie sich gequält und es nicht gewagt, in unserem Haus auf einer offenen Tür zu beharren.

Es tut mir leid, Mutter, ich sehe so vieles heute anders. Ich hätte sanfter umgehen sollen mit Dir, Du hast es schwer gehabt in Deinem Leben.

War das Türschließen ein Grund, warum Du dann doch lieber im Altenheim geblieben bist?

Dort gab es einen kleinen Vorraum, so konnte die Tür zum Etagenflur geschlossen bleiben, die innere aber, die zum Zimmer, immer sperrangelweit offen stehen. Anfangs hat das Personal auch diese Tür hinter sich geschlossen, bis sie eine schwere Bodenvase, die sie als Schirmständer und zum Abstellen ihrer Krücken benutzte, vor den weit geöffneten Türflügel schob. So wurde allmählich die offene Tür akzeptiert, allerdings wenig Verständnis gezeigt, wenn sie sich über zu laute Gespräche auf dem Flur oder frühes Wecken durch die Geräusche der morgendlichen Aktivitäten beschwerte: »Dann müssen S' halt Ihre Tür zumachen.«

In den letzten Wochen ihres Lebens konnte sie auch die Dunkelheit nicht mehr ertragen, bestand darauf, dass die ganze Nacht im Zimmer oder wenigstens im kleinen Vorraum Licht brannte.

»Das Essen ist fertig!« holt mich die Stimme meines Mannes aus meinen Erinnerungen – stimmt, ich hatte den ganzen Tag nicht an Essen gedacht.

Es fröstelt mich, das Badewasser ist kühl geworden.

Ich bin einsilbig, über den Kellerfund mag ich noch nicht sprechen.

»Schmeckt es dir nicht?«

Ich murmle halblaut: »Zuerst muss ich doch die Briefe lesen, die sie nach Hause geschrieben hat. Erinnerst du dich? Beinahe hätten wir sie weggeworfen.«

Freilich erinnert er sich, es ist noch nicht lange her, seit ich den Karton mit uralten Reiseunterlagen auf den Speicher geschleppt habe.

»Was willst du mit veralteten Hotelprospekten und Stadtplänen anfangen?« hatte er gefragt. »Warum hast du das nicht gleich zum Altpapier gebracht?«

»Weil ich keine alten Papiere meiner Mutter wegwerfe, bevor ich sie nicht durchgesehen habe.«

Er schüttelte den Kopf. Natürlich hatte er recht, ich wusste sowieso nicht, wohin mit den Sachen meiner Mutter, unser Speicher ist winzig. Aber kaum war sie gestorben, musste ich die Schränke im Altenheim ausräumen, die Warteliste war lang, man brauchte das Zimmer.

Obwohl es mir schwerfiel, ihre Schrift anzuschauen, mit der sie den Stapel großer Umschläge beschrieben hat, hatte ich mich sofort darangemacht, die Papiere durchzusehen.

»Griech. Inseln« steht darauf oder »Kreuzfahrt Mittelmeer«; von »Alhambra« bis »Zypern« hat sie alles aufgehoben: Bahn-, Flug- und Schiffstickets, Hotel- und Restaurantrechnungen, jede Eintrittskarte zu allen Museen, die sie je besucht hat.

Ich zögerte beim Griff nach dem Altpapiersack. Sie ist so gerne gereist, ja ich glaube, das war das überhaupt einzige, was ihr wirklich Freude gemacht hat.

Architektur und historische Ereignisse, fremde Kulturen – auf ihre Studienreisen hat sie sich immer gründlich vorbereitet. Höchstens mal eine Stunde in der Sonne liegen, das schon, man sollte ihr ansehen, dass sie im Urlaub war.

»Du siehst aber gut aus, so schön braun!« Das hörte sie gern.

Aber »diese hirnlosen Weiber, die in schönster Landschaft den ganzen Tag am Meer im Liegestuhl rumflacken, Lore-Romane lesen und kein Interesse haben an den wunderschönen Renaissance-Mosaiken im nahen Dom« – über die konnte sie sich richtig aufregen.

Den dicken Umschlag »Südtirol« legte ich ebenso zur Seite wie die mit der Aufschrift »Rom« und »Oslo«. Das sind Orte, die viel mit ihrer Biographie zu tun haben, diese Päckchen würde ich später einmal genauer durchsehen. Als ob ich es geahnt hätte: Ich fand auch einen dicken Umschlag »Nürnberg«. Dorthin hat sie bestimmt keine ihrer »Städtereisen« unternommen!

Im großen Kuvert ein Bündel Briefe mit einem ehemals weißen Seidenbändchen verknotet: Die Adresse ihrer Mutter in Bad Tölz auf den Umschlägen, der Absender E. E., Nürnberg (13a) Justizpalast, I. S. D. Fürther Str. 110.

Wahrscheinlich hat ihre Mutter diese Briefe bis zu ihrem Tod 1964 für ihre Tochter aufbewahrt, danach meine Mutter bis zu ihrem eigenen.

Für mich?

Ach, ich wollte, Du hättest Dich mit mir zusammengesetzt, Mutter, und wir hätten sie gemeinsam gelesen. Du hättest mir so viel erzählen müssen von dieser schrecklichen Zeit im Gefängnis. Warum hast Du diese Briefe nicht hervorgeholt, als wir über den Prozess sprachen, für den Du als Zeugin vernommen worden bist? Welche Gelegenheit wäre es gewesen, mir die authentischen Zeugnisse Deiner Haft zu zeigen – sicher wäre ich Dir nähergekommen, hätte Dich bessser verstanden. Warum musstest Du diese Briefe vor mir verbergen wie die Geschichte meiner Herkunft? Oder hast Du einfach vergessen, dass es sie gab in Deinem Schrank mitten unter den Zeugnissen Deiner Reisen?

Ich hatte wenige Tage nach ihrem Tod nicht die Kraft, die Briefe zu lesen. Es war mir alles zuviel, ich würde sie später anschauen, wenn ein wenig Zeit vergangen wäre und die Trauer mich nicht mehr lähmte.

»Ich muss Muttis Briefe noch lesen«, erkläre ich meinem Mann.

»So spät willst du noch damit anfangen?«

»Schlafen kann ich jetzt sowieso nicht.«

Nun, da ich im Keller angefangen habe, einen Blick in ihre »Nürnberger Zeit« zu werfen, muss ich diese Briefe zuerst lesen, ehe ich die Liebesbriefe hervorhole, vielleicht kann ich dann manches besser verstehen.

Ob sie nach Hause von ihrer Liebe berichtet hat?

Ich nehme das Päcken mit ins Bett, löse die Schleife, die ihre Hände geknotet haben, betrachte ihre gestochen scharfe Schrift auf jedem Umschlag, die Neugierde siegt über die Traurigkeit.

Der erste Brief ist mit 19. 4. 1947 datiert, am 18. April war sie in Nürnberg angekommen.

Sie hat ihn also nach der ersten Nacht im Gefängnis geschrieben.

Am nächsten Morgen erwachte sie erst durch lautes Klopfen, die Tür wurde aufgesperrt, eine Schüssel mit Wasser auf den Boden gestellt, das Frühstück gebracht. Kaffee und Weißbrot! Gierig schlang sie es hinunter, erst jetzt spürte sie, dass sie seit zwei Tagen kaum etwas gegessen hatte.

Gleich nach dem Frühstück und der kurzen Morgenwäsche erbat sie sich Papier und Bleistift und begann, nach Hause zu schreiben.

Nur nicht die Verzweiflung anmerken lassen, ihre Mutter hatte ein schwaches Herz, sie hatte sich genug aufgeregt bei der Verhaftung. Und sie erinnerte sich an die Bemerkung des Herrn Wagner vom Vorabend, nichts zu schreiben, was den Amerikanern missfallen würde. Sie entschloss sich zu einer sehr kurzen Nachricht:

Nürnberg, den 19.4.1947
Meine liebe Mutter, liebe Schwester, liebe Kinder!
Die erste Nacht im Nürnberger Gerichtsgefängnis wäre gut überstanden. Die Verpflegung ist gut, die Unterkunft entsprechend. Es sieht allerdings so aus, als ob ich länger hier gehalten werde, als man mir auf der Mil.Reg. in Tölz sagte. Ich werde natürlich ein Gesuch machen, daß man mich möglichst bald anhört.
Sollte ich aber, wenn diese Zeilen zu Euch kommen, noch nicht zu Hause sein, dann schickt mir bitte an folgende Adresse:
E.E. Nürnberg, I.S.D. Justizpalast
folgendes: 2 Kleiderbügel, 1 kl. Kopfkissen, meinen Tr. Anzug, einmal

Unterwäsche und Strümpfe, mein bl. Kleid und etwas zum Arbeiten,
Briefmarken. Ihr könnt mir ruhig Strümpfe zum Stopfen schicken.
Stark hoffe ich aber, daß ich das nicht mehr brauche.
Die Lebensmittelkarten schicke ich Euch wieder, hier brauche ich sie
nicht. – Laßt um Gottes willen den Kopf nicht hängen, es muß ja gut
ausgehen!
Grüßt mir Tante S. und seid vor allem Ihr herzlichst gegrüßt
von Eurer Edi
Dir, Mutter, die herzlichsten Wünsche zum Geburtstag. Es ist ja so
tragisch, daß ich am 22. nicht daheim sein kann. Klapp nur jetzt nicht
zusammen, ich brauche Dich noch länger. Nochmals alles Gute.

Wenige Tage später scheint sie sich bereits mit einem längeren Aufenthalt abgefunden zu haben:

Nürnberg, 23.4.1947
Ihr Lieben daheim!
Mittwoch vormittag ist's, aber vernommen bin ich immer noch nicht.
Allmählich finde ich mich ja nun in meiner neuen Lebenslage zurecht,
was hilft es auch, dagegen anzurennen. Für unser körperliches Wohl
ist hier wirklich gut gesorgt. Wir bekommen gute und reichliche ame-
rikanische Verpflegung, um die Ihr mich beneiden könnt; sind in einem
anständigen Raum untergebracht und dürfen zweimal im Tage je eine
halbe Stunde im Hof spazierengehen.
Zu lesen bekommen wir auch. Es ist nur schade, daß ich mir von zu
Hause keine Arbeit mitgebracht habe, es würde mich ablenken. Ich
habe hier 2 ehemalige L.-Angestellte getroffen. Die eine, Frau Vier-
metz, ist schon 4 Wochen hier, Frau Merkel ist mit mir hierher ge-
bracht worden. Außer Sollmann ist von den Männern aber niemand
hier. –
Da es den Anschein hat, daß ich so schnell nicht heimkommen werde,
bitte ich Euch, bei der Krankenkasse meinen Aprilbeitrag einzubezah-
len. Die P.A. Nummer findet Ihr auf einer Kr.K. Quittung, die in einer
Seitentasche meiner grünen Tasche liegt.
Wie man sich in der Kaserne wohl zu meiner Weiterverwendung stel-
len wird? Ich habe so das Gefühl, daß man mich dort nicht mehr haben

werden will. Aber das soll jetzt nicht meine größte Sorge sein, denn nachtrauern würde ich meiner letzten Stellung nicht. Manchmal möchte ich fast froh darüber sein, daß man mich dort weggeholt hat. – Wenn ich mir nur etwas wärmere Kleider mitgenommen hätte. Ihr müßt mir unbedingt die Sachen, um die ich in meinem ersten Brief gebeten habe, schicken. Und legt mir bitte ein zweites Handtuch und meinen Schlafanzug mit bei. Im Moment hat mir Frau Viermetz mit einem Rock und einem Pullover ausgeholfen. Und wie wird es bei Euch gehen?

Darüber mache mir ja die meisten Gedanken und wäre recht froh, wenn Ihr mir mal das schreiben würdet. Regt Euch nur wegen mir nicht auf, ich bin gut versorgt und im übrigen kann mir ja nichts passieren. Ist Gisilein gesund und brav? Was macht der Schwager? Schreibt mir doch bitte recht bald und ausführlich.

Im Moment weiß ich nun nichts mehr zu schreiben. In der festen Hoffnung, daß Ihr alle gesund seid, grüßt Euch auf's herzlichste

Eure Edi

Habt Ihr die Lebensmittel-Karte bekommen?

Hat da der Flirt mit dem »Betreuer« schon angefangen, ist das ein Grund für ihre Gelassenheit?

Mit den zwei »L.-Angestellten« meint sie die Leitende Angestellte Inge Viermetz und ihren ehemaligen Chef, den Geschäftsführer des »Lebensborn e.V.«, Max Sollmann, SS-Standartenführer.

Maria Merkel, »nur« Zeugin wie meine Mutter: die »Tante Maja«, mit ihr war sie lange befreundet, bis es meiner Mutter »auf die Nerven ging«, dass sie immer von »unserer schönsten Zeit« sprach. Das konnte Mutter nicht leiden, wechselte rasch das Thema.

Jedenfalls wenn ich dabeisaß, bei Kaffee und Kuchen.

Ihre »letzte Stellung« in der Kaserne war ihre zweite am selben Ort:

Seit Sommer 1945 hatte sie sie in der Wäscherei der amerikanischen Flint-Kaserne in Bad Tölz gearbeitet. Einige Jahre zuvor war sie dort die Chefsekretärin des Kommandanten gewesen, als die Kaserne noch Ausbildungsstätte der SS-Elite war und »Junkerschule« hieß.

Es überrascht mich nicht, dass sie nicht erpicht darauf war, an das

Bügelbrett zurückzukehren, um die Wäsche der ehemaligen Feinde zu plätten, andererseits musste sie sich und ihr Kind ernähren.

Nach Schlafanzug, Sollmann, Krankenkasse und Kaserne endlich eine Frage nach dem Kind. Ist »Gisilein« gesund und brav? Also: keine Belastung?

Ob das Kind traurig ist, wie es den Schock der Verhaftung überstanden hat, das will sie anscheinend nicht wissen. Erst im dritten Brief interessiert es sie am Rande, ob ihre Tochter manchmal nach der Mutter fragt:

Nbg. 27.4.47
I.S.D. Justipalast

Meine Lieben daheim!

Nun verbringe ich also schon den zweiten Sonntag in Nürnberg, und ich warte noch immer vergeblich auf meine Vernehmung. Ich weiß nicht, was man sich bei der Mil. Regierung in Tölz gedacht hat, als man mir versprach, ich würde in ein paar Tagen zurück sein. Sich jetzt noch Gedanken zu machen, wie lange ich hier sein werde, hat gar keinen Zweck. Ich werde aber in Ruhe abwarten, was noch kommt, zu befürchten habe ich nichts, also hat es gar keinen Sinn, sich aufzuregen. Was mir viel mehr Sorgen macht, ist die Befürchtung, daß Ihr Euch um mich Kummer macht. Das ist bestimmt nicht notwendig.

Wenn Ihr mir helfen und mir mein Los erleichtern wollt, dann seid guter Dinge und bleibt vor allem gesund. Es wäre mir furchtbar, denken zu müssen, daß Mutter sich gehen läßt und dadurch ihre Gesundheit schädigt. Macht mir die Freude und seid tapfer, damit ich, wenn ich wieder nach Hause komme, nicht gleich wieder mit neuen Aufregungen rechnen muß.

An sich geht es mir hier gar nicht schlecht, wir bekommen gut zu essen und dürfen bei dem schönen Wetter auch ein bisserl länger an die Sonne. Freilich würde ich tausendmal lieber Kartoffelgemüs' essen, dabei aber frei sein können. Ich habe in meinem Leben schon so viel »Schönes« vom Schicksal serviert bekommen und es ist immer wieder weitergegangen, es wird auch dieses Mal wieder gut ausgehen. Macht nur Ihr mir keine Geschichten.

Schreibt mir doch, was zu Hause los ist, ob sich etwas besonderes ereignet hat und wie es Euch geht. Was macht Gisilein, fragt sie manchmal nach mir? Geht sie noch in den Kindergarten? Neugierig bin ich ja, was man in der Kaserne mit mir machen wird. Man soll ja angeblich von hier einen Schrieb mitbekommen, daß einem aus dem hiesigen Aufenthalt keine Nachteile erwachsen dürfen. Wie kommt Ihr denn mit der Wäsche zurecht?

In einer halben Stunde werden wir zum Kirchgang abgeholt werden. Man geht gerne, um wenigstens eine Abwechslung zu haben und zu wissen, daß es Sonntag ist.

Habt Ihr meine Sachen schon zur Post gegeben? Vergeßt ja nicht, eine Arbeit für mich dazuzutun. –

In Gedanken immer bei Euch grüßt Euch herzlichst mit den allerbesten Wünschen Eure Edi

Den freundlichen Herrn Wagner erwähnte sie nicht.

Sie wartete vergeblich auf eine Antwort auf ihre Briefe, freute sich aber über den überraschenden Besuch ihrer Schwester, wie sie am 1. Mai schreibt:

Noch immer zehre ich von der Freude, die mir M. mit ihrem Besuch am Montag-Nachmittag gemacht hatte. Schade war es ja, daß sie so wenig Zeit hatte, andererseits habe ich es natürlich eingesehen, daß sie am Abend zurücksein mußte. Wie ist es Dir denn auf der Rückfahrt gegangen?

Die Züge sind doch so voll, sicherlich hast Du eine große Strecke stehen müßen. Den ganzen Nachmittag habe ich Dich mit meinen Gedanken begleitet und war dann ehrlich froh, als es 10 Uhr war und ich Dich daheim wußte. Froh auch Mutter wegen, die nun hoffentlich etwas beruhigt ist. Mama, Du brauchst Dir um mich gar keine Sorgen machen, denn schlecht geht es uns hier bestimmt nicht. Wenn ich einmal wieder draußen sein werde, und mit den wenigen Zuteilungen zufrieden sein muß, werde ich sicherlich noch oft an das gute Essen im Nürnberger Gerichtsgefängnis zurückdenken. –

Am Montag Vormittag bin ich dann in einem zweistündigen Verhör vernommen worden. Ich bin ziemlich erledigt von diesem Verhör herausgekommen; denn da wird man nach Tod und Teufel gefragt. Es ist aber ganz klar gewesen und ich hatte den Eindruck, daß man mich nicht allzu lange hier behalten wird. Nächste Woche wird man nun aber nochmal drankommen. Am Nachmittag habe ich dann die von Maria abgegebenen Sachen bekommen, die ich gut brauchen kann. Ein bißerl enttäuscht war ich allerdings darüber, daß Ihr sie nicht in einen Karton oder Koffer verpackt habt. Wie soll ich denn das Zeug heimbringen, ich habe doch nur die grüne Tasche bei mir und hier kann ich doch nichts bekommen. Ich hoffe nur, daß Ihr inzwischen etwas zum Arbeiten (weiße Baumwolle etc.) geschickt habt. Da werde ich dann eine Schachtel mitbekommen.

Gestern hat sich etwas erfreuliches ereignet: unsere Zellen werden nicht mehr versperrt und wir Frauen können zueinander gehen. Mit einem Fuß stehen wir also schon wieder in der Freiheit! Diese Erleichterung haben wir unserer »Capteuse« zu verdanken. –

Habt ihr denn inzwischen Post von mir bekommen?

Mir ist es ja bloß um die Lebensmittelkarte. Versucht doch beim Wirtschaftsamt eine Entschädigung zu bekommen, für den Fall, daß die Marken verfallen sein sollten. Ich weiß von Frau Viermetz, daß das möglich ist. Dann muß ich Euch bitten, Frau S. meine Miete für April und Mai zu geben. Mamas Krankenkassen-Beitrag habt Ihr überwiesen?

Was macht der Spatz und die Buben? Und was reden die Leute über mich?

Ich kann mir vorstellen, daß natürlich getratscht wird und mich die Leute schon baumeln lassen. Gelt, Du schreibst mir so oft wie möglich, wenn nur die Post schneller durchginge? –

Mehr weiß ich nun heute nicht mehr, es ereignet sich ja nicht viel. Seid also recht herzlich gegrüßt von
Eurer Edi

Der »Spatz« scheint ihr nicht wichtiger zu sein als die Söhne ihrer Schwester und der Tratsch der »Leute«, die ihre Verhaftung mitbekommen haben.

Immerhin reagiert sie darauf mit »Galgenhumor«, könnte sie sonst so locker von »baumeln« schreiben? Es ist zum Zeitpunkt ihres Schreibens erst wenige Monate her, dass in der Turnhalle des Justizgefängnisses, in dem sie nun sitzt, die Hauptkriegsverbrecher gehängt worden sind.

Bemerkenswert, dass sie die Fragen nach ihrer Tätigkeit im Hitler-Regime so formuliert: »Da wird man nach Tod und Teufel« gefragt.

Was erschien ihr wohl bei diesem ersten Verhör so »klar«, was machte sie sicher, dass man sie bald entlassen würde? Ich sollte gelegentlich in den Protokollen ihrer Verhöre in meinem Schrank nachlesen. Jetzt bin ich zu müde, um noch einmal aufzustehen, aber ich muss noch weiterlesen.

Am 4. Mai hat sie noch immer keine Nachricht von zu Hause, sie klagt:

Zur Zeit geht es mir eigentlich gar nicht gut, die halbe Nacht schon konnte ich nicht schlafen und den ganzen Tag über war's mir so schwer, daß ich aus dem Heulen nicht mehr herausgekommen bin.

Dennoch tröstet sie die Mutter:

Mama, Du darfst Dich nicht so abkümmern um mich, es ist überhaupt kein Grund dafür vorhanden. Du mußt Dir immer vorstellen, ich wär in Urlaub, der eben heuer ein paar Wochen länger dauert.
Kopf hoch und laß Dich nicht unterkriegen. Ich habe mir schon überlegt, daß ich nicht gleich wieder arbeite, sondern noch ein paar Wochen blau machen werde. Ich kann Dir dann zuhause an die Hand gehen und Du sollst Dich wieder ein bisserl erholen.
So schön ist es heute draußen, ob ihr heute wieder einen Spaziergang macht? Uns hat man bloß eine halbe Stunde nach dem Essen in den Garten gelassen, es hat gerade gereicht, sich in der Sonne ein bisserl aufzuwärmen. In den Zellen ist es nämlich immer noch kalt, meine Weste kann ich so gut brauchen hier.

Und eine Woche später, am 11. Mai, schreibt sie:

Meine Lieben daheim!
Wieder ist eine Woche vergangen, ohne daß sich etwas wesentliches ereignet hat. Man hatte zwar versprochen, mich in dieser Woche noch-

mals zu verhören und mir dann wegen meiner Entlassung einen ungefähren Termin zu sagen, aber leider hat man mich eben nicht dran genommen. Man sitzt hier und wartet, wartet, und wenn das so weitergeht, kann ich mir ungefähr vorstellen, wie lange ich noch in Nürnberg bleiben werde. Dass mir bei diesem Gedanken nicht ganz wohl zumute ist, werdet Ihr mir nicht verdenken können. Aber sich darüber aufregen hat gar keinen Zweck, denn auch damit beschleunigt man hier gar nichts. Zur rechten Zeit werde ich wieder ein Gesuch machen, vielleicht geht's dann wieder weiter.

Bisher habe ich mir die Zeit damit vertrieben, dass ich der Frau Viermetz ein Paar schöne Sportstrümpfe gestrickt habe. Gestern habe ich Euer Paket erhalten. Warum habt Ihr mir denn die weiße Baumwolle nicht mitgeschickt? Ich könnte hier damit so viel Schönes machen! Ist es unverschämt von mir, Euch zu bitten, sie mir in einem Päckchen zukommen zu lassen? Und meinen braunen Gürtel und den grünen Pullover. Der ist hier sehr praktisch, weil er nicht so schmutzt. Ich habe so das Gefühl, daß ich doch länger hier sein und ihn noch gut brauchen werde. –

Wenn ich doch erst mal eine Nachricht von Euch hätte! Drei Wochen sind es nun, daß ich das letzte mal von Euch gehört habe, das ist schon eine verdammt lange Zeit. Wenn Ihr mir etwas wichtiges zu schreiben habt, gebt den Brief per Einschreiben auf, ich bekomme ihn dann hier viel schneller. –

Es besteht die Möglichkeit, dass Frau M., eine ehemalige Kollegin von hier Urlaub nach Hause bekommt, um ihr Kind zu suchen, das sie bei ihrer »Festnahme für ein paar Tage« (genau wie bei mir!) bei einer Nachbarin untergebracht hatte.

Sie wird dann auch bei Euch vorbeikommen und die von mir gewünschten Sachen gleich mitnehmen. Ihr könnt dann auch im einzelnen erfahren, wie es uns hier so geht. Schlecht kann man ja wirklich nicht sagen, denn die Verpflegung ist außerordentlich gut und reichlich. Aber die Freiheit kann das halt doch nicht ersetzen. Ob von Tölz aus wegen meiner Entlassung etwas unternommen werden kann? Ich glaube ja nicht, das ist nur mal so ein Gedanke von mir. Aber gelt, ihr dürft mir keinen Kummer machen, laßt nur den Kopf nicht hängen, ich habe ihn mir auch hochgestreckt, daß er nicht runterfällt.

So und an jeden von Euch ein recht festes Busserl und bis zum Wieder-
hören tausend herzlichste Grüße von Eurer Edi

Kopf nicht hängen lassen, ja, ihn sogar hochstrecken, Haltung bewahren – ist das der Rest des Stolzes, für eine Weile die Frau an der Seite
des SS-Kommandanten, meines Erzeugers, gewesen zu sein oder
schon der Einfluss von Wagner, diesem »vornehmen« Mann?

Ereignet hat sich angeblich nichts Wesentliches – aber wahrscheinlich konnte sie es ihrer Familie nicht erzählen, dass sie sich verliebt
hat. Die Familie hatte es schwer genug mit mir, ihrem unehelichen
Kind, das sie zunächst als »norwegisches Waisenkind« aufgenommen
hatte. Bestimmt wären Mutter und Schwester von einer neuen Liebe
nicht begeistert gewesen.

Eine Schande war genug.

Sehr früh wache ich am nächsten Morgen auf, fühle mich elend. Ich
könnte mich umdrehen und weiterschlafen, als aber mein Blick auf
den Stapel Briefe fällt, der neben meinem Bett liegt, bin ich hellwach.

Unser gemütliches Schlafzimmer, das bequeme Bett – habe ich
eine Ahnung, wie es sein muss, auf einer Gefängnispritsche aufzu-
wachen?

Nürnberg, den 18.5.47

Meine Lieben daheim!

Wie ich zu Euch, so gehört zum Sonntag in Nürnberg der Brief an
Euch. Freilich dürfte ich auch unter der Woche schreiben, aber was
soll ich auch, es ereignet sich ja nichts wesentliches, von dem ich Euch
unterrichten könnte.

Die erhoffte Vernehmung ist natürlich nicht gekommen, ich weiß schon
gar nicht mehr, warum ich eigentlich noch in Nürnberg sitze. Logisch
denken hat aber hier gar keinen Sinn, darum werde ich halt wieder
abwarten, was man mit mir hier vor hat. In den letzten Tagen sind
noch einige maßgebliche ehemalige Mitarbeiter hier angekommen,
die rangmäßig aber weit über mir stehen. Diese Leute können ja weit
mehr aussagen wie ich, weil sie mehr wissen und so hoffe ich doch,

daß man mich als kleine Sachbearbeiterin in absehbarer Zeit heim-
schicken wird. Den Karten nach, die uns Frau Viermetz jeden Tag legt,
dürfte ich schon gar nicht mehr hier sein, und die müssen es doch
wissen. Haltet mir also die Daumen, daß den hohen Herrn recht bald
die Erleuchtung kommt. Immer wieder muß ich ja sagen, daß es mir
hier bestimmt nicht schlecht geht. Wir essen wie die Fürsten mit
Fleisch, Gemüse, Sauce, Kompott, Pudding und dergl. mehr und kön-
nen wirklich satt werden. Mit der Zeit hat man sich auch an die kahlen
Wände gewöhnt und so gut es ging, haben wir unsere Zellen doch
einigermaßen wohnlich eingerichtet.
Unsere Cäpteuse hat uns auch Seife und ein Bügeleisen verschafft,
sodaß wir unsere Sachen schon in Ordnung halten können. Daß wir
die Zeit herumkriegen, dafür sorgen unsere männlichen Leidensge-
nossen, die immer etwas zum Flicken haben. In dieser Woche hatten
wir auch das Unterhöschen des Herrn Dönitz und die Socken des
Herrn von Küchler.

Ich muss die Namen dreimal lesen.

Mehrere »Dönitz« kann es in Nürnberg wohl nicht gegeben haben –
mit dem »Herrn«, dessen »Unterhöschen« zu flicken war, kann sie nur
den ehemaligen Großadmiral meinen, der nach Hitlers Tod noch für
wenige Wochen als »Staatsoberhaupt des Deutschen Reiches« fun-
gierte.

Wie kann er noch im Mai 1947 im Justizgefängnis sein, war er denn
nicht längst verurteilt worden? Nun hält es mich nicht mehr im Bett,
ich schlage nach, weiß nun genau, dass Dönitz einer der vierundzwan-
zig Angeklagten im Nürnberger Prozess gegen die Hauptkriegsverbrecher war und am 1. Oktober 1946 in zwei von drei Anklagepunkten
schuldig gesprochen und zu zehn Jahren Haft verurteilt wurde. Und
ich finde auch heraus, dass Karl Dönitz ebenso wie die anderen, die
dem Todesurteil entronnen waren (Walter Funk, Rudolf Heß, Erich
Raeder, Albert Speer, Baldur von Schirach und Konstantin von Neu-
rath), erst am 18. Juli in die Haftanstalt Spandau gebracht wurde.[4]

Ex-Großadmiral Dönitz mit von meiner Mutter geflickter Unter-
hose ...

Der Besitzer der Socken war Generalfeldmarschall Georg von

Küchler, der 1948 im Prozess gegen das Oberkommando der Wehrmacht zu zwanzig Jahren Haft verurteilt und bereits 1953 aus Landsberg entlassen werden sollte; 1968 ist er in Garmisch-Partenkirchen gestorben.[5]

Maxls Schwiegervater ist gleich in der Nähe, er hat jetzt – wie Ihr sicher schon aus den Zeitungen wißt – auch die Anklageschrift bekommen.

Die am 13. Mai 1947 zugestellte Anklageschrift für den Schwiegervater eines Freundes, Generalfeldmarschall Wilhelm List, lautete unter anderem wie bei allen Angeklagten auf »Kriegsverbrechen und Verbrechen gegen die Menschlichkeit«. List wurde 1948 im Fall VII (Südost-Generäle) zu Lebenslänglich verurteilt, 1952 in Landsberg entlassen, lebte – Zufall oder nicht – wie sein ranggleicher Kollege, der eben erwähnte Georg von Küchler, auch in Garmisch-Partenkirchen, wo er 1971 starb.[6]

Der einzig schöne und frohe Moment war am Donnerstag, als ich Euren Brief vom 29. bzw. 30.4. erhielt. Endlich eine Nachricht von Euch, es ist nur schade, daß sie so lange unterwegs ist!
Daß Maria auf die Nürnberger Reise hin krank werden wird, habe ich mir schon gedacht. Es tut mir ja leid, daß dieses mal ich die Ursache war, das heißt, eigentlich mußt Du ja die Amerikaner dafür verantwortlich machen, denn freiwillig bin ich ja nicht nach Nürnberg gegangen. – In meinem letzten Brief schrieb ich von einem evtl. Besuch von Frau Merkel bei Euch. Auf den braucht Ihr nun nicht mehr zu warten, denn das Gesuch um Urlaub ist abgelehnt worden.
Ich wäre Euch deshalb recht dankbar, wenn Ihr mir die erbetenen Dinge zuschicken würdet. Ich weiß zwar schon, daß das Zusammenpacken wieder viel Zeit in Anspruch nimmt, aber ich könnte halt dann doch hier verschiedenes arbeiten.
Wie kommt Ihr denn mit der neuen Zeit zurecht? Ich bin gar nicht einverstanden damit, denn es ist jetzt 4 h wenn wir hier aufstehen müssen, entsprechend schwer komme ich auch heraus. Die Buben können mir auch leid tun, abends werden sie nicht ins Bett wollen und früh haben

*sie sicherlich auch nicht ausgeschlafen. Bekommen die Buben jetzt
auch Schulspeisung? Die Münchener Kinder müßen ja prima versorgt
werden. –
Wie geht es meiner wilden Hummel? Ob das Beschwerdenbuch voll
sein wird, bis ich nach Hause komme? Habt Ihr ihr die Haare schneiden lassen? –*

Bei der »wilden Hummel« handelt es sich um ihre kleine, lebhafte
Tochter, die anscheinend mehr Anlass zu Beschwerden als zu Lob
liefert.

*Es ist schon recht scheußlich, daß ich hier sein muß, manchmal könn-
te ich schon das heulende Elend kriegen, wenn ich an Euch denke.
Meine Pläne für Pfingsten werde ich mir ja auch aus dem Kopf schlagen müßen, denn bis dorthin bin ich bestimmt noch nicht draußen.
Vielleicht kommt aber dieser Brief vor dem Fest noch zu Euch, so wünsche ich Euch allen recht schöne Feiertage. Seid nicht traurig, es hilft
auch mir gar nichts, im Gegenteil. Ihr macht mir damit mein Los nur
noch schwerer. Eines Tages muß diese häßliche Zeit auch ein Ende
haben. Mit tausend herzlichen Grüßen und vielen Bussis bin ich
Eure Edi
Vergeßt mich nicht und laßt oft etwas von Euch hören, es können ruhig
Postkarten sein!*

Immer noch kein Hinweis, wann es »gefunkt« hat zwischen ihr und
Wagner. Gut, dass Samstag ist, gleich nach dem Einkaufen werde ich
anfangen, die anderen Briefe zu sortieren, um das herauszufinden.

Ich setze mich auf den Boden, verteile Umschläge, einzelne Briefbögen, Postkarten, große und kleine Zettel um mich herum und stelle
überrascht fest, dass der Absender nicht nur »Wagner« lautet, sondern
auch »L. Schaller«, »P. L.« und diverse andere Namen auf den Umschlägen stehen. Und es sind auch Briefe meiner Mutter an ihn dabei –
zu vertraut ist mir ihre Handschrift, als dass ich sie nicht sofort erkannt
hätte, auch wenn sie die meisten dieser Briefe nicht unterschrieben
hat. Es sind ganz sicher Originale, keine Abschriften, oft mehrfach
gefaltet, zerknittert, mit Flecken darauf.

Wie kamen ihre eigenen Briefe in ihren Besitz?

Es gibt nur eine Erklärung: Er muss sie nach der Trennung zurück-
geschickt haben, und sie hat sie zu den seinen gepackt, die sie alle
aufgehoben hat bis zum letzten abgerissenen Zettelchen mit einem
zärtlichen Wort darauf, bis zur fettverfleckten Papierserviette, in die
einmal eine Süßigkeit »für mein Leckermäulchen« eingepackt war.

So waren denn wenigstens beider schriftliche Liebesschwüre für
immer vereint. Fassungslos sitze ich vor diesen Zeugnissen der Ver-
geblichkeit.

Ich versuche die Briefe zu zählen – gebe bei hundert auf, das ist
noch nicht einmal die Hälfte!

Wie kann ich die Briefe je in eine Reihenfolge bringen? Ich sehe
nur wenige Daten, kann auf den ersten Blick keine Ordnung erkennen.

Auf dem Grund der großen Schachtel liegt noch ein grauer Aktendeckel, links oben steht »Briefe«, das muss seine Schrift sein. Es sind
lauter einzelne Blätter, auch sie ohne Anrede, ohne Unterschrift, von
meiner Mutter geschrieben. Sie enden alle mit einem »Gute Nacht«.
Bei genauerem Hinsehen erkenne ich, dass sie ursprünglich gefaltet
waren, und zwar alle gleich und sehr akkurat dreimal: quer – längs –
längs, so dass ein längliches Briefchen entstand, das sie ihm vielleicht
rasch in die Jackentasche stecken konnte, bevor er ging. Oder hat womöglich die freundliche »Capteuse« wie ein »Postillon d'amour« bei
ihrem letzten Rundgang ein solches Briefchen mitgenommen und es
ihm dann unter seiner Zellentür durchgeschoben?

Es ist unwahrscheinlich, dass er die Blätter jahrelang auf seinen
Reisen dabeihatte. Sie sind so glatt, als seien die Knicke beim Ein-
legen in den Ordner ausgebügelt worden. Er muss die Briefe irgendwo
deponiert haben, oder er hat sie bei ihr zurückgelassen vor seiner
Flucht.

Es sind Dutzende von Blättern, wie alle anderen ohne Datum. Ich
kann nur annehmen, dass er sie, so ordentlich wie sie aussehen, der
Reihe nach in die Mappe gelegt hat.

*Es ist doch nur ein winziger Sonnenstrahl an meiner Zellenwand, den
meine sich nach Licht und Wärme sehnenden Augen bis zum Erlö-*

schen verfolgen und doch ist es so hell und strahlend um mich, als ob ich mich in einem unendlichen Meer von Licht befände, von dessen Wellen ich sanft getragen werde, als ob zärtliche Hände mich unentwegt streicheln und wiegen würden. Ich wehre mich nicht dagegen, sondern gebe mich dieser Zärtlichkeit ganz hin und will sie auskosten, denn sie macht mein sehnendes Herz unsagbar glücklich und läßt mich die Schmerzen kaum spüren. Was hast Du nur für eine heilende Kraft in Dir, daß Du es fertig bringst, auch meine körperlichen Schmerzen von mir zu nehmen? Siehst du nun, wie ich Dich brauche? Ich fühle mich in Deinen Armen ja so geborgen und alle Unruhe und Bangigkeit ist von mir weg, denn ich weiß, daß ich von einem geliebten Menschen beschützt und beschirmt werde. –

Und in der beglückenden Gewißheit, daß Du auch mein Kinderherz, das mit einer glühenden Verehrung an Dir hängt, magst, lasse ich mich durch Dein Atmen hinübertragen in den Schlaf, in dem die bis zuletzt um Dich kreisenden Gedanken wunderschöne Träume werden, die mich auch im Schlaf Deine mir so kostbare Liebe spüren lassen. Gute Nacht, Du wunderbarer Mensch, meine Liebe zu Dir wird jeden Tag inniger und tiefer. Vergiß nicht, daß du mich noch küssen mußt.

Ich empfinde Dankbarkeit für diesen Mann. Darf ich das?

Wer immer er war, was immer der Grund für seine Inhaftierung war, was immer ich über ihn herausfinden werde, ich werde Wagner dankbar bleiben, dass er in jenen Tagen meiner eingesperrten Mutter Angst und Schmerzen genommen hat und seine Liebe sie glücklich machte.

Möglich, dass die Gelassenheit und der Stolz, die aus ihren Briefen nach Hause sprechen, damit zu tun haben, dass die beiden sich schon im Mai ihre Liebe gestanden und Wagner für sie zum »Sonnenstrahl« in ihrer düsteren Zelle geworden war.

In ihren Briefen nach Hause betont sie mehr und mehr, wie gut es ihr geht und dass die Familie sich keinesfalls um sie sorgen soll. Sie beschreibt den Pfingstsonntag, das war der 25. Mai, so:

Wir haben den Tag recht gut herumgebracht. Vormittags Kirche – wir gehen hier in den protestantischen Gottesdienst – mittags ein sehr an-

ständiges Essen, kurz darnach kleiner Spaziergang mit Faustballspiel-Einlagen, dann Nachmittags-Tee und aus dem Paket von Frau Viermetz Knäckebrot mit Butter und Zucker. Zum Abendessen hat es dann Brot, Tee, Wurst und Butter gegeben und am Abend zur geistigen und seelischen Erbauung ein gutes Buch. Ihr seht also, daß es mir hier wirklich gut geht. Freilich will ich damit nicht sagen, daß ich ausgesprochen gerne hier bin, aber nachdem ich schon zu meiner Entlassung nichts dazutun kann, mache ich es mir hier so angenehm wie nur möglich.

Wegen des Zeitpunkts meiner Entlassung kann ich Euch auch heute noch gar nichts sagen. Wie Ihr ja sicher auch aus der Zeitung gelesen haben werdet, soll den führenden Persönlichkeiten bis zum 12.7. die Anklageschrift vermittelt werden. Wir reimen uns dadurch zusammen, daß wir spätestens Mitte Juli bis auf weiteres heimfahren können. Daß dies eintreffen möge, das walte Gott, denn trotz aller guter Verpflegung würde ich doch tausendmal lieber zu Hause sein.

Außer dem 1. Brief vom 29.4. habe ich nichts mehr von Euch gehört. Ich glaube ja schon, daß es an der doppelten Zensur liegt, denn daß Ihr mir nicht schreibt, kann ich doch nicht glauben. So ganz ohne Post zu sein, macht mir die Lage nicht leichter. –

Dass sie tausendmal lieber zu Hause wäre, kann ich ihr nicht glauben, denn die Beziehung zu Wagner ist mittlerweile schon sehr intensiv geworden:

Ich möchte heute immerzu meinen Kopf in Deinen Schoß legen und mit wachen Augen von dem unbergreiflichen Wunder träumen, das mich gestern abend noch vor dem Einschlafen – wie eine Gnade des Ewigen – bis in mein innerstes Sein überflutet hat. Es hatte mich eine Ahnung erfasst von der unendlichen Herrlichkeit, einen geliebten Menschen ganz zu besitzen mit all seinen Fähigkeiten, seine Liebe in sein zweites Ich strömen lassen zu können.

Der letzte Schritt – wenn es auch nur der Anfang war – unseres Ineinanderwachsens ist getan, es ist ein Wille, ein Herz und ein Blut, das uns zusammenhält für immer. Mit noch viel größerer Sehnsucht warte ich nun auf den Tag, an dem sich dieses Eins-Sein an mir erfüllen wird.

50

Es ist tiefste Liebe, die uns unzertrennlich einschließt in eine wunderschöne Welt, die uns des Lebens höchste und reichste Erfüllung bringen wird. –

Und nur durch Dich, Du geliebtester Mensch, ist mein Herz so reich und grenzenlos glücklich geworden, Du hast alle meine Sinne und Gefühle geweckt, die nun unentwegt hinströmen zu Dir wie meine Liebe. Ich erkenne heute zum ersten Mal, daß Sehnsucht nach dem geliebtesten Menschen verzehren kann, wenn sie ungestillt bleiben muß. Lasse deshalb meine maßlose Liebe und mein unbändiges Sehnen in Dich hinein, weil ich seine Fülle nicht mehr in mir behalten kann.

Wenn ich heute nach außen nicht so laut fröhlich sein konnte, so mache Dir keine Gedanken darüber. Mein Herz ist fröhlich und es freut sich so sehr über die Blumen, die bei mir stehen, über die Orange, die Du mir eben geschenkt hast, und über die Sonne, die heute wieder nur für uns Beide scheint. Nur stiller ist es, weil es seit gestern abend den Atem des Übernatürlichen spürt, der es ein wenig feierlich stimmt.

Du bist mir heute so restlos vertraut, als würde ich Dich seit meiner Kindheit kennen. Ist das die Ahnung, daß wir vom Schicksal füreinander bestimmt sind? Ich glaube unerschütterlich an diese Bestimmung.

Immer wieder lese ich Deine Briefe, es ist mir dabei, als ginge ich inmitten herrlicher Musik auf einer mit tausend duftenden Blüten übersäten Brücke Dir entgegen, stürmisch und voller Drängen und doch so voller Scheu, damit ich jede Blume erkennen und ihren Duft in mich aufnehmen kann. Am Ende der Brücke stehst Du, und ich lasse mich von Deinen starken Armen an Dein Herz nehmen, um das Bewußtsein des Geborgenseins so ganz auszukosten.

Es ist ein heiliges Wunder – unsere Liebe.

Nimm mich auch diese Nacht wieder in Dich hinein; mein Herz kann ja nur schlagen, wenn es eins ist mit Dir. Und vergesse es auch diese Nacht nicht: Dir gehört alles an und in mir.

Gute Nacht und nimm mein Sehnen auf, das zu Dir hinuntergeht.

Auch sie beschwor also von Anfang an das »Ewige« und das »Übernatürliche«, das »heilige Wunder« ihrer Liebe. Es wird die »Bestimmung« herbeigeredet und »*ein* Wille, *ein* Herz und *ein* Blut«. Auf unheimliche Art und Weise verschwimmen hier Liebesschwüre mit den Beschwörungsformeln der Nazi-Propaganda und lassen erahnen, warum solche Floskeln die Macht hatten, so viele Deutsche zu verführen.

Die praktische Seite interessiert mich auch: Wie kam er im Gefängnis an Blumen, an eine Orange, damals eine Kostbarkeit? Und – wo kamen sie sich so nahe, wie man aus den Briefen schließen darf?

Dieser wunderschöne Tag, so voller Sonnenschein und Glück, darf nicht zu Ende gehen, ohne daß ich Dir vor dem Einschlafen nochmal von meiner uferlosen Liebe gesagt habe. Ja, sie hat heute – alle Grenzen und Ziele überschwemmend – ganz und ohne Einschränkung von meinem Herzen und meinem Körper Besitz ergriffen, um nie mehr wieder aus mir wegzugehen.
Hörst du, Liebster, nie mehr!
Alles an und in mir, mein ganzes Sein und Wesen, gehört Dir, nimm mich in Dich und lasse mich in Dir sein, immer. Lasse unser heißes brennendes Blut zusammenströmen und uns in unserer Zweisamkeit ein unendlich schönes Glück aufbauen, das wir uns von keiner Macht mehr rauben lassen.
Ich liebe Dein stürmisches Herz, deine flammenden Augen, Deine heilenden Hände, Deine beseligende Sprache und – eben alles, was »Du« bist – und ich brauche Dich, damit mein Herz atmen kann. Ohne Dich kann es nicht mehr leben.
Gute Nacht; ich liebe Dich unendlich!

Dieselbe Frau, die sich mit Haut und Haaren einem Mann ausgeliefert hat, ihm geradezu verfallen ist, schreibt nüchtern und praktisch am 26. Mai eine Postkarte nach Hause. Als ob es ihr leichter gefallen wäre, Inhalt und Stil umzustellen auf das Alltägliche, schreibt sie dieses eine Mal in der altdeutschen Sütterlinschrift. Oder wollte sie damit lediglich die amerikanischen Zensoren irritieren?

Ich habe diese Schrift noch in der Schule gelernt, es ist aber Jahrzehnte her, seit ich sie zuletzt gelesen habe, und ich könnte keinen einzigen Buchstaben mehr schreiben. Ich brauche eine Weile, bis ich die Karte entziffern kann:

Meine Lieben!
Mit gleicher Post geht auch ein Brief an Euch ab. Da ich aber das
Gefühl habe, daß Briefe unendlich länger unterwegs sind, bitte ich
Euch mit dieser Karte meine beiden Dirndlröcke mit den beiden wei-
ßen Blusen zu schicken. Ich will damit nicht sagen, daß ich den ganzen
Sommer hier verbringen will, aber lieber mitheimgenommen, als sie
nötigenfalls nicht zum Anziehen zu haben. Wir wollen doch auch hier
anständig ausschauen. Am schnellsten bekomme ich es per Bahnpost.
Ich brauche auch den Schlafanzug und habe in einem früheren Brief
um verschiedenes gebeten, vielleicht könnt ihr mir das dazutun. Tau-
send Grüße und einen Kuß von Eurer E.

Der Postverkehr läuft offensichtlich sehr schleppend, selbst ein Eilbrief vom 30. Mai kommt erst am 5. Juni 1947 in Bad Tölz an, wie ich
den Stempeln auf der Rückseite des Umschlags entnehme.

Nürnberg, 30.05.1947

Ihr Lieben daheim!
Erschreckt nur nicht, wenn Ihr diesen Eilbotenbrief bekommt, es ist
gar nichts besonderes los, nur möchte ich, daß Ihr diesen Brief eher
als in 4 Wochen bekommt und das ist anscheinend nur auf diesem Weg
möglich. – Gestern kam euer Brief vom 2.5. hier an. Wahrscheinlich
wird auch meine Post an Euch so lange unterwegs sein und Ihr dürft
Euch deshalb nicht wundern, wenn Ihr lange nichts hört von mir. Ich
schreib viel an Euch, ein Schreibverbot besteht ja nicht.
Mit Eurer Post kam auch einer von Frau S., in dem sich auch Gisilein
zu Wort gemeldet hatte; ich habe mich natürlich sehr darüber gefreut,
andererseits bin ich dann den ganzen Abend mit meinen Gedanken
von zuhaus nicht mehr losgekommen.

Wo ihre Gedanken an den Abenden wirklich waren, weiß ich inzwischen.

Der erwähnte Brief liegt bei – leider als einziger der Briefe, die sie
in Nürnberg von zu Hause bekommen hatte. Meine Patentante, die im
selben Haus wohnte, schrieb mit feiner Feder in akkuratem Sütterlin
wie in den Schönschreibheften meiner Kindheit:

Das Warten, daß in der ganzen Sache bald eine gute Wendung kommt, fällt uns allen schwer, aber wir wollen doch stark hoffen, daß wir Sie bald wieder bei uns haben. Bei uns geht es so ziemlich im gewohnten Alltag dahin, das jetzige Leben ist nicht gerade leicht.

Viel Freude macht uns allen die kleine Gisilein, sie ist frisch und munter, ganz gesund der liebe Kerl. Gisi und Tante S. halten fest zusammen und ein »klein bisserl« lieb haben sie sich auch. In den Kindergarten geht sie ganz gerne. Wir haben viel sonniges Frühlingswetter, da sind die Kinder viel im Freien.

Liebe Edi, für heute schließe ich wieder, Gisi will auch noch schreiben, seien Sie herzlich gegrüßt von Ihrer Tante S.

Auf der Rückseite steht in der ungelenken Handschrift meiner Großmutter, die sich nicht so leicht entziffern lässt, ein »Diktat« von Gisi:

Liebe Edi,
Komme bald wieder. Ich freu mich schon wenn Du da bist. Ich bin immer recht brav und gehe schön in den Kindergarten. Ich spiele viel im Hof wenn die Sonne scheint. Wir sitzen gerade auf dem Balkon von Tante S. Ich schick Dir ein liebes Bussi. Dein Giselein

Wie gut ich mich an den schmalen Holzbalkon erinnere, an die ausgesägten Herzen in den dunkelbraunen Latten, gerne bin ich dort am kleinen Tisch gesessen, habe gemalt, später Schulaufgaben gemacht. Meine Patentante war eine warmherzige Frau, die viel lachte, ich habe mich wohl gefühlt bei ihr.

An »Liebe Edi«, statt an »Liebe Mutti«, ist mein kleiner Brief nicht ohne Grund gerichtet. Erst kurz vor ihrer Verhaftung hatte ich erfahren, dass sie meine Mutter sei und nicht meine Tante, wie man mich früher glauben gemacht hatte. So nannte ich die wirkliche Mutter weiterhin Edi, weil die Anrede »Mutti« der Tante gehörte, die ich früher für meine Mutter halten musste.

Es hat eine Weile gedauert, bis ich meine leibliche Mutter so nennen konnte.

Ich lese im Brief von Edi weiter:

Wenn ich in Eurem Brief lese, daß Ihr schon am 2.5. auf mich gewartet habt – und heute ist der 30. – wird es mir doch recht zweierlei!
Ihr dürft Euch auf gar keinen Fall auf einen bestimmten Zeitpunkt festsetzen; solange ich hier als Zeuge benötigt werde, muß ich hier bleiben. Am Mittwoch vormittag war ich das zweite mal beim Verhör. Die Norweger-Sache war zur Sprache gekommen und nachdem hier anscheinend noch Unklarheiten bestehen, werde ich – so leid es mir tut, es sagen zu müßen – mit meiner Entlassung in allernächster Zeit kaum rechnen können.

Beim Verhör wegen der »Norweger-Sache« ging es um ihre mögliche Beteiligung bei der Verschleppung von norwegischen »Lebensborn«-Kindern nach Deutschland. Bei der erwähnten Befragung wehrte sie sich vehement gegen diesen Vorwurf, wie ich bei den Recherchen zu meiner Autobiographie *Das endlose Jahr* in den Nürnberger Prozess-berichten nachgelesen habe. Es lagen aber entsprechende Klagen von norwegischen Frauen vor.

Man tappt andererseits aber völlig im Dunklen und darum ist es gar nicht ausgeschlossen, daß ich doch im Laufe des nächsten Monats daheim sein werde. Aber wartet nicht ständig auf mich, das kostet soviel Nervenkraft, die Ihr für andere Dinge viel notwendiger braucht. Eines Tages wird das hier ja auch ein Ende nehmen und dann will ich Euch doch gesund antreffen zuhaus. Ich muß diese schwere Zeit nun einmal durchstehen – womit ich sie mir verdient habe, weiß ich allerdings nicht – und aller Kummer ändert daran gar nichts.
Mir persönlich geht es recht gut, keine wesentliche Arbeit und dazu ein gutes reichliches Essen. Was will ich noch mehr. Wir haben uns hier recht gut zusammengewöhnt, und damit hilft eine der anderen über diese Zeit ganz gut hinweg.

»Eine der anderen« – also die Frauen unter sich – schreibt sie, wer ihr wirklich über die schwere Zeit hinweghilft und warum es ihr »persönlich recht gut« geht, das ist also zu diesem Zeitpunkt immer noch ihr Geheimnis.

Frau Viermetz ist jetzt schon die zehnte Woche hier, obwohl sie zu-
hause einen Geschäftshaushalt und 2 kleine Buben hat und ihr Mann
Gesuch über Gesuch um ihre Entlassung schreibt. –
Was habe ich mir heuer für den Sommer alles vorgenommen!
Zum Baden wollte ich gehen mit den Kindern und Ferien machen.
Allmählich werde ich mir diese Gedanken aber nun doch aus dem
Kopf schlagen müßen, denn das hohe Gericht hat anscheinend gar
kein Verständnis für unsere Wünsche.

Warum sollte das »hohe Gericht« auch Verständnis aufbringen für
eure Ferienwünsche? Ihr habt für ein Regime gearbeitet, das keine
Rücksicht nahm auf zahllose Familien, die den Sommer am Meer oder
in den Bergen geplant hatten und statt dessen auf die letzte Reise im
Viehwaggon nach Auschwitz oder Theresienstadt geschickt wurden.
Hast Du das in Deiner »schweren Zeit« im Sommer 1947 immer noch
nicht wissen wollen, Mutter?

Wie ist es eigentlich mit meinem Gehalt? Wahrscheinlich wird es nach
6 Wochen ja nicht mehr bezahlt werden. Regelt Ihr das dann mit mei-
ner Krankenkasse?
Meinen Haushaltszuschuss nehmt von meinem Geld weg und wenn
sonst etwas gebraucht wird, wißt Ihr ja, wo es liegt. Hat sich eigentlich
wegen der Möbel-Bezugsscheine etwas getan?
Habt Ihr eigentlich schon die Briefe bekommen, in denen ich verschie-
denes haben wollte. Ich wäre Euch sehr dankbar, wenn Ihr mir die
Sachen per Bahnexpress oder Eilboten zukommen lassen würdet.
Schickt mir bitte auch große Briefmarken (1.-) Damit ich Euch des
öfteren per Eilboten schreiben kann.
Wenn es bei Euch auch so schön und sommerlich warm ist wie hier in
Nürnberg, können die Kinder ja viel draußen sein. Ist Gisilein schon
braun geworden und denkt sie noch an mich?
Bleibt gesund und seid alle viel tausendmal und herzlich gegrüßt von
Eurer Edi

Wenige Tage später, am 4. Juni, folgt schon der nächste Brief, weil sie
an diesem Tag gleich zwei Briefe von zu Hause erhalten hat:

Jetzt bin ich halt wieder bei dem Kapitel, das uns zur Zeit sicherlich am meisten bewegt: wann werden sie mich wieder heimfahren lassen?

Es bleibt nichts anderes übrig als abzuwarten, aber die leise Hoffnung, daß man als Sachbearbeiterin nicht als Verantwortliche herangezogen werden kann, zumal es bei uns doch wirklich so war, daß jede Entscheidung von den hohen Herren gefällt worden ist, habe ich noch nicht aufgegeben und damit auch nicht die Möglichkeit, bald wieder in Eurer Mitte zu sein.

Wie bitter vertraut es doch klingt, »daß jede Entscheidung von den hohen Herren gefällt worden ist«. So oft gehörte und gelesene Rechtfertigung von Deutschen, die keine eigene Schuld einsehen konnten, sich nicht verantwortlich fühlten für die Verbrechen des NS-Regimes, klingen mir in den Ohren: »Es war doch nicht meine Entscheidung.«

Die doppelte Sommerzeit ist ja auch für die Kinder wirklich nichts und für die Großen noch viel weniger, weil es für sie überhaupt nicht mehr Feierabend wird. Ob dadurch wirklich Wesentliches eingespart wird? Mich erinnern die hellen Abende viel an die Norwegerzeit, wo es allerdings die ganze Nacht so hell blieb, wie es bei uns jetzt um 11 Uhr ist. Könnt Ihr Euch noch erinnern, wie sehr ich darüber immer gejammert habe? Wir sind es eben nicht gewöhnt, bei Sonnenschein schlafen zu gehen. Hier im Gefängnis ist jetzt vor 11 Uhr auch keine Ruhe, – um 1/2 11 Uhr gehen meist die letzten noch spazieren, – aber man hat dann nach dem Essen Zeit genug, den versäumten Schlaf nachzuholen. Ich glaube, für M. wäre Nürnberg ein Erholungsaufenthalt! Magst nicht tauschen mit mir, für 2 Wochen läßt sich's gut aushalten!

Das klingt nicht nach strengem Gefängnisreglement, und ich bezweifle, dass die mit Beruf und Haushalt und drei Kindern überlastete Schwester das scherzhafte Tauschangebot mit Humor aufnahm.

Das am 21.5. angekündigte Paket ist bis jetzt noch nicht da. Ich weiß es natürlich auch, daß es heute sehr riskant ist, etwas aufzugeben,

andererseits brauche ich die Sachen so dringend, besonders die Wolle
zum Arbeiten, damit ich nicht überschnappe. Ich muß eine Beschäfti-
gung haben, die mir auch ein bißchen Freude macht.
Draußen ist heute Fronleichnam. Ob das Spätzlein mit dem Kinder-
garten wohl gar zur Prozession gegangen ist? Wundern tät's mich gar
nicht. Ich wäre so gerne daheim gewesen. Auf das Muttertags-Ge-
dichtchen bin ich sehr neugierig, hoffentlich kann sie es noch so lange
im Köpfchen behalten.
Was hat sich sonst in der Verwandtschaft getan? Was machen die
Spruchkammerangelegenheiten? Bei welcher Spruchkammer[7] wird
denn verhandelt? – Jetzt, glaube ich, habe ich alles geschrieben, was
ich euch erzählen wollte.
Wenn das Paket eingetroffen ist, gebe ich sofort Nachricht.
Bleibt gesund Ihr Lieben; für jeden ein Bussi von Eurer Edi

Auch das Muttertagsgedicht hat sie aufgehoben: ein mit kindlicher
Krakelschrift vollgeschriebenes Blatt Papier, auf der Rückseite der
Text wieder von Großmutters Hand. Ich vermute, das Kind hatte es
»aufgeschrieben«, weil es das Gedicht zu Hause am Muttertag nicht
aufsagen konnte, damit die »verreiste« Mutter es wenigstens lesen
könne.

Mutter, liebes Mütterlein,
Heut will ich Dir gratulieren
Und mit allerschönstem Wunsch
Deinen frohen Festtag zieren.
Darum falt ich fromm die Hände
Und ich flehe inniglich
Daß der Himmel Segen spende
Und gesund erhalte Dich.
Für Dein Mühen, Schaffen, Sorgen
Will mit jedem neuen Morgen
Ich Dir immer dankbar sein
Dich erfreun lieb Mütterlein.

Es ist mir, als könnte ich das Gedicht noch heute aufsagen.

Meine Lieben daheim!

Ich habe gerade nachgerechnet, welches Datum wir heute haben, (im Gefängnis ist das gar nicht so leicht) und bin wirklich erschrocken. In 3 Tagen werden es also 2 Monate, daß man mich von Euch weggeholt hat. Und in dieser ganzen Zeit zwei Verhöre, die übrige Zeit hat man zu warten, weil man vielleicht noch gebraucht wird. Irgendwelche Überlegungen anzustellen ist völlig sinnlos, man ist in den Händen das Nbg. Gerichts und damit hört jede persönliche Freiheit und jeder persönliche Wunsch auf zu existieren. Zu allem Unglück mußte gestern Frau Viermetz von hier aus in ein hiesiges Krankenhaus verbracht werden, weil ihre Galle auch zu streiken angefangen hat und sie in den letzten Tagen ständig mit Koliken geplagt war. Ich befürchte, daß sich nun durch ihre Abwesenheit, die ja unbestimmt ist, (wie alles in Nürnberg) die Fertigstellung unserer Sache nun weiterhin verzögert. Ist das nicht tragisch?

Wechselbad der Gefühle: Das Mitleid mit meiner inhaftierten Mutter reißt ab bei diesen Sätzen, ist wieder ganz auf der Seite der Opfer.

Hast Du in jenen Monaten nie an die gedacht, Mutter, deren »persönliche Freiheit und jeder persönlicher Wunsch«, ja deren Existenz durch die Willkür Eurer Pseudogerichte ausgelöscht wurde?

Den Krankenhausaufenthalt einer Funktionärin nennst Du Unglück, die Verzögerung Eurer Sache tragisch? Hast Du in jenen Monaten nie eine Ahnung bekommen von wirklicher Tragik?

Dadurch, daß man uns Frauen die gewährten Erleichterungen wieder genommen hat, ist der Tag furchtbar lang und das Gefühl der Vereinsamung bringt man jetzt überhaupt nicht mehr los. Jetzt hätte ich ja Zeit, mir meine grauen Haare, die sich sichtlich vermehren, auszuraufen, aber ich lasse es lieber bleiben, sonst komme ich mit einem Kahlkopf heim.
Am Freitag habe ich nach langem Warten endlich Post von Euch bekommen, es ist der Brief vom 12.5. Daß Ihr draußen so hungern müßt, macht mich recht traurig. Ja, es muß wirklich furchtbar sein und niemand findet sich, Abhilfe zu schaffen. Da werden große Konferenzen

gehalten und der Erfolg ist gleich null. Wenn auch hier die Verpfle-
gung an Güte und auch Quantiät etwas zurückgegangen ist, so ist sie
doch immer noch fürstlich gegen die Eure.
Bei mir macht sich jetzt allerdings eine scheußliche Appetitlosigkeit
bemerkbar, so daß ich meine Röcke übereinanderstecken muss. Ihr
werdet doch meine L-Karte nicht haben verfallen lassen? Ich denke,
daß Ihr sie bekommen müßt, denn ich könnte ja täglich hier entlassen
werden.
So um diese Zeit vor 4 Jahren bin ich auch so ähnlich herumgesessen,
(ich muß jetzt oft daran denken) und wie schnell sind die Jahre ver-
gangen … ich bin doch alt geworden. (Gefängnis-Philosophie! – Vor-
sicht!)

»Vor vier Jahren um diese Zeit« – das war im Juni 1943. Da war sie
hochschwanger mit mir in Norwegen im »Lebensborn«-Heim …

Von Herzen wünsche ich den Buben, daß man sie an der Schulspei-
sung teilnehmen läßt, bei der vielen Lernerei brauchen sie ja wirklich
zusätzliches. Hoffentlich kommen sie bei der Untersuchung durch.

Ich sehe mich in meiner Erinnerung an die Schulspeisung – das war
zwei Jahre später – in der Pause in einer langen Reihe stehen, und alle
Kinder bekommen aus riesigen Bottichen eine Kelle voll Suppe, Nudeln oder Brei in das mitgebrachte »Haferl« geklatscht. Ich habe nicht
gewusst, dass die zusätzliche Verpflegung aus dem amerikanischen
Care-Programm nur bevorzugten Kindern galt. Nach welchen Kriteri-
en wurden sie ausgewählt, nach Gesundheitszustand, nach Gewicht?
   Wie nötig dieses Programm war, zeigt der nächste besorgte Satz:

Wie lange werden Euch die 2 Ztr. Kartoffeln reichen bei dem geseg-
neten Appetit der Kinder? Aber was kommt dann?? –
Ich möchte so gern wieder mal eins von Euch sehen, allerdings ist es
halt ein Risiko, weil man nie voraussagen kann, ob die Sprecherlaub-
nis erteilt wird.
Außer einer wunderbar duftenden Rose, die mir die Captain-Lady ge-
bracht hat, hat sich nichts Erfreuliches ereignet. Doch halt, ein Brief

von Tante S., der mich auch froh gemacht hat, sie ist schon eine recht
gute Seele und ich bin ihr dankbar, daß sie sich um Spätzlein (jetzt,
glaube ich, muß ich bald Spatz zu ihr sagen) so annimmt. –
So jetzt muß ich zum Schluß kommen. In Gedanken immer bei Euch
und mit dem heißen Wunsch recht bald bei Euch zu sein grüßt Euch
herzlich und drückt Euch recht fest
Eure E.

Zu den verlorenen Erleichterungen gehörten sicher die offenen Zellen tagsüber und damit die Möglichkeit, sich gegenseitig zu besuchen; so jedenfalls verstehe ich die beschriebenen »Gefühle der Vereinsamung«. Sie konnte nun die anderen sechs Frauen nur noch beim Spaziergang im Gefängnishof treffen – aber es gab ja den Mann mit der Schlüsselgewalt! Er konnte ihre Zelle aufsperren, er konnte sich doch nun erst recht ungestört bei ihr aufhalten, wenn er die anderen Frauen hinter Schloss und Riegel wusste.

Wo kam die »wunderbar duftende Rose« wirklich her – es ist doch nicht anzunehmen, dass die »Capteuse« ihren Häftlingsdamen Rosen in die Zelle gestellt hat. Wenn sie das tat, dann bestimmt im Auftrag von Wagner, mit dem sie möglicherweise eine stillschweigende Übereinkunft hatte. Dafür sprechen zum Beispiel diese Sätze aus einem von Mutters »Gute Nacht«-Briefen:

Wie unsagbar selig hat mich unser Beisammensein heute Nachmittag
gemacht – es waren nicht nur unsere Gedanken und unsere Herzen,
die aus uns ein Wesen zauberten, auch unser heißes Blut hat sein
Drängen zu- und ineinander nicht zurückhalten können …

Möglicherweise ist dieser Brief von Wagner die Antwort – vielleicht hat er ihn mit der Rose geschickt?

Du bist für mein Blut und meine Augen, meine Lippen und Hände das
vollendeste und ersehnteste Geschöpf … Ich werde Dir alles lange,
sehr lange und glühend verbrennend zeigen, was ich Dir heute eben
nur andeuten kann.
Ich schreibe es Dir aber noch vor dem Schlafengehen, weil Du dann

glücklicher bist mein Herzenskind und stolz, daß Du dem Geliebten Deines Herzens jede Erfüllung seiner so vielen Träume schenkst, und auch diese, die auch für das Herz so wichtig ist. Denn das Drängen, das mein ganzes Ich beherrscht, sieht Dich immer als das Ziel – in allem. Und auch in dieser so wichtigen Sache ist der Drang nach diesem märchenhaften Traumbild, das du mir jeden Tag mehr bist, so übermenschlich stark, daß Du – später, Geliebte – in einem Meer von Blumen und Glut wirst leben und glücklich sein müssen.

Deine Liebe, die für mich das Wunder meines Lebens ist, beschenkt mich jeden Tag aufs Neue, mit so viel unsagbarer Zärtlichkeit, mit so viel Verstehen aller meiner Gedanken und Sehnsüchte, daß ich eins hier als Gewißheit gefunden habe – daß ich Dich nie aus meinen Armen lassen werde. Sie werden Dich ein Leben lang mit so viel Kraft und auch Zärtlichkeit umspannen – Gute Nacht.

Endlich ist das ersehnte Paket eingetroffen. Edi bedankt sich am 22. Juni:

Vor allem danke ich herzlichst für die Zusendung des Paketes, das ich am vergangenen Mittwoch bekommen hatte. Mit meinen Sommerröcken bin ich in den letzten warmen Tagen schon fest ausgegangen (zum einstündigen Spaziergang im Garten inmitten von Gefängnismauern!), ich bin froh, daß ich sie hier habe. – Sehr vermißt habe ich im Paket das weiße Baumwollgarn, von dem ich mir doch Strümpfe machen wollte. Habt Ihr denn einen besonderen Grund, es nicht wegzuschicken? Fast möchte ich es meinen.

Das weiße Baumwollgarn, das sie immer wieder anmahnt, wird zum roten Faden in ihren Briefen. Man könnte es für einen Code halten, wenn ich nicht sicher wäre, dass sie das Garn irgendwann erhalten haben muss, weil ich mich genau an ihre gestrickten weißen Söckchen mit den gehäkelten Spitzenbündchen erinnere, die sie viele Sommer lang trug.

Und meinen Schlafanzug hätte ich auch gebraucht, 2 Monate ziehe ich jetzt schon mein blaues Nachthemd an, das ich hier auch schlecht waschen kann. Für den Fall nur, dass M. wieder mal auf die Idee kommt (schön wär's ja!), mich zu besuchen, schreibe ich, daß sie dann einen Koffer mitbringen und ihn für mich abgeben soll, damit ich nicht mit Schachteln hier abziehen muß.

Einmal wird das Abziehen doch auch noch kommen, meint Ihr nicht auch? Eigentlich mag ich darüber gar nicht mehr schreiben, weil es Euch und mir das Herz schwer macht. Und doch komme ich natürlich über diesen Gedanken nicht drüber weg, weil er in der Frühe der erste und abends der letzte ist.

Nach der Lektüre des täglichen Briefwechsels zwischen den beiden Liebenden kann ich ihre Behauptungen nicht glauben. Ihr erster Gedanke am Morgen galt gewiss dem geliebten Mann, und der letzte wird Abend für Abend in einem zärtlichen Brief an ihn festgehalten wie diesem:

Gerade bist Du weggegangen und hast mich mit meiner unermeßlichen Sehnsucht allein gelassen. Aber trotzdem spüre ich keine Leere und Traurigkeit, denn Dein starkes Herz habe ich ja in mir und ihm kann ich ja unentwegt von meiner grenzenlosen Liebe erzählen.

Du, ich freue mich ja so auf unseren gemeinsamen Ritt durch die blühende Welt. Aber ganz am Anfang dieses Rittes möchte ich mit Dir, Du über alles geliebter Mensch, auf einer einsamen Insel sein, auf der Du mir alle Freuden und Wonnen des Lebens und unserer Liebe schenken sollst. Und diese Zeit – wann wird sie uns gehören? – wird uns dann stark machen für alle ernsten Dinge des Alltags, die uns aber nie von unserem Glück und unserer Fröhlichkeit nur den kleinsten Teil werden nehmen können. Und wenn ich einmal bange werden sollte, dann gib mir von Deiner Kraft und alles wird gut werden. –

In ihrem Brief nach Hause behauptet sie aber:

Auch in der vergangenen Woche hat sich hier gar nichts getan, ich habe wieder umsonst auf meine Vernehmung gewartet. Viermetz ist noch im Krankenhaus, wird auch noch ca. 2 Wochen dort bleiben müssen. In der Zwischenzeit wird sich für mich auch nichts wesentliches tun. –

Mit Sehnsucht warte ich nun auf den angekündigten ausführlichen Brief, in dem hoffentlich auch Erfreuliches steht. Du hättest in Deinem Eilbotenbrief ruhig auch ausführlicher schreiben können, denn die Länge oder Kürze eines Briefes hat auf die Schnelle der Zensur keinen Einfluß.

Gestern hat uns die Cäpteuse erzählt, daß sie im Laufe der nächsten Woche nach Amerika zurückgehen wird. Es ist dies für uns Frauen hier sehr negativ, denn gerade sie war es, die uns unser Los nach Möglichkeit zu erleichtern versucht hat. Sie hat sich immer für uns eingesetzt und darum tut es uns schon sehr leid, daß wir sie verlieren.

Heut ist mir u. a. auch Giseleins Pelzmänterl eingefallen. Hat eigentlich R. wegen der fehlenden Felle nichts mehr hören lassen? Ich würde ihr ja gerne meine Raucherkarte überlassen, wenn sie damit eher etwas erreichen kann. Auch im Pelzgeschäft könntest Du entsprechendes vorbringen. Es ist ja auch zu dumm, daß ich hier festgenagelt bin und mich um gar nichts kümmern kann.

Heute bin ich nun mit meiner Weisheit am Ende. So grüße ich Euch denn alle aufs herzlichste und wünsche euch und mir: haltet Euch gesund!

Eure Edi

Merkwürdig, dass ihr mein »Pelzmänterl« im Juni einfällt. Glücklicherweise hat die »Raucherkarte« – die Tabakzuteilung, die jeder Erwachsene mit der Lebensmittelkarte erhielt – nicht geholfen, weitere Felle für das Mäntelchen aufzutreiben. Es blieb ein Fragment, das schließlich der Großmutter als Fußwärmer diente. Ich hätte mich sowieso geweigert, es anzuziehen, weil ich sehr wohl erkannt hatte, dass es die Felle unserer schwarz-weiß gefleckten Hasen waren, die geschlachtet wurden, als die Amerikaner Haus und Garten meiner Tante beschlagnahmten.

Lieber habe ich in meinem dünnen braunen Stoffmäntelchen gefroren.

In einem Abendbrief schreibt sie an Wagner:

Ich habe Dich in mein ureigenes und tiefstes Empfinden hineinsehen lassen. Du meinst, ich wäre Dir böse, wenn Du mit mir über diese

Dinge sprichst? Aber nein; in allem, was uns beiden gehört darf es doch keine Hemmungen voreinander geben. Ganz leicht war es freilich nicht, aber, wenn ich in Deine Augen sehe, finde ich so viel Liebe und Verständnis darin, daß ich Dir jetzt alles sagen kann. Spürst Du es auch, dass uns jeder Tag eine neue Erfüllung bringt?
Wie konnte ich einmal leben ohne Dich? – Oft stelle ich mir diese Frage.
Sagst Du mir morgen noch, ob Du mich so magst, wie ich bin? Soll ich denn dagegen angehen, wenn mein Blut in stärkstem Verlangen und in der größten Sehnsucht nach Dir, Geliebter, die Ufer sprengt und in Dich überströmen will?
Du wirst mir dieses Tor zu allen Wonnen vorbehaltloser Hingabe aufschließen. All die Glut, die in mir ist, werde ich bewahren, bis zu dem Tag, der mir die höchste Erfüllung meines Daseins bringen wird – in Dir und durch Dich, Du geliebtester Mensch. –
Gute Nacht, ich liebe Dich maßlos, für immer.

Ganz sicher hat er nicht nur ihre Zellentür, sondern auch sehr nachhaltig das »Tor zu allen Wonnen« aufgeschlossen – bestimmt einer der Gründe, warum sie ihn für immer so maßlos liebte.

Meine vermeintlich so prüde Mutter. Nie hat sie sich mir unbekleidet gezeigt, bis sie alt und behindert war und nicht mehr alleine aus der Badewanne steigen konnte. Sie wandte ihr Gesicht ab, wenn ich sie in ein großes Badetuch hüllte. Nacktheit konnte sie auch in der Kunst nicht ertragen. So weigerte sie sich in Oslo, mit mir durch den Frogner-Park zu gehen mit den zahllosen Skulpturen von Gustav Vigeland: zu viele »Nackerte«.

Sie ging so gerne ins Theater, aber: »Das braucht's doch nicht: ein Nackerter auf der Bühne, des ist doch eine Zumutung!« So ereiferte sie sich in den achtziger Jahren, als es von *Hamlet* bis *Strafmündig* kaum noch eine Inszenierung gab, ohne dass mindestens ein Protagonist Verletzlichkeit und Ausgeliefertsein durch seine Nacktheit darstellte.

»Ein nackertes Mannsbild ist doch nichts Schönes!« rief sie dann und schüttelte sich vor Ekel. Ich habe mich oft gefragt, wie ich entstanden bin.

Lange hatte ich geglaubt, Körperkontakt sei ihr unangenehm, sie hat mich fast nie in den Arm genommen, ich habe sie selten umarmt und geküsst, ich konnte sie erst in den letzten Jahren streicheln. Sie hat das schließlich genossen, manchmal meine Hand genommen und sich damit selbst übers Gesicht gestrichen und gesagt: »Mei, des tut gut.«

Ich hätte Dich mehr streicheln sollen, Mutter, wenigstens so Deinem ausgehungerten Körper ein wenig Zärtlichkeit geben.

Aber ich habe bis jetzt nicht gewusst, wieviel ihr Körperlichkeit bedeutete. Erst jetzt entdecke ich in ihren Briefen ihre Sinnlichkeit und Leidenschaft:

Gute Nacht und stelle mit mir an, was Du willst; mein heißes Blut und mein flammender Körper brennen danach. Ich gehöre Dir ganz.

Ihre Briefe an die Familie zu Hause in Bad Tölz jedoch bleiben sachlich. Am 3. Juli 1947 schreibt sie:

Ich habe Euch seit dem 25. 6. nicht mehr geschrieben, weil ich erst die Entwicklung der Dinge hier abwarten wollte und hoffte, Euch dann etwas Endgültiges sagen zu können. Insofern hatte ich mit meiner Annahme recht, als ich heute sagen kann, daß das erste Stadium dadurch zum Abschluß gekommen ist, daß gestern Sollmann, Tesch, Ebner und Viermetz die Anklageschriften erhalten haben.[8] Es steht aber noch nicht fest, wann der Prozess gegen Lebensborn beginnen wird, vielleicht könnt Ihr Euch hierüber in den Zeitungen orientieren. (Hebt mir bitte die entsprechenden Notizen auf!)
Meiner Überlegung nach müßte es jetzt ja möglich sein, wenigstens zeitweilig entlassen zu werden; während der Dauer des Prozesses würde ich dann sowieso wieder hier gebraucht werden. Nette Aussichten, nicht wahr.

Das weckt wieder die Erinnerungen an unsere endlosen Gespräche über den »Lebensborn«, ihren Widerstand, auf den ich mein Leben lang und noch einmal bei den Recherchen zu meinem Buch gestoßen bin,[9] bis sie sich schließlich vermeintlich ehrlich meinen Fragen gestellt hat.

Hat sie sich wirklich nicht mehr erinnert, dass in ihrer Kommode das Päckchen mit den Briefen lag? Ich kann verstehen, dass sie ihre Liebesbriefe versteckt hat, aber warum hat sie mir die Briefe nach Hause nicht gegeben, es steht ja nichts drin über Wagner! So viel leichter hätten wir miteinander sprechen können, hätte ich mit ihr fühlen können.

Ich werde nun auf jeden Fall ein Gesuch um zeitweilige Entlassung stellen, zumal es doch so viele Dinge gibt, die ich draußen unbedingt erledigen muß. Noch dazu ist ja, wie Du schreibst, Mutters Gesundheitszustand so, daß ein Urlaub wirklich am Platze wär. Soviel ich weiß, wollen die Leute aber ärztliche Atteste vorgelegt haben, Dr. G. müßte eben bestätigen, daß Mutters Herzgeschichten und ihr allgemeiner Gesundheitszustand sehr zu wünschen übrig lassen. Habt Ihr mich verstanden und könnt Ihr mir das zukommen lassen! Je eher, desto lieber! Es ist doch auch so notwendig, meine Zähne fertigmachen zu lassen, hier kann man das nicht tun, auch wenn das Goldeckerl gebracht werden würde. Noch ist der Zahn ja vernünftig, aber für nochmals ein paar Monate könnte ich nicht garantieren. Und mit Monaten muß man ja rechnen bis die Lebensborn-Sache, die in einen großen SS-Prozeß mithineingenommen wird,[10] erledigt ist.
Das wird für mich auch noch eine sehr schwere Zeit werden. Also seht zu, daß Ihr meiner Bitte recht bald entsprechen könnt! –
Was mir Euer Eilbotenbrief vom 12.6., den ich am 25.6. bekommen hatte, Freude gemacht hat, kann ich Euch gar nicht sagen. Ich habe richtig geheult beim Lesen, ob es Freude oder Heimweh war, ich weiß es nicht. So ein Brief kann einem für eine Spanne Zeit vergessen lassen, daß man in einem Gefängnis sitzt. Die Buben haben also die Schulspeisung bekommen, wie froh ich für sie bin, mir ist wirklich ein Stein vom Herzen gefallen. Das ist doch schon eine Erleichterung.
Dein Bericht über Giseleins »Leichnams-Gang« hat mich natürlich brennend interessiert. Ich kann es mir ja vorstellen, wie wichtig sie es dabei gehabt haben wird. Bis wieder Prozession ist, hoffe ich doch wieder selbst dabei sein zu können.

Ich erinnere mich: »Fronleichnam« – das war eines jener unverständlichen Wörter, die mir im katholischen Kindergarten immer wieder begegneten. Die wandelte ich einfach um: »Kehrt mit seinem Segen ein in jedes Haus«, hieß es in einem Weihnachtslied über das Christkind – ich fand es logisch, dass es heißen müsse: »Kehrt mit seinem Besen ein in jedes Haus.« So habe ich auch das fremde »Fronleichnam« versucht zu verstehen. Was ein Leichnam war, das wusste ich, der wurde am Karfreitag vom Kreuz genommen und ins Grab gelegt. Irgendwie hatte die Prozession wohl damit zu tun – aber was sollte das »Fron«? Also habe ich es einfach weggelassen.

Wie oft gehen meine Gedanken heim und immer frage ich mich wie es Euch gehen wird und ob Ihr auch zurecht kommt. Daß Ihr mich zum Holzmachen unbedingt bräuchtet, kann ich mir vorstellen. Wenn ich ja Glück bei den hiesigen hohen Herren habe, könnte es vielleicht doch möglich sein, daß ich mich an der Arbeit beteiligen kann. Selbstverständlich mache ich mit, wenn ich beurlaubt werde. – So ein bißchen was vom Sommer in der Freiheit hätte ich doch gerne gehabt. Wie schön müßte es in diesen heißen Tagen beim Schwimmen sein. Unter der Hitze haben wir in den Zellen auch sehr zu leiden, weil es so eng und ohne Durchzug ist. Daß einem da öfters der Wunsch kommt, sich ins Wasser zu stürzen, ist leicht verständlich. –
Ob Ihr inzwischen wohl Kartoffeln aufgetrieben habt? Es muß ja draußen ganz schlimm sein mit dem Hunger.
Als ich las, dass M. ernstlich im Sinne hat, mich wiedermal zu besuchen, habe ich fast einen Luftsprung gemacht, das wäre ja herrlich. Im Moment aber ist es besser abzuwarten, wie mein Gesuch um zeitweilige Entlassung entschieden wird. Darf ich nicht heimfahren, dann mußt Du es unbedingt versuchen, mich hier sprechen zu dürfen, denn es gibt so viele wichtige Dinge, die besprochen werden müssen. Damit Ihr dann von meinem Geld abheben könnt, bringe dann bitte (evtl.) eine vorgeschriebene Vollmacht mit, die ich dann hier unterschreibe. Schicken kann man nämlich so etwas nicht, das muß persönlich erledigt werden. In diesem Fall wirst Du auch die Sprecherlaubnis bekommen, die ich im vorhinein nicht einholen kann. Damit Du aber nächstes Mal rascher ans Ziel kommst, kann ich Dir schreiben, dass

Du gleich das Zimmer 39 im Justizpalast aufsuchen sollst. Du findest dort die Lady, die uns seit dem Weggang der Capteuse betreut, ich glaube, sie heißt Mrs. Taylor. Sie ist geborene Tschechin, spricht gut deutsch und will dann mit Dir zu Captain Binder gehen, der die Sprecherlaubnis erteilen wird, wenn ihm die Gründe wichtig genug erscheinen. Mrs. Taylor weiß von Deinem evtl. Besuch und wird Dir gerne weiterhelfen. Allerdings wird das nur nachmittags möglich sein, Du müßtest es also so einrichten, daß Du vom Montag auf Dienstag nochmals in Nbg. bleiben könntest. Am Sonntag läßt sich hier leider nichts erreichen. Haltet mir bloß den Daumen, daß ich die Zeit bis zum Beginn des Prozesses nicht in Nürnberg absitzen muß.

Jetzt muß ich aber zum Schluß kommen, ich kann den Stift schon nicht mehr halten. Mama, willst mir nicht auch mal ein paar Zeilen schreiben? Jetzt allen noch einen festen Händedruck und tausend herzliche Grüße und Wünsche von Eurer Edi

4.7.: Eben erfahre ich, daß ich mein Gesuch um Beurlaubung gleich und ohne Attest machen soll. Ihr braucht also keines zu schicken, aber alle Daumen müßt Ihr mir halten, daß man es genehmigt. Wenn ich nur wüßte, welcher Heilige für eine solche Situation zuständig ist, ich würde ihn wirklich anrufen. Aber vielleicht auf frohes Wiedersehen!!

So selten stoße ich in den Briefen auf Zeichen der Liebe zu ihrem Kind, bis ich in einem ihrer Abendbriefe entdecke, dass ihre Mutterliebe auf eine merkwürdige Weise ganz anders eingebunden war:

Bevor ich Dich heute in Dein Bettchen bringe, muß ich Dir noch erzählen, daß ich gerade einen süßen kleinen Jungen bekommen habe, den ich noch immer an mein Herz drücke, um zu spüren, daß es auch wirklich wahr ist. Und weil er so allerliebst und ganz so ist, wie ich ihn mir erträumt und ersehnt hatte – mein ganzes bisheriges Leben war ja nur ein Warten auf ihn – werde ich den nie mehr von mir weglaufen lassen, sondern will ihm mein zärtliches, verstehendes und mitfühlendes Herz schenken, damit er sich bei mir auch wirklich wohl und geborgen fühlt. Mein süßer Junge soll auch wissen, daß er beim Tollen und Toben einen Gleichgesinnnten in mir hat, der nie müde werden wird, mit ihm die Welt zu erobern. Ich glaube, wir Beiden wer-

*den schon allerlei anstellen, aber verraten wird natürlich nichts –
Ehrensache!*

Schön, dass sie in ihrem Geliebten auch das Kind sieht – »Herzensbub« wird sie ihn künftig häufig nennen –, schön für die beiden, dass
sie miteinander tollen und toben konnten wie Kinder. Auch wenn sie
Mann und Bub in einer Person meint, die Tochter (die eigentlich ein
Sohn hätte werden sollen) befremdet es schon, dass das Leben der
Mutter bis zu diesem Zeitpunkt nur ein Warten auf einen »Jungen«
gewesen sein soll. War das fast vierjährige Mädchen etwa nicht »allerliebst«? Wie gerne hätte es mit der Mutter getobt und das »zärtliche,
verstehende Herz« erobert – doch ich kann mich an nichts dergleichen
erinnern.

Von ihrem wirklichen Kind hat sie herzlich wenig verstanden, wie
der nächste Brief vom 7. Juli 1947 zeigt:

Meine Lieben daheim!
*Vor einer halben Stunde habe ich Euren Eilboten-Brf. vom 3.7. bekom-
men, er ist also ziemlich fahrplanmäßig hier eingetroffen. Wie oft ich
den nun schon durchgelesen habe, kann ich gar nicht sagen, aber das
steht fest, daß ich so froh bin, wieder von Euch etwas in Händen zu
haben.*
*Als ich zu lesen anfing, war ich natürlich zutiefst erschrocken, denn ich
weiß ja, was es heißt, mit Gisilein eine Fiebernacht durchmachen zu
müßen. Wie sie auf Petroleum kommt, ist mir ja auch schleierhaft;
überhaupt will mir gar nicht in den Kopf, wie sie auf diese schlimme
Phantasiererei kommt und was eigentlich die Ursache dafür ist. Andere Kinder haben ja auch Fieber und sind doch ruhig dabei. Bei uns
muß es ja immer anders sein.*

Andere Kinder sind einfacher – warum nur hat dieses Gisilein Alpträume von Feuer und schreit vor Angst im Fieber? Das »norwegische
Waisenkind«. Das Kind, dem zum zweiten Mal die Mutter genommen
wurde. Schleierhaft …

Sie macht sich noch ein paar Gedanken über das kranke Kind, geht
aber rasch zum Alltag über:

Wenn es nur wahr wäre, daß das Spatzerl wieder auf den Beinen ist,
dann hätte es wirklich keinen Zweck, mich noch nachträglich darüber
aufzuregen.
Aber ich denke dann immer, Ihr wollt mich beruhigen und dann bringe
ich das Angstgefühl und die Sorge doch nicht los. Wenn man so weit
weg ist und wenn man so Heimweh hat, sieht man eben alles leider
viel schwärzer. Ich werde aber den Kopf nicht hängen lassen, weil ich
dadurch doch nichts besser mache, sondern hoffe nur, daß Gisileins
Gesundheit wieder in Ordnung ist.

Das Heimweh kann ich ihr nach dem Lesen des Abendbriefes vom
selben Tag schwer glauben – es gibt nämlich zur gleichen Zeit genug
Aufregendes:

Da kam einer gezogen mit Augen, die wie Gold funkelten, und einem
Herzen, dessen blendendes Strahlen auch mein sehnendes Herz mit
einem Schlag zum Glühen und Lodern brachte. Da überkam mich zu
diesem für mich schönsten Mann eine tiefe und grenzenlose Liebe, die
uns Beide in einen märchenhaft schönen Schleier einhüllte, der trotz
seines überaus empfindlichen und vollendet zarten Gewebes, in das
die Sonne und der prächtige Frühling eingesponnen war, so stark und
unzerreißbar war, daß keiner mehr aus dem Schleier herausschlüpfen
konnte. Dieser herrliche Mann, der ein Königreich zu verschenken
hat, hatte mich in sein stürmisches Herz genommen und ich spürte so
viel Liebe, Hingabe und Verstehen, daß sich mein Herz mit dem seinen
vermählen mußte, denn es erkannte, daß es jetzt, nachdem es den ge-
liebtesten Menschen gefunden hatte, nur noch in ihm leben und atmen
kann. Und in diesem Ineinander-Wachsen ist das lang entbehrte Glück
wie ein brausender Sturm über mich gekommen und hat meinen zit-
ternden Körper und mein ganzes Sein so aufgewühlt, daß ich nicht
mehr zur Ruhe kommen kann. Auch mein wildes Blut hat das Brausen
in sich aufgenommen und kennt jetzt nur noch ein Ziel, und eine Sehn-
sucht, von dem, dem es sich ja zu eigen geben will, erlöst zu werden.

Unvorstellbar, dass die Verfasserin dieser schwülstigen Ergüsse dieselbe ist, die am Nachmittag nach Hause schrieb:

Der 2. Absatz Eures Briefes war genau so deprimierend, Brechdurchfall! Man kommt doch so runter dabei und Ihr habt doch nichts mehr zum Zusetzen. Für Mama wäre das ja eine Katastrophe und ich bin schon wieder recht in Sorge um Dich. Mama, Du darfst nicht krank werden, wenn ich heimkomme, will ich Dich doch ganz gesund antreffen. Wenn die guten Wünsche etwas helfen können, dann müßte es Euch von dieser Stunde an schon viel besser gehen.

Wenn Ihr diesen Brief bekommt, dann bin ich entweder inzwischen selbst bei Euch oder Ihr wißt, daß mein am Samstag eingereichtes Gesuch um Beurlaubung inzwischen abgelehnt worden ist. Wenn es mit dem Urlaub klappt, dann könnte es gerade so hingehen, daß ich mit zum Holzen kann.

Ich habe wahrscheinlich doch noch mehr Kraft als Maria, auch wenn heute der Arzt bei mir (...)

Bei diesem Brief fehlt eine Seite. War sie krank, warum erwähnt sie das erst am Ende ihres Schreibens, warum ist ausgerechnet diese letzte Seite nicht dabei?

Der folgende Brief steckt wieder in einem braunen Umschlag, wie andere auch. Der Aufdruck »WAR DEPARTMENT – Official Business« ist durchgestrichen, das »Penalty for private use« mit einer Vierundzwanzig-Pfennig-Marke überklebt. Der Absender ist aber nicht »Justizpalast, Fürther Str.« wie sonst, sondern merkwürdigerweise: »E. E. Nürnberg, Lortzingstr. 37«, die Straße wieder durchgestrichen, darunter steht »Stolzingstr«. Was macht sie dort?

Drei Bögen mit Bleistift beschrieben, kaum lesbar. Es ist die Schrift meiner Mutter, aber wie entgleist, schief und fahrig, eine Mischung aus der gewohnten lateinischen und der Sütterlinschrift.

Was ist passiert?

Nbg. 9.7.47, mittags

Meine Lieben!

Erstens kommt es anders, 2. als man denkt. Seit einer halben Stunde bin ich nämlich im hiesigen Städt. Krankenhaus, Bau 15, Zimmer 6 untergebracht, weil mein Herz, das mir in letzter Zeit ziemlich zu schaffen gemacht hat, beobachtet und kuriert werden soll. Außerdem

sind ja wieder mal 4 Jahre um und da darf sich doch auch mein Nie-
renbecken wieder melden! Im Gefängnis ist keine Möglichkeit behan-
delt zu werden, also wird man ins Krankenhaus gebracht. Ich liege mit
6 anderen in einem Saal, völlig frei und unbewacht!

Aufgrund des Schriftbildes habe ich katastrophale Nachrichten erwartet, nun schreibt sie geradezu heiter:

Ihr habt also die Möglichkeit, mich jederzeit zu besuchen und mich
ohne Gitter und Posten zu sprechen, ich wäre natürlich sehr froh,
wenn M. wieder mal herfahren würde schon deshalb, weil ich auch so
manches bräuchte, das man mir hier ohne die sonstigen Umstände
geben kann, auch wenn sie wahrscheinlich auf die Bahnfahrt nicht
scharf sein wird. Aber ehrlich gesagt, ich hätte so gerne eines hier,
man könnte sich alles von der Leber reden, und dann wird's Herz auch
wieder leichter.

Obwohl ich es schon ziemlich lange wusste, dass meine Mutter in
Nürnberg im Gefängnis war, hatte ich geglaubt, dass sie als Zeugin
nicht wie eine Verbrecherin behandelt wurde. Dass sie sich mit ihrer
Schwester nur hinter Gittern und nicht in einem Besucherzimmer treffen konnte und dass mitgebrachte Gegenstände erst einmal abgegeben
werden mussten, genauso wie in jedem anderen »normalen« Gefäng-
nisbetrieb, das erfahre ich erst jetzt.

Kein Wunder, Mutter, dass Dir das Siebenbettzimmer im Krankenhaus ein Gefühl von Freiheit vermitteln konnte.

Darf ich schreiben, was ich bräuchte? Ich riskier es mal, vielleicht
habt Ihr doch Erbarmen mit mir: also mein Schlafanzug, 2 Nacht-
hemden, den roten Gesichtspuder *(die Farbe bezieht sich auf die*
Dose natürlich! – ich brauche den, weil ich so blaß geworden bin
und es dick habe, *von allen Leuten daraufhin angesprochen zu wer-*
den.), Hautcreme *(Mouson – in der Schachtel oben am Waschtisch*
muß noch eine Tube sein), Parfüm *(das grüne Tosca), dann hätte ich*
gerne den viereckigen Handspiegel; *zum Nähen und Flicken, was ich*
ja auch tun muß, fehlt mir noch ein Scherchen, *außerdem bringt mir*

ein gutschneidendes Messer *mit. Das* weiße Garn *könnte jetzt gut zu mir kommen!!*

Das englische Buch würde mir hier gute Dienste leisten, dann noch meine Pinzette, und die Manschettenknöpfe für meine Ärmelbluse, die ich jetzt immer zunähen muß. Diese Dinge habe ich mir im Laufe der Zeit zusammengeschrieben und wollte sie mir aus dem Urlaub mitnehmen. Jetzt muß ich Euch bitten, diesen Krimskrams zusammenzusuchen und ihn mir herzubringen. Seid Ihr sehr ärgerlich darüber? Bitte, gleich einen großen Koffer mitbringen, damit ich dann beim Nachhausegehen alle meine Sachen hineinpacken kann. –

Zum Schluß will ich Euch noch sagen, daß Ihr Euch wegen mir absolut keine Sorgen zu machen braucht. Es ist alles gar nicht schlimm und Ihr dürft mir glauben, daß ich froh bin, endlich wieder einen Blick in die Freiheit tun zu können. Der Arzt im Gefängnis versprach mir ja, nach dem Krankenhausaufenthalt heimfahren zu dürfen, aber ich gebe gar nichts darauf. Darum wär ich froh und dankbar, wenn Ihr jetzt die Gelegenheit einer freien ungezwungenen Aussprache ausnützen würdet.

Wie lange ich hier sein werde, weiß ich natürlich nicht, aber am sichersten wäre es schon, wenn – sofern dies möglich wäre – recht bald jemand kommen könnte.

Entschuldigt die Schrift, aber ich habe keine Unterlage und muß auf den Oberschenkeln schreiben, da geht es nicht besser!

So für heute nun Schluß, das Schreiben in dieser Stellung macht müde.

Tausend liebe und herzliche Grüße von Eurer Edi

Die Erklärung am Schluss konnte »die Lieben daheim« vermutlich wenig beruhigen, zu sehr ließ die Schrift eine schwere Erkrankung vermuten.

Jedenfalls scheint die Schwester gleich nach Nürnberg gefahren zu sein, wie im nächsten Brief – wieder in Edis normaler Schrift – zu lesen ist:

Nbg. Mittwoch abend

Meine Lieben daheim!

Weil es Euch sicherlich interessiert, wie es mir geht, will ich Euch

74

heute noch ein paar Zeilen zukommen lassen. Wenn ich auch heute die blöden Kreuzschmerzen recht zu spüren bekomme, ist gar kein Grund vorhanden, daß Ihr Euch Sorgen macht. Es war für mich dieses Mal ja ein Glück, ein bisserl krank zu sein, denn nur dadurch hatte ich ja die Möglichkeit, mich unbewacht zu unterhalten. Es war auch wirklich höchste Zeit, mein Herz zu erleichtern; die ganzen Herzgeschichten kamen ja doch nur von dem aufgespeicherten Kummer, von Euch keines bei mir zu haben. Es ist heute auch tatsächlich ein bisserl leichter, nur die Sehnsucht nach Hause hat mich doch wieder recht gepackt. Den ganzen Tag sind meine Gedanken bei Euch, jedes muß ich mal in den Arm nehmen und fest drücken. Na vielleicht ist es doch bald Wirklichkeit, dass Ihr mich am Bahnhof abholen könnt, und wenn es nur für ein paar Tag wäre, ich wäre um die schon froh.

Maria, bist Du gut nach Hause gekommen? Hast die aufgegebenen Bussis »ordnungsgemäß« weitergegeben? So richtig schnalzen wird es aber erst, wenn ich das Austeilen anfangen kann (Aber wann?) –

In dem Polizeigefängnis, in das man uns gestern nachmittag gebracht hat, bin ich ganz gut untergebracht. Ich liege allerdings allein inmitten von 7 Betten, aber ich habe nicht das Gefühl, eingesperrt zu sein, weil die Türe nicht verschlossen ist. Die Herren, die mit mir hierherkommen, liegen zusammen nebenan und wenn es nur ein bisserl möglich ist, bekomme ich von ihnen Besuch. Ein Wissenschaftler von den Kruppwerken ist darin besonders eifrig.

Anscheinend war es den Behörden doch zu riskant, Zeugen ohne Bewachung in einem Krankenhaus unterzubringen, man hat für sie im Polizeigefängnis eine Krankenstation eingerichtet. Meine Mutter wird als einzige Frau dort wieder mal umschwärmt. Zu gerne wüsste ich, wer der »Wissenschaftler von den Kruppwerken« gewesen ist!

Im übrigen lese ich – wenn meine Gedanken gerade nicht daheim sind – und so werde ich die nächsten Tage hier schon rumkriegen. Spätestens am Samstag will ich dann zurück ins Gefängnis, ich hoffe, daß es mit meinen Kreuzschmerzen dann doch besser ist. Es paßt mir nämlich nicht ganz, daß ich hier von einer männlichen Schwester betreut werden muß! Dr. Bader hat das anscheinend auch gemerkt und

hat sich deshalb angeboten, zum Einreiben und Umschläge machen
heute abend nochmal herzukommen. Er wird dabei natürlich auch an
den Rauch denken.

Tabak gegen Massage, so verstehe ich das mit dem »Rauch«; sie hat
dem hilfsbereiten Dr. Bader wahrscheinlich ihre Tabakkarte überlassen. Ob es nur das Tauschgeschäft war, bezweifle ich. Meine Gedanken schweifen ganz ab. Meine Mutter und die Ärzte. Auch so ein
Kapitel.

Irgendwie hatte sie immer eine besondere Beziehung zu Ärzten.
Nichts Ungewöhnliches bei alleinstehenden älteren Damen. Viele
Ärzte, die von ihren Patientinnen angehimmelt werden, wissen davon
ein Lied zu singen. Bei meiner Mutter war es aber eher umgekehrt, die
Ärzte mochten sie, standen länger als bei anderen an ihrem Bett, setz-
ten sich schon mal zu ihr – in allen Kliniken, in denen sie sich je aufgehalten hat, habe ich nicht nur Gespräche mit den Stationsärzten,
sondern auch mit den Chefärzten geführt. An der Zusatzversicherung
allein kann es nicht gelegen haben. Ich bin auch Privatpatientin, aber
ich bekomme Chefärzte an der Spitze der Weißkittelphalanx meist nur
kurz zu sehen.

Bei meiner Mutter war das anders: Viele Ärzte fanden, sie sei eine
»bemerkenswert kluge, gebildete und dabei so humorvolle Frau«, mit
der es Spaß machte, sich zu unterhalten. Sie hatte oft eine Sonder-
stellung – das war so bis fast zu ihrem Tod.

Bei ihrem letzten Krankenhausaufenthalt war sie schon fast neunzig
Jahre alt, sie war nach einem Sturz mit angebrochenem Oberschenkel
eingeliefert worden. Ihr Zustand hatte sich so rapide verschlechtert –
Magenblutungen kamen dazu –, dass ich eine Auslandsreise abbrach
und zu ihr eilte.

Sie sah elend aus, abgemagert, die Wangen noch mehr eingefallen,
weil sie ihr Gebiss nicht mehr tragen mochte. Sie flüsterte:»I mog
nimmer«, als ich mich neben sie setzte und ihre Hand nahm. Plötzlich
ging die Tür auf, ein großer Mann im weißen Kittel kam herein, rief:
»Sechzig, sechzig!« und schwenkte dazu beide Arme. Und sie hob
den Kopf ein wenig, entzog mir die Hand, ein Lächeln, ein Winken,

plötzlich war die Stimme viel kräftiger, als sie mit: »Sechzig, sechzig!« den merkwürdigen Gruß zurückgab. Erst jetzt entdeckte mich der Arzt. Ein wenig verlegen stellte er sich vor: »Oberarzt Mittermair. Die Tochter vermutlich? Sie hat schon so auf Sie gewartet! Wissen Sie, wir sind beide Fans vom Fußballverein 1860 München, Ihre Frau Mutter und ich – sie ist schon als junges Mädchen in derselben Kurve im Sechziger-Stadion gestanden wie ich, seit ich mich erinnern kann.«

Und zu ihr: »Die Frau mit den schönsten blauen Augen im ganzen Krankenhaus!«

Er nahm ihre Hand, sie hielt seine ganz fest, legte die zweite noch darauf.

Mein Gott, wie weiß und knöchern ihre früher so schönen Hände geworden sind, gegen die dunklen Altersflecken hatte sie bis vor kurzem ein Bleichmittel benutzt. Sie strahlte ihn an, und ich entdeckte auf einmal in diesem faltigen, zahnlosen Gesicht mit dem Kranz dünner grauer Haare die junge Frau.

Ist es nicht so, dass die Seele nicht altert – aber wie soll sie mit dem alten Körper zurechtkommen? In unserer Seele sind wir alles gleichzeitig, wir bleiben Kind, sind jung und alt – nur der Körper siecht dahin. Sollte nicht der Körper auch jung bleiben oder die Seele mit ihm so altern, dass sie nicht mehr an dessen Hinfälligkeit leidet? Wäre das nicht leichter zu ertragen?

Sie strahlte ihn so an, dass ich es auch sah: Ihre Augen hatten sich tatsächlich verfärbt, vielleicht erschien die Farbe durch die Blässe intensiver oder sie nahm ein Medikament ein, das Auswirkungen auf die Pigmentierung der Iris hatte. Jedenfalls waren ihre früher graublauen Augen leuchtend blau.

Beim Gespräch draußen auf dem Flur sprach der Arzt von seiner Besorgnis, von ihrem Warten auf mich, glaubte aber durchaus an eine Stabilisierung, jetzt, wo ihre Angst vorbei sei, ich könnte nicht rechtzeitig zurückkommen.

Er sagte: »Ihre Frau Mutter ist unsere absolute Lieblingspatientin, da bin ich mit dem Chef einig – wir haben es noch nie erlebt, dass eine so alte Frau eine solche positive Ausstrahlung hat. Ehrlich gesagt, setze ich mich am Ende der Visite gern für ein paar Minuten an ihr Bett und unterhalte mich mit ihr, das ist eine reine Erholung nach all dem, was ich hier mit Patienten sonst erlebe.

Sie hat mir viel erzählt vom Sechziger-Club, von ihren Brüdern, die so gerne Fußball spielten, und alles mögliche, sie weiß sehr viel. Ihre Mutter ist etwas ganz Besonderes – kennen Sie ihr Geheimnis?«

Ich lächelte zurück; mein: »Ich denke schon« hat mich allerdings selbst nicht überzeugt.

Nun sitze ich also schon einen ganzen Tag vor den Briefen, habe den Fußboden mit dem Sessel vertauscht und versuche, hinter ihr »Geheimnis« zu kommen. Ich lese weiter:

Wir bekommen hier wieder amerikanische Verpflegung – leider! Heute mittag schon wieder Bohnen, ich habe mich zwingen müßen, die Hälfte hinunterzukriegen, denn die haben wieder nach gar nichts geschmeckt.

Eine Weile wünschten sich unsere Söhne sonntags ein amerikanisches Brunch, Spiegeleier mit gebratenem Speck und weiße Bohnen in Tomatensauce aus der Dose. Meine Mutter lehnte dankend ab, schüttelte sich dabei: »Wenn ich die Bohnen bloß riech!«

Die Kinder haben gelacht und natürlich am folgenden Sonntag wieder gefragt: »Magst keine Bohnen, Oma?«

Wie schade, dass du auch ihnen den Grund deines Ekels nicht erklärt hast, Mutter.

Das einzig Erfreuliche ist der Bohnenkaffee mit Zucker und die Tasse Saft. Mir vergeht schon heute der Appetit, wenn ich dran denk, daß ich unter Umständen noch ein halbes Jahr mit dem Essen rechnen muß. Aber ich muß essen, das sehe ich schon ein, schließlich muß ich ja an meinen zukünftigen Mann, den Herrn Geheimrat i. R. (hm, hm) denken.---

Also hat sie ihrer Schwester tatsächlich »das Herz ausgeschüttet«! Ein »Geheimrat« war also der »hohe Beamte«, von dem sie mir vage erzählt hatte – erstaunlich, wie sie ihn nach dem Untergang des Nazi-

Regimes, für das er gearbeitet hat, einfach in den »Ruhestand« schickt! Immerhin scheint sie der Schwester seine Heiratsabsichten eröffnet zu haben.

Was hörte sie überhaupt von ihrem »zukünftigen Mann«? Besuchen konnte er sie jetzt wohl nicht mehr; gab es jemanden, der gelegentlich »Gute Nacht«-Briefe zwischen Justiz-und Polizeigefängnis hin- und hertransportierte?

Der Brief nach Hause endet vor den üblichen tausend Grüßen mit der Ermahnung:

Maria, wenn Du mir wieder schreibst, erwähne nichts von Deinem Besuch bei mir, – gelt!

Sicher ein Hinweis darauf, dass die Post nun, in der Polizeistation, wieder der Zensur unterliegt – aber warum durfte man nicht wissen, dass ihre Schwester sie im Krankenhaus besucht hatte?

Sie bleibt länger als geplant, bekommt Kurzwellenbehandlung und Massagen. Am 22. Juli 1947 schreibt sie resigniert nach Hause:

Es ist halt wiedermal eine Nerven- und Muskelentzündung im Kreuz und das ist eine recht langwierige Geschichte zum Ausheilen. Eine kleine Besserung spüre ich aber schon, länger als 14 Tage werde ich kaum noch hier bleiben müßen.
Es ist an sich nicht schlecht hier, zumal der »Bruder« sehr um mich besorgt ist und auf meine Sonderwünsche hinsichtlich des Essens Rücksicht nimmt. Gestern war Capt. Binder hier, er will versuchen, daß wir amerikan. Lazarett-Verpflegung bekommen; das wäre natürlich prima.
Da ich alleine bin, ist es an sich schon recht langweilig, zumal wir nichts zum Lesen haben. Der Bruder versorgt mich zwar mit geistiger Literatur aus seinem Orden (aus dem evangelischen Lager), aber das ist ja auch nicht gerade das Richtige für mich!

Der besorgte »Bruder« ist wohl die »männliche Schwester« aus dem vorherigen Brief, wahrscheinlich ein Mitglied der Evangelischen Christusbruderschaft.

Wenn Ihr mir in den nächsten Tagen schreiben wollt, schickt den Brief an Frl. Sieglinde Herrmann, Nürnberg, Flurstr. 17, Bau 23 W, II. E.Z. Nr. 15 die putzt hier und bringt ihn mir dann mit. Meinen Namen nicht auf dem Umschlag erwähnen, lediglich Euren normalen Absender angeben.

Heute wäre wieder so ein Badewetter, es ist schon wirklich zum Haare ausreißen. (Aber das würde mir auch nicht helfen, darum lasse ich es lieber bleiben).

Laßt es Euch gut gehen und seid herzlich gegrüßt von Eurer E.

Also hat sie eine Putzfrau gefunden, die im Krankenhaus und im Polizeigefängnis arbeitet und der sie so vertrauen kann, dass sie die Post an sie schicken lässt.

»Haben wir einen Stadtplan von Nürnberg?« rufe ich.

»Nett, dass du noch an mich denkst«, antwortet mein Mann, »ich dachte schon, ich höre heute gar nichts mehr von dir! Es ist sicher einer in dem Karton mit den Plänen.«

Ich habe nicht die Nerven, wieder in einem Karton zu wühlen, freundlicherweise sucht er mir den Plan heraus. Ich finde die Flurstraße, nicht allzu weit von der Innenstadt entfernt, dort ist auch in dem jetzigen Plan ein riesiges Areal als »Städt. Krankenhaus« eingezeichnet, im Anhang bei »Krankenanstalten« für das »Klinikum der Stadt Nürnberg« die Adresse »Flurstr. 17« angegeben, für das Polizeipräsidium »Jakobsplatz 5«.

Die »Stolzingstraße« hingegen, die sie im ersten Brief aus dem Krankenhaus als Absender angegeben hat, ist weit draußen in der Nähe des Nürnberger Hafens – eine kleine Straße in der »Gartenstadt«, zumindest heißt dieser Stadtteil heute so. Und die durchgestrichene »Lortzingstraße« ist auch eine kleine Straße in einem anderen, weit entfernten Viertel. Das können keine Anschriften für meine Mutter gewesen sein.

Merkwürdig – warum, für wen die Verwirrung?

Beide Namen haben mit Nürnberg zu tun: Der Komponist Albert Lortzing verfasste die komische Oper *Hans Sachs*, und in der Oper *Die Meistersinger von Nürnberg* spielt nicht nur der Schuster Hans Sachs eine Hauptrolle, sondern auch ein junger Ritter namens Walter

Stolzing. Es gibt also eine indirekte Verbindung, und die heißt »Wagner« – in diesem Fall freilich der Komponist Richard Wagner. Ein purer Zufall?

Der nächste Brief hat nun tatsächlich den Absender »Herrmann, Nbg. Flurstr. 17«, kommt aber aus dem Polizeipräsidium:

Sonntag, 3.8.1947

Meine Lieben daheim!

Sicherlich wird es Euch überraschen, daß dieser Brief noch aus dem Pol.Präs. kommt, denn ich schrieb Euch doch im letzten Brief, daß ich an 2.8. in die Fürtherstraße zurückgehen werde. Daß ich noch hier bin, hängt weniger mit meiner Krankheit zusammen, sondern hat einen anderen Grund, den ich Euch gleich schreiben werde.

Aufgrund eines Versprechens von Capt. Binder anfangs dieser Woche anlässlich seines Besuches hier, wonach er für sich für einen Urlaub für mich einsetzen wollte, versuchte Dr. Bader seit Mittwoch im Justizpalast eine endgültige Entscheidung hierüber zu erfahren, wobei er den Herren erklärte, daß ich zur Erholung unbedingt einen mehrwöchigen Urlaub bräuchte. Dr. Bader wollte mich von hier aus gleich heimschicken.

Gestern ist nun die Antwort gekommen; sie ist so ausgefallen, wie ich sie befürchtet hatte. Ein Urlaub kann nicht *gewährt werden, weil ich in allernächster (?) Zeit nochmals verhört werden muß und dann nach Hause dürfte. Zum Prozess würde ich dann nicht mehr gebraucht werden.*

Wenn man nur auf Zusagen von Seiten dieser Herren etwas geben dürfte, dann würde ich mich mit dem abschlägigen Bescheid eher abfinden.

Weil ich aber in dieser Hinsicht gerade nicht die besten Erfahrungen gemacht habe, halte ich von diesen Versprechungen gar nichts und gebe somit wiedermal alle Hoffnungen auf, Euch noch in diesem Jahr zuhause in die Arme schließen zu dürfen. Sollte ich dennoch zu schwarz sehen, dann ist die Freude über die glückliche Wendung nur noch größer; zunächst habe ich alle Hoffnungen aufgegeben, denn ich kann mir nicht denken, daß ich zum Prozess nicht benötigt werde. Vor ein paar Tagen wollte mich hier ein Rechtsanwalt Dr. Ratz, der Verteidiger S.[11]

sprechen; weil er aber keine Genehmigung von drüben hatte, war das nicht möglich. Ich erfuhr von ihm aber, daß mit dem Beginn des Prozesses erst in ca. 2 Monaten zu rechnen ist und er sich wahrscheinlich bis ins Frühjahr hinziehen wird. Daß es mir dabei schwarz vor den Augen geworden ist, werdet ihr mir nicht verdenken können. Ich erfuhr von Dr. Ratz auch, daß Herr Ragaller im Lager Regensburg ist und demnächst hierher kommen wird, darüber bin ich ja froh.[12] –

Auf Anraten von Dr. Bader werde ich nun diese Woche noch hier bleiben, um noch zweimal die Kurzwellenbehandlung, zu der wir jedes Mal ins Krankenhaus fahren (unter polizeilicher Aufsicht natürlich). Die Bestrahlungen haben mir sehr gut getan, die Kreuz- und Rückenschmerzen sind fast gänzlich weg. Auch mein Allgemeinzustand hat sich gebessert, ich habe sogar wieder 4 Pfund zugenommen, kein Wunder bei der Pflege durch meinen Bruder!

Sie hat also auch den Pfleger bezirzt, sogar einen in Ordenstracht!

Am letzten Mittwoch »durfte« ich sogar zum Frisör gehen und mir Dauerwelle machen lassen. So komme ich dann über die Gefängniszeit schon zurecht.

Mitte vergangener Woche hat mir Frl. H. Eure Briefe vom 27.7. gebracht, herzlichen Dank dafür. Beim Holzen war ich in Gedanken fest bei Euch, aber damit war Euch ja nicht geholfen. Wie seid Ihr denn zurecht gekommen?

»Zum Holzen gehen«: Man musste sich mit dem Bauern, dem der Wald gehörte, »einigen«, das heißt, es wurden ihm als Zahlungsmittel Zuteilungsscheine oder Wertgegenstände überlassen, dafür durfte man dürres Holz einsammeln.

Ich weiß noch gut, dass meine Vettern einen Leiterwagen mit Ästen beluden, sie mit Stricken verschnürten und ihn mühsam aus dem Wald herauszogen. Wenn ich Glück hatte, durfte ich mich oben drauf setzen, sobald wir die asphaltierte Straße erreicht hatten.

Wenn das Kuchenpaket noch nicht weg ist, dann wartet bitte bis übernächste Woche, denn hier brauche ich es nicht. Drüben bin ich dann

über einen Happen von zuhause froh. Fein, daß es mit den Z. geklappt
hat – Ihr sollt auch für Euch eintauschen!

»Drüben« im Gefängnis konnte sie ihr »Leckermäulchen« wieder mit
Kuchen verwöhnen, und mit »Z.« meint sie Zigaretten, die wichtigste
»Währung« auf dem Schwarzmarkt. Für Zigaretten bekam man alles
an Lebensmitteln und Kleidung, was es im normalen Handel kaum
noch zu kaufen gab, sogar Bargeld: Eine Zigarette brachte bis zu zehn
Reichsmark!

In Nürnberg herrscht zur Zeit eine unverschämte Hitze, die einen
kaum zum Schnaufen kommen läßt. Wie schön wär's jetzt beim
Schwimmen! – Leider kann ich erst wieder schreiben, wenn wir wieder
Schreibpapier von drüben bekommen, das hier ist mein letztes Blatt.
So, jetzt habe ich mir wieder so alles vom Herzen geschrieben,
tausend Bussis und allerherzlichste Grüße
von Eurer E.

Der nächste Brief gibt mir wieder Rätsel auf, sie kündigt ein »Päckchen aus München« an, woher kam es?

6.8.1947

Meine Lieben daheim!
Ich schicke Euch meine letzten Tabakzuweisungen zu, hoffentlich kom-
men sie an. Schreibt mir bitte gleich, ob Ihr dieses »Päckchen aus
München« erhalten habt. Seht zu, daß Ihr etwas Eßbares für Euch
dafür bekommen könnt, Mama soll fest essen, das ist auch Medizin für
ihr krankes Herz. Ich mache mir soviele Gedanken deswegen, es wird
doch nicht schlimmer geworden sein?
Von mir kann ich Euch nichts Neues berichten. Am Montag haben wir
hier »hohen« Zuwachs bekommen: Herrn von Papen.
Ich bin nun schon manche Runde mit ihm und einem anderen hohen
Beamten von der Reichsregierung im Gef.-Hof gelaufen und bin auf-
merksame Zuhörerin seiner interessanten Gespräche. Ehrlich gesagt:
da kommt man sich doch recht blöd vor, aber anmerken lasse ich es
mir natürlich nicht.

»Wer genau war von Papen?« rufe ich. Die Antwort kommt prompt und präzise, mein Mann hat immer raschen Zugriff auf die richtige Literatur: »Franz von Papen, zeitweise Hitlers Vizekanzler, Gesandter von Wien, Botschafter in der Türkei, angeklagt im Prozess gegen die Hauptkriegsverbrecher, am 1. Oktober 1946 als einer der wenigen für ›nicht schuldig‹ befunden. Warum fragst du?«

»Weil meine Mutter mit ihm im Gefängnishof spazierengegangen ist!«

»Dann hat er sich wahrscheinlich bei ihr beklagt, dass er noch nicht frei war, obwohl er doch vom ›höchsten internationalen Gericht freigesprochen wurde‹, wie er vermutlich herumposaunt hat!«[13]

Zu dem ehemaligen Gesandten und Botschafter würde ja eigentlich auch gut der ehemalige »Geheimrat« passen – war er der »andere hohe Beamte von der Reichsregierung«? konnte er zu Besuch kommen? Oder liefen da zwei Herren ganz zufällig mit der einzigen Dame herum, die, wie immer, einen guten Eindruck machte und der man es sicher nicht anmerkte, dass sie sich »blöd« vorkam?

Leider schreibt sie nichts über den Inhalt der »interessanten Gespräche« der beiden Herren.

Nun ist sie immerhin schon einen ganzen Monat im Krankenhaus. Ohne Besuch konnten die beiden Verliebten die lange Trennung wohl kaum aushalten, da sie in ihren kleinen Briefen schon klagten, wenn sie sich nur für ein paar Stunden nicht zu sehen bekamen.

Der nächste Brief nach Hause ist vom 12. August und kündigt die Rückkehr in den Justizpalast an:

Meine Lieben!
Als letzten Gruß aus der »Vagantenpolizei« – dieses Schild hängt groß vor dem Eingang hier – sende ich Euch die laufende Zuteilung, die mir heute noch – wie günstig! – hierhergebracht wurde. Seht zu, daß Ihr etwas dafür bekommen könnt, damit Ihr wenigstens etwas zu essen habt. – Meiner Übersendung sehe ich mit recht gemischten Gefühlen entgegen, aber hier möchte ich jetzt auch nicht mehr bleiben. Es sind gestern noch 2 Herren gekommen – ein General und ein Staatssekretär –, da wird's mir als einziger »Dame« doch ein bisserl heiß.

Und diese Leute können aus ihrer Haut nicht raus, sie sind immer noch die gleichen äh-äh-Brüder. Drüben soll »man« mich, wie ich gehört habe, schon recht erwarten.

Welcher General, welcher Staatssekretär? Schade, dass sie die Namen nicht erwähnt – aber der Spott ist deutlich; ihr eloquenter »Geheimrat« war anders! So wie er seine schriftlichen Sätze geschickt verschachtelte, brauchte er wahrscheinlich auch beim Sprechen kein »äh-äh« zur Formulierung. Und dass er sie sehnlichst erwartete, ist zu vermuten.

Doch aus der geplanten Entlassung wird aus unbekannten Gründen wieder nichts, am »Montag, den 18. 8. 47 mittags« schreibt sie genervt heim:

Es ist gar nicht so einfach und leicht, wieder in das Justizgebäude zurückzukehren. Seit Mittwoch warte ich nun mit meinen zusammengepackten Sachen auf meine Abholung, aber bis jetzt hat sich niemand sehen lassen.
Ob die mich vergessen haben? Ich hätte nichts dagegen! Ist das nicht wieder typisch? Mir paßt die Warterei gar nicht, denn erstens habe ich es hier nun satt, und dann denke ich, je länger ich hier sitze, umso weiter schiebt sich meine Entlassung hinaus. (Aber man soll ja nicht denken in meiner Lage!) –

Hat sie schon etwas geahnt, als sie von »gemischten Gefühlen« schrieb, mit denen sie zurückkehre in das Gefängnis des Justizpalastes in der Fürther Straße?

In Gedanken sehe ich die Szene vor mir:

Wie hatte sie sich danach gesehnt, ihn wiederzusehen, wie sehr gehofft, ihn dort nach ihrer immer wieder verschobenen Rückkehr sofort zu treffen! Sie hatte sich ausgemalt, dass er es sein würde, der ihr entgegenkommen, der ihre Zellentür aufschließen würde. Doch es war Mrs. Taylor, die sie freundlich begrüßte, er ließ sich nicht blicken. Es hätte ja sein können, dass er beschäftigt war – immer wieder wurde er von Captain Binder zum Übersetzen geholt. Bestimmt würde sie eine

Nachricht in ihrer Zelle vorfinden, wahrscheinlich einen Blumenstrauß. Die neue »Capteuse« schloss auf, kein Zettel lag auf dem
Boden, kein Brief lag auf dem Tisch neben dem Töpfchen mit einer
winzigen rote Begonie. Sie konnte nur vermuten, dass dies ein Gruß
von ihm war. Obwohl – das Pflänzchen passte weder zu ihm noch zu
ihr, wahrscheinlich war es doch von den Kolleginnen.

Ungeduldig erwartete sie ihn, aber er kam auch nicht zum letzten
Rundgang.

Konnte es sein, dass er erst so spät zurückgekommen war, dass er
den dritten Stock nicht mehr betreten konnte? Von Stunde zu Stunde
wurden ihre Rückenschmerzen wieder stärker, als sei alle Behandlung
der letzten Wochen vergeblich gewesen.

Sie fühlte sich elend, schrieb aber dennoch, eine kurze Nachricht
nach Hause. Sie hatte versprochen, Bescheid zu geben, sobald sie die
Krankenstation verlassen hätte. Natürlich durfte sie nicht schreiben,
warum sie sich so elend fühlte, musste irgend etwas Positives schreiben. Ja, die Freude über die Pflanze, die ihre Schwester ihr ins Krankenhaus mitgebracht hatte, konnte sie noch mal erwähnen:

Donnerstag, 21.8. abends

Meine Liebsten!
*Ich will Euch nur noch rasch wissen lassen, daß ich heute mittag in
das Gerichtsgefängnis zurückgebracht worden bin. Abschieds- sowie
Begrüßungsscenen waren herzlich – der arme Bruder Adler wird heute Nacht bestimmt nicht schlafen – und so bemühe ich mich jetzt seit
Stunden, mich wieder an das Gefängnismilieu zu gewöhnen. Was sein
muß, das muß sein!!*
*Mein Kreuz tut mir heute wieder scheußlich weh, diese verdammten
Nerven und Muskeln können einem schon schwer zusetzen. – In den
nächsten Tagen werde ich mit einer Vernehmung zu rechnen haben,
vielleicht klappt es doch mit der Entlassung. Ich befürchte jetzt nur,
daß ich über das Lager in Dachau entlassen werde, nachdem 2 Frauen
von hier, die während meiner Abwesenheit entlassen wurden, auch zuerst dorthin mußten. (das ist aber nur eine Annahme etwas Bestimmtes
weiß ich nicht.) Ich werde Euch natürlich gleich schreiben, wenn sich
etwas ereignet.*

Marias Blätterstock habe ich mithergebracht, ich habe so eine große Freude daran. Ein ganz kleines Begonienstöckerl war zum Empfang heut in meine Zelle gestellt. – So, jetzt gehe ich schlafen, wie oft wohl noch in dieser Zelle?
Herzlichste Grüße und allerbeste Wünsche für Euch alle von
Eurer Edi

Der herzliche Abschied stimmte: Bruder Adler, der Pfleger aus dem Krankenhaus, hatte ihr noch ein paar Äpfel zugesteckt, es schien ihm tatsächlich schwergefallen zu sein, ihr Lebewohl zu sagen, und er versprach, sie im Gefängnis zu besuchen, sie solle ihn nur wissen lassen, wenn sie etwas bräuchte. Die Aussicht war ihr nicht recht, er hatte sich offensichtlich ein wenig in sie verliebt – sie fürchtete Wagners Eifersucht.

Aber wo war der jetzt?

Sie schlief kaum in dieser Nacht – irgendeine Nachricht hätte er doch hinterlassen können! Es konnte doch nicht sein, dass ihre krankheitsbedingte Abwesenheit genügte, um eine solche Liebe wieder zu zerstören? Einer Liebe, die ihr schon nach wenigen Wochen als die ewige erschienen war, konnten doch sechs Wochen Trennung nichts anhaben! Und hatte er nicht genauso von einem gemeinsamen Leben später, von ihrer Unzertrennlichkeit in Ewigkeit gesprochen?

Was war geschehen?

Er kam auch am nächsten Morgen nicht. Bildete sie sich das ein, oder sahen sie die anderen Frauen merkwürdig an, als sie sich beim Rundgang für das Blumenstöckchen bedankte und dann wie beiläufig nach ihm fragte?

Nein, man könne es sich auch nicht erklären, dass er sich nicht bei ihr blicken ließ, sei er doch während ihrer Abwesenheit sehr wohl wie immer »hier oben« gewesen. Und dann eine Bemerkung wie ein Schlag: »Ein schlechtes Gewissen wird er halt haben, unser Betreuer, er hat manche vielleicht mehr betreut, als dir lieb ist.«

Das saß. Also doch. Als er schließlich die Tür aufschloss, wandte sie ihm den Rücken zu, dankte höflich für seine Bemühungen, bat ihn zu gehen. Sie habe sich wohl geirrt, als sie ihm ihre Liebe schenkte.

Zu einem Gespräch war sie nicht bereit. Auch am nächsten Morgen warf sie ihm nur einen kurzen Blick zu, sagte kein Wort. Er bat sie, ihn rufen zu lassen, wenn sie ihn zu sprechen wünschte, er würde ansonsten jemand anderen bitten, nach ihr zu sehen.

Als sie ihn auch am Nachmittag im Gefängnishof ignorierte, schrieb er einen Abschiedsbrief:

Ich schreibe Dir diese Zeilen nicht, weil etwas, das als Maerchen begann, auch ein Ende haben muss.

Ich moechte aber nicht, dass etwas, was an Dein Herz geruehrt hat, fuer Dich einen haesslichen Nachgeschmack, – spaeter einmal – haben soll. Haettest Du nicht gestern von mir als einem Mann gesprochen, dem du Deine Liebe geschenkt hast, ich wuerde auch nicht mehr schreiben. So aber moechte ich nicht in Dir den Stachel lassen, ich haette Dich waehrend Deiner Abwesenheit eben sitzen gelassen.

Du verzeihst mir bitte jetzt alles, was ich sage, wenn es auch nichts mehr aendert. Ich litt manchmal unter Deinem Schweigen, manchmal spuerte ich, dass es Dinge gab, die Du allein haben wolltest und schliesslich glaubte ich, dass Du ein Kind haettest. So glaubte ich an einen mir unverstaendlichen Mangel an Vertrauen, denn ich begannn schon ernsthaft von der Zukunft zu sprechen.

So kam es, dass ich Dein Schweigen im Hospital falsch auslegte und Dir bei Deiner Rueckkehr nicht entgegenkam. Musste ich nicht denken, dass noch andere Bindungen bestehen? Es ist mir oft genug gesagt worden, dass wir gar nicht zusammenpassen, dass bei Dir … usw., dass ich nicht duerfe …

Ich denke, dass dieses Geschehen Dich vor dem Ende des Maerchens bewahrt hat, ein Herz aus Stein zu bekommen. Der Seemann ist von keiner fremden Frau entfuehrt worden, es liegt nur daran, dass die Prinzessin vielleicht einen besseren Mann braucht.

Ich nehme an, dass ich jetzt wieder normal wie bei allen anderen an Deiner Zelle vorbeikommen kann. Gestern und heute frueh hatte ich immer den vielleicht falschen Eindruck, dass Deine Augen doch noch nach meinem Herz fragten – finde es bitte nicht albern, wenn es nicht stimmte.

Eines muss ich doch noch sagen, denn wer weiss, ob wir ueberhaupt noch einmal sprechen werden. Wenn Du meinen letzten Brief doch

noch gelesen haben solltest – eins der letzten Worte hiess: Beschir-
mend.
Vielleicht verstehst Du die Bedeutung dieses Wortes einmal spaeter,
wenn die Tage von Nuernberg fuer Dich vorbei sind.

Er konnte und wollte selbst nicht an einen Abschied glauben, strich
das Blatt mit einem dicken Bleistiftstrich durch und schrieb auf ein
zweites Blatt:

Ich werde Dich immer *lieben und wenn Du einmal hier frei wirst und*
Du waerst in der Lage, nochmals an mich zu schreiben, dann denke
daran, dass ein Prinzesschen auf seinen Seemann wartet und komme
zu ihm.
Es ist so unsagbar schwer, eine so grosse und tiefe Liebe in sich hin-
einschliessen zu muessen.
23.8.47 1/2 12 h nachts
immer Dein Herzenskind

Früh am Morgen schob er beide Blätter unter ihrer Tür durch, lausch-
te. Sie hatte anscheinend nicht geschlafen, weil sie sofort aufstand und
sie aufhob. Leise schlich er weg. Als er kurze Zeit später mit dem
Kaffee kam, sah er in ihren Augen, dass sein letzter Satz genügt hatte,
um den Gleichklang der Seelen wiederherzustellen. Die beiden Blätter
lagen auf dem Tisch nebeneinander.

Den ganzen Tag gab es keine Gelegenheit, sie zu sehen, die sieben
Frauen wurden von dem weiblichen Captain zum Rundgang in den
Hof gebracht.

Erst am Abend konnte er kurz zu ihr in die Zelle kommen und sie
für einen Augenblick in den Arm nehmen, ehe er das obere Stockwerk
abschließen musste.

Danach setzte sie sich an den Tisch, dachte lange nach, machte sich
erst einige Notizen und begann dann zu schreiben. Nicht mit Bleistift,
wie sie meist die täglichen »Gute Nacht«-Zettel hastig hinkritzelte,
sondern sie nahm den Füllfederhalter und begann in gestochen schar-
fer Schrift langsam zu schreiben.

Der Brief würde eine Entscheidung bringen, so oder so.

Meinem geliebten Seemann!

Hast Du es denn gehört und gespürt, daß mein Herz heute Abend nach Dir gerufen und sich mit all' seinem Schmerzen, die es nun schon seit vier Tagen ertragen muß, nach Dir gesehnt hat, weil Du plötzlich vor meiner Türe standest, ohne doch eigentlich einen zwingenden Grund dafür gehabt zu haben?

Aus meinem »Ich kann nicht mehr« wirst Du ja herausgehört haben, wie es in mir ausgesehen hat. Der Kampf meiner Liebe mit meinem schwer gekränkten Ehrgefühl und meinem verletzten Stolz hat mein ganzes Sein aufgewühlt und seine Wellen sind über mir zusammengeschlagen, daß ich am Ertrinken war. –

Daß mir die Vorkommnisse meine Liebe zu Dir nicht nehmen können, war mir ganz klar, nur kämpfte ich darum, ob ich sie in mich hineinschließen müße oder ich sie Dir auch weiterhin zeigen dürfe. Ich war auf dem besten Wege, an diesem inneren Kampf zu zerbrechen; drei Nächte kann ich nun schon keinen Schlaf und keine Ruhe finden. Ich sah keinen Ausweg und keine Lösung – bis Du heute in meiner größten Not so plötzlich bei mir warst. Da wußte ich, daß ich ohne Dich einfach nicht mehr existieren kann, daß mein ganzes Sein zu Dir hindrängt und von Dir ausgefüllt ist. Ich konnte nicht anders, als mein Herz sprechen und handeln zu lassen. Du hattest mich ja sofort restlos verstanden; es ist wie eine Erlösung für mich gewesen, und plötzlich ist es ganz still in mir geworden, daß ich – nach 4 bitteren Tagen – wieder das Klingen in mir hören konnte; noch nie war es so stark und hell. –

Gerade hast Du mir Deinen letzten Brief (jetzt muß ich sagen, vorletzten) gebracht, den ich mit zitterndem Körper in mich hineingetrunken habe.

All' Deine Gefühle, von denen Du darin schreibst, haben in mir ein tausendfaches Echo gefunden, das überlaut und mächtig zu Dir zurückruft, denn all das empfinde ich genauso wie Du, was brauche ich da noch viel zu schreiben! Unser Verstehen und unsere Seelengemeinschaft ist mir schon immer wie ein überwältigendes Wunder gewesen, vor dem mich manchmal ein heiliges Schaudern gepackt hat. Und dieses Wunder wird nie mehr aufhören, da zu sein und wir können deshalb gar nicht mehr aus dieser Gemeinschaft herauskommen. Tut's Dir leid? Ich bin sehr, sehr glücklich darüber! –

Bangen Herzens muss ich nun mit Dir über Deinen ersten Brief von heute sprechen. Nur gut, daß ein dicker, schwarzer Strich durch ihn gezogen ist, den ich so gern auch darunter setzen möchte.

Freilich kommt nun den Dingen eine ganz andere Deutung zu und ich weiß, daß meine Fehler und mein Verhalten dazu beigetragen haben, diese unmögliche Situation überhaupt erst entstehen zu lassen (daß ich Dich allerdings auch heute von gewissen Dingen nicht freispre-chen kann, wirst Du verstehen).

Kränken wollte ich Dich mit meiner Verschlossenheit wirklich nicht, noch viel weniger solltest Du den Eindruck gewinnen, ich hätte zu Dir kein Vertrauen. Lediglich eine mir von der Natur mitgegebene Scheu, über mich und meine Gefühle zu sprechen und vielleicht auch die Angst, Dich zu verlieren, schon bevor wir uns endgültig gefunden haben, war der Anlass zu meinem Schweigen. Von heute ab aber soll und darf kein Geheimnis zwischen uns sein und darum mußt Du auch erfahren, daß ich – eine kleine Gisela habe, die am nächsten Sonntag 4 Jahre alt wird. So, nun ist es gesagt, nun urteile über mich.

Und nun sitzt die »kleine Gisela« von heute, die längst die Geschichte der jahrzehntelangen Leugnung ihrer Existenz bewältigt hat – so glaubte sie jedenfalls –, auf dem Boden mitten in den ausgebreiteten Briefen und erfährt noch einmal eine neue Variante des »Geheimnis-sses«!

Ich lasse das Blatt sinken, schließe die Augen, spüre, wie der Puls rascher und rascher wird, versuche, den Schmerz abzufangen, ehe er wieder anfängt zu bohren. Genug gelitten ein Leben lang, es ist vor-bei. Sie hat sich, weiß Gott, für alles entschuldigt, ich habe ihr längst verziehen.

Wie kommt es nur, dass uns die alten Emotionen immer wieder über-schwemmen, dass vermeintlich »Erledigtes« aufs neue schmerzt?

Nein, ganz so schlimm ist es nicht mehr.

Die Entscheidung, den Schmerz nicht zuzulassen, weil er überholt ist, hilft. Ich werde wieder ruhig, spüre, wie ich auf Distanz zu der Kränkung gehen und nachdenken kann.

Was hätte sie auch tun sollen? Dem Menschen, der ihr in der Nürn-berger Gefangenschaft ein Rettungsanker war, gleich erzählen, dass sie ein Kind hatte? Eine Stimme in mir widerspricht: Klar doch, ich hätte es am ersten Tag gesagt, gleich zu Anfang, als er mich zum ersten Mal weinen sah, meine Tränen so erklärt: »Ich habe ein kleines Kind zu Hause, für das ich sorgen muss! Die können mich doch nicht einfach hierbehalten! Ich habe doch nichts Unrechtes getan!«

Ich hätte … aber sie war anders, konnte nicht anders, hatte »eine von der Natur mitgegebene Scheu«, über ihre Gefühle zu sprechen, die sie ihr Leben lang nicht aufgab – jedenfalls mir gegenüber nicht. Sie hatte keine Gelegenheit gefunden, »es« zu sagen! Wann wäre es günstig gewesen? Am Anfang ging es ihn gar nichts an; vielleicht dann, als die Blicke tiefer, der Händedruck stärker wurde? Nach dem ersten Kuss? Nein, sie konnte es eben nicht.

Wie hat sie ihm schließlich meine Existenz erklärt?

Ich will Dich ganz in mein Herz hineinschauen lassen und darum sollst Du auch wissen, daß der Vater meines Kindes ein SS-Oberführer war, den ich 1938 schon an der Junkerschule kennenlernte. Als ich 1939 erkennen mußte, daß aus Sympathie Liebe wurde, ließ ich mich sofort nach München versetzen, denn der Mann war verheiratet; ich bin ihm bewußt aus dem Weg gegangen.

Um ihm zu zeigen, daß für mich seine Ehe höher stand als seine Liebe, verlobte ich mich 1940 mit einem SS-Hauptuf. – von einer großen Liebe konnte ich bei mir nichts spüren – der dann 1941 im Osten fiel. Bis zum Dezember 1942 sah ich den Vater meines Kindes, der im Einsatz stand, nicht mehr – wohl standen wir im Briefwechsel. – Gerade um diese Zeit war der Wunsch in mir lebendig geworden, ein Kind zu haben, ausgelöst durch die Erkenntnis, daß ich – ich war ja schon 27 Jahre alt –, nicht mehr heiraten werde.

Ich wollte aber einen Menschen haben, der ganz allein mir gehören sollte und an den ich meine Liebe verschwenden konnte. Dieses bei mir so stark eingeprägte Muttergefühl – Kinder sind meine ganze Wonne – ließ sich nicht mehr zurückdrängen und als am 8.12.42 der Mann plötzlich vor mir stand, der mich liebte und in dem ich alle Ideale, die ich von dem Mann hatte, von dem ich einmal ein Kind haben werde, verkörpert sah, gab ich seinem und meinem Drängen nach. Das Schicksal hatte bei diesem einmaligen Beisammensein ent-

schieden, nur darin hatte es mir entgegengearbeitet, daß es mir ein
Mädchen und nicht den ersehnten Jungen schenkte. Im Mai 1944 sah
ich den Vater meines Spätzleins gelegentlich einer Fahrt nach Luxem-
burg, bei der ich in Metz ein paar Stunden Aufenthalt hatte, (er war
Kommandeur der dortigen Nachrichtenschule geworden) zum letzten-
mal. Wir kamen damals aber über eine herzliche Begrüßung und einem
immerwährenden Erzählen von unserem Kind nicht hinaus. Seine letz-
te Nachricht aus Leitmeritz, in der er mir vom bevorstehenden Einsatz
schrieb, bekam ich zu meinem Geburtstag im April 45.
Wie und ob sein Lebensweg weitergegangen ist, weiß ich nicht. Daß
dieser Mann in mir noch lebt, wirst Du sicherlich verstehen, aber es
ist etwas anderes als Liebe und Sehnsucht, das ich für ihn empfinde.
Bindungen an ihn bestehen nicht, darüber haben wir von Anfang an
Klarheit geschaffen.

Immer mehr verblasst die Schrift, ich konnte ohnehin nur mit Mühe
bis hierhin lesen.

Damals hat sie also schon angefangen mit der Legendenbildung.

Die Geschichte von dem einmaligen Beischlaf, von dem Zufall,
am 8. Dezember 1942, ausgerechnet am katholischen Feiertag »Mariä
Empfängnis« sei »es« passiert – das eine Mal und nie wieder! –, hat
sie auch mir gegenüber lange aufrechterhalten.

Viel später erst konnte sie die längere Beziehung zugeben, als ich
meinen Vater gefunden hatte, der eine ganz andere Version erzählte
und den Bezug zur »erwünschten außerehelichen Fortpflanzung« her-
stellte. Und erst viele Jahre später erfuhr ich auch von ihr die ganze
»Lebensborn«-Geschichte.

Kein Wort davon in diesem Brief, kein Wort vom »norwegischen
Waisenkind«. Warum erwähnt sie den »Lebensborn« nicht? Er
muss doch gewusst haben, warum sie im Nürnberger Justizgefängnis
saß!

Und: »Stark eingeprägtes Muttergefühl«? Ich kann mich an keine
verschwenderische Liebe für mich erinnern – aber vielleicht lag es ja
daran, dass das »Schicksal« ihr »entgegengearbeitet« hat und ich nicht
der ersehnte Junge geworden bin. Die Begeisterung aus ihrem »Gute
Nacht«-Brief an den »kleinen Jungen«, auf den sie ein Leben lang

gewartete habe, wird nun noch besser verständlich – und tut noch mehr weh.

Ihr ganzes Geständnis klingt so, als ob sie sich damals schon das Leben mit Teilwahrheiten eingerichtet hätte. Sie gab in diesem Brief nur preis, was unerlässlich war.

Die Tinte scheint ihr ausgegangen zu sein, die folgenden Blätter schrieb sie jedenfalls mit Bleistift:

Eben habe ich – zum wievielten Mal, das weiß ich nicht, Deinen vierten Brief gelesen. In mir und um mich ist eine wunderbare Musik, die ich aber nur von ganz Weitem höre, denn ich bin tief versunken in das heilige Wunder unserer unsagbar schönen Liebe und unseres Zueinanderdrängens, das alles andere überlodert mit einer mächtigen Flamme, die mich schier verbrennen möchte.

Ob – Du – mich – aber – nun – noch – liebst, nachdem Du von meinem tiefsten Herzensgeheimnis Kenntnis hast?

Ich habe Angst, daß ich damit die Flamme in Dir zugeschüttet habe. Müßte ich nicht verstehen und einsehen, daß Dein Weg zu mir nun versperrt ist, weil die Existenz meines Kindes eine Mauer ist, über die Du nicht springen kannst? –

Ich brauche Dir heute wohl nicht mehr zu sagen, was eine Trennung von Dir für mich bedeutet, ich glaube, du hast es sehen können. Würde Dein Herz Dir diese Trennung aber vorschreiben, dann sage es mir. Ich muß und werde mich dann in meinem Kinde wiederfinden.

Vielleicht hätte sie das damals tatsächlich noch gekonnt, falls er auf das Trennungsangebot eingegangen wäre. Sieben Jahre später konnte sie es nicht mehr, zu sehr hat sie ihm ihre ganze Liebe geschenkt, zu sehr hat sie den Sinn ihres Lebens nur in ihm gesehen.

Für mich ist nicht mehr viel geblieben – ich hatte als Kind immer das Gefühl, ihr eine Last zu sein.

Es soll dann aber ein unserer Liebe würdiges Abschiednehmen sein, ohne einen häßlichen Nachgeschmack oder einen Stachel in uns zu hinterlassen.

Wie schade, daß ich Dir diese Dinge alle schreiben muß!

Könnte ich mit Dir jetzt sprechen, so wüßte ich doch jetzt schon, wel-
che Reaktion ich bei Dir durch diese völlig neugeschaffene Situation
ausgelöst habe! So aber muß ich mich noch so viele Stunden von mei-
nen Befürchtungen und Zweifeln quälen lassen. Froh bin ich schon
wieder geworden, wirklich glücklich werde ich aber erst dann wieder
sein können, wenn ich weiß, daß Dein Herz auch jetzt noch »ja« zu
unserer Gemeinsamkeit sagen kann. –
Ich muß mich jetzt hinlegen, – es ist schon 12 Uhr vorbei – und dann
werde ich von Herzen gerne Deine Bitte erfüllen; ich schenke Dir die-
se Nacht, wie in jeder *noch kommenden alle meine guten Gedanken*
und mein »Guten Abend, gute Nacht« – (und später mich selbst.)

»Guten Abend, gut Nacht, mit Rosen bedacht …«, das war eigentlich
mein Lieblingslied beim Einschlafen – wenn es die Großmutter sang.
Mutter musste dabei immer weinen, das mochte ich nicht.

Montag vormittag:
Ich sitze wieder und schreibe, Du warst schon hier, hast Du mein Herz
jauchzen gehört? Schön, wunderschön war diese Nacht, in der ich
mich ganz in Dich hineingebettet hatte und mein Herz ist ganz ruhig
geworden. Nur mein Blut ist wie ein Strom über mich hinweggebraust.
Und darf ich Dir erzählen, was ich auch *geträumt habe? Du saßest am*
Rand meines Bettes, in dem ich mit meinem Spätzlein lag, und meine
Hände haltend sagtest Du:
»Ich liebe Euch doch alle Beide«! Haben sich meine Gedanken und
Wünsche zu hoch verstiegen?? –
So, nun habe ich Dich bis auf den Grund meines Herzens schauen
lassen, nichts ist mehr verdeckt darin. Ein bißchen mußt du mich
aber nun auch loben, weil ich doch ganz aus mir herausgegangen
bin.
Eine Bitte habe ich noch: spreche nie mehr *über mich bei anderen*
Leuten. Ich kann es nämlich nicht mehr ertragen, daß unsere Liebe von
dritter Seite unschön zerpflückt wird und wir den Gesprächsstoff für
andere Leute abgeben. Schon gar nicht will ich, daß über unsre Gefühle
schlechte Witze gemacht werden, wie es anscheinend während meiner
Abwesenheit geschehen ist. Sie sollen nur uns gehören und darum

müßen wir alles vermeiden, was den Blick der Öffentlichkeit auf uns
zieht. –
Und noch etwas. Ich glaube an die Reinheit der Wortbegriffe. Denke
daran, wenn Du mir von Deiner Liebe und unserer Zukunft erzählst.
»In mir klingt ein Lied ...«,
(kennst Du das von Chopin vertonte Gedicht?)
Dein Herzenskind.

Der Traum rührt mich sehr an, spiegelt er doch ihre Sehnsucht, nun
beides behalten zu können, das Kind aus der alten Liebe und die neue
Liebe.

Am Abend gab sie ihm den dicken Brief – zwölf Seiten waren es geworden.

Der Brief wühlte ihn auf, er war verstört und traurig. Endlich fing
er an, hastig zu schreiben – mit Bleistift, die alte, laut klappernde
Schreibmaschine konnte er so spät in der Nacht nicht benutzen:

Ich habe Deinen Brief gelesen. Es ist tief in der Nacht, denn vieles
habe ich wieder und wieder lesen müssen. Und nun will ich versuchen,
Dir alles zu sagen, was ich fühle. Daß ich es überhaupt schon kann,
liegt daran, daß durch den ganzen Brief hindurch so viel von Dir zu
mir gesprochen hat, das ich liebe und in mir lebt.
In mir ist eine große Traurigkeit, die das Denken und Schreiben schwer
werden läßt. Es ist das Gefühl einer Leere, wie ich sie bisher nur ein-
mal in meinem Leben in einer für mich schweren Nacht hatte, als ich
nicht begreifen wollte, daß ich meinen Vater, an dem ich so sehr hing
und noch heute hänge, verloren hatte. Damals machte ich die Tragik
unseres Menschseins durch, einen Besitz an die Ewigkeit zu verlie-
ren.

Es ist das erste Mal, dass ich von diesem Mann etwas erfahre, was nicht
mit der Liebe zu meiner Mutter zu tun hat. Er bekommt auf einmal eine
andere Kontur: ein Sohn, der um seinen Vater trauert. Auch wenn Wagner sich wieder so verquast äußert, wie es seine Art ist, kann ich seine
Trauer erahnen, spüre ich Sympathie für ihn.

Wenn ich doch jetzt bei Dir sein könnte. Heute haben wir uns noch
gesagt, daß unsere Herzen so gleich wären, in ihrer Empfindsamkeit –
und ihrer Fähigkeit, für den anderen zu leben. Und so glaube ich, daß
Du mich verstehen wirst in allem, was ich als Antwort auf Deinen
Brief sagen muß.
Du hast mir einen Teil Deines Traumes erzählt.
Herzenskind, das war kein Traum, das ist Wirklichkeit:
»Ich liebe Euch doch alle beide.«
Meine Liebe zu Dir umspannt alles, was mit Dir geliebtem Menschen
zusammengehört. Und je mehr Du etwas liebst, umso mehr tue ich es.
Deine Gisela ist doch keine Mauer – wo gäbe es eine solche, wenn sie
sich nicht in unserem Herzen aufrichtet? – sondern Dein Spätzlein ist
nur die Ursache, daß meine Zärtlichkeit für Dich noch größer und
tiefer geworden ist und ihr auch ebenso gehört wie Dir.
Du darfst doch nicht vergessen daß ich Dich liebe. Und glaubtest
Du, daß meine Liebe etwas anderes als nur noch stärker werden konn-
te?
Wie gerne würde ich Dir alles selber sagen, vielleicht liegst Du noch
wach. Aber vielleicht spürst Du doch auch in diesem Augenblick, wie
es mich zu Dir drängt, wie ich bei Dir sein möchte: der gestrige Tag,
der mich so viel über uns beide und unser Zusammengehören lehrte,
heute, als Du mir soviel Liebes sagtest, das ich immer noch in mir
nachklingen höre, und Dein Brief, der so voll ist von Beglückendem
und in mir wieder so viel ausgelöst hat, was mich glücklich macht, daß
Du mir zum Schicksal wurdest – aber ich möchte jetzt auch bei Dir
sein, um Dir das zu sagen, wovor ich etwas Furcht habe – für Dich und
für mich. Ich kenne Dich doch so gut. Ich kenne die Stärke Deiner
Gefühle. Ich weiß, wenn Du einmal eine Bindung hast, dann hält sie in
Deinem starken und zärtlichen Herzen. Seit den letzten Tagen weiß
ich, daß Du mich wirklich liebst. Aber ist unsere Bindung nicht jung?
Gibt es stärkere Bindungen als ein Kind?
Von mir hast Du noch kein Kind – Wann werde ich Dich mit der stärk-
sten aller Bindungen beschenken können?
Das war heute Nacht der Satz, über den ich so nachdenken mußte:
»Du wirst verstehen, daß dieser Mann in mir noch lebt.«
Ich habe in den vier letzten Tagen gelernt, was Du mir bedeutest. Ich

habe Dein Leiden gesehen und die Stärke und Tiefe Deiner Liebe. Was geschieht, wenn Du in einen Konflikt kommst?

Auch jetzt, wenn die Gedanken dieser Art in mir kreisen, spüre ich fast schmerzhaft, daß ich auf eine wunderbare und unmerkliche Weise mit Dir zusammengewachsen bin. Du bist für mich mein Schicksal geworden. Ich glaube auch, daß unsere Liebe, wenn wir verstehen, sie in unser Leben zu übertragen, ein Gottesgeschenk ist.

Lass mir ein wenig Zeit, mit dem Gedanken fertig zu werden, daß ein anderer Mensch eben doch ein stärkeres Band zu Dir hat – wie ich es Dir sagte, meine Liebe ändert sich nicht, vielleicht kannst Du mir helfen. –

Alles, was Du mir geschrieben hast, hat nur dazu beigetragen, mich noch mehr an Dich heranzubringen. Ich brauche mehr als eine Nacht, um Dir auf jeden einzelnen Satz zu sagen, wie diese unendliche Liebe und Deine liebenswerte Ehrlichkeit auf mich wirkten.

Erzählst Du mir bitte auch den anderen Teil Deines Traumes?

Du, noch ein paar Fragen. Ich werde Dich überhaupt mein Leben soviel fragen müssen –

Glaubst Du, daß das Spätzlein Gisela mich eines Tages auch lieb haben wird –

Glaubtest Du, daß ich beim Lesen Deines so unendlich lieben Briefes Dich nicht noch mehr lieben müsste –

Hast Du etwas anderes erwartet, als daß meine Antwort nur ein neues Bekenntnis meiner Liebe zu Dir ist, Du tausendfach geliebtes Herzenskind.

Du, ich liebe Dich. Ich will jetzt versuchen, zu schlafen. Erst lese ich noch einmal Deinen Brief, obgleich ich weiß, daß ich krank vor Sehnsucht nach Dir werde – Du sagst, Du würdest wirklich glücklich werden, wenn ich ja zu unserer Gemeinsamkeit sage?

Du, mein Herz sagt ja. Für immer. Nur bittet es Dich, das »ich liebe Dich« ganz fein auszustreichen und in seinem Namen hinzuschreiben:

Ich liebe Euch doch alle beide.

Hat mich die Sensibilität dieses Mannes zunächst schon überrascht, so ist es am Ende mit der mir selbst auferlegten Distanz dahin. Ich bin tief bewegt von der Liebesfähigkeit eines Mannes, der gerade erfahren hat, dass die Frau, in die er sich verliebt hat, eine andere folgenreiche Beziehung hatte und dass »dieser Mann« noch in ihr »lebt«. Und ohne das Kind je gesehen zu haben, schließt er es blindlings in sein Herz, weil es Teil der geliebten Frau ist, und hofft, dass das »Spätzlein« ihn eines Tages auch lieben wird.

Sein in doppelt großen Buchstaben geschriebenes »Ich liebe Euch doch alle beide« ist ein klares Angebot für eine gemeinsame Zukunft – mit einem potentiellen Vater für mich. Ich hätte so gerne einen gehabt.

Aber ich bekam keine Gelegenheit, ihn zu lieben, im Gegenteil, ich musste ihn hassen, weil meine Großmutter mir das einredete.

Ich spürte damals die große Spannung in der Familie – heute weiß ich, dass das 1948 war: Jedesmal, wenn meine Mutter für ein paar Tage verreiste, war meine Großmutter ungehalten, sprach nicht mit ihr, erschien mir beleidigt. Wenn sie zu Hause war und die Tante kam, tuschelten die beiden Schwestern miteinander und redeten laut weiter, sobald die Mutter sich ihnen näherte. Es lag etwas in der Luft, was mir angst machte.

Irgendwann platzte es aus meiner Großmutter heraus: »Sie hat einen Mann kennengelernt, den sie heiraten will! Der taucht bestimmt hier auf und nimmt sie mit. Dich können sie nicht brauchen, weil sie ins Ausland gehen. Und ich bin zu alt, als dass ich dich noch großziehen könnte. Dann musst du halt nach Bairawies.«

Bairawies, das Schreckenswort meiner Kindheit. Das ist der Name einer Ortschaft in der Nähe von Bad Tölz, damals gab es dort ein Waisenhaus.

Waisen waren ganz arme Kinder, die nicht nur keinen Vater hatten, sondern auch keine Mutter, keine Oma wie ich. Ganz allein wurden sie eingesperrt in großen Schlafsälen, bekamen wenig zu essen, und wenn sie nicht artig waren, setzte es Schläge. Solche Behauptungen waren jedenfalls eine beliebte Disziplinierungsmaßnahme für das lebhafte, zu »Dummheiten« aufgelegte Kind: »Wenn du nicht brav bist, kommst du nach Bairawies, die nehmen auch Halbwaisen.«

Nun würde mir das Bravsein auch nichts mehr nützen, wenn meine

Mutter mit einem fremden Mann fortgehen sollte. Und die Frage, ob mich denn meine geliebte Tante – die ich ohnehin immer noch öfter »Mutti« nannte als meine wirkliche Mutter – wieder zu sich nehmen würde, brauchte ich erst gar nicht zu stellen. Ich wusste ja, dass ihr Mann mich für einen »SS-Bankert« hielt. Auch wenn ich keine Ahnung hatte, was das bedeutete, und es mir niemand erklären wollte, war mir klar, dass das etwas Schlimmes sein musste, und ich hatte begründete Angst vor meinem Onkel.

Da gab es nur eine Möglichkeit: Ich musste verhindern, dass meine Mutter wegging.

Eines Nachts wachte ich alarmiert auf, als ich in der Küche nebenan Stimmen hörte – eine Männerstimme war dabei. Es gab nur wenige Männerstimmen, die in unserer Wohnung gelegentlich zu hören waren: meine beiden Onkel und unser Vermieter. Aber nicht mitten in der Nacht – und diese Stimme gehört keinem von ihnen.

Das musste *er* sein. Und schon wurde die Tür vorsichtig geöffnet, im schmalen Lichtspalt erkannte ich eine große dunkle Gestalt, die leise hereinkam und einen Mantel an den Haken hinter der Tür hängte. Mein Herz blieb stehen, als er auf Zehenspitzen auf mein Bett zukam, fest kniff ich die Augen zusammen, die leisen Schritte entfernten sich, die Tür wurde behutsam geschlossen. Ich war in Panik, auf keinen Fall durfte ich wieder einschlafen, auch nicht, als die Stimmen verstummt waren und ich am Knarzen des Küchensofas und einem tiefen Seufzen erkennen konnte, dass meine Großmutter sich hingelegt hatte.

Meine Mutter hatte im ersten Stock von meiner Patin eine Kammer gemietet und schlief dort oben lieber als mit mir im einzigen Bett. Ich war ja ein so unruhiges Kind. Den Mann hatte sie anscheinend mit hinaufgenommen, trotzdem musste ich auf der Hut sein, es könnte ja sein, dass sie da oben nur ihren Koffer packte. Aber ohne seinen Mantel würde er wohl nicht abreisen, also musste ich auf den aufpassen.

Am nächsten Morgen weigerte ich mich, in den Kindergarten zu gehen, selbst die Bairawies-Drohung konnte mich nicht mehr erschrecken – das Kinderheim war mir ohnehin sicher, wenn ich die Abreise nicht verhinderte.

Er kam sofort auf mich zu, lächelte mich an, griff mit seinen großen

Händen nach mir und wirbelte mich durch die Luft: »Das ist also das Spätzlein! Spatzen müssen fliegen!«

Dann setzte er mich lachend oben auf das Küchenbüfett. Ich fand das überhaupt nicht lustig, war wütend und verzweifelt und trat mit beiden Beinen nach ihm, traf ihn in die Brust. Sein Lachen gefror zu einem ungläubigen Lächeln, meine Mutter schrie auf, und meine Großmutter drehte sich rasch um, nicht ohne sich die Hand vor den Mund zu halten. Wütend holte meine Mutter mich vom Schrank herunter und stellte mich unsanft auf den Boden; ein heftiger Klaps auf den Hintern, dann wollte sie mich in das andere Zimmer sperren. Ich klammerte mich an ihren Arm und schrie immer wieder: »Nein, bitte nicht, bitte, bitte, geh nicht weg!«

Er besänftigte die zornige Mutter, die sich nicht erklären konnte, was in das Kind gefahren war: »Sonst ist sie eigentlich ganz lieb!«

»Lass sie nur, ich habe sie erschreckt, sie wird sich noch an mich gewöhnen.«

Diese Szene steht mir nun, nach dem Lesen seines zärtlichen Briefes, wieder deutlich vor Augen.

»Es tut mir leid«, entschuldige ich mich bei dem längst toten Mann, »sie haben es tatsächlich gut gemeint mit mir damals.«

Meine Mutter ist nicht weggezogen mit ihm, der Mann ist verschwunden, ich habe ihn nie wiedergesehen.

Ich durfte niemandem von ihm erzählen. Es war ein Geheimnis, dass er uns besucht hatte; wenn das jemand erführe, kämen die MP-Soldaten[14] mit den weißen Helmen und Gamaschen wieder und würden meine Mutter wieder mitnehmen nach Nürnberg. Diesmal käme sie nicht so schnell zurück, und ich müsste endgültig nach Bairawies.

Natürlich habe ich geschwiegen.

Am Abend des 26. August 1947 schrieb sie wieder einen »Gute Nacht«-Brief, der aber im Gegensatz zu den früheren weniger überschwenglich als ernst ist:

Wenn mein innig geliebtes Herzenskind heute wieder einen Gute-Nacht-Brief bekommt, so will ich ihm damit nicht nur sagen, daß ich

ihm – entgegen seiner gestrigen Annahme – schon noch schreiben
mag, sondern ihm auch zeigen und spüren lassen, daß mein Herz gar
nicht anders kann, als ihm von seiner tiefen Liebe zu erzählen, deren
Flamme heute wieder hell und lodernd für Dich, mein Liebster, brennt
und meinem Herzen, meinen Sinnen und meinem Blut die belebende
Wärme gibt. Es ist für mich so beglückend zu wissen, daß Du in mei-
nen Augen wie in einem geliebten Buch zu lesen verstehst, was mein
Innerstes bewegt und beschäftigt. Ich glaube wohl, daß Du in den
beiden letzten Tagen vergeblich nach ihrem Glanz gesucht hattest,
sie waren ja auch so müde und traurig und litten wie mein Herz und
mein Körper unter einem bohrenden Schmerz, den ich glaubte, um
Dich haben zu müssen. Ich sage wohl, »glaubte«, denn ich habe inzwi-
schen eingesehen, daß es absolut nicht notwendig gewesen wäre, mich
von Zweifeln und Kummer derart kleinkriegen zu lassen. Wenn ich Dir
heute aber nochmals sage – ich kann es aber schon mit ganz ruhigem
Herzen tun – daß mir das von der anderen Seite in so geschickter Form
Beigebrachte aber doch zumindest einen schmerzenden Hieb verset-
zen mußte, so will ich Dir ja nur zu verstehen geben, daß ich Dich in
allem ganz allein besitzen will und daß ich Deine Gefühle, Deine Lie-
be und Dein Herz niemals mit einer anderen Frau teilen könnte. Her-
zenskind, Du mußt Dir reiflich überlegen, ob ich mit dieser Forderung
von Dir nicht etwas verlange, was Du mir auf Grund Deiner Menta-
lität vielleicht gar nicht zugestehen kannst.

Noch jedes Mal, wenn Dein Herz zu mir von dem grenzenlosen Glück
unseres gemeinsamen Lebens und von der Verwirklichung all meiner
schönen Träume sprach, hat es mich zum Brennen und Beben gebracht.
Dieses Glück kannst Du mir aber nur dann schenken, wenn »Dein
Herz nur nach einer Seite atmet und schlägt«.

Denke aber nun bitte nicht, daß ich auch noch den Teil Deines Herzens
für mich besitzen will, der Deinen Kindern gehört. Er ist für mich
heilig und unantastbar, es ist nur mein aufrichtigster Wunsch, auch an
diesem Plätzchen in Deinem geliebten Herzen teilhaben zu können.

Bist Du mir böse, daß ich heute nochmals dieses Problem angeschnit-
ten habe? Ich mußte es tun, damit unser gemeinsamer Lebensweg in
einen Frühling ohnegleichen und ohne Ende ganz klar vor uns liegt und
uns nichts mehr hindern kann, ihn in einer unvergleichlich schönen

Seelengemeinschaft mit der brennenden Sehnsucht in unserem Herzen und in unserem Blut bis zur höchsten Erfüllung zu gehen. Unsere maßlose, unbegrenzte und hingebende Liebe wird die Fackel sein, die uns dabei leuchten wird. Willst Du mit mir diesen Weg gehen, so gib mir Deine Hand; die meine wartet ausgestreckt und verlangend darauf. Wie ist das Leben doch so herrlich, wenn wir Beide zusammengewachsen in ein Wesen, in seinem Mittelpunkt stehen. Träumst Du heute Nacht wieder davon? Lass mich Deine Liebe spüren und Du machst mich zum reichsten und glücklichsten Menschen – zur Königin.

Gute Nacht, ich nehme Deine Augen, Deine Liebe und Dein glühend geliebtes Herz mit in den Schlaf.

Es überrascht mich, mit welcher Klarheit die Frau, die sonst geradezu unterwürfig erklärte, ohne ihn nicht leben zu können, hier ihre Bedingungen stellt. Musste sie nicht riskieren, dass er, der »herrliche Mann«, sich von einer Frau nichts diktieren lassen würde?

Er scheint sich ihrer Forderung gebeugt zu haben – aber konnte er sein Versprechen in den nächsten sieben langen Jahren wirklich halten?

War am Ende nicht doch der Grund für das Zerbrechen dieser Liebe eine andere Beziehung, die häufigste Ursache, wenn Paare sich trennen?

Eine überraschende Information enthält dieser Brief: Also hatte er selbst doch auch Kinder! Konnte er deshalb so erstaunlich tolerant auf ihr Kind reagieren, wollte er deshalb so liebevoll mit mir umgehen, weil er selbst Vater war?

Aber warum schreibt er kein Wort von seinen Kindern? Wo ist die zugehörige Mutter? Und wie steht es mit seinen Gefühlen ihr gegenüber? Gilt für ihn die Frage nicht, die er meiner Mutter stellte: »Gibt es eine stärkere Bindung als ein Kind?«

Er war wohl geschieden, wie das jedenfalls Mutter später behauptete, sonst hätte er doch nicht von einer gemeinsamen Zukunft sprechen und ihr in seinem Versöhnungsbrief die Frage stellen können: »Wann werde ich Dich mit der stärksten aller Bindungen beschenken dürfen?«

In diesen aufwühlenden Tagen konnte sie nicht nach Hause schreiben.

Als die Krise überwunden und sie sich seiner Liebe wieder sicher war, musste Edi ihr Schweigen erklären. Aber natürlich verlor sie nach Hause kein Wort über ihre Qualen und auch nicht über ihr Glück, sie schreibt am 28. August wieder in ihrer Alltagssprache:

Meine Lieben daheim!
Zwei Tage liegt nun Euer E.-Brief vom 20.8. bei mir auf dem Tisch, aber vor lauter Betrieb hier bin ich noch gar nicht zum Antworten gekommen.
Mutter, laß Dich nicht kleinkriegen von diesem lächerlichen Schicksal, das uns im Moment gar nicht gut gesinnt ist. Was hilft das Jammern und Sichabsorgen; über diese Zeit müssen wir hinwegkommen und ge-schenkt wird uns gar nichts, auch wenn wir den Kopf dabei hängen lassen. Ist es da nicht vernünftiger, ihn oben zu behalten, damit wir nach dieser schlimmen Zeit noch die Kraft zum Weitermachen haben?
Ich habe mich jetzt auf diesen Standpunkt gestellt, ich glaube, das ist der richtige. Ich lasse mich nicht mehr krank machen von diesem Heimweh, weil ich, wenn ich dann wirklich bei Euch bin, das Beiein-ander-Sein auch genießen will.
Und nun das Spatzerl! Ich freue mich und es beruhigt mich sehr zu wissen, daß sie gesund und guter Dinge ist. Ich glaube wohl, daß sie in den 4 Monaten viel dazu gelernt hat. Ist es nicht unverantwortlich, daß man uns von den Kindern trennt und wir ihre Entwicklung nicht miterleben dürfen. Wo bleibt da das Gesetz der Menschlichkeit?
Es gibt doch nichts widernatürlicheres als Mutter und Kind zu tren-nen, wenn kein zwingender Grund dafür vorliegt.

Und wo blieb das »Gesetz der Menschlichkeit«, als deine Vorgesetz-ten Millionen Menschen mit ihren Kindern oder getrennt von ihnen in den Tod schickten? Aber sie hatten sich natürlich einen »zwingenden Grund« erdacht: die Vernichtung einer »lebensunwerten Rasse«.

Na, auch damit muß man eben fertig werden. Steigt am Sonntag eine kleine Geburtstagsfeier? Ich werde den ganzen Tag mit meinen Ge-danken bei Euch sein.

Von mir selbst kann ich Euch schreiben, daß es mir recht gut geht. Ich kann jetzt wieder ganz ordentlich essen – ich vertilge sogar den Nachschlag, den ich jetzt bekomme, – und fühle mich schon dadurch gesünder. Dann kommen zwischendurch Sonderzuteilungen, denn die Liebe geht eben doch durch den Magen.

(Gerade habe ich wieder was gekriegt.) Ihr braucht Euch also gar keine Sorgen um mich zu machen, ich finde mich hier wieder ganz gut zurecht. –

Auf die Vernehmung warte ich noch, leider. Bevor ich nämlich die nicht hinter mir habe, kann sich wegen meiner Entlassung auch nichts tun.

Ja, warten können ist eine Kunst, die man in Nürnberg lernen muß, wenn man nicht verzweifeln will.

In den Konzentrationslagern haben viele vergeblich versucht, diese Kunst zu erlernen, und sind daran verzweifelt; die meisten konnten nur auf den Tod warten.

Ich bin erschöpft, werde morgen weiterlesen. Als ich die diversen Umschläge wieder zusammenschieben will, rutscht ein bemalter Zeichenkarton heraus.

Ein großes, leuchtend rotes Herz mit einer goldgelben Vier in der Mitte, links neben dem Herzen eine Rosenknospe, rechts ein Fliederzweig, ganz schön kitschig. Sicher hat er es mit Wasserfarben gemalt, wahrscheinlich zum vierten Jahrestag des Kennenlernens.

Auf der Rückseite steht aber: 31. August 1947. Jetzt bin ich wieder neugierig geworden, die Müdigkeit ist verflogen. Der 31. August ist mein Geburtstag.

Hat Wagner überlegt, wie er der geliebten Frau am Geburtstag ihrer kleinen Tochter eine Freude machen konnte?

Er konnte sich vorstellen, dass sie sehr unglücklich war, weil sie diesen Tag nicht mit ihrem »Spätzlein« verbringen konnte. Er hatte eine Dose mit Keksen aufbewahrt und sich ein paar Äpfel vom Mund abgespart. Es war ihm nicht gelungen, Blumen zu organisieren, Captain Binder war nicht da, und der Kontakt zur neuen »Capteuse« war noch nicht so gut wie zu der alten, die man leider nach den USA zurückbeordert hatte – vielleicht, weil sie zu großzügig im Umgang mit den Insassen des Zeugenflügels gewesen war.

Am Abend vor dem Geburtstag blätterte er die bunten amerikanischen Illustrierten durch, die er von Binder bekommen hatte, bis er einen Rosenstrauß zum Ausschneiden fand. Dann malte er mit seinen Wasserfarben ein großes Herz auf einen festen Karton und tippte einen langen Brief.

In aller Frühe schob er Zeichnung und Brief unter ihrer Zellentür durch:

HEUTE IST SONNTAG, DER 31. AUGUST
MEIN HERZENSKIND – ES IST ZEIT AUFZUSTEHEN
Denn wir beide, Dein Spaetzchen und Dein Horst sind in Dein Zimmer gekommen und stehen jetzt vor Deinem Bett. Ihre kleine Hand ist in der meinen.
Wir wollen Dir Blumen bringen und unsere strahlenden Augen.
An Giselas und auch an meinem Geburtstag wird es immer so sein, dass wir beide Dir zuerst immer die schoensten Blumen bringen. Denn für uns beginnt ein Feiertag erst dann, wenn wir Dir unsere Liebe gezeigt haben. Dem einen schenktest Du das Leben, dem anderen das, was noch mehr wert ist – Deine Liebe. Und erst wenn Deine schoenen Augen in dem Bewusstsein aufleuchten, dass Du unserer beider Liebe verstehst, dann koennen wir auch die Kerzen anzuenden.
Sollen wir noch einen Augenblick zu Dir ins Bett kommen? Wir moechten sehr gerne. Ueberlege es Dir gut, denn es ist der letzte Wunsch, den Du heute sagen darfst. Waere es fuer den ganzen Tag, der uns allen so viel Schoenes bringen wird, nicht gut, wenn Du noch ein paar Minuten in meinem Arm liegen wuerdest? Dann werden aber Deine beiden Festgaeste mit Dir – aus Liebe, Freude und Uebermut – so herumtollen, bis Du sie hinauswirfst.
Dann beginnen wir, Geburtstag zu feiern. Was an diesem Tag getan wird, bestimmt der kleine Spatz. Wenn ich vielleicht dann nicht so viel Zeit habe fuer Dich, so findest Du es doch richtig? Aber immer werde ich nach Deinen Augen sehen, ob Du gluecklich bist.
… Wenn dann der schoene Tag vorbei ist und es Abend wird, dann

106

werde ich Deinen Kopf wieder einmal in meinen Schoß legen und Dir alles erzaehlen.

Unsere Gedanken wandern dann zurueck zu den Tagen, die so schwer fuer mein geliebtes Herz waren, wie Du durch sie aber mir so nah kamst, dass Du mir alles schriebst. Wie Du eine Nacht auf meine Antwort wartetest, die Nacht, die ich durchwachte bis zum ersten Sehen am Morgen, als ich Dir sagen musste:

ICH LIEBE EUCH DOCH ALLE BEIDE.

Du warst ungewiss, wie ich mich entscheiden wuerde. Ich kann es Dir sagen: als ich es schon frueher ahnte von Deinem Kind, empfand ich als erstes ein Gefuehl grosser Zaertlichkeit fuer es. Ich war damals dabei, zu sehen, wie alles, das zu Deinem Leben gehoert, auch in meinem seinen Platz hat. Und so ist dieses Gefuehl für das Spaetzlein mit meiner Liebe zu Dir auch mitgewachsen und Du verstehst, weshalb wir drei zusammengehoeren.

Du darfst aber auch nicht vergessen, es war mit das Schoenste, was du mir gabst, als Du mir sagtest, dass ich selbst in Dein Gefuehl Deinem Kinde gegenueber irgendwie mit hineingestroemt sei. Du hast es damals viel schoener gesagt. Mein Herz wurde ganz still, es sah die Groesse Deiner Liebe und wusste, dass es nicht mehr von ihr loskaeme. Deine Liebe zu Deinem Spaetzlein hat die meine beruehrt. Nun wirst Du auch meine Liebe zu ihm verstehen.

Es ist noch etwas anderes Gemeinsames. Wir beide brauchen Dich. Wenn Du gluecklich bist, sind wir es auch. Was es an Schoenem im Leben gibt, musst Du uns schenken. Wir koennen – das ist wirklich wahr – ohne Dein Herz nicht leben.

Das alles werde ich Dir sagen. Deine Augen muessen mich aber die ganze Zeit dabei ansehen. Spaeter, wenn das Kind seine Geburtstagsfreude austraeumt, kuesse ich Dir Deine Augen zu. –

Steh auf, Liebste, wir wollen Geburtstag feiern, zu dritt.

Er hat also an mich gedacht an diesem Tag, auch wenn das Herz freilich der Geliebten galt, nicht mir. Aber er hat sich ausgedacht, mit dem »Spätzchen« an der Hand, das er noch gar nicht kannte, an ihr Bett in der Gefängniszelle zu treten; er schilderte ihr in dieser Szene liebevoll und realistisch zugleich seinen Traum von allen gemeinsamen zukünftigen Geburtstagsfeiern in der Freiheit und hat ihr so über diesen Tag hinweggeholfen.

Sie hat gewiss wenig geschlafen in dieser Nacht, obwohl der Schmerz über seine vermeintliche Untreue vorbei und sie wieder so glücklich war, dass sie ihr Heimweh vergaß. In dieser Nacht aber schweiften ihre Gedanken vier Jahre zurück nach Norwegen; sie erinnerte sich an die rasende Fahrt durch die helle Nacht am Fjord entlang und über die Berge nach Oslo. Sie spürte ihre damalige Angst wieder, als die Wehen einsetzten, die lange Qual der schweren Geburt.

Und ihre Enttäuschung, dass es nur ein Mädchen war.

Sie konnte es kaum fassen, als sie das Papierherz vom Boden aufhob und den Brief las. Noch vor wenigen Tagen hatte sie gebangt, dass sie diesen Mann wieder verlieren würde, wenn er ihr Geständnis gelesen hätte; sie wagte noch gar nicht zu glauben, dass es ihm ernst sei mit der Liebe zu ihrem Kind. Und nun diese freudige Überraschung! Sein Satz: »Ich liebe Euch doch alle beide« war keine Floskel gewesen.

Voller Dankbarkeit las sie auch das zweite Blatt mit seiner phantasierten Tagesplanung:

Unser Geburtstagskind ist nun in seinem Bettchen. Jetzt nehme ich Dich in meine Arme. Und dann kommt erst die Stunde des Erzaehlens. Ich habe heute so viel erlebt, und dazu noch durch Dich soviel Schoenes, dass ich noch lange, lange mit Dir sprechen muss. Denn alles, was mich bewegt, musst Du wissen. Du bist die Vertraute meines Herzens. Ich brauche Dich. Aber das Erzaehlen ist auch einmal zu Ende. Gute Nacht sage ich Dir erst viel, viel spaeter.

Du hast mir so etwas Liebes gesagt, als ob du es gerne haettest, wenn ich nicht von Deinem Spaetzchen schreibe, du musst mir morgen frueh sagen, ob ich immer von unserem *Spatz sprechen soll. Du hast es mir heute fast gesagt.*

Du hast mir heute noch Worte ueber unser Zusammengehoeren, ueber unser Beieinanderbleibenmuessen gesagt, wie Du es noch nie getan hast. Ich kenne Dein Herz, aber wenn Du mir von ihm sprichst, dann wird meine Liebe noch staerker.

Mein suesses Herzenskind, was wir uns geben und schenken, ist schoener als alles andere.
Heute ist Sonntag, der 31. August

Als dann später die Tür aufgeschlossen wurde, sah sie zuerst eine Papiercollage im Türspalt: vier prächtige rote Rosen, und eine fröhliche Stimme rief: »Herzlichen Glückwunsch zum vierten Geburtstag deines Spätzleins!«

Dann erschien sein lachendes Gesicht über dem Bild: »In Ermangelung echter Rosen musste ich sie dir aus Papier schneiden – später werde ich dich mit wirklichen Rosen überschütten!«

Wie er es nur immer wieder schaffte, sie zum Lachen zu bringen – sie fiel ihm in die Arme.

Die Selbstverständlichkeit, mit der Wagner in seiner Phantasie das Geburtstagskind an die Hand nimmt, bringt mich auf einen neuen Gedanken: Mutters Verleugnung meines Vaters bekommt plötzlich eine andere Bedeutung.

Wenn meine Mutter an jenem Tag noch mehr Vertrauen zu Wagner und seiner Liebe gefasst hat, wird sie sich innerlich ganz gelöst haben vom Vater ihres Kindes, über den sie noch wenige Tage zuvor geschrieben hatte, dass »dieser Mann noch in mir lebt«. Wenn sie Wagner zugestehen wollte, dass er in Zukunft von »unserem Spätzchen« sprechen dürfte, dann sollte der wirkliche Vater auch für das Kind keine Bedeutung mehr haben, es hatte ihn ohnehin nie gesehen. Außerdem war zu diesem Zeitpunkt nicht klar, ob er überhaupt noch lebte – ihre Behauptung, sie wisse nichts von ihm, ist glaubhaft. Viel später habe ich von meinem Vater selbst erfahren, dass er nach dem »Zusammenbruch« erst einmal untergetaucht war in den Wäldern, »tagsüber versteckt und nachts nach den Sternen gewandert«, bis er in der Nähe seiner Familie auf einem Bauernhof unerkannt als Schweinehirt arbeiten konnte. Nach seinem unehelichen Kind hat er sich erst später erkundigt.

Sieben Jahre lang war meine Mutter auf dem Sprung, immer in der Hoffnung auf das »Zusammenwachsen für immer«. War es nicht das beste, das Kind weiter im Glauben zu lassen, sein Vater sei »in Russland vermisst«, solange die Absicht bestand, Wagner zu heiraten? Vielleicht wollte sie es mir ja leichter machen, ihn als Vater zu akzeptieren.

Wieder etwas, was du mir hättest erklären sollen, Mutter, wenigstens dann, als ich erwachsen war – es hätte mir viel von meinem tiefen Groll genommen.

Es gibt noch einen Brief vom 31. August, den er am Ende dieses Tages schrieb:

Eben war ich bei Dir, um Dir zu sagen, dass unser Kennen-, Verstehen- und Liebenlernen hier unter diesen fuer uns doch schlimmen Umstaenden vielleicht ein sehr grosses Geschenk ist. Liebenden geraet wohl immer alles zu ihrem Besten, wenn sie sich wirklich lieben. Sieh einmal, ich habe vieles Schoene und fuer mich unbeschreiblich Wertvolles an Dir gesehen, was ich draussen nie haette bemerken koennen. Wir sind hier gezwungen, in Sekunden uns Liebes zu sagen, wir schalten vom Froehlichen zum Ernsten, unsere Gefuehle sind aufeinander abgestimmt, dass sie im Augenblick wechseln, wenn es der andere noetig hat. Und was sich hier so klar und fest zeigt, muss das nicht unendlich schoen unter wirklichem blauen Himmel sein? Schenken wir uns hier unter manchmal unmoeglichen Verhaeltnissen so unsagbar viel Glueck, ich kann Dir nie aufzaehlen, aber auch nie genug danken, fuer alles, was Du mir schon geschenkt hast.
Weisst Du, dieser Glaube, dass kein einziger Mensch auf dieser Welt mir das haette geben koennen, was Du hier vermochtest, hat in mir das Gefuehl erweckt, dass ich ohne Dich einfach nicht mehr leben kann. Und will. Es sind hier soviel Bindungen in uns erwacht, die uns gegenseitig zur Liebe brachten. Wenn ich also spaeter Du »Einzige« sage, so wird das bei uns beiden immer einen tieferen Sinn haben. Denn Du hast Dich eben so einzig und einmalig in mein Herz eingepraegt, in meiner doch nun immerhin schwersten Zeit, die mir aber durch Dich auch das Groesste und Zarteste an Liebe gab. Dass wir vieles gemeinsam haben, in manchem soviel blutsmaessige Aehnlichkeit, das kommt auch noch dazu. Wenn du das alles ueberdenkst, – koennen wir noch auseinander?

»Blutsmäßige Änlichkeit?« Der Verdacht liegt nahe, dass es ein Wort aus dem Nazi-Rassenjargon ist, aber er meinte es wohl anders. Immer wenn es um Leidenschaft geht, um die körperliche Liebe, sprechen beide von »Blut«.

Deine wundervollen Augen, die mich ueberall hin begleiten, haben mir heute so Deine Freude ueber den heutigen Tag gezeigt. Dann hast Du mir gesagt, das dieser 31. August der schoenste bisher gewesen ist. Warum sagst Du mir nur immer solch wundervolle Dinge, bei denen mein Herz vor Glueck an Deinen Lippen haengt?
Ich habe Dir heute Nacht noch soviel zu sagen. Jeder Tag bringt mehr der Liebe meines geliebtesten Herzenskindes. Lies noch einmal den Schluss des Geburtstagsbriefes. Es ist der Abschluss eines Tages, der uns beiden zeigte, dass wir uns nicht nur zutiefst lieben, sondern auch, dass Dein ganzes Leben mit meinem verwoben ist.

Es kann gut sein, dass sie danach auf einen Zettel, für sich selbst, wie mir scheint, geschrieben hat:

Ich bin das reichste Geschöpf der Welt, denn das geliebteste und wunderbarste Wesen, das mir die Welt in ein Märchenland verzaubert, gehört mir, mir ganz allein. Was ist eine Königin gegen mich?

Natürlich bekam auch er einen »Gute Nacht«-Brief.

Wenn ich Dir jetzt schreibe, so wird es nur ein kläglicher Versuch werden, Dir, Du geliebtester Mensch, für alles zu danken, was du mir heute wieder an Schönem und Unvergesslichem gegeben hast. Es fehlen mir die Worte und Vergleiche, Dir zu sagen, wie unsagbar reich Du mich heute wieder beschenkt hat. Mein Krönlein, das Du Deiner Königin aufgesetzt hast, ist heute um viele Kostbarkeiten wertvoller geworden, und mein Stolz, daß ich es tragen darf, wächst von Tag zu Tag.
Mit welcher Innigkeit und Wärme hast Du mir heute die letzten Bedenken und Befürchtungen genommen, es gibt nun wirklich nichts mehr, was die vollendetste Gemeinschaft unserer Seelen und unseres Seins noch hemmen könnte.

Was wäre ein Leben ohne Dich? Nicht wert gelebt zu werden.
Du schenkst mir alles Glück, das ein herrliches und erfülltes Leben
überhaupt vergeben kann, nur in Dir kann ich atmen, fröhlich sein und
mich an den Schönheiten der Welt erfreuen. Alles, was ich denke und
fühle, bist eben Du, ohne Dich bin ich nichts mehr.
Gute Nacht, ich singe Dir ganz leise unser Lied, damit Du in meinen
Armen selig einschlafen kannst.

Sicherlich habe ich an diesem Abend zu Hause in Bad Tölz meine
Großmutter gebeten, mir *mein* Gutenachtlied zu singen, und bin nach
diesem aufregenden Geburtstag – vier Jahre war ich jetzt schon alt und
mächtig stolz darauf – selig eingeschlafen.

Nach dem von beiden so beglückend empfundenen Tag wird die Liebe
zwischen ihnen noch inniger, das »Blut« lodert mehr und mehr, die
Hingabe wird größer, aber auch der Besitzanspruch stärker:

Nimm dieses Gefuehl, dass Du mir ganz gehoerst, dass Dir alle meine
Liebe, mein schaeumendes Blut und in alle Ewigkeit mein Herz ge-
hoert, mit in den Schlaf, der mir so kostbar ist, weil Du ihn schlaefst.
In meinem Herzen praegt sich immer tiefer Dein geliebter Name ein –
und heute moechte ich meinen Namen in Dein Ich so fest einpressen,
dass Du weisst, Du gehoerst mir: mit Leib und Seele.

Dann wieder schlägt er ganz andere Töne an, nun ist er nicht der leidenschaftliche, begehrende Liebhaber, sondern ein zärtlicher Vater:

Heute abend kam ein ganz kleines suesses Kind, seine Augen waren
ganz klein und schlaftrunken und riefen nach mir und sagten mir, dass
es hoechste Zeit sei, es in meine Arme zu nehmen und zu Bett zu brin-
gen. Den ganzen Tag hat eine waermende Sonne in dieses kleine Kin-
derherz geschienen, das ja nur eins kennt, eine schrankenlose Liebe zu
dem, der es umhegt und beschuetzt. Wenn Du mich nur ansiehst, dann
spuere ich die ganze Unbedingtheit Deiner Liebe, so vorbehaltlos und
restlos vertrauend, wie es nur Kinder haben koennen.
Heute ist meine Sehnsucht nach Dir ganz anders wie sonst. Heute

*draengt es mein Herz, Dich so zu umsorgen und so weich und zaertlich
an mein Herz zu nehmen, dass Du, geliebtes Kind, Dich so geborgen
fuehlst, weil Du es Dir bisher nicht hast vorstellen koennen. So ganz
klein zu sein, seine ganze Welt ausgefuellt und umhegt zu wissen, zu
schlafen, so ruhig und tief, weil Du wirklich gebettet bist in einer Liebe,
die Dich wie in dem Land schoenster Maerchenseeligkeit haelt. Du
musst Dich strecken in dem Bewusstsein einer Geborgenheit, die Dir
Deine Schmerzen behutsam fortnimmt. Du musst Dich so wohlig und
heimelig fuehlen, als ob es etwas Schoeneres gar nicht geben koennte.
Es ist alles wie in einem Maerchen. Ich bin bei Dir. Du bist schon so
mued, mein geliebtes, kleines Kind. Du schaust mich nur verwundert
und beglueckt an, was alles mit Dir geschieht. Dauernd spuerst Du
das zarte, weiche Streicheln. Du brauchst nichts zu tun, denn ich bin
ja da. Ich ziehe mein geliebtes Kindchen aus, Du bekommst das Nacht-
hemdchen mit der roten Borte an. Dann wird das suesse Kind getragen, Du musst Dich ganz festhalten und Dich an mich lehnen und
dann nehme ich es in meinen Armen hoch und lasse es langsam in sein
Bettchen gleiten.
Und dann willst Du die ganze Nacht nicht aus meinen Armen, weil es
doch der schoenste Platz auf dieser Welt ist. Dein Koepfchen kuschelt
sich ganz fest und tief in die Weichheit ueber meinem Herzen und alles
ist so schoen und seelig, so unendlich geborgen und ehe das kleine, so
geliebte Herz ueberquellen moechte vor Glueck ist es schon sanft eingeschlafen.*

Der zärtliche, fürsorgliche »Vater« – kompensierte er die Vaterliebe,
die er für seine Kinder nicht leben kann? Oder spürte er, wie bedürftig
sie nach solcher Liebe war? Sie hatte keine Beziehung zu ihrem Vater
gehabt, und es muss beglückend für sie gewesen sein, sich in der Liebe
des Mannes auch geborgen zu fühlen wie ein Kind.

Beim Durchblättern finde ich in einem ihrer Briefe endlich einen
weiteren Hinweis auf seine Kinder:

*Als Du heute morgen vor meiner Türe standest und Dein Herzenskind
aus einem wunderschönen Traum wecktest – Du hattest mich gerade
auf Deinen beiden Armen getragen – da wußte ich, daß auch dieser*

Tag wieder voll Sonne werden wird, denn ich spürte ja schon am frü-
hen Morgen die beseligende Wärme, die von Dir, Du Geliebter aus-
ging. – …
Du hast mir heute die Erfüllung zweier Wünsche gewährt und mich
damit unsagbar glücklich gemacht. Darf ich es wirklich glauben, daß
ich an Allem, was Dir gehört, auch Anteil habe? Meine Liebe gehört
ja auch all denen, die Du liebst. Lass mich Deiner Mutter das Gefühl
der höchsten Verehrung und Deinen Kindern das der mütterlichen
Zärtlichkeit entgegenbringen. Ich habe Deine beiden Kleinen schon
lange bevor ich gestern abend die Bilder sah, an mein Herz genom-
men. Unsere gemeinsame Zärtlichkeit zu ihnen wird uns nur noch
enger aneinanderschließen.

Ihre mütterliche Zärtlichkeit gilt seinen Kindern, seine väterliche
ihrem Kind – die gemeinsame allen gemeinsam – wir hätten eine
glückliche Familie werden können …

Ich kann der beklemmenden Frage nicht ausweichen: Was ist aus
den »beiden Kleinen« von damals geworden? Wie haben sie die Trennung ihrer Eltern, die Trennung von ihrem Vater (der liebevoll gewesen sein muss) verkraftet? Haben sie ihn je wiedergesehen?

Die Wechselwirkungen in Familiensystemen – eine Frage, die mich
in meiner Arbeit als Familientherapeutin am meisten beschäfigt. Und:
Inwieweit sind viele Probleme unserer gegenwärtigen Familien und
damit die der Gesellschaft noch immer Folgeerscheinungen des Nazi-
regimes und des Krieges? Sind nicht wir »Kriegskinder«, meine ganze
Generation, mehr oder minder traumatisiert?

Aber zurück zu denen, die Verantwortung für die Traumata mit-
tragen – freilich auch nicht ohne Schmerzen davongekommen sind.

Im nächsten »Gute Nacht«-Brief von Wagner, wieder in der bekannten Großbuchstabenmanier getippt und durch einen Bleistiftvermerk in
ihrer Schrift dem 6. September 1947 zugeordnet, preist auch er wieder
einen wundervollen, »beseeligenden« (er schreibt das Wort immer wie
»Seele«) Tag, den sie ihm geschenkt hat, an dem »Herz und Seele unbeschreiblich glücklich waren«, er hatte das Gefühl, »eine heilige Stunde
mit Dir zu teilen«, und hielt den Atem an, weil er glaubte, »dass ein
Hauch der Ewigkeit ueber uns beide hinwegstreicht«. Er war froh über

das »Sprechenkoennen, ob es ueber unser Spaetzchen war, ueber meine Kaempfe, ueber unsere Kaempfe um unsere Liebe«, und wollte »dieses Glueck, Dich als meine Vertraute zu besitzen, ebenso auskosten, wie alles andere, das Du mir auch schenken willst«.

Und am spaeten Abend war Dein geliebtes Gesicht von einer so wilden gluehenden Schoenheit, als wir sprachen und spuerten, wie alles in uns zusammenhaengt und wir unsere Geheimnisse austauschten als ein erneuter Beweis für uns, dass wir unloesbar verbunden sind.

Was hast Du alles erfahren von ihm, Mutter, die Du seine Vertraute warst? Durch welche Geheimnisse warst Du ihm verbunden? Sicher hast Du ihm Dein Ehrenwort gegeben, nie darüber zu sprechen. »Unsere Ehre heißt Treue«, lautete die Losung der SS, solche Treue hast Du ihm jedenfalls ein Leben lang gehalten. Wieder sehe ich Dein Achselzucken, höre ich Dich sagen: »Über Politik haben wir nicht gesprochen.« Das war Deine Antwort wenn ich fragte: »Wer war er wirklich, Dein hoher Beamter?«

»Geheimrat« nanntest Du ihn im Brief an Deine Schwester.

Wahrscheinlich mit gutem Grund. Soweit ich das bis jetzt überblicke, hat er sich schriftlich über seine Vergangenheit nicht geäußert, aber er macht sich in diesem Brief Gedanken über seine Zukunft:

Ich weiss noch nicht, was ich spaeter tun werde. Aber jedenfalls immer etwas, womit ich dieser leidenden Menschheit helfen kann.
Ob ich Buecher schreibe, um etwas von der Schoenheit dieses Lebens zu zeigen, oder versuche, Wege aufzufinden, die die heutigen Staatsmaenner einfach nicht sehen koennen oder wollen und ohne die weder wir noch die Welt zu zu einem wirklichen Leben kommen – in jedem Falle werde ich eines benoetigen und restlos im schoensten Sinne des Wortes ausnutzen – die Weisheit der Liebe, die in Deinem wunderbaren Herzen lebt und schon jetzt mein Leben teilt.

Schöne Gedanken, Aussagen, die jeder unterschreiben könnte. Millionen Menschen im zerstörten Land hatten es gewiss nötig, wieder etwas von der Schönheit des Lebens zu erfahren.

115

Ohne jegliches Schuldbewusstsein glaubt er, mit den Erfahrungen seiner Nazi-Vergangenheit den »blinden« Regierenden der Gegenwart die Augen öffnen zu können. Oder wollte er der »leidenden Menschheit« deshalb helfen, um wiedergutzumachen, was er selbst an Leid mitverursacht hatte?

Oder war er einfach größenwahnsinnig, wie die meisten seiner Dienstherren?

Bis jetzt habe ich jedenfalls noch keinen einzigen Hinweis darauf gefunden, dass er sein bisheriges Leben auch nur in Frage stellt. Wie ernst war es ihm wirklich mit der »Weisheit der Liebe«?

In Mutters Briefen an die »Lieben daheim« ist von der Intensität ihres Lebens im Gefängnis nichts zu spüren, aber über ihr »Lausmädel« zu Hause macht sie sich am Sonntag, den 7. September schon Gedanken.

Und doch freu ich mich, daß sie so aufgeweckt und lebendig ist, besser ein bisserl vorlaut als doof. Ihre schlechte Esserei macht mir natürlich auch Kopfzerbrechen, denn schließlich und endlich geht es ja an ihr selbst hinaus, wenn sie kein Gemüse und keine Suppe ißt. Im Winter wird es doch sonst nichts geben – wenn das überhaupt – und darum muß sie es einfach lernen. Wenn man in den Zeitungen liest, wie schlecht heuer die Ernteaussichten sind, bekomme ich es auch mit der Angst zu tun. Ihr müßt halt doch ein bisserl energischer und strenger mit ihr sein. Ihr tut ihr damit wirklich etwas Gutes.

Ich habe meine letzten Zuteilungen hier gegen eine wunderschöne Schafwolle eingetauscht, die fürs Spatzerl ein warmes Jäckerl und wahrscheinlich noch ein Rockerl gibt. Ist das nicht erfreulich? Ich möchte aber mit dem Stricken nicht anfangen, bevor ich nicht wenigstens die Maße vom Spatzerl habe, nur nach der Vorstellung zu stricken, ist mir zu riskant, man kann sich da schwer täuschen.

O ja, ich erinnere mich an das »Jackerl« und das »Rockerl« im Trachtenstil aus der naturbelassenen Schafwolle! Ich bekam es zu Weihnachten, und alle fanden mich bezaubernd in diesem Outfit, aber ich habe gelitten. Die langen Winterstrümpfe waren schon schlimm genug, nun kratzte auch noch die rauhe Wolle auf den Armen, selbst mit langärmeliger Bluse war sie schwer auszuhalten: Winzige Holzsplitterchen stachen auch durch den Stoff. Aber die anderen Jäckchen waren eben zu klein, und warm war die Schafwolle auf jeden Fall.

Gefreut habe ich mich, dass meine Mutter später aus dem letzten Rest der Wolle noch einen kleinen Anzug für meine Schildkröt-Puppe strickte. Ich hatte ja beschlossen, dass diese kleine haarlose Puppe aus Zelluloid, die mir das Christkind gebracht hatte, ein Junge sein sollte. Meine heißgeliebte erste Stoffpuppe Anna mit dem aufgemalten Gesicht und den dünnen Flachshaaren sollte ein Brüderchen haben. Puppen waren damals grundsätzlich weiblich, alle fanden es merkwürdig, dass ich unbedingt einen Buben haben wollte – nur meine Mutter konnte das verstehen, und sie strickte für meinen »Werner« aus dem Schafwollrest eine Latzhose und einen kleinen Trachtenjanker mit grüner Borte, genau wie meiner.

Und jetzt muß ich Euch zum Schluß doch noch schreiben, daß es mir gesundheitlich recht gut geht. Ich kann meine Portionen aufessen, bekomme Nachschlag und werde außerdem noch gut mit Leckerbissen aller Art versorgt, die ich geschenkt bekomme. Ich merke, daß ich zugenommen habe und sehe schon viel besser aus. Ich muß doch in mir ein bißl Vorrat schaffen für die Hungerrationen draußen. Zucker baucht Ihr mir keinen zu schicken, wenn Ihr mir was backen könnt, sage ich nicht nein. An Giselas Geburtstag ist es mir besonders gut gegangen (ich hatte das inzwischen geklärt!), Blumen, Plätzchen, Obst, alles war da. Und dafür mußte ich nach Nürnberg ins Gefängnis kommen! So, nun muß ich Schluß machen, es ist auch inzwischen 10 Uhr geworden.
Jetzt aufstellen zum Drücken-Lassen, jeder kriegt ein Bussi und Ihr alle mitsammen die innigsten und herzlichsten Grüße von
Eurer E.

So ausführlich hat sie sich in keinem der bisherigen Briefe nach dem »Spatzerl« erkundigt, noch nie sich so besorgt gezeigt. Ob das auch mit dem 31. August zu tun hat, an dem sie so verwöhnt wurde? Nun weiß man zu Hause also auch, dass Wagner sich über ihr Kind im klaren ist.

117

Kuchen wünschte sie sich vermutlich eher für ihn, um sich für den schönen Geburtstag zu revanchieren.

Einer der losen, abgerissenen oder gefalteten Zettel (die meisten tragen deutliche Fettspuren) ist vermutlich entstanden, nachdem wieder ein Kuchenpaket von zu Hause angekommen war:

Heute lade ich mir alle Vier ein:
mein Leckermäulchen, das sich über den süßen Eierkuchen sicherlich
sehr freuen wird, meinen Lausbuben, der ein Stückchen Kuchen be-
kommt, meinen Herrn Prinz-Gemahl, der Kuchenschnitten so gerne
verzehrt und meinen Geliebten, dem die Eier im Kuchen zugedacht
sind.
Nun will ich doch mal sehen, wer von den Herren mich am stürmisch-
sten dafür küßt.

In jenen Septembertagen wurde er krank, und sie war wie gelähmt:

Es ist sieben Uhr, unsere Stunde, auf die ich sonst mit fieberhafter
Freude warte. Seit vielen Tagen ist es heute das erste Mal, daß ich der
untergehenden Sonne nicht nachtrauere. Du hast mir ja heute so
gefehlt, wie sollte ich da glücklich sein können. Ich wollte Balzacs
Novellen lesen – aber meine Gedanken irrten weit ab und suchten
immerzu Dich. Ich wollte stricken und nähen, aber meine Hände
zitterten und ich mußte die Arbeit weglegen.

Da er nicht selbst kommen kann, lässt er für sie einen Briefumschlag abgeben, auf dem »Eilt sehr« steht, adressiert an »Fräulein EHK, Nürnberg«. Er hat eine Fünfundzwanzig-Pfennig-Briefmarke daraufgeklebt und sie mit einem handgezeichneten Stempel entwertet – wie der Brief eines Kindes beim Post-Spielen. So klingen auch die Worte, rasch auf den kleinen Zettel geschrieben:

Nicht betruebt sein, dass die Post nur von hier kommt – aber es sind so
viele tausend Grüße voller Liebe, die von Dir aufgenommen werden
sollen in Dein Herz – auch wenn es schon so uebervoll ist von dem,
der diese Zeilen schrieb.

Der nächste Brief von »Edilein Herzenskind« – dafür steht die Abkürzung EHK – ist voller Sorge, er scheint tatsächlich ernsthaft erkrankt zu sein:

Gerade konnte ich Herrn Schallerm. sprechen und habe nun die Bestätigung dafür, daß meine Angst um Dich, die mir schon mit dem Aufwachen aus einem bleiernen Schlaf würgend in der Kehle sitzt und meinen ganzen Körper durchzittert, nicht unbegründet ist. Ich bin in solch großer Sorge um Dich, Herzenskind, Du darfst mir nicht kränker werden. Muß ich mir nicht die bittersten Vorwürfe machen, daß ich mit schuld bin, wenn es Dir heute gar nicht gut geht?
Hätte ich Dich nicht fragen dürfen und sollen nach dem, was Du mir eigentlich verbergen wolltest?

Welches der Geheimnisse, die er ihr erst vor wenigen Tagen anvertraut hatte, hätte er besser vor ihr verborgen? Warum nahm sie an, dass das Thema ihn so belastete, dass er gleich krank geworden war? Und wer ist »Schallerm.«, der ihr Auskunft geben konnte, Vermittler war?

Mit meinen Gedanken, die unentwegt um Dich kreisen, möchte ich Dir alle meine Kraft zuströmen lassen, die Dich wieder gesund und strahlend machen soll. Mein heißes Herz, – auch wenn es heute weh tut – ist immerzu bei Dir, ich liebe Dich mit aller Zärtlichkeit und Innigkeit, die Dein geliebtes Herz heute braucht.
Darf ich Dir noch ein paar Ratschläge geben: bleibe bitte liegen, trinke kein Wasser, sondern nur Tee und lasse Dir von der Küche heute mittag Haferschleimsuppe kommen. Das geht nämlich, wenn du darum nachsuchst. –
Ich suche Deine Augen und sehe sie nicht, es ist alles so dunkel um mich.

Den sachlichen Ratschlägen zufolge kann es sich eigentlich nur um einen Magen-Darm-Infekt handeln, der ihre »würgende Angst« als recht übertrieben erscheinen lässt. Aber sie brauchten wohl beide dauernd die Überhöhung, konnten sich ohne die Fülle von dramatischen Adjektiven ihrer großen Liebe nicht sicher sein.

Um wieviel kühler liest sich ihr nächster Brief nach Hause vom 16. September 1947:

Meine Lieben!
Eben wird mir meine Kennkarte ausgehändigt, die ich Euch hiermit zusende. Sobald Ihr sie nicht mehr braucht, schickt sie mir bitte wieder her. Ich muß sie dann wieder hier abgeben. Ich brauche sie dann ja auch wieder für den Fall, daß ich entlassen werde. Ich warte nämlich noch immer darauf, weil ich mich mit dem Gedanken, bis zum Abschluß des Prozesses hierbleiben zu müßen einfach nicht abfinden will. Tut sich in dieser Woche wieder nichts, werde ich wieder ein Urlaubgsgesuch schreiben. Ich muß jetzt mal wieder bei Euch sein, übermorgen werden es fünf Monate, daß man mich eingesperrt hat. Soviel ich gehört habe, soll unser Prozeß Mitte Oktober beginnen. Man legt uns hier einfach auf Eis, es könnte ja sein, daß man irgendwann wiedermal eine Frage an uns hat.
Ich habe doch recht Heimweh nach Euch. Seid Ihr wenigstens gesund?
Damit der Brief heute noch rauskommt, mache ich Schluß. Viele liebe und innige, herzliche Grüße und tausend Bussis von
Eurer E.
P.S. Ich brauche wieder Briefmarken, 50, 60 und 80 Pfennig.
Wenn Ihr in meinem Büffet die Bilder vom Spatzerl findet, die im vorigen Winter gemacht wurden, dann schickt sie mir doch her.

Das klingt so, als hätte sie gar kein Foto von der kleinen Tochter dabeigehabt und erst jetzt, nach fast einem halben Jahr, fiele es ihr ein, sich Bilder nachschicken zu lassen. Wollte sie Wagner endlich auch ein Bild vom Spätzlein zeigen, nachdem sie die Fotos seiner Kinder sehen durfte? Eines davon hat sie ihm sicher geschenkt, ich finde es in Seidenpapier eingewickelt bei seinen Briefen.

Ich weiß nicht, wozu die Kennkarte zu Hause gebraucht wurde, ich weiß aber, dass meine Mutter ihre alten Pässe alle aufgehoben hat. Tatsächlich finde ich das alte graue Ölpapier, die beiden Seiten sind mit Tesafilm zusammengeklebt. Ich erschrecke über die Fingerabdrücke neben dem Foto, aber die gehörten anscheinend damals normalerweise dazu. Es fröstelt mich beim Anblick der schwarzen Spuren ihrer Zeigefinger auf dem abgegriffenen Papier.

»Deutsche Kennkarte« steht darauf, am 10. September 1946 in Bad Tölz ausgestellt, der Zusatz auf der Rückseite: »Amtliche Entscheidung auf Grund des Gesetzes zur Befreiung von Nationalsozialismus und Militarismus vom 5. März 1946« auch in den Sprachen der Siegermächte. Stempel und Unterschrift der Ortspolizei bescheinigen am 1. März 1948: »Politisch überprüft.«[15]

Das schmale, blasse Gesicht mit den zu einer seitlichen Tolle aufgesteckten, überraschend dunklen Haaren, den sehr hellen, auffallend großen Augen, gehört einer melancholischen jungen Frau. Die Augen haben selbst auf dem sechzig Jahre alten Passfoto eine große Ausstrahlung: Sehnsucht, Hingabe, Traurigkeit meine ich darin zu sehen. So habe ich sie nicht gekannt; in meiner Erinnerung ist ein anderes Bild gespeichert: Hohlwangig und grauhaarig sehe ich sie am Küchentisch sitzen nach ihrer Rückkehr aus Nürnberg, gierig über die Bratkartoffeln gebeugt.

Erst jetzt, mit diesem Foto vor mir, verstehe ich Wagners schwärmerische Passagen über ihre Augen:

Immer strahlen Deine Augen und erzaehlen mir von Deiner grossen Liebe; sie sind meine staendigen Wandergefährten geworden. Sie leuchten mir wie die schoensten Blumen, die diesen Fruehling ohnegleichen mit ihrem Duft erfuellen. Deine Augen werden mehr und mehr das Sinnbild unseres gemeinsamen Lebens.

So schrieb er nach seiner Genesung am Sonntag, den 21. September (das Datum ist in ihrer Schrift auf dem Blatt notiert) an sein »tausendfach geliebtes Herz«:

Ich liebe Dich so unendlich und jeder Tag lässt mich immer wieder Wunder auf Wunder an Dir erleben, nimm diese Zeilen als Dank eines uebervollen Herzens, das Dich als Erfuellung seines Daseins sieht und unendlich glücklich machen will und wird.
Heute nacht. Und morgen. Und in alle Ewigkeit.

Wie kam sie nur mit dieser schizophrenen Situation zurecht – die täglichen Zärtlichkeiten, die vielen Zeichen einer großen Liebe und die Ungewissheit, wann und ob diese Liebe je im wirklichen Leben die ersehnte Erfüllung bringen würde? Gleichzeitig belastete sie das Eingesperrtsein, das Heimweh, die Sehnsucht nach ihrer Familie, die ich ihr gerne glauben möchte. Es konnte doch nicht alles geheuchelt gewesen sein, was sie nach Tölz schrieb?

Sie flüchtete in ihren Briefen in eine Traumwelt der perfekten Liebe, hatte rasch sein Vokabular der Superlative, die wie Beschwörungen klingen, übernommen. In der Rolle der umworbenen Prinzessin, die auf die nahe Erlösung durch ihren Ritter wartet, konnte sie den Gefängnisalltag aushalten. Nur beim Schreiben nach Hause war sie sich ihrer lähmenden und bedrohlichen Realität bewusst.

Zum ersten Mal erwähnt sie am 1. Oktober den Namen »Wagner«, allerdings nicht als ihren Liebhaber:

Meine Lieben daheim!
Endlich habe ich wieder Nachricht von Euch. Der Stein, der mir gestern abend, als mir Herr Wagner beim Postverteilen Euren E.-Brief vom 19.9. brachte, vom Herzen fiel, hätte fast die beiden Stockwerke unter mir durchgeschlagen. Zuerst habe ich nur in einer unbeschreiblichen Hast die Zeilen überflogen und erst als ich wußte, daß sich nichts Besonderes ereignet hatte, habe ich mir den Brief so richtig zu Gemüte geführt und ihn in aller Ruhe und Gefängnisentrücktheit auf mich wirken lassen. Es war wieder köstlich, M.s drastische Darstellungen zu lesen, die mehr als einmal Anlaß zu schallendem Hinauslachen gaben; Ihr könnt Euch nicht vorstellen, wie gut das tut und wie dankbar man für jede Zeile ist, die einen für – wenn auch – kurze Zeit die Not des Eingesperrtseins vergessen läßt. –
Ich lege die Arb.Reg.-Karte bei und halte es nicht für nötig, daß Ihr sie mir wieder zurückschickt, denn im Falle meiner Entlassung werde ich dann von hier ein Zeugnis für gute Führung (oder schlechte?) mitbekommen.
An Euren Transportsorgen für Torf und Holz nehme ich natürlich wirklich Anteil und möchte so gerne helfen, aber man hat mir ja die Hände gebunden (bildlich gesprochen natürlich, Mutter soll ja nicht

auf die Idee kommen, ich trüge Handschellen!). Ist Euch denn nicht
gedient, wenn Ihr etwas Rauchwaren geben könnt? Oder zieht das in
diesem Fall auch schon nicht mehr? Ich werde halt mal fest die Dau-
men drücken, daß das Holz auch unter Dach und Fach kommt.
Die Ernährung für den kommenden Winter ist ja mehr als besorgnis-
erregend. Die Kartoffelzuteilung reicht Euch ja höchstens für einen
Monat. Ich kann es mir wirklich nicht vorstellen, wie Ihr mit diesem
Quantum auskommen könnt.
Ich denke wirklich mit Schrecken an den kommenden Winter, für mich
weniger, weil es gar nicht so ausgeschlosen scheint, daß mich wenig-
stens die Amerikaner ernähren werden. Auf mein Gesuch habe ich
noch immer keinen Bescheid und habe deshalb die Hoffnung auf mei-
ne Entlassung in nächster Zeit fast aufgegeben. Was der Grund ist,
daß Fr. Merkel nach Hause durfte und ich nicht, das weiß ich nicht.
Ich bin an der Vermittlungsarbeit kein Jota mehr beteiligt gewesen als
sie, und bin stellungsmäßig im Lebensborn weit unter ihr gestanden.
Das kann Euch vielleicht ein Bild davon geben, was hier los ist. Daß
ich maßlos traurig darüber bin, brauche ich wohl nicht zu sagen; es ist
halt immer schon so gewesen, daß ich mehr vom Pech als vom Glück
verfolgt bin.

An dieser Stelle muss ich wieder einmal ungläubig den Kopf schütteln; hielte ich nicht die Blätter mit derselben Schrift in Händen, so
könnte ich es nicht glauben, dass die Schreiberin, die »schon immer
vom Pech verfolgt« war, dieselbe ist, die in einem andereren Brief
über ihr Glück jubelt:

Daß Du für mich dasein willst und Dein Herz für mich allein schlagen
wird, damit hast Du mir den Himmel geschenkt. Und aus diesem unfaß-
baren Glück wird mein Herz schöpfen und unendlich reich werden.

Wenigstens hilft ihr dies aber anscheinend zu einer gewissen Gelassenheit:

Ich lasse jetzt die Dinge an mich herankommen, mein gutes Gewissen
und das Bewußtsein, daß ich an den Kindern nur Gutes getan habe,

wird mir über die Zeit hinweghelfen. Ich habe gehört, dass unser
Prozess nächste Woche Freitag beginnen soll. Das wäre insofern eine
Erleichterung für mich, als ich, falls ich tatsächlich für die Dauer des
Prozesses hier festgehalten werde, doch ungefähr den Zeitpunkt des
Endes errechnen kann. Wenn ich bloß wüßte, was man von mir eigent-
lich will! –
Wenn Ihr denkt, ich langweile mich in meiner Zelle, so täuscht Ihr
Euch. Ich habe den ganzen Tag so viel zu tun, daß ich fast nicht mehr
zum Lesen komme. Fürs Spatzerl sind zwei Sommerhöschen aus dem
weißen Garn entstanden; zur Zeit bin ich am Stricken der blauen We-
ste – der Rücken ist fertig – dazwischen wird dann gewaschen, geflickt,
und die Zelle soll ja auch immer tip-top sauber sein. Die Männer bit-
ten auch immer wieder, daß man ihr schiederes[16] *Zeug so gut wie mög-*
lich überholt und da sitzt man dann Stunden über einem alten Hemd
oder einer Jacke.

Einfach so im Sessel sitzen, das konnte meine Mutter ihr ganzes Leben lang nicht, immer hatte sie ein Strickzeug in den Händen, selbst
beim Fernsehen, oder sie stickte Decken, zog die löchrigen Socken
meiner Söhne über einen hölzernen Pilz und stopfte sie in akkuratem
Gittermuster, wie gewebt, bis ins hohe Alter.

Ich bringe den Tag also ganz gut herum, aber es ist halt kein befriedi-
gendes Dasein, zumal wenn ich lese, daß Ihr mich draußen so notwen-
dig brauchen würdet. – Ich habe auch daran gedacht, daß ich so gerne
Besuch von Euch hätte, wenn ich nicht nach Hause darf. Andererseits
ist es keine Freude, nur hinter Gittern mit Euch sprechen zu dürfen;
fast glaube ich, daß es für beide besser ist darauf zu verzichten.

Wie viele Filme haben wir zusammen gesehen, Mutter, auch historische, auch über den Nürnberger Prozess, wo gezeigt wurde, wie Ange-
hörige sich im Besucherraum eines Gefängnisses gegenübersitzen,
vom Gitter getrennt, wie sie versuchen, sich ein paar liebe Worte zu
sagen, und doch wie gelähmt sind! Nicht ein einziges Mal hast Du
gesagt, wie gut Du eine solche Situation kennst, nicht einmal erzählt,
wie schrecklich das war.

Daß ich Euer Paket bekomen habe, schrieb ich schon. Wenn er auch ein bißl alt war, so hat doch der Kuchen recht gut geschmeckt. Ich danke nochmal herzlichst dafür.

Wegen der Krankenkasse habe ich hier gehört, daß die Zahlung von Beiträgen solange nicht notwendig ist, als man in Haft der Alliierten ist. Ich brauche jetzt keine KK, weil ich gegebenenfalls auf andere Kosten (ich weiß nicht von welchen Geldern) behandelt werde. Du mußt Dich da mal in München erkundigen, wie das ist und ob im Falle eines Nichtzahlens des Beitrages Gisilein Anspruch auf Leistungen hat.

Ich bin ja gespannt, was aus der Heiraterei von der Cousine noch wird, am Schluß geht es ihr wie mir: was noch nicht ist, kann auch bei mir noch werden! Auf dem besten Weg dazu sind wir, wenn bloß das Schicksal in Form des Nürnberger Gerichtes oder das Entnazifizierungs-Gesetz keinen Strich durch die Rechnung macht, denn 10 Jahre noch zu warten, dafür sind wir schon zu alt. Das ganze Problem liegt an sich noch in den Sternen und ist deshalb noch gar nicht diskussionsreif.

Wiedermal grüße ich Euch alle in aller Liebe und Sehnsucht und wünsche ich Euch alles Gute.

Eure Edi

Mein Bekannter, der mir seinerzeit das Nachthemd lieh, läßt ebenfalls herzlich grüßen.

Die Anspielung auf die »Heiraterei« zeigt, dass die »Lieben daheim« von ihren Plänen wissen, der »Bekannte« lässt immerhin schon grüßen …

Am 20. Oktober 1947 schreibt sie:

Ich denke mir, daß ich an der Freiheit, die mir wiedergeschenkt ist – wenn es nur erst so weit wäre – so viel Freude haben werde, daß sie ein wenig auch auf Euch abfärben muß. Wenn einem einmal, so wie mir hier, so vieles von dem genommen wird, was das Leben überhaupt ausmacht, wird man bescheiden und wird dann draußen alles als Geschenk ansehen, was einem früher Selbstverständlichkeit war.

Wenn ich bloß Weihnachten zu Haus wäre! Ich mache mir nach all den Erfahrungen hier überhaupt keine Illusionen und Hoffnungen mehr.

Wenn ich ins Denken komme, was man mit mir hier spielt, bäumt sich
alles auf in mir gegen dieses Unrecht. Was muß man draußen alles
anstellen, bis man ein halbes Jahr eingesperrt wird und wer weiß, wie
lange es noch dauern kann.
Dazu ist nun ein weiteres Problem aufgetaucht: ich brauche meine
Wintersachen. Herr Viermetz fährt öfters mit dem Wagen hierher und
würde meine Sachen mitnehmen. In diesem Fall bräuchten die Sachen
also nur bis München gebracht werden. Brauchen würde ich: Winter-
mantel, Trainingsanzug, Skistiefel mit Putzzeug, bl. Sockerl, blauen
Rock, die gestreifte Bluse mit dem Stehkragen, braunen Pullover, das
schwarze Kleid.

Unvermittelt schreibt sie auf Wagners Schreibmaschine weiter, merkwürdigerweise wie er in Großbuchstaben, das passt gar nicht zur ge-
lernten Sekretärin. Vielleicht funktionierte die alte Maschine aber gar
nicht mehr anders, und ein technischer Fehler war der Grund für seine
seltsame Schreibart? Sie schrieb die Umlaute nicht aus wie er, sondern
korrigierte sie per Hand.

EBEN HÖRE ICH, DASS HERR VIERMETZ AM FREITAG NACH
NÜRNBERG KOMMT UND MEINE SACHEN GERNE MITBRINGEN
WILL. ES TUT MIR JA LEID, DASS ICH EUCH DIE FAHRT NACH
MÜNCHEN NICHT ERSPAREN KANN, ABER DAS IST DOCH EINFA-
CHER, ALS NACH HIER ZU KOMMEN.
ÜBER GISILEINS LERNEIFER HABE ICH MICH SO GEFREUT. WENN
ICH DOCH NUR DIE ZEIT DIESER SCHÖNSTEN KINDERERINNE-
RUNGEN MITERLEBEN KÖNNTE. KEIN MENSCH KANN ERMES-
SEN, WAS EINEM DA GENOMMEN WIRD.
WEGEN DER PUPPE WEISS ICH MIR AUCH KEINEN RAT. LÄSST
SICH MIT BEKANNTEN KEIN TAUSCH IN RAUCH MACHEN? ICH
HABE JA NOCH EINEN DUNKELBLAUEN WOLLSTOFF FÜR EINEN
ROCK, ABER DER IST MIR ZU SCHADE UND IM ÜBRIGEN BRAU-
CHE ICH IHN JA SELBST SO NÖTIG. ICH GLAUBE, DASS DA
BEIM BESTEN WILLEN NICHTS ZU MACHEN IST. DAS WIRD FREI-
LICH EIN TRAURIGES WEIHNACHTEN, AN DEM DIE GESICHTER
MEHR LANG ALS FROH SEIN WERDEN. UND DOCH WÜNSCHE

*ICH MIR NICHTS SEHNLICHER ALS DANN ZUHAUSE ZU SEIN.
ICH HABE JA TROTZ ALLER SEELISCHER BETREUUNG EIN UN-
VORSTELLBARES HEIMWEH NACH EUCH. ICH KANN ES SCHON
BALD NICHT MEHR VERTRAGEN. ICH GLAUBE, IHR MÜSST DIE
ERSTE ZEIT MEINES DAHEIM-SEINS VIEL GEDULD MIT MIR HA-
BEN.
DIE SCHREIBMASCHINE IST EIN RICHTIGER KLAPPERKASTEN,
BEI DEM DIE TASTEN ANDERS LIEGEN UND IMMER HÄNGEN-
BLEIBEN.*

Irgendeine Lösung haben sie für das Puppenproblem gefunden, wer immer was getauscht oder organisiert hat: Ich habe Weihnachten kein langes Gesicht gemacht!

Im nächsten Brief voller Sorge und Heimweh schildert sie die unerträgliche Situation in der zunehmenden Kälte:

Nürnberg, 27.10.1947

Meine Lieben daheim!
Als ich einige Wochen hier war und beurteilen konnte, mit welchem Tempo die Leute in Nbg. verhört und entlassen werden, wurde mir klar, daß ich meine Gastrolle im Gefängnis einige Monate spielen werde. Daß ich aber an Marias Geburtstag noch hinter verschlossenen Türen sitzen werde, hätte ich selbst in den verzweifeltsten Stunden – wie sie zu Beginn meines Nbg. Aufenthaltes gar nicht so selten waren – nicht für möglich gehalten. Und trotzdem ist es so gekommen; der wunderschöne Sommer ist längst vorüber und es wird gar nicht mehr lange dauern, daß man auf den täglichen »Spaziergang« gerne verzichtet, weil es zu ungemütlich draußen wird. Dem glücklichen Umstand, daß man die Damen mittags in den Hof läßt, verdanken wir es, daß wir uns von der Herbstsonne noch ein bißchen Wärme in die kalten Zellen mitnehmen können.
Bald wird es auch damit vorbei sein, aber was hilft es, deswegen zu trauern, man ändert gar nichts damit. Ja, es ist schon empfindlich kalt in den Zellen, zumal die Fensterscheiben nur Ersatzglas sind und nicht einmal den Wind abhalten, geheizt wird nur eine halbe Stunde am Tag, man merkt wenig davon – und ich würde erbärmlich frieren, wenn

»man« mich nicht rührend mit warmen Wintersachen versorgt hätte, in denen ich mich natürlich in jeder Beziehung restlos wohl fühle. Es ist also gar nicht nötig, daß Ihr Euch meinetwegen Sorgen macht; wenn man so betreut wird, wie ich, kann gar nichts passieren. Auch gesundheitlich geht es mir gut und ernährungsmäßig weit besser als Euch. Freilich läßt sich damit der Wunsch, wieder in Eurer Mitte zu sein, nicht unterdrücken und meine Gedanken wandern of heimwärts, aber ich kann es jetzt eher abwarten, bis sich das Tor in die Freiheit wieder öffnet. Daß ich die längste Zeit hiergeblieben bin, ist klar.
Der Prozeß soll rasch vorübergehen und nicht mehr in die Länge gezogen werden. Über den Verlauf werdet Ihr ja durch den Rundfunk informiert. Verfolgt doch mal die Kommentare, es würde mich sehr interessieren, später zu hören, welche Märchen man über den Lebensborn in die Welt gesetzt hat. Ist die Eröffnungssitzung in der Wochenschau schon gezeigt worden? Frau V. ist von ihrer Berühmtheit restlos begeistert. Zu was man mich hier noch braucht oder was man mit mir noch vorhat, weiß ich nicht. In der letzten Zeit hat sich überhaupt nichts getan bei mir. –
Der Tag vergeht mit Stricken, Ordnung machen und dgl. – nicht zu vergessen die schönen Abwechslungen, die ich nicht mehr missen möchte – wie im Fluge. –
Meine Gedanken werden auch am 6.11. viel bei Euch sein, schon auch Spätzlein wegen, die sicher wieder die begeistertste Zuschauerin der Leonhardi-Fahrt sein wird.[17] Macht mir und ihr die Freude und geht mit ihr hin, wenn das Wetter einigermaßen gut ist. Manchmal bekomme ich Angst, daß ich dem Spatzerl durch die lange Trennung ganz fremd werde. Ich würde so gerne mal wissen, wie Ihr erziehungsmäßig mit ihr zurechtkommt, folgt sie denn noch und was macht die Esserei?

Zu den »schönen Abwechslungen« gehören gewiss auch die Liebesbriefe, wie dieser vom 31. Oktober:

Du bist und bleibst, Du ewig geliebtes Herzenskind, für mich das Wahrwerden aller Träume und die Erfüllung meines Lebens. Mit Dir will ich leben, das Glück dieser Erde haben, mit Dir im Schönen und

Ernsten unserer Liebe heranreifen, mit Dir durch diese Welt stürmen
und schließlich auch die Ewigkeit mit Dir teilen.

Ein letzter Brief an die »Lieben daheim« ist vom 16. November
1947:

Nach langem Warten auf Nachricht von Euch habe ich nun endlich
gestern Euren E.-Brief vom 30.10. (!) erhalten. Er muß ganze 2 Wo-
chen bei der Zensur gelegen sein, denn schon am 3.11. wurde er in
Nbg. abgestempelt. Ich verstehe nun auch, weshalb Ihr von mir keine
Post bekommt, obwohl ich in der letzten Zeit zweimal ausführlich an
Euch geschrieben habe. Fragt mich nur nicht nach dem Grund, wes-
halb meine Briefe so lange bei der Zensur liegen. Es hat auch gar
keinen Zweck, sich darüber den Kopf zu zerbrechen, warum ich immer
noch eingesperrt bin. Ich bin eben einer Macht ausgeliefert, die – mit
oder ohne Recht – mich hier gefangen hält. Und zwar nur dafür, daß
die Kinder, von denen ich nichts anderes wußte, als daß es sich um
Waisen handelt, in gute Hände kamen.
Für diese soziale Arbeit bin ich nun schon über 1/2 Jahr einge-
sperrt. –

Merkwürdig, dass sie ihrer Familie gegenüber wieder und wieder den
Grund ihrer Haft erklärt und ihre Unschuld beteuert – die Angehörigen wissen das doch längst! Gelten diese Botschaften in Wirklichkeit
der akribischen Zensur, die möglicherweise nach Gründen sucht, auch
die »Zeugin« unter Anklage zu stellen?

Die Anklage ist schon in der vergangenen Woche fertig geworden und
am 20. beginnen die Angeklagten mit ihrer Verteidigung. Was man mit
mir dabei vorhat, weiß ich nicht.
Es waren sehr schlimme Tage in der vergangenen Woche, die alle In-
ternierten hier mitmachen mußten, denn schlagartig bekamen wir kei-
ne amerikanische Verpflegung mehr und die deutsche war so schlecht
und wenig, daß es uns allen vor Hunger schwarz vor den Augen wur-
de. Zum Glück werden wir nun wieder halb und halb verpflegt; haltet
bloß die Daumen, daß es so bleibt. Mit einem hungrigen Magen kommt

man bei der Temperatur, wie wir sie in den Zellen haben, – sie werden
nur stundenweise etwas erwärmt – aus dem Frieren überhaupt nicht
mehr heraus.

Wieder ist es sehr schwer, mein Mitleid für meine Mutter zu trennen
von dem Gefühl für »alle Internierten«: Endlich habt Ihr, die Ihr auch
im Gefängnis bisher bestens versorgt wart, wenigstens eine blasse
Ahnung davon bekommen, was Hunger und Kälte im KZ bedeuteten.

In gesundheitlicher Hinsicht braucht Ihr Euch aber um mich keine
Sorgen zu machen. Über meine Wintersachen, die mir Herr V. mit-
gebracht hat, bin ich sehr froh; ich wäre ohne die nicht ausgekom-
men.
Morgen jährt es sich, daß man uns das Zuhause weggenommen hat.
Wieviele Stunden voll Bitterkeit, Leid und Ratlosigkeit haben wir
dadurch durchstehen müßen. Wir müßen auch weiterhin durchhalten,
damit wir von der besseren Zeit, die auch wieder kommen muß, auch
etwas haben.

Ich erinnere mich gut an das »Wegnehmen« des Hauses meiner Tante,
in dem auch ihre Mutter und ihre Schwester wohnten, seit deren früheres Wohnhaus in München in Schutt und Asche lag. Im November
1946 wurden alle Häuser in der Umgebung der früheren SS-Junker-
schule, die nun den Amerikanern als »Headquarter« diente, für die
Armeeangehörigen beschlagnahmt. Die gesamte Einrichtung musste
zurückgelassen werden, nur mit einem Leiterwagen voll persönlicher
Gegenstände sind wir wie Flüchtlinge umgezogen: in zwei nun von
der Tölzer Stadtverwaltung beschlagnahmte Zimmer, ohne Wasser,
ohne Heizung, ohne Herd. Zunächst lebten die drei Frauen mit uns
drei Kindern dort auf engstem Raum, bis meine Mutter ein zusätzliches Zimmer im oberen Stockwerk mieten konnte. Erst ein Jahr später, als ihr Mann zurückgekehrt war, bekam meine Tante mit ihren
Söhnen eine eigene kleine Wohnung zugewiesen.

Wenn doch endlich die Leute ein Einsehen mit mir hätten! Gespannt
bin ich ja, wo ich heuer Weihnachten feiern werde. Ich will es einfach

130

nicht glauben, daß man es mir verwehren kann, dieses Fest mit mei-
nem Spätzlein verbringen zu dürfen. Es macht mir das Herz schon
recht schwer, daß ich mich gar nicht darum kümmern kann, Euch zu
Weihnachten eine Freude zu machen. Ich wünsche mir »nur« meine
Freiheit und das Wiedersehen.

Meine Augen brennen nicht nur von der Anstrengung, die Handschriften zu entziffern. Ich habe ein ganzes Wochenende »in Nürnberg«
verbracht, aber auch viele Bilder aus der Kindheit in Bad Tölz sind
wieder aufgetaucht.

Ich muss weitermachen, ich will diese Geschichte ganz ent-decken.
Angesichts der Fülle der Briefe – nur zwei kleine Häufchen ihrer und
seiner Liebesbriefe habe ich als gelesen zur Seite gelegt – werde ich
mutlos. Wie soll ich sie je in eine Reihenfolge bekommen, wie sie
einander zuordnen? Es ist wie ein Puzzle mit Hunderten von Einzel-
teilen. Ich habe meine Kinder immer dafür bewundert, dass sie die
Geduld aufbrachten, an Winzigkeiten zu erkennen, wie die Puzzleteile
zusammengehören. Jetzt möchte ich diese Geduld haben, damit ich
den mir bisher unbekannten Lebensabschnitt meiner Mutter aus den
Briefen zusammensetzen kann.

Mein Mann hat es längst aufgegeben, mich an diesem Abend noch
zu sehen. Irgendwann rief er aus seinem Arbeitszimmer: »Ich habe
dir ein paar ›Nürnberger‹ Bücher hingelegt, vielleicht helfen dir die
weiter. Deinen Wagner habe ich allerdings nicht gefunden!«

Ich weiß. Da ich den Namen schon lange kenne, hatte ich schon vor
längerer Zeit nachgeschaut. Im Namensregister von Werner Masers
Nürnberg gibt es nur einen »Wagner, Alfred«. Im *Urteil von Nürnberg*
kommt überhaupt kein Wagner vor, nicht in *Der Nürnberger Lernprozess,* auch nicht in *Wer war wer im Dritten Reich.* Das hat mich beruhigt. Einer von den »Großen« kann er also nicht gewesen sein, damit habe ich mich immer zufriedengegeben.

Nun liegen da noch andere Bücher auf dem Tisch, in denen ich
noch nicht nachgeschaut habe. Ich zögere – an *das* Thema hatte ich bei
dem Geliebten meiner Mutter bisher noch nicht gedacht: *Endlösung.*
Bei Götz Aly gibt es auf Seite 442 drei Wagner: einen Eduard, einen
Gerhard, einen Robert. Auch bei Christopher Brownings *Die Entfesse-*

lung der Endlösung sind es auf Seite 831 drei: wieder Eduard und Robert, und statt dem Gerhard ein Josef; bei Raul Hilberg finde ich Eduard und Patrick. Im *Lexikon Drittes Reich und Zweiter Weltkrieg* von Friedemann Bedürftig gibt es nur einen einzigen Richard.

Einen Horst gab es offenbar nicht.

Ein wenig beruhigt gehe ich endlich zu Bett.

Jede freie Minute verbringe ich nun mit Weiterlesen.

Aus einem anderen Brief, den sie in »Tölz am Sonntag Abend« geschrieben hat, kann ich rekonstruieren, dass sie im November endlich Urlaub bekam. Dieser Brief ist mir beim Durchblättern wegen der Überschrift ins Auge gestochen:

Lieber Herr Wagner!
Endlich kann ich mir heute die Zeit nehmen, Sie von zuhause herzlichst zu grüßen und Ihnen zu sagen, daß ich in Tölz gut angekommen bin. Die Heimfahrt ist insofern nicht ganz planmäßig verlaufen, als ich von München aus mit meinem Bruder, der mich am Zug abholte, zuerst nach Starnberg fuhr, um mit ihm und meiner Schwägerin den ersten Geburtstag ihres Töchterchen zu feiern.

Da ich das Geburtsdatum meiner Cousine in Starnberg kenne, weiß ich also jetzt, dass sie am 19. November, drei Tage nachdem sie den letzten Brief nach Hause geschrieben hatte, aus Nürnberg wegfahren konnte. Es muss ein Mittwoch gewesen sein, wenn sie am Donnerstag weiterfuhr, wie sie schreibt, also ist das Datum des »Sonntag Abend« der 23. November! Es ist ein merkwürdig befriedigendes Gefühl, wieder einen kleinen Mosaikstein für das Puzzle gefunden zu haben.

Am Donnerstag mittag ließ ich mich aber nicht aufhalten, zu den Meinen weiterzufahren, zumal ich von meiner Schwester am Telefon hörte, daß Mutter seit einer Woche schon sehr krank sei und ich zuhause sehnsüchtig erwartet werde. Tatsächlich habe ich dann auch Mutter schwer erkrankt angetroffen – sie hatte sich eine Grippe geholt, die ihr schwaches Herz sehr angegriffen hat –; ich war fürchterlich erschrocken über Mutters Aussehen und durfte mir doch nichts anmer-

ken lassen. *Die schlechte Ernährung und die Aufregungen über mich haben ihre Gesundheit sehr geschwächt, sodaß ich für ihre Genesung ernstlich in Sorge bin. Gestern hatte es den Anschein, als ob ihr die Wiedersehensfreude über den Berg geholfen hätte, heute ist Mutter aber wieder so schwach geworden, daß ich es gar nicht wagte, von ihrem Bett zu gehen.*

Und dabei muß ich mich nun um den Haushalt kümmern, damit unsere drei Trabanten gut versorgt sind. Seit ich daheim bin, bin ich mit Ausnahme der Nachtstunden, die ich auch meistens wach liege, ständig auf den Beinen, um bis zum Abend wenigstens das Nötigste getan zu haben. Aber alles Schaffen wird nur mechanisch getan, denn mit meinen Gedanken bin ich noch unentwegt in Nbg. Vom »Guten Morgen« bis zum »Guten Abend« verfolgen sie den Tagesablauf dort; es ist ja alles zu tief eingeprägt, als daß man nur eines vergessen könnte. So sehr bin ich an Nürnberg gebunden, daß ich mich in der sogenannten Freiheit noch gar nicht zurechtfinden kann.

Man erzählt mir viel, was sich in den vergangenen sieben Monaten innerhalb der Familie zugetragen hat und ist dann ein wenig gekränkt, weil man plötzlich merkt, daß sich meine Gedanken mit ganz anderen Problemen beschäftigen. Kann ich dann davon sprechen, fangen meine Augen zu brennen und mein Herz zu glühen an und man stellt mit Verwunderung fest, daß in mir eine ganz andere Seite zum Klingen gekommen ist. Auch wenn der Alltag im Augenblick in ein drückendes Grau getaucht ist, so wird dieses Klingen doch alle Sorgen übertönen.

Ich muß Ihnen noch erzählen, daß sich das Spätzlein unvorstellbar gefreut hat, als sie mich aus dem Zug aussteigen sah. Unter Hunderten von Menschen hat sie mich sofort herausgekannt und ihr Jubeln übertönte allen Lärm in der Bahnhofshalle. Keinen Schritt geht sie jetzt von mir weg und nur ihr Edilein bekommt ihr Küßchen. Ich war wirklich erstaunt über die Fortschritte, die sie im letzten halben Jahr gemacht hat. Leider ist sie gesundheitlich auch nicht ganz gut beisammen; ich will mit ihr in den nächsten Tagen zum Arzt gehen und versuchen, für sie Zulagen zu bekommen. Davon, daß ich nochmals wegfahren muß, will sie gar nichts wissen: »Ich sperr' ganz einfach alle Türen ab und dann mußt Du schon bei mir bleiben.«

Wenn sich nur Mutter bis zum Samstag so weit erholen würde, daß man mit einer unmittelbaren Gefahr nicht mehr zu rechnen braucht.

Neben meiner Mutter muß ich mich sehr um meine Cousine annehmen, die heute morgen eine sehr schmerzliche Nachricht bekommen hat, die ihr alle Kraft genommen zu haben scheint. Bis zum Eintreffen dieser Hiobspost war sie ein so fröhlicher Mensch, dem das Herzensglück aus den Augen zu lesen war. Die tiefe starke Sehnsucht, die sie ständig nach ihrem geliebten Mann hatte, konnte sie wohl deshalb so gut ertragen, weil sie wußte, daß der Tag des Wiedersehens nicht mehr allzu fern war. Seitdem sie nun weiß, daß sie sich darauf nun nicht mehr freuen kann, leidet sie unvorstellbar unter der Trennung. Natürlich werde ich alles tun, ihr über dieses bittere Herzeleid hinwegzuhelfen und sicherlich wird es nur mit der Zeit gelingen, sie dahin zu bringen, daß das Schöne und Heilige ihrer Liebe den tiefen Schmerz überstrahlen muß. Es werden aber für sie noch viele bittere Stunden kommen, denn ich weiß nur zu gut, mit welchem Übermaß an hingebender Liebe sie an ihrem Mann und an ihrem Buben hängt und daß sie ohne die beiden einfach nicht mehr leben kann. Ich wünsche es ihr von ganzem Herzen und drücke beide Daumen, daß sie ihren Mann an Weihnachten treffen kann.

Auch beim Briefschreiben sind die Gedanken gewandert und es ist nun Mitternacht geworden. Es ist mir so sonderbar zu Mute!

Ich hoffe, daß es Ihnen recht gut geht und bin in lieben Gedanken mit den allerbesten Wünschen und herzlichen Grüßen

Ihre Edi E.

Ich nehme an, sie schrieb an »Herrn Wagner«, um die Zensur nicht auf ihre Liebesbeziehung mit dem Internierten aufmerksam zu machen, obwohl die doch im Gefängnis spätestens seit ihrer Rückkehr aus dem Krankenhaus kein Geheimnis mehr gewesen war.

Sie muss geweint haben während des Schreibens, an vielen Stellen ist die Tinte verlaufen.

Warum nur schreibt sie ihm so ausführlich über eine »Cousine«, von der ich nichts weiß? Meine Mutter hatte nur eine einzige jüngere Cousine, die damals noch nicht verheiratet war. Es dauert eine Weile, bis ich verstehe, dass die »Cousine« niemand anders ist als meine

Mutter selbst! Sie benutzt eine angeblich verzweifelte Figur, um in der Diktion ihrer Liebesbriefe in einem anscheinend neutralen Brief das »Schöne und Heilige ihrer Liebe« wieder zu beschwören und »offen« beschreiben zu können, wie schlecht es ihr selbst in Wirklichkeit geht!

War die Camouflage Deine eigene Idee, Mutter, oder war es mit Wagner so vereinbart, der sich besser als Du auf verschlüsselte Aussagen verstand?

Welche »Hiobsbotschaft« aber hat sie in Verzweiflung gestürzt?

Ich finde einen Eilbrief mit Stempel »Nürnberg 21.11.47«, Absender ist »L. Schaller, 13 b Nürnberg, Rothenburger Str.«, der muss sich mit ihrem gekreuzt haben:

Liebstes Edilein,
alle meine Gedanken und Gefühle drängen mich, Dir von mir zu schreiben. Alles kam mir wie ein Traum vor, allerdings der schönste meines Lebens, und meine Furcht, daß es gar nicht wahr ist, weil es einfach zu schön war, zeigt Dir nur, wie Du Bänder geknüpft hast, die unzerreißbar und ewig fest sind.
Weißt Du, die Tage hätte ich noch so überstanden. Aber jede Kleinigkeit reißt hier Wunden auf. Mein Leben war schon so eingelaufen, jeder Schritt und Gedanke nur darauf abgestellt, uns näherzubringen und unser stetiges Zusammensein zu ermöglichen. So ist es gekommen, daß ich jede Sekunde schmerzhaft erinnert werde an das, was du mir bedeutest. Es ist das Wunder und das eigenartige unserer Liebe, daß es den einen kraftlos macht ohne den anderen, aber uns zusammen mit einer Lebenskraft und Freudigkeit erfüllt, die augenscheinlich unerschöpflich ist.
Den ersten Tag habe ich nur geschlafen. In dem Gefühl, nur noch 9 Tage schlief ich glücklich, ein bissel erschöpft war ich ja, Du weißt warum, aber jetzt habe ich keine Ruhe mehr, der Schlaf will nicht kommen. Wir beide müssen uns jetzt zeigen, daß die anderen Einflüße, die ja auf uns beide einströmen, winzig sind, gegen das Große, das uns eint. Gerade jetzt in der Trennung muß ich Dir als Zeichen meiner Liebe sagen, daß ich auf alles im Leben verzichte, auf alles aus der großen Welt, die sich ja auch wieder nach mir ausstrecken wird, wenn

Du mir Deine Hand gibst. Monate hindurch habe ich Dir zeigen kön-
nen, wie es um mich steht und ich habe gelernt, Dich in meinen sehr
starken und sehr zärtlichen Armen zu der glücklichsten Frau zu ma-
chen.

Fragt man mich heute nach der schönsten Zeit meines Lebens, ich
würde ohne Bedenken sagen: Oktober und November dieses Jahres.
Nun weißt Du, was Du mir bist, geliebtes Herzenskind, wenn Du mich
zu Deinem Leben brauchst, besser kann es für Dich garnicht sein. Ein
solches Unmaß an Begeistertsein und Sehnsucht ist mehr, als Du in
Jahrzehnten verbrauchen kannst. Wenn Du mich in Deinem tiefsten
Herzen liebst, mußt Du der glücklichste Mensch sein, trotz Trennung
und Schwierigkeiten.

Leb wohl, mein Edileinherzenskind. Meine Liebe strahlt zu Dir über
jede Entfernung. Sie will Dich einhüllen und umsorgen. Immer Dein
Ich.

LEOPOLD SCHALLER

Welch ein Liebesbeweis, zugunsten der ihren auf die Hand »der großen Welt« zu verzichten! Was machte ihn so sicher, dass jene sich
wieder nach ihm ausstrecken würde?

Schwer zu glauben, dass die vergangenen beiden Monate im Gefängnis die Krönung seines vermutlich nicht gerade eintönigen bisherigen Lebens gewesen sein sollten – ob er solche Bekenntnisse nicht
bewusst einsetzte, um die geliebte Frau mehr und mehr an sich zu
ketten?

Dieser Brief deutet keine Hiobsbotschaft an. Was also ist der Grund
für das »bittere Herzeleid der Cousine«?

Nach langem Blättern und Lesen werde ich fündig: Ein Brief in
fremder Handschrift, auch er ohne Umschlag, ohne Datum, fällt mir in
die Hände, er ist von Inge Viermetz:

Liebe Edi,
angeblich sollst Du nicht mehr ins Gefängnis zurückkommen, sondern
in das freie Zeugenhaus. Mit einem weinenden und einem lachenden
Auge habe nicht nur ich davon Kenntnis erhalten. Bei mir überwiegt
natürlich das lachende Auge, denn du weisst, ich habe es immer als

schreiendes Unrecht empfunden, dass man Dich überhaupt festhält. Nun steigt mein Glaube an Recht und Gerechtigkeit wieder etwas, nachdem man dieses Unrecht – sei es aus welchen Gründen auch immer – eingesehen hat.

Natürlich gibt es auch einen Menschen, bei dem ich den Eindruck habe, dass nicht nur beide Augen, sondern auch das Herz weint. Und nun muss ich meine schon einmal ausgesprochene Mahnung wiederholen: Glaube nicht, dass man auch ohne äusseres Zeichen wissen muss, wie es um den anderen steht! Nicht bei allen Menschen ist diese selbstvertändliche innere Bindung – vor allem in der hiesigen Umgebung – so endgültig, dass sie gar keines äusseren Zeichens mehr bedarf. Lass also Dein heisses Herz nicht im Stich und tue, was es Dir vorschreibt. Im übrigen hoffe ich einmal von dir zu hören über Dr. Orth.

Ich habe ja doch ein bisschen Heimweh nach meinem Mädchen und grüsse Dich und Deine Gisi herzlich Deine Inge Viermetz

Ihre frühere Chefin muss diesen Brief unmittelbar nach der Abreise meiner Mutter am 19. November aufgegeben haben, unter Umgehung der Zensur kann er am 22. in Tölz gewesen sein, Eilpost wurde damals auch am Sonntag zugestellt.

Was meint sie mit dem »freien Zeugenhaus«?

Es dauert eine Weile, bis ich herausfinde, dass die Amerikaner in Nürnberg in einer Privatvilla in der Novalisstraße von 1945 bis 1948 ein privates »Zeugenhaus«[18] eingerichtet hatten, in dem überwiegend prominente Zeugen der Nürnberger Prozesse untergebracht waren, die man im Justizgefängnis nicht unterbringen konnte oder wollte.

Ist es wirklich die mütterliche Sorge um ihr »Mädchen«, dass sie gleich mit der Tür ins Haus fällt mit einer Nachricht, deren positiver Aspekt bei ihr angeblich um der »Gerechtigkeit« willen überwiegt? In genauer Kenntnis des »heissen Herzens« ihrer ehemaligen Mitarbeiterin musste sie doch wissen, dass diese Information ihr einen schmerzhaften Stich versetzen würde. Und ist die Mahnung nicht eher eine Warnung, sich nicht allzusehr auf die »innere Bindung« zu verlassen – eine Erinnerung an die Ereignisse beim Krankenhausaufenthalt im Sommer?

Falls Viermetz selbst es war, die meiner Mutter Anlass zur Eifersucht gegeben hatte – den Verdacht hatte sie mir gegenüber einmal geäußert –, war das übereilte Schreiben nur scheinbar gut gemeint.

Ich vermute, der Mann, dessen Herz weinte, wollte sein Herzenskind nicht gleich mit der neuen Nachricht konfrontieren. Er konnte nicht ahnen, dass Viermetz vorpreschen würde, schrieb erst den liebevollen »Traumbrief« per Hand, ehe er schweren Herzens den folgenden getippten nachschickte:

Ich brauche jetzt Deine ganze vertrauende Liebe, all Deine Faehigkeit, sich an mich zu schmiegen und Dich restlos geborgen zu fuehlen. Ich muss Dir etwas sehr Schmerzhaftes schreiben, aber ich wollte, dass Du es von mir erfaehrst. Geliebtes Herzenskind, halte Dich ganz fest in mir. Ich habe dich ganz fest in meinen Armen, wie ich das spaeter Dein ganzes Leben hindurch immer tun werde. Du kommst nicht mehr hierher zurueck.

Du wirst wissen, wie ich versteinerte, als ich das hoerte, aber die erste Nacht, die schlimmste, ist nun schon Gottlob vorbei, was mich aber zuerst erfuellte, war nichts als die grosse Sorge, wie Du mein liebster und wichtigster Mensch diese Wendung aufnehmen wuerdest. Es ist fuer uns beide mehr als bitter. Mach Du Dir bitte keine Sorgen um mich, mit der Zeit wird das Gefuehl, dass wir fuer immer zusammen gehoeren, auch dieses Grau wieder ueberwinden, das ich natuerlich jetzt in jedem Winkel, den Du geliebtes Wesen einmal gestreift hast, erblicke. Es hat keinen Sinn, es abzustreiten, wie mir zumute ist, wenn ich hinauf gehe, wenn ich aufschliesse. Ich merke jetzt erst richtig, dass ich ja ueberhaupt nichts tat, was nicht dazu diente, mit Dir zusammen sein zu koennen. Es hat keinen Menschen in meinem Leben gegeben, nach dem ich eine solche Sehnsucht gehabt habe, mit dem ich immerzu zusammen sein wollte und zwar je laenger ich es konnte, umso mehr verlangte ich danach. Es gab aber auch niemand, dessen Glueck mir so am Herzen lag, dass mein eigenes mir unwesentlich wurde. Und so sind meine Gedanken augenblicklich nur von der tiefen Sorge erfuellt, wie Du diese Erschwerung unseres Daseins ertragen wirst.

Wenn Du wieder in Nuernberg bist, lass es mich wissen, vor allem,
wenn Du uebersehen kannst, wie lange Du bleiben musst und ob Du
ueber Weihnachten fortfaehrst. Ich habe vor, um Urlaub einzukom-
men, ob es dazu kommen kann, ist noch eine sehr grosse Frage. Der
Gedanke an eine solche Moeglichkeit soll aber Dir ein wenig helfen.
Wenn ich an das Aufstrahlen Deiner Augen denke, als Du davon
sprachst, dass wir zusammen Heiligabend hier zusammen sein woll-
ten, und es nun nicht geht – Du Geliebtes, Einziges, du musst beim
Lesen dieses Briefes spueren, mit jedem Fleckchen und ganz tief im
Herzen, wie nahe wir uns sind.

Es ist noch keine zwei Monate her, da schrieb sie nach Hause: »Wenn
ich bloß Weihnachten zu Hause wär, nichts wünsche ich mir sehnlicher!«, und sie war überzeugt, dass man ihr das nicht antun könne,
am Heiligen Abend nicht bei ihrem Kind zu sein.

Da ich den Brief von Inge Viermetz schon kenne, kann ich mir
erklären, dass der mysteriöse Satz »Du kommst nicht mehr hierher
zurueck« bedeutet: »Du kommst in das freie Zeugenhaus.«

Wagner schickte am 25. November 1947 einen Eilbotenbrief nach
Tölz, wieder wie die meisten der folgenden mit dem Absender »L.
Schaller, (13 b) Nürnberg, Rothenburger Str.«. Keine Hausnummer.
Das ist vermutlich die fiktive Adresse eines fiktiven Herrn Schaller.
Als L. SCHALLER unterzeichnete Wagner in Druckbuchstaben oft
seine Briefe. Gut ausgesucht: Diese Straße ist eine der längsten in
Nürnberg überhaupt. Sie beginnt im Zentrum in der Nähe des Güter-
bahnhofs und endet erst sehr weit außerhalb.

Diese Briefe, die auch immer in neutralen Umschlägen stecken,
müssen außerhalb des Gefängnisses aufgegeben worden sein, um die
Zensur zu umgehen.

Liebes, am Sonnabend schrieb ich Dir schon, wie der Schmerz, dass
Du nicht wiederkommst, in mir wuetet.
Vielleicht kannst Du doch einen Abend hier verbringen. Wenn es geht,
es waere zu schoen. Ebenso, wenn es gelaenge, für die Zeit vom 20. –
27. Urlaub zu erhalten. Aber, Du geliebte Frau, wenn es nicht geht, Du
weisst, wo Du bleiben sollst und musst. Die strahlenden Augen, wie an

den letzten Tagen, die musst Du behalten, wenn Du mich liebst. Hof-
fentlich hoere ich auf alle Faelle bald etwas von Dir. Wenn Du den
Unterschied sehen koenntest zwischen mir mit Dir und mir ohne Dich,
Herz geliebtes, ohne Dich ist keine Freude und Lebenslust, aber ich
glaube mit aller Kraft an den Fruehling ohnegleichen, den das Leben
für uns bereit haelt; so grau es jetzt ist, umso strahlender wird es wer-
den. Ich möchte Dir damit die Kraft geben, über diese Zeit hinweg zu
kommen, die wie alles bisher bei uns nur eine Folge hat: sie bringt uns
noch naeher zusammen. Was uns aber dem anderen geliebten Men-
schen naeher bringt, ist uns vom Himmel geschenkt.
Herz, ich liebe Dich so.
LEOPOLD SCHALLER

Leopold scheint einen Bruder namens Ludwig zu haben. Der jedenfalls ist der Absender des vermutlich nächsten Briefes nach Bad Tölz.
Ludwig Schaller wohnt angeblich in München, Aigerstr. 3. Das sieht
nach einer veritablen Adresse aus – aber: in München gibt es nur eine
Aignerstraße! Die Briefmarke ist ausgeschnitten, aus dem Rest Poststempel ist zu erkennen, dass der Brief tatsächlich in »Mün…« aufgegeben wurde.

Geliebter Mensch, Du kannst Dir immer, glaube ich, noch nicht vor-
stellen, welche Bedeutung Du in meinem Leben hast. Bei mir ist es
nicht nur so, dass ich ohne Dich nicht leben kann, ich will auch nicht
mehr. Gestern habe ich mal eine Nacht schlafen können, ich habe eine
blaue Pille geschluckt, ich bin jetzt noch müde. In 8 Tagen habe ich
5 Pfd. abgenommen – ich schreibe Dir geliebtem Herz nicht, um zu
klagen, sondern Dich an die erste Pflicht Deines Lebens zu erinnern,
mich nie aus Deiner Hand zu lassen. Dann wird es mir gut gehen,
sonst geht es bergab.
Für Deine beiden Briefe aus Tölz möchte ich Dich viel tausend Mal
kuessen. All Deine Worte, auch die Traurigkeit, haben mein wundes
Herz gestreichelt, mich Deine Liebe und Deine Hingabe so spüren
lassen. Ich mache mir so große Sorgen um unsere Mutter, Du musst
nun auch soviel durchmachen. Eine kleine Eifersucht ueber unser
Spaetzchen hielt sich in erlaubten Grenzen.

Er machte sich Sorgen um »*unsere* Mutter« – das spricht sehr dafür, wie nahe er sich auch schon ihrer Familie fühlte! Und zum ersten Mal seit dem Geburtstagsbrief Ende August kommt »*unser* Spätzchen« wieder vor, wenn auch von der damaligen Innigkeit hier nichts zu spüren ist.

Seit gestern Nachmittag habe ich die gluecklichste Zeit nach unserer Trennung erlebt. Es ist alles so licht geworden: Deine Briefe haben dieses Wunder vollbracht, ich spuere, dass Deine Liebe noch immer schoener für mich wird. In Deinem leidenden Herzen hast Du meinen Kampf um Deine Seele begriffen: solche Briefe koennen nur bluehen in einem Herzen, das pausenlos an den Geliebten denkt und – das war meine Furcht – durch den Alltag der Arbeit und des Sorgens nie auch nur für einen Augenblick abgelenkt werden kann.
Ich sehe wie Dein ganzes Ich auf mich eingestellt ist, das mich mehr liebt, als alles andere, sich mehr hingibt, mehr einst für mich sorgen wird, und vor allem meine Auffassung von der Liebe, dem Hoechsten auf der Welt, teilt. Du bist für mich eben die Vollendung der Liebe. Das haben mir Deine Briefe so deutlich gezeigt.
Nun zu uns. Wahrscheinlich gehen in 10 Tagen einige meiner Kollegen und ich hier fort. Wohin, ob und wann zurück, weiss ich nicht.
Ich habe heute für 8 Tage Urlaub beantragt. Wir müssen abwarten.
Herz, ich liebe Dich so sehr. Du bist und bleibst das wundervollste Geschoepf, ich sehne mich nach Dir mit solch verzehrender Sehnsucht, ich kann kaum atmen, wenn ich nur an Dich denke. Ich will Dich haben und brauche Dich und liebe Dich mehr als alles. Ich bin Dein Mann

Ob sie nun nach ihrem Urlaub in das Zeugenhaus kam, kann ich nicht klären, es gibt weder in einem Brief von ihr noch in einem von ihm einen Hinweis darauf. Sie muss jedenfalls aber in das Justizgefängnis zurückgekommen sein und es erneut ohne Abschied wieder verlassen haben, anders ist ein maschinengetippter Bericht an sie nicht zu verstehen:

… ich sprach dann nicht mehr von meinen Befuerchtungen, sondern erzaehlte von dem, was mir als das Wichtigste erschien, von dem was

uns verbindet. So rot ist Dein Haelschen gewesen, als ich Dir von meiner schoensten Zeit in Paris erzaehlte. Die Huldigung, die ich dem von mir begehrtesten Geschoepf damit darbringen wollte wurde so richtig verstanden und wir waren uns klar ueber das nicht zu ergruendende Geheimnis einer Vertrautheit, der Mauern und Trennung nichts anzuhaben vermoegen.

Zum ersten Mal ein winziger Hinweis auf seine Vergangenheit – irgendwann war er in Paris! Also doch »Geheimrat« im Diplomatischen Dienst? Von welchen aufregenden Erlebnissen er wohl berichtete?

Jetzt bist Du wieder hier und ich bereite Dir die Enttaeuschung, dass wir uns nicht sehen koennen. Du weisst, dass die Anklage und alles drumherum mich ueberhaupt nicht beruehrt, nur dass wir getrennt sind, dass wir vielleicht laenger getrennt werden, das ist sehr hart fuer mich. –

Zum ersten Mal: Anklage. Schrieb er den Brief unmittelbar vor ihrer Rückkehr, bevor er nun zum Verhör geholt würde? Auch darüber habe ich bisher noch nichts gelesen, es geht aus keiner Bemerkung hervor, warum er interniert ist.

Da meine Augen Dich nicht gruessen koennen, muessen es diese Zeilen tun. Sie sollen Dir ein wenig helfen, wenn Du traurig bist. Vielleicht hilft es auch etwas, wenn ich Dir erzaehle, was sich hier abspielte, als Du mich verlassen hattest. Ich schreibe alles so kunterbunt durcheinander, wie es mir gerade unter die Tasten kommt.
Vor Deiner Abreise hatte ich wieder etwas Schokolade erobert und freute mich, dass ich sie Dir bringen konnte. Ich fand Dich nicht und konnte erst langsam begreifen, dass Du schon gegangen warst. Da nach Deiner Auffassung ein Mann selbst um Dich nicht weinen darf, so habe ich es natuerlich auch nicht getan. Als ich wieder unten war, hat es meinen Koerper geschuettelt, als ob ihn jemand zerreissen wollte. Dann wurden mir meine Augen verdaechtig heiss. Ich ergriff meinen Schwamm mit etwas kaltem Wasser und dann war ich wieder in Ordnung. Dass ich nachts nicht schlafen konnte, das wirst Du doch verstehen.

Eben komme ich von draussen. Ich habe dort gesessen und immer ge-glaubt, da sitzt Du ja oder gehst gerade spazieren. Du erfuellst hier jeden Platz mit Deiner Gegenwart, ueberall glaube ich Dich zu sehen, ueberall taucht Deine geliebte Gestalt auf, immer glaube ich Dein ewig-suesses Gesicht zu erblicken.

Bitte, denke nicht schlecht von mir, aber dieser Schmerz ist mir bisher in meinem Leben unbekannt gewesen wegen einer Frau.

Ich habe hier den ganzen Tag zu laufen, und verstehe gar nicht, wie es moeglich war, vor Deiner Tuer zu stehen. Jedenfalls sind es eine Reihe Menschen, die ich gerne mag, die ihr Leiden hier mit menschlicher Wuerde tragen und denen ich versuche, etwas Herzlichkeit, Schwung und Lebenskraft abzugeben. Und gerade diese erzaehlen mir staendig, dass ich im Gegensatz zu frueher schlecht aussehe, fragen, ob ich krank sei.

In den dritten Stock gehe ich kaum, und wenn schon, dann sause ich ihn entlang. Ein Tag lang war hier die grosse Spannung, was ich oben tun wuerde. Mein Verhalten war enttaeuschend spiessbuergerlich: ich zeigte zu deutlich, wie es mir geht und das erweckte – wiederum – etwas Neid.

Es ist im Hause wieder still. Wie freute ich mich frueher auf den letzten Durchgang, brachte mich doch jeder Schritt Dir naeher. Du fehlst mir hier bei jedem Gedanken, jedem Gang, ich glaube sogar bei jedem Atemzug. Wenn Du Dich um mich sorgtest, dann war es, als ob Du mich in einen warmen Mantel huelltest.

Die Zeit verrinnt hier so schnell, im Augenblick aber, in dem ich in meine Zelle komme, unterhalte ich mich staendig mit dir. Es gibt aber auch nichts, was wir beide nicht bereden und noch in den Schlaf neh-me ich den klaren Glanz Deiner Augen mit.

Nun erfuhr ich, dass Du wahrscheinlich nach Dachau gehen wirst, meine erste Sorge war nicht nur die Trennung – sondern wie Du das alles durchhalten wirst. Doch mir ist jetzt die Hauptsache, dass, wenn es Dir in Dachau zu schwer wird, Du weisst, dass irgendwo ein Herz lebt, zu dem Du kommen kannst, als ob Du nach Hause gingest. Sollte es Dir koerperlich schlecht gehen, dann denke an die Hand, die Dich immer pflegen und gesund machen will.

Wieso plötzlich Dachau? Das ehemalige KZ diente den Alliierten als Internierungslager, auch dort fanden Verhöre und Verhandlungen der sogenannten Nürnberger Nachfolgeprozesse statt. Aber in den Unterlagen, die mir über ihre Verhöre vorliegen, steht kein Wort über Dachau.

Meine Gefühle sind sehr zwiespältig, ich spüre jetzt beim Lesen wieder das Mit-Leid mit meiner Mutter, hoffe sogar, dass sie nicht nach Dachau musste. Ein Gespräch mit ihr vor vielen Jahren fällt mir wieder ein, als ich nicht begreifen konnte, dass sie für die SS-Organisation »Lebensborn« gearbeitet hat. Damals erzählte sie mir, sie hätte als SS-Angestellte, die sie nun mal seit ihrer Tätigkeit in der Junkerschule in Bad Tölz war, nur zwei Möglichkeiten gehabt, von dort versetzt zu werden: als Sekretärin in die »Lebensborn«-Zentrale München oder »nach Dachau«. Das Wort »Konzentrationslager« erwähnte sie nicht. Meine sarkastische Bemerkung: »Schön, dass du dich entschieden hast, für neues Leben und nicht für den Tod zu arbeiten«, fand sie gemein.

Das hat ihr weh getan. Die Opfer des Nazi-Regimes hatten keine Wahl, wenn man sie »nach Dachau« brachte. Ob sie daran gedacht hat im Dezember 1947?

Erfuelle mir doch meine Bitte, nicht die Dinge zu schwer zu nehmen, denke doch immer an das Spaeter, das so große Ansprueche an Dich stellen wird. Du hast dir den unbequemsten Geliebten ausgesucht, weshalb eigentlich? Ich weiss doch, dass ich gar nicht Dein Typ bin. Vergiß auch nicht die Geschichte von den Menschen, die sich einen Dom erbauen koennten und sich mit einer Hundehuette begnuegen.

Offenbar wollte er ihr Mut machen, nicht aufzugeben, sie erinnern an ein anspruchsvolles Leben in der »grossen Welt«, das sie »spaeter« mit ihm teilen sollte. Das Gegenbild zur Hundehütte ist eigentlich der Palast – doch den mochte er im Justiz-*Palast*-Gefängnis vermutlich nicht nennen.

Seine kokette Anfrage, wieso sie sich ihn als »unbequemsten Geliebten« ausgesucht hat, ist ja in vielen leidenschaftlichen Briefen längst beantwortet. Warum glaubt er zu wissen, dass er nicht ihr Typ sei? Wie sah er aus?

Der große Mann aus meiner Kindheit, der mich auf den Küchenschrank setzte, hat in meinem Gedächtnis kein Gesicht.

Ich versuche mich zu erinnnern, was sie über ihn gesagt hat, aber außer »gutaussehend, sehr schöne braune Augen, dunkle Haare« und »mit dem Gewicht hat er aufpassen müssen« fällt mir nichts ein.

Es scheint kein Foto von diesem Mann zu geben, nur eine Karikatur habe ich gefunden, und da »Wagner, cell 305« darunter steht, kann ich sicher sein, dass dieser Torso eines kräftigen Mannes mit Doppelkinn den Geliebten darstellt. Er muss ganz anders ausgesehen haben als mein Vater.

Meinen Vater lernte ich zwar erst als grauhaarigen, älteren Herrn kennen, aber er hatte immer noch tiefblaue Augen, und auf alten Fotos, die ich dann zu sehen bekam, sind die Haare hellblond. Meine Mutter hatte Wagner ja gestanden, dass sie ein Kind von jenem Mann wollte, der ihrer Vorstellung entsprach, also eigentlich »ihr Typ« war. Das Thema »arische Rasse« muss ja auch bei ihren Gesprächen über ihre »Lebensborn«-Tätigkeit eine Rolle gespielt haben.

Bei näherer Betrachtung fällt mir auf der Zeichnung die Form der Krawatte auf. Sie hängt nicht einfach am Hals, wie es Krawatten normalerweise zu tun pflegen, sie ist vor der Brust gezackt in Form eines kantigen S, wie es die SS-Runen waren. Das kann kein Zufall sein.

Ich moechte Dir so vieles mitgeben, damit Du mit allem Boesen fertig wirst. Mehr als mein Herz kann ich Dir nicht anvertrauen.
Kleine Dinge, die Du mir in Deiner lieben Art gabst oder tatest, wirkten noch tagelang nach. Du nahmst Schmerzen von mir weg, Du machtest mich frisch, Du liessest mich tief und gluecklich schlafen.
Ich besehe mir manchmal meinen Reichtum, der aus drei Dingen besteht – einem Maerchen, das einen grossen Einfluss auf mein Leben hatte, einem Taschentuch und ein kleines Tuch, das auf Deiner Stirn lag, so dicht an Deinen Gedanken, wie ich es auch sein moechte.
Deine Sachen habe ich in Deine alte Zelle getragen. Ich kann an beiden nicht vorbeigehen, ohne ein wenig Trennungsschmerz herunterschlucken zu muessen. Ich weiss nicht, welche ich lieber habe, die, in welcher eine Liebe entstand und sich entfaltete oder die, in der ich Dich zum letzten Male sah.

Nun zu dem Schwersten, das ich Dir zu schreiben habe, wenn ich Dich weniger lieb haette, so taete ich es ueberhaupt nicht. Sollte der unwahrscheinliche Fall eintreten, dass ich Jahre lang nicht zu Dir kommen kann, dann habe ich keine Bitte, sondern dann spricht zum ersten Mal mein Wille zu Dir – dann musst Du mich vergessen. Du kennst mich gut genug, um zu wissen, dass nichts mich davon abbringen kann, etwas zu tun, was ich fuer Dich, mein geliebter Mensch, als gut halte. Es ist dann aber besser fuer Dich – o Gott, ist das schwer zu schreiben – dass Du nicht einsam bleibst und der muetterliche Teil Deines Herzens sich Kindern geben kann, die nicht die meinen sind. Weil ich Dich liebe, werde ich mich so verhalten, dass Du gar nicht anders handeln kannst. Dann aber weiss ich, dass Du immer ein kleines Winkelchen Deines Herzens fuer mich uebrig behalten wirst. Und ich habe dann die Bitte, dass Du mich in Deiner Erinnerung immer als einen Mann sehen sollst, dessen Schwung und Lebenskraft groesser war als alles, was das Schicksal brachte. Sicherlich bin ich sehr weich in allem, was Dich mein Herz betrifft. Meine Gedanken und Sorgen kreisen mehr um Dich als Du weisst. Ich kann dir gegenueber nachgiebig und sogar – was hat mich das zuerst selbst gewundert – folgsam sein. Ich haette es sogar gekonnt, einmal vor Dir zu knien, denn meine Bewunderung und Achtung für Dich ist grenzenlos.

Ich spreche nicht so sehr gerne ueber mich. Aber ich habe hier gesehen, dass mein Herz so eisenhart ist, dass mich nichts aendern kann. Ich weiss nicht ob jemand das unberuehrt und unveraendert gelassen haette, wenn jeden Tag seit 9 Monaten es heisst angeklagt, nicht angeklagt. Irgendetwas in mir ist staerker. Ich kann tot gehen, aber mein Wille aendert sich nicht. Ich habe nur einen Grund, Dir dieses zu sagen. Ich will, wenn diese einzigartige Liebe, die in einem Gefaengnis entstand, nicht weitergehen kann, in Deiner Erinnerung bleiben als der Mann, dessen Augen in das Leben immer gestrahlt haben, deren Strahlen Du wohl staerker werden lassen konntest, die aber durch das haerteste Geschick nicht und niemals ausgeloescht werden konnten.

Das sind mit einem Mal ganz andere Töne: dieses zärtliche, hingebungsvolle Herz ist auch »eisenhart«, dieser anschmiegsame Liebhaber hat einen unbeugsamen Willen, dieser Mann wird eher sterben, als sich zu ändern. Allmählich passt er besser in die Gesellschaft derer, die sich selbst bis zum letzten Moment nicht in Frage stellten und sich für »nicht schuldig« erklärten.

Sie sind gerade in der Kirche. Ich bete an die Macht der Liebe – Die Toene gehen an meiner Zelle vorbei. Deine Stimme ist nicht darunter. Ich habe andere bitten muessen, Dir Blumen zu besorgen, wenn Du wieder herkommst. Ich kann Dir nur diese Zeilen senden. Nimm sie so, als ob sie ein grosser Strauss waeren, den Dir meine Liebe pflueckte. Ich moechte Dein Gesicht in meine Haende nehmen, gerade jetzt, um Dein Herz ruhig werden zu lassen. Du hast soviel durchzumachen, vergiss nie, dass Du nicht einsam bist, dass Dir auch Leiden und Schmerz nicht mehr allein gegeben sind. Weder Du noch alles, was in Dein Leben tritt, Gutes und Boeses, gehoert noch Dir.
ICH LIEBE DICH.

Der sonst heitere, immer zuversichtliche Mann muss große Bedenken vor der bevorstehenden Vernehmung gehabt haben und Angst vor einer Anklage, die ihn für viele Jahre die Freiheit kosten könnte. Weshalb sonst sollte er die geliebte Frau, der er seit Monaten versichert hat, dass er nicht mehr ohne sie leben könne, auf einmal freigeben, wenn auch schweren Herzens?

Welche Anklage mochte er so befürchtet haben?

Der Brief muss für sie, die voller Sehnsucht nach ihm lieber ins Gefängnis zurückkam als in ein freies Zeugenhaus, niederschmetternd gewesen sein – ich finde keinen Antwortbrief, keine verzweifelten Notizen von ihr.

Anscheinend war dann alles ganz anders, und sie mussten beide nicht weg oder kamen sofort wieder zurück, um sich wieder in die Arme zu nehmen.

Jedenfalls hatten sie offenbar eine schöne Zeit bis zu ihrer Entlassung. Er scheint sich wieder in Sicherheit zu wiegen, sein nächster handschriftlicher Brief – von ihr mit dem Datum 9. Dezember 1947 versehen – ist wie gewohnt überschwenglich und heiter, obwohl es ein Abschiedsbrief ist.

Herzlein, Edilein, Du geliebtes, suesses Geschöpf, solch Stunde in solcher Umgebung koennen wirklich nur Menschen miteinander durchleben die von jeher fuereinander bestimmt sind. Eben ass ich Deinen letzten Kuchen und erinnerte mich, dass ich gestern vergass, Dich dafür zu loben und Dir zu sagen, dass auch in dieser Hinsicht nie eine andere Frau besser sorgen kann wie Du für mich. Herzenskind, was es auch gibt, besser als Du kann es niemand, niemand versteht mich besser und wird mir ein schoeneres Leben schenken, als Du es tun wirst.

Ich habe Dir manches gestern und an dem von Gott geschenkten Wochenende gesagt, was erst neu in mir heranreifte – unter der Sonne Deiner Liebe, die für mich das Kostbarste auf dieser Welt ist.

»Die kostbare Stunde in solcher Umgebung« kann ich noch nachvollziehen, wie und wo aber haben sie ein »von Gott geschenktes Wochenende« verbracht? Wohl kaum in seiner Zelle, so gut können seine Beziehungen zum amerikanischen Wachpersonal doch nicht gewesen sein?

Die Tage seit dem Wochenende waren nichts als eine Kette maerchenhafter nie zu vergessenener Geschenke, die Dein wunderbares Herz mir darbrachte. Ich moechte Dir alles mit einer Tiefe und Leidenschaftlichkeit sagen, was in mir seit gestern nachmittag bis jetzt zum beginnenden Morgen in hellen Flammen für Dich brennt, Dir zeigen, wie Du in mir lebst und atmest. Mein Leben ist eine einzige Hymne auf die Liebe, die uns beide verbindet.

Schon wenn ich an Dich schreibe, bin ich wie verzaubert, nur voll zaertlicher Sorge, dass Du mir gestern so abgezehrt erschienst und ich fürchte, dass Du geweint hast, als wir uns trennen mussten. Verstehst Du die Sorgen, die ich mir um Dich mache: Du warst gestern ein schmaler, duenner Strich und ich habe Angst um Dich, mein Liebstes. Herz, bleibe mir gesund.

Herzlein, diese Zeilen sollen Dich begleiten, wenn Du von hier fortfährst. Es muss sein, es ist zuviel Unrat und wir dürfen nur an das kommende Glück denken. Ich hatte kurz Angst, Du wuerdest anders handeln, als ich Dir sagte: vorsichtig zu sein, weil jedes Unterschrei-

ben Dich in Konflikt und Angriffsgefahr mit der anderen Seite bringt. Du kennst meine Besorgnisse. Sie sind zu begruendet. Als Du mir gestern strahlend sagtest, Du unterschreibst nichts, ich hätte es so gesagt – war ich so stolz, von einer solchen Frau geliebt zu werden.

»Unrat« liegt für ihn wohl auf der »anderen Seite«? So wie das »Böse«, mit dem sie fertig werden muss? Die Anweisung, nichts zu unterschreiben, ist wahrscheinlich die von ihm erprobte Taktik, eine Anklage zu vermeiden. Hätte meine Mutter dies doch auch zu befürchten gehabt? Oder geht es um ihn, hat er ihr schon zuviel anvertraut?

In unseren Herzen liegt ein Geheimnis verborgen, das uns auch so ineinander verstrickt und uns beide nie loslaesst. Herzlein, wenn ich an all das denke, dieses seelische und blutsmässige Beheimatetsein in Dir, ich will selbst hier mit niemand auf der Welt tauschen und fuehle mich als Dein Mann als der gluecklichste Mensch der Welt.
Wölfchen laesst herzlich gruessen: wir sollten nur nicht zu naerrisch werden, sonst trifft uns der Herzschlag und Poldi meinte, ich haette in Dir die Erfuellung meiner Traeume gefunden und alles fragt mich nach meinem good-looking girl – ich habe ja nie ein Hehl daraus gemacht, dass du die Frau bist, für die alles zu tuen selbstverstaendlich ist.

Eine Bitte aus ihrem Brief vom August fällt mir ein: »Sprich nie mehr mit anderen über unserer Liebe.« Er hat sich daran nicht gehalten, die Bemerkungen klingen eher nach Klatsch im Gefängnishof und nach vertraulichem Plaudern mit den Amerikanern.

Wenn Du gluecklich bist in der Sorge um mich und vor allem die grenzenlose Hingabe Deines Herzens und Deines Koerpers Dich an mich draengen wird und meine große Liebe sich ueber Dich senken wird, siehst Du, Du Liebstes, das mir alles bedeutet, dann wird das Leben schoen.
Auf diesen Tag warte. Fuer diesen Tag halte Dich gesund und kraeftig. Dein Geliebter und Dein Herzensbub werden Deine Kraefte verbrauchen.

Er schreibt wirklich *ver*brauchen! Ein Flüchtigkeitsfehler oder ein »Freudscher Verschreiber«? Gerade an dieser Stelle habe ich das dumpfe Gefühl, dass die langen emotionalen Briefe, die ihm scheinbar nur so aus der Feder fließen, auch inszeniert sind: Erst lange, innige Schachtelsätze, die ihr Herz öffnen, und dann knappe Anweisungen, wie Befehle: »Auf diesen Tag warte.«

Das sind Botschaften, die sich tief eingraben in Geist und Seele. Ich werde das Unbehagen nicht los, dass dahinter auch eine Methode steckt, die Wagner gelernt hat.

Dass aber dieser Tag bald kommt, dieser Tag von dem ab wir nie mehr auseinandergehen, dafuer sage ich Dir, meinem geliebten Ich:
Bau mir unser Nest.

Ein Nest? Keinen Palast, keinen Dom? Ein Nest – es kann doch nicht sein, dass der Herr »Geheimrat« bei dieser Anweisung an ein spießiges Heim denkt, er muss doch etwas anderes im Sinn haben, wenn er voller Pathos fortfährt:

In diesem Auftrag liegt meine ganze Liebe und unsere Zukunft. Damit ist unser Leben und unser Geschick festgelegt. Du weisst ja, dass Du fuer immer mir gehoerst und ich Dir. Herz, wenn Du wuesstest, wie ich Dich liebe und verehre: Du wuesstest, weshalb ich das Nest so bald haben will. Dort soll sich unser Schicksal erfuellen: Du sollst mein sein für alle Ewigkeit.
Ich liebe Dich.

»Dort soll sich unser Schicksal erfuellen.« Im *Nest,* so bald wie möglich. Keine Gefahr einer Anklage mehr, einer Verurteilung?

Wann sie nach dem Urlaub ins Justizgefängnis zurückgekehrt ist, kann ich nicht herausfinden, auch nichts über Dachau, ich weiß nur mit Sicherheit, dass sie am 11. Dezember 1947 wieder nach Hause fuhr – obwohl nach Wagners Brief der 10. ihr Abreisetag sein sollte. Sie schreibt am 12. Dezember an einen Herrn »Schallermeier« – das also war der »Schallerm.«, den sie erwähnte, als Wagner krank war! Er muss eine innige Vertrauensperson gewesen sein.

150

Tölz, Freitag, 12.12.1947

Lieber Herr Schallermeier!

Zwanzig Stunden sind es erst, daß ich wieder zuhause bin; wenn man mir aber sagen würde, ich könnte wieder zu Euch zurückfahren, würde ich mit strahlenden Augen und klopfendem Herzen in aller Eile meine Sachen packen, um nur ja den nächsten Zug noch zu erreichen und möglichst bald wieder an dem Platz zu sein, zu dem mein sehnsuchtsvolles Herz mit aller Macht hindrängt, weil es weiß, daß es nur dort froh und glücklich sein kann. Meine Angehörigen haben richtig aufgeatmet, daß sie mich wieder in ihrer Mitte haben und die Bekannten gratulieren mir zur wiedererlangten Freiheit. Und was tue ich? Ich stehe dabei und kann es nicht hindern, daß mir die hellen Tränen über das Gesicht laufen. »*Ja, man könnte es schon verstehen, daß ich mich über das Heimkommen so freuen würde.*«
Wer käme denn auf den Gedanken, daß ich gar nicht froh, sondern sehr traurig bin und daß es die Sehnsucht ist, die mein Herz so schwer macht und es kaum noch richtig atmen läßt.

Es ist kaum vorstellbar, dass sie das *Gefängnis* meint mit dem Platz, zu dem ihr sehnsuchtsvolles Herz mit aller Macht hindrängt! Fassungslos lese ich, dass sie am liebsten sofort den Koffer packen und zurückeilen möchte an den Ort, der trotz Liebesglück doch auch schrecklich war! Die Kälte, die Einsamkeit, der Hunger – alles wie weggeblasen. Sie hat ihr Paradies verloren.

Ich hänge eben mit einer Liebe und Ausschließlichkeit an dem Mann, daß ich nur noch für ihn und an seiner Seite leben kann. Es gibt kein Glück mehr für mich, solange ich von ihm getrennt sein werde. Meine Verbundenheit mit ihm ist so stark und unlöslich, daß ihm auch über alle Entfernungen hinweg, all meine lieben Gedanken, all meinen tiefen Gefühle und alle meine heißen Wünsche für unsere gemeinsame Zukunft gehören, an der mitzubauen ich alle meine Kräfte mit tausend Freuden einsetzen werde. Nur das sichere Wissen, daß es am Ende dieser sehr schmerzlichen Zeit ein Wiedersehen und dann das von ganzem Herzen ersehnte Beisammenbleiben-Dürfen gibt, kann mir über die Zeit der Trennung hinweghelfen, die ich – ich weiß es heute ganz bestimmt – sonst kaum überstehen würde, ohne krank und mutlos zu werden. Das Schicksal hat mir den Menschen in mein Leben treten lassen, von dem es allein abhängt, ob ich in einem Glücksrausch ohne Ende leben oder tot gehen werde.

Ich erschrecke, waren ihr alle Menschen zu Hause so gleichgültig geworden – auch die kleine Tochter? Ich erschrecke auch über den Ausdruck »tot gehen«, der gehört nicht in das Vokabular meiner Mutter, nie habe ich sie das sagen hören. Das Gegenteil von leben war immer »sterben«, das allerdings wollte sie oft. Gerade erst bin ich schon über den Begriff »tot gehen« in einem Brief von Wagner an sie gestolpert. Hat sie diesen Ausdruck als Akt der Solidarität übernommen?

Ich will mit ihm in einem Frühling ohnegleichen maßlos glücklich sein und darum lasse ich ihn nicht mehr. Und ich will ihm alle Träume verwirklichen und alle Wünsche erfüllen; ich weiß, daß ich es kann, denn niemand kennt sein Herz so gut wie ich, niemand versteht und bewundert seine Gefühle so wie ich, und kein zweiter Mensch kann ihn so hingebend glücklich machen wie ich.
Lieber Herr Schallermeier, Sie schütteln lächelnd den Kopf über so viel Liebe? Und dabei ist sie ja noch viel stärker, schöner und beglückender, als Sie sich vorstellen können, und jeden Tag wird sie reifer und läßt uns nie mehr auseinandergehen.
Jetzt muß ich aber wirklich für eine kurze Zeit meine Gedanken aus dem siebten Himmel herausholen und Ihnen noch rasch erzählen, warum ich von großem Glück sagen kann, daß ich gestern Abend München unversehrt erreicht habe. Der Schnellzug, in dem ich mit Abschiedsweh saß, wäre nämlich beinahe kurz vor Augsburg einem Bombenattentat – ja, Sie lesen ganz richtig! – zum Opfer gefallen, das eigentlich einem Benzinzug galt, der aber ausgerechnet gestern den verspäteten Schnellzug in Donauwörth vorfahren lassen mußte. Zum Glück hat man die Bomben auf den Schienen noch rechtzeitig entdeckt und den Schnellzug in letzter Minute zum Halten bringen können. Mit recht eigenartigen Gefühlen und einem stillen Dankgebet an den lieben Gott bin ich mit nahezu zwei Stunden Verspätung nach München gekommen. Es hat gerade noch gereicht, in letzter Minute den letzten

Zug nach Tölz zu erreichen. Meine Schwester und die Kinder habe ich gesund angetroffen, nur Mutter ist noch immer gar nicht gut beisammen. Nun wird sie aber bestimmt bald gesund sein, meint sie, denn daß sie mich im Gefängnis wußte, wäre die Ursache für ihr Kranksein gewesen. Das Spätzlein erzählt und träumt nur noch vom Nikolaus und vom Christkind und kann plötzlich so gut folgen und ein richtig artiges Mädchen sein. Man tut mir so viel Gutes und Liebes, um mir zu zeigen, wie man sich über meine Rückkehr freut und doch verlangt mein Herz nach dem Menschen, der mir der nächste und geliebteste geworden ist, den mir nichts und niemand ersetzen kann. Schon ein Brief von ihm kann mir so viel Glück schenken, daß ich auf alles andere gerne verzichten kann.

Auch für mich wird jetzt in Nürnberg »Gute Nacht« gesagt, es wird Zeit zum Schlafen gehen. Wie lange werde ich wieder wach liegen!

Mit den allerbesten Wünschen grüße ich herzlichst

Edi E.

Bestellen Sie bitte Herrn Wagner und Wölfchen auch herzliche Grüße.

Es ist kaum vorstellbar, dass sie an einen noch so guten Bekannten ein so intimes Liebesbekenntnis liefert, sicher sollte auf diese Weise die Zensur umgangen werden. Sie konnte sich wohl darauf verlassen, dass der treue Freund einen Brief mit ihrem Absender ungelesen an Wagner weitergeben würde.

Wie ist sie zu Hause angekommen, wurde sie abgeholt? Sie konnte ihre Familie doch nicht verständigen! Schwer vorstellbar in der heutigen Zeit, in der fast jeder ein mobiles Telefon hat: 1947 waren noch nicht einmal öffentliche Fernsprecher installiert, und nur ein Bruchteil der Gesellschaft hatte einen Telefonanschluss. Den ersten Telefonapparat habe ich im benachbarten Gasthof gesehen, mit Staunen erlebt, wie die Wirtin den schwarzen Hörer ans Ohr hielt und ganz offenkundig durch dieses Ding hindurch mit jemandem sprach. Bis ich das selbst tun durfte, hat es eine Weile gedauert. Ein eigenes Telefon bei uns zu Hause gab es erst 1960 – und das mehr zufällig, weil in der Wohnung, in die wir zogen, bereits ein Anschluss vorhanden war.

Ich bettelte darum, ihn zu behalten. Damals war ich immerhin schon siebzehn Jahre alt, und in meiner Klasse im Gymnasium war ich bis dahin die einzige, die nicht telefonisch zu erreichen war, was mir sehr peinlich war.

Meine Mutter hatte vermutlich vom »Secretariat for Military Tribunals« aus, wo sie ihre Entlassungspapiere abholte, ihre Schwester telefonisch im Büro über ihre Ankunft verständigen können, danach musste sie zum Zug, ohne Chance, ihre Familie zu erreichen.

Nach der großen Verspätung war der Zug endlich gegen 20 Uhr im Münchner Hauptbahnhof eingefahren. Um 20.15 Uhr ging der letzte Zug nach Tölz. Mit ihrem schweren Koffer musste sie an den Gleisen entlang zum Holzkirchner Bahnhof rennen, das waren bestimmt fünfhundert Meter!

In letzter Minute und außer Atem wird sie sich auf eine der Holzbänke fallen gelassen haben. Der Zug war fast leer, so spät fuhr niemand mehr hinaus, die letzten Pendler hatten den um 19 Uhr genommen. Sie war froh, dass sie ein Abteil für sich hatte und einfach losweinen konnte: der Abschied von Nürnberg, der scharfe Schmerz der Trennung, die Ungewissheit, wann sie den geliebten Mann wiedersehen würde, und dann die Aufregung bei Augsburg. Und wenn der Zug in die Luft geflogen wäre?

Dann hätte es das Schicksal eben so gewollt. Aber was wollte es nun von ihr? Wie konnte sie ihr normales Leben in Bad Tölz wiederaufnehmen? Was wäre überhaupt »normal« für sie? Freilich sich erst einmal um die kranke Mutter und das Kind kümmern, den Haushalt machen. Sie hasste Hausarbeit – das hatte sie ihrem Geliebten nicht gestanden, für ihn würde sie schon gerne sorgen, später, im gemeinsamen »Nest«. Bis dahin musste sie sich wieder eine Arbeit suchen, wovon sollte sie mit ihrem Kind und ihrer Mutter sonst leben?

Es war eiskalt im zugigen Abteil, sie fror, sie war hungrig, hatte gehofft, zum Abendessen zu Hause zu sein. Der letzte Zug hielt an jedem kleinen Bahnhof, er brauchte über eine Stunde, wahrscheinlich würde sie so spät niemand mehr abholen. Wie oft hatte sie sich in den ersten Monaten im Gefängnis ihre Ankunft nach der Entlassung ausgemalt: Im Sonnenschein würde sie ankommen, und alle stünden am

Bahnsteig, ihre Schwester und die Kinder – das Spätzlein würde ihr entgegenlaufen mit einem dicken Blumenstrauß. Maiglöckchen waren es zuerst in ihrer Vorstellung, dann Margeriten und schließlich Astern. Später hatte sie heimgeschrieben: »Besorgt schon mal Strohblumen für meinen Empfang.«

Jetzt war es ihr egal, ob sie wirklich an Blumen gedacht hatten, sie konnte sich sowieso nicht auf das Heimkommen freuen.

Ihre treue Schwester hatte ausgeharrt im kalten Wartesaal. Beinahe wäre sie gegangen, als Edi nicht im vereinbarten Zug war. Sie dachte, dass ihre Schwester nun doch nicht weggekommen wäre aus Nürnberg, aus irgendwelchen Gründen hatte man wahrscheinlich in letzter Minute die Entlassung wieder verschoben. »Beim Amerikaner weiß man nie« war ja ein häufiger Satz ihrer Schwester gewesen. Bestimmt käme morgen ein Telegramm mit der neuen Ankunftszeit. Glücklicherweise hatte der Bahnhofsvorsteher aber von dem verhinderten Attentat und der Verspätung des Zuges aus Nürnberg erfahren und es den Wartenden erzählt.

Sie schickte die beiden Söhne, die mitgekommen waren, um den schweren Koffer der Tante auf ihren Schlitten zu schnüren, nach Hause, schließlich mussten sie am nächsten Morgen in die Schule gehen.

Sie selbst blieb, es lohnte sich nicht, im Schneegestöber vom Bahnhof in die Stadt zu laufen und gleich wieder zurück, so würde sie sich erst recht kalte Füße holen. Im Wartesaal war es wenigstens trocken und windstill.

Edi war froh, ihre Schwester zu sehen, auch ohne Blumenstrauß. Gemeinsam zogen sie den Schlitten mit dem Koffer durch die kaum beleuchtete Bahnhofstraße hinunter zur Salzstraße.

Längst war das »Spätzlein« schon im Bett, aber an Einschlafen war nicht zu denken, und als es die Stimmen der Frauen hörte, lief es freudestrahlend der endlich heimgekehrten Edi entgegen.

»Warum bist du denn noch auf, du gehörst doch ins Bett, es ist gleich elf Uhr!« war die Begrüßung. Sie sah die Freude des Kindes, hob es hoch, spürte zwar, wie es die Ärmchen um ihren Hals schlang, aber die Zärtlichkeit konnte bei ihr nur ein vages Gefühl auslösen. Sie fühlte sich wie betäubt. Nichts und niemand konnte ihr den Menschen ersetzen, den sie nun am meisten liebte.

»Der Nikolaus war da und hat gesagt, dass du bald wiederkommst, wenn ich brav bin! Siehst du – ich war brav, und jetzt bist du gekommen!«

Da durfte sich das brave Kind doch noch im Nachthemd an den Tisch setzen und verwundert zusehen, wie die blasse Frau mit den vielen grauen Haaren einen ganzen Berg Bratkartoffeln verschlang.

Edis Grüße im angeblichen »Schallermeier«-Brief galten auch »Wölfchen«, deren gute Ratschläge Wagner in seinem letzten Brief erwähnt hatte. Jetzt fällt mir wieder ein, wer hinter dem Kosenamen steckt: Johanna Wolf, Hitlers erste Sekretärin. Sie war eine der sieben mit meiner Mutter internierten »Zeuginnen«. Allerdings hieß sie nur bei Wagner so, meine Mutter und alle anderen nannten sie wie Hitler »das Wolferl«.

Später lebte sie wie meine Mutter in ihrer beider Heimatstadt München, bis zu ihrem Tod 1985 waren sie befreundet. Meine Mutter besuchte sie regelmäßig; ich habe sie nie gesehen, sie ging nicht unter Leute. Gerne wäre ich einmal mitgegangen zum Kaffee, hätte zu gerne der Unterhaltung zwischen den beiden Frauen gelauscht, aber Frau Wolf lebte vollkommen abgeschirmt bei ihrer Schwester, fremde Besucher kamen ihr nicht ins Haus, zu sehr hatte sie der Nachkriegsrummel um ihre Person verschreckt. Die Presse hatte jahrelang mit allen Mitteln vergeblich versucht, Interviews von der Frau zu bekommen, die den »Führer« während seiner ganzen Karriere begleitet hatte. Meine Mutter war eine der ganz wenigen, die Zugang zu ihr hatten. Angeblich wurde aber auch in ihrer Gegenwart laut Anweisung der Schwester das Thema Vergangenheit strikt vermieden, weil das »die Nerven vom Wolferl« nicht mitmachten.

Wir kamen erst vor einigen Jahren noch einmal auf Johanna Wolf[19] zu sprechen, als ich meiner Mutter die Biographie *Bis zur letzten Stunde* von Hitlers Sekretärin Traudl Junge[20] schenkte.

Ihre erste Reaktion war fast gereizt: »Was kann denn die Junge schon wissen – die wirkliche Sekretärin war das Wolferl, vom Anfang an. Von 1929 bis zum Ende 1945 war sie bei ihm, *die* hat ihn von der ersten Stunde an begleitet, und sie wäre auch bis zur letzten geblieben.«

»Und warum hat sie dann den Führerbunker in Berlin verlassen?«

»Weil er sie weggeschickt hat am Tag nach seiner Geburtstagsfeier! Sie wollte unbedingt bei ihm bleiben, hat ihn angefleht, dass er doch die Junge heimschickt! Aber es war seine Entscheidung, dass sie und die Schröder[21] mit dem letzten Flieger nach München gebracht wurden. In Nürnberg, als die Amerikaner sie so gequält haben, hat sie oft gesagt, sie wär lieber mit ihm gestorben. Aber sie konnte sich doch nicht seinem Befehl widersetzen!«

Kopfschüttelnd fragte ich nach: »Und was hat sie dir über Hitler erzählt?«

»Auch nichts anderes, als was sie damals allen gesagt hat, dass er der beste Mensch war, der ihr in ihrem Leben begegnet ist. Und später haben wir nie mehr über ihn gesprochen.«

Es dauerte eine Weile, bis ich weiterfragen konnte: »Was hat sie nach der Nürnberger Zeit gemacht? Hat sie nicht versucht, ein neues Leben anzufangen?«

»Ganz kurz hat sie noch mal als Sekretärin gearbeitet, aber lang konnte sie das nicht mehr machen, sie war ständig krank, war ja nach den Verhörmethoden in Nürnberg schwer gehbehindert, am Schluss ist sie im Rollstuhl gesessen. Sie hat sich von dem Schlag nie mehr erholt. Und – noch mal anfangen? Wie hätte die noch mal jemandem trauen können?« Sie lachte bitter. »Vierzig Jahre hat sie noch leben müssen mit der ganzen Last.«

Sie schwieg eine Weile, erzählte dann aber weiter.

»Wir haben uns so gut in Nürnberg verstanden, weil sie auch eine echte Münchnerin war wie ich. Des hat gutgetan, wenn ma so richtig bayrisch miteinander g'redt hab'n. Und über den Wagner hat sie sich immer lustig gemacht, über den ›Preiß‹! ›Geh, Horst, probier's gar net erst mit dem Bayrisch, red lieber so, wie dir der Schnabel g'wachsen ist!‹ hat sie gesagt. Und drum hat er sie dann ›Wölfchen‹ genannt, nicht Wolferl, wie wir.«

»Hat sie denn Bescheid gewusst über eure Beziehung?«

»Freilich, sie hat uns dann doch ein bayrisches Gedicht geschenkt über ›Bayern-Madl und Nordlands-Bua‹, kennst du des nicht?«

Das war das einzige Mal, dass sie so mit mir sprach, als wüsste ich Bescheid.

»Hast du das denn aufgehoben?«

Da erst reagierte sie irritiert: »Moanst du, ich hätt den ganzen Schmarrn aufgehoben?« Themawechsel – wie immer, wenn ich ihr zu nahe kam.

Die Grüße an das »Wölfchen« haben mir diese Geschichte wieder in Erinnerung gebracht. Jetzt weiß ich ja, dass sie alles aufgehoben hat aus der Nürnberger Zeit, warum nicht auch ein Gedicht von »Führers« ehemaliger Chefsekretärin?

Einige Papiere mit fremder Handschrift habe ich schon beiseite gelegt, ein »Bayerisches Gedicht« ist nicht darunter.

Seitlich im noch immer nicht ganz ausgepackten Karton steckt senkrecht eine winzige Kladde, keine zehn Zentimeter lang und breit, aus einem Stück echtem, weichem Leder ausgeschnitten, die beschriebenen Blätter darin – nicht das billige Papier, auf dem die meisten Liebesbriefe geschrieben sind, sondern Bütten – mit Nadel und Faden eingenäht, von einem grünen Wollfaden zusammengehalten.

»Wenn's ihn hascht – wenn sie's derwischt« steht auf dem »Vorspann«, dann kommt eine mit Wasserfarben kolorierte Zeichnung: eine Girlande verbindet zwei Wappen, das eine mit der weiß-blauen Bayernraute, das andere diagonal geteilt, halb weiß, halb schwarz. Daneben der Gedichtanfang:

> *Bayern-Madel, Nordlands-Bua*
> *denka jede Hergottsfruah*
> *ananda scho ganz stark:*
> *packt hat's beide bis ins Mark.*

Kein Zweifel, ich halte das von meiner Mutter vor Jahren erwähnte Gedicht in der Hand, die klare Handschrift muss die von Johanna Wolf sein, auch wenn das Heftchen nicht signiert ist.

Der Humor der »gebrochenen Frau« erstaunt mich:

> *Nur er meint, ihn hätt's gehascht, das klingt flüchtig, wie genascht,*
> *Du weißt, naschen soll man nicht, Mutti wird sonst ärgerlich.*
> *Sie sagt glei: »mi hots derwischt«. Dieses ganz endgültig ist.*

158

Hier bei uns, do hoaßt es so, do is nix mehr z'rütteln dro.
Merkst den Unterschied gar fein? Dieser muß verstanden sein.
Da gelehrig Du ja sehr, spürst Du dieses und noch mehr.
Außerdem: wer liebentbrannt, sich für alles leicht entflammt,
was dem Partner lieb und wert, auch die Sprach' dazu gehört.
Goldig findet er's und nett, wenn er auch nur halb versteht,
was die bessere Hälft' tut flöten, Aufklärung ist schon vonnöten.
Liaba Bua, dös is net leicht, weil man's selber kaum begreift,
wia ma ausdeutscht: Herzensschneck,
Schnuckerl, tua des Zuckerl weg,
Popperl, Trutscherl, fade Molln ... hättest noch was hören wolln?

Das Gedicht hat sie offenar mehr ihm als Edi gewidmet, es folgt nämlich ein »Lexikon für Liebende; in dem Fall für den MANN«. Dieser
Teil beginnt wieder mit einer kleinen Zeichnung, ein nackter Amor hat
seinen Pfeil in ein blutendes Herz geschossen.

derwischt = *gefesselt von den Banden der Liebe (wird im Anfangssta-*
dium als höchst angenehm empfunden).
Wenn nix mehr z'rütteln dro is, würde die Betreffende sogar die Gefan-
genschaft mit Freuden teilen (grenzt beinahe an Selbstaufgabe).
Liaba Bua = *holder Knabe (ich hoffe, der Norddeutsche merkt auch,*
dass holder Knabe billig klingt, während der liebe Bua eben a liaber
Bua is).
Herzerl = *Herz (symbolisch) Herzensschneck – etwa »süßes Herz«*
Eine Schnecke ähnelt einem Zuckerhörndl = mit Zucker bestreutes
Hefegebäck (in Form einer Schneckenspirale) Herzensschneck – noch
süßer.
Popperl = *eine lebendige, schon ausgewachsene Puppe, Herzi-Pop-*
perl, ans Herz zu drückende herzerwärmende Angelegenheit. Bei klei-
nen Kindern sagt man dazu »a kloans Popperl«, a liabs Popperl kann
auch größer sein.

»Herzerl«, »Popperl«, »Herzensschneck«, »liaba Bua«, »i hob di
gern ...« – Muttersprache und Vaterland. Dieselbe Hand hat Hitlers
Mordbefehle notiert.

159

Darüber haben sie wahrscheinlich nicht nachgedacht, die sieben »Damen« im dritten Stock des Nürnberger Justizgefängnisses, als sie ihren Spaß miteinander hatten – und mit ihrem Betreuer.

Hat er wirklich versucht, die Sprache der Geliebten zu verstehen? Zu deutlich sehe ich in ihren Briefen, dass sie seine Sprache angenommen hat.

Nur die Sprache?

Ein anderer Fund irritiert mich: Eine mit 10. Dezember datierte Bestätigung:

OFFICE OF MILITARY GOVERNMENT (US)
SECRETARIAT FOR MILITARY TRIBUNALS
NURNBERG, GERMANY, DEFENSE CENTER:
An die Zustandige Stelle
Hierdurch wird bescheinigt, dass Fraulein E. E. vom 18. April 1947 bis zum 1. Dezember 1947 hier beim Militargericht in Nurnberg, als unfreiwillige Zeugin inhaftiert war.
Unterzeichnet von Charles M. Pace, 1. Lt. CML, Defense Procurement Branch

Wieso nur bis zum 1. Dezember – aus Wagners Briefen geht hervor, dass sie bis zum 10. Dezember dort war. Oder ist das schlicht und einfach ein Flüchtigkeitsfehler, und man hat die Null vergessen – auf dem Dokument? Immer wenn ich glaube, einen Teil meines »Puzzles« zusammengesetzt zu haben, legt sich wieder ein Plättchen quer.

Nach einem Brief, dem sie anscheinend ein leider nicht auffindbares »Heft« beifügte, bekommt sie gleich die ersehnte Antwort:

Herzlieb, beim Aufwachen wollen alle meine Gedanken zu Dir, beim Aufstehen presse ich meinen Kopf in Kissen, die einmal Dein geliebtes Gesichtchen, Deine so ersehnten, duftenden Haare und alles schon so oft Gekuesste betten konnten.
Die Waeschestuecke, die ich anziehe, sind in Deiner Hand gewesen. Zahnbuerste und Handcreme erinnern mich an eine tiefe Vertrautheit.

*Mein erster Blick faellt auf einen Adventskranz und auf einen neuen
Kalender, dessen Titelbild eine bluehende Wiese unter einem Berge
zeigt und durch die Blumen sehe ich die schönsten Fuesse schreiten.*

*Ich habe das schoenste und mich ergreifendste Gefuehl meines Da-
seins gehabt: Als ich um dieses »Mehr« bat, da haben Deine Augen,
deren Bedeutung für mein Leben Du verstehen musst, wenn Du Deinen Liebsten begreifen willst, mich so seltsam angesehen. Sie haben
so fest und klar, wie Du bist, mir in aller Eindringlichkeit gesagt: »Du
gehoerst mir.«*

*Ich habe doch noch nie einem Menschen gehoert; dass mir Deine Au-
gen – und ich vergesse diesen Ausdruck nie – mir einmal das gesagt
haben, wonach mein Herz gejagt hat ein Leben lang, das fesselt mich
dauernd an diese Augen, die imstande sind, mir eine Heimat – und das
ist meine groesste Sehnsucht – zu geben.*

*In dieser Stimmung kam Dein Muenchener Brief, der von einem Ver-
wurzeln in einem gesegneten Fleckchen Erde spricht, von einer Atmo-
sphaere, in der ich gedeihen kann. In dem Heft stand so vieles, was
meine Freude auf Dich und das Leben mit Dir noch steigerte, nur eines machte mich betroffen: ist der Strich neben dem Vers von Verlaine
von Dir, der von der Verzweiflung spricht, wenn der Geliebte zu gehen
droht?*

Ich bin überrascht. Meine Mutter schickte ihm ein Gedicht von Paul
Verlaine, dem verzweifelten, trunksüchtigen Dichter mit seiner meta-
phernreichen, lyrischen Sprache, die das Gegenteil des Wagnerschen
Kitsches ist! Wusste sie, dass Verlaine sein Leben nie in den Griff
bekam und an der leidenschaftlichen Liebe zu seinem Freund, dem
Dichter Rimbaud, zerbrach, dass er in jenem Gedicht bestimmt ihn
meinte, *den* Geliebten? Wusste das Wagner, wenn er sie belehrt:

Aber hier ist ja etwas anderes gemeint; das Loslösen des Geliebten,
*Edilein, Du weisst wie ich Dich liebe und um Dein Glueck sorge, schau
mir doch wieder so lieb in meine Augen und sage mir: hast Du noch
immer ein wenig Furcht? Schreibe mir gleich darauf eine Antwort:
Für mich waere die Vorstellung schlimm, dass ich meine Gefuehle, die
ja durch meinen Willen Leben und Wirklichkeit und Zukunft werden*

sollen, noch immer nicht so klar ausdrücken kann, dass Du wenigstens
so sicher und besitzerstolz bist, wie es Dein ewig-liebes Herz braucht,
wenn es schon die ganze Last der Trennung zu tragen hat.

Weiter geht er auf das Gedicht nicht ein, sie wollte wohl auch nur eine
Antwort auf die Botschaft, die sie mit einem Strich markiert hatte:
»Wenn wir uns trennen, werden wir immer am Leben verzweifeln.«

Sieh, das ist das Ziel in meinem Leben, und ich sage es Dir in jedem
Brief, Dich für immer an meine Brust zu pressen. Denn dort gehört
das Wichtigste hin: wichtigst, weil ich es liebe und ohne es nicht sein
kann – noch wichtiger, heilig schon, weil der liebe Gott es mir zum
Geschenk gemacht hat, das ich in alle Ewigkeit bei mir behalten soll.
Das ist der Grund, aus dem meine Seele Dich in ewigen Besitz genom-
men hat.
Dein L.

Am Mittwoch, den 17. Dezember findet Edi wieder Zeit, ihm zu
schreiben, zum ersten Mal schreibt sie ihn mit seinem Namen an.

Mein liebster Horst!
Es ist endlich Ruhe um mich geworden. Meine Schwester ist gerade
mit den Buben weggegangen, Mutter und Spätzchen haben sich schla-
fen gelegt und nun kommt meine heimliche Stunde, in der ich an Dich
schreiben will. Es drängt mich, Dir zu sagen, daß ich auch in der Zeit
des Getrenntseins in stärkster Verbundenheit mit Dir lebe und daß alle
meine Gedanken und innigen Wünsche bei Dir sind.
Alles Schöne und Beglückende, das ich aus N. mitgenommen habe und
das für alle Zeiten in mir bleiben wird, begleitet mich wie eine wunder-
same Melodie auch durch den Alltag, der durch sie sein bedrückendes
Grau verliert; denn es sind nicht die Sorgen und der Kampf um das täg-
liche Leben, die ihn beherrschen, sondern das glückhafte Bewußtsein,
von dem besten und wundervollsten Herzen, dem ich mich ganz ge-
schenkt habe, geliebt zu werden. Jeder Gedanke, jede Gefühlsregung
und jeder Herzschlag ist durchglüht von meiner grenzenlosen Liebe,
die mit jedem Tag tiefer und reifer wird, und mich ganz ausfüllt.

Gehorsam berichtet sie weiter, dass sie seine Anweisungen befolgt, um ihre Pflicht weiß, sich für »den geliebtesten Menschen« gesund zu erhalten, der sie auch als sein »Muttilein« braucht und für den sie leben will.

Die Pflicht dem Kind gegenüber – oder die Mutterliebe – scheint in ihren Gedanken und Gefühlen keine Rolle mehr zu spielen, so als lohnte es sich dafür nicht, gesund zu bleiben.

Es ist mir unmöglich, mit meinen Angehörigen Weihnachten zu »feiern«, ohne vorher nicht versucht zu haben, Dich zu sehen und wenigstens für ein paar Minuten sprechen zu dürfen. Ich will am Sonntag abend nach Nürnberg fahren und am Montag im Zimmer 37 bitten, mich mit Dir allein sprechen zu lassen. Schon der Gedanke, daß man es uns vielleicht erlauben wird, macht mein Herz so strahlend glücklich, daß mich die Strapazen von der Reise nicht abhalten können. Sollte es nicht genehmigt werden, dann war ich wenigstens in Deiner Nähe. Auf jeden Fall werde ich ein kleines Päckchen für Dich abgeben, das Du aber erst, das mußt Du mir versprechen, am Heiligen Abend aufmachen darfst. Wenn ich in Nürnberg bin, werde ich mich bei den Rechtsanwälten natürlich nicht sehen lassen. Ich fahre nur Deinetwegen hin, alles andere interessiert mich nicht mehr.

Dafür gibt es ein deutliches Zeichen: die Kinderzeichnung einer Vierjährigen, Maria und Josef an der Krippe im Stall, Engel im Sturzflug darüber, alle mit einem Heiligenschein wie Astronautenhelme um die lächelnden Gesichter. Das Blatt war bestimmt ein Geschenk an die Mutter. Sie hat es als Schmierpapier für den Entwurf benutzt, Liebesschwüre durchkreuzen die fliegenden Engel.

Die Ankündigung ihres Besuchs steckt angesichts anderer Dokumente voller Widersprüche. Sie verschweigt ihm ihre Herz- und Kreislaufprobleme; ein Attest des Dr. Wiemer in Bad Tölz vom 19. Dezember 1947 bescheinigt ihr Arbeitsunfähigkeit wegen »Bluthochdruck mit beginnenden Dekompensationserscheinungen«.

Warum hat sie sich das Attest ausstellen lassen? Zu diesem Zeitpunkt hat sie nicht gearbeitet. Sollte es ihr die Möglichkeit geben, sich einem erneuten Verhör zu entziehen?

Die Sehnsucht nach Wagner war stärker, sie leistete einer Vorladung offensichtlich Folge und fuhr am Sonntag, den 21. Dezember nach Nürnberg, laut einer Bestätigung mit Stempel vom selben Datum war sie erneut »als Zeugin für die Verteidigung des Amerikanischen Militaer-Tribunals in Nuernberg anwesend«. Unterschrieben haben zwei »Verteidiger am Militaertribunal«, ein Dr. Paul Ratz und Dr. Wilhelm Schmidt – dabei handelt es sich vermutlich um die »Rechtsanwälte«, bei denen sie sich nicht blicken lassen wollte.

Über dieses Verhör liegt mir kein Protokoll vor, wahrscheinlich hat sie auf Anraten von Wagner wieder nichts unterschrieben. Das Wichtigste war für sie, auf diese Weise den Geliebten wenigstens kurz zu besuchen und ein Weihnachtspaket für ihn abzugeben, so konnte sie sicher sein, dass er es rechtzeitig bekommen würde, wenn sie schon am Heiligen Abend nicht bei ihm sein konnte.

Am Montag ist Dein Paket hier angekommen. Du kannst Dir gar nicht vorstellen, mit welcher Freude und Erregung ich es aufgeschnürt habe, mit welcher Zärtlichkeit ich Deine Sachen herausgenommen und an mich gedrückt habe. Alles was von Dir kommt, macht mich überglücklich. Draußen ist tiefster Winter – seit einem Tag schneit es unaufhörlich – aber trotz Schnee und Kälte ist mir eine blaßrote Rose aufgeblüht, ich habe sie zwischen mir liebgewonnenen Dingen gefunden. Sie ist mir wertvoller als alle Rosen aus dem Sonnenland Italien und sie versetzte mein Herz in ein Glücksgefühl ohnegleichen. Ich habe mich unbeschreiblich darüber gefreut und jedes Mal, wenn ich sie in die Hand nehme, fließt ein Strom von hingebender Zärtlichkeit zu dem geliebtesten Menschen hin, für den allein die blaßrote Rose blühen und ihn mit ihrem bezaubernden Duft und ihrer erregenden Schönheit zu dem glücklichsten Menschen machen will.
Mit den sehnlichsten Wünschen, mit Dir am Montag ein paar Worte sprechen zu dürfen, grüße ich Dich allerherzlichst
Dein Edilein

Aus seinem Brief vom 23. Dezember erfahre ich, dass es mit dem ersehnten Wiedersehen nicht geklappt hat:

Dieses ist mein erster Weihnachtsbrief, den ich an Dich, mein gelieb-
testes Herzenskind schreibe. Alle Liebe, die in meinem Herzen fuer
Dich lebt, moechte ich Dir unter den Tannenbaum legen. Jedes Ge-
fuehl, das in mir für Dich entzuendet ist, soll Dir den Heilig Abend so
schoen und froh machen.

Bis heute, 23. habe ich nichts mehr von Dir gehört, Du kannst Dir
vorstellen, was das für mich bedeutete. Eben aber kommt ein großer
Karton, ich sehe meinen Namen in der Schrift, die mir schon so viel
gluecklichste Stunden geschenkt hat. Ich gehe staendig um ihn herum
und spuere wieder die Liebe, die Du mir schenkst und die Sorge, wie
sie kein anderer Mensch mir zuteil werden laesst. Auspacken tue ich
aber erst morgen, und nachts, wenn alles ruhig ist, werde ich an Dich
schreiben und Dir alles sagen, was mein Herz am Heiligen Abend Dir
erzählen muss.

Es ist in mir eine richtige Weihnachtsseeligkeit. Seit Dein Paket in
meinem Zimmer steht, bin ich beinahe berauscht, eben habe ich mich
wieder so strecken muessen, wie ich es immer tat, wenn das Glueck,
Dich zu besitzen, all meine Kraefte belebte. Geliebte Frau, was haben
wir schon alles miteinander erlebt, und es ist doch nur ein Vorge-
schmack gewesen. Und so werde ich auch morgen an die Weihnachten
denken, die wir beide uns noch schenken werden.

Denk an mich, wenn die vertrauten Lieder toenen, denk daran, dass
sich ein starkes wildes Herz nach Deiner Stimme sehnt und spaeter
erst dann gluecklich und beschwingt ist, wenn Deine Stimme neben
mir klingt und ich in ihr alles, alles, wiederhoeren und spueren will,
was ich mein Leben lang zu Weihnachten fuehlte.

Du sollst, mein Geliebtes, heute spueren, und wissen, dass alles uns
nur noch naeher bringt, – selbst der Schmerz, der uns beiden die Tren-
nung zu Weihnachten bereitet. Du, Edilein, ich liebe Dich, liebe Dich
masslos und ohne Grenzen und in alle Ewigkeit. In diesem Wissen bin
ich heute bei Dir.
LUDWIG SCHALLER

Kein Wort mehr von »unserem Spätzchen«, das doch angeblich dazu-
gehört – erst recht an Weihnachten? Kein Wort von den eigenen Kindern – vermisste er sie nicht schmerzlich, gerade an Weihnachten?

Im Paket gab es zwei Briefe, in einem erklärte sie zum handgestrickten Geschenk: »Das Muttilein denkt auch daran, daß ihr Herzensbub etwas Warmes zum Anziehen braucht. Wenn ich nur schon wüßte, ob es ihm gefallen und passen wird!«, und sie freute sich auf den Tag, »wenn wir in glücklichfroher übermütiger Stimmung Arm in Arm hinauswandern in Schnee und Sonne.«

Der andere war ein liebevoll gestalteter »Weihnachtsbrief«: Einen einfachen, gefalteten Briefbogen hat sie mit einem kleinen Scherchen am Rand so zugeschnitten, dass er wie Büttenpapier aussieht, in die rechte Ecke oben einen kleinen Tannenzweig aufgenäht. In fast sechzig Jahren sind die vertrockneten Nadeln nicht abgefallen.

Ich wünsche dem liebsten Menschen, den ich habe, von tiefstem Herzen ein recht frohes Weinachtsfest. Wenn ich Dir, mein liebster Horstel, mit den paar Kleinigkeiten – es ist ja nur ein lächerlicher Versuch, Dir zu zeigen, wie ich mit Dir lebe, – nur ein ganz klein bißchen Freude und Dein geliebtes Herz froh machen kann, dann ist mein größter Weihnachtswunsch erfüllt. – Wenn Du unser Kerzlein anzündest, dann nimm Dein EHK ganz fest an Dich; es ist ja bei Dir und will Dir all das schenken.

Und wenn ich unter dem brennenden Lichterbaum stehe, das wird zwischen 7 und 8 Uhr sein, dann halte ich Deine Hand und meine Gedanken ziehen über ein Jahr voraus – Weihnacht 1948; es wird uns die Erfüllung all unserer heißen Wünsche bringen. Nur in dieser zuversichtlichen Hoffnung ist für mich diese Weihnacht erträglich. Daß der große Stern, der über unserem gemeinsamen Leben steht, mit seinem starken Licht uns in eine glückliche Zukunft führen möge, das ist mein nächster Weihnachtswunsch.

Ich weiß, der liebe Gott erfüllt ihn mir.

24.12.47

Immer Dein EHK

Mit wachsender Ungeduld hatte das Kind auf das Klingeln gewartet, es war schon 7 Uhr vorbei – wo blieb die Mutter nur so lange? Nach dem Abendessen war sie noch mal verschwunden; kein Wunder, dass das Christkind nicht kam, solange sie fehlte! Endlich ertönte die

166

Glocke, fast im selben Moment kam Edi zur Balkontür herein und stimmte »Ihr Kinderlein kommet, so kommet doch all!« an. Das Kind nahm ihre Hand, und sie öffnete die Tür zum Schlafzimmer. Beim Anblick des Lichterbaumes strahlten die Augen des Kindes, ihre füllten sich mit Tränen. Sie verstummte, Großmutter und Enkelin sangen ohne sie weiter. Jubelnd stürzte sich das Kind auf die Zelluloid-Puppe: das Christkind hatte ihm also den heißen Wunsch erfüllt! Das Schönste war, dass das Püppchen einen hellblauen Strampelanzug trug.

»Schau, Mutti, das Christkind hat mir meinen Bub gebracht, ich freue mich so!«

Es konnte nicht begreifen, dass die Mutter hemmungslos weinte.

Wenige Tage später fuhr Edith wieder nach Nürnberg, dieses Mal scheint es gelungen zu sein, den Geliebten zu treffen. Das bezeugt ein zerknittertes Blatt Papier mit Wagners Handschrift:

Nürnberg, 27.12.47
Als ich mich am Abend des 27. Dezember damit beschäftigte, den glücklichsten Augenblick meines Lebens herauszufinden –
da fand ich nur eine Antwort: heute nachmittag gegen 4 Uhr, als wir beide uns gegenüberstanden und uns an den Händen hielten –
Als wir Abschied nahmen und uns gegenseitig mit einem solchen Strom liebevoller Zärtlichkeit zu helfen versuchten, als unsere Augen sich so fest ineinander zwangen –
nie habe ich mehr verspürt, was wir beide uns für unser Leben bedeuten –
Alles.
Und jetzt in dem Schmerz, den ich nicht meistern kann und mag, spüre ich nur eins:
Ich gehöre Dir.

Genauer betrachtet, sieht es so aus, als ob das mühsam wieder glattgestrichene Papier vorher fest zusammengeknüllt worden wäre.

2. Kapitel

»Für Dich führen alle Straßen zu mir«

G rüß mir mein Rom«, hatte meine Mutter gesagt, wenige Tage vor
ihrem Tod, und ihr müdes Gesicht zeigte noch einmal eine Spur
von Lächeln.

Sie sah hinüber zu der Postkarte, die seit fast einem Jahr auf ihrer
Kommode an der dicken roten Kerze lehnte, ich gab sie ihr in die
Hand.

Reisen war immer das Schönste für sie gewesen, es war schwer für
sie, als sie das nicht mehr konnte, aber sie freute sich über jede Ansichtskarte, die sie von irgendwoher bekam. Die betrachtete sie dann
lange und seufzte: »Ja, da war ich auch schon«, oder: »Da wär ich so
gerne noch hingefahren.«

Eine Karte lehnte immer so lange an der Kerze, bis sie von einer
neu ankommenden abgelöst wurde.

Die Karte aus Rom aber, Grüße zu ihrem letzten Geburtstag vom
Enkelsohn, blieb dort stehen, spätere Karten lagen daneben, wie jetzt
die vom Kap der Guten Hoffnung, die ich ihr vor wenigen Wochen mit
Genesungswünschen geschickt hatte.

Sie hielt die Karte mit den drei Fotos darauf lange in beiden Händen, murmelte mehrmals: »Der Petersdom. Das Forum. Der Brunnen – Fontana di Trevi.«

Und nach einer kurzen Pause ein Flüstern: »Nie bin ich weggefahren, ohne ein paar Lire hineinzuwerfen. Auch beim letzten Mal.«

Die Karte schien zu schwer für die kraftlosen Hände zu werden, sie entglitt ihr. Sie wandte das Gesicht zur Wand und nickte kaum merklich, als ich sagte: »Du weißt, dass ich bald hinfahren werde?«

Dann sagte sie: »Grüß mir mein Rom.«

Ich stellte die Karte zurück an die alte Kerze unbekannter Herkunft. Solange ich mich erinnere, hatte sie am selben Platz gestanden. Nie wurde sie angezündet, nicht einmal in der Adventszeit oder an Weihnachten. Wenn ich sagte, eine Kerze sei doch schließlich da, um zu brennen, nicht, um zu verstauben, bekam ich als Antwort nur ein Achselzucken.

Irgendwann gab ich es auf, sie daran zu erinnern, schenkte ihr zum Geburtstag, zu den Feiertagen Blumengestecke mit anderen Kerzen. Aber auch die hat sie nie selbst angezündet, das musste ich für sie tun und ich musste sie ausblasen, bevor ich ging.

Kerzenlicht gab es nicht bei uns zu Hause, außer am Christbaum. Ganz früher war das »Christkind« für den Lichterbaum zuständig gewesen, in späteren Erinnerungsbildern sehe ich meine Mutter mit einer brennenden Kerze in der Hand am Baum stehen, wie sie die anderen Kerzen entzündet. Sie war die Größte in der Familie, auch die obersten Zweige konnte sie ohne Leiter erreichen.

An Geburtstagskerzen erinnere ich mich nur bis zu meinem zwölften Lebensjahr. Es gab einen weißlackierten, mit roten Herzen und bunten Blumen bemalten Holzreif mit zwölf Mulden, jedes Jahr kam eine neue Kerze dazu, ich freute mich, mein Alter daran abzählen zu können.

Ich hatte diesen Reif von meinem Vetter geerbt – ich weiß noch, wie an seinem zwölften Geburtstag alle Kerzen brannten. Er holte tief Luft und blies sie auf einmal aus. Dann sagte er zu seiner Mutter: »So, das wär erledigt – jetzt bin ich alt genug, dass der kindische Kram aufhört. Jetzt kann ihn die Kleine kriegen!«

Vier Kerzen brannten, als dieser Reif zum ersten Mal auf meinem Geburtstagstisch stand, ich war sehr glücklich darüber, die Freude ließ mich vergessen, dass meine Mutter nicht aus Nürnberg gekommen war.

Sie hätte keinen Urlaub bekommen am neuen Arbeitsplatz, hieß es.

Ab dem dreizehnten Geburtstag gab es immerhin eine Geburtstagskerze, aber mein Wunsch, wenigstens an Feiertagen Kerzen auf den Esstisch zu stellen, wurde nicht erfüllt. Das hatte ich im Kino gesehen, im ersten Spielfilm, zu dem mich meine Großmutter mitnahm – *Nachtwache* mit Dieter Borsche.

»Das steht uns doch nicht zu«, sagte die Großmutter. Die Mutter schwieg.

Nun bin ich also in den Nachtzug eingestiegen, Abfahrt 23.40 Uhr am Hauptbahnhof in München. Mit Mühe habe ich ihn noch erreicht, abgehetzt wie immer, wenn ich verreise. Aber diesmal war es schlimmer denn je.

Die Beerdigung liegt erst wenige Monate zurück, die Arbeit mit der Wohnungsauflösung hat mir kaum Zeit gelassen, innerlich Abschied zu nehmen, die Entdeckungen in ihrem Nachlass haben wieder alles in Frage gestellt, was vermeintlich geklärt war.

Eigentlich wollte ich den seit einem Jahr geplanten Lesungstermin absagen, den das Goethe-Institut organisiert hatte; den Flug hatte ich schon storniert, weil es mir unmöglich erschien, jetzt auf einem Podium zu sitzen. Man würde sicher Verständnis dafür haben, wenn ich in dieser Zeit der Trauer nicht auftreten könnte.

Ihr neunzigster Geburtstag, den sie nicht mehr erlebte, fiel auf einen Sonntag, und ich hatte unseren Pfarrer gebeten, ihrer im Gottesdienst zu gedenken. Da am Tag zuvor Papst Johannes Paul II. starb, wurde die Messe in unserer Dorfkirche zugleich zum Gedenkgottesdienst für das verstorbene Oberhaupt der katholischen Kirche. Dieses Zusammentreffen hätte ihr bestimmt gefallen, weil Rom in ihrem Leben eine so wichtige Rolle spielte und wahrscheinlich auch die katholische Kirche.

An diesem Tag entschied ich mich, doch nicht auf die Einladung nach Rom zu verzichten. Schließlich hatte ich auch den Auftrag, »ihr« Rom zu grüßen.

Das musste ich erst einmal finden.

Ich bekam keinen passenden Hinflug, auch keine Reservierung für einen Schlafwagen, mit Mühe noch einen Sitzplatz. Kein Problem für mich, zum Schlafen werde ich nicht kommen, ich habe genug zum Lesen mitgenommen: einen großen Umschlag aus dem Kellerkarton mit der Aufschrift »Rom«.

Zu Hause hatte ich beim flüchtigen Durchsehen einige Briefkuverts entdeckt, auch die zwar ohne Marken, aber manchmal verweisen die Stempelteile auf »Poste Vaticane«, auf manchen sind auf der Rückseite zwei Stempel. Und auf einigen Briefkuverts gibt es Absender. Diese Adressen werde ich aufsuchen, ein Stadtplan von Rom ist schon im Gepäck.

Zu Hause hatte ich nur einen kleinen Teil der Briefe gelesen, hatte viele Stunden mit dem Versuch verbracht, sie zu ordnen, was unmöglich schien bei der Fülle undatierter Schriftstücke. Die aus der Gefängniszeit waren schließlich leicht dem Jahr 1947 zuzuordnen, besonders wenn sie mit derselben Schreibmaschine geschrieben waren oder auf Blättern mit einem Format, das keiner DIN-Norm entspricht. Mit einiger Mühe habe ich auch viele gefunden, die in die Internierungszeit 1948 passen; sie zu lesen hatte ich keine Zeit mehr.

Aber ich habe registriert, dass auch die späteren innige, zärtliche, leidenschaftliche Liebesbriefe sind an eine begehrenswerte, schöne, kluge, wundervolle Frau, eine Frau, die nun tot ist – meine Mutter.

Meine unglückliche Mutter. Meine wehleidige Mutter. Meine depressive Mutter, die meist nur das Negative im Leben sah – jedenfalls solange ich sie kannte. Meine Mutter, die es mir schwergemacht hat, an das Leben und die Liebe zu glauben, die mich zu Misstrauen und Unsicherheit erzogen hat, gegen die ich ankämpfen musste mit meiner Lebensfreude.

»Ist das Leben nicht schön!?« rief ich einmal als Kind, als ich glücklich war über meine oberbayrische Heimat. Sie war immerhin mit hinaufgekommen zum Gipfel des Blombergs, und ich war überwältigt vom weiten Blick an jenem Föhntag im Herbst, zum Greifen nahe die schneeglitzernden Alpen vor dem tiefblauen Horizont. Ich breitete die Arme aus, wollte die ganze Welt umarmen.

»Das ist doch nicht schön, das Leben, es ist grausam, das wirst du schon noch erfahren«, antwortete sie mit einem bitteren Zug um den Mund, und ich erschrak zutiefst.

Die Grausamkeit des Lebens habe ich erfahren, aber auch seine Kraft.

Wie oft hatte ich es in den letzten Jahren ihres Lebens versucht, sie an die glückliche Zeit in ihrem Leben zu erinnern, habe ihr Goethes Verse vorgelesen:

> *Auch das ist Kunst, ist Gottesgabe,*
> *aus ein paar sonnenhellen Tagen*
> *sich soviel Licht ins Herz zu tragen,*
> *dass, wenn der Sommer längst verweht,*
> *das Leuchten immer noch besteht.*

Mir wurden diese Worte Hilfe in schwerem Leid. Sie hingegen schüttelte nur den Kopf: »Der hat leicht reden g'habt, der Goethe, dem ist's doch gut gegangen sein Leben lang.«

Immer seltener lachte sie, nur manchmal, wenn ich sie in ihrem Rollstuhl spazierenfuhr, erschien sie ein wenig zufrieden. Machte ich sie beispielsweise auf die ersten Frühlingsblumen aufmerksam, sagte sie fast mechanisch: »Ja, ja – schön«, und dann mit einem tiefen Seufzer: »Schon wieder ein Frühling, der ist bald wieder vorbei.«

Tief gebeugt war ihr Rücken am Ende, sie, die auf alten Fotos immer hoch aufgerichtet stand, immer die Größte und Schönste. Ihr Unglück, die Trauer – das nicht gelebte Leben haben sie niedergedrückt.

Ich hätte Dich gerne ein wenig mehr gestützt, Mutter.

Ich greife in den Umschlag, ziehe wahllos irgendeinen der Briefe heraus, überfliege ihn:

Unser Gefühl, zusammenzugehören, stärkt sich ja mehr und mehr, all das Grau der getrennten Tage zeigt uns beiden immer wieder, daß es ein Glück für uns nur in unserm Einssein gibt. Du mußt die Schmerzen, die ja von mir kommen, tapfer und treu tragen, darfst nicht an Kräften verlieren, die ja Deines Geliebten Zukunft bedeuten. Wir beide werden uns tausend Wünsche erfüllen, aber vor allem will ich Dich diese Zeit, die Du jetzt ohne mich durchmachen mußt, bald vergessen lassen.

Ich schreibe Dir trotz allen Schmerzes mit strahlenden Augen, die jetzt auf diese Zeilen sehen, damit sie zurückstrahlen und Dir von meiner Liebe so erzählen, wie ich es Dir mit meinen Worten nicht schildern kann. Du geliebtestes Wesen, ich will Dir in Deinem Schmerz wenigstens dadurch helfen, daß Du weißt, er vergeht eines Tages. Denn mir scheint es immer, daß unsere Liebe gesegnet ist. Welche seltsamen Windungen und Entscheidungen hat allein mein Leben gebraucht, um das Ziel meiner Bestimmung, Dich, Geliebte zu treffen. Und wie Du mein guter Stern geworden bist, so haben wir beide einen überirdischen Schutz der uns zusammen hält.

Er konnte sein Versprechen nicht halten, konnte sie nie entschädigen für die Schmerzen der Trennung; die »seltsamen Windungen und Entscheidungen« seines Lebens haben es unmöglich gemacht, ein neues Leben in Geborgenheit und Glück zu beginnen. Das Strahlen seiner Augen versiegte wahrscheinlich eines Tages ebenso wie ihre Hoffnung auf ein gemeinsames Leben – der Schmerz darüber blieb ihr ein Leben lang.

Mit welchem Recht konnte er damals glauben, dass diese Liebe »gesegnet« sei, ja, dass ein »überirdischer Schutz« sie zusammenhielte?

Wer war er, der sich getragen fühlte von einer »göttlichen Macht«?

Warum steckt im Umschlag »Rom« ein Brief mit der Adresse: »Herrn Luitpold Schallermeyer, Kempfenhausen Sanatorium, Percha«?

Der Poststempel lautet: »München 02.12.49«

»Schallermeyer« … diesen Namen kenne ich doch aus den »Nürnberger Briefen«, allerdings wurde der Name dort anders geschrieben. Handelt es sich um denselben fiktiven Herrn, ist das ein Brief von Wagner, ist er selbst der Absender »Dr. W. S. c/o Tewes München, Dietlindenstr. 23«?

Nein, es ist eine andere Handschrift, und sie sieht nicht so aus, als hätte er versucht, seine eigene zu verstellen. Das hat er auch bei seinen Nürnberger Pseudonymen »Ludwig« oder »Leopold Schaller« nicht getan. Aber die Ähnlichkeit der Namen Leopold Schaller und Luitpold Schallermeyer – oder Schallermeier – kann doch kein Zufall sein!

Die Zettel im Umschlag sind ganz sicher von Wagner, ich erkenne seine Schrift, auch wenn sie fahrig aussieht, anscheinend sind die Nachrichten in großer Eile mit Bleistift notiert. Zwei davon sind für »Poldi«:

Lieber Poldi, Geben Sie bitte den Zettel weiter?
Aber bitte schreiben Sie doch auch gleich an mich, wie es Ihnen ergangen ist und was Sie sonst Neues wissen – Sobald ich Nachricht habe, schreibe ich Ihnen ausführlicher.
Ihr stets ergebener
Vetter

Lieber Poldi, bitte tuen Sie für E., für mich und auch für den Überbringer alles, was Sie können? Wie immer?
Ihr V.

Kein Zweifel, bei Herrn Schallermeyer handelt es sich um Poldi, den guten Freund und Helfer aus Gefängnistagen! Bei ihm waren anscheinend nach seiner Entlassung die Fäden zusammengelaufen, und er hatte eine wie auch immer bestimmte Handlungskompetenz.

Der dritte Zettel macht mir klar, warum diese Botschaften sich im Besitz meiner Mutter befanden:

Liebstes HK, ich hoffe, daß Dich diese Zeilen erreichen –
Schreibe mir doch bitte sofort. Habe ich Deinen Brief, antworte ich umgehend. Wohin soll ich den Brief richten – Poldi, Hansi?
Schreibe bitte an meine Mutter, daß es mir sehr gut geht.
Wenn ich weiß, wo sie sich aufhält, schreibe ich auch – über Dich – an sie.
Poldis Besucher will für mich mitnehmen:
die Reithose, alle Pferdebilder, von Dir 3 Paßbilder und Zeitungen, wenn sie mich besonders interessieren. Poldi solle bitte meine Besucher über die besondere Lage informieren, über alles, was mich angeht.

Ich erwarte dringend Deinen Brief, damit ich Dir alles sagen kann,
was ich möchte. Ich bin immer Dein HB.
An Briefadresse – außen – Frau Bianca Sordini
Roma, Corso d'Italia 35a
Innen kein Umschlag nötig.

Deshalb ist der Brief also bei den »römischen« gelandet, HB an HK –
»Herzensbub« schickte eine Nachricht an sein »Herzenskind« durch
einen unbekannten W. S. – direkt aus Rom? – an den mysteriösen,
anscheinend mächtigen Herrn Schallermeyer, der sich im Sanatorium
am Starnberger See von den Strapazen der Internierung erholt und den
Brief samt Inhalt an »E. « – meine Mutter – in einem anderen, nicht
mehr vorhandenen Umschlag weitergeleitet hat.

Was soll Poldi »wie immer« tun für Wagner, den Fremden und für
Edi?

Sie wird wohl ins Sanatorium gefahren sein, um ihm die gewünschten Sachen für seinen »Besucher« zu bringen, oder sie hat sie gleich in
der Dietlindenstraße 23 abgegeben.

Warum brauchte er in Rom so dringend seine Reithose und »alle
Pferdebilder«, die meine Mutter für ihn aufbewahrt hat?

Und warum wollte er Passbilder von ihr, ausgerechnet drei – so viele musste man abgeben, wenn man einen neuen Pass oder ein Visum
beantragte.

Gab es in Rom nicht eine ganz spezielle Anlaufstelle für neue Pässe
und die Überfahrt nach Südamerika?

Wer ist »Bianca Sordini«– eine Frau, die so hundertprozentig sein
Vertrauen genießt, dass »innen kein Umschlag« nötig ist? Also konnte
Signora Sordini seine Post öffnen. Wenn sie überhaupt existierte und
nicht er selbst diese Wohnung am Corso d'Italia gemietet hatte, wo es
ihm »sehr gut« ging.

Jedenfalls war das anscheinend die erste Adresse, an die meine
Mutter schreiben konnte. Ich wusste von ihr, dass er aus Nürnberg
über Südtirol nach Rom geflohen war, und vor etlichen Jahren, als ich
gerade von einer Romreise zurückgekehrt war, hatte meine Mutter
auch erzählt, dass Wagner vorübergehend in Rom in der »Anima« untergetaucht war.

Endlich hatten wir die lange ersehnte Reise nach Rom geschafft, genaugenommen hatte ich sie meinem Mann und mir zum Hochzeitstag geschenkt.

Er, der fast die ganze Welt bereist hat, kannte Rom nur flüchtig. Die italienische Hauptstadt war so nah, da käme man immer mal rasch hin, argumentierte er, wenn es ihn doch wieder nach Afrika, nach Indien zog. Doch auf das »irgendwann« wollte ich nicht mehr warten, ich liebte Rom, seit ich als junges Mädchen bei einer Klassenfahrt zum ersten Mal dort war. Später besuchte ich meine Freundin, die als Au-pair-Mädchen bei einer römischen Familie arbeitete, und wahrscheinlich habe ich jahrelang nur deshalb im Süden Italiens Urlaub geplant, damit ich immer wieder ein paar Tage Rom einkalkulieren konnte.

Inzwischen habe ich weltweit viele schöne Städte kennengelernt, aber Rom ist meine Lieblingsstadt geblieben, ich wollte sie endlich meinem Mann zeigen. Er freute sich sehr über die Überraschung; eine ganze Woche in Rom zu verbringen gab ihm auch Gelegenheit, einen alten Freund zu besuchen, der schon lange dort lebte und den er seit Jahren nicht mehr gesehen hatte.

Natürlich musste ich meiner Mutter nach unserer Rückkehr alles genau berichten. Mit glücklichem Lächeln hörte sie zu, schien mit mir zu gehen auf den beschriebenen Wegen, nickte bedächtig, unterbrach mich gelegentlich. Natürlich kannte sie das Hotel »Columbus« an der Via della Conciliazione, das ich gebucht hatte, weil ich fand, dass mein Mann nach der ersten Nacht in Rom aufwachen sollte mit dem freien Blick auf den Petersdom.

»Das ›Columbus‹, das ist doch das in dem Renaissancepalast mit den alten Fresken? In dem wunderschönen Innenhof bin ich auch schon gesessen.«

»Ja, es ist ein ganz besonderes Hotel, wir hatten ein sehr schönes Zimmer mit kostbaren alten Möbeln; die meiste Zeit waren wir aber drüben auf der anderen Tiberseite bei unseren Freunden, in der Nähe der Piazza Navona.«

»Ach ja, der Bernini-Brunnen mit den vier Flüssen … Da seid ihr doch bestimmt auch in der ›deutschen Kirche‹ gewesen? Die ›Anima‹ ist doch da gleich.«

Natürlich waren wir auch kurz in der »Santa Maria dell'Anima«, der Kirche, die zum deutsch-österreichischen Priesterkolleg gehört. Wir wollten den Ort sehen, wo angeblich viele ranghohe Nazis nach Kriegsende auf der Flucht vor der Justiz untergetaucht waren und mit Hilfe des Rektors Alois Hudal – häufig »brauner Bischof« genannt – falsche Pässe und Visa erhielten und heimliche Hilfe für die Schiffspassagen nach Südamerika.

Meine Mutter schien sich genau zu entsinnen: »Der Wagner hat da eine Weile im Kolleg gewohnt, bevor er zu der Adligen gezogen ist, die sich auch um die Flüchtlinge gekümmert hat.«

»Ach so – also war er doch einer von denen? Ich dachte, er wäre Beamter gewesen im Auswärtigen Amt?«

»War er auch, darum hat er sich ja ausgekannt mit Papieren und hat den anderen geholfen. Er selber musste ja gar nicht nach Südamerika, er ist doch in Rom geblieben.«

Ich erinnere mich an das Unbehagen, das ich bei diesen Sätzen so deutlich empfunden habe und das jetzt wieder aufsteigt. Die Zettel im Umschlag des Herrn Schallermeyer sehen nicht so aus, als ob Horst Wagner ein harmloser Beamter gewesen wäre; als solcher hätte er doch die Justiz nicht fürchten müssen. Es gab genug hohe Funktionäre und Militärs des Nazi-Regimes, die es in der Bundesrepublik nach dem Entnazifizierungsverfahren wieder zu Amt und Würden in Justiz und Politik gebracht hatten – bis hinauf zum engen Berater von Bundeskanzler Adenauer und ins Amt des Ministerpräsidenten von Baden-Württemberg.

Sie hat mir auch in jenem Gespräch nicht gesagt, wer er wirklich war.

»Warum ist er denn dann aus Deutschland geflüchtet; das musst du doch wissen?«

Achselzucken, sie lächelte: »Das hat mich doch gar nicht interessiert. Über Politik haben wir sowieso nie geredet – da hatten wir schon andere Themen.«

Mutters Bemerkung über »die Adlige« war mir schon zu Hause eingefallen, als ich in ihrer Brieftasche ein vergilbtes Zettelchen mit der

Adresse einer römischen Contessa gefunden hatte. Nun aber sollte meine Mutter an »Signora Bianca Sordini« schreiben – ein Deckname für die hilfsbereite adlige Dame? Ich erinnere mich an meine Frage: »Warum sollte eine römische Adlige Nazi-Flüchtlingen aus Deutschland geholfen haben?«

»Genaueres weiß ich auch nicht, aber irgendwie hatte die mit dem Internationalen Roten Kreuz zu tun, das hat doch allen helfen müssen. Die haben damals doch nicht gefragt, wo einer wirklich herkam, wenn er auf der Flucht seinen Pass verloren hat. Außerdem waren ja viele italienische Adlige den Faschisten zugeneigt – bei uns gab's ja auch genug Adlige in der Partei.«

»Und hast du dann auch dort gewohnt, wenn du Wagner besucht hast? – Das wird ja ein Palazzo gewesen sein!«

»So groß war das nicht, das war mehr ein Stadthaus irgendwo am Tiber. Der wirkliche Adelssitz war ein Castello draußen auf dem Land. Nein, übernachtet habe ich da freilich nie, die hatte ja auch das ganze Haus voll.«

Bei der Adresse »Corso d'Italia 35a« dachte ich zunächst an die lebhafte Einkaufsstraße in der Fußgängerzone nahe der Spanischen Treppe. Das aber ist die »Via del Corso«, im Stadtplan finde ich den »Corso d' Italia« als eine breite Ringstraße von der Porta Pinciana bis zur Porta Pia.

Die Umschläge, aus denen die Briefmarken sorgfältig ausgeschnitten wurden, haben meist keinen Absender, die Adressen an meine Mutter, die nun eine »Signorina« geworden ist und in der »Zona americana« in Bad Tölz oder in München lebt, sind in der mir inzwischen vertrauten Handschrift von Wagner geschrieben. Wir sind erst 1952 nach München gezogen, also gehören die Briefe in den nach München adressierten Umschlägen zur späteren Zeit.

Ich will zunächst etwas über die ersten »römischen Jahre« erfahren.

Es gibt einen Brief nach Bad Tölz mit dem Absender »Muratori. Via Nomentana 137«. Gut, dass ich den Stadtplan von Rom griffbereit habe.

Die Nomentana ist leicht gefunden, sie beginnt da, wo der Corso d'Italia endet, an der Piazza di Porta Pia!

In diesem Umschlag steckt eigentlich kein Brief, sondern ein Blatt mit handschriftlichen, knappen Anweisungen,

Schulaufgaben:
1.) In Schreibmaschine die Übersetzung der Einladung abschr. Und diese gleich bitte Eilboten an Muttchen senden am ...
Name Adresse
Meine liebe Alice,
mit Freuden haben wir von Deiner Absicht gehört, anläßlich des Heiligen Jahres nach Rom zu kommen.
Für uns alle wird es eine große Freude sein, Dich nach so langer Zeit wiedersehen zu können. – Es ist natürlich klar, daß Du die ganze Zeit Deines Hierseins unser Gast sein mußt. Die Reise in der heißen Jahreszeit wird ein wenig anstrengend sein und deshalb wird Dir etwas Ruhe nach der Fahrt gut tuen, bevor Du an den Veranstaltungen des Heiligen Jahres teilnimmst.

Das »Heilige Jahr« – ein wunderbarer Anhaltspunkt! Ich weiß, dass die katholische Kirche 2000 das letzte Jubeljahr feierte, dessen Ursprung ich nicht mehr im Kopf habe. Ich meine, es wurde nach Beendigung der Kreuzzüge als Friedensjahr eingeführt, sicher weiß ich, dass es ein wichtiges Pilgerjahr für den Ablass ist und alle fünfundzwanzig Jahre gefeiert wurde – das heißt: das Heilige Jahr, in dem Wagners Mutter Alice nach Rom kam, war 1950.

Unser Haus liegt im Zentrum der Stadt, und Du kannst leicht von uns aus die wichtigen Stätten erreichen, ohne Dich zu ermüden.

Das ist allerdings reine Schönfärberei – warum, für wen? Das »Quartiere Nomentano« liegt weit hinter dem Bahnhof Termini, so leicht kommt man nicht zum Petersdom – und auch der Tiber ist weit weg!

Alles, was Du an Fahrgeld und den Spesen zum Leben hier brauchst, stellen wir Dir gerne zur Verfügung, wir senden das Geld für Dich an den Bahnhofsvorsteher am Brenner.
Ich hoffe, daß Du so bald wie möglich kommst und erwarte ein Tele-

179

gramm von Dir im Augenblick, wenn Du die Stunde Deiner Abreise weißt.

Wie erinnern wir uns an alle die Deinen und umarmen Dich auf das herzlichste, stets Deine (gez.) Rina Muratori.

2.) Gleichzeitig an Muttchen schreiben: Wenn irgend geht, Abreise so schnell wie möglich. In München Station machen, Brief oben (Frau M. Witwe eines italienischen Generals; alte Familienfreundschaft!) nur formal. Sobald Abreisetag feststeht, telegrafiere Du an Bianca, wieder »Herbert«.

Ab 10.7. steht Muttchens Quartier bereit, deshalb bitte so schnell wie möglich!!

Noch eine Frau, die ihm half, zumindest ihren Namen zur Verfügung stellte. Wagner und die Frauen?

Vielleicht gab es diese »Witwe eines italienischen Generals« wirklich, vielleicht war auch sie eine, die aus alter Solidarität deutsche Nazis unterstützte – oder ist sie ebenso fiktiv wie »Schaller« in Nürnberg und dient der Verschleierung der wirklichen Bezugsperson?

Ganz klar ist aber, dass die Kontakte zu seiner Mutter über meine Mutter liefen. »Muttchen« klingt sehr liebevoll – bisher nahm ich an, er hätte eine schlechte Beziehung zu seiner Mutter gehabt, als Kind zu wenig Mutterliebe erfahren, weil er ein zärtliches »Muttilein« in Edi suchte und fand.

Seine Mutter wurde vermutlich observiert, um den Aufenthaltsort des flüchtigen Sohnes ausfindig zu machen, also schreibt sein »Muttilein« (mein Mütterlein) an sein Muttchen. Aber konnte Edith, von der es in Nürnberg die Spatzen vom Dach des Justizpalastes pfiffen, dass sie Wagners Geliebte war, ihr schreiben? Vermutlich hat auch sie einen anderen Absender benutzt, vielleicht den von Hansi in München, oder sie hat als »Herbert« geschrieben – von ihr ist kein einziger an Wagner nach Rom adressierter Briefumschlag dabei.

3.) Wenn Muttchen in München, erzählst Du ihr ein wenig; niemandem Reiseziel erzählen; gib ihr die Adresse von Bianca mit und für den Fall eines Verfehlens: Bezahlst Du bitte Fahrgeld Rom und zurück,

ich bekomme es hier in Lire wieder. Du machst für Muttchen einen
Zettel mit folgendem Fahrplan:
Abfahrt München – mittag 15.57 Innsbruck 16.45
Brenner 18.40   Bozen 20.08
Verona 23.30   Bologna 1.45
Firenze 3.35
Der Zug fährt dann noch 3 Stunden von Florenz und hält in
Arezzo 4.45   Terentole 5.20
Chiusi 5.45   Orvieto 6.15
und in Orte 6.52 (3 min Aufenthalt – Orte liegt 1 Stunde vor Rom)

Ist das wirklich die Fürsorge eines liebevollen Sohnes, sämtliche Uhrzeiten an jeder Haltestelle aufzuschreiben? Wozu? – Die vorletzte
Haltestelle ist einzusehen, damit die alte Frau sich auf das Aussteigen
einstellen kann, bei nur drei Minuten Aufenthalt in Orte – aber warum
sollte sie überhaupt dort aussteigen? Warum die anderen Zeiten – sollte er nicht froh sein, wenn sie die verschläft?

Meine Mutter empfand es anscheinend auch als Zumutung, dass er
seine Frau Mutter über Nacht fahren lassen wollte, sie hat mit Bleistift
einen anderen Zug notiert, der München um 6.25 Uhr verlässt. Oder
hatten die Uhrzeiten eine bestimmte Bedeutung, ist die Auflistung so
etwas wie ein Code?

Es kann auch sein, dass ich zu viele 007-Filme gesehen habe ...

Die zärtlichen Worte aus den Nürnberger Liebesbriefen im Ohr,
machen mich diese oberlehrerhaften Anweisungen stutzig. Worauf
hat meine Mutter sich in ihrer übergroßen Liebe nur eingelassen? Er
mag abgegriffen sein, aber immer öfter taucht der Satz »Liebe macht
blind« in meinem Kopf auf.

Woher hatte sie das Geld? Die Kosten für eine Rückfahrkarte nach
Rom waren für uns ein Vermögen! Und wieso bekam er das Geld in
Lire wieder und von wem? Ich hoffe, er hat es dann seiner Mutter für
meine Mutter wirklich wieder in D-Mark zurückgegeben.

4.) Kommen Antworten auf Deine Anfragen von Günther u.s.w. bitte
abschreiben (ohne Namen) und an Bianca.

5.) Reise HK: ich muß mein Liebstes September sehen. Voraussetzung daß Muttchen noch im Juli kommt. Teile mir genauen Tag (Ankunft und Zeit des Wagens in Meran) mit. Ich bestelle dann Eleins Nest. Wie lange kannst Du bleiben, keine Sekunde verschenken!! Also den frühesten Tag, der Rückkehr am 1.10. ermöglicht. Selbst bei Gefahr letzte »LM«-Tage, HK wird entschädigt.

Welche Anfragen von Edi an »Günther u.s.w.«, was sind die »LM«-Tage – und wieder ein »Nest«?! Klar ist nur die Geheimhaltungsstrategie: Potentielle Anfragen an Ex-Kollegen, wie ich vermute, werden durch Abschreiben ohne Namen anonymisiert.

Kurz vor Mitternacht hält mein Zug am Brenner, fährt nach wenigen Minuten weiter. Damals hielt er sicher sehr viel länger, noch in den siebziger Jahren dauerte es eine ganze Weile, bis die Zollkontrolleure wieder ausstiegen. Aber ich meine mich zu erinnern, dass man genau aus dem Grund auch nicht aussteigen durfte. Wie hätte Frau Wagner unter diesen Umständen das angeblich für sie hinterlegte Geld beim Bahnhofsvorsteher abholen sollen? Der Hinweis auf das Geld musste jedenfalls einen bestimmten Sinn haben; dieser Wagner plante und kalkulierte genau, überließ nichts dem Zufall. Vielleicht sollte eine andere Person mit dem Geld am Brenner zusteigen?

Zumindest weiß ich jetzt schon einmal, dass im Jahr 1950 Wagners Mutter im Juli nach Rom reiste und meine Mutter im September nach Meran.

Diese Gewissheit ist allerdings nicht von langer Dauer, weil ich auch einige der datumslosen Briefe mit der Handschrift meiner Mutter eingesteckt habe, und aus einem dieser Briefe geht klar hervor, dass sich »Muttchens Reise« beträchtlich verschoben hat:

Mein liebstes, über alles geliebtes Schätzlein – ich hoffe so sehr, daß Du inzwischen meinen Brief 6, der am Mittwoch auch von München aus an Dich abging, bekommen hast und trotz des vorsichtigen Schreibens meine brennende Sehnsucht nach Deiner Gegenwart herausspürtest, mit der ich Tag und Nacht an Dich denke. Dich wieder bei mir haben, immer Dich sehen und mit Dir sprechen können, in Deinen

zärtlichen Händen mich daheim und geborgen zu fühlen und pausen-
los aus Deinen schönen Augen das schattenlose Glück über unser Bei-
sammensein lesen können – dann wird alles Bittere und Schmerzhafte
dieser unvorstellbar schweren Zeit des Getrenntseins wie ein schwerer
Traum hinter mir liegen und aus meinen Augen wird Dir der Jubel
meines glühenden, beglückten Herzens, aber auch die ewig ungestillte
Sehnsucht meines Dir gehörenden Blutes entgegenstrahlen, das allen
Zauber in sich trägt, den mein über alles geliebtes Herzlein begehrt
und braucht, um bis ins letzte glücklich und erschöpft zu werden.
Ach, Liebster, immer stärker und inbrünstiger wird das Bitten Deines
Elein, das Dir mit jedem Herzschlag seine schönsten und sehnlichsten
Wünsche über alle Entfernungen hinweg zuruft: hole mich bald und
kröne mich zu Deiner Frau, damit ich mich nie mehr von Dir trennen
muß.

Von diesem sehnlichsten Wunsch wollte sie später nichts mehr wissen. Sie beteuerte mir gegenüber immer, dass sie als junges Mädchen schon beschlossen hatte, nie zu heiraten, versicherte mir, dass es ihr auch deshalb ganz recht gewesen sei, dass mein Vater verheiratet war und dass ihre Verlobung zuvor nur eine Formsache gewesen sei. Es schien mir, als gäbe es keine Traurigkeit über den gefallenen Verlobten, ja eher Erleichterung, dass der SS-Junker nicht mehr zurückgekommen war. So schrieb sie es ja auch in ihrem Brief an Wagner, in dem sie ihm die Existenz ihres Kindes gestand. Ja, sie behauptete mir gegenüber sogar einmal, dass sie auch Wagner nie geheiratet hätte, dass sein »ewiges Drängen nach der Heiraterei« ein Grund gewesen sei, ihm nicht nach Italien zu folgen. Und nun erfahre ich, dass sie sehr wohl zu seiner Frau »gekrönt« werden wollte!

Im folgenden zitierte sie nun Wagners Mutter, die zu jenem Zeitpunkt offensichtlich keine Ahnung davon hatte, dass dieses freundliche Fräulein Edi, das die Verbindung zwischen ihr und ihrem Sohn aufrechterhielt, in Wirklichkeit seine Geliebte war:

Herzlein, ich habe heute von Muttchen Nachricht bekommen, und
kann Dir nun endlich Genaueres über Muttchens Ankunft mitteilen.
Am besten lasse ich Muttchen gleich selbst sprechen:

*»Heute am Sonntag schreibe ich Ihnen von meinem Stübchen, bin aber
mit meinen Gedanken fast nur mit meiner Reise beschäftigt. Jetzt wird
es wirklich ernst, in 2 Wochen will ich in München sein. Mein Paß ist
schon in Hamburg, wo ich mein Visum erhalte. In den nächsten Tagen
hoffe ich, die Sache zurück zu haben. Dann muß ich es nach Düsseldorf schicken, um dort das Durchreisevisum zu erhalten und wenn es
klappt, könnte ich so ungefähr am 16. oder 17. im Besitz der Papiere
sein und dann gleich abfahren, sodaß wir uns am Sonnabend (20.8.)
in M. treffen können. Ich schreibe Ihnen noch eine Karte, wenn alles
klar ist und dann können Sie mich an beiden Tagen erreichen. Bin ja
sehr gespannt, wie meine Reise verlaufen soll. Jetzt freue ich mich
sehr darauf, habe in den letzten Wochen so viel Erschütterndes durchgemacht, daß ich glaubte, nicht mehr die Reise machen zu können.
Nun habe ich wieder Mut dazu. ...«*
*Muttchen schreibt dann noch in einigen Zeilen über Frau I., sei mir
nicht böse, daß ich nicht mehr weiterschreibe, um davon sprechen zu
können, muß ich Dich ganz dicht neben mir spüren, sonst tut es unerträglich weh.*

Sicher handelt sich bei »Frau I.« um Wagners Ex-Gattin. Irene, Ingrid,
Isolde? Wie hieß die Frau, mit der er zwei Kinder hatte?

*Ich glaube bestimmt, daß Du am 21.8. früh mit Muttchens Ankunft in
O. rechnen kannst. So sehr ich mich mitfreue, daß Muttchen kommen
kann, – ein wenig traurig bin ich doch darüber; denn durch Muttchens
spätes Reisen – wegen der Formalitäten ging es nicht eher – scheint unser Wiedersehen im September doch sehr in Frage gestellt. Ich täusche
mich nicht mit meiner Befürchtung, daß Muttchen sehr schwer für unsere Zukunftspläne zu gewinnen sein wird. Du mußt sehr vorsichtig sein
und wirst kaum nach 3 Wochen schon ihr Einverständnis haben. Du
würdest Muttchen auch sehr weh tun, wenn Du sie vom 11.9. ab alleine
lassen oder ihr jetzt schreiben würdest, daß sie ihre Reise auf den 1.10.
verschieben soll – das geht nicht. Weißt Du, Dein Elein denkt jetzt vor
allem an unser Zusammenbleiben für immer und für dieses größte ersehnte Glück ist es – wenn es ihm auch unsagbar schwer fällt – bereit,
diese unbeschreibliche Sehnsucht nach Deiner Nähe und Deiner Wär-*

me noch 4 Wochen länger zu ertragen. Wenn ich dazu beitragen kann,
daß Du Muttchen für unsere Pläne gewinnst und sie auch mich in ihr
Herz einschließt, so werde ich die Kraft haben, die Zeit bis zu unserem
Wiedersehen am 12.10. – mein Gott ist das noch lange – zu überste-
hen. Ich könnte dann, wenn du mich so lange behalten kannst, bis ein-
schließlich 1.11. bei Dir bleiben. Schätzlein, geliebtestes, sieh auch aus
diesem Vorschlag meine kaum zu ertragende Sehnsucht, unsere glück-
liche Lebensgemeinschaft recht bald beginnen und aufbauen zu kön-
nen, zu der wir aber Muttchens Einverständnis brauchen, damit wir
einen Fürsprecher haben, daß Du von der anderen Seite freigegeben
wirst. – Gib' mir bitte doch möglichst bald Bescheid, wie Du über mei-
nen mir bestimmt nicht leicht gefallenen Vorschlag denkst, findest Du
es nicht auch für richtiger, vor unserem nächsten Wiedersehen erst aus-
führlich mit Muttchen gesprochen zu haben?

»Dass Du von der anderen Seite freigegeben wirst« – das klingt überhaupt nicht so, als ob er geschieden wäre! Wenn es noch eine rechtmäßige Gattin gab, war die Bezeichnung »meine Edileinfrau« für die
Geliebte – aus der nun auf einmal ein »Elein« geworden ist – im Gefängnis eine passende Camouflage … »Muttchen« hatte offenbar eine
große Macht über ihren Sohn. Warum musste sie ihr Einverständnis
geben zu seiner neuen Verbindung?
    1950 war meine Mutter fünfunddreißig Jahre alt – es ist nicht anzu-
nehmen, dass der Mann, der vor 1945 bereits als »hoher Beamter« im
Nazi-Regime tätig war, jünger war. Die Zeilen über »Frau I.« hatten
meiner Mutter wohl klargemacht, dass es notwendig war, »Muttchen«
als Fürsprecherin für die Trennung zu gewinnen – anscheinend hatte
Alice Wagner auch gehörigen Einfluss auf Frau I.

Es soll doch unser letztes Beisammensein sein, bei dem ich nochmal –
welch fürchterlich schmerzlicher Gedanke – von Dir wegfahren muß.

Und danach? Gab es Pläne für das nächste Treffen ohne erneute Trennung – heißt das nicht, dass meine Mutter zu jenem Zeitpunkt fest
entschlossen war, ihm zu folgen, wohin auch immer?
    Jedenfalls brauchte er drei Passbilder von ihr.

Ich habe gerade wieder Deine wunderschönen Briefe gelesen, die in der großen Not und Qual der Trennung und des Alleinseins so gut trösten können. Aus jedem Deiner lieben Worte strömt mir Deine ersehnte Zärtlichkeit entgegen.

Meine sehnsüchtigen Gedanken wandern Tag und Nacht immerzu in den Zauberwald unserer unerschöpflichen und beglückenden Liebe und treffen sich mit der Sehnsucht meines über alles geliebten Mannes in unserem von mir so heiß ersehnten Nest, dem Ziel aller meiner Wünsche und Hoffnungen. Mein Schätzlein in diesem Nest über alle Maßen glücklich zu machen und ihm eine vollendete Lebensgefährtin zu sein, das ist meine Bestimmung – Eleins Herz und Blut warten auf die Erfüllung – hole mich bald heim. Mein Herz kann seine grenzenlose Liebe zu Dir nicht mehr fassen. –

Ich kann diese Leidenschaft meiner kühlen Mutter auch kaum fassen, schlafe wenig in dieser Nacht, bin froh über die schlafenden Mitfahrer. Ich fürchte fremde Blicke, als ob die den Papieren ihr Geheimnis entreißen könnten.

Ich nicke kurz ein, schrecke wieder hoch, als der Zug anhält und eine Lautsprecherstimme »Bolzano« ruft. Bozen. Wie oft meine Mutter wohl hier war? Von Südtirol hat sie immer geschwärmt, es war lange Jahre ihr bevorzugtes Reiseziel, bis sie nach einer Hüftoperation nicht mehr wandern konnte.

Irgendwann muss ich doch tief eingeschlafen sein, steige im Traum wieder und wieder in einen Zug und lasse sie auf dem Bahnsteig zurück, sehe ihr trauriges Gesicht immer wieder, es altert von Station zu Station.

Ich schrecke hoch, als die Abteiltür aufgerissen wird und der Schaffner »caffè e panino« anbietet. Längst ist es hell draußen, wir müssen bald in Rom sein. Der Zug hält noch einmal in Orte. Diese Haltestelle ist mir früher nie aufgefallen. Ein Bahnhof wie andere auch, ein wenig attraktiver Ort, soweit ich das vom Fenster aus sehen kann, warum nur sollte das »Muttchen« hier aussteigen?

Hat er sie auf diesem Umweg zu seiner Wohnung am Corso d'Italia gebracht, war es zu riskant für ihn, sie in Termini abzuholen?

Es bleibt mir noch eine gute halbe Stunde, um den Stadtplan von Rom zu studieren und herauszufinden, wie weit das Goethe-Institut vom Bahnhof Termini entfernt ist.

Zufall oder nicht, sofort entdecke ich die Nähe des Corso d'Italia zur kleinen Via Savoia, in der das Goethe-Institut seinen Sitz hat. Ich kann für einige Tage im Institut wohnen, nach meiner Veranstaltung werde ich mich auf Spurensuche begeben.

Ob es das Haus 35a noch gibt?

Die lebhafte Via Salaria hinunter zur Piazza Fiume, rechts biege ich in den breiten Corso ein. Er führt dicht an den hohen alten Stadtmauern entlang, ist also nur auf der rechten Straßenseite bebaut, das macht das Suchen nach der Hausnummer leichter.

Nach einigen Häuserblöcken fällt mir an der Einmündung der Via Sesia ein alter Palazzo auf mit einem säulengeschmückten, offenen Turmaufsatz, einer Terrasse darauf. Eine strenge klassizistische Fassade, aber im ersten Stock kleine halbrunde Balkone mit gebauchtem schmiedeeisernem Ziergitter. Die Jalousien sind heruntergelassen, die defekten Mauern zur Straße hin mit einer Bretterwand abgedichtet, die Steinpfosten, das hohe Gittertor mit Graffiti besprüht. Das Gebäude steht offensichtlich leer, der Garten ist verwildert, die Statuette eines lächelnden Fauns, der auf einem großen Fisch reitet, brüchig. Ich bleibe stehen, das wäre eine fürstliche Villa gewesen, in der es Horst Wagner »sehr gut« hätte gehen können – leider aber handelt es sich um die Hausnummer 45.

Vorbei an dem Klostergebäude des Karmeliterordens und der Kirche Santa Teresa mit ihrem schlanken Campanile, komme ich zu einem schönen dreistöckigen Eckhaus an der Via Po, der Turm an der Ecke hat einen vierten Stock mit hohen Atelierfenstern. Ein Klinkerbau aus schmalen Ziegeln wie die benachbarte Kirche und das Kloster mit gepflegter Fassade.

Das Haus ist alt genug. Ein Steinpfosten trennt das Eingangstor aus Schmiedeeisen von breiten Doppeltoren im gleichen Jugendstildekor. Auf diesem Pfosten weist ein quadratisches Nummernschild aus weißem Marmor das Gebäude eindeutig als Haus Nr. 35a aus.

Corso d'Italia 35a.

Hier stehe ich also vor dem Haus, in dem der Liebhaber meiner Mutter einige Jahre gewohnt hat, durch dieses Eisentor ist er oft gegangen.

Sie auch? Ob sie ihn hier abgeholt hat?

Übernachtet hat sie angeblich nie in seinem Privatquartier, sie sagte: »Wenn ich da war, hat er immer ein Hotelzimmer genommen. An der Via Veneto.«

Auch keine schlechte Adresse.

Das Tor ist verschlossen, am Steinpfosten drei Reihen Klingelknöpfe aus blankgeputztem Messing, es müssen sehr kleine Wohneinheiten sein.

Hat er hier ein Appartement gemietet unter dem Namen Bianca Sordini? – Warum aber nicht mit einem männlichen Vornamen? Er hätte als »Bianca« wohl den Postboten, nicht aber die Hausbewohner täuschen können, könnte sich höchstens als Signore Sordini ausgegeben haben – angeblich war er ein Sprachgenie und sprach auch fließend Italienisch. Nein, Bianca Sordini muss real existiert haben.

Obwohl nicht damit zu rechnen war – es sind mehr als fünfzig Jahre vergangen seither –, bin ich ein wenig enttäuscht, dass »Sordini« unter den vierunddreißig Namen nicht vorkommt. Es hätte ja sein können, dass die Signora noch sehr jung war damals oder dass jemand aus ihrer Familie die Wohnung behalten hat.

Auf einer Bank an der Straße sitzen zwei alte Damen, sicher um die achtzig. Wenn die damals schon in diesem Haus wohnten, wären sie ihm vielleicht begegnet. Ich scheue mich, hinzugehen und sie zu fragen.

Ich biege in die Via Po ein, von hier gibt es einen zweiten Eingang, »Villa Marignoli« steht auf einem großen Messingschild, darunter »Appartamenti in Residenza«, das erklärt die vielen Namen. Das andere Tor gibt den Blick frei auf einen gepflegten Innenhof, in Bögen und Kreisen kunstvoll gestaltetes Kopfsteinpflaster, große Terrakottakübel mit Palmen und Magnolien, vor der Eingangstür Orangenbäumchen in weiß gekiesten Rabatten.

Sicher war das damals ein Garten, mir gefällt die Vorstellung, Wagner hier im Schatten einer großen Palme sitzen zu sehen, neben einem kleinen Brunnen, wie er gerade einen zärtlichen Liebesbrief an meine

Mutter schreibt. Der reitende Faun von Haus Nr. 45 würde auch gut hierherpassen, aus dem breiten Maul des Fisches würde das Wasser sprudeln.

Wenn er hier jahrelang zu Hause war, hatte er doch auch bestimmt eine Lieblingsbar in der Nähe?

Im benachbarten Gebäude, der »Curia Generalizia Carmelitani« gibt es ein »Gran Caffè Perseo«, mit »Tavola Calda«; eine kleine Stärkung würde mir guttun. Das Lokal ist fast leer, das Ambiente renovierungsbedürftig, über beides bin ich froh. Mit Ausnahme der modernen Deckenleuchten könnte es hier durchaus in den Fünfziger Jahren schon so ausgesehen haben.

Ich setze mich an eines der schwarzen Marmortischchen, bestelle einen Cappuccino beim freundlichen Ober. Er empfiehlt mir das Tagesgericht, »Farfalle con salmone«. Ich sehe zu, wie er mit flinken Handgriffen die Kaffeemaschine in Gang setzt, greife dann wieder einen »römischen Brief« aus der Tasche, vertiefe mich in die mitgebrachte Lektüre.

Luftpostpapier, mit Bleistift sehr eng beschriebene vier Seiten:

Noch 25 Tage
Wie hätte ich gewünscht, daß Du, über alles geliebtes Herz in meiner Nähe gewesen wärst, als ich 2 Briefe von Dir zusammen erhielt. Sofort ahnte ich, daß der zweite eine Glücksbotschaft brachte und eine solche Welle meines von diesem Seligkeitsrausch trunkenen Blutes raste durch mich, daß noch am nächstenTag eine Art Lähmung den ganzen Körper beherrschte!
Wie viel Willen, zusammengebissene Zähne, Not des Herzens und die Qual eines Daseins ohne Dich, dieses ständige quälende Sehnen nach Deiner Gegenwart kamen da plötzlich in mein Bewußtsein, denn im Augenblick, da ich nun Dein Kommen begriff, sah ich wirklich mit Schaudern auf die lange Zeit zurück, die meinem Herzen mehr zugemutet hat, als gut war.
Aber nun ist nichts als ein sehnender Jubel in mir, eine Freude, so ausschließlich und stark, wie es – nur Kinder und so junge Herzen empfinden können, die noch glauben, in ein Paradies zu kommen.
Jetzt natürlich zähle ich und streiche die Tage ab, noch 3 Sonntage

allein – aber schau, jetzt bin ich gar nicht mehr vereinsamt. Meine
Gedanken können jetzt ohne Schmerz dauernd bei Dir sein, denn je-
der Pulsschlag vermindert das Meer der Stunden, die uns noch tren-
nen.

Das muss der Brief sein, den er vor dem ersten Wiedersehen schrieb,
vor den numerierten Anweisungen. Dieser Brief bekräftigt wieder die
große Liebe.

Wagner muss eine ungewöhnliche Fähigkeit gehabt haben, immer wieder den Blick nach vorn zu richten, Leid und Schmerz
wegschieben und ersetzen zu können durch innere Bilder erfahrenen
und künftigen Glücks. Als ob er schon gewusst hätte, was die Hirn-
forschung erst Jahrzehnte später nachgewiesen hat, nämlich dass
»Glück« durch Ausschüttung von Endorphinen im Gehirn entsteht
und dass man dies durch positive »Imagination« zum Teil selbst steuern kann.

So konnte allein schon die Erwartung des kommenden Glücks
Wagner glücklich machen und er sich selbst und meine Mutter immer
wieder motivieren, die Hoffnung auf das ersehnte gemeinsame Leben
nicht aufzugeben.

Freilich halfen auch die »realen Bilder« in Form von Fotos:

Am gleichen Tag kam der 3. Brief mit den Bildern. Fassungslos habe
ich in die Schönheit dieses Gesichts gestarrt, ich habe kaum geatmet,
in dem Gefühl einer überirdischen Anbetung, die ich für die Süße und
die Zartheit meines Eleins immer empfand und immer empfinden wer-
de. Ich habe natürlich auch vieles gelesen von dem Leid der letzten
Zeit, das sich in die geliebten Züge einzeichnen will – aber, mein Herz,
– jede Nacht wird dieses Gesicht auf mein Herz gepackt, jeden Tag der
Wärme meiner liebenden Kraft ausgesetzt – glaube ja nicht, daß das
Leid, das Du um meinetwegen trugst, stärker ist als ich, wenn ich Dich
erst wieder bei mir habe.
Immer wieder nehme ich Dein Bild vor, immer wieder verliere ich
mich in Deinen Augen. Elein, Du bist so schön – erinnerst Du Dich,
daß ich manchmal sagte, wenn ich Dein Gesicht streichelte, daß es
allein schon den Wunsch weckt, Dich zu verführen und zu lieben in

aller Verschwendung? In diesem Gesicht ist für mich die ganze Welt,
das Schöne und das Ewige.

Diese Passage halte ich kaum aus.

Ihr schönes Gesicht. Wie sie zuletzt erschrocken Mund und Augen
aufriss, diesen Mund, der vergeblich um Atem rang. Wie die Augen
verharrten, die Lider sich senkten und das Gesicht sich entspannte,
wie die Falten sich glätteten, wie es mit einem Mal zufrieden aussah.

Gut, dass der Ober mir in diesem Moment die Farfalle bringt. Es ist
mir peinlich, dass er besorgt fragt: »Va bene, Signora?«

Ich lächle: »Si, si, grazie«, putze mir die Nase und schlucke die
Tränen mit den Nudeln hinunter. Nur jetzt nicht an *meinem* letzten
Bild von diesem Gesicht festhalten, ich will bei *seinem* bleiben.

Mein Herz und alle meine Gefühle treiben jetzt mit Deinem Bild einen
richtigen Kult, ach Du, Elein, das kann ich Dir aber nur ins Ohr
sagen. –
Du, am 14.5. ist der Tag des Heiligen »Glücklichen«.

Mit der Erwähnung des heiligen Felix wollte er ihr sicher signalisieren, dass über ihrem Wiedersehen ein guter Stern stünde.

Für mich ist das Datum ein wichtiger Anhaltspunkt. Nun weiß ich,
dass er den Brief mit der Überschrift »Noch 25 Tage« am 19. April
1950 geschrieben hat: Das ergibt sich aus der Rechnung 14. Mai mi-
nus fünfundzwanzig Tage.

Nun brauche ich nur noch zwei Dinge zu wissen: das erste ist die Fra-
ge, wo und wann genau sehen wir uns? Wie sich das schreibt – »wo
sehen wir uns?« – Ich bin fast so aufgeregt, als ob Dein Herz schon
auf mich zukommt, als ob von Ferne der Zug zu sehen ist –
Du schreibst bitte gleich an Bianca, ob Du am 13. mittags 11.45 oder
abends 23.45 fährst. Mit dem ersten bist Du um 20.45 in Bozen, mit
dem anderen Sonntag vormittag um 11.12. In Bozen (Bolzano) steigst
Du aus, ich weiß nicht, ob ich auf dem Bahnsteig bin, wenn nicht,
gehst Du ins Hotel Viktoria gegenüber dem Bahnhof und wartest auf
mich. Also ich muß nur wissen, ob Du Sonnabend abend oder Sonntag

früh in Bozen ankommst. Abends wäre schöner, jede Stunde früher ist
ein Geschenk, aber wenn es Dir besser paßt, so ist alles recht. Du
hörst dann nichts mehr von mir, Du siehst mich dann in B.

Zu Hause muss ich im Internet nach den alten Kalendern schauen, der
14. Mai muss an einem Wochenende sein, wenn meine Vermutung
stimmt, dass es sich um das Jahr 1950 handelt. Sie hatte ihm nach
Erhalt der neuen Adresse im Dezember 1949 wohl mehrmals geschrieben, endlich Urlaub erhalten, und nun stand der Zeitpunkt des Wiedersehens fest.

Es klingt so, als hätten sie sich seit seiner Flucht aus Deutschland
nicht mehr gesehen, es scheint bisher zu riskant gewesen zu sein.

Ob ich mich sehr verändert habe, ich glaube, ich bin schon ein wenig
älter geworden, und, leider, viel schwerer. Aber Du hast mir mal, lieb
und zärtlich, wie Du immer bist, gesagt, daß Du gar nicht dagegen
bist – ach Du, das ist ja so gleich, aber nun das andere, das Du mir
zusammen mit Deiner Ankunft schreiben musst: liebst Du mich auch
noch so sehr? Das muß ich noch einmal schwarz auf weiß sehen.

Ganz gleich war es ihr nicht, sie hat mir erzählt, dass er immer mit
seinem Gewicht zu kämpfen hatte, weil er auch sehr gern gegessen
habe. Sie habe ihn ja in Nürnberg gerne mit Süßigkeiten verwöhnt,
wenn sie selbst welche bekam.

Als er »später« ziemlich dick geworden sei, habe sie ihn getröstet:
Er sei eben eine »gewichtige Persönlichkeit«. Das fand er gut: »Ja, das
stimmt, ich bin eben ein ›Mann von Gewicht‹!«

Dennoch, so gestand sie mir, am besten habe er ihr schon gefallen
im Sommer 1948, da wäre er nach dem langen Gefängnis- und Lageraufenthalt schlank geworden, und sie sei schon ein wenig erschrocken, als sie ihn später wiedergesehen habe.

Mein Herz ist überhaupt nicht älter geworden, es ist unverändert.
Wenn ich nachts wach liege, dann redet neben mir der Bub mit seinem
Muttilein in seiner kindlichen Aufregung auf sie ein – weißt Du, es ist
eben so, daß das Leben noch gar nicht begonnen hat!

192

Mein einzig geliebtes Herzenskind, Du hast so viel auch an Krank-
heiten und Aufregungen durchgemacht, und es hat mir leid getan, daß
mein kurzer Brief Dich erschreckte, er erhielt doch wieder einen
Schritt vorwärts, aber Herzlein, ich küsse alles, alles fort. Je mehr und
freudvoller ich jetzt an Dich denke, umso klarer stehen vor mir alle die
Erinnerungen, die Teil einer lebendigen Liebe sind, mehr als Erin-
nerung, es ist mein Leben mit Dir zusammen, – Du hast mir so viele
Freude gegeben, als wir zusammen waren, ich denke an soviele Klei-
nigkeiten, die mir zeigten, wie süß Du bist als Frau und Mensch, als
Kind und als Mädchen –; es ist unvorstellbar schwierig, aber ich baue
langsam, immer ein wenig mehr, an der Möglichkeit eines gemeinsa-
men Lebens, – sei deshalb natürlich vorsichtig, sprich auch möglichst
mit niemandem von Deinem Reiseziel. –
Ich habe jetzt wieder Deine Briefe durchgelesen, ich will es nochmal,
und viele Male tun, bis zu Deiner Ankunft, denn die Stunden werden
weniger, aber dafür die Ungeduld des Herzens immer größer. Dieses,
mein Herz, – ich meine jetzt das Herz, das augenblicklich in mir Krach
macht – gehört Dir in einem Maße und ist dermaßen krank nach Dir,
daß Du es jahrelang in Deine Hände erst einmal nehmen mußt. Da
wird es nie ruhig werden, aber stark und immer werbend um Dich,
Dein Herz und Dein Blut, –
Mein schönes Elein, mein süßestes Herzenskind, mein demütiger Page,
mein geliebtester Kamerad, mein ersehntestes Muttilein, meine ange-
betete und ein wenig gefürchtete Göttin –
Kommt alle in das Königreich, das Euch erwartet, in all die Liebe und
die Wärme, in die Freude, die Euch alle ersehnt, Elein, mein Elein
komm in mein Herz. Ich liebe Dich

Zugegeben, mir bleibt ein wenig die Luft weg. Kann es eine heftigere
Liebeserklärung geben? So umfassend geliebt, begehrt und verehrt zu
werden! Auch wenn mich der »demütige Page« sehr irritiert – ist es
nicht wunderbar, alles sein zu können, Frau und Kind, Kameradin und
Göttin?

Er ruft sie in sein »Königreich« – welche Aufforderung, ihrem Alltag zu entfliehen, der trist genug war zur selben Zeit!

Sie musste ja Geld verdienen, arbeitete als Sekretärin im ungeliebten Bad Tölz, schlecht bezahlt und unter ihrem Niveau, klagte über die »stupide Tipperei, die mich überhaupt nicht interessiert«, lebte mit Mutter und Tochter auf engstem Raum – eine Wohnküche und ein kleines Schlafzimmer. Sie konnte sich nicht mal mehr in ihre separate Schlafkammer zurückziehen, nach der Geburt eines Enkelkindes brauchte meine Patentante das zuvor an meine Mutter vermietete Zimmerchen selbst. Bei uns fiel ihr »die Decke auf den Kopf«, sie brauchte die Großstadt, musste am Wochenende dem Mief der Kleinstadt entfliehen und fuhr meistens nach München, stellte sich stundenlang an, um eine Theater- oder Konzertkarte zu ergattern, übernachtete dann dort bei einer Freundin.

Der Liebesbrief aus dem Königreich wird durch einen dicken Querstrich von der wieder sehr nüchternen Zusammenfassung realer Notwendigkeiten getrennt:

Herzenskind, dieses lasse ich frei für praktische Dinge:
1. Bianca sofort Ankunftszeit schreiben, Sonnabend abend oder Sonntag früh
2. Hast Du schon Durchreisevisum?
3. Gilt Dein Pass 1 Reise oder auch zweites Mal möglich?
4. Wann evtl. Rückreise, spätester Termin –
5. Fahrkarte bis Bozen nehmen
6. Geld sollen 40 M frei zum Wechseln an der Grenze sein
7. Notadresse bleibt Claire in Fortezza / Franzensfeste
8. Für mich nichts von meinen Sachen mitbringen, auch keine Briefe etc. von mir!
9. Sollte sich – was ich nicht glaube, der Treffpunkt, nicht die Zeit verschieben, dann telegrafiere ich am 10. oder 11. an Hansi.
Dein Zug bleibt aber immer der, den Du mir schreibst, nur im Fall, daß ich Dich früher, am Brenner, Fortezza oder in Rom (Hotel Continental vor dem Bahnhof) treffe. 99,5 % bleibt aber Bozen (Du, geht der 13. Abend schon?)
Punkt 9 ganz unwahrscheinlich
10. Sofort mit Ankunftszeit schreiben, ob Du mich auch ganz wirklich liebst. –

Ich würde Dir so gerne noch mehr schreiben, möchte Dir noch viel mehr sagen, wie es in meinem Innern aussieht. Nie habe ich so leuchtend und glücklich empfunden, was Du mir bist, nie solche Sehnsucht nach Deinen traumhaften Lippen gehabt: nie eine solche Ahnung gehabt von dem kommenden Glück.

Von einer Claire und einer Bianca hatte ich früher nie gehört – Hansi dagegen sagt mir sehr wohl etwas. Den Namen kannte ich schon in Tölz und wunderte mich immer, dass Mutter bei einem Mann namens Hansi in München übernachtete, bis ich die burschikose Sportlehrerin mit dem kurzgeschnittenen »Bubikopf« – so nannte man die Kurzhaarfrisur bei Mädchen und Frauen – kennenlernte.

Hieß sie wegen des Haarschnitts »Hansi«?

»Aber nein«, lachte meine Mutter, »sie heißt eigentlich Johanna, das ist nur eine Abkürzung!«

Seltsam, ich kannte auch eine Johanna, die wurde aber »Hannerl« genannt.

An Hansis Nachnamen erinnere ich mich nicht mehr, nur dass meine Mutter wöchentlich zu ihr in die Gymnastikstunde ging in die Turnhalle des MTV Schwabing und dass ich einmal mitkommen durfte, als wir nach München gezogen waren. Ich habe mich als Zehnjährige ausgesprochen unwohl gefühlt in jener Frauengruppe und alles falsch gemacht; meiner Mutter war das peinlich. Sie hat mich dann nie mehr mitgenommen, das war mir nur recht.

Hansi war angeblich auch Friseuse, jedenfalls war sie es, die meine langen, glatten Haare zur Erstkommunion mit einer Brennschere in Stopsellocken verwandelte. Schon der Name dieses Werkzeugs klang bedrohlich, und ich befürchtete, dass das auf dem Herd erhitzte Brenneisen meine schönen Haare verbrennen würde, war dann aber doch stolz auf die Lockenpracht und genoss die Bewunderung beim kleinen Familienfest.

Gilt seine Sorge der Geliebten, wenn er sie ermahnt, nichts mitzubringen, was mit ihm zu tun hat, oder wäre es gefährlich gewesen für *ihn,* wenn man sie am Zoll durchsucht hätte?

Er konnte den Zeitpunkt des Wiedersehens einhalten, sie trafen sich wohl in Bozen, fanden dann aber ein »Nest« in Meran und lebten dort zwei Wochen wie in Trance. Das bezeugt einer der Briefe, den ich im Zug angelesen hatte und der mir nach der unverständlichen Zahlenangabe von »416 Stunden pausenlosen Glücks« vor Müdigkeit aus der Hand geglitten war.

Ich hole noch einmal den bisher nur überflogenen langen Brief heraus.

Kein Zweifel: Sie haben sich also im Mai getroffen. In den fünfziger Jahren hat meine Mutter samstags noch bis 12 Uhr mittags gearbeitet, das weiß ich genau, also konnte sie den Zug um 11.45 Uhr nicht erreichen, sie musste den Nachtzug nehmen und wird am Sonntag, den 14. Mai, also am Tag des heiligen Felix, angekommen sein und am Samstag, den 27. nachmittags abgereist sein, so rechnen sich die »416 Stunden« von Ankunft zur Abreise als dreizehn Tage plus vier Stunden am besten.

Mein noch mehr geliebtes Alles!

Bevor ich anfangen kann, Dir davon zu schreiben, in welchem Übermaß an zärtlichen und liebesdurchglühten Gefühlen mein Herz in jeder Sekunde mit Dir verbunden ist, will ich Dir noch einmal für Deinen letzten Brief von ganzem Herzen danken und Dir sagen, daß die maßlose Freude über Dein Planen für unser nächstes Zusammentreffen unvermindert in mir strahlt und mich jetzt ohne jeden Schmerz an das Glück denken läßt, das Du mir in der seeligsten Zeit meines bisherigen Lebens geschenkt hast und mich für alle Zeit zu Hstels Eigentum machte. Dieses höllische Weh des verzweifelten Zurücksehnens nach Deiner Nähe in den ersten Wochen des Alleinseins, das mein Herz kaum mehr ertragen konnte, haben Deine lieben Worte von mir genommen, mit leuchtenden Augen und verklärtem Gesicht kann ich jetzt an unser alle Erwartungen weit übertreffendes zärtliches Zusammensein denken und mein Herz blutet nicht mehr, wenn meine schrankenlose Sehnsucht nach Deinen streichelnden Händen und Deiner Stimme in mir den Glücksrausch lebendig werden läßt, mit dem Du mein heißes Blut für immer an Dich gefesselt hast.

Alles in mir beginnt aufzuglühen, wenn ich mich in unser kleines Nest zurückversetze, in dem Du mich 416 Stunden in Deiner Liebe und

Wärme pausenlos glücklich sein ließest. In jeder dieser Minuten kam über mich das große Wunder Deiner begnadeten Liebe, die mich für alle Ewigkeit in Dich hineinnahm und nur die durch nichts zu trüben-de Seeligkeit zur Gewißheit werden ließ, in der wir unsere Lebens-gemeinschaft veratmen werden.

Immer wieder überrascht mich die Sprache meiner Mutter in den Lie-besbriefen, die nichts mit ihrer normalen zu tun hat. Als ob sie unter einem Zwang stand, mit seiner hochgestemmten Sprache mithalten zu müssen, ja, diese in der Schilderung ihrer Liebe noch übertreffen muss-te. Solche Sätze können nicht spontan entstanden sein – einen dicken Packen stenographierter Aufzeichnungen hatte ich zu Hause zur Sei-te gelegt, weil ich sie ohnehin nicht entziffern konnte. Sie hat die Briefe im Stenogramm entworfen, mehrmals korrigiert, überarbeitet und dann gestochen scharf fehlerlos abgeschrieben.

Eine »Lebensgemeinschaft *veratmen*« – sicher hat diese Formulie-rung den Geliebten, den sie plötzlich wenig poetisch »Hstel« nennt, beeindruckt.

Es ist ausschließlich Deine Schuld, wenn ich es Dir mit jedem Brief einhämmere, daß ich jetzt mehr denn je in einer schrecklichen Unge-duld darauf warte, von Dir für immer an Dein wundervolles von mir so sehr verehrtes Herz genommen zu werden. Ich weiß, daß Du mich keinen Tag länger als nötig auf Dein »nun komm für immer« warten lassen wirst, ich habe ein unbegrenztes Vertrauen zu Deinem Können und Mühen, mit dem Du uns sobald wie möglich die Voraussetzungen für unsere gemeinsame Zukunft schaffen wirst und ganz fern zwar, aber immerhin vorstellbar sehe ich die »2 Häuschen«, die für Mutt-chen und die Kinder – ob es bei den Dreien bleiben wird? – und HE das Paradies werden sollen.

Die ohnehin kalt gewordenen Farfalle bleiben mir im Hals stecken – an die heißen Liebesschwüre habe ich mich allmählich schon gewöhnt, die »unzähligen Höhepunkte« überraschen mich nicht mehr, aber die konkrete Phantasie für »zwei Häuschen« schon. Also war die Mutter nicht nur als »Fürsprecherin« für eine Scheidung zu gewinnen, sie sollte wohl auch die Herausgabe seiner Kinder bewerkstelligen und diese zusammen mit mir in einem separaten Häuschen betreuen, um »HE« – dem schon in Nürnberg beschworenen »HorstEdileinwesen« – genügend Freiraum für das »Zusammenwachsen« zu geben, aus dem möglicherweise noch ein neues Kind entstehen könnte!

Das verblüfft mich – in keinem der bisher gelesenen Briefe hat er über seine Kinder, geschweige denn über die Sensucht nach ihnen gesprochen, in den meisten ihrer Briefe komme ich nicht vor, oder mehr oder weniger nur als Belastung.

»Ob es bei den Dreien bleiben wird?«

Vermutlich wäre alles ganz anders gekommen, wenn seine Kinder und ich zusammen aufgewachsen wären, gar ein gemeinsames Halbgeschwisterchen bekommen hätten. Wie, wenn … Ich fange an zu phantasieren, wie unsinnig.

Und hatten die Kinder noch Kontakt zu ihm, leben sie noch?

Sollte ich versuchen, sie ausfindig zu machen? Wie könnte ich sie finden, ich weiß nichts von ihnen.

Erneut wird mir klar, warum meine Mutter mir meinen Vater und dessen Kinder verheimlicht hatte. Bisher glaubte ich, die Geheimhaltung meiner »Lebensborn«-Geburt und die »Schande« der Unehelichkeit hätten sie »gezwungen«, mich fast zwanzig Jahre lang glauben zu lassen, mein Vater sei tot, bis ich durch Zufall von seiner Existenz erfuhr. Es dauerte weitere Jahrzehnte, bis ich, lange nach seinem Tod, einen Brief von ihm fand. Er hatte sich anfangs der fünfziger Jahre bei ihr wieder gemeldet in der Hoffnung, »ein klein wenig helfen« zu dürfen »beim Schaffen einer guten Lebens-Basis für Klein-Gisi« und meine Mutter sogar gebeten: »Laß mich doch dieses Kindes Vater werden!«

Das konnte sie freilich nicht zulassen, wenn sie zur selben Zeit mit einem anderen Mann eine Lebensgemeinschaft plante und mit ihrem Kind und dessen Kindern sogar eine Familie gründen wollte.

Und als dieser Traum nicht in Erfüllung ging, als sie die größte Liebe ihres Lebens verloren hatte, war die Verletzung zu tief, das Lügengebäude zu komplex, als dass sie die Kraft und den Mut zur Wahrheit gefunden hätte.

»Un dolce, Signora?«

Der Kellner greift zögernd nach dem Teller mit den restlichen kalten Nudeln. »Permesso?«

Er kann ihn mitnehmen, ich entscheide mich für eine Crema cotta und einen Caffè, ich möchte noch den Brief zu Ende lesen.

Sie beschreibt, wie sie immer wieder sein Bild küsst, wie ihre grenzenlose Liebe ihr das Herz zu sprengen droht, und es packt sie ein »Taumel der Seligkeit« beim Gedanken an das künftige »schattenlose Glück«. Mit Schwiegermutter und drei oder gar mehr Kindern – ob sie sich das wirklich vorstellen konnte?

Ich möchte, daß Dich mein Brief heute von ganzem Herzen froh stimmt und deshalb freue ich mich ganz besonders darüber, daß ich einen Brief von Muttchen mitschicken kann, der gestern hier ankam. Auch für mich waren ein paar Zeilen dabei, aus denen ich schon herauslesen kann, daß ich dem Muttchen nicht mehr ganz fremd bin. Inzwischen muß Muttchen meinen Brief mit der Ankündigung Eures Wiedersehens bekommen haben und wird natürlich auch überglücklich sein. Vielleicht kann ich mir mit diesen guten Nachrichten doch ein Plätzchen in ihrem Herzen erobern, ich möchte es so gerne.

Die Strategie »Muttchen« ist also gut angelaufen …

Auch von Frl St. ist gestern Post gekommen, die mir auf meine Kartengrüße sehr nett und vertraut geschrieben hat. Ich glaube, man hat uns dort wirklich gerne gesehen. Ihrem Brief lag als Zeichen ihrer Zuneigung eine Aufnahme unseres Märchenschlosses bei mit dem Blick auf die Sonnenterrasse gleich unter dem Dach. Du wirst es verstehen, daß ich mich über dieses Bild sehr gefreut habe. In unserem Hochzeitsreisealbum muß es auch gleich auf die erste Seite kommen und ich weiß bestimmt, daß wir uns jedes Mal, wenn wir es zusammen ansehen lange, lange herzen und küssen werden, um uns zu zeigen, daß selbst die Erinnerung an die glücklichste Zeit unsere Herzen immer wieder zum Glühen bringen kann.

»Hochzeitsreise« – obwohl er noch nicht geschieden ist?

Mit »Frl. St.« kann ich etwas anfangen. Es gibt einen Umschlag an meine Mutter nach Bad Tölz, der den Absender »E. S., Meran« trägt:

Meran, 11/6/50

Liebes Fräulein E.,
ich war schon selbst einmal nahe daran, Ihnen einen Kartengruß zu senden, als ich im Fremdenbuch die genaue Anschrift fand. Nun können Sie sich denken, wie ich mich über Ihre lieben Grüße freue.
Gerne glaube ich Ihnen, daß speziell nach diesem Urlaub das Arbeiten gar nicht schmeckt. Mir ging es ganz gleich, als ich von Rom zurückkam, dabei war mein Urlaub bei weitem nicht so beschaulich als Ihrer. Noch haben wir wenig Gäste, doch in ca. 14 Tagen rücken die ersten Sommerschwalben an. Dann gibt es alle Hände voll zu tun bis Ende September. Sie werden sehen, wie schön bei uns der Herbst ist und wie gut die Trauben und anderes Obst schmecken. Ich freue mich schon recht auf's Wiedersehen und drücke beide Daumen, damit nichts dazwischen kommt.
Bei einem guten Tröpfchen bin ich immer mit von der Partie.
Was hören Sie aus Rom?
Die Karte aus Bad Tölz ist reizend. Es ist auch die dortige Gegend sehr anziehend, doch mit der Gegend allein ist es eben nicht immer getan. Es fehlen jedenfalls die guten Kuchen vom Reibmayer.
Eben habe ich zwei Gästen, die Dame aus Deutschland, der Herr aus Rom, ihre Zimmer gezeigt, ich bin neugierig, ob sie bleiben.
Für heute wünsche ich Ihnen alles Gute nebst herzlichsten Grüßen
Ihre
Erna S.

Und dabei liegt eine Postkarte des »Hotel Eden« Meran! Nun weiß ich also, dass sie nicht in Bozen im erwähnten Hotel geblieben sind, sondern im »Eden« ihr Paradies gefunden haben, in einer wunderschönen Jugendstilvilla inmitten von Weinbergen! Wie haben sie dieses »Märchenschloss« gefunden?

Ist es ein Zufall, dass »Frl. St.«, die in so vertrautem Plauderton schreibt, ihren Urlaub in Rom verbringt? Ist es ein Zufall, dass auch eine andere »Dame aus Deutschland« sich mit einem »Herrn aus Rom« im »Eden« trifft?

Schade, dass ich den Flug zurück schon gebucht habe, sonst könnte ich auf dem Rückweg nach Hause die Zugfahrt in Bozen unterbrechen und nach Meran fahren. Zu gerne möchte ich wissen, ob es das »Eden« dort noch gibt.

Die dritte erfreuliche Nachricht, die mich zudem sehr zuversichtlich stimmte, war ein Zwischenbescheid von Richard Sch. Er ist wirklich eine guter Kamerad der helfen will, wo er nur kann. Ohne jede Bedingung oder Einschränkung übernimmt er es gerne, die guten und schlechten Möglichkeiten zu erfahren und wird mir dann ausführlich berichten. Du hörst dann sofort, wie es um uns steht. Güntherchen bekommt, da eine persönliche Rücksprache nicht möglich ist, morgen von mir einen Brief.
Für Dein Elein ist der Auftrag, den Du ihm mitgegeben hast, wirklich ein Segen und richtig stolz wird sie dabei, wenn sie für Dich etwas tun kann. Es ist ja so wenig, was ich an Äußerlichkeiten zum Bau unseres Nestes beitragen kann.

Mit einem »Richard Sch.« kann ich nun wieder gar nichts anfangen, das »Güntherchen« ist mir als »Günther« schon in einem anderen Brief begegnet– vermutlich handelt es sich bei den Herren ebenso um alte Nazi-Verbindungen wie bei »Poldi«.

»Über Politik haben wir nie geredet«, so klingt mir ihr Satz im Ohr, mit dem Mutter meiner Frage nach der politischen Funktion des Herrn Wagner auswich. Und nun geht aus diesem Brief klar hervor, dass sie genau Bescheid wusste – wie sonst hätte sie sich nach »guten und schlechten Möglichkeiten« bei alten Kameraden erkundigen können! Mehr noch, sie war stolz darauf, etwas für ihn tun zu können. Soviel Naivität kann ich ihr nicht zugestehen, dass sie das nur als Beitrag zu ihrem »Nestbau« sah – dazu war sie zu klug. Entweder war die Verfolgung dieses »wunderbaren Mannes« in ihren Augen ohnehin nicht gerechtfertigt oder sie sah seine »Schuld« in der für Nazi-Täter üblichen Relativierung als rein pflichtgemäßes Handeln an.

Schließlich steht er nicht im Katalog der »wirklichen Täter«, beruhige ich mich, und: Es kann doch auch nicht sein, dass meine Mutter einen Verbrecher geradezu religiös verzückt liebte:

Immer wieder greife ich nach Deinem Bild, immer wieder wird mir ganz feierlich und andächtig zumute, und es ist wie ein Gebet, wenn meine Lippen die heißen Worte meiner glühenden Liebe zu Dir stammeln. Nie wird Deine für Dich bestimmte Frau aufhören können, Dir zu dienen, und sie wird in alle Ewigkeit das bleiben, was Du Dir ersehnt hast, Elein und HK, Kamerad und Page, Geliebte und Verführerin, Göttin und Muttilein –; sie wird das werden und sein, was der Höhepunkt ihres Lebens ist: ein Teil Deines Ichs, unlösbar mit dem ersehntesten Menschen verwachsen.

»Teil Deines Ichs« – die Sehnsucht nach Verschmelzung mit dem geliebten Menschen ist ein häufiger Topos in allen großen Liebesgeschichten aller Kulturen. Eine schöne Erklärung dafür findet sich in Platons Gastmahl, dem Symposion: Im Diskurs um den beliebtesten Gott lässt Platon Sokrates sagen, Eros, der Gott der Liebe, sei auch der »Dürftigkeit Genosse«, weil Liebende begehren, was ihnen fehlt. Ursache dafür sei, so erläutert Aristophanes daraufhin, dass die Menschen, die einst perfekte Kugelwesen waren, ehe sie den Zorn der Götter auf sich zogen und zur Strafe gespalten wurden, stets nach der verlorenen Hälfte suchen und nach Vereinigung streben.

Die immer wieder von Horst und Edi in den Briefen beschworene Verschmelzung zu einem Wesen, die sogar so weit geht, dass sie sich gelegentlich gegenseitig als »mein geliebtes Ich« bezeichnen, ist also nicht ungewöhnlich. »Dir zu dienen« und der »demütige Page« aber begründen meinen Verdacht, dass es mehr war: Abhängigkeit – sogar Hörigkeit?

Sein Bild – wenn ich nur wüsste, wie Wagner aussah! Warum habe ich dieses Bild, nach dem sie »immer wieder« griff, nicht gefunden? Warum hat sie keine Fotos von ihm aufgehoben? Jedenfalls habe ich weder im Karton noch in ihrem Fotoalbum ein Bild gefunden, zu dem die Karikatur aus Nürnberg passen könnte.

Jetzt muss ich endlich bezahlen, ich will noch hinunter zur Kathedrale.

Am besten, ich nehme einen Bus von der Piazza Fiume zum Bahnhof Termini. Von dort geht ganz sicher der Bus mit der Nr. 64 zum Petersdom. Wahrscheinlich gäbe es eine kürzere Möglichkeit, wenn ich mehrmals umstiege. Aber das ist nicht leicht, sobald man in einem römischen Bus sitzt, ist man auf die eigene Orientierung angewiesen, kein Busfahrer nennt die nächste Haltestelle. Es nützt nichts, dass in den moderneren Bussen elektronische Anzeichen eingebaut sind: über die Sichtbänder laufen gerade mal die Namen der Endhaltestellen, auf Monitoren Reklameanzeigen.

Kein Wunder, dass der Bus Nr. 64 immer knallvoll ist, die Linie Termini–San Pietro kennen alle Touristen – und alle Taschendiebe. Meine Gastgeber haben mich gewarnt, ich presse die Handtasche vor den Bauch, lasse ihren Verschluss nicht aus den Augen, als ich eingekeilt hin und her geschubst werde.

Man kann nicht mehr einfach die breiten Stufen hinauf und in das zentrale Gotteshaus der katholischen Kirche hineingehen wie früher. Die ganze Eingangsfront ist seitlich und unterhalb der breiten Treppen mit Barrieren abgesperrt. Die fotogenen Männer der Schweizergarde mit ihren mittelalterlichen Hellebarden und Polizisten in dunkelblauer Uniform wachen darüber, dass kein Passant darübersteigt, um die langen Schlangen an der rechten Seite der Kolonnaden zu vermeiden. Dort sind zwischen den Säulen Kontrollstationen eingerichtet wie auf Flughäfen. Ich sehe ein, dass es in diesen Zeiten des überall lauernden Terrors notwendig ist, die Taschen und Rucksäcke einzeln zu durchleuchten, jeden Besucher in der Metallschleuse zu überprüfen. Als ich zu Hause die Bilder der Menschenmassen sah, die am Sarg des Papstes vorüberzogen, ist mir angst geworden beim Gedanken an die Möglichkeit, einer der Wahnsinnigen käme auf die Idee, sich hier inmitten von verhassten »Ungläubigen« nahezu aller Nationen in die Luft zu sprengen, um Leid und Schmerz in die ganze Welt zu tragen und gleichzeitig die katholische Kirche ins Mark zu treffen. Es ist gut, dass man nicht ohne Kontolle in den Petersdom kommt, gleichzeitig stimmt mich diese Notwendigkeit traurig.

Der Anblick der langen Schlangen, die sich durch ein schier end-
loses Labyrinth von Barrieren an die sechs Schaltstellen heranschie-
ben, ist es aber nicht, was mich mutlos macht, sondern der Blick auf
die Säulen der Kolonnade. Wie soll ich da eine einzige, ganz bestimmte finden?

In Mutters Fotoschachtel hatte ich ein Heftchen entdeckt, ein kleines Werbegeschenk von »Foto Pini am Stachus«, das dem Käufer
»Frohe Stunden« für die Abzüge auf den acht Seiten des Büchleins
verspricht. Mehr Negative hatten die Rollbildfilme für die Agfa-Box
nicht; ich erinnere mich an den viereckigen Kasten, den man vor den
Bauch halten musste, um ins Objektiv zu schauen, nicht einäugig
durch die Linse wie bei dem bewunderten »richtigen« Fotoapparat
meines Onkels.

»Rom 1950« steht in winziger Bleistiftschrift darauf, mit Herzklopfen hatte ich es aufgemacht: Würde ich endlich ein Foto ihres geheim-
nisvollen Liebhabers finden? Auf fünf Bildern lächelt meine Mutter
sehr verhalten den Fotografen an, das sechste ist das Foto der höchst
unattraktiven Piazza di Cinquecento vor dem Bahnhof Termini. Die
letzten beiden Seiten sind leer.

Auf einem Bild steht sie vor den Resten der antiken Mauer neben
dem Bahnhof, kaum größer als sie waren die jetzt sicher zehn Meter
hohen Zypressen damals – ein schönes Motiv. Aber warum hat sie die
Bushaltestellen, den überdachten Eingang zum Bahnhof fotografiert?
Vielleicht hat sie das als Ort der Ankunft und des Abschieds aufgenommen. Auf dem Bild des nun so lebhaften Platzes zählte ich gerade
mal drei Autos und ein Fahrrad und nur wenige Menschen beim Überqueren der breiten Straße. Ob Wagner einer von ihnen ist? Ich nahm
eine Lupe zu Hilfe, versuchte die Fußgänger näher zu erkennen: zwei
Männer im Anzug, ein Mann in einem langen Mantel, ein anderer im
Laufschritt, eine Frau mit Koffer, alle seitlich aufgenommen. Nur ein
Mann kehrt dem Betrachter den Rücken zu; ein breitschultriger, sicher
nicht schlanker Mann im Anzug, eine Aktentasche in der Hand. Das
könnte er gut sein.

Vielleicht hat sie ihn aus großer Entfernung fotografiert in völlig
neutraler Umgebung. So hätte sie dieses Bild zärtlich betrachten können, weil sie ihn sah, aber niemand, der herausfinden wollte, mit wem

sie sich in Rom getroffen hatte, hätte ein »Beweisstück« finden können …

1950 war sie also ganz sicher in Rom. Auf den beiden Bildern vor der Mauer trägt sie ihr graues Reisekostüm, hat den Wintermantel – ich glaube, er war aus dunkelblauem Wollstoff – über den Arm geschlagen, Handschuhe in der Hand, einen kleinen Wollhut auf dem Kopf. Auf den anderen Bildern, am Petersplatz in der Sonne aufgenommen, trägt sie eine dicke Strickjacke und kräftige Halbschuhe. Die sehen hässlich aus – hat er nicht protestiert, dass sie in solchen klobigen Schuhen herumlief? –, mitfotografierte Passanten haben Mäntel dabei. Es muss Spätherbst oder Winter gewesen sein.

Auf dem Petersplatz steht sie einmal mitten auf dem Platz, auf einem anderen Foto vor dem von Schweizergardisten bewachten Torbogen zum Innenhof, auf dem dritten lehnt sie an einer Säule, die ich unschwer als eine der Säulen der Bernini-Kolonnaden erkennen kann. Vielleicht ist es ja eine verrückte Idee, aber ich habe den Wunsch, fünfundfünfzig Jahre später genau an dieser Stelle zu stehen.

Kein einfaches Unterfangen angesichts der Vielzahl der Säulen – ich hatte nicht mehr in Erinnerung, dass es jeweils vier Säulenreihen sind. Wie ich jetzt im *Führer der Vatikanischen Museen und der Vatikanstadt* nachlese, sind es insgesamt zweihundertvierundachtzig Säulen!

Es kann sich wegen des Lichts nur um eine handeln, die dem Platz zugewandt ist, das wären dann »nur« einundsiebzig. Wenigstens kommen die Eckträger nicht in Frage, aber die übrigen runden Säulen sehen alle gleich aus. Ich werde also mit dem Bild in der Hand eine nach der anderen ablaufen, vielleicht erkenne ich die richtige an der spezifischen Maserung des Steins.

Da die meisten Menschen rechts auf die Kontrollschleusen zugehen, beginne ich auf der linken Seite. Sehr rasch erkenne ich, dass es die gleichförmigen Säulen der Kolonnade doch nicht sein können: Die Quader, auf denen sie ruhen, sind nur etwa einen halben Meter hoch, darüber ein fast genauso breiter kräftiger Ring und zwei schmale Steinreifen, ehe daraus die schlankere Säule erwächst. Die Säule, die ich suche, sitzt auf einem etwa doppelt so hohen Quader, der meiner langbeinigen Mutter bis an die Taille reicht. Ich folge dem Halbkreis, alle Säulen gleichen einander, folglich auch die auf der anderen Seite.

Bernini hat die Kolonnaden symmetrisch angelegt, wie zwei gewaltige Arme des Domes umschließen sie die Piazza San Pietro.

Also muss ich doch hinauf zu den Portalsäulen, das macht die Auswahl sehr viel einfacher: Ich zähle aus der Entfernung nur acht runde, die anderen sind eckig.

Erst muss ich mit allen anderen die Kontrollzone durchlaufen, glücklicherweise sind die Schlangen inzwischen deutlich kürzer geworden. Die Perspektive auf dem Bild schließt die Hälfte der Säulen aus, es kommen nur noch vier in Betracht. Die auf dem Foto hat dunkle Flecken, einen offenen Spalt in der Fuge zwischen zwei Quaderteilen. Jetzt sind die Säulen jedoch makellos hell, sicher wurden sie erst kürzlich abgestrahlt, alle Ritzen frisch verfugt. Ich kann die richtige nicht mehr erkennen, muss mich damit zufriedengeben, dass sie hier an einer dieser Säulen lehnte. Hoffentlich fällt es niemandem auf, wie ich mich bei einer nach der anderen an die Ecke des Podestes lehne und scheinbar nachdenklich zu Boden blicke.

Dabei fällt mir auf, dass es doch einen signifikanten Unterschied gibt: bei den Bodenplatten! So finde ich »meine« Säule sofort, nur bei einer einzigen ist eine Steinplatte genau an der Ecke angelegt, gibt es eine Fuge wenige Zentimeter von meinen Füßen und denen meiner Mutter auf dem Foto entfernt!

Nun stehe ich wirklich genau an derselben Stelle. Ich bitte einen freundlichen Japaner, mich zu fotografieren; er will mich umstellen, macht eine weit ausholende Geste über den Platz, deutet zum Portal, aber schließlich versteht er mein Kopfschütteln richtig und macht das Foto.

Ich bleibe noch eine Weile so stehen, mit derselben Haltung wie meine Mutter damals, in der rechten Hand ihr Bild, die linke hinter dem Rücken am Stein. Es ist ein seltsames Gefühl, sich vorzustellen, dass sie genau hier gestanden hat, dass ihre Hand denselben Stein berührt hat.

Als Du hier lehntest, warst Du glücklich, Mutter, ich bin jetzt traurig. »Sunt lacrimae rerum« fällt mir ein aus der *Aeneis* des Vergil. Aber es sind nicht die Dinge, die weinen, sondern die Dinge sind Speicher für Erinnerungen und rühren uns an – manchmal zu Tränen.

Ich gehe hinein in den Dom, zu müde für all die Kunstwerke und die Demonstration der kirchlichen Macht – wie klein man sich fühlt in dem überdimensional großen Kirchenschiff mit Proportionen für Riesen.

Nur die Pietà, Michelangelos Meisterwerk aus makellosem weißen Marmor, will ich noch besuchen. Als ich das erste Mal hier war, stand sie noch frei in der Seitenkapelle vor dem roten Marmorhintergrund, schon lange kann man sich ihr nicht mehr nähern; der Zugang zur Kapelle ist verglast, seit ein Verrückter die Statue beschädigte.

Die Marienfigur sitzt breitbeinig da, trägt den vom Kreuz abgenommenen Jesus in ihrem Schoß, die Falten ihres Gewandes sind ihm Leichentuch geworden. Mit der rechten Hand hält sie ihn unter der Achsel fest; man glaubt zu fühlen, wie sich die Finger durch das Tuch ihres Mantels hindurch in das erschlaffte Fleisch graben, die andere Hand aber weist geöffnet nach oben und deutet Ergebenheit an. Das schöne Gesicht ist nicht von Trauer verzerrt, sondern fast ausdruckslos erstarrt, der Kopf in Demut geneigt. Im vorigen Jahr habe ich in der Liebfrauenkirche in Brügge eine andere Marienstatue von Michelangelo gesehen, eine Madonna mit Kind. Ganz gerade sitzt sie, fast ebenso breitbeinig wie die Pietà, der Knabe Jesus – ein kräftiges Kind mit rundem Bäuchlein – steht zwischen ihren Schenkeln, kuschelt sich mit zufriedenem Lächeln an sie, hält mit seiner Rechten ihre linke Hand fest.

Michelangelo hat jene Marmorskulptur zwei Jahre nach der Pietà geschaffen, die Ähnlichkeit des Gesichts ist aufallend. Nur die Kopfhaltung ist anders: ganz aufrecht. Warum ließ der Künstler dieses Muttergesicht nicht glücklich lächeln, sondern verlieh ihm denselben Ausdruck stiller Ergebenheit wie der Mutter mit dem toten Sohn im Schoß?

Vielleicht wollte er zeigen, dass die junge Mutter die Bestimmung des Kindes ahnte. Die »Madonna mit Kind« weiß, dass sie mit seinem Leben seinen Tod geboren hat.

Rainer Maria Rilke lässt die Pietà in seinem gleichnamigen Gedicht denken: »Jetzt liegst du quer durch meinen Schoß, jetzt kann ich dich nicht mehr gebären.«

Ich weiß, dass meine Mutter diese Skulptur auch sehr bewunderte, sie hat sich deren Bild für ihr »Sterbebildchen« gewünscht, das bei ihrer Trauerfeier verteilt wurde. Gerne würde ich hier eine Kerze für meine Mutter anzünden, doch ich suche vergeblich im ganzen Dom nach den in katholischen Kirchen üblichen Opferkerzen. Wahrscheinlich hat man sie abgeschafft, weil zuvor Hunderttausende von Gläubigen jährlich Kerzen verbrannt haben, soviel Ruß verträgt selbst das extrem hohe Kirchenschiff schlecht.

Meine Freunde haben mich zum Abendessen eingeladen, ich werde zu Fuß hinübergehen auf die andere Tiberseite, am Castel Sant'Angelo vorbei über die Engelsbrücke. In meinem Kopf ist ein Satz aus einem Wagner-Brief hängengeblieben:

In ein paar Tagen schreibe ich Dir noch mehr, weil ich Dir nun erzählen muß, was mein Herz bedrückend beglückt, ich will Dir vom Strahlen Deiner Augen erzählen, von dem, was Du mir erzähltest zwischen St. Peter und dem Kastell.

Das kann er nach ihrem Besuch, bei dem die Fotos hier entstanden sind, geschrieben haben; ich habe das Gefühl, dass sie vom Dom aus durch die ruhigen Seitengassen gegangen sind, gehe an der Mauer entlang durch die Via di Porta Angelica und dann durch die Via Borgo Vittorio auf das Kastell zu, vielleicht genauso wie die beiden damals.

Als ob ich hinter ihnen herginge und so erfahren könnte, was Wagners Herz so »bedrückend beglückte«. Dass er sich und ihr die größte Sehnsucht noch nicht erfüllen konnte, weil seine Gattin einer Scheidung noch nicht zugestimmt hatte?

Alles, alles war ein einziger Glückstraum für mich und noch mehr: ein starkes, unzähmbares Verlangen, Dich zu dem zu machen, was Du in Wirklichkeit bist, (wie Du es ja schon weißt, denn allein Dein Gang, Deine Gesten sind so geworden): zu meiner Frau.

Wie ging meine Mutter als Wagners Frau – wie gestikulierte sie als solche?

Plötzlich denke ich an »Olympia« – die Puppe aus der Oper *Hoffmanns Erzählungen,* die nach dem Willen ihres Erschaffers immer schneller tanzte, bis er sie schließlich zerstörte.

Meine Freunde hören sich gespannt meine Erzählungen an, sind gerne behilflich bei meinen Recherchen.

»Wie komme ich am besten zur Via del Mare?«

»Das ist die Autostrada nach Ostia, zum Lido. Was suchst du da?«

»Ein Adelspalais, die Adresse einer Contessa.«

»Mussolini hat diese Strecke schon Anfang der dreißiger Jahre ausbauen lassen – es ist kaum vorstellbar, dass an dieser verkehrsreichen Straße noch in den Fünfzigern ein bewohnbarer Palazzo gestanden haben soll. Aber wenn du willst, fahren wir gerne mit dir hinaus, wir könnten das mit einem Spaziergang am Meer verbinden, vielleicht schwimmen!«

Eine wunderbare Idee, ich hatte gar nicht mehr daran gedacht, wie nahe Rom am Meer liegt, eine frische Brise und Schwimmen würden mir guttun.

Zuerst will ich aber noch versuchen, Kontakt mit dem Archiv des deutsch-österreichischen Priesterkollegs aufzunehmen.

»Das Archiv ist nicht öffentlich zugänglich«, weiß Jan, »aber warum rufst du den Archivar nicht einfach an, wir kennen ihn, hier ist seine Nummer. Dottore Ickx ist sehr freundlich, und er spricht sehr gut Deutsch.«

Ich halte das »x« für einen Scherz, lache: »Ein ›Geheimrat‹ reicht mir!«

Aber der Archivar heißt wirklich Ickx.

Ich rufe sofort an, bekomme durch die Empfehlung meiner Freunde schon für den nächsten Tag einen Termin.

Die Via del Mare und das Meer können warten.

Nach dem wunderbaren Abendessen – eine Dorade in der Salzkruste und Blattspinat mit einem Hauch Knoblauch – und reichlichem Genuss eines köstlichen Vermentino aus der Maremma bin ich wohlig müde. Kaum bin ich im Bett, kreisen meine Gedanken um das Liebespaar, plötzlich bin ich wieder wach, und lese weiter. Ein nach Bad

Tölz adressierter Briefumschlag, auf dem Stempelrest sind »Roma« und »50« erkennbar. Keine Anrede, wie so oft:

Noch immer weiß ich nicht, was mich am allermeisten während unserer schönsten Tage beglückt hat. Ich glaube, alles an Dir, in Dir, Du noch inniger geliebte und noch brennender ersehnte, über alles geliebte Frau, hat mich so glücklich gemacht, daß ich nur an zwei Dinge denke: an unser nächstes Zusammentreffen und an unser Zusammenbleiben.

Siehst Du, und da muß ich, beglückt durch Deinen von all Deiner Liebe durchzitterten Brief, doch meine Stirn zusammenziehen und sagen: Komm einmal her, Du allersüßestes Herzenskind, es ist das allerletzte Mal, daß mein so maßlos geliebtes Kind gewarnt wird – tue alles genau, was ich Dir schreibe! Da habe ich gewartet auf die Nachricht meines Kindes (oder die Meldung meines Pagen??), davon hing der Termin von Muttchens Reise ab – Leider wirst Du aus diesem Tadel nun meine grenzenlose Sehnsucht nach Dir herauslesen – es ist ja wahr.

Deshalb lege ich Dir einen Zettel bei mit Schulaufgaben und sieh auch daraus, daß mein ganzes Mühen auf unsere endliche Vereinigung gerichtet sein muß, unser Zusammenleben ist noch viel notwendiger geworden, als wir früher dachten.

Wieder der Page, diesmal einer, der die »Meldung« verpasst hat … Ist die allerletzte Warnung an das »allersüßeste Kind« nur Spaß? Ist seine Sehnsucht wirklich größer als die Tatsache, dass er Edis Dienste braucht?

Schulaufgaben
a) Schreibe bitte sofort an Muttchen, daß eine Möglichkeit baldigsten Wiedersehens besteht, gib ihr alle Ratschläge für die Vorbereitung; in einigen Tagen folgt Einladung aus Rom. Ihr Aufenthalt – wo weißt Du noch nicht – etwa 6 Wochen (Wie wir verabredeten) sie möchte sofort an Dich ausführlich schreiben, Du bitte sendest gleich an Bianca Sordini weiter. In einem 2. Brief an Dich soll sie Bilder von sich und den Kindern senden (auch über Dich).

210

(jetzt für Dich: alles an Bianca) Ich brauche Nachricht, wann Mutt-
chen frühestens alles in Ordnung hat.
b) Schreibe bitte sofort an Deinen Mann. Seine Sehnsucht nach Dir ist in
einem unvorstellbaren Maaße gewachsen – ausschließlich Deine Schuld.
Er braucht Laufmädchentage (für Frl. St.). Nachricht, wann Urlaub
genehmigt.

Endlich einmal ein Hinweis von ihm selbst auf seine Kinder, er will
Bilder von ihnen. Hat er Sehnsucht nach ihnen – und ist die Sehnsucht
nach dem Elein vielleicht ein Mittel, sie zur sofortigen Pflichterfül-
lung anzutreiben?

»Frl. St.« ist wohl zuständig für die Reservierung im »Hotel Eden«
in Meran. Was hat sie mit Botendiensten zu tun – ist »Laufmädchen«
die weibliche Form von »Laufbursche«?

Muttchen kann 4 – 6 Wochen, Juli, August bleiben, so daß ich Zeit
habe, mit ihr auch über uns zu sprechen.
Numeriere bitte Deine Briefe, ich schick Dir einen nächsten in etwa
3 Tagen, Du schreibe doch auch ruhig jeden Sonntag, auch wenn sich
unsere Briefe kreuzen.
c) Beginne mit Deiner Aktion, vielleicht Rudolf, Günther A., Sonnleit-
ner, Adolf, vorsichtig und langsam, aber das gehört auch zu unseren
Lebensaufgaben. Ich will doch immer mit Dir zusammenbleiben und
Dich nicht mehr wegfahren sehen müssen.
Du hast nun wohl gesehen, wie schwer es mir fällt, praktisch zu den-
ken, immer wieder strömt mein Blut in diese Zeilen und immer wieder
will es Dir einhämmern: ich liebe Dich doch so! Die Einladung für
Muttchen ist abgesehen davon, daß ich sie länger hier behalten kann,
auch ein großes Geschenk für mein Elein, denn sie kann nun eine
Woche länger bleiben.
Während des Schreibens gehen dauernd die Bilder unseres Glücks
durch meinen Kopf, und mein Herz pocht rasend, wenn ich nur an das
Wort »Elein« denke. Es ist schwer zu begreifen, daß eine Zeit wie aus
einem Guß des Glücks, der Zärtlichkeit, des Sich-Verschenkenwollens
möglich ist. Ich liebe Dich, ich bin so glücklich, wie überhaupt ein
Mensch sein kann, weil ich Dich besitze.

Das muss der Brief sein, den er vor dem geschrieben hat, den ich im Zug gelesen hatte mit der Einladung von »Rina Muratori« an Alice zum Heiligen Jahr und dem akribisch genauen Zugplan.

Ich suche die »Schulaufgaben für HK«, das Herzenskind, aus jenem Brief noch einmal heraus. Unter Punkt 5 verfügt er darin, sein »Liebstes« im September in Meran sehen zu müssen, in Eleins »Nest« – also im »Eden«, das weiß ich nun, das wird mit dem Hinweis »für Frl. St.« bestätigt.

Das dortige Kürzel »LM« ist auch entschlüsselt: als Laufmädchen. Aber warum schreibt er: »Selbst bei Gefahr letzte ›LM‹-Tage«?

Vor meinem Besuch in der »Anima« am nächsten Morgen fragt Eva beim Frühstück: »War Wagner eigentlich katholisch?«

»Ich vermute eher nein, aber er hat sich wohl nach Aussagen meiner Mutter als Katholik ausgegeben. Vor ein paar Jahren haben wir uns gemeinsam die ZDF-Reihe von Guido Knopp angesehen *Die SS – Eine Warnung der Geschichte*. In einem der Filme ging es um die Organisation ODESSA, die 1946 gegründete Fluchtorganisation für SS-Angehörige: ›Organisation der ehemaligen SS-Angehörigen.‹[20] Dabei wurde auch die Rolle des Bischofs Hudal hinterfragt, der in die illegale Einwanderung nach Rom, dem ›beliebtesten Wallfahrtsort flüchtiger Nazis‹,[21] zweifellos verstrickt war. In einem Interview antwortete ein ehemaliger Mitarbeiter des Rektors der ›Anima‹ auf die Frage, nach welchen Kriterien den Flüchtlingen geholfen wurde, sinngemäß: ›Antikommunisten mussten sie freilich sein und katholisch sollten sie auch sein.‹ Ich fragte damals meine Mutter wie du mich jetzt, ob Wagner denn katholisch gewesen sei. Sie sagte: ›Eigentlich nicht, aber im falschen Pass hat er sich halt katholisch genannt, damit er's leichter hatte in Rom.‹

Bei dieser Gelegenheit entlockte ich ihr auch Wagners falschen Namen ›Peter Ludwig‹ – aus den Briefen hätte ich das nicht erfahren können, da steht nur gelegentlich P.L. Meine Mutter musste ihre Post ja immer an Bianca Sordini schicken.

Aus den Zusammenhängen des Dokumentarfilms über die SS schloss ich, dass Horst Wagner alias Peter Ludwig auch SS-Mann gewesen sein müsste. Für diese Mutmaßung hatte sie nur wieder ein

Achselzucken übrig, das glaube sie eigentlich nicht, er sei doch Beamter gewesen im Auswärtigen Amt: ›Das war doch keine SS-Organisation!‹ sagte sie, und damit war das Thema wieder beendet.«

Jan meint: »Aber wenn Wagner von hier aus nach Südamerika ausgewandert wäre und mit der ODESSA zu tun gehabt hätte, müsste er auch SS-Mann gewesen sein.«

Diesmal muss ich die Achseln zucken.

Normalerweise geht man durch die niedrigeren Seitentüren hinein, jetzt aber ist das hohe mittlere Portal der »Deutschen Kirche« offen, beide Flügel sind weit auseinandergeklappt, wie zu einem Empfang – allerdings signalisiert eine quergestellte, mit rotem Samt gepolsterte Bank, dass der Zutritt nicht erwünscht ist: der nassglänzende, schwarz-weiße Marmorboden, den zwei Klosterschwestern mit Schrubber und Putzlappen bearbeiten, ist rutschig. Es kann noch länger dauern, bis die beiden Frauen den ganzen Boden wieder trockengerieben haben, soviel Zeit habe ich nicht. Auf Zehenspitzen gehe ich hinein, deute auf meine Armbanduhr, lächle die Schwestern entschuldigend an. Nach kurzem ärgerlichen Aufblicken nicken sie mir freundlich zu.

Trotz des offenen Portals ist es düster im hohen Kirchenschiff, nur im großen ovalen Fenster in der Mitte über dem Hochaltar leuchtet die göttliche Dreieinigkeit in buntem Glas. Ehe meine Augen sich an das dämmrige Licht gewöhnt haben, bricht die Sonne durch die seitlichen Fenster der Apsis und erhellt die dunklen Farben des Altarbildes, dessen Rahmen, auf zwei Puttenplastiken gestützt, von zwei Engelsköpfen an den oberen Ecken getragen erscheint. Die Figuren der Heiligen Familie leuchten hell auf im Sonnenlicht; Giulio Romano hat eine sehr lebendige Szene gemalt: Der muskulöse Jesusknabe steht auf einem Bein, streckt das andere weit aus, als ob er ausschreiten wollte, er hält sich mit einer Hand am Kleidausschnitt der Mutter fest, wird von ihrer Hand um die Taille gestützt. Ein zweiter Knabe lehnt sich an das andere Bein der lächelnden Maria in der Bildmitte, deutet auf das Jesuskind, sicher ist es Johannes.

Der große goldene Doppelkopfadler über dem Hochaltar birgt ein Christusbild in seiner Brust, darüber schwebt die Kaiserkrone. An der goldprunkenden Stuckdecke über dem Altar die Heiliggeisttaube in einem mächtigen goldenen Strahlenkranz; in der Deckenmitte noch einmal der goldene doppelköpfige Reichsadler, der signalisiert, dass die Kirche seit dem Ende des fünfzehnten Jahrhunderts unter dem Schutz des Römischen Reiches Deutscher Nation steht.

Der ganze Chorraum überladen von Engeln und Putten, Statuen und Fresken, jedes freie Wandfleckchen noch mit Weintraubengirlanden aus vergoldetem Stuck zugehängt. In der Wandnische auf der rechten Seite des Chorraums ein von den Allegorien der vier Kardinaltugenden umrahmter Sarkophag, er gehört Papst Hadrian VI., der vor Benedikt XVI. als einziger »Deutscher« auf dem Papstthron galt, obwohl er eigentlich aus Utrecht stammt. Zu ihm, der in seiner kurzen Amtszeit zu Beginn der Lutherischen Reformation die römische Kirche reformieren wollte und sich von weltlichen Künsten distanzierte, passt dieser prachtvolle Sarg nicht. Er soll gesagt haben: »Ich will nicht die Priester mit den Kirchen, sondern die Kirchen mit den Priestern schmücken«, so lese ich es in meinem Kunstführer.

Die Inschrift unter dem Sarkophag könnte er sich hingegen selbst ausgesucht haben. Sie besagt, dass es von großer Bedeutung für die Wirkung auch des besten Menschen sei, in welcher Zeit er lebe.

In der Kirche des schon über hundert Jahre zuvor gegründeten Hospizes haben Bischöfe und Kardinäle, aber auch Pilger ihre Grabstätte gefunden, die Wände sind übersät mit Gedenktafeln aus weißem und schwarzem Marmor. Neben dem Ausgang in den Innenhof ein ungewöhnliches Memento mori: Ein in Falten gelegtes weißes Marmortuch auf schwarzem Grund wird von ockergelben Flügeln gehalten – die aus demselben Marmor gehauenen Köpfe aber sind nicht die von trauernden Engeln, wie überall sonst, sondern Totenköpfe.

Auch die sechs Seitenaltäre des dreischiffigen Renaissancebaus sind bis auf den letzten Winkel barockisiert. Ich muss ein anderes Mal wiederkommen, um die Darstellungen einzeln zu betrachten, nur die eindrucksvolle Pietà des Lorenzotto will ich noch anschauen, sie ähnelt ihrem Vorbild, Michelangelos Plastik.

Diese Kirche war und ist auch Treffpunkt der deutschen Katholiken in Rom. Meine Mutter hat ganz sicher mit Horst Wagner die deutsche Messe hier besucht, wenn er als angeblicher Katholik wie so viele in sechs Jahrhunderten hier Zuflucht gefunden hat. So oft spricht er in seinen Briefen von Gottvertrauen und Gottes schützender Hand, es ist anzunehmen, dass die beiden hier darum gebetet haben.

Zum ersten Mal habe ich das Bedürfnis, für beide zu beten, und ich zünde zwei Öllichter an und stelle sie dicht nebeneinander auf den Tisch vor dem schwarzen Christus.

Erst jetzt fällt mir ein, dass gerade diese Kirche der richtige Ort für mein Gebet ist. Die Gründung des Hospizes für »Personen der deutschen Nation« geschah zu Ehren und unter dem Titel »beatae Mariae animarum«, der Heiligen Maria der Seelen, daher kommt der Name »Santa Maria dell'Anima«.

Ich verlasse die Kirche, betrachte noch einmal die Darstellung der Mutter Gottes über dem Giebel des Hauptportals: Zwei »arme Seelen« als nackte Gestalten von Mann und Frau knien vor der thronenden Himmelskönigin und bitten um deren Vermittlung zur Vergebung ihrer Sünden.

Beinahe hätte ich den Termin beim Archivar der Kirche versäumt! An der Kirche vorbei durch die schmale Gasse, die die Santa Maria dell'Anima von der Kirche Santa Maria della Pace trennt, komme ich zum verschlossenen Portal des deutschen Priesterkollegs. Nach dem Klingeln springt eine eingelassene Tür auf, der Pförtner hinter der Glasscheibe im Gang lässt mich nach dem Zauberwort »Appuntamente con Dottore Ickx« ein.

Der Dottore holt mich ab, begrüßt mich reserviert auf deutsch, fährt wortlos mit mir in einem engen Lift hinauf in seine Domäne, das ehrwürdige Archiv des Hauses.

Ich bin beeindruckt von der Holzkassettendecke, den Akten und Kartons in den Regalen, den scheinbar ungeordneten Stapeln des »Hudal-Archivs«.

Die Akten und Briefe sind natürlich nicht zugänglich. Seit fast fünf Jahren arbeite er hier an der Archivierung, erfahre ich vom Leiter, es sei äußerst schwierig, die Fülle von ungeordnetem Material zu registrieren, zumal er den Verdacht habe, dass in der Zeit, als das Archiv vorübergehend Historikern zugänglich gemacht worden sei, bereits Geordnetes wieder durcheinandergeraten sei, möglicherweise sogar Teile von Akten verschwunden seien.

Er betont die Wichtigkeit der akkuraten Registrierung, zumal das Bild des Bischof Hudal, Rektor des »Anima«-Kollegs, in der Öffentlichkeit durch zum Teil unwahre, dennoch wiederholte Behauptungen verfälscht worden sei.

»Man wird das Geschichtsbild revidieren müssen«, versichert er in sehr gutem Deutsch. »Auch wenn Hudal Fehler gemacht hat, so hat er doch immer als Christ und Bischof gehandelt, er hat hilfesuchenden Menschen geholfen, ohne zu fragen, warum sie in Not geraten sind. Er hat Tausenden von Flüchtlingen, vor allem solchen, die vor dem Kommunismus flohen, geholfen, er hat Partisanen genauso versteckt wie leider Gottes, ja, auch einige Nazis. Die Behauptung, er sei Nationalsozialist und Parteimitglied gewesen, ist jedenfalls schlichtweg falsch. Es gibt nirgends, weder hier noch in anderen Archiven, einen Hinweis darauf, dass er in die NSDAP eingetreten wäre.«

Hudal habe tatsächlich ein Buch über die »Grundlagen des Nationalsozialismus« verfasst, weil er eine Weile die Möglichkeit eines Brückenschlags zur katholischen Kirche für möglich hielt, sich aber kritisch damit auseinandergesetzt, was in der Regel in den Abhandlungen über Hudal unterschlagen wird. Er habe deutlich gemacht, dass eine Zusammenarbeit mit der Kirche nicht möglich sei, wenn der Nationalsozialismus zum Dogma erhoben würde. »Dann«, so zitiert Ickx Hudal wörtlich, »würde Schweigen und Warten eine Zustimmung und Verleugnung des Glaubens sein … dann gilt das Apostelwort: ›Man muss Gott mehr gehorchen als den Menschen‹ und jenes, das Rom so oft im Laufe der Jahrhunderte gegen zahlreiche Irrtümer gesprochen hat: ›Non possumus!‹«[22]

Ich horche auf, natürlich bin ich genau mit diesem, seiner Ansicht nach »falschen« Bild hierhergekommen. Die Frage: »Was kann ich für Sie tun?« beantworte ich dennoch so, wie ich es vorhatte: »Ich bin auf der Suche nach einem Mann, dem Verlobten meiner Mutter, vermutlich ein hoher Nazi, dessen genaue Funktion ich nicht kenne, der mit großer Wahrscheinlichkeit in diesem Haus Unterschlupf gefunden hat. Ich bin mit der Hoffnung hergekommen, in diesem Archiv Hinweise auf ihn zu finden.«

Und dann erzähle ich ihm von mir, vom Tod meiner Mutter, von der Versöhnung mit ihr und meinem erneuten Erschrecken nach der Entdeckung des Briefwechsels, meinem Verlangen, nun endlich die »ganze Wahrheit« aufzudecken, um Frieden zu finden.

Er hört mir aufmerksam zu, blickt mich die ganze Zeit forschend an. Als ich die Namen nenne, den wirklichen und den falschen, unter dem Wagner hier in Rom eine Weile gelebt hat, zieht er die Augenbrauen hoch und schüttelt den Kopf. Auch als ich ihm Namen aus den mir vorliegenden Adressen nenne. Nein, keinen der genannten Namen meint er schon einmal gelesen zu haben.

Er versteht mich, kann aber leider keine Ausnahme machen, das Archiv sei nun mal für die Öffentlichkeit gesperrt, vermutlich im nächsten Jahr wieder zugänglich. Aber er werde gerne nachsehen, ob die Namen ihm unterkommen, er notiert sie. Ob Wagner nach Südamerika ausgewandert sei, was zu vermuten wäre, wenn er wirklich ein »hoher Funktionär« gewesen sei?

»Angeblich nein, meine Mutter behauptete, er hätte von hier aus den Flüchtlingen bei den Formalitäten geholfen, sei aber selbst hier in Rom geblieben.«

Ickx sieht mich zweifelnd an, wiegt den Kopf hin und her.

»Dann gäbe es vermutlich auch Hinweise in den Unterlagen. Er hätte auch Kontakt zu verschiedenen Personen gehabt, mit denen Hudal korresponiert hat, auch noch aus Südamerika, solche Briefe sind vorhanden.«

Er nennt mir einige Namen, die ihm aus dieser Korrespondenz geläufig sind, die wiederum mir nichts sagen. Allerdings habe ich auch noch nicht alle Briefe gelesen, und die Namen, auf die ich bisher gestoßen bin, sind meist abgekürzt, möglicherweise auch verschlüsselt.

»Könnte es nicht noch einen dritten Namen geben?« überlegt der Dottore.

Auf die Idee bin ich noch gar nicht gekommen – das könnte natürlich sein!

Der dritte Name, den ich kenne, ist Ludwig oder Leopold oder Luitpold Schaller, aber es ist unwahrscheinlich, dass er sich hier in Rom bei Hudal mit demselben Namen anmeldete, mit dem er seine Post aus Nürnberg getarnt hat. Ich habe es nicht anders erwartet, als dass Ickx auch bei »Schaller« den Kopf schüttelt.

Aber warum sollte es außer den Namen, die mir bekannt sind, nicht noch einen oder mehrere andere geben? Könnte er nicht noch einen weiteren Pass gehabt haben unter einem ganz anderen Namen, den auch meine Mutter nicht kannte? Inzwischen traue ich ihm auch das zu. Schließlich ist er irgendwann ja trotz aller Liebesschwüre verschwunden. Was hatte er wirklich zu verbergen? Ging es nicht vielleicht um sehr viel mehr als um seine Person?

»Es steht mir nicht zu, die Aussagen Ihrer verstorbenen Frau Mutter anzuzweifeln, aber ich kann es mir nicht anders denken, als dass er ebenso wie andere, die hier Hilfe gesucht haben, nach Argentinien ausgewandert ist. Es gibt hier in Rom einen Historiker, der sich intensiv mit der ODESSA-Geschichte beschäftigt hat. Er ist auch einer von denen, die früher Zugang zu diesem Archiv gehabt haben. Mir liegt ein Artikel von ihm vor, er ist gespickt mit Namen von Nazis, es wäre anzunehmen, dass Wagner, alias Ludwig, mit diesen Herren in Kontakt stand, selbst wenn er selbst nicht ausgewandert wäre. Wenn er denen hier behilflich war, muss er Kontakte gehabt haben. Der Artikel ist in Spanisch, aber die Namen sind alle kursiv gedruckt – vielleicht helfen die Ihnen weiter!«

Ich bekomme einen Abdruck seiner Rede über Hudal mit, die er auf einer europäischen Tagung in Englisch gehalten hat: »Dort finden Sie die genannten Zitate.«[23] Er kopiert mir den Artikel des Historikers und schenkt mir ein Büchlein über einen Australier, der dank Hudal seine Fahnenflucht überlebt hat und Jahrzehnte später das Tagebuch seiner Rettung der »Anima« zur Verfügung stellte. Dann verabschiedet er mich sehr freundlich mit dem Versprechen, auf Wagner und die anderen Namen zu achten und mir gegebenenfalls Bescheid zu geben.

Ich bin enttäuscht, hatte gehofft, mehr zu erfahren. Es wäre ja auch zu einfach gewesen, wenn Ickx gesagt hätte: »Horst Wagner? Natürlich, der steht hier auf einer Liste.«

Immerhin habe ich den Archivraum gesehen, und Dottore Ickx führt mich auf dem Rückweg durch das Treppenhaus hinunter. Ich blicke auf die abgetretenen Marmorstufen, bleibe stehen, um die filigranen Grisailles-Fresken, die Deckenmedaillons, zu betrachten.

Wenn Wagner doch in diesem Haus gewohnt hat, dann ist er auch auf diesen Stufen gegangen.

Tatsächlich habe ich keinen schriftlichen Beweis, dass er hier war – nur die mündliche Aussage meiner Mutter, auf die ich aber glaube mich verlassen zu können. Sie hat wenig erzählt von ihren diversen früheren Leben – aber was sie zugegeben hat, stimmte dann auch, diese Erfahrung habe ich bei den Recherchen zu meiner »Lebensborn«-Geschichte gemacht. Ihren Aussagen nach war er zunächst in Südtirol, dann in Rom hier untergekommen, ehe er zu einer adligen Familie zog, an deren Namen und Adresse sie sich angeblich nicht mehr erinnern konnte.

»Südtirol« wird bestätigt in seinem Hinweis: »Notadresse bleibt Claire in Franzensfeste.« Und den Namen und die Anschrift einer »Contessa Victoria Rovelli«[24] fand ich nach Mutters Tod in ihrer alten Brieftasche. Die Adresse lautet: »Roma, Via del Mare.«

»Eine merkwürdige Adresse für einen Palazzo«, meinen die Freunde wieder, als ich ihnen diesen Zettel zeige. Sie können sich nicht erinnern, dass ihnen je ein herrschaftliches Gebäude auf diesem Weg nach Ostia aufgefallen wäre.

Ich hatte die Straße schon vergeblich auf dem Plan »Roma Centro« gesucht, ehe ich sie auf dem Anhang mit dem Quartiere E.U.R., Mussolinis bombastischer Reißbrettstadt, entdeckte.

Am Nachmittag fahren wir mit dem Auto hinaus; direkt am Tiber geht die Via Ostiense in die vierspurige Via del Mare über. Die Gegend ist wenig attraktiv, Müll am Straßenrand, rechts und links der Straße einige halbverfallene Gebäude, eine Gärtnerei, eine Tankstelle, keine Hausnummern. Ein paar Straßenhändler mit Obst und Gemüse in ungepflegten Parkbuchten, dahinter Felder, das eine oder andere kleine Gehöft. Keines, das einmal ein auch nur bescheidener Palazzo hätte sein können. Nach wenigen Kilometern sind wir schon am Ortsschild »Ostia«, parken am Meer.

Ich bin enttäuscht, habe keine Ruhe für ausgedehntes Schwimmen, was ich sonst sehr gerne tue. Wir laufen ein wenig durch den Sand, essen Spaghetti im Restaurant »Lido« am Meer.

»Der Palazzo müsste ganz am Anfang der Via gewesen sein, noch in der Stadt. Vielleicht haben wir doch auf der anderen Straßenseite etwas übersehen. War da nicht ein Wäldchen? Könnte das nicht der

Rest eines Parks gewesen sein, vielleicht ist dahinter ein Schlösschen versteckt?«

So langsam es auf einer Autostrada nur möglich ist, fährt Jan zurück, seine Frau konzentriert sich mit mir auf den rechten Straßenrand. Das »Wäldchen« sind lediglich ein paar freistehende Bäume an einem Parkplatz, dahinter kann sich kein Gebäude verstecken. Ich studiere noch einmal den Stadtplan – wir kamen von der Via Ostiense, fuhren direkt weiter in die Autostrada, die aber ist laut Plan die Fortsetzung eines kleinen schmalen Straßenstücks von der Via Marconi kommend. Das muss der Rest der alten Via del Mare sein, so schmal war sie vermutlich vor dem Ausbau. Dieses Stück geht direkt am Tiber entlang, dort könnte das Haus noch stehen!

»Ein Palazzo irgendwo am Tiber«, höre ich meine Mutter sagen.

Jan bleibt geduldig, es ist schwierig, mehrfaches Wenden ist nötig, um in dieses kurze Einbahnstraßenstück hineinzufahren. Die letzte Hoffnung schwindet, nur ein kleiner Bogen führt hinauf zur Autostrada, kein einziges Haus.

»Ich habe den Eindruck, dein Wagner hat diesen Absender frei erfunden, er hat einfach eine sehr lange Straße aus dem Stadtplan herausgesucht!«

Natürlich – so wird es gewesen sein! Warum habe ich nicht daran gedacht, dass er hier in Rom den gleichen Trick benutzt haben könnte wie in Nürnberg! Sein Absender in der endlos langen Rothenburger Straße, auch ohne Hausnummer, war bestimmt frei erfunden! Nur weil ich die Adresse »Corso d'Italia 35a« gefunden habe, muss doch nicht auch die an der Via del Mare stimmen.

Allerdings: Diese Adresse stand nicht auf einem Briefumschlag, sondern auf einem kleinen Zettelchen in der Brieftasche meiner Mutter! Warum sollte sie eine nicht existierende Anschrift ein Leben lang aufbewahrt haben?

»Ob der Name der Contessa Rovelli ein realer war?« zweifelt Jan.

Bei ihm zu Hause durchforsten wir das römische Telefonbuch, finden viele Sordinis, etliche Muratoris, doch der adlige Name ist dort nicht verzeichnet, was nicht viel bedeutet. Nach mehr als fünfzig Jahren ist die Wahrscheinlichkeit nicht besonders groß, dass die Dame noch am Leben ist. Aber deren Familie könnte es noch geben.

Mein Gastgeber kommt auf die Idee, im Internet ein Adelsregister anzuklicken; dort gibt es eine Contessa und einen Conte Rovelli, sie sind beide schon tot, vier weitere Familienmitglieder gleichen Namens leben wohl noch: Geburtsdaten, keine Todesangaben, keine Adressen.

Den Namen der Gräfin hat Wagner offenbar nicht erfunden.

Auf dem Rückweg zum Goethe-Institut steige ich an der Porta Pia aus und überprüfe die dritte Adresse, die der angeblichen Rina Muratori in der Via Nomentana 137. Das ist kein wirklicher Hauseingang, sondern der Eingang zu einem der Geschäfte, das zu einem der großen klassizistischen Prachtbauten an dieser breiten Straße gehört; ich lese Hausnummern von 125 bis 139. Auf den Messingschildern vor einem hohen, jetzt verschlossenen gusseisernen Tor zum Palmengarten im Innenhof stehen etliche Behörden der »Comuna di Roma«, ein Diplomatischer Dienst, Rechtsanwälte.

Allerdings gibt es mehrere Briefumschläge mit dem Absender Muratori: auf einem hat die Nomentana die Hausnummer 169 – das ist ein unscheinbares, sehr schmales Haus. Auf einem dritten gar 645, so weit kann ich nicht laufen.

Auch die Via Nomentana ist sehr lang, sie geht weit über das Stadtgebiet von Rom hinaus. Das klingt wieder nach dem Muster »Rothenburger Straße« in Nürnberg.

An Schlaf ist wieder nicht zu denken – wie kann ich nur herausfinden, wo die geheimnisvolle Contessa nun wirklich wohnte?

Zumindest gibt es einen Hinweis auf deren Mithilfe in einem seiner »Schulaufgaben«-Briefe zur Besuchsplanung:

Dieses ist die praktische Seite meines Briefes: ich habe sie zuerst geschrieben, denn wenn erst mein Herz anfängt, Dir zu schreiben, will es nicht mehr anders als Dir in tausend Formen immer nur das eine zu sagen: ich liebe Dich so sehr.
Nun müssen wir wohl beide vernünftig sein, ich schreibe Dir alles ganz genau schematisch auf, Du darfst keinen Punkt vergessen, es kostet mich wirklich viel Willenskraft, jetzt mich nicht von Sehnsucht und Erwartung verleiten zu lassen, etwas zu vergessen. Also, natürlich,

nach vielen tausenden Küssen, nach langem Dir sagen, was Du mir
bist, wie süß und wunderbar Du bist –
Also:
3 Briefe braucht Bianca, die Dich grüßen läßt
No. 1 Schreibe sofort an sie, Corso d'Italia:
a) wie lange kannst Du längstens fortbleiben? Der Aufenthalt hier und
das Reisegeld für hier hat Bianca, die dafür die verschiedensten
Fähigkeiten aufgewandt hat. Hast Du das Reisegeld bis Bozen – Du
nimmst Karte nur bis dorthin, sinngemäß wie es in der Einladung
steht.
b) Kannst Du, da ich auf den für mich wichtigsten Tag, 3. April, nicht
hoffe, zu Ostern hier sein? Hat die Paßausgabestelle für einen sol-
chen Grund Verständnis? Kannst Du ungefähr schon den Zeitpunkt
absehen?

Der 3. April ist der Geburtstag meiner Mutter, diese Anfrage ist also
älter als die vor dem Treffen im Mai in Meran – es war offenbar ein
früheres Wiedersehen geplant.

Deine Freundin Victoria gehört hier zu den reichsten und bekannte-
sten Familien, so daß ich hoffe, die Vorvisumangelegenheit ging glatt.

Victoria heißt die Contessa Rovelli mit Vornamen, sie hat also vermutlich die erwähnte Einladung geschickt, aufgrund derer meine Mutter
eine Einreisegenehmigung bekam. Meint er das mit »Vorvisum«?

    Wieso aber »*Deine* Freundin«? Bisher dachte ich, die Contessa sei
seine Freundin gewesen.

Sonntag – ich habe das Bedürfnis, zur Messe in den Petersdom zu
gehen, wenn ich schon in Rom bin. Im Bus auf dem Weg dorthin fällt
mir ein, dass es in der »Anima« einen deutschen Gottesdienst gibt.
Gerade noch rechtzeitig steige ich an der Chiesa Nuova am Corso
Vittorio Emanuele aus, um über die Piazza Navona hinüberzulaufen
zur Santa Maria dell'Anima.

    Ich habe Glück, die Zehn-Uhr-Messe hat gerade erst angefangen.
Die Kirche ist voll, alle Sitzplätze sind besetzt, viele Menschen ste-

hen. Es ist merkwürdig, hier mitten in Rom deutsche Kirchenlieder zu singen und eine Predigt in deutscher Sprache zu hören.

Ich schaue mich um; sicher sind viele Touristen darunter, aber ein großer Teil der Leute dürften doch Gemeindemitglieder sein, die meisten mittleren Alters, etliche Familien mit Kindern. Die wenigen Senioren interessieren mich am meisten.

Am Ende bleibe ich an der Anschlagtafel neben dem Eingang stehen, vertiefe mich in die Ankündigungen der nächsten Gottesdienste, Konzerte und Gemeindeveranstaltungen, beobachte dabei die Gesichter der Menschen, die sich zunicken, einander die Hand geben, halblaut miteinander sprechen, man scheint sich gut zu kennen.

Sicher war das in den fünfziger Jahren genauso. Viele können es nicht mehr sein, die meiner Mutter hier begegnet sein könnten, ihr vielleicht die Hand gaben, weil sie Wagner kannten, ihm sogar Freunde gewesen sind.

»Signora Heidenreich, welche Überraschung, Sie hier zu treffen!«

Dottore Ickx steht neben mir und reicht mir die Hand. Diesmal ist sein Ton geradezu herzlich, seine Augen sehen mich freundlich an.

»Warum sind Sie überrascht? Ich dachte, ich könnte eine heilige Messe in Rom am besten an dem Ort mitfeiern, an dem vermutlich auch meine Mutter sonntags war, wenn sie ihren Verlobten besuchte. Es könnte ja sein, dass sie einige der alten Menschen hier früher getroffen hat.«

»Natürlich, das könnte freilich sein, ich sollte Sie mit einigen der ältesten Gemeindemitglieder bekannt machen! Kommen Sie mit, man trifft sich heute nach der Messe in der Bibliothek bei einer Tasse Kaffee, vielleicht sind einige Senioren dabei!«

Ich vermute, dass meine Teilnahme am Gottesdienst Ickx von meiner Vertrauenswürdigkeit überzeugt hat, und freue mich über sein Angebot.

Noch auf der Straße treffen wir einen weißhaarigen alten Herrn, der die längste Zeit seines Lebens die deutsche Herder-Buchhandlung leitete. Dort müsste sich Wagner doch auch mit Büchern und Zeitschriften versorgt haben! Er hört Ickx und mir freundlich zu, schüttelt aber bei der Erwähnung der Namen den Kopf: »Ach, wissen Sie, ich musste mir mein Leben lang so viele Namen merken. Es kann schon sein, dass ich den Herrn kannte – aber nach fünfzig Jahren kann ich mich an Namen nicht mehr erinnern. Was ich nie vergesse, sind Gesichter! Haben Sie denn kein Foto dieses Mannes?«

Ein Foto habe ich eben leider nicht. Die Karikatur habe ich nicht mitgenommen, vermutlich wäre sie auch nicht sehr hilfreich.

Im hohen Bibliothekssaal im Souterrain sind Tische und Stühle aufgestellt, es gibt Kaffee und Kuchen, sogar heiße Würstchen.

Dunkelroter, weißgesprenkelter Marmorboden, ein hoher Saal mit einer fein ziselierten Kassettendecke aus hellem Holz, über dem Bogen zur Bühne wieder der goldene Doppelkopfadler. Die Wände sind in hellem Resedagrün, Altrosa und Cremefarben gestrichen, jedenfalls soweit sie nicht hinter sicher zweckmäßigen, aber hässlichen grauen Metallregalen verschwinden. Auch die Zwischenräume der korinthischen Säulen, die den Saal in zwei Teile trennen, sind zugestellt. Es sind sicher Tausende von Büchern – ich stelle mir vor, sie stünden in geschnitzten Holzregalen, passend zum klassizistischen Stil, das gefiele mir besser.

Ickx sieht sich suchend um, er hält Ausschau nach einem alten Herrn, der in den fünfziger Jahren als Geschäftsmann in Rom gelebt hat. Er entdeckt seine Frau, stellt mich vor.

»Mein Mann hat sich heute morgen nicht wohl gefühlt, darum ist er nicht zur Messe mitgekommen«, entschuldigt sie ihn mit einem freundlichen Lächeln. »Aber ich bin überzeugt, dass er mit Ihnen sprechen will – er erzählt so gern die Geschichten aus den alten Zeiten. Seine Frau und seine Kinder sind da nicht immer die dankbarsten Zuhörer. Ich würde Sie gerne zum Abendessen einladen.«

»Leider muss ich übermorgen schon zurückfliegen.«

»Dann kommen Sie doch morgen abend, wenn Sie mögen.«

Und ob ich mag. Wenn es denn dem Gatten wirklich besser ginge? Wir vereinbaren einen Telefonanruf.

Es geht ihm wirklich besser am nächsten Tag, ich freue mich auf die Einladung, kaufe einen großen Strauß leuchtend orangefarbener Rosen auf dem Campo de Fiori.

»Wie wunderschön – haben Sie gewusst, dass das meine Lieblingsfarbe ist?« freut sich die Gastgeberin und serviert zur Begrüßung Campari Orange. »Der passt ja gerade zu Ihren Blumen!«

Der alte Herr Huber ist in der Tat erfreut, dass sich jemand für seine römische Zeit in den Fünfzigern interessiert. Damals war er nur vorübergehend für eine deutsche Auftragsfirma zu Bauarbeiten nach Rom gekommen, pendelte einige Jahre hin und her, aber die Stadt ließ ihn nicht wieder los.

»Rom war so beschaulich damals, das kann man sich heute nicht mehr vorstellen. Wenn Sie sich ein Bild machen wollen von dieser Zeit, lesen Sie Goethes Beschreibungen in seinem römischen Tagebuch und ersetzen Sie einfach die Pferdewagen durch Straßenbahnen, dann haben Sie das Flair, das mich so faszinierte – Rom war wunderbar provinziell damals!«

Im Jahr 1961 war ich das erste Mal in Rom – kann sich in zehn Jahren die Provinzstadt aus der Goethezeit zur lauten, hektischen Großstadt entwickelt haben, wie ich sie erlebte? Dann denke ich aber an das Foto meiner Mutter vom fast verkehrsfreien Bahnhofsplatz und kann mir vorstellen, dass Herr Huber recht hat. Gerne höre ich zu, wie er mit leuchtenden Augen von seinem Entschluss erzählt, sich selbständig zu machen, seine Frau und die Kinder aus Deutschland nachkommen zu lassen. Ich erfahre, wie seine Baufirma zu einem führenden Unternehmen heranwuchs – »Da war schon eine Portion deutscher Fleiß und Gründlichkeit vonnöten«, lacht er. Vor zehn Jahren habe er die Firma auf seine Söhne übertragen, jetzt sei er hier so zu Hause, dass er nicht mehr zurückwolle, er werde wohl wie viele seiner Freunde seinen letzten Umzug auch hier in Rom machen.

»Haben Sie sich schon auf dem deutschen Friedhof am Campo Santo in der Vatikanstadt umgesehen? Dort finden Sie viele bekannte deutsche Namen!«

Er habe es nie bereut, »halber Römer geworden zu sein – allerdings waren wir auch immer eine eingeschworene deutsche Gemeinde, die fest zusammengehalten hat. Das hat sicher vieles leichter gemacht, richtig fremd haben wir uns alle hier nie gefühlt.«

Endlich sind wir bei meinem Thema angekommen, aber meine Fragen machen ihn ebenso ratlos wie den alten Buchhändler. Nein, an einen Wagner oder Ludwig kann er sich nicht erinnern, wie schade, dass ich kein Foto von ihm hätte.

»War er denn katholisch?«

»Soviel ich weiß, ja.«

»Aber wenn er sich am Gemeindeleben beteiligt hätte, wäre ich ihm begegnet. Ich bin seit über fünfzig Jahren im Kirchenvorstand!«

»Dann haben Sie Bischof Hudal noch persönlich gekannt?«

»Ja, freilich! Das war eine schöne Zeit mit ihm, er war ein so geselliger, lebenslustiger Mann! Sie waren doch in der Bibliothek? Dieser schöne Raum war damals Festsaal. Wir hatten Konzerte und Theateraufführungen und haben viele fröhliche Feste gefeiert!«

In meiner Vorstellung entferne ich die hässlichen Bücherregale, dann passen in den großen Saal wirklich Hunderte von Leuten hinein. Und ich sehe den kleinen Bischof Hudal auf der erhöhten Bühne unter dem goldenen Reichsadler stehen, froh, auf diese Weise leichter den Überblick zu behalten. Leider drängt sich in meiner Vorstellung auch eine Hakenkreuzfahne hinter ihm ins Bild, ich weiß nicht, ob ich ein solches Bild von ihm schon einmal gesehen habe – oder ist das nur die Assoziation zu seinem sehr umstrittenen und, wie Ickx meinte, missverstandenen Werk über den Nationalsozialismus?

»Es hat uns allen sehr leid getan, dass er 1953, so lange nach dem Nazi-Spuk, noch sein Amt nach immerhin neunundzwanzig Jahren aufgeben musste, obwohl er so viel für die Gemeinde geleistet hat!« scheint Huber meine Gedanken zu lesen. »Er hat sehr darunter gelitten, dass ihn der Vatikan dann doch fallenließ.«

Er, Huber, könne nicht beurteilen, was an den Vorwürfen dran sei, er sei aber sicher, dass Hudal ganz gewiss aus christlicher Nächstenliebe in seinem Hirtenamt jedem geholfen habe, der in Not war.

»Er war ein sehr hilfsbereiter Mann.«

So ähnlich hatte ich das vorgestern schon gehört. Ich bin sehr gespannt auf die von Ickx angekündigte Öffnung des noch verschlossenen Hudal-Archivs. Und vor allem gespannt, ob das gängige Geschichtsbild vom »braunen Bischof« dann wirklich revidiert werden wird.

Am nächsten Vormittag bleibt mir gerade noch Zeit, in einer Buchhandlung Fotobände aus den fünfziger Jahren anzuschauen, ich möchte gerne Hubers römische Idyllen schwarz auf weiß sehen, meine Freundin Eva begleitet mich. Sie weiß, wo dort die großformatigen Bände der *Storia Fotografica* stehen mit den besten römischen Fotos aus dem ganzen letzten Jahrhundert.[25] Ich blättere den Band 1940 bis 1949 durch, auf dem Titelbild Männer, die mitten in der Stadt ein Kartoffelfeld harken, auf der Straße daneben tatsächlich ein Pferdefuhrwerk. Dann vertiefe ich mich in den Band 1950 bis 1962 »Dell Anno Santo al Dolce Vita« und entdecke gleich am Anfang ein großes Foto der Stazione di Termini mit der »Mura Serviane« daneben und den beiden mir schon bekannten Zypressen! Eine Straßenbahn, ein paar Menschen und Autos mehr als auf Mutters Foto, und ich erfahre: »20 Dicembre 1950: Il Presidente della Repubblica … inaugura la nuova Stazione di Termini«!

Nun ergibt die Aufnahme meiner Mutter doch noch einen anderen Sinn: Sie hat den Bahnhof vielleicht deshalb fotografiert, weil sie eine der ersten war, die nach der Eröffnung dort angekommen ist; dann könnte das bedeuten, dass sie vielleicht zu Weihnachten 1950 dort war! Den Gedanken, dass Wagner mit darauf abgebildet ist, will ich aber nicht aufgeben. Das eine schließt das andere nicht aus. Ich blättere weiter.

Eva hat sich inzwischen in andere Bände vertieft, auf einmal ruft sie: »Das gibt's nicht!« und reicht mir mit einem strahlenden Lächeln wortlos den aufgeklappten Band, den sie gerade betrachtet hat – es ist der von 1930 bis 1939. Der hätte mich nicht interessiert, weil Wagner ja nicht vor 1948 hier gewesen sein kann.

Wortlos tippt Eva mit dem Finger auf ein Foto: Eine alte Frau mit Kopftuch und Strickjacke, von hinten aufgenommen, sitzt hoch über den steilen Stufen auf einem Stuhl vor dem Portal der Kirche Santa Maria dell'Ara Coeli neben dem Kapitol. Ein schönes Panorama der Stadt und das Teatro Marcello an der Biegung der Straße unterhalb der langen Treppe.

»Was meinst du?« frage ich verständnislos.

»Lies doch, was darübersteht!«

Gehorsam lese ich halblaut vor: »1933 – Nella foto sotto una donna contemplanda la nuova Via del Mare, colta dal Teatro Marcello.«[26]

Die Via del Mare! Ich bin fassungslos. Hier am Kapitol fing sie also einmal an! Dann könnte natürlich eines der schönen Häuser auf der gegenüberliegenden Seite der breiten neuen Straße gut ein Stadtpalais der Contessa gewesen sein.

Wir erfahren aus den Ausführungen im Buch, dass Mussolini schon seit Ende der zwanziger Jahre im ganzen Gebiet um Kapitol und Colosseum herum die Straßen umgestalten ließ, gewissermaßen das alte Zentrum Roms wieder mit dem Meer verbinden wollte und deshalb die Straße, die dann in die von ihm ausgebaute Schnellstraße nach Ostia führte, vom Kapitol an schon »Via del Mare« nannte.

In den fünfziger Jahren muss dieser Name noch bestanden haben, ehe dieser Teil der Straße wieder den Namen des Teatro Marcello bekam und man über den Lungo Tevere Aventino, die breite Via Marmorata und die Via Ostiense erst weit draußen im Quartiere Ostiense die heutige Via del Mare erreichte, die meine Freunde und ich so vergeblich nach einem alten Palazzo abgesucht hatten.

Leider habe ich keine Zeit mehr, hinaufzugehen zur heutigen Via del Teatro Marcello, aber ich muss ohnehin bald zurückkommen nach Rom, zu viele Dinge sind noch zu klären.

3. Kapitel

»Später – unser Zauberwort«

Zurückgekehrt aus Rom mit all den mehr verwirrenden als erhellenden Erfahrungen, bin ich ratlos, mutlos, auch ärgerlich.

Warum muss ich mich noch einmal mit dem Leben meiner Mutter auseinandersetzen? Habe ich das nicht lange genug getan, als ich sie viele Jahre lang bat und schließlich bedrängte, bis sie einen Teil ihrer und meiner Lebensgeschichte preisgegeben hat? War ich nicht oft genug verzweifelt und frustriert, nahe daran aufzugeben? Jahrelang habe ich recherchiert, um ihre »Lebensborn«-Tätigkeit, ihre Mittäterschaft in die historischen Zusammenhänge der Nazi-Zeit einzuordnen, und ein Buch darüber geschrieben. Am Ende war ich froh über ihre vermeintliche Ehrlichkeit, dankbar für die Versöhnung, für die Erlösung aus Wut und Zorn, Misstrauen und Bitterkeit. Ich glaubte, die »Wahrheit« gefunden zu haben, wenn nicht *die,* so doch *ihre,* und ich glaubte an ihre Einsicht, glaubte ihren Beteuerungen, es sei gut gewesen, sie zu zwingen, sich noch einmal mit einer Zeit ihres Lebens auseinanderzusetzen, die sie am liebsten vergessen hätte. Ich glaubte ihr, dass sie erleichtert sei, fürchtete mich dennoch vor dem Moment, als ich ihr das fertige Buch gab.

Sie betrachtete es lange, wog es in der Hand wie ein Gewicht, legte

229

es dann behutsam auf den Tisch und sah mich ernst, aber mit offenem Blick an.

Ihre Stimme klang fest, als sie sagte: »Ich bin froh, dass jetzt die Wahrheit auf dem Tisch ist – es ist, als ob die Schuld von mir abgefallen wäre.«

Ich nahm sie in die Arme, sie streichelte mich, wir weinten beide, und ich hatte mit fast sechzig Jahren endlich eine Mutter bekommen.

Immer wieder sagte sie in den letzten zwei Jahren ihres Lebens, wie zufrieden sie mit der Publikation sei. Ich hatte nicht mit der großen Resonanz in den Medien gerechnet, befürchtete dann, dass man sie in den Berichten erkennen würde, obwohl ich ihren Namen im Buch verändert hatte, um ihre Anonymität zu wahren – andere Leute sollten sie nicht mit ihrer Vegangenheit konfrontieren. Erstaunlicherweise hatte sie damit aber kein Problem, sie reagierte ganz anders, sie war endlich stolz auf mich, freute sich mit über den Erfolg des Buches, und ich bekam eine früher nie gekannte Achtung vor ihr, als sie mit siebenundachtzig Jahren sagen konnte: »Und wenn mich jemand erkennt, ist mir das auch egal – das ist meine Geschichte und ich muss endlich dazu stehen!«

Aber warum war ihr Sterben dann so schwer? Heißt es nicht, dass es leicht sei, den Tod anzunehmen, wenn man mit sich und seinem Leben im reinen ist?

Als sie in den letzten Wochen ihres Lebens von Alpträumen heimgesucht wurde, als sie Nacht für Nacht weinte und um Hilfe schrie, da fürchtete ich, dass sie noch nicht mit allem in ihrem Leben abgeschlossen hatte – gab es noch eine andere Schuld, über die sie nie gesprochen hatte?

»Mutti, was quält dich denn so, willst du es mir nicht erzählen?« habe ich sie immer wieder gefragt. Nur einige Alpträume bekam ich zu hören. Sie, die sich nie zuvor an Träume erinnert hatte, erzählte mir nun schreckliche Details von Bombenalarm und verbrannten Städten und immer wieder vom Eingesperrtsein in einer vergitterten Zelle. In den letzten Tagen ihres Lebens konnte sie die Träume nicht mehr von der Realität unterscheiden, sie behauptete, dass man sie Nacht für Nacht aus ihrem Krankenzimmer herausehole und in eine Gefängniszelle einsperre.

»Ich höre doch, wenn sie den Schlüssel umdrehen, und dann ist es dunkel und ich krieg keine Luft, weil das vergitterte Fenster zu ist! Und ich schreie, und keiner holt mich da raus!«

Am Morgen verlangte sie dann von mir, mich bei der Klinik zu beschweren. Meine Versuche, mit ihr über diese Träume zu sprechen, waren vergeblich, sie war verzweifelt, dass ich ihr nicht glaubte, was die Schwestern ihr nachts antäten, und beharrte darauf, dass ich die Zelle tatsächlich im Krankenhaus fände, wenn ich mich nur umsehen würde. Die einzige Lösung war, dass ich nachts bei ihr blieb.

In der letzten Nacht brabbelte sie fast unaufhörlich vor sich hin, ich habe mein Ohr an ihren Mund gelegt, um es zu verstehen – es gelang mir nicht, manchmal war sie ungehalten, schaute mich fast böse an, wenn ich sagte: »Mutti, ich verstehe dich nicht, es tut mir so leid.«

Sie zuckte resigniert die Achseln, schlief wieder ein, stöhnte im Schlaf, bis sie pötzlich wieder hochschreckte, sich halb aufrichtete, mich noch einmal mit wachen Augen fixierte und mit kräftiger Stimme sagte: »Ich bin froh, dass du das Buch geschrieben hast und dass wir unseren Frieden miteinander gemacht haben.«

Ich nahm sie in die Arme, wenige Stunden später starb sie.

In meiner Trauer wusste ich doch, dass es in Ordnung war, dass sie von ihren Leiden erlöst war, und ich war dankbar für den Frieden zwischen uns.

Und nun: Noch einmal ein ganz anderes Mutterbild, wieder Bitterkeit, Angst und Zweifel – es war also doch alles ganz anders!

Die »Lebensborn«-Zeit war nur die Spitze eines Eisbergs – ihr Engagement für das Nazi-Regime war nicht nur gebunden an den »Lebensborn«, ihre Begeisterung hatte nicht nur mit meinem Vater zu tun, da gab es noch Horst Wagner, und es sieht so aus, als habe sie sich weit über die NS-Zeit hinaus engagiert, ja sie hat möglicherweise einem Nazi-Funktionär zur Flucht verholfen, zumindest ihn jahrelang gedeckt und unterstützt. Auf jeden Fall aber hat sie ihn »maßlos geliebt« – mehr als meinen Vater, von dem sie immer behauptet hatte, er sei die große Liebe ihres Lebens gewesen.

Warum dieses Vaterbild? Um mich zu besänftigen? Um mir so all die Lügen über seine Abwesenheit zu erleichtern? Um die »Lebensborn«-Geschichte zu verschleiern, die sie erst vor wenigen Jahren sehr zögerlich zugab?

Jetzt habe ich den Verdacht, sie habe all das nur getan, um abzulenken von der eigentlichen Nazi-Geschichte. Es kommt mir so vor, als hätte sie sich schließlich scheinbar bereitwillig auf meine »Lebensborn«-Recherche eingelassen, um mich abzulenken. Immer wieder hatte ich sie dabei auch nach Wagner gefragt – die Auskünfte waren spärlich genug. Ich habe nicht weitergebohrt, wollte sie nicht zusätzlich belasten, nicht noch andere Wunden aufreißen.

Wollte ich wirklich sie schonen – oder mich selbst? Warum habe ich nicht zu ihren Lebzeiten versucht herauszufinden, inwieweit sie verstrickt war in eine Geschichte, die nicht weniger brisant war als der »Lebensborn«? Weil ich Angst hatte vor Entdeckungen, die mir den Frieden mit ihr erneut erschwert hätten?

Warum musste sie, allen Qualen zum Trotz, dieses Geheimnis mit in den Tod nehmen? Noch ein Gelöbnis, ein Treueschwur?

Ich spüre keine Wut mehr auf sie, wie früher so oft. Das Gefühl der Versöhnung hält stand, ich werde das nicht mehr eintauschen gegen die Bitterkeit und den Zorn aus vergangenen Jahrzehnten, aber die Traurigkeit bleibt und die Enttäuschung. Nun kann ich von ihr nichts mehr erfahren, nun bin ich angewiesen auf die Aussage in den Briefen, vielleicht auf wenige Zeitzeugen, die es noch gibt. Nun muss ich wieder anfangen zu recherchieren.

Muss ich das wirklich? Wer zwingt mich dazu? Kann ich Horst Wagner nicht einfach das sein lassen, was er in jedem Fall war: eine große Liebe meiner Mutter *nach* der zu meinem Vater – na und?

Sie hat ihn nicht geheiratet, er ist nicht mein Stiefvater geworden. Sie haben sich irgendwann getrennt, ich weiß nicht, warum, ich weiß nicht, was danach aus ihm geworden ist – sollen sich doch Historiker darum kümmern, falls er doch eine wichtige Rolle in der NS-Zeit gespielt hat, mir kann er doch egal sein.

Er ist mir nicht egal.

Ich bin im Besitz von Briefen und Dokumenten mit zeitgeschichtlicher Relevanz – ich kann sie nicht nur als private Erinnerungen sehen. So wie ich mit meiner Autobiographie einen Beitrag leisten wollte, eine der letzten Legenden des Nazi-Wahnsinns, den »Lebensborn e.V.«, zu thematisieren, und die Verführbarkeit der Menschen durch Ideologie thematisiert habe, so will ich auch jetzt die Liebesgeschichte meiner Mutter in die historischen Zusammenhänge einordnen. Ich möchte herausfinden, wer Wagner war, an seinem Beispiel der Frage nachgehen, wie politische Macht, vielleicht Verbrechen mit großer Liebesfähigkeit, Hingabe und zärtlicher Fürsorge vereinbar sind.

Was weiß ich bisher über ihn?

Meine Mutter lernte im Nürnberger Justizgefängnis einen faszinierenden Mann kennen, der dort schon einige Zeit als Zeuge interniert war und offensichtlich gute Kontakte zur Gefängnisleitung hatte. Sie schilderte ihn immer als gebildet, warmherzig, großzügig, weltgewandt. Die beiden haben sich unsterblich ineinander verliebt, verlebten sogar im Gefängnis eine »märchenhaft schöne Zeit«, kamen sich so nahe, dass sie das Gefühl hatten, zu einem einzigen »Horstedileinwesen« zu verschmelzen. Überzeugt, nie wieder auseinanderzugehen, glaubten sie, die Trennung würde sie nur noch mehr zusammenschweißen, ihr Leben würde endlich ein »Frühling ohnegleichen« werden.

Und seit ein paar Jahren weiß ich, dass er im Lager Nürnberg-Langwasser interniert war. Damals erzählte ich meiner Mutter von einer Lesung in der dortigen Gesamtschule, da sagte sie wie beiläufig: »In Langwasser? Dort war das Internierungslager der Amerikaner, da habe ich den Wagner besucht, bis er abgehauen ist.«

Sie erwähnte noch eine »drohende Anklage«, zuckte aber wieder die Achseln, als ich nachfragte.

Ich weiß, dass er über Südtirol Rom erreichte, wo er einige Jahre unter falschem Namen lebte und sich in einflussreichen adligen Kreisen bewegte. Seine Spuren hat er so gut verwischt, dass es mir bisher nicht möglich war, jemanden zu finden, der ihn dort gekannt hat. Ich weiß, dass eine Verbindung mit der Fluchthilfeorganisation des »Anima«-Kollegs zumindest nach ersten Nachforschungen nicht nachweisbar ist, vermute, dass er in Südamerika war, aber anscheinend nicht, wie zahllose andere hohe Nazis, nach Argentinien, Peru, Bolivien oder Uruguay ausgewandert ist. Hatte er das nicht »nötig«?

Ich weiß, dass er sich irgendwann nach Spanien abgesetzt hat, sich angeblich grundlos von meiner Mutter trennte, ihre Briefe zurückschickte und dann anscheinend spurlos verschwand.

Ich muss weiterlesen und recherchieren.

Bisher habe ich nur die Briefe von 1947 gelesen, die an ihre Familie und diejenigen, die sie sich gegenseitig im Gefängnis geschrieben haben und aus ihrem Urlaub. Zwischen diesen und der »römischen Post«, die ich auf meine Reise mitgenommen hatte, fehlen zwei Jahre.

Was ist 1948 passiert, wie konnte er fliehen, wo war er, bis er sich Ende 1949 aus Rom meldete?

Nun sitze ich wieder vor dem großen Karton, nehme einige Stapel noch ungelesener Briefe heraus, sortiere sie wenigstens nach den Handschriften von »Horst« und »Edi«, versuche die wenigen datierten in eine Reihenfolge zu bringen.

Wo anfangen, wie einander zuordnen? Am besten suche ich erst einmal wieder nach Daten – vielleicht gibt es einen Brief vom Anfang des neuen Jahres?

Der erste Hinweis ist ein Telegramm aus Nürnberg an meine Mutter.

DAS MILITAERGERICHT HAT ENTSCHIEDEN, DASS SIE AM 5. JANUAR 48 FUER EINIGE TAGE HIER ALS ZEUGIN ZU ERSCHEINEN HABEN. JUSTIZPALAST ZI. 548 MELDEN. LEBENSMITTELKARTE MITBRINGEN.

Eine gute Gelegenheit zum Besuch in Langwasser.

Ungeduldig überfliege ich einige Briefe, die mit »Sonntag Abend«, »Freitag Nacht« oder überhaupt nicht überschrieben sind, ärgere mich wieder über die fehlenden Marken auf den wenigen Briefumschlägen.

Wann hat meine Mutter die Marken ausgeschnitten? 1948, im Alter von fünf Jahren habe ich bestimmt noch keine Briefmarken gesammelt. Erst 1953, im Gymnasium, war die halbe Klasse im Sammelfieber und die liebste Beschäftigung in der Pause war das Tauschen.

An den Hitler-Marken waren meine Klassenkameradinnen nicht so interessiert, aber meine italienischen, besonders die mit den Papstporträts, waren als Tauschobjekte sehr begehrt – ich hatte genügend doppelte. Sicher hatte ich damals meine Mutter um »gebrauchte« Briefmarken gebeten, und sie hat sie für mich aus ihrem großen Briefvorrat geschnitten.

Nach den praktischen Briefen aus Rom mit den vielen »Schulaufgaben« lese ich nun wieder Liebesschwüre:

Seitdem Du da bist, weiß ich, daß mein Leben auf seinem Höhepunkt ist, mein Blut hat jubelnd erkannt, daß es immer glücklich sein wird. Was ich mit Dir erlebte, kann ich nie beschreiben, ich habe nicht gewußt, daß geliebt zu werden so schön sein kann. Daß ich das durch Dich erkennen konnte, bindet uns so fest und deshalb bist Du mein guter Stern an meines Daseins Himmel.
Je mehr ich mit Dir zusammen bin, umso größer die Liebe: also die Ewigkeit, die Deines Herzens größter und heißester Wunsch ist. Da gibt es ein Band, das unzerreißbar alles überdauert. Ich weiß, daß wir zusammengeführt worden sind, um in aller Ewigkeit Hand in Hand zu bleiben.
Weißt Du nun, daß es gleich ist, ob wir einmal kürzer oder länger getrennt sein müssen. Sicherlich, Dein Herz wird bluten, wie es meines schon tut, wenn ich Dir dieses schreibe: aber diese Unlöslichkeit ist das größte Glück meines Edilein.
Was willst Du mehr vom Leben: Du wirst geliebt, wie kaum jemand in allen Zeiten geliebt wurde. Dir gehört die Sorge all meiner Gedanken und Kräfte: Mein Leben hat nur ein Ziel: Dich. Dein Fuß hat einen Schemel, wie ihn keine Königin besitzt. Mein ganzes Ich, mit allem Stolz, Kraft und Fröhlichkeit wird Dein Leben umgrenzen und umhegen. Du wirst verehrt und geachtet und geliebt.
Edilein, Du bist eine glückliche Frau – Meine Frau.

Ob sie damals schon gewusst hat, dass er noch verheiratet war, als er sie seine Frau nannte und doch keine Ahnung hatte, wie sein Leben weitergehen würde?

Und wie konnte er behaupten, dass »kaum jemand in allen Zeiten« so geliebt wurde? Das grenzt an Größenwahn!

Grenzt?

Meist schreibt auch Edi kein Datum auf, ich freue mich um so mehr über diesen Brief vom Januar 1948:

Tölz, am 23.1.48

Mein liebstes Schätzlein!

Ganz traurig bin ich, weil ich das Päckchen an Dich nicht so zusammenrichten konnte, wie ich es vorhatte. Wenn ich nicht wüßte, wie nötig Du die Socken brauchst, hätte ich mit dem Wegschicken noch so lange gewartet, bis ich das hätte beipacken können, was meinem Leckermäulchen immer Freude macht.

Wenn ich mir vorstelle, daß der Karton in den nächsten Tagen bei Dir sein wird, kann ich wirklich eifersüchtig auf ihn werden. Könnte ich doch an seiner Stelle sein!

Draußen ist herrliches Winterwetter, wie unzählbare Diamanten glitzern die Schneekristalle in der Sonne; für mich aber ist alles grau und tot, denn mein Herz kennt und spürt nur die Sorge um Dich, die ich bei dem kalten Winterwetter besonders um Dich haben muß. Frierst Du denn auch nicht und hast Du auch wenigstens so viel zu futtern, daß Du nicht hungern mußt? Es bedrückt mich so sehr, daß ich Dir in dieser Beziehung so wenig helfen kann, Du weißt doch, wie gerne ich Dich verwöhnen möchte.

Ein vierjähriges kleines Mädchen, das glücklich durch den tiefen Schnee stapft, nichts von Diamanten weiß, aber tausend Sterne glitzern sieht und jauchzend auf dem Schlitten den kleinen Hügel hinter der alten Sägemühle hinuntersaust – alles grau und tot für sie?

Meine Mutter kommt in den Einnerungen an solche Winterbilder nicht vor, mein großer »Bruder« – eigentlich mein Vetter – ist es, der mit mir durch den Schnee tollt, mich festhält auf dem Schlitten und mich tröstet, wenn ich vor Kälte weine.

Gestern war ich fleißig an der Schreibmaschine gesessen; schon nach der ersten Seite hatte ich wieder das alte Tempo, mit dem sicher auch mein hoher Herr Chef-Gemahl zufrieden sein wird. Wenn ich dann erst mal unseren Roman schreiben darf, wirst Du mit dem Diktieren gar nicht mehr nachkommen!

Merkwürdig, ich bin bisher nicht auf die Idee gekommen, dass meine Mutter sich bewusst war, wie »romanhaft« ihre Liebesgeschichte war!

Dieser Satz macht mir Mut, er ist wie eine Erlaubnis für meine Schilderung ihres Lebens.

Daß ich mich beim Durchlesen der Blätter ganz fest in Deinen Arm pressen mußte, will ich Dir nicht verschweigen; der dumme – Du sagst mir allerdings er wäre klug – Verstand fing nämlich schon wieder an, mir einreden zu wollen, daß ... usw. Du kennst ja meine alten Sorgen und großen Bedenken, die bei solchen Gelegenheiten dann halt immer wieder laut werden. Und mein Herz will doch davon nichts wissen; es will doch leben und glücklich sein und das kann es doch nur, wenn es in Deinen Händen ist. –
Ich werde Dir die Abschriften als Wertbrief zuschicken, damit ich sicher bin, daß sie nicht verloren gehen. Für alle Fälle habe ich eine zweite Copie gemacht, die ich hier behalten werde. Einverstanden?

Sie spielt Sekretärin für den »hohen Chef-Gemahl«, schreibt was ab?

Was beunruhigte Dich so beim Lesen seiner Dokumente, was wollte Dein Herz nicht wissen, was Dein Verstand las, Mutter? Hättest Du nicht glücklich sein können mit diesem Mann, wenn Du es wirklich zur Kenntnis genommen hättest, was Du abschreiben musstest?

Schade, dass Du die Kopien anscheinend nicht aufgehoben hast.

Wenn morgen die Züge wieder verkehren – heute hatte die Eisenbahn auch gestreikt –, will ich am Vormittag nach München und abends nach Starnberg fahren, um dort die Gemüter wieder zu beruhigen. Eigentlich tue ich es Mutter zuliebe, die es sich immer sehr zu Herzen nimmt, wenn die geschwisterlichen Bande etwas locker sind. Mich persönlich kann das garnicht mehr beeindrucken, das ist mir so nebensächlich geworden. Genau so wie alle meine Gefühle und meine ganze glühende innige Liebe nur meinem Herzensbub gehören, will ich auch nur noch von meinem Schätzlein geliebt werden. Ich staune manchmal selbst über mich wie einseitig ich geworden bin.

Exklusive Liebe für Schätzlein, Spätzlein kommt nicht mehr vor – normalerweise schaffen es Frauen, gleichzeitig Geliebte und liebende Mutter zu sein, sie jedoch brauchte anscheinend ihre ganze Liebe als Geliebte und Muttilein für den Herzensbub – da blieb nichts mehr übrig für ein Kind, das sie vor nicht langer Zeit unter ihrem Herzen getragen hatte.

Es wird mir übrigens ganz gut tun, wenn ich ein paar Tage wegfahre, denn bei unserem großen Haushalt heißt es halt doch zupacken. Mutter ist immer noch recht schonungsbedürftig, eine Hilfskraft ist nicht aufzutreiben, was bleibt mir anderes übrig, als fest mitzuhelfen. Die schönen Versprechungen, die man mir in glühenden Briefen nach Nbg. geschrieben hatte – daß ich mich nach meiner Heimkehr erst mal tüchtig schonen und ausruhen sollte, sind anscheinend alle vergessen worden. Ich muß schon sagen, daß mich das sehr enttäuscht hat!!

Die Mutter krank, die gesundheitlich angeschlagene Schwester von früh bis spät im Büro, kein Ernährer, weil der auch in einem Internierungslager ist, drei Kinder, alle auf engstem Raum ohne Heizung, zum Kochen für die fünfköpfige Familie bloß der kleine Kohleherd, der das Zimmer nur mühsam heizt, keinerlei elektrische Haushaltsgeräte – und sie ist enttäuscht, dass sie nicht ausruhen durfte. Hatte sie nicht sogar aus Nürnberg geschrieben, dass sie nicht klagen könne über zuviel Belastung, ja sogar, dass der Gefängnisaufenthalt für ihre Schwester die reinste Erholung wäre?

In den Karton habe ich viele Küßchen, lauter liebe Gedanken und unzählige heiße Wünsche mithineingepackt, auf deren Erfüllung ich mit brennender Ungeduld warte. Bis zum Herbst bin ich um jeden Tag

froh, der hinter uns liegt. Und mein letzter Gedanke heute und jede
Nacht: ich liebe Dich und gehöre Dir für alle Ewigkeit. Wie niemand
auf der Welt sehnt sich immer nach Dir
Dein Edilein

Der »Herbst« könnte ein Hinweis darauf sein, dass sie im Januar tatsächlich noch davon ausgegangen ist, dass er nur interniert war, weil er bis dahin noch als Zeuge für allmählich auslaufende Prozesse zur Verfügung stehen musste.

Noch immer habe ich nicht alle Umschläge geöffnet. In einem zugeklebten braunen Kuvert mit dem Aufdruck »WAR DEPARTMENT – Official Business« entdecke ich zu meiner Überraschung einen Monatskalender von 1948! Wahrscheinlich ist es der »neue Kalender mit einer blühenden Blumenwiese in den Bergen«, den er in seinem Adventsbrief erwähnte, im Dezember 1947 ein Geschenk von Edi.

Das geschilderte Deckblatt fehlt, das Januarbild ist ein idyllisches Wintermärchen: vor sonnenbeschienenem Berggipfel eine Holzhütte, Skispuren davor. »Zwei Spuren im Schnee führ'n herab aus steiler Höh'«, so wird Vico Torriani ein paar Jahre später singen. Der Schlager aus den fünfziger Jahren klingt in meinem Kopf an – erstaunlich, welche überflüssigen Dinge das Gehirn speichert! –, wahrscheinlich, weil der Text so gut dazu passt: »… und die eine Spur ist deine und die andere Spur ist meine, und sie führen uns hinab zu lauter Seligkeit …«

In Wagners Schrift steht darunter:

Das Jahr begann mit einem Wunder: Du lagst in meinen Armen am
Neujahrstag

Neben *Donnerstag, den 29.1.,* schrieb er: »*Ich küsste Dich zum ersten*
Mal in München.«

Sie konnten sich also tatsächlich in München wiedersehen; folgender datumsloser Brief von Wagner hat offenbar mit diesem Treffen zu tun:

Du –

Ich habe Dir heute mit so brennenden Augen nachgesehen, als Deine einzigschöne Gestalt von der Ferne aufgenommen wurde, voller Schmerz – Du tust, was Du nie willst und später nie tust – Du vergrößerst den Zwischenraum zwischen uns.

Als ich gestern die Liebe zum ersten Mal in unser geliebtes München brachte und Deinen beseeligenden Mund dazu brachte, »Mein Horstel« zu sagen, als Herz und Blut Deines Liebsten in seinem Schicksal, Deiner schönen Hand, aufbrach, da haben wir uns beide unsere Heimat geschenkt. Wir lieben uns täglich immer mehr, und jeden Tag sehe ich aufs Neue, wie Du bist, was Du mir bist. Alles Glück für mich, alles Werden und Frohsein, das liegt nun einmal in Dir. Jeden Tag schlägt mein Herz mehr für Dich.

Als ich gestern sah, was Du hinter Dir hattest, dann mit all Deiner großen Liebe zu mir kamst und alle Mühen und selbst die Aussicht auf eine schlaflose Nacht gar nicht beachtetest und die erste gemeinsame Fahrt unseres Lebens – ich bin noch nie so glücklich gereist – starteten, da hast Du mir den maaßlosen Stolz, der mein ganzes Leben vergolden wird, geschenkt:

Solch eine Frau wie die meine gibt es nie mehr. Und heute gabst Du mir das Gefühl, daß Du mein Herz kennst bis ins empfindlichste Winkelchen – und gabst mir das andere stolze Gefühl, daß die Gestalt einer Göttin, eine unvergleichliche Frau mein eigen ist –

Du gehst. Ich könnte schreien. Komm morgen, dann lebe ich.

Nun kann ich auch einen abgerissenen Zettel in einem briefmarkenlosen Eilbotenumschlag jenem Treffen zuordnen:

Mein Edilein, hoffentlich kommt nichts dazwischen: sonst sage meinem Herzenskind, daß es mich Dienstag früh 9.15 Uhr vom Münchener Hauptbahnhof abholt.

Bekommst Du den Brief zu spät, ich warte dann gegenüber, bis Du kommst. Wahrscheinlich kann ich bis Mittwoch bleiben. In Eile Dein Bub

Und ich verstehe jetzt die große Enttäuschung in einem anderen Brief, den ich anhand der Information einem leeren Eilbriefumschlag mit

240

dem Absender: »L. Schaller, z. Zt. München, Bahnhofshotel« zuordnen kann:

Mein liebstes Edilein!
Als ich mich heute Dienstag nachmittag in dem D-Zug, den Du ja
auch einmal benutztest, zum ersten Male München näherte, um die
geliebteste Frau zu sehen, da schlug mein Herz, daß ich kaum wußte,
wie ich es einigermaßen bändigen konnte. Ich war fast schwach
vor Erwartung. Tagelang hatte ich versucht, mit einem Kraftauf-
wand, wie ich ihn noch nie eingesetzt habe, diese Möglichkeit zu
schaffen, – Du kannst Dir denken, was dazugehörte –, aber mein kost-
barstes Herz hatte so weh und krank geschrieben, da habe ich es doch
geschafft.
Heute morgen war es so weit, da kam auf der Randbahn eine Störung,
den 6 Uhr D-Zug erreichte ich nicht, so fuhr ich mit dem nächsten um
14.37 ab, da ich dachte, Du kennst ja den Betrieb und plötzliche kleine
Schwierigkeiten.
So fuhr denn Dein sehnender Geliebter seinem Glück entgegen mit
dieser schmerzhaften Sehnsucht nach dem anderen Teil des Ichs und
wollte mein Herzenskind ganz innig erfreuen
Du weißt, was sich ereignete: Du, Du warst nicht da.
Ich hatte zwar noch mittags je ein Blitzgespräch und Blitztelegramm
aufgegeben, aber auf den Gedanken, daß Du den nächsten Zug nicht
abwarten könntest, war ich nicht gekommen.
Liebstes, ich liebe Dich wie je. Auch wenn das Leben, das mir ja nicht
nur gelacht hat, heute mir die größte Schlappe – Enttäuschung war es
nicht – beibrachte, ich stand zum ersten Male fassungslos da.

Wenn ein verpasstes Treffen am Bahnhof die größte Schlappe seines
Lebens darstellte, so muss das vergleichsweise pannenfrei verlaufen
sein …

Nun, auch das ist überwunden. Du weißt, wie ich mir eine Unterkunft
für die Nacht besorgen muß, eine Adresse kenne ich, eine einzige und
da sträube ich mich hinzugehen. Was ich tue, weiß ich noch nicht, aber
die Zeit drängt.

241

Mittwoch früh von 7.35 – 10.50 werde ich noch auf und abgehen, dann fahre ich nach Dachau.

Ich wollte Dir helfen und Dein zärtliches Herz streicheln, und auch das meine hat schon seit Tagen Dich gebraucht, aus neuen Gründen, die ich dringend mit Dir besprechen mußte und nach Dir gerufen. Dann wollte ich versuchen, am Donnerstag gemeinsam mit Dir nach N. zurückzufahren.

Versuche doch bitte wenigstens, am Donnerstag zwischen 1 – 6 an den Zügen, die aus Dachau im Münch. Hauptbahnhof ankommen zu sein. Ich habe zwar schon versucht, in N. ein Zimmer für Dich zu bekommen, aber noch keine Zusage erhalten. Also, auch das ist riskant.

Sollten wir uns nicht nur heute, sondern die ganze Reise verpaßt haben, dann komm so schnell wie es nur geht nach N. Wenn es dann vielleicht auch nur ganz kurz sein kann, komm bitte zu mir.

Ich habe Dich noch nie nötiger gehabt.

Verzeih mir später diesen traurigen Brief. Meine Liebe ist sehr groß. Hilf doch dem Herzen, das nach einem solchen Schlag Dich noch mehr braucht. Dir aber, die ich mehr als mich liebe – Dein trauriges Herz, das jetzt so betrübt sein wird, das spüre ich richtig, meine Hände streicheln und trösten es – will ich nur sagen: Ich liebe Dich doch so. Dein L.

LUITPOLD SCHALLER

Ein abgerissener Zettel liegt bei:

Versuche doch vielleicht am Donnerstag vormittag nach Dachau Besucherbaracke zu kommen und frage nach dem Internierten Vertrauensmann Seiler. Dort liegt dann vielleicht Bescheid. Erkundige Dich evtl. bei Lagerleiter, wann die Langwasser-Herren wieder abfahren. Klappt es, kannst Du am Tor auf mich warten.

Wieso schreibt er gelegentlich unter dem »L.« noch den ganzen Namen in großen Druckbuchstaben aus, nennt sich diesmal wieder »Luitpold«, nicht »Ludwig«, was bedeutet das nun wieder?

Das erwähnte Telegramm liegt mir auch vor; in Nürnberg am 27. Ja-

nuar in letzter Minute vor Abfahrt des Zuges um 14.30 Uhr als Blitztelegramm an E. E. in Bad Tölz aufgegeben, wurde es dort um 15.00
Uhr übermittelt:

MUENCHEN 18.10 WARTE BIS MITTWOCH BITTE NUR 7.15 UHR
FRUEH JEDEN ZUG AUS TOELZ = HORST

Bevor er nach Dachau fährt, schickt er zur Sicherheit eine Eilpostkarte
nach:

Du, seit gestern nachmittag bis heute früh 7.45 wartete ich auf Dich.
Nun mußte ich fort. Ich bin Deutsches Lager Dachau aus Lang-
wasser zur Besprechung mit Sondermissionstermin. Komm, wenn es
geht zur Lagerleitung (Leiter Seiler) und versuche, mich zu erreichen.
(Besucherbaracke). Vielleicht liegt Brief bei Eingang. (Donnerstag
vormittag). Wenn nicht: ab 14 – 18.30 (meine Abfahrt nach N.) auf
Dachau-Steig Hbahnhof München warten.
Evtl. mußt Du mit (Donnerstag+Freitag).
Klappt alles nicht, würdest Du Sonnabend früh nach N. kommen und
gleich hinaus. Alles, alles wie sonst. Diese furchtbare Nacht, Du hier,
ich hier, werden wir schon ausheilen. Immer Dein L.

So viele Rätsel auf einem kleinen Zettel und einer Postkarte: Wer
sind die »Langwasser-Herren«? Wieso hat der in Nürnberg internierte
Wagner einen »Sondermissionstermin« in Dachau? Ich weiß nur, dass
dort einige der Nürnberger Nachfolgeprozesse stattfanden, wohl auch
Vernehmungen dazu.

Hat er ganz einfach ein Verhör beschönigen wollen? Wieso ist es
ihm aber dann gelungen, alleine zu fahren und in München zu übernachten? Wieso ist der Lagerleiter Seiler ein Vertrauensmann? Warum
»muss« Edi mit, welche »neuen Gründe« muss er so dringend mit ihr
besprechen?

Das Telegramm konnte sie am Mittwoch nicht rechtzeitig bekommen, weil sie ihn ja schon am Vormittag um 9.15 Uhr in München
abholen wollte, sie wird es erst nach ihrer Rückkehr nach Tölz vor-
gefunden haben.

Wie schwierig es in den telefonlosen Zeiten war, sich zu treffen, wenn man sich verspätet hatte! Unglaublich, wie er innerhalb kürzester Zeit verschiedene Möglichkeiten in Erwägung zieht und dazu parallel alle gängigen Kommunikationsmittel nützt – er muss ein Organisationstalent gewesen sein.

Ob sie ihn nun am Donnerstag, den 29. Januar in Dachau abholte oder in München, jedenfalls haben sie nach einer schlaflosen Nacht die erste »gemeinsame Fahrt ihres Lebens« nach Nürnberg angetreten, mit dem von ihm gebuchten Hotelzimmer hat es geklappt.

Sie muss noch ein paar Tage in Nürnberg geblieben sein, wie sonst soll ich mir den Eintrag auf dem Februarblatt des Kalenders erklären: »Der Zauberwald unserer Liebe tut sich auf«?

Ein anderer Fund zwischen den vielen Zettelchen hilft mir auch weiter: eine »Besucherkarte« für Horst Wagner für die »Besucherbaracke Internierungs- u. Arbeitslager Nbg. Langwasser, Stadtteil I Baracke 10«:

Diese Karte berechtigt zum Besuchsempfang von zwei nächsten Angehörigen mit den eigenen Kindern gemäß den Anordnungen des Bayerischen Staatsministeriums; Diese Karte muß bei der Anmeldestelle der Besucherbaracke abgegeben werden.

Es ist nicht anzunehmen, dass Edi die Karte von Wagners »Angehörigen« aufbewahrt hat, es wird die gewesen sein, die er für seine Geliebte benutzte.

Auf der Karte sind die Besuchstage eingetragen, für Januar sind das der 2. und 4. sowie der 30. und 31. Januar; letztere Daten bestätigen den Termin der Reise aus München. Sie muss die ganze erste Februarwoche geblieben sein, die Einträge vermerken den 1., 2., 4. und 7. Februar als Besuchstage. Nur – wo »tat sich der Zauberwald ihrer Liebe auf«, wie es das Kalenderblatt vermerkt? Da es unwahrscheinlich ist, dass damit das Wäldchen rund um das Lager gemeint ist, muss er eine priviligierte Möglichkeit für innige Zweisamkeit gehabt haben – Einzelbaracken gab es sicher nicht im Internierungslager!

Die Besprechungen in Dachau, die »zauberhaften Tage« mit Edi haben nichts daran geändert, dass die Situation für ihn bedrohlich zu werden scheint. Das erfahre ich aus einem dicken zusammengefalteten Briefbündel, das aus vier Teilen besteht, das signalisieren die römischen Ziffern.

Kein Datum darunter, aber in Brief I kommen im Text Daten vor, die mir weiterhelfen. Er hat ihn im Lager Langwasser geschrieben.

I

Edilein, liebstes Edilein,
Ich muß in diesem Augenblick alle Deine ganze hingebende und vertrauende Liebe haben: nur der Gedanke, wie Du mich liebst und so Teil meines Ichs bist, hilft mir über die furchtbare Ahnung, wie Du dieses aufnehmen wirst, hinweg. Mein Vertrauen in Stärke und Tiefe Deiner Liebe ist so groß, daß ich Dich bitte, die Tatsachen, die mich betreffen, zu ertragen in der Gewißheit, daß nichts uns beide trennen kann:
Gestern spät abends erhielt ich die Nachricht, ich müßte um 8 Uhr nach Nürnberg. Niemand konnte mir sagen, ob für immer oder nur für heute oder wie lange. Es besteht noch eine Möglichkeit, – wie groß sie ist, weiß ich nicht – daß ich doch noch einmal ins Lager wieder zurückkomme. Als ich die Nachricht bekam, war mein erster, bestürzter Gedanke: Mein armes, geliebtes Edilein. Und dann habe ich mir zugeredet, daß gerade Dein zartes Herz wirklich groß ist im Ertragen eines gemeinsamen Leides. Du bist in meinen Augen der beste und wunderbarste Kamerad, den ich mir auf dieser Welt wünschen konnte.
Ich muß damit rechnen, was ich seit Tagen befürchtete, daß wir uns gerade nicht mehr sehen würden können.

Ausgerechnet an dem Tag, an dem er mit ihrem Besuch rechnen konnte, sollte er also morgens nach Nürnberg gebracht werden; am Abend zuvor schrieb er diesen Brief, den er wohl für sie hinterlegt hat.

Aber erst einmal, wie immer: was tuen wir jetzt: Du wartest bitte heute den ganzen Tag bis 5, morgen auf jeden Fall auch noch. Vielleicht

kann dann Herr Naumann in Baracke I/10 herausbekommen, ob ich
nochmal zurückkomme.
Versuche mir dann gleich in den Palast zu schreiben, mit Adresse, dass
ich Dir antworten kann. Aber warte bitte nicht lange, vielleicht kannst
Du über Frl. von der Trenk, die Du auf jeden Fall aufsuchen mußt,
etwas erfahren, – denn ich könnte ja auch erst in 2/3 Tagen kommen.
Du merkst sicher an meiner Schrift, wie mir zumute ist. Herzenskind,
sei so lieb und warte hier und versuche im Falle, daß wir uns nicht
sehen können, mir zu schreiben, daß Dein Herz, das doch mir gehört,
mit der Enttäuschung fertig wurde, weil unsere Liebe stärker ist als
alles andere.
Ich werde heute Nacht ohne Unterlaß an Dich schreiben. Ich habe
mich die Zeit unserer Trennung hindurch maßlos nach Dir gesehnt,
dieses Sehnen wird mich nicht verlassen, bis zum wichtigsten Tag in
meinem Leben.
Herzlein, aber gerade jetzt, wenn ich Deine traurigen Augen vor mir
sehe, dann möchte ich mit der ganzen Kraft meiner Liebe, daß Du nur
noch voller Liebe und Stolz an Deinen Geliebten denkst und Du fühlst,
daß das Glück, daß wir beide uns gefunden haben, viel größer und
schöner ist als das Leid, das uns das Schicksal zufügt, dann kannst Du
gewiß sein, daß unsere Liebe wirklich länger als ein Leben dauert.

Das »Schicksal«! Hat er je darüber nachgedacht, was ihn nun in seine
missliche Lage gebracht hat und dass es nicht das Schicksal war, das
Millionen von Menschen unter weitaus schrecklicheren Bedingungen
in Gefangenschaft zwang, sondern eine Regierung, für die er gearbeitet hatte?

Mir scheint, dass sein Vorhaben, »ohne Unterlaß« an Edi zu schreiben, ihn davon ablenken sollte, darüber nachzudenken, warum er im
Lager sitzt, warum er Angst hatte, nach Nürnberg, in den »Palast«,
zurückzukehren.

Und die Behauptung, das »zarte Herz« der Geliebten sei stark genug, ist eine Projektion: Je mehr er sich um sie sorgt, sich Gedanken
macht, wie *sie* mit allem fertig wird, um so weniger braucht er sich
Gedanken zu machen, wie er mit sich selbst und seiner eigenen Angst
zurechtkommt:

246

Ich denke nur daran, wie es Dich treffen wird, mich nach der Reise nicht sehen zu können; das ist für mich wirklich schrecklich. Und Du, Geliebtestes und Ersehntestes, wirst sicher ganz traurig sein über das, was ich durchmachte: Herzenskind, wenn Du es nur nicht zu schwer nimmst, wäre mir eine große Last vom Herzen.

Ich will deshalb auch alles berichten, was in den letzten Tagen war: Du sollst daraus sehen, daß mein ganzes Denken und Sinnen nur um Dich kreist. Seit Sonnabend früh bin ich zu jeder Zugankunftszeit am Zaun gewesen; ab 7.40 bis 15.55 Uhr. Ich hoffte doch, daß Du vielleicht kommen könntest. Ich habe gedacht, daß wir uns am 28. verabredet hätten, um die Februartage nicht verfallen zu lassen.

Endlich wieder eine konkrete Datumsangabe: Es handelt sich bei dem erwähnten »Sonnabend« um Samstag, den 28. Februar.

Ich wußte, daß Du kommen würdest, wenn nur irgendeine Möglichkeit bestände. Am Sonnabend Mittag hörte ich dann, daß ich Mitte der Woche nach N. müßte. Da telegrafierte ich, bitte sofort kommen und sandte auch einen Eilbrief. So habe ich auch Sonntag und Montag gestanden. Du kennst ja meinen Platz an der Ecke, um schon in der ersten möglichen Sekunde Deine geliebte, für mich den Inbegriff alles Schönen und Begehrenswerten darstellende Gestalt erspähen zu können. Dein Telegramm kam trotz der morgendlichen Aufgabezeit abends an.

Gibt es einen Eilbrief, Telegramme?

Gezielt blättere ich die wenigen kompletten Briefumschläge durch und werde fündig: Ein Expressbrief mit dem Poststempel »Nürnberg 28.2.48« nach Bad Tölz:

Herzliebstes, solltest Du mein Telegramm noch nicht bekommen haben, dann versuche, wenn irgend möglich, sofort zu kommen. Möglicherweise ist es nur ein Tag, da Aussicht besteht, daß ich an den alten Ort zurückgehe. Ich muß Dich auf alle Fälle noch sehen.

Mit Dir nur zusammenzusein ist für mich das Schönste auf dieser Welt, das Paradies. Schenk es mir wieder, auch wenn es kurz ist: Andere Liebe und die nächsten Jahrzehnte bleiben uns ja immer.

Sie konnte trotz seiner drängenden Bitte an diesem Wochenende nicht nach Nürnberg fahren, musste die letzte Besuchserlaubnis für Februar verfallen lassen. Ein Telegrammformular der Deutschen Post, aufgegeben am 1. März 1948 um 9.30 Uhr in Bad Tölz an Herrn Horst Wagner, Nürnberg-Langwasser 1/10, lautet: »ABREISE ERST DIENSTAG MOEGLICH = E. E.«

Eilbriefe sind damals auch sonntags zugestellt worden, aber konnte man am Wochenende auch in einer Kleinstadt Telegramme aufgeben?

Wie gut, dass ich den Kalender gefunden habe – 1948 war ein Schaltjahr. Seinen Expressbrief müsste sie am Sonntag, 29. Februar bekommen haben, konnte aber erst am Montag telegrafieren.

Ich lese weiter im angefangenen Brief, weiß nun, dass er ihn in der Nacht von Dienstag auf Mittwoch, den 3. März geschrieben hat:

Als Dein Telegramm kam, dachte ich, Du kämest nun heute am Dienstag; ich habe mir natürlich Sorgen gemacht, daß Du nicht kamst, denn es muß doch schon etwas vorliegen, wenn mein Edilein nicht kommen kann.

Er hat in seiner Aufregung das Telegramm nicht genau gelesen, ich bin sicher, so präzise wie die beiden sonst alles formuliert haben, hätte sie »Ankunft« geschrieben und nicht »Abreise«, wenn sie am Dienstag noch kommen wollte. Sie wird erst am Abend aus Tölz losgekommen sein, hat in München übernachtet und ist dann sicher mit dem ersten Zug nach Nürnberg gefahren.

Dieser Wettlauf gegen die Zeit 4 Tage hindurch, kommst Du noch, bevor ich gehen muß, – war schon nicht ganz leicht. Weißt Du, daß ich Dich viel tiefer und inniger liebe. – Nur natürlich die Sorge so drückend, denn Herzlein, Du bist das Wichtigste und Kostbarste und so ist doch meine liebende Sorge verständlich.

Und nicht nur aus liebender Sorge um sie sehnt er sie so verzweifelt herbei, er braucht sie auch für Vermittlerdienste:

Ich will versuchen, alles, was ich Dir erzählen wollte, aufzuschreiben.

Herzenskind, ich versuche alles, schnell wieder hier zu sein. Du mußt hier Naumann, Poldi evtl. fragen – oder nach 2 Tagen im Zeugenhaus Trenk, vielleicht ist Wölfchen dort, usw, die mit mir in Verbindung kommen. Wenn ich in N. bin, kann ich ja nichts mehr tuen.

Wo sollte sie zwei Tage lang bleiben, wo übernachten? Hatte sie Zugang zum »Zeugenhaus« wegen der eigenen Vernehmungen, die noch andauerten?

»Wölfchen«, Johanna Wolf, war möglicherweise zur selben Zeit dort, wer Fräulein von der Trenk hingegen ist, weiß ich nicht, auch das Internet kennt keine Adelsfamilie gleichen Namens, verweist mich lediglich auf einen Freiherrn »von der Trenck« aus dem achtzehnten Jahrhundert. Der gute »Poldi« ist inzwischen anscheinend auch im Lager. Mit dem Namen »Naumann« gibt es einige bekannte Nazis, aber keiner von ihnen war gleichzeitig mit Wagner interniert.[27]

Sollte nichts klappen, so fährst Du wieder zurück und nimmst das Bewußtsein mit, daß du das Wichtigste im Leben Deines Horstels bist. Du schreibst ihm dann, sobald es geht, daß Du ihn sehr, sehr liebst. Denn für uns beide ist das Wissen um unsere unzerstörbare ewige Liebe wichtiger als aller Schmerz.

Über alles geliebtes Edilein, sei lieb und tapfer, behalte mich in Deinem Herzen. Denke an mich mit aller Liebe, ich bin angefüllt bis zum letzten Blutstropfen mit Deinem Bild. Ich liebe Dich so, daß ich ohne Dich nicht leben kann.

II

Mein geliebtes Herzenskind!

Wenn ich jetzt – ein unvorstellbares Glück – neben Dir, ganz eng angeschmiegt sitzen könnte und so lange in die schönsten Augen dieser Erde gesehen hätte, daß ich fähig wäre, mit dem Sprechen zu beginnen, dann würde ich Deine Hand fest in meine nehmen und zuerst einmal von Deinen Briefen und liebenden Gedanken sprechen.

Wofür soll ich Dir am meisten danken: daß Du immer das tust und erfüllst, was Du Deinem Liebsten gesagt hast. Du versprachst mir, besser zu sorgen für mich als jeder andere Mensch auf dieser Welt. Das hast Du getan.

Du versprachst mir, für mein wildes Blut die wildeste, leidenschaftlichste Frau: Du zeigtest mir, daß das in Dir für mich geschaffen ist. Du sagtest mir, Du würdest Dich in der schweren Zeit der letzten Trennung besonders um mich kümmern – auch das hast Du wieder so vollendet getan, daß es mir gut gegangen ist und ich in der Wärme, die von Deinem Herzen dauernd in mich überströmte, alles sehr gut überstanden habe.

Dann kam Dein Brief mit unserem Münchner Zukunftstraum. Wie verstehst Du doch aber auch alles, was in mir lebt und mir zu zeigen, daß es keine Erfüllung für mich gibt ohne Edilein und den Lebenskreis, in dem ich wirklich blühen kann. Ich weiß, daß es keinen Menschen gibt außer Dir, der mich kennt. Aber auch in der tiefsten Kammer meines Herzens gibt es nur Dich und den Willen, Dich glücklich zu machen und die Sorge, was Du alles durchmachen mußtest, Schmerzen und Ärger und Herzeleid – kannst Du Dir vorstellen, daß das alles mich verzweifelt nach einem Auswege suchen läßt: wir hatten doch eine märchenhafte Zeit und danach ging es Dir so schlecht. Ich grübele, wie ich Dir helfen kann, wie ich Dir nur Glück bringen kann. Denke doch jetzt an die letzten Tage, an die Baracke an Sylvester, wo ich lernte, daß der schönste Platz für mich an Deiner Schulter ist, an Neujahr, wo ich spürte, daß alles (auch das, was ich täglich zum Leben brauche!) nur dahin geht, Dir ganz in aller Lust und Schmerz zu gehören.

Du schriebst mir, ich habe Dir mehr gezeigt als es alle Worte vermocht hätten: Siehst Du, geliebtes Herz, wenn Du doch nur ganz und bis auf den Grund meines Herzens sehen könntest: dann würdest Du wissen, daß in mir nur Liebe und Sorge für Dich lebt und daß Zweifel an Deiner Liebe mir wie eine Sünde vorkämen. Ich kenne doch Dein Herz und Dich. Ich weiß doch wie bedingungslos Du liebst, gerade von der Größe Deiner Liebe bin ich täglich von neuem bis ins Innerste gerührt, gerade wegen deiner grenzenlosen Hingabe bist Du der wertvollste Mensch und mein ganzes großes Glück. Daran sollte ich je zweifeln? Nein, Geliebtes, Du hast meine Sorge falsch verstanden. Ich

wollte nie zweifeln: ich kann Dich doch nur lieben. Denke bitte immer,
daß ich Dir immer noch nicht die ganze Tiefe meiner Liebe zeigen
konnte; ich glaube auch nicht, daß Du es ganz richtig wirst sehen
können, bis Du meine Frau bist. Wäre es nicht gut, wenn Du ja sagen
würdest, sobald ich Dich darum bitte, es zu werden?
Deine lieben Sorgen haben mich hier so vollendet eingehüllt. Deine
Wärme war viel stärker als alle Kälte; Deine Briefe wie wunderbare
Sträuße im Winter.
So, das ist der zweite Brief: Du siehst aus ihm nur, ich liebe Dich in
alle Ewigkeit.

Im dritten Teil des Briefes schlägt er einen ganz anderen Ton an, er
muss ihn ermüdet spät in der Nacht geschrieben haben, die Schrift ist
fahrig, schwer lesbar. Jetzt gibt er endlich zu, wie gefährlich für ihn
die Rückkehr in den Justizpalast ist:

III
Mein Herzenskind, alle Gedanken, die in unserer Trennungszeit Dich
bedrücken, werden leichter, wenn Du nicht an das Heute, sondern an
die Zukunft denkst. Als ich Dir sagte: »Bau unser Nest«, hast Du so
strahlend ja gesagt.
Wenn ich Dich jetzt nicht mehr sprechen kann, so mußt Du selber han-
deln:
Wiesbaden – Brief anbei – und R. – München sind sehr wichtig: nimm
die Scheine heraus – (wenn Du nach Wiesbaden vor Ende März) Do-
kumente + Briefe dieses Mal bitte ungelesen lassen. Schreib mir, wann
Du nach Wiesbaden fahren willst, damit ich Frau R. unterrichten kann,
ich schicke Brief gleich an sie ab.
Scheine à 1000.-- (wenn ich Dir schreibe, ist dieser Betrag stets 1 Buch)
gibst Du meinem Edilein: sie darf vom 1. April bis 1. Sept. keine Stel-
lung annehmen und muß das Geld für 5 Monate verbrauchen. Den
ganzen Rest bekommt Muttilein, die über alles, mich und was mir ge-
hört zu bestimmen hat. Soviel wie geht, auf Konten oder Sparbücher
einzahlen. – Ein goldenes Zigarettenetui hilft uns später sehr, bitte auf-
heben.

Endlich Informationen über seine finanziellen Verhältnisse, Hinweise auf andere, denen er offensichtlich vor seiner Verhaftung Dokumente, Geld und Wertsachen übergeben konnte.

Die Tausenderscheine machen mich sehr stutzig, ebenso wie die Anweisung, dass »Edilein« das Geld in fünf Monaten aufbrauchen muss und deshalb nicht arbeiten darf! Was waren tausend Reichsmark damals noch wert, warum soll sie die Scheine bis zum September ausgeben und vom »Rest« möglichst viel einzahlen?

»Soviel wie geht« klingt nach einer größeren Summe – woher hatte er das Geld? Er kann noch nichts gewusst haben von der Zusammenlegung der drei Westzonen zu einem einheitlichen Wirtschaftsgebiet, die wenige Tage nach diesem Schreiben noch im März 1948 erfolgte, nichts von dem bereits kursierenden Gerücht einer baldigen Währungsreform. Sonst hätte er nicht mehr auf die Sicherheit von Konten und Sparbüchern vertraut, sonst hätte er sie angewiesen, für das Geld Sachwerte wie das goldene Etui zu erwerben.

Solltest Du nach Ansbach kommen, mir meinen Mantel senden, ich schicke dann den Ledermantel. Wäsche, die Du so lieb für mich wäschst, bitte wieder mit zurücknehmen, es ist praktischer.

Ansbach hat er noch nie erwähnt – warum will er »den Ledermantel« schicken?

Es gibt doch ganz »normale« Ledermäntel, warum sehe ich Wagner nun vor mir im fast bodenlangen, dunklen »Gestapo-Mantel«, wie ich ihn aus Filmen kenne? Waren die Gestapo-Männer Beamte?

Die Aktentasche mußt Du behalten. Herzenskind soll sie so oft wie möglich tragen.

Die Aktentasche. Die schwarze Mappe mit dem tief eingravierten Namen »Horst Wagner« – meine alte Schultasche. Die Mappe, die Herzenskind so oft wie möglich tragen sollte, hat mich über Jahre hinweg täglich auf meinem Schulweg begleitet.

Die Tasche, deren Inhalt laut Anweisung eines Paketanhängers nach dem Tod meiner Mutter zu verbrennen gewesen wäre. Die Mappe, die ich weder zu ihren Lebzeiten noch nach ihrem Tod wiedergefunden habe. Jetzt weiß ich, wie sie in ihren Besitz gekommen ist: Sie hat sie im März 1948 in Wiesbaden bei einer Frau R. abgeholt.

Deren mit Schreibmaschine getippter Brief liegt bei, sie hat ihn bereits am 11. Februar an Wagner geschrieben:

(16) Wiesbaden, den 11. Februar 1948

Lieber Herr Wagner!

Freude auf der ganzen Linie ueber Ihre Lebenszeichen! Zum Pech fuer Sie und mich ist Ihr erster Brief nicht hier angekommen. Hoffentlich stand nicht zu viel drin. Wo haben Sie IHN denn hingeschickt, in die Parkstrasse oder noch an meine alte Adresse? Von der Koernerstrasse bekomme ich allerdings meine Briefe umgehend zugeschickt. Jedenfalls ist es traurig.

Ich habe hier zwei Sachen von Ihnen, eine die meine Schwiegermutter Margarete mitgenommen hat, ausserdem noch eine Lederaktentasche, deren Inhalt ich damals per Einschreiben an Ihre Frau schickte. Da ich annahm, dass mich Ihre Frau mal in Wiesbaden besuchen wuerde von wegen der Nachbarschaft, habe ich alles mit nach hier genommen.

Sollten Sie nun jemanden nach hier schicken – ich bin ja im Dienst, d. h. bis 1. April, ab dann habe ich gekuendigt – und ich bin nicht zuhause, dann soll er doch auf meiner Dienststelle anrufen und zwar: Stat. Landesamt fuer Hessen, Wiesbaden-Biebrich, Rheinstrasse 25, Kalle Gebauede.

Meistens bin ich ab 18 Uhr zuhause zu erreichen. Wenn Sie mir vorher schreiben, wann der Herr kommt, gebe ich die Sachen bei meiner Hausbesitzerin, Frau Wuest ab. Aber darueber schreiben Sie mir wohl. Es gibt noch eine Moeglichkeit: ich schicke Ihnen die Sache als versiegeltes Wertpaket. Von Steinhauser hatte ich naemlich auch verschiedenes, das habe ich auch so geschickt und das ist angekommen. Ueberlegen Sie sich das alles und schreiben Sie mir mal einen ausfuehrlichen Brief.

Zur Zeit bin ich in der Woche Strohwitwe, aber sonntags kommt der Meinige. Uebrigens haben wir jetzt kommenden Samstag/Sonntag den guten Sonnleithner zu Besuch. Ich freue mich sehr, denn er weiss sicherlich vieles zu erzählen. Es ist doch immer schoen, wenn man wieder jemanden vom alten Laden trifft. Zur Abrundung des Ganzen

haben wir noch Hansi Limpert und Kutscher eingeladen, na, das wird
ja wieder ein Gequatsche geben, einer uebertoent den anderen.
Druecken Sie die Daumen, damit wir in Stuttgart bald so etwas wie
eine Wohnung finden.
Auf den in Aussicht gestellten Brief werde ich Ihnen auch einen dicken
Brief schicken. Fuer heute Schluss, ich habe nicht allzuviel Zeit, aber
Sie sollen doch schnell Ihre Antwort bekommen.
Mit vielen herzlichen Gruessen und baldiges Wiederhoeren
Ihre Rayka

Ob es ein männlicher »Hansi« ist oder die Freundin aus München? Von den anderen genannten Namen kann ich nur einen identifizieren, den Diplomaten Franz Edler von Sonnleithner, ständiger Vertreter des Auswärtigen Amtes im Führerhauptquartier. Es ist zu vermuten, dass die Dame Rayka ebenso wie Wagner und die anderen genannten Herrschaften zum »alten Laden« Auswärtiges Amt gehörten.

Aber wichtiger ist mir die Frage: Wo war das Geld, das er Edi anvertrauen will? In der Mappe doch nicht, Rayka schreibt ja, sie hätte den Inhalt an Wagners Gattin geschickt.

Ich kann mir gut vorstellen, dass Frau Wagner nach der Trennung von ihrem Mann sehr froh gewesen sein könnte über die Geldmittel. Schließlich hatte sie seine beiden Kinder großzuziehen.

Andererseits kann Wagner Edi das Geld auch nicht in dem anderen »sehr wichtigen Brief aus München« direkt hinterlassen haben, er kann doch keinen Umschlag mit jeder Menge Geldscheine mit sich herumgeschleppt haben, kann ihn nicht in seiner Zelle verwahrt haben! Es muss einen Kurier gegeben haben.

Das wichtigste: Halte Dich gesund. Darüber schreibe ich Dir noch:
Deine Gesundheit ist die Voraussetzung für unser Glück.
So, das sind wohl einige praktische Dinge. Du machst schon alles
richtig, mein Herz.
Lieb mich, bau mir ein Nest – dann ist alles in Ordung, ja, Herzens-
kind?

Also hatten die Anweisungen mit den »praktischen Dingen« schon lange vor der Zeit in Rom begonnen, wo er ihr die »Schulaufgaben« vorschrieb. Darunter steht mittig in viel größerer Schrift:

> *»Horstel lieben und unser Nest bauen«*
> *das jeden Abend*
> *Und:*
> *»Ich bin das Wichtigste in meines Horstels Leben«*
> *das jeden Morgen und Abend*

»Positive Affirmationen« schreibt er ihr vor, die autosuggestive Wiederholung positiver Sätze, die das Denken und damit das Fühlen beeinflussen. Solche psychologischen »Techniken« waren in den vierziger Jahren in Deutschland eigentlich unbekannt, zumal die Psychologie im Nazi-Regime verpönt war. Obwohl die größten Protagonisten der neuen Wissenschaft ins Exil geflohen waren, kannten sich die Machthaber doch gut aus: Sie waren Meister der Massenpsychologie und der Manipulation. Gehörte solches Wissen bei Horst Wagner zum erlernten Repertoire – oder schrieb er diese Sätze aus reiner Intuition?

Hat meine Mutter das erwähnte Geld überhaupt bekommen oder nicht? Weshalb musste sie dann entgegen seinen Anweisungen doch eine Stellung annehmen?

Ab wann hat sie im Besatzungskostenamt Bad Tölz gearbeitet?

Es gibt einen Ordner, in dem sie alle ihre wichtigen Papiere aufbewahrte, wie ihre alten Ausweise, die Bögen zum Entnazifizierungsverfahren, Einkommensbestätigungen, auch die Zeugnisse, zum Beispiel dieses mit dem Stempel des Besatzungskostenamtes in Bad Tölz:

Fräulein E. E. geb. … wohnhaft in München, Albanistr. 8, war vom 1.6.48 mit 31.3.51 beim hiesigen Amt als Stenotypistin und Sekretärin des unterzeichneten Amtsvorstehers tätig.

Sie ließ sich also trotz seines Arbeitsverbots ab 1. Juni fest anstellen. Weil das mit dem Geld gar nicht stimmte – oder weil ihr schon klar war, dass am nahen »Tag X« die Reichsmark ohnehin dramatisch an Wert verlieren würde?

Trotz Geheimhaltung kursierte nach der neuen Einteilung Deutschlands in »Westzone« und »Ostzone« das Gerücht, dass es bald eine neue Mark geben sollte. Die Folge war, dass die Reichsmark schon deshalb keinen Wert mehr hatte, weil so gut wie alle Waren zurückgehalten wurden, bis am 19. Juni 1948 das Währungsgesetz in Kraft trat und am 20. Juni jeder Bürger ein »Kopfgeld« von vierzig D-Mark erhielt. Am 21. Juni waren die Auslagen der Geschäfte wieder voll! Die großen Verlierer waren die Sparer. Die Sparguthaben wurden stark abgewertet, Wertpapiere verloren ihren Wert, nur wer in Sachwerte und Immobilien investiert hatte, gehörte zu den Gewinnern der neuen Zeit, hatte einen Grundstein gelegt für das kommende »Wirtschaftswunder«.[28]

Ich erfahre weiter aus dem Zeugnis, dass meine Mutter »äußerst gewissenhaft und sorgfältig« war und »deutsche Tugenden« beherrschte:

Die Führung des Frl. E. war sowohl in dienstlicher als auch in persönlicher Hinsicht vorbildlich, ebenso ihr Fleiß, ihre Pünktlichkeit und Ehrlichkeit.

In ihrem Aktenordner finde ich auch ein ärztliches Attest. Es gab einen dringenden Grund, warum sie am 28. Februar 1948 nicht nach Nürnberg hatte fahren können, es ging ihr gesundheitlich so schlecht, dass sie zum Arzt gehen musste. Dr. med. Wiemer attestierte ihr am selben Tag:

Fräulein E. E. leidet an hyperthyreotisch bedingter Hypertonie.
Sie ist wegen dieses Leidens nur zur leichtesten Halbtagsarbeit bei sitzender Beschäftigung zu verwenden.

Vermutlich hatte sie an diesem Tag durch ihre Schilddrüsenüberfunktion einen so hohen Blutdruck, dass sie sich noch nicht einmal die so dringend ersehnte Reise zum Geliebten zutraute. Das Attest war so formuliert, dass sie es einem potentiellen Arbeitgeber hätte vorlegen können. Ich glaube, dass sie sich dem Geliebten gegenüber rechtfertigen musste, aber nicht ohne Grund ein Attest beantragen konnte.

Die Frage nach der Arbeit hat mich abgelenkt, ich habe ja den vierten Brief vom 3. März 1948 noch nicht gelesen. Nach »Edilein« und zweimal »Herzenskind« gilt der nun ganz dem »Muttilein« – der einzigen Geliebten. Es ist kaum vorstellbar, dass er ihn als letzten, irgendwann tief in der Nacht schrieb, im Gegensatz zu Brief III ist er wieder sehr gut leserlich und fehlerfrei geschreiben. Ich vermute, er hat ihn zuerst geschrieben und die Nummern am Ende so eingefügt, dass sie nach den beängstigenden Nachrichten und praktischen Anweisungen den schönsten und innigsten Liebesbrief als letzten lesen sollte:

IV
Mein Muttilein,
dieses ist der erste Brief, den ich in meinem Leben an Dich schreibe. Mir ist ganz feierlich dabei zu Mut. Es gibt in meinem Leben nichts, was mit Dir zu vergleichen wäre. Du bist für mich das Höchste, denn ich glaube, daß der liebe Gott Dich mir gesandt hat. Die Verbundenheit, die mich zu Dir zieht, steht über allem – über jede Zeit und jedes Maaß. Ich habe mein Leben lang von Dir geträumt und mich nach Dir gesehnt: jetzt bist Du endlich Wirklichkeit geworden. Ich kann mich nicht mehr ohne Dich vorstellen, mein Leben würde aufhören, wenn Du nicht mehr da wärst. Du fühlst eben alles, was man gar nicht sagen kann und dann doch das Entscheidende in meinem Leben ist.
Heute möchte ich Dir schreiben von der größten Sehnsucht meines Lebens, die nur Du erfüllen kannst, deshalb werde ich später keinen Schritt von Dir fortgehen können. Weißt Du, was mein größter Wunsch ist, für den ich auf alles andere verzichte: Muttilein, ich möchte Dir gehören.
Früher dachte ich, ich müßte immer alleine und einsam – im letzten – beiben. Einen Menschen zu finden, den ich liebe und gleichzeitig achte, der stark genug ist, mir zu zeigen, daß ich ihm allein nur gehören darf – ich dachte, das gäbe es nicht.
Da tratst Du in mein Leben. Da spürte ich Deine unendliche Süße und

gleichzeitig eine Kraft, die mein Glück wollte. Noch nie hat mein Blut so wild aufgerauscht, noch nie spürte ich, daß ich nie von Dir loskommen könnte.

Und ich darf es Dir doch, weil Du mich so liebst und verstehst in allem, was ich fühle, noch einmal sagen und es ist das Ernsteste und Heiligste, was ich überhaupt je in meinem Leben gesagt habe:
Ich könnte und wollte jede Sekunde freudig für Dich sterben, mein Muttilein.
Und ich täte es sofort, wenn es nötig wäre. Du bist nun einmal für mich mehr als mein Leben: dieses habe ich noch nie einem Menschen gesagt; ich würde es auch für Sünde halten – nur Dir gegenüber darf ich es tuen: denn mit Dir teile ich mein Leben, mit meinem Muttilein schlafe ich die Jahrmillionen kommende Ewigkeit.

Sicher hast Du diesen Brief oft gelesen, Mutter, in den folgenden Jahren, als Du einsam warst, unter der Trennung gelitten hast, sehnsüchtig auf die versprochene Erfüllung seines und Deines Lebens gewartet hast. Da hat Dir dieser Brief sicher geholfen, nicht an ihm und der Zukunft zu zweifeln.

Gibt es eine tiefere Liebeserklärung als die der totalen Selbstaufgabe, als das Angebot, freudig für den anderen zu sterben?

Was aber hat dieser Brief mit Dir gemacht, später? Als er Dich verlassen hatte, die »ewige Liebe« jäh zu Ende war? Ob Du diese Treueschwüre danach noch einmal gelesen hast? Wie hättest Du das nur überlebt?

Und wie aber hast Du es ausgehalten, wenn ich mich, selten genug, an Dich kuschelte und Dich »Muttilein« nannte?

Auf der Märzseite des Kalenders steht: »Es gab keinen Ort, an dem unsere Zärtlichkeit im Alltag uns nicht berauschte.«

Wo konnte es damals einen »Alltag« für die beiden geben? Am 3. März wurde er doch in den Justizpalast gebracht.

Ich vergleiche alle meine Unterlagen, sehe in den Verhörprotokollen meiner Mutter nach. Tatsächlich ist sie am 4. März 1948 noch einmal verhört worden! Sie musste also ohnehin nach Nürnberg, konnte dann vermutlich im Zeugenhaus übernachten und sich, seine Aufträge befolgend, mit den anderen Zeugen absprechen, ihn vielleicht tagsüber im Justizgefängnis besuchen. Alltag?

Edis Verhör vom 4. März war offenbar eines der letzten vor dem Urteil im »Fall VIII – Rasse- und Siedlungshauptamt der SS«, der die Anklage gegen den »Lebensborn e.V.« einschloss, am 10. März 1948 wurde es verkündet.[29]

Die von meiner Mutter früher in ihren Briefen nach Hause erwähnten Mitinsassen im Justizgefängnis und angeklagten »Lebensborn«-Funktionäre Max Sollmann und Günther Tesch sowie der Leitende Arzt Dr. Gregor Ebner wurden vom Verbrechen gegen die Menschlichkeit freigesprochen, weil der »Lebensborn« angeblich eine sozialkaritative Einrichtung war, der keine Verbrechen nachgewiesen werden konnten.[30] Lediglich wegen ihrer »Mitgliedschaft in verbrecherischen Organisationen« – als solche wurde die SS immerhin eingestuft – wurden sie zu zwei Jahren und etlichen Monaten verurteilt. Da Frauen in der SS nur Arbeitsverträge für Angestellte bekamen, aber keine Mitgliedschaft, wurde Inge Viermetz von allen Anklagepunkten freigesprochen.

An letztere, ihre frühere Chefin, wendet sich der Teil eines Briefes, den ich auf der Rückseite eines Entwurfsblattes für einen Liebesbrief fand:

Das mit so großer Spannung erwartete Urteil ist also nun bekannt. Es ist mir wirklich ein Stein vom Herzen gefallen, als ich hörte, daß doch noch Recht gesprochen würde und ich beglückwünsche Dich zum Freispruch allerherzlichst. Ich freue mich für alle Leiter und Angestellten, daß man den Vorwurf, die L-Tätigkeit wäre ein Verbrechen zurücknehmen mußte.

Nach einem Jahr hinter verschlossenen Türen kommt also nun auch für Dich der große Sprung in die wiedererlangte Freiheit, zu der ich Dir alles, alles Gute wünsche. (…) Daß Du genau wie in Nbg. mit allem fertig werden wirst, daran will ich und kann ich aber nicht zweifeln.

Wagner hatte das Glück, wegen Erkrankung schon wenige Tage nach der Überstellung ins Justizgefängnis nach Langwasser zurückzukommen. Er schrieb sofort an Edi:

Wenn Du hier ankommst, ich bin im Hospital, (es ist der alte Sylvester-
eingang zur Naumannbaracke), das ist bekannt und Du müßtest versu-
chen, mit Rücksicht auf Fahrt, Kosten, Zeit, meine und Deine Krank-
heit so lange, wenn es geht bis 7 oder 8 Uhr abends Besuchserlaubnis
zu erbitten.
Mein Liebstes, wenn es nicht geht, weiß ich, daß es einfach unmöglich
ist, denn daß du alles versuchen würdest, weiß ich. Denn da es Deinem
Herzen so geht wie meinem, drängt es uns beide mit der ganzen Lie-
beskraft zueinander.
Und ich sehe diese Zwischenstation wieder für einen Glückszufall an,
extra gemacht, damit wir uns doch sehen. Ich wußte nicht, daß Tren-
nung so furchtbar sein kann. Es übersteigt alles, was ich vorher, auch
hier durchmachte, die Sehnsucht nach Dir überschattet meinen gan-
zen Tagesablauf, es gibt keine Rettung ohne Dich.
Heute abend – hier kann ich wenigstens aufsein so lange ich will –,
schreibe ich Dir meinen Dank für alles – für das so »süße« Packerl
und den schönsten Brief, den mein Muttilein mir schrieb. Was ich da-
bei empfunden habe, wie in mir alles aufgewühlt wurde, das will ich
Dir so genau erzählen, denn Du hast mich in eine Welt voller Glück
geführt, ich habe noch deutlicher unsere Verbundenheit spüren müs-
sen. Wieder tauchte das tiefste Geheimnis auf, das heimlichste, festeste
Band zwischen uns beiden.

Beider »tiefstes Geheimnis«, das »heimlichste, festeste Band«?
    Fremde Mutter.

Und Du schreibst, bleich und dünn bist Du geworden, mein kostbar-
ster Besitz? Müßte ich nicht – zur Strafe – sagen, so mag ich Dich
nicht, damit Du, mein Herzenskind, Dich besserst? Aber ich kann es
nicht. Ich liebe Dich, gerade, weil Du so bist, weil in Deinem Herzen
sich der ganze Schmerz, den unsere Liebe über uns bringt, widerspie-
gelt. Wir werden uns immer lieben, gebe uns Gott die Kraft, daß wir
das Schwere durchhalten.
Menschen, die so bedingungslos lieben, sind immer in Gefahr.
Herzen, wie wir sie beide haben, müssen in ihrer Zartheit eisern sein. –
Immer und unverändert H.

260

Die zarten und zugleich eisernen Herzen der Nazis, so sensibel für das eigene Leid, so emotionslos gegenüber dem Leid der Opfer.

Edi ist also gleich wieder nach Nürnberg geeilt, laut Besucherkarte war sie am 8. und 12. März bei ihm – oder *vom* 8. bis zum 12. März?

In den nächsten Briefen ist weder von der Bedrohung die Rede, noch von dem Geld. Ich habe auch keinen Brief gefunden, in dem sie über ihre Gespräche mit den anderen Zeugen berichtet hätte, das ist wohl mündlich passiert. Sicher weiß ich nur, dass sie irgendwann zumindest die schwarze Mappe in Wiesbaden abgeholt hat.

Auf der Suche nach einem Brief, der sich auf den »Viererpack« von Anfang März beziehen könnte, stoße ich auf einen, der mich wieder sehr anrührt. Am »Frühlingsanfang« hat sie ihn geschrieben, am 20. März also.

In der rechten Ecke der ersten Seite ist mit einem Bindfaden ein vertrocknetes Blümchen aufgenäht. Auch wenn es schwarz geworden ist in fast sechzig Jahren, ist der unversehrte Blütenkelch als Schlüsselblume zu erkennen.

Gleich zu Beginn des Briefes wird bestätigt, dass sie im März noch mal »eine Kette von glücklichen Tagen« mit ihm verbracht hatte:

Tölz, Frühlingsanfang

Mein inniggeliebter Horstel!
Es ist wieder ein Sonnabend nachmittag. Vor acht Tagen um diese Zeit stand ich ganz eng an Dich gepresst an Deiner Seite, Du hattest Deine starken Arme um mich gelegt und ich durfte noch einmal, das letzte Mal nach einer Kette von unbeschreiblich glücklichen und durchsonnten Tagen das unendlich schöne Gefühl der Geborgenheit auskosten.
Es ist wie ein goldenes Band, das Dein Herzenskind für immer an Dich fesselt, denn Du hast ihm die berauschende Wärme spüren lassen, die es so nötig braucht um gesund und glücklich sein zu können und ohne die sein Leben nicht mehr weitergehen kann. Schätzlein, und wenn es nichts anderes wäre, als diese belebende Wärme, die Dein wundervolles Herz pausenlos in mich überströmen läßt, du hättest mich schon damit für ein ganzes Leben als einen sehr glücklichen

Menschen an Dich gebunden, denn Du verzauberst mir schon damit
die Welt in ein Wunderland, in dem die Sonne nie untergehen und ein
ewiges Blühen alle Sorgen, Befürchtungen und alles Unschöne mit
einem duftenden Schleier zudecken wird.

Ich muss wieder Luft holen. Unfassbar, wie meine Mutter Klischee an
Klischee reiht, die Superlative ihrer Liebe in Schachtelsätze einbaut.
Grammatikalisch perfekt. Respekt.

Brauche ich die herablasssende Ironie, um von meinen Gefühlen
abzulenken? Tut es mir nicht weh, wie sie über die belebende Wärme
schreibt, die sie von ihm (und nur von ihm?) erfahren hat und die zu
geben sie anscheinend nur ihm gegenüber fähig war?

Mir war oft so kalt in Deiner Gegenwart, Mutter.

Bevor ich anfing, an Dich zu schreiben, hatte ich einen kleinen Spazier-
gang gemacht, um für Dein Bild frische Blümchen zu holen. Die Schnee-
glöckchen sind schon verblüht, dafür habe ich Schlüsselblümchen ge-
funden, von denen ich eines als innigen Gruß aus dem Fleckchen Erde,
das unsere Heimat werden wird, zum Frühlingsanfang mitgebe.
Es wird so schön draußen; die Natur schickt sich an, sich in ihrem
duftigsten Blütenkleid zu zeigen, aber ich kann mich heuer an diesem
wunderbaren Erwachen gar nicht freuen. Eine tiefe Wehmut über-
kommt mich, weil ich allein dieses unbegreifliche Wunder der Auf-
erstehung erleben soll. Freilich spreche ich immerzu mit Dir, zeige Dir
dies liebliche Blümchen, jenen knospenden Strauch, lausche mit Dir
dem Jubilieren eines Finkchens, das sich gerade über uns auf einen
Ast gesetzt hat, und schaue mit Dir in die so nah gerückten noch ver-
schneiten Berge, auf denen der helle Glanz der leuchtenden Sonne
liegt und die das Fernweh in uns wecken, das uns auf die anderer Sei-
te der Berge locken will, um uns dort den Frühling in seiner ganzen
Pracht zu zeigen. Jede Empfindung teile ich mit Dir und doch fehlst
Du mir, bei jedem Gedanken, den Du auch wissen sollst, bei jeder
Gefühlsregung, an der Du teilnehmen mußt, weil sie dann ja noch viel
stärker und packender ist, selbst bei jedem Atemzug der ja doch nur
noch Dir gehört.
Bei aller Sehnsucht nach Dir, die mit jedem Tage wächst, weil mir

immer noch eindringlicher bewußt wird, was Du mir bedeutest, bin ich
doch tapfer und folgsam. Ich will und darf nicht mehr erschöpft sein,
wenn ich wieder zu Dir komme, ich will Dir mit strahlenden Augen
sagen können, daß das Glück, Dich zu besitzen und Dir zu gehören
stärker war als der Schmerz. Du darfst Dir also keine Sorgen machen
oder gar an Deinem Herzenskind zweifeln es ist schon immer so, daß
Du Deine helle Freude an ihm haben könntest. –
Heute abend soll ich noch mein Schwesterlein besuchen, sie hat mir
gestern schon mit einer rührenden Art gezeigt, daß sie unsere große
Liebe respektiert und auf unserer Seite steht. Ich mußte viel von Dir
erzählen – ich habe dann auch pausenlos von meinem Liebsten ge-
sprochen.
Eine Überaschung gab es gestern abend noch: mein Schwager ist auf
Urlaub heimgekommen. Schätzlein, gibt es für Dich keine Möglich-
keit, auch Urlaub zu bekommen? Ich warte heute schon den ganzen
Tag auf Dich und komme von der Vorstellung nicht los, daß Du plötz-
lich vor unserer Tür stehen könntest.
Kann ich Dich denn gar nicht hersehnen? –

Mitten im Schreiben erreicht sie sein sorgenvolles Telegramm, das
er am selben Tag, dem 20. März um 14.25 Uhr, in Nürnberg aufgegeben hat: »BESORGT UEBER NICHTSCHREIBEN EDILEINS=
HORST«

Eben kommt Dein Telegramm, mein Herz klopft zum Zerspringen und
meine Hände zittern, daß ich kaum weiterschreiben kann. Im ersten
Moment dachte ich wirklich an Urlaub, ich konnte kaum atmen vor Er-
wartung. Jetzt freilich ist mir das Herz recht schwer, weil ich Dir mit
dem Wartenlassen wieder Kummer und Sorgen gemacht habe. Was wirst
Du wieder gelitten haben; nun kann ich mir auch erklären, warum ich
heute morgen plötzlich so traurig wurde. Mein Herz ist zu sehr mit dem
Deinen verwachsen und spürt es über jede Entfernung, wenn es Dir
nicht gut geht. Hoffentlich bekommst Du heute meinen Brief. Kann ich
Dir damit ein bißchen den Kummer wegnehmen? Schätzlein, Du darfst
nicht leiden, Dein Herz soll durch mich doch glücklich werden. Auch
wenn wir getrennt sind, Du darfst nie das Gefühl verlieren, daß ich nur

*für Dich lebe und atme, daß ich mich ganz in Deine Liebe versenke und
daß ich die Erfüllung und Vollendung meines Lebens nur in Dir finden
kann. Ich liebe Dich mehr als je zuvor, ich gehöre Dir für immer. Ich
umarme und küsse Dich, nimm mich auch Du fest an Dich, ich verlange
so sehr darnach, ich bleibe immer Dein Herzenskind*

Dieser Brief überkreuzt sich mit seinem, den er am 21. März geschrieben hat:

*Mein geliebtestes Herzenskind, eben erhielt ich Deine Karte und so
können Gedanken, Sorgen und alle Sehnsüchte nach diesem Geschöpf
wieder um es kreisen in dieser Gewißheit, daß es meinem allerliebsten
Menschlein nicht so arg schlecht geht und daß es auch in schweren
Tagen einer Trennung so brav und folgsam ist, wie es ihm sein zärtliches, von mir über alles geliebte Herz vorschreibt. Obgleich wir dieses Mal viel weniger »Möglichkeiten« hatten, und auch der Zauberwald uns verschlossen blieb, es hat nun zur Folge gehabt, daß mein
geliebtes Kind noch zärtlicher, noch hingebender und noch »kommen-
der« war und so mir einmal mehr zeigte, wie sehr mein Stolz auf meinen Besitz begründet ist.*
*Mir geht es nun sehr viel besser und Du darfst Dir gar keine Sorgen
machen, es ist für mich hier ein großer Unterschied. Über die ärzt-
lichen Befunde erzähle ich Dir.*
*Was ich von meinem EHK will, daß es sich sehr schont und pflegt für
die vielen Rollen, die es nun einmal in seinem Leben übernommen
hat.*
*Später – da wird doch alles anders, schöner, heißer, glückhafter, Du
geliebtes Kind. L.*

Gleich am nächsten Tag schreibt er weiter, Edis schwärmerischen
Frühlingsbrief hat er anscheinend noch nicht erhalten.

Mein liebstes Herz,
*zwar ist heute früh ein Brief an Dich abgegangen, aber meine Sehn-
sucht nach Dir ist heute so groß, daß ich wenigstens Deinen Namen
schreiben muß. Edi ist nun einmal für mein Leben das schönste Wort.*

Wir haben ja beide gerade im Alltagsleben eine Zärtlichkeit füreinander, die unbeschreiblich ist. Wir sind wirklich ein Liebes- und Ehepaar, wie ich es nur im Märchen für möglich gehalten habe. So seltsam es klingt, wenn ich uns beide zusammen, so beim Essen oder beim Erzählen sehe, dann finde ich dieses Wesen Horstedi richtig entzückend. Dann ist natürlich soviel Wunderschönes gewesen, das meinem Verstande sagt, solch eine Liebe gibt es für uns beide nur einmal auf dieser Welt trotz aller kommenden Schwierigkeiten – Herz, sie werden uns alle klein vorkommen.

Ich liege jetzt viel zu Bette – deshalb ist meine Schrift noch schlechter als sonst – und muß noch mehr über alles nachdenken, das Kommende und das Zwangsmäßige. Liegen tut aber nicht gut, das ist für ein sehnsüchtiges Herz nichts als Gift, und die täglich dreimal eingeflößte Herzarznei kommt dagegen nicht an. Dabei ist dieses seltsame Herz organisch völlig gesund. Aber darin liegen auch die Nerven, die vor Glück oder Schmerz oder Sehnsucht bewegt werden und der Arzt fragt stets: Haben Sie neuen Kummer? Und ich antworte stets: ich habe überhaupt keinen. Und dann schüttelt er resignierend den Kopf und in mir tut es eben doch – jetzt kann ich es ja schon schreiben – barbarisch weh.

Ach, liebstes Herzenskind, das ist eigentlich nicht das, was ich Dir schreiben wollte, Du sollst es ja noch garnicht so wissen. Bleibe mir tapfer und folgsam und gib Dich der Freude hin, daß Du bald wieder meine Hände spüren wirst.

Irgendwie hat ja auch bei Euch der Frühling begonnen und nimm ruhig all das Schöne in Dich auf, was diese Zeit bringt. Ich hoffe, daß Du keinen Frühling mehr erleben sollst ohne mich, daß wir den nächsten zusammen spüren können, Hand in Hand. Dein L

Wie gut, dass ich den alten Kalender gefunden habe, dem kann ich entnehmen, dass Ostern im Jahr 1948 bereits am 28./29. März war. Von Edi finde ich einen Brief vom Karsamstag, wo sie sich beim »allerliebsten Horstel« für diesen Brief bedankt, der sie

… mit soviel Liebe, Wärme und Zärtlichkeit einhüllte, daß eine richtig schöne Osterstimmung in mir ist. Alles Glück, das Du mir geschenkt

hast, kann nun wieder ohne quälende Sorg in meinem Herzen strah-
len, das schon die Minuten zählt, die es noch von Dir getrennt sein
muss. Grösser als das Glück ist die Freude, auf den nächsten Samstag,
der mir die Erfüllung bringt, wieder in Deine geliebten Augen sehen
zu können, wieder Deine lieben Hände in die meinen nehmen zu kön-
nen, die mit ihrer eindringlichen Sprache nicht nur unserere Herzen
beglücken ... Herzlein freue Dich mit mir auf die Tage nach dem 2.4.
und sei nicht traurig, wenn Du morgen am Ostersonntag allein sein
mußt. Das Osternestchen bringt Dir das Muttilein persönlich mit, weil
es das Strahlen des Herzensbub miterleben will.

Sie hat zu Hause in Tölz »Osterhase« für mich gespielt und Eier im
Garten versteckt, konnte sich hoffentlich auch ein wenig am Strahlen
des Spätzleins erfreuen. Am 3. April war ihr Geburtstag, den hat sie
mit ihrem Herzensbuben feiern können, das ist auch im Kalender festgehalten: »Dein Geburtstag – es begann eine schöne Zeit: es ist ja auch
der wichtigste Tag.«

Leider gibt es auf der »Besucherkarte« ab April merkwürdigerweise keine Einträge mehr, obwohl sie ihn noch öfter dort besucht haben
muss.

Trotz Krankheit – auf einem kleinen Zettelchen bestätigte ihm der
Lagerarzt noch am 15. April 1948 »Arthrosis Deformans«– musste
Wagner Ende April die Krankenstation in der Baracke H6 in Langwas-
ser verlassen.

Der Justizpalast bedeutet erneute Gefahr, die er zumindest Edi
gegenüber in der »schönen Zeit« der vergangenen Wochen verdrängt
hatte.

Ich schreibe diesen Brief in meiner letzten Nacht im Revier und weiß
nicht, wann Du ihn lesen wirst.
Ich liebe Dich über alles in der Welt. Ich kann mir die Ewigkeit ohne
Dich nicht vorstellen. Ich gehöre Dir und nur Dir allein. Meine Kraft,
mit Dir zu leben ist so groß wie die Unmöglichkeit, ohne Dich zu
sein.
Ich schreibe Dir dieses noch einmal, weil ich heute nicht weiß, wie
lange die Trennung sein wird, die uns bevorsteht. Ich habe es Dir

versprochen, alles zu tuen, um alles zu kämpfen, was unser Glück ermöglicht. Ich tue es.
Ich werde Dir Nachricht geben, sobald ich sehe, daß Du helfen mußt.
Wir beide müssen mit allen Kräften um unser Glück kämpfen.
Sollte es einmal nicht mehr gehen, Du weißt, daß Deine strahlenden, mich so liebenden Augen, keine Sekunde verlassen. Sie sind immer bei mir. So fühle ich mich stärker als alles, was kommen mag. Aber wenn Du etwas hörst über mich, prüfe lange nach, ob es stimmt. Es gibt so viele falsche Gerüchte, sie dürfen nie unser Glück in Gefahr bringen.

Welche falschen Gerüchte? Was hat er der Frau, die er zu diesem Zeitpunkt schon ein ganzes Jahr mit wachsender Leidenschaft liebte, eigentlich über seine Vergangenheit erzählt? Waren die »ministeriellen Tätigkeiten« – wie meine Mutter sie ihr Leben lang beharrlich bezeichnete – doch nicht so harmlos? Hatte er zu befürchten, dass sie sich von ihm abwenden könnte, wenn sie die Anklagepunkte erführe? Rechnete er nicht insgeheim mit einer langjährigen Haftstrafe?

Denn was in meinen Kräften steht, alles was schon mehr als menschenmöglich ist, versuche ich immer, um zu Dir zu kommen. Und vergiß nie – auch wenn die Trennung länger sein sollte – wir sollen uns nicht Jahre, sondern Jahrzehnte lieben.
Vergiß nie, daß ich Dich in allem brauche. Du bist der einzige Mensch, der mir helfen muß, weil er mich liebt.
Bleibe mit Trenk in Verbindung. Vielleicht auch später mit Steengracht. Auch Poldi. Für die französische Möglichkeit hast Du Volterra, ferner muß Aga informiert werden und noch Baron d'Ockhuysen und Madame Villiers.
Sonst schreib ich Dir durch meinen Rechtsanwalt.

Noch mal die unauffindbare »Trenk«, bei »Steengracht« handelt es sich um den ehemaligen Diplomaten Gustav Adolf Steengracht von Moyland, seit 1943 als Nachfolger Ernst von Weizsäckers Staatssekretär von Außenminister Ribbentrop. Wagner konnte zu diesem Zeitpunkt nicht wissen, dass die Verbindung zu ihm nicht besonders hilfreich war: Steengracht wurde später im Fall XI, dem »Minister-Prozess« oder »Wilhelmstraßen-Prozess« zu sieben Jahren Haft verurteilt, allerdings war er zehn Monate später schon wieder auf freiem Fuß.[31]

Zur »französischen Möglichkeit« passt »Madame Villiers«; »Volterra« ist eine italienische Stadt in der Toskana, bei »Aga« fällt mir nur »Aga Khan« ein, und der mysteriöse »Baron d'Ockhuysen« hat einen eher niederländischem Namen. In der Stunde der Not will Wagner die internationalen Verbindungen nutzen, die er durch seine Tätigkeit im Auswärtigen Amt aufgebaut hat.

Ferner für längerer Trennungsdauer: Am liebsten ist mir, wenn Muttilein sich eine Stellung besorgt; tut sie es, so ist alles für mich richtig und gut; der HB, auch heute noch so wild und begeistert, findet alles wundervoll, was Muttilein tut.

Hat er nicht kürzlich erst im »Brief III« verlangt, dass sie von April bis September keinesfalls eine Stellung annehmen darf und sein Geld ausgeben muss? Es ist ja erst April – was ist mit jenem Geld? Offenbar hat sich meine Mutter doch nicht eigenmächtig um die Stellung im Bestzungskostenamt bemüht, sondern sie war »folgsam«, wie er es von ihr erwartete.

Das erste Jahr unserer Liebe ist hinter uns. Es hat uns gezeigt, daß wir zusammengehören. Sollte uns das zweite Schweres bringen, mein liebstes Herzenskind, dann wollen wir beide gerade jeden Augenblick spüren, daß wir zu einem gottbegnadeten Wesen geworden sind. Und beide das tuen, was der andere sich wünscht; daß wir beide mit all unserem Herzblut uns mühen, für den anderen gesund zu bleiben und zu schaffen, daß wir doch bald zusammenkommen.
Das ist das vor allem, was Dir dieser Brief sagen soll:
Meine Liebe zu Dir überdauert diese Welt. Alles, was war, war richtig, es führte zu Dir. Nun bin ich mit Dir eins. Bewahre mir die Wärme Deines Herzens, das ich mehr liebe als alles andere auf der Welt. Dann wirst Du auch in der Trennung sehen, daß trotz allem Schmerz das größte Glück, unser Eins-Sein, durch nichts uns genommen werden kann.

Auch in dieser Nacht vom 20. zum 21. April fühle ich, daß Du, mein
Edilein, die Vollendung meines Lebens bist. Deshalb liebe ich Dich
über jedes Maß.
Dein Horstel

Es ist sehr verwirrend, dass er anscheinend den Brief an sie schrieb,
als sie gerade noch bei ihm war. Sie muss ihn nach ihrem Geburtstag
im April noch einmal besucht haben, noch einmal »traumhafte Tage«
mit ihm in Langwasser verbracht haben, obwohl er immer noch im
Krankenrevier war. Auch wenn der folgende Brief von Edi ohne Datum ist, so kann ich ihn wegen der Erwähnung des Geburtstags meiner
Großmutter und mit Hilfe des Kalenders dem 22. April zuordnen:

Wir konnten uns doch »nur« gegenübersitzen und doch haben mir die
Stunden des ersehnten Wiedersehens so unsagbar viel Glück geschenkt
und mir ganz klar gezeigt, welchem wundervollen Menschen ich ge-
höre und wie maßlos stolz ich sein kann, von diesem reichsten und
angebeteten Herzen geliebt zu werden.
Alle Eindrücke, die ich mir aus unseren gemeinsamen Stunden mit-
genommen habe, sind und bleiben so stark, daß ich gar nicht mehr
fähig bin, mich mit Dingen zu befassen, die außerhalb unseres ge-
meinsamen Erlebens liegen. Meine Gedanken kreisen immerzu nur um
Dich und lassen alle die unzähligen Worte wieder aufklingen, die wir
über unsere Liebe, unsere Unzertrennlichkeit und Abhängigkeit und
über unsere Zukunft sprachen, die trotz allem Schweren, das uns
sicherlich noch bevorsteht, wie ein Märchenland im strahlendsten
Licht vor uns liegt.
Mit heißem Herzen danke ich Dir nochmal für all das Liebe und Gute,
mit dem Du mich all die Tage überschüttet hast. Das Gefühl der Er-
griffenheit, das mich jedes Mal wieder packte, als Du mich mit Deiner
großen Sorge verwöhntest, hat sich unauslöschlich in mich eingeprägt.
Ich werde es nie vergessen, wie Du mich mit einer Selbstlosigkeit
ohnegleichen gefüttert hast und mir auch sonst geholfen hast, wie nur
eben Du es kannst, und ich weiß, daß mein Liebster es wert ist, für ihn
zu leiden, daß alle Schmerzen einmal weggeküßt werden, und das hilft
mir sehr, den Kummer tapfer zu tragen.

Sicherlich soll ich dir auch erzählen, wie es mir auf der Heimfahrt ergangen ist!

Ich war sehr froh, daß der Zug so schlecht beleuchtet war, denn die heißen Tränen sind halt doch gekommen, als ich von Nürnberg weg-fuhr. Ganz plötzlich aber spürte ich, daß Du mit Deiner Liebe bei mir warst und ich konnte sogar, als es hell wurde, in meiner kleinen Bibel lesen, die mir immer helfen wird, wenn der Schmerz um Dich meine Lebenskraft schwächen will. Kurz vor München packte ich dann recht stolz meine Schnitten aus, die so herrlich geschmeckt haben, weil sie doch aus der Hand meines Liebsten kamen.

Sie muss also sehr früh, als es fast noch dunkel war, in Nürnberg los-gefahren sein, und er hat ihr die Brote, die er vielleicht vom Abend-essen am Tag zuvor aufgehoben und zurechtgemacht hat, mitgegeben. Sie las in einer kleinen Bibel? Nie habe ich sie beim Lesen der Heili-gen Schrift gesehen.

Am Bahnhof in Tölz waren das Spätzlein und H., die mir in ihrer Freu-de über mein Wiederkommen nicht mehr vom Halse gingen. Die Be-grüßung zu Hause dagegen – auch bei meinem Bruder fiel mir das schon auf – war merklich kühl und zurückhaltend, wie ich das eigent-lich noch nie erlebt hatte. Ich bin deswegen aber nicht im mindesten bedrückt und nehme es keinem übel, denn sie müssen sich eben auch erst daran gewöhnen, daß jetzt mein Horstel zum Mittelpunkt meines Lebens geworden ist, für den allein ich da sein will.

Die Freude der Kinder konnte nichts daran ändern, dass sie nur noch an ihn dachte, da half es dem Spätzlein auch nicht, sich an ihren Hals zu hängen. Die kühle Begrüßung zu Hause hatte gewiss damit zu tun, dass die Familie nicht begeistert war von ihrer häufigen Abwesenheit.

Bei Mutter hat dann Dein Brief doch wahre Wunder bewirkt und auch meine Schwester hatte ich bald wieder gewonnen, als ich anfing, von Dir und den glücklichen Tagen zu erzählen: sie war doch recht beein-druckt von unserer großen Liebe und von Deiner väterlichen Sorge, die ich nicht genug besingen konnte.

Mutter läßt Dich vielmals grüßen, sie dankt Dir bestens für die guten Wünsche und erwidert sie sehr herzlich. –

Den erwähnten Brief an meine Großmutter kenne ich schon; als ich ihn las, war ich sehr verwundert, dass er ihr zum Geburtstag gratulierte. Er schrieb mit der Angabe »Nürnberg, 20. April« mit breiter Füllfeder in schönster Schrift an die

Sehr liebe, verehrte Frau E.!
Ich bedaure es wirklich sehr, daß es mir die Umstände noch nicht erlauben, Sie heute aufzusuchen, um Ihnen zu Ihrem Festtag unserer beider herzliche Glückwünsche zusammen sagen zu können. Auch ich möchte Ihnen alle meine Wünsche für die kommenden Jahre aussprechen, von denen ich hoffe, daß sie Ihnen noch soviel Schönes bringen werden. Vor allem hoffe ich, daß Sie schon uns zuliebe wieder richtig gesund werden, denn alles, was wir uns vom Leben erhoffen wäre nicht so schön, wenn Sie nicht in bester Gesundheit daran teilnehmen werden. Ich wünsche Ihnen, liebe Frau E., im Kreise der Ihren einen recht schönen 65. Geburtstag. Es fällt mir fast ein wenig schwer, daß ich nicht dabei sein kann.
Ich bin mit vielen herzlichen Grüßen
Ihr stets dankbarer
Horst Wagner

Der Brief steckte in einem Briefumschlag, auf dem lediglich in seiner Schrift »Frau E.« zu lesen ist, weil er ihn nicht mit der Post schickte, sondern ihn seiner Geliebten mitgegeben hatte. Der Ton ist so vertraulich, als ob er meine Großmutter schon gekannt hätte. Dass der Brief »wahre Wunder« bewirkt hätte, kann ich mir nicht so recht vorstellen. Großmutter war eine bodenständige Frau, ich weiß, dass ihr die Aussicht auf die Heirat ihrer Tochter mit einem »Geheimrat« nicht gefiel, auch weil sie fürchtete, die beiden würden den »SS-Bankert« ihr überlassen. Wenn ich mich an ihre abfälligen Bemerkungen über ihn erinnere, ist mir, als sähe ich ihr ironisches Lächeln und ihr Kopfschütteln beim Lesen des Briefes, als hörte ich sie spöttisch sagen: »Der kann sich die ›Verehrte‹ an den Hut stecken«, und: »Der soll erst einmal schau'n, dass er überhaupt wieder aus dem Gefängnis rauskommt, dann werden wir schon sehen, ob ich an irgendwas ›teilnehmen‹ mag!«

Seit jenem Tag, an dem er mich bei einem Besuch auf den Küchenschrank setzte, hat sie bis zu ihrem Tod nie mehr ein Wort über diesen Mann verloren, jedenfalls nicht in meiner Gegenwart.

Am 20. April schrieb er also auch jenen Brief, in dem er es bedauerte, »heute« nicht beim Gratulieren dabeisein zu können. Der fünfundsechzigste Geburtstag meiner Großmutter war am 22. April, das »heute« bezog sich also auf den Tag der Übergabe des Briefes.

Was ging in Wagners Kopf vor, als er das Datum schrieb?

Sicherlich hat er an den Mann gedacht, der genau an diesem Tag vor drei Jahren im Bunker in Berlin seinen letzten Geburtstag »gefeiert« hatte, ehe er sich zehn Tage danach, am 30. April 1945, eine Kugel in den Kopf schoss und so dem Henker in Nürnberg zuvorgekommen war. Auch Wagner muss lange an den wahnsinnigen »Führer« geglaubt haben, wenn er in seinen Diensten wie und wo auch immer so weit nach oben gekommen war, dass er sich nun dafür würde verantworten müssen.

Er muss ihr also am Abend des 20. April – das war laut Kalender ein Dienstag – den Geburtstagsbrief an ihre Mutter mitgegeben haben, zusammen mit den Schnitten für die Reise; sie muss in Nürnberg übernachtet haben, um den ersten Zug zu erreichen. In der Nacht vom 20. auf den 21. April (ist das ein Zufall, dass er, der sonst die Daten meist meidet, ausgerechnet dieses erwähnt?) schrieb er dann den anderen, bereits zitierten Brief. Es klingt so, als habe er nicht gewagt, ihr den folgenschweren Inhalt mündlich mitzuteilen.

Ganz sicher hatte sie jedenfalls von der bedrohlichen Nachricht noch keine Ahnung, sonst hätte sie nicht so heiter weiterschreiben können:

Heute war mein großes Waschfest. Du wärst sicherlich entzückt gewesen, mich mit Kopftuch und Schürze zu sehen, mit welcher Freude ich Deine Sachen in die Hände nahm! Du kennst ja mein Gesicht, das immer aufblüht, wenn ich etwas für Dich tun und für Dich sorgen kann. Es ist mir heute dadurch auch gar nicht so schlecht gegangen.

Du siehst, ich wäre nicht Dein Edilein, wenn mir die Sorge um Dich nicht wichtiger wäre, als das eigene Glück. –
Gleich wird es Mitternacht sein, und wir sind wieder 24 Stunden dem ersehnten Tag nähergekommen, der uns für immer zusammenbringen wird. Wenn ich mich jetzt auch niederlege, meine Gedanken werden noch lange nicht zur Ruhe kommen. Es ist so schön, über Dich, unsere Liebe und unser Leben nachzudenken. Das letzte aber was mein Herz Dir jeden Abend vor dem Einschlafen sagen wird: ich liebe Dich wie niemand auf der Welt und ohne Grenzen; ich gehöre Dir für alle Ewigkeit.

Inzwischen ist er nun ins Justizgefängnis Nürnberg zurückgekehrt und schreibt seinen ersten Brief von dort. Glücklicherweise liegt der Brief in einem Umschlag mit Briefmarke und Stempel vom 26. April 1948:

Du, über alles geliebtes Edilien, ich schreibe Dir von meiner neuen Behausung, in der ich mich die ersten Stunden sehr glücklich fühlte und mich in einem Traumland glaubte. Ich spürte noch viel mehr, was Du in meinem Leben bedeutest: denn wenn allein die Erinnerungen mich so ergreifen können, wie muß es dann erst mit der Wirklichkeit sein? Aber noch brennender und quälender wird das Verlangen nach Dir, mein Leben im Wachen und im Traum ist nichts als ein Schreien nach dem Teil meines Ichs, ohne das ich eben kein Wesen mehr bin. Was habe ich mich verändert, jetzt vor einem Jahr war ich doch ein ganz anderer Mensch und jetzt kenne ich nur noch das, was mit Dir zusammenhängt, habe ich nur noch ein Interesse an Dir und werde immer abweisender zu der anderen Welt und immer mehr mit Dir verkettet.

Schon erstaunlich, wie er es wieder schafft, sich die Düsternis des Gefängnisses mit den Erinnerungen an das Kennenlernen zu erhellen und glücklich zu sein! Wer war der Mensch Horst Wagner damals, als er im April 1947 zum ersten Mal die Zelle des Neuzugangs Edith E. betrat, als ihn zum ersten Mal der Blick dieser hellen Augen traf, den er nicht mehr vergessen konnte? Wer ist er nun, im April 1948?

Was Du mir nach meiner Abreise – Mittwoch früh – schriebst und ich
verlange so danach, liegt noch an dem anderen Platz, an dem Du mich
besuchtest und der mir deswegen teuer ist. Nun mußt Du mir schon
nochmals alles hierher schicken, ohne aber die 2 Wochen zu deutlich
zu erwähnen. Es kann ja alles geschrieben gewesen sein.

Sie haben also doch irgendwie zwei Wochen miteinander verbracht –
»geheim«, im Lager, wo sonst?

Komme ich nach der alten Stelle zurück, schreibe ich Dir gleich,
dann mußt Du kommen. Zwischendurch versuche ich hier Urlaub zu
erhaschen, viel Aussicht natürlich nicht. Wenn ich darum eingebe,
schreibe ich Dir, daß Du dort bleibst in T., für den unwahrscheinlichen
Fall. Ich denke ja nichts anderes als mit Dir zusammen zu kommen.
Du Liebstes, für jede einzelne Stunde mit Dir gäbe ich wirklich alles
hin.

Das klingt wieder ganz anders als sein sorgenvoller Brief vom 20./21.
April.

Wenige Tage davor, am 10. April 1948, waren immerhin im Fall IX,
dem »Einsatzgruppen-Prozess«, noch eine ganze Reihe Todesstrafen
und hohe Haftstrafen verhängt worden;[32] das hatte ihn vielleicht so
nervös gemacht. Nun wiegt er sich anscheinend schon wieder in
Sicherheit, glaubt, nach Langwasser zurückkehren zu können, und
denkt sogar an Urlaub.

Das entlastet allerdings auch mich wieder, die ich immer noch
fürchte, irgendwo in den Prozessbüchern, in denen ich nebenbei lese,
doch auf seinen Namen zu stoßen.

Wenn du mich sähst hier, etwas hager, mit glanzlosen Augen – anders
wie vor einem Jahr, dann würdest du mir wieder das Allerschönste
schreiben. Schreibe mir gleich, nur das Zusammentreffen nicht erwäh-
nen.
Was ich hier erlebte – meine Prinzessin, die auch schon meine Göttin
ist – überall, der ganze Raum war strahlend hell und ist es noch jetzt:
meine Gefühle sind Dir in einer Treue verhaftet, daß jede Erinnerung

mich noch mehr zwingt, Dich noch viel fester in meine Arme zu neh-
men. Herzliebster Mensch, wenn ich Dir nur einmal wirklich meine
Liebe zeigen könnte. Dann würde ich Dich glücklich machen, etwas
anderes will ich ja nicht auf dieser Welt.
Dein HB, Dein L.

Diese ungeheure autosuggestive Kraft, das »Positive« zu assoziieren –
wie er beschreibt, dass er sich im Traumland fühlt, wenn sich eine
Zellentür hinter ihm schließt, dass der vergitterte Raum in hellem
Licht erstrahlt, wenn er an seine »Göttin« denkt, das ist geradezu ein
Lehrbeispiel für die Kraft der Imagination positiver »innerer Bilder«.

Seine Ankündigung, nach Nürnberg zurückzumüssen, hat meine
Mutter sehr erschüttert, obwohl sie doch dauernd damit rechnen musste. War sie so naiv? Seinen fast heiteren Brief aus dem »Traumland
Justizgefängnis« vom 26. 4. hatte sie offenbar noch nicht, als sie am
30. April antwortet:

Wenn ich alles Leid zusammennehme, das mein sehnendes Herz in
der Zeit unseres Getrenntseins bisher durchgemacht hat, ich glaube,
es würde nicht ausreichen, den qualvollen Schmerz aufzuwiegen, der
mein Herz aufgerissen hat, als ich von Dir die Nachricht bekam, daß
Du wieder nach Nürnberg gehst. Ich war so erschüttert, daß ich viele
Stunden brauchte, wieder zu mir zurückzufinden, das Unabänderliche
zu erfassen, und zu begreifen, daß zwischen uns wieder eine Mauer
aufgerichtet ist, die mir für längere Zeit – ich befürchte für viele Mo-
nate – jede Möglichkeit nehmen wird, Dich zu sehen und mit Dir zu
sprechen.
Wenn auch im Augenblick unsere nächste Zukunft sehr trübe aus-
sieht – ich werde nun wirklich alle Illusionen für »heuer« begraben
müssen und das ist sehr, sehr schmerzlich, – die Gewißheit, daß dieser
große Kummer und diese brennende Sehnsucht nach Dir unsere Liebe
noch stärker, tiefer und unlöslicher macht; daß am Ende dieser leid-
vollen Zeit uns nichts mehr trennen kann und wird – selbst nicht der
Tod – und wir mit dieser Gemeinsamkeit und unserem Einssein unser
Leben in seiner höchsten Vollendung aufbauen, lasse ich mir auch
jetzt vom bittersten Schmerz nicht nehmen.

Ich glaube trotz aller Rückschläge unerschütterlich an unsere Bestim-
mung und an den guten Stern, der uns in seinem ewigen Licht für
immer zusammenführen wird.
All die Blumen und Blüten, an denen jetzt die Erde so überreich ist,
möchte ich Dir in Deine Zelle stellen; sie sollen Dir mit ihrem Blühen
und Duften von Deiner Göttin erzählen, der Du Dich für immer geweiht
und geschenkt hast. Alles Ewige und Vollendete will sie in Dein Leben
bringen, das in ihren Händen zum Frühling ohnegleichen wird.
Dein Herzenskind

Den ersehnten Urlaub muss Wagner im Mai genehmigt bekommen
haben, denn im Kalender, unter dem Bild voll aufgeblühter Rosen,
steht sogar: »Es ist der Monat der Hochzeitsreise. Dieser Mai war die
Erfüllung.«

Wohin die »Hochzeitsreise« ging, darüber ist nichts zu erfahren,
aber in vielen der späteren Briefe erinnern sie sich gegenseitig an
diese traumhaft schöne Zeit emotionaler und körperlicher Harmo-
nie.

An Pfingsten war Edi noch zu Hause, sie schreibt aus »Tölz am
Pfingstmontag« einen Geburtstagsbrief:

Mein herzliebstes Geburtstagskind!
Noch ist der heimelige Duft des roten Kerzleins im Raum, das ich
heute morgen, als Mutter zur Kirche gegangen war, zu unserer stillen
Geburtstags-Feierstunde angezündet hatte.
Viele wunderschöne Briefe, eine kleine braune Bibel und beseeligende
Erinnerungen an unvergeßliche Stunden haben für Dich zu meinem
übervollen Herzen gesprochen und ihm ein klein wenig über den
Schmerz hinweghelfen können, den es heute in noch größerem Maße
empfindet, weil ich nicht bei dir sein kann. So wie Dein Bild seit
gestern abend schon besonders schön und festlich geschmückt ist –
Maiglöckchen sind es und dunkler Flieder –, schlägt auch mein Herz
heute in einer besonders feierlichen Stimmung, denn es empfindet nur
zu sehr die schicksalshafte Bedeutung jenes 17.V., der für mich zum
wichtigsten Tag geworden ist.

Es ist, als ob das Phantom Horst Wagner, wie ich ihn trotz aller Briefe noch immer empfinde, plötzlich real wird, er hat tatsächlich ein Geburtstagsdatum! Das wird es mir leichter machen, seine Spur zu finden, wenn ich auch das Geburtsjahr noch nicht weiß. Schön wäre es, wenn sie das damals so festlich geschmückte Bild aufgehoben hätte – vergeblich habe ich bislang nach einem Foto von diesem wundervollen Mann mit den schönsten Augen gesucht.

Und ich erfahre wieder mehr über die Gläubigkeit meiner Mutter – an Gott oder mehr noch an Wagner:

Daß Dich der liebe Gott werden ließ und Dich mit den reichsten Gaben, die er einem Menschenkind mitgeben kann, in die Welt stellte, dafür habe ich ihm aus tiefstem Herzen gedankt; durch Dein Dasein nämlich ist mein Herz in ein Paradies getragen worden, in dem Du mich mit dem höchsten Glück beschenktest.

Gerade heute zu Deinem Geburtstag will ich es Dir wieder sagen: mein Glück, daß es Dich gibt, und Du mir gehörst ohne Einschränkung und für immer ist so grenzenlos stark und tief, daß es alles Leid der Trennung überstrahlt und mein sehnsüchtiges Herz auch im Alleinsein an Dich in einem Maße kettet, daß alles andere bedeutungs- und wesenlos geworden ist.

Daß unser gemeinsames Leben, für das wir bestimmt und geschaffen sind, bald beginnt, das ist mein innigster Geburtstagswunsch für Dich und für Dein Muttilein, das heute ganz besonders Deinen Ehrentag mitfeiert. Könnte sie heute bei Dir sein, sie würde Dir jeden Wunsch erfüllen und Dich so maßlos verwöhnen, daß Du am Abend vor dem Schlafengehen mit leuchtenden Augen sagen müßtest, es wäre der schönste Tag in Deinem Leben gewesen.

Wenn ich Dir doch sagen muß, daß über diesem glücklichen Festtag ein Schatten liegt, dann wirst Du mich sicher verstehen. Ich habe ihn mir so ganz anders vorgestellt und so viele schöne Pläne gemacht, die den 17. Mai wirklich zu einem Glückstag machen sollten.

Wie schön werden aber dafür die kommenden Geburtstage sein! Die Gewißheit, daß wir noch so viele zusammen feiern werden, muß uns beiden in unserem schmerzlichen Alleinsein helfen.

Unsere Herzen sind es nicht; sie sind so innig und unlöslich verwach-
sen, daß es nur noch ein Herz ist, das in einem Wesen schlägt und
atmet und aus diesem Einssein die Kraft nimmt, stärker als die Zeit zu
sein.
Dein Edilein

Für eine Weile reichte die Kraft, »stärker als die Zeit zu sein«.
Am Ende siegte doch die Zeit.

Meine Gedanken bleiben noch bei dem Datum hängen, der 17. Mai
erinnert mich an etwas anderes: »Andenken an die erste heilige Kommunion« steht auf einem Bild, das ich aufgehoben habe. Es zeigt nicht
das übliche Abendmahl, sondern die Darstellung des auferstandenen
»Christus in Emmaus« von Rembrandt. Darunter ist zu lesen, dass ich
in der St.-Ludwigs-Kirche zu München die erste heilige Kommunion
empfangen habe, und zwar am 17. Mai 1953.

Die wenigen Fotos in meinem Album sind von schlechter Qualität
und zeigen nicht viel: ein düsteres Bild des Kirchenschiffs, eine Reihe
verwackelter Kerzenlichter über den Köpfen von kleinen Jungen in
Anzügen, weißgekleidete Mädchen in Reih und Glied, unter deren
Gesichtern ich das meine auch mit der Lupe nicht ausfindig machen
kann. Es gibt nur zwei Bilder des Kindes mit der Stöpsellockenpracht
unter dem weißen Blumenkranz: Auf einem trage ich die gelöschte
Kerze wie eine kleine Fahnenstange vor mir her, auf dem anderen
lächle ich verkrampft am Brunnen vor der Universität, weil ich merke,
dass der Wind den plissierten Rock hochweht.

Es gibt kein Foto meiner Verwandten, auch nicht von meiner Mutter. Aber ich weiß, was sie trug an diesem Tag: ihr enganliegendes
Schneiderkostüm aus silbergrauem Seidenrips mit einer weißen Spit-
zenbluse, dazu ein passendes Hütchen mit zartgrauem Schleier. Ich
weiß es deshalb so genau, weil ich danach Ausschau hielt, als nach der
Zeremonie für die Kinder die Eltern zum Kommunizieren gingen. Sie
war nicht dabei, und ich schämte mich, als meine Freundin mir zu-
flüsterte: »Wo ist denn deine Mutter?«

Ich erinnere mich auch an die Kritik zu Hause über die Fotos, die
sie gemacht hatte: »Wo warst du denn da wieder mit deinen Ge-

danken?« fragte meine Großmutter kopfschüttelnd. Mehr als fünfzig Jahre später weiß ich es: Die waren in Rom, feierten Geburtstag mit dem Geliebten. Vermutlich erwartete er sie sehnsüchtig dort, und die Erstkommunion der Tochter passte überhaupt nicht in ihre Pläne. Kein Wunder, dass sie nur irgendwie auf den Auslöser gedrückt hat.

Jetzt betrachte ich das Juni-Bild im Kalender: Blühender Mohn in einem Kornfeld. Daneben seine Bemerkung: »Auf blühender Wiese liebte eine Göttin.«

Nachdem sie laut Anstellungsvertrag am 1. Juni zu arbeiten begonnen hatte – das war ein Dienstag –, konnte sie ihren göttlichen Besuch frühestens am darauffolgenden Wochenende machen; darauf bezieht sich wohl der Inhalt eines winzigen Briefchens – ein normaler Umschlag halbiert und seitlich verklebt. Wieder mal zwei Zettel – genauer betrachtet die auseinandergerissenen Hälften desselben DIN-A4-Blattts: Wagner scheint unter Papierknappheit zu leiden, die Zeiten, da er großzügig mit soviel Papier versorgt wurde, wie er nur wollte, sind wohl vorbei.

Der Absender ist L. Schaller in Nürnberg, wie meistens, aber der Poststempel kommt diesmal aus Stuttgart, und er ist vom 11. Juni 1948.

Mein über alles geliebtes Herz, seit unseren gemeinsamen Tagen liebe ich Dich noch mehr, du bist für mich mein Leben geworden, in Dir ist alles, was ich von meinem Dasein will und in unserer Verbundenheit liegt die Linie der Zukunft, die unser gemeinsames Ich durchleben wird. –
Ich bin noch hier, weiß noch nicht, wann ich auf den alten Platz zurückgehe. Der Gedanke, daß Du nun keine Zeit mehr für mich hast, ist so beklemmend, daß ich noch nicht einmal richtig schreiben kann –

Das würde man heute ein »Double-bind« nennen, eine doppelte Botschaft, die verrückt machen kann, weil die Erwartungen unvereinbar sind: ganz gleich, wie man sich verhält, es ist »falsch«. Hat er sie nicht selbst zweimal aufgefordert, doch eine Stellung anzunehmen? Und nun beklagt er genau diese Tatsache, macht ihr gewiss das Herz damit wieder schwer.

Du kannst Dir nicht vorstellen, wie meine Liebe zu Dir geworden ist. Ein schöneres Geschenk als die gemeinsamen Tage konnten wir nicht bekommen; Du bist eben meine Frau geworden, ich habe Tag und Nacht gelernt, daß ich ohne Dich nicht mehr leben kann.

Die Post aus Stuttgart scheint schneller zugestellt zu werden als gewöhnlich, schon am nächsten Tag bekommt sie den Brief, anwortet überglücklich. Auch wenn darauf nur »Tölz, am Samstag abend« vermerkt ist, kann ich ihn nach seinem Inhalt dem 12. Juni zuordnen, weil ich mich sehr gut daran erinnere, dass bei dringenden Neuanschaffungen immer auf den »Fünfzehnten« gewartet werden musste:

Mein allerliebstes Schätzlein!
Ich habe gerade den schönsten Brief gelesen und in der überschäumenden Freude, die mein Herz dabei empfunden hat, drängt es mich, Dir gleich zu schreiben. Mein Herz dankt Dir so sehr für Deine unermessliche Liebe und Wärme, die mit Deinen Worten wieder über mich gekommen ist und in mir einen Glutstrom an innigsten Gefühlen ausgelöst hat.
Ich habe heute bis abends Dienst gemacht und muß auch morgen den ganzen Tag arbeiten, weil in die nächste Woche wieder die Lohnauszahlungen fallen. Ich werde dann kaum den freien Abend erwarten können, der dann nur uns beiden gehört.
Schätzlein, sei nicht traurig, daß ich jetzt nicht gleich beim Schreiben bleiben kann. Mutter hat seit Wochen ein offenes Bein, das in den letzten Tagen sehr schlimm geworden ist; sie muß jetzt viel liegen und was das an Mehrarbeit für mich bedeutet, das wirst Du Dir ja denken können.

Beim Lesen dieses Textes steigt mir der Geruch des Zinkleimverbands in die Nase, den meine Großmutter wegen der immer wieder aufbrechenden Wunde am Unterschenkel lange tragen musste. Dieser Geruch war mir so unangenehm, dass ich beim Einschlafen trotz

280

meiner Angst, im dunklen Zimmer alleine zu sein, nicht mehr darauf bestand, dass sie sich zu mir legte. Licht war nicht erlaubt, die Stromkosten waren ohnehin zu hoch. Aber wenn ich aus einem Alptraum hochschreckte, rannte ich manchmal mitten in der Nacht doch hinüber zu ihr in die Küche, wo sie auf dem Sofa lag, und schmiegte mich an sie, der Dunst und das Kratzen des Verbandes waren dann immer noch leichter zu ertragen als die Einsamkeit.

Ich kann mich nicht erinnern, dass sich meine Mutter je in mein Bett gelegt hätte, ich mich je an sie kuschelte, ich habe keine körperliche Zärtlichkeit von ihr in Erinnerung. Ihr Schlafzimmer im Stockwerk darüber war für mich immer unerreichbar.

Für Wagner hatte sich die Lage anscheinend weiter entspannt, er bekam noch einmal Urlaub. Da meine Mutter wegen ihrer Berufstätigkeit nun nicht mehr so leicht nach Nürnberg kommen konnte, trafen sie sich wohl in München; es gibt eine Postkarte, die er mit dem Absender »Bahnhofsplatz« am 23. Juni 1948 vor seiner Rückreise dort aufgegeben hatte:

Mein über alles geliebtes Herz, meine Gedanken sind ohne Unterlaß bei Dir. Ich bin durch München gelaufen, überall wo ich mit Dir ging: Du hast so recht, als Du sagtest, wir sind uns wieder nur näher gekommen. Deine Sorge heute früh hat mir so vieles an Liebe mitgegeben; mit Furcht sah ich in Deinen trüben Augen, wie sehr Du an mir hängst: Dieses Wissen um uns beide muß helfen über die nächste Zeit; aber die letzten Tage sind für unsere Herzen ein solcher Gewinn gewesen, daß mein Herz mich zwingt, Dir noch zu schreiben, bevor ich unsere Zukunftsheimat verlasse: gerade heute spürte ich es mehr denn je, wie wir in einander leben. Dafür danke ich Dir so recht vom Innersten meines Herzens, das Dir ein Leben lang gehört.
Gruß und Dank an Deine Mutter, Schwester und Gisi. –
Immer und immer Dein Horstel

Aus dem Dank an Mutter und Schwester und sogar Gisi – zum ersten Mal sehe ich meinen Namen in seiner Handschrift, ein merkwürdiges Gefühl – kann ich nur schließen, dass er vor dem Eintreffen in der künftigen Heimatstadt München aus Tölz gekommen ist, vielleicht war es jener Besuch, als ich nach ihm getreten habe.

Inmitten der diversen Zettelchen habe ich den »Beweis« für seinen Tölz-Aufenthalt gefunden, die ausgerissene Vorderseite einer »Chesterfield«-Zigarettenpackung: Auf der Rückseite steht mit Bleistift in seiner Schrift vermerkt: »23. 6. Kalvarienberg.« Es kann sich nur um den Kalvarienberg in Bad Tölz handeln.

Also war die blühende Wiese, auf der eine Göttin liebte, dort irgendwo?

Hat er sich doch länger in unserer winzigen Wohnung aufgehalten, war ihr Schlafzimmer für mich deshalb ein Tabu? Ich erinnere mich nur an die eine Nacht, in der ich solche Angst hatte, dass er mir meine kaum gewonnene neue Mutter wegnehmen würde. Nach der Lektüre der vielen Briefe weiß ich heute, dass ich sie damals schon längst wieder verloren hatte.

Am Tag nach der Rückreise schreibt »Schaller« wieder aus Nürnberg:

Am Geburtstag meines Vaters, 24.6.

Liebstes, wertvollstes Edilein, ich suche nach soviel Namen, die ich Dir geben könnte, um Dir gleich mit den ersten Worten zu zeigen, wie es mir ums Herz ist: noch schmerzhafter reißt und zerrt es nun, unfähig ist mein Herz, zu begreifen, daß es nun wieder von Dir getrennt sein soll; es gehört so eng mit Dir zusammen, daß diese Trennung in mir das Gefühl auslöst, als ob pausenlos aus einer unsagbar schmerzenden Wunde Blut und Lebenskraft herausfließt.

24 Stunden bin ich jetzt von dir fort; von München, wo ich noch Deine Nähe, die Erinnerung an Dich so stark spürte, schrieb ich Dir schon. Jetzt sitze ich hier in Nürnberg und bevor ich wieder zurückgehe, will ich Dir noch einmal schreiben.

Als ich gestern Deine Augen sah, als Du so beglückt vor mir standst, wußte ich, daß auch Du, mein über alles geliebtes Herzenskind, jetzt sehr schwere Tage haben wirst und es sicher doppelt notwendig brauchst, daß ich Dir schreibe und versuche, Dein geliebtes, unwandelbares Herz ein wenig zu trösten.

Hilft es ihm auch, wenn ich ihm sage – wenn es das nicht schon an

meiner ein wenig zittrigen Schrift sieht – daß mein Herz zerrissen ist
von einem nie gekannten wilden Schmerz; eine Trennung von Dir, ob
kurz oder lang, wird immer für mich die Hölle meines Lebens sein.
Alles was Du meinem Blut versprochen hast, hast Du noch tausendmal
schöner mir erfüllt. Aus dem Wissen heraus, daß Dein Blut genauso
strömt wie meines, wir beide die gleiche Sprache sprechen, ist uns zu
vermählen die natürlichste und zwingendste Pflicht. Herzlein, denke
doch noch an die Wiese, an die letzten Stunden in München und an alles,
was wir uns schenkten. Am letzten Abend dachte ich nur: Immer.

Wenn man sich neu vermählen will, ist die zwingendste Pflicht doch
erst einmal eine Scheidung der bestehenden Ehe?

Wenn auch hier im Zeugenhaus, wo ich gerade schreibe, nicht gerade
günstige Nachrichten herumgehen, so glaube ich weiter an unseren
guten Stern.

Er konnte sich offensichtlich noch immer frei bewegen, ging vom
Bahnhof aus erst in das Zeugenhaus in der Novalisstraße und hörte
sich dort bei »Kollegen« um.

Deine Sorge um mich, gerade noch so doppelt schön im Abschieds-
schmerz des letzten Tages hat im regennassen München so gut getan.
Es wäre sonst schlimm gewesen. Die Nacht im leeren Zug und vollem
Wartesaal war reichlich lang. Ich habe auch ein wenig geraucht und
es hat mich getröstet, weil es Dein Geschenk war. Gehungert habe ich,
dank Deiner Fürsorge, nicht. Mein Hals wird besser. Altenburg war
leider nicht zu Hause. Im Spatenbräu trank ich 1 (!) Glas Bier, vor
dem Regina stand ich im Regen; Du, München ist mir schon so ver-
traut, Du hast mich schon so heimisch gemacht, ich dachte nur an das
Nest, in dem wir dort zusammensein werden.

Es ist geradezu wohltuend, von Wagner einmal Alltagsbeschreibun-
gen zu lesen, aus dem Phantasten und Romantiker, als der er in
den meisten Briefen erscheint, wird endlich ein normaler Mann,
der im Wartesaal raucht, ein Glas Bier trinkt und im Regen steht –

vor dem Hotel »Regina« am Maximiliansplatz. Dieses Hotel war später eine wichtige Adresse für Faschingsbälle, oft habe ich als junges Mädchen dort getanzt, erst in den siebziger Jahren wurde es abgerissen.

Natürlich will ich wissen, wer Herr Altenburg ist. Wenn der Herr mit Vornamen Günther hieß, war auch er ein »Beamter des Auswärtigen Amtes«, genauer: Legationsrat im Stab des Reichsaußenministers, zuletzt Chef der Dienststelle Wien.[33] Hatte Wagner gehofft, von dem ehemaligen Kollegen Geld zu bekommen?

Jetzt einiges Praktisches noch:
Geld habe ich in München trotz mehrfachen Versuches nicht erhalten. Ob hier, weiß ich noch nicht, selbst die Zeugen sitzen ohne. –
Deine Mutter grüß bitte und danke ihr nochmal, daß sie mich so liebevoll versorgt hat. Ich bin wirklich so gut und reichlich verpflegt worden und ich möchte, daß sie weiß, daß ich das wohl gemerkt habe.

Zu der geschilderten liebevollen Mutter passt die Großmutter in meiner Erinnerung überhaupt nicht! Hat sie sich nun Wagner gegenüber verstellt oder mir gegenüber? Eine Frage, auf die ich vierzig Jahre nach ihrem Tod bestimmt keine Antwort mehr bekomme.

Unmittelbar nach diesem Schreiben erreicht ihn noch im Zeugenhaus nun doch die vermutlich seit langem befürchtete Hiobsbotschaft:

Meine Edi,
Gerade hatte ich den Brief, der Dir meine Liebe und Sehnsucht sagen sollte beendet, da bekomme ich eine Nachricht, die Dir zu übermitteln das Schwerste ist, was mir das Leben brachte. Sie zerstört Hoffnungen und wird Dich furchtbar treffen, ich muß sie aber schreiben, da ich sie noch draußen abfassen kann. Thadden, u.s.w. – es kommt Deutsches Gericht.
(Es darf noch niemand wissen)
Wir waren uns klar, was das alles bedeutete. Wir haben das alles schon einmal besprochen. Ich kann Dir nicht schreiben, vergiß mich, es wür-

de Dein Herz – das edelste, das ich auf der Welt sah – verletzen; Du kannst es aber auch nicht.

Ich selbst habe lange, lange überlegt. Ich glaube nun, daß es meine Pflicht ist bis zum äußersten für unsere Liebe und unsere Zukunft zu kämpfen. Den anderen Schritt kann ich nicht, solange ich auf dieser Welt die Aussicht habe, Dich eines Tages wiederzusehen, will ich leben bleiben.

O Herz, wenn ich denke, was Du jetzt durchmachen mußt, was Du für Deine große Liebe leiden mußt. Du, und doch, behalte mich lieb – das ist und bleibt meine Bitte. Bleibe so, wie ich Dich so grenzenlos liebe.

Eben sind mir auch schon Tränen gekommen, mein Herz will sich an den Gedanken nicht gewöhnen. Dir weh tun zu müssen, Dir nicht helfen zu können. Dich alleine zu lassen.

In diesem Augenblick, Edi, muß ich Dir nur eins schreiben:

Ich habe nie einen Menschen so geliebt wie Dich. Du hast mir gezeigt, was die große, ewige Liebe ist. Ich werde Dich lieben bis zu meinem letzten Atemzuge, und über den Tod hinaus.

Bewahre mir die Stärke Deiner Liebe, es ist das, was mich aufrecht hält. Bleib tapfer, Du, laß den Schmerz – meinetwegen, Deines Horstels wegen – nicht die Oberhand in Dir gewinnen.

Denke morgens und abends, daß ich Dein Herz und Deine Liebe noch mehr brauche, als je, denke immer ohne Unterlaß an mich. Wir wissen vielleicht beide noch nicht, wie sehr wir schon eins sind, zusammengehören.

Edi, ich flehe Dich an, bleib mir gesund, halt es durch, für mich. Ich denke nur an den Tag eines Wiedersehens, – ganz gleich, wann. Daß du dann da bist, gesund und genau so wie heute, – Edilein und Herzenskind, das ist Deine heilige Pflicht.

Auch ich werde stark sein und alles ertragen, nur in der Gewißheit Deiner Liebe. Sie ist seit heute wirklich mein Leben. Denk an mich und bete für uns beide.

In aller Ewigkeit und jeder Stunde werde ich nichts sein als meines Edileins Horstel.

Du hast mir versprochen, mir jeden Wunsch zu erfüllen. Auch den größten, den ich jetzt habe. Meine Sorge um Dich, Dein Herz, Deine Gesundheit und Dein Durchhalten ist grenzenlos, sie würgt mich und

läßt mich kaum atmen. Das ist das einzige, was mich jetzt drückt: Die Sorge um meinen liebsten Menschen.
Ich bettele drum und ich fordere es: Edilein, schwöre mir, daß Du Dich gesund hältst. Daß Dein Herz nicht schwach wird. Davon hängt mein Leben ab.
Im Wissen, daß Du Deine heiligste Pflicht erfüllst und mir meinen liebsten Menschen erhältst, habe ich mich entschloßen, zu bleiben.
Ich werde für uns kämpfen. Ich werde alles ertragen, nie gedrückt sein. Ich werde glücklich in Deiner Liebe und stark im Gedanken an das Wiedersehen sein.
Ich weiß, daß alles sein mußte, denn sonst hätte ich Dich nicht kennengelernt. Und das ist mir alles, alles wert.

Was musste alles sein, was ist ihm alles wert? Ist es wirklich die Sorge um den »liebsten Menschen« oder versichert er sich nicht durch die Beschwörung seiner ewigen Liebe und ihrer »heiligen Pflicht« künftiger Hilfeleistungen?

Im Augenblick kannst Du nichts direktes tuen. Einen Rechtsanwalt verpflichte ich morgen, nach W. habe ich nun wegen der Scheidung geschrieben. Der Brief ist fort. Aber helfen kannst Du mir, wenn Du mir in jedem Brief versicherst, daß Du meinen Wunsch, mir mein Herzenskind gesund zu erhalten, erfüllst.

So ganz nebenbei schreibt er endlich nach W. (vielleicht Wiesbaden?) »wegen der Scheidung«! Schon in der gemeinsamen Gefängniszeit nannte er die Geliebte seine »Edileinfrau«, war längst mit ihr auf »Hochzeitsreise«, dabei hatte die rechtmäßige Ehefrau anscheinend bisher noch keine Ahnung, dass sie den Gatten an eine andere Frau verloren hatte!

Mit allen Deinen Kräften, schwöre mir beim Liebsten, das Du auf der Welt hast, daß Du durchhalten wirst.
Ich habe Dir Kraft und Liebe gegeben. Sie helfen Dir jetzt.
Edilein, und auch Du, mein Muttilein, schreibe mir, daß Du Dich nicht schwach machen läßt.

286

Nimm mir bitte diese Sorge.
Unsere Liebe, ein Geschenk des lieben Gottes, muß sich nun bewähren.
Da glaube ich nun an Dich.
Meine Liebe wird nur noch tiefer und größer werden.
Du bleibst immer mein Herzenskind.
Rette mir Dein Herz.
Schwerer fiel mir nie ein Brief an Dich. Aber noch nie war auch meine Liebe so groß –
Muttilein, Edilein, Herzenskind, Du bist jetzt wirklich mein Leben.
Schreib gleich nach Nürnberg. Ich warte schon darauf. Ich brauche Dich und liebe Dich – jetzt noch mehr.

So beschwörend war noch kein Brief, Zeile für Zeile Sätze wie Hammerschläge. Nun hat er wirklich Angst.

Immerhin ist die Verurteilung der Hauptkriegsverbrecher noch keine zwei Jahre her, immerhin sind die meisten im selben Gebäude, in das er nun zurückkehren muss, hingerichtet worden – in keinem der Briefe hat er je ein Wort darüber verloren. Und immerhin sind 1948 einige der Nachfolgeprozesse in Nürnberg und Dachau noch immer nicht abgeschlossen, werden noch immer hohe Haftstrafen verhängt – und Todesurteile gefällt, die im Gefängnis in Landsberg auch vollstreckt werden.

Dem Brief liegt eine Vollmacht bei, die er entweder vordatiert hat oder schon in Tölz dabeihatte und sich doch scheute, sie ihr zu geben:

Vollmacht.
Hiermit bevollmächtige ich Fräulein E. E., wohnhaft Bad Tölz OB. Salzstr. 25 mich in allen Bank- und finanziellen Angelegenheiten zu vertreten und bindende Erklärungen im Rahmen der bestehenden Vorschriften abzugeben.
München, 20. Juni 1948
Horst Wagner

Jetzt verstehe ich den anderen Satz auf dem Juni-Kalenderblatt, der unter dem mit der Göttin steht: »Regen fiel, eine Brücke lag zwischen uns. Das Herz begann zu bluten.«

Das »blutende Herz« finde ich in ihrem verzweifelten, dennoch starken Antwortbrief, der vermutlich vom 28. Juni stammt.

Montag Abend

Mein über alles geliebtes Schätzlein!

Ich weiß, daß Du sehr auf meinen Brief wartest. Und deshalb will ich jetzt meine ganze Kraft zusammennehmen und Dir erzählen, wie es Deinem Edilein nach 2 ½ qualvollen Tagen geht. Die bisher schmerzlichsten und schwersten Stunden habe ich am Samstag vormittag durchgemacht, als ich eine Nachricht bekam, vor der ich jetzt noch fassungslos stehe. Schon einmal hattest Du mich an einem Sonntag – es war der 24.8.47 – in einer ähnlichen verzweifelten Stunde gefunden, in der ich glaubte, ich müßte meinen Kopf vor Schmerz an der Zellenwand zerschlagen; als ich aber dann Deine Augen sah, Deine weiche warme Stimme hörte und Deine Liebe spürte, da war aller Schmerz überwunden und ein neues wunderschönes Leben begann, das mich zum glücklichsten Menschen auf dieser Erde gemacht hat, denn Du wurdest mein Eigen.

Dieses Mal ist der Schmerz nun noch größer und mein Horstel kann nicht bei mir sein. Aber Dein liebendes zärtliches Herz, Deine unermeßliche und nimmermüde sorgende Liebe umgibt mich und will mir in diesen Stunden beistehen, tapfer zu sein.

Auch wenn es Jahre werden sollten, die wir aufeinander warten müßten, ich glaube trotzdem noch immer an unseren guten Stern, der uns doch bald zusammenführt – ich bleibe mit Dir verwachsen und bleibe der Teil Deines Ichs, der nur noch mit Deinem Herzen atmen kann und in dem Eins-Sein mit Dir sein Leben sieht. Und gerade jetzt in diesen Tagen, wo nun auch mein Herz an das Schmerzenskreuz geschlagen wurde, werde ich noch mehr von dem Zusammengehörigkeitsgefühl durchdrungen; es streichelt mit süßer Wärme über dieses blutende Herz und läßt auch in diesen düsteren Stunden das Glück strahlen, weil wir uns auf Gedeih und Verderb bis zum letzten gehören. Das macht so überaus glücklich!

Auch vom tiefsten Schmerz und von der verzehrendsten Sehnsucht –
beides werden nun so lange meine ständigen Begleiter sein, bis Du
mich wieder zu Dir hinaufnehmen und mir Deinen Namen geben
kannst – will ich mir dieses Glück nicht trüben lassen.
Schon kommen wieder die lebendigen Erinnerungen an die durch-
sonnten Tage und durchglühten Nächte unserer Hochzeitsreise, diese
tiefe Glückseligkeit, die wir im Beisammensein immer empfunden ha-
ben, die bleibt und überdauert jede Trennungszeit. Sie bewahrt mich
jetzt vor dem Verzweifeln.
Herzlein, wenn ich weiß und spüre, daß Du mich brauchst, dann wird
mein eigenes Leid so klein und unbedeutend; mein unwandelbares Herz
wird weit und stark und der ganze Reichtum, den Du nun schon ein gan-
zes Jahr an mich verschwendet hast, und den ich in mir aufgespeichert
habe, will Dir jetzt helfen, das Kommende ertragen zu können.
Liebstes, wenn alles vorbei sein wird – mit jedem Tag kommen wir
näher hin – dann nehme ich Dich vom ersten Schritt an in meine star-
ken Arme und führe Dich vom Dunkel in unser lichtes, strahlendes
Nest, in dem Du dann gesunden und alles Trübe vergessen sollst, das
man Dir angetan hat.

… das man *ihm* angetan hat? Hat er niemandem etwas angetan? Meine
Mutter war überzeugt davon:

Es ist mir völlig klar, daß man versuchen wird, Dich für Dinge ver-
antwortlich zu machen, die Dein Herz und Deine Art immer schon
abgelehnt haben.
Und wenn sie Dich bloßstellen und Dir die Ehre nehmen wollen, Dei-
ne Edileinfrau wird immer in andächtiger Verehrung zu Deinen Füßen
knien und Dich anbeten, denn sie glaubt fest und stark an Dein be-
gnadetes Herz, das das beste, reichste und kostbarste auf dieser Welt
ist. Ich stehe zu Dir immer und in jeder Lebenslage und es kann nichts
mehr kommen, das auch nur den geringsten Zweifel an Dich hervor-
holen könnte.

Was sie sonst in komplizierten Schachtelsätzen schreibt, formuliert sie
hier wie ein Glaubensbekenntnis: Sie glaubt an das beste und reichste

Herz der Welt. Was immer man ihm vorwerfen wird, es kann nicht sein. Das begnadete Herz ist über jeden Zweifel erhaben. Sie betet ihn an. Seine Ehre ist für sie unantastbar.

»Unsere Ehre heißt Treue«, kann ich nur wieder denken. Sie wird zu ihm stehen, was immer kommen mag.

Das hat sie getan, bis zu ihrem Tod, wie versprochen.

Auch das soll Dir helfen und das Wissen, daß Du um unser beider Leben kämpfst. Später werde ich Dich mit meiner glühenden, grenzenlosen Liebe königlich belohnen! Daß ich das kann und Dich nicht enttäusche, dafür muß ich jetzt durchhalten. Und was Dein Edilein verspricht, das hält sie auch. Wir gehören uns und trennen uns nie mehr. Darum ist auch das Leid vom lieben Gott gesegnet und weil es uns noch näher zusammenbringt und wir aus diesem Leid noch so viel Glück schöpfen werden, will ich es ohne zu klagen ertragen.

Ich liebe Dich und alles, was von Dir oder durch Dich kommt, ist im Grunde ja doch Glück.

Und wenn es jetzt hell und warm in Deiner Zelle geworden ist, dann lasse auch in Deinem Herzen und in Deinen Augen das Glück strahlen, denn es liebt Dich jetzt noch viel tiefer und inniger
Deine Edileinfrau.

Als ob sie an die Kraft ihrer eindringlichen Worte nicht glauben kann, schreibt sie sofort am nächsten Tag wieder und versichert dem »innniggeliebten Horstel«:

Bei jedem Atemzug spüre ich Dein von mir so sehr verehrtes Herz und Dein ganzes Ich, das in mir lebt, und mit jedem gemeinsamen Schlag unserer verwachsenen Herzen durchdringt mich das schönste und glückhafteste Gefühl, daß wir allein nichts mehr sind und alle Kraft aus der schicksalhaften Gemeinsamkeit unserer Wesen kommt, mit der wir alles Schwere meistern können und unser Leben aufbauen werden, weil sie stärker und unbeugsamer ist als alle Not, in die man uns hineintragen will.

Und sie ist sicher, »daß weder die Zeit noch das größte Leid das wundersame Band, das der liebe Gott um uns geschlungen hat, damit wir nie mehr voneinander gehen können, lockern oder zerschneiden kann«.

Ich will Deine Frau werden, die glücklichste, die die Erde dann tragen wird, will Deinen Namen tragen und will Dein Leben mit meiner über- irdischen Liebe und meiner restlosen Hingabe an Dich, mit meinem Verstehen und besonders mit meiner zärtlichen Strenge zu einem schattenlosen Paradies machen aus dem Du nie mehr wirst gehen wol- len, weil Du ohne mich dann nicht mehr atmen kannst.
Ich kenne meine heilige Pflicht und bin mir in jeder Sekunde der gro- ßen Verantwortung bewußt, die mir das Schicksal für Dich aufgetra- gen hat, und deshalb werde und muß ich, auch wenn es noch Jahre dauern sollte, bis Du mich zu Dir hinaufziehen und in Deine starken Arme nehmen kannst, Dir meine grenzenlose und glühende Liebe und tiefe Hingabe bewahren; auch mit weißen Haaren wird noch die Kraft meines heißen Herzens, – das ja nie alt werden kann, weil es von mei- nem ewig jungen Blut durchpulst wird, Deinen Lebensweg und unse- ren Lebensstil bestimmen.
Seit ich Deine Hiobsbotschaft in Händen hatte, ist es mir ganz klar geworden, daß wir unseren Herzen eine Last aufbürden, die schwer und groß genug ist, sie zu zerbrechen und daß für mich die leidvollste Zeit begonnen hat, die ich je durchgemacht habe. Und doch lasse ich Dich nicht, noch mehr nehme ich Besitz von Dir und noch fester lege ich meine starken Arme um Dich, die Dich nie mehr freigeben werden.

Diese entschiedene Frau, die in ihrer Verantwortung und »heiligen Pflicht« entschlossen ist, durchzuhalten, weil sie den Sinn ihres Le- bens erkannt zu haben glaubt, diese selbstbewusste, starke Frau kenne ich nicht. Ich kenne nur eine resignative Mutter und eine weißhaarige Alte mit einem schwachen, gebrochenen Herzen.

Herzlein, das mußt Du Dir immer vor Augen halten: enttäuschen wer- de ich Dich nie; eher kann ich den lähmenden Schmerz besiegen, als

291

mir von ihm die Kraft nehmen zu lassen, die ich brauche, um Dich glücklich zu machen. Schätzlein, das strahlende Glück, das wir uns im Beisammensein schenken können, ist es doch wert, mit seinem Herzblut dafür zu bezahlen. Und wenn es nur ein paar Jahre wären, die wir ohne Trennung zusammen sein könnten, es wäre mir kein Preis zu hoch, ich würde sogar, wenn es von mir verlangt würde, mein Leben dafür bezahlen.

Ich weiß, daß es keine Macht der Welt fertig bringen wird, uns zu trennen; meine Liebe und mein ganzes Sein gehört nur Dir auch über mein Leben hinaus. All' das, was Du bisher in meinen Briefen gelesen hast, schrieb Dir mein Herz und so unverändert wird es bleiben, bis es mit Dir aufhört zu schlagen.

Schätzlein, unser geträumtes Märchen wird wahr; ich weiß es und deshalb halte ich durch. Ich lasse mir die Freude auf unser Nest nicht nehmen, in das wir ganz bestimmt eines Tages einziehen und dann im großen Glück, das dort auf uns wartet, alles Leid vergessen werden, denn dann gibt es ja keine Trennung mehr. Herzlein, ich liebe Dich wie noch nie, mein Herz gehört Dir mehr denn je, ich lasse Dich nie mehr aus meinen Händen, Du bleibst bis in die Ewigkeit mein Herzensbub und mein Horstel, du bist doch mein Leben.

Sei glücklich in der Liebe Deines Edileins

Ihre beiden Briefe vom Montag und Dienstag haben sich vermutlich mit seinem überschnitten, den er laut Poststempel am 26. Juni aufgegeben hat:

Mein liebstes Edilein, seit Stunden sitze ich unbeweglich vor meinem Tisch und zähle die Stunden, wann Du meinen furchtbaren Brief erhalten wirst. Nicht in diesen bitteren Stunden bei Dir sein können und Dir helfen: Du weißt nicht, wie ich mir vorgekommen bin, als ich, den Du so über alle Maßen liebst, Dir solch einen Schmerz zufügen mußte. Und ich spüre an mir selbst, wie lebensgefährlich das alles ist.

Die Vorwürfe nagen an mir, daß ich dir Dein Leben zerstört habe. Mir ist doch mein Schicksal so gleichgültig, aber wenn ich an Deinen Schmerz denke, Du Herzenskind, das so an mir hängt, dann bin ich schon manchmal – ich weiß nicht, wie ich es Dir beschreiben soll.

Erstaunlich, dass ihm jetzt keine Worte für die Beschreibung seiner Gefühle einfallen, wo er doch sonst immer so großzügig mit Metaphern jongliert.

Am Donnerstag früh erfuhr ich die Hiobspost. In diesem Augenblick standst Du neben mir, ich sah Deine traurigen Augen. Ich habe natürlich alles durchdacht. Schließlich war die Rückkehr hierher das kleinste Übel; alle meine Gedanken kreisten um die Frage meines Lebens: wann sehe ich mein Edilein wieder. Nach W. schrieb ich, aus finanziellen Gründen die Scheidung einzuleiten. Dann ging ich zur Bahnhofspost und schrieb Dir den schweren Brief.

Aus »finanziellen Gründen« hat er also die Scheidung eingereicht – ganz rasch schiebt er diese entlarvende Tatsache zwischen zwei Sätze, als wollte er Edi rasch davon ablenken.

Ich kam zurück. Wir sind zusammengelegt, ich bin wieder in Deinem Flügel. Manchmal gehen meine Gedanken zurück an die Zeit genau vor einem Jahr, dann ist es, als ob Deine zärtliche Hand über mein wundes Herz streicht. Mit doppelter Wehmut und mit einem starken Glücksgefühl fand ich eine Zeitung von Dir vor; das Paket, das Du mit soviel Liebe gepackt hast, wird von mir wie ein Heiligtum gehütet. Natürlich ist noch alles gut, aber ich kann noch nichts essen. Hab nochmals tausend Dank, was bin ich glücklich und unaussprechlich reich in Deiner Sorge. Du und dann Deine Briefe: Herzlein, hätte ich sie nur vor meinem Urlaub gelesen. Ich war erschüttert von dieser großen und ehrlichen Liebe. Ich will Dich um Verzeihung bitten: die Schatten des kommenden Unheils lagen schon über mir und Du kannst Dir meine Spannung vorstellen. Ich hoffte noch immer, daß dieser Kelch an uns vorübergehen würde. Ich hatte wie alle geglaubt, wir wären über die Gefahr hinaus.
Und nun grüble ich über den Sinn unserer Liebe. Gott kann uns nicht zusammengeführt haben, damit wir aneinander zerbrechen. Es muß doch einen Sinn haben, daß das Schicksal uns in diesem Jahr viele Wochen zärtlichen Zusammenseins schenkte. Es muß doch einen Sinn haben, daß ich in meinen 20 Tagen Urlaub so ganz begriff, daß Du als

*Kamerad, als Geliebte und als Mensch das wunderbarste Geschöpf
bist, in allem zu mir paßt und ich Dich nie lassen werde und daß ich
nach Abschluß eines langen glücklichen Lebens mit Dir zusammen die
Augen zumachen will.*

*Sieh mein Herzenskind, ich glaube, weiter an unsere Zukunft. Wenn
ich das Schlimmste befürchte und ich sehe Dich erst, wenn wir beide
weiße Haare haben? Erschrick nicht, daß ich solch Brutales schreiben
kann. Aber unsere Liebe ist uns geschenkt, so müssen wir uns entscheiden und prüfen, halten wir es durch – auch eine furchtbar lange
Zeit? Ich weiß, daß keine Zeit Deiner Liebe etwas anhaben kann. Und
ich weiß, daß ich auch in tausenden von Tagen und Nächten nichts als
Deinen Namen herbeten kann. Aber wie ist es mit der körperlichen
Verfassung unserer Herzen? Halten sie es durch: Wir müssen es uns
offen sagen, nie darf einer den anderern ohne des anderen Erlaubnis
im Stich lassen: keiner gehört sich selber mehr, wir sind gebunden
durch eine Liebe, die mehr ist als jeder Eid. Unsere Pflichten füreinander sind so stark, denn eine größere und festere Liebe als die unsere
gibt es nicht.*

*Größere Schmerzen wohl auch nicht. Aber, Herzgeliebte, müssen wir
nicht jetzt zeigen, daß sich keiner im anderen täuschte, daß wir beide
solche Hingabe besitzen, daß jedes sein Ich aufgab und mit dem anderen schon ganz verschmolz? Fiebernd warte ich auf Deinen Brief;
mein Herz dürstet wirklich nach Deinen Gedanken.*

*Ich hatte gehofft, daß wir nicht soviel zahlen müßten, aber in dieser
Situation ist mein Stolz, Dich zu besitzen, so stark und will sich durch
nichts beugen lassen.*

*Eben bin ich in unserem Garten spazieren gegangen. Ich war sehr
unruhig, als ich den Brief begann. Aber alleine das Schreiben an Dich
macht mich ruhiger und freier; ich sehe den schweren Weg, den ich
gehen muß, und die schwere Last, die ich Dir aufgebürdet habe und
freiwillig nie von Dir nehme: Es gibt keinen anderen Weg, auch wenn
er noch so bitter für unsre weichen Herzen ist.*

Fast bewundere ich wieder seine Fähigkeit, seiner fatalen Situation
etwas Gutes abzugewinnen. Weil er im gleichen Gefängnisflügel sitzt
wie sie beide vor einem Jahr, kann er sich ihre streichelnden Hände

herbeiphantasieren, und der Gefängnishof wird zu »unserem Garten«!

Dann kommt wieder ein Satz wie ein Keulenschlag:

Es ist nur ein schwacher Trost, daß manches Liebespaar Kriegs- und Gefangenenjahre getrennt ist; sie haben aber nicht diese Vollendung gespürt, wie wir sie uns schenkten.

Das Leid von Millionen Liebespaaren missbraucht er als »Trost«, und schlimmer noch: Er macht es kleiner, weil andere Paare nach seiner großspurigen Meinung nicht zu vergleichbarer »Vollendung« fähig waren!

Ich sagte Dir mal, daß meine Dankbarkeit für alles, was Du mir gabst, länger dauert als mein Leben. Was hast Du allein meinem Blut geschenkt; es hat ja darauf 42 Jahre warten müssen, hat nun seine Erfüllung gefunden und wird sie viele, viele Jahre noch genießen mit all der glühenden Liebe und Hingabe, der Wildheit und Lüsternheit: Auch das ist eine Quelle meiner Kraft: ich habe die vollendete Frau: und ich werde sie trotz allem Kummer, der uns jetzt bevorsteht, doch noch viele tausendmal zu mir hinaufziehen.

Leidenschaft und sexuelle Lust spielten schon seit den gemeinsamen Gefängnistagen eine gewaltige Rolle für beide Liebende. Glaubte ich aber bisher, daß er, als der in Liebesdingen Erfahrenere, die Geliebte differenzierte Freuden gelehrt hat, so überrascht mich sein Bekenntnis sehr. Und es gibt mir eine weitere Information: Da er wohl mit den »42 Jahren« sein ganzes Leben meint, kenne ich damit sein Lebensalter und kann mir ausrechnen, dass er am 17. Mai 1906 geboren ist. Das heißt, er war neun Jahre älter als die »vollendete Frau«, die sein »Blut« so reich beschenkte.

Und darauf mußt Du warten; ich kann Dir meine Dankbarkeit am besten zeigen dadurch, daß ich mir durch nichts, durch gar nichts Schrecklichstes – eine lange Trennung – nur einen Hauch von meiner Liebe nehmen lasse. Du sollst nie das Gefühl verlieren, geliebt zu

werden, wie keine andere Frau. Du sollst wissen, daß eine solche
Liebe, wie sie Dir Dein Horstel und später Dein Mann schenkt, auf
der ganzen Welt zu allen Zeiten ganz, ganz selten nur vorkommt. Wie
werden wir später einmal glücklich sein, wenn wir – wie Philemon
und Baucis – uns erzählen und Du nur sagen wirst, daß Du doch ein
Ahnen von der Unsterblichkeit meiner Liebe zu Dir spürtest, als Du
diesen heutigen Brief last, der Dir zeigt, daß meine Liebe alles andere
überragt und daß gerade in der Not es sich noch klarer zeigt, wie sehr
mein ganzes Ich in einem Jahr sich in ein Wesen verwandelte, das mit
Dir, seinem geliebten Ich, wirklich so ein einziger Mensch geworden
ist: unserer beider Hingabe, Deine zielbewußte Klugheit, mich den
Wert einer ewigen Zuneigung zu lehren. Meine Begeisterung für Dich,
neben dem stärksten Drang, Dich ganz in mich aufzunehmen und auf-
zusaugen haben dieses Wesen geschaffen, das sich nun in seiner
schwersten Belastung bewähren muß. Ich bin so stolz auf Dich, meine
geliebte Frau. Und ich will es bleiben.
Nun noch ein Wort an das Muttilein: So lange ich atme, gehöre ich ihr:
Sie hat mir alles geschenkt, was ein Mensch zum Leben braucht. Ihr
brauche ich nicht zu schreiben, daß ihr Herzensbub solch ein Zutrau-
en zu ihr hat, daß er auch nach längster Trennung von ihr an ihr Herz
genommen und doch gesunden wird. Sie soll sich auch nie zu viel Sor-
gen machen: natürlich wird ihr Bub viel Bitteres durchmachen, aber
das Bewußtsein, ihr zu gehören, ohne den sie gar nicht leben kann,
hilft mir über alles.
Es scheint so, als ob ich jetzt erst einmal hier bleibe. Ich schreibe Dir
soviel ich nur kann, damit Du an meiner Liebe ein wenig Wärme, Halt
und Geborgenheit findest. Vielleicht gelingt es mir, ins Hospital zu
kommen.
Du verstehst, daß dieser Brief mich richtig erschöpft hat – das Herz
schmerzt doch sehr dabei. Weißt Du noch, wie Du mich so erschöpf-
test, daß ich mich nicht mehr bewegen konnte? So ist mein Leben, eins
im Wehen, eins im Glück. Ich, der geliebte Mann Edileins weiß aber,
daß in Deinen Armen das Glück immer wieder überwiegen wird; des-
halb trage ich meinen Kopf hoch.
Das Glück, das ich später in Dir finden werde, wird eines Tages kom-
men.

Bis dahin kenne ich nichts als unsere Liebe. Und daß Du mein Ein und
Alles in Ewigkeit bist.

Das Juli-Blatt ist merkwürdigerweise aus dem Kalender herausgerissen, so kann ich mich wieder nur mühsam über die Inhalte der Briefe
an Fakten und Daten heranarbeiten.

Es gibt einen Brief von L. Schaller, mit einem sehr blassen Stempel,
den ich mit starker Lupe entziffern kann: Er ist am 2. Juli 1948 in
Fürth aufgegeben worden, Edis Briefe vom 28. und 29. Juni waren
noch immer nicht eingetroffen.

Mein liebstes Herz, ich weiß nicht, wann dieser Brief Dich erreichen
wird. In diesen Tagen, da der Himmel pechschwarz bezogen ist und
die schönsten Hoffnungen zurückgedrängt wurden in ein Später, habe
ich nichts mehr im Sinn als so häufig es nur irgend geht Dich meine
Liebe in ihrer ganzen Wärme und Stärke spüren zu lassen. Mein ge-
samtes Leben scheint mir nun in eine Pflicht auszumünden, Dir in
diesen Tagen beizustehen.

Er sitzt wieder im Gefängnis, diesmal unter für ihn wirklich gefähr-
lichen Umständen, anders kann ich den letzten einpeitschenden Brief
nicht interpretieren – und denkt angeblich nur an die »Pflicht«, *ihr*
beizustehen?

Ist das Liebe oder eine verzweifelte Form von Projektion?

Ich habe Dir in einem Jahr viel gegeben, damit Du einen Vorgeschmack
bekommst, was Dich erwartet. Und ich will jetzt, da ich nicht wissen
kann, wann unser wirkliches Leben beginnt, Dir noch mehr zeigen,
daß ich ohne Dich nicht mehr denke, atme, lebe. Unser Einssein ist die
Tatsache für mich, von ihr ausgehend versuche ich zu retten, was mög-
lich ist. Ich mache alle diese Anstrengungen, um vielleicht die Zeit bis
zum Beginn der üblen Geschichte als Kranker nach Garmisch zu kom-
men, jetzt ist ziemlich alles aussichtslos. Aber Du sollst sehen, daß Du,
nur Du, meine Geliebte, all mein Handeln bestimmst.

Mit der »üblen Geschichte« ist wohl ein drohender Prozess gemeint. Seine vorübergehende Rettung könnte die bereits diagnostizierte Arthrose sein, in Garmisch gab es ein amerikanisches Hospital. Das wäre praktisch für meine Mutter gewesen, Garmisch liegt viel näher an Bad Tölz als Nürnberg-Langwasser.

Böse Ironie des Schicksals: In Garmisch hat sich meine Mutter viel später wegen ihrer Arthrose künstliche Hüftgelenke implantieren lassen.

Mein geliebtes Herzenskind, es klingt ja seltsam, aber ich bin für Dich so froh, daß Du an Deinen Horstel geraten bist. Ich habe noch nie ein solches Ausmaß an Liebe sehen können, wie dieser Horst Dir entgegenbringt. Du bist wirklich damit ein auserwähltes Menschenskind und eines Tages wirst Du doch die glücklichste Frau sein.

Will er sich mit seiner großspurigen Selbstüberschätzung wieder selbst Mut machen oder will er Edi damit beschwichtigen?

Daß wir beide hierher kamen, war doch Schicksal. Daß wir beide die Eigenschaften haben, die der andere zum restlosen Glück braucht, ist es auch. Daß wir beide uns ein halbes Jahr lieben lernen konnten und dann ein halbes Jahr die unwahrscheinlichsten Möglichkeiten geschenkt erhielten, um zu lernen, daß das Zusammensein zu jeder Stunde und in jeder Art das vollendete Glück für uns bedeutete, das ist doch auch Schicksal, ein noch nicht begriffener Traum. Wenn ich Dich frage: Liebst Du mich noch – dann muß ich wissen, ob Du für mich, wundervollstes Mädchen nicht nur ein Traumbild bist: noch immer stehe ich etwas fassungslos vor dem Wunder der Liebe, wie Du sie mir verkörperst. Ist es denn möglich, daß eine Frau so in allem, in jedem Blutströpfchen und Verstand, an jedem Stellchen und Eckchen (gerade!), in ihrem Wesen, Stimme, Begabung, Zärtlichkeit die erträumte Vollendung ist. Jeder Brief von Dir war für mich ein Herzklopfen erregendes Wunder, immer wieder dachte ich: ist es wirklich wahr, daß ich einen Menschen in meinem Edilein gefunden habe, der mir alles sein kann, bei dem ich mich frei wie noch nie fühle, dem ich alles schenken kann.

Daß Du neben all der Verantwortung nun auch noch eine Pflicht vom
Leben aufgebürdet erhältst, wird Dich nicht schrecken:
Du mußt einen Mann, wie kaputt weiß ich nicht, in Deine Liebe auf-
nehmen und gesunden lassen. Es ist noch nie so bitter wahr gewesen,
daß das Leben Deines Liebsten, seine Widerstandskraft und Lebens-
willen ausschließlich von Dir abhängen. Daß Du Deinem Buben über
alles hinweghelfen mußt mit Deiner Liebe – Herz, nichts befreit Dich
von dieser Pflicht. Und all Dein Handeln, Kräftesparen, Planen, auch
Sparsamsein – alles mußt Du tuen für mich, Dein Horstel. So ist Dein
Leben nichts weiter mehr als eine Vorbereitung für unser Leben und
eine Hilfe für mich. Du hast aufgetragen bekommen all die ehrenden
Pflichten einer Frau, die so bald es geht, den Namen ihres Geliebten
tragen muß.
Es ist bezeichnend für meine Liebe und Achtung, die ich für Dich habe,
daß ich nie auf den Gedanken kommen kann, daß mein Herzenskind
mich je enttäuschen könnte.

Täusche ich mich oder schwingt da eine leise Drohung mit? Sie war
doch längst bereit, ihm all das, was er von ihr erwartete, mit »glühen-
dem Herzen« zu geben – selbst ihr Leben.

Spielt er im folgenden die eigene Gesundheit nur herunter oder ist
das ein Trick, seine Geliebte erst recht um ihn sich sorgen, mit ihm
leiden zu lassen? Wieso spricht er von »Vergiftungserscheinungen«?

Es geht mir wieder besser: Hals, Ohr, Hand waren verbunden: die
Halsdrüsen stark verschwollen, so ein bißchen Vergiftungserschei-
nungen. Ich hatte die gleiche Sache wie vor einem Jahr, gottseidank
ohne Blut. Nächte waren voll Fieber. Essen fiel aus. Herzlein, wes-
halb, wenn ich mir nur Sorgen um Dich mache. Aber es ist jetzt alles
vorbei, ich habe heute alles wieder richtig aufgefuttert. Durchhalten,
bis ich für immer mit Dir zusammen bin – darin besteht meine
Pflicht.
Außerdem glaube ich immer an unseren guten Stern: ich habe mein
Edilein gefunden, irgendwie geht alles gut aus.
Wenn ich eine Treppe lange gehe, gestern war es auf dem Wege zur
Orgel, bekomme ich unvermittelt starkes Herzklopfen. Dann fällt mir

ein, daß auf dem gleichen Wege der Fuß meiner Geliebten entlang-
schritt und daß ich das jetzt nach einem Jahr so spüre.

Ich rätsele, ob das Wort wirklich »Orgel« heißt, bis ich mich erinnere,
dass er in einem Brief vom November 1947 an sie schrieb, als sie auf
Urlaub zu Hause war, er höre Gesang aus der Kirche: »Ich bete an die
Macht der Liebe – Deine Stimme ist nicht darunter.« Hat er selbst
Orgel gespielt?

Nun weiß ich nicht, wann ich Dir wieder richtig schreiben kann, das
wird immer schwerer. Aber behalte doch die Liebe dieses Briefes im-
mer in Dir. Wenn ich ein Mädchen wär, würde ich Dich glühend benei-
den, daß Du so geliebt wirst. Daß ich so ruhig und glückdurchatmet
bin – es ist das Wissen um eine Liebe über jedes Maß, die mein Edilein
mir entgegenbringt.
Mit dieser Gewißheit hast Du mir das größte Geschenk gemacht,
das das Leben mir gab. Dieses Gefühl füllt mich aus: Ein glück-
licher Mensch, der das Schönste von seiner Frau empfing. Laß
Dein Herz in diesem Augenblick aufstrahlen. Mein Herz wartet hier
darauf. L.

Im nächsten Brief von Edi an ihr liebstes Schätzlein vom 3. und 4. Juli
ist sie froh, »daß wir von dieser qualvollen Zeit wenigstens ›schon‹
eine Woche hinter uns haben«. Und sie dankt ihm, dass er in jeder
Sekunde mit seiner Liebe und Sorge bei ihr ist, denn sonst hätte sie
»wirklich Angst um mein Leben«.

Ich glaube so unerschütterlich daran, daß das Zusammenbleiben und
die erfüllte Sehnsucht der Sinn unserer überirdisch schönen und star-
ken Liebe ist und deshalb ist das Warten nicht umsonst auf den Tag,
nach dem sich Dein Edilein maßlos sehnt, an dem Du mir Deinen Na-
men geben wirst, der für mich der Inbegriff allen Glücks und Stolzes
geworden ist. Ich brauche ihn nur zu denken, oder zu schreiben, gleich
fängt mein Herz zu pochen an; es fühlt genau, daß sein Leben – und
Glücklichsein nur mit diesem Namen zusammenhängt, den ich einmal
voll Stolz tragen werde.

Wie oft habe ich in den letzten Tagen in kindlichem Vertrauen zum
lieben Gott gebetet, daß er uns doch helfen und recht bald den Tag
kommen lassen möge, an dem Du mich für immer in Deine Arme neh-
men kannst. Und bis dahin wird mein Dasein nur eine einzige Vorbe-
reitung auf unser Leben sein. Dein Muttilein, das sich jetzt mehr denn
je um ihren Herzensbub kümmert, wird ihn dann an ihr starkes unge-
beugtes Herz nehmen und ihn mit ihrem Herzblut nähren, und nie wird
dieser Strom aufhören in Dich zu fließen.

Es gibt eine Legende, dass Pelikane sich mit ihrem kräftigen Schnabel
die Brust aufhacken, um mit ihrem Herzblut ihre Jungen zu nähren,
wenn es keine andere Nahrung mehr für sie gibt – sie selbst gehen
daran zugrunde.

Ich war so sehr erschrocken, als ich von Deinem Kranksein las:
Schätzlein, Du mußt sehr auf Deine Gesundheit achten und Dich recht
schonen. Du, ich mache mir so große Sorgen um Dich. Wenn Du doch
bloß in ein Lazarett, vielleicht nach Garmisch – kommen könntest, das
wäre für mich eine große Beruhigung.
Ob schon Antwort aus W. da sein wird? Auch das hat mein Herz so
zusammengepreßt, daß in diesen Tagen eine Entscheidung fallen wird,
die für den Zeitpunkt des Beginns unseres gemeinsamen Lebens so
ausschlaggebend und wichtig ist. Herzlein, Du schreibst mir doch
gleich, wie sie ausgefallen ist – auch wenn sie nicht günstig aussieht
für uns –, diese Ungewißheit kostet so viel Lebenskraft.

Endlich eine Reaktion auf seine wie beiläufige Bemerkung, dass er
nach W. geschrieben habe, um die Scheidung einzureichen. Wie lange
schon phantasierte er sie als seine Frau, wie intensiv schreibt sie ihm
von ihrer Sehnsucht, seinen Namen tragen zu wollen. Den Namen
Wagner, der für Edi »Inbegriff allen Glücks und Stolzes« ist, hat jedoch mit Fug und Recht noch eine andere Frau.

Zuhause ist alles beim Alten, nur ich entferne mich jeden Tag mehr
von meinen Angehörigen und verliere völlig das Gefühl, »daheim« zu
sein. Mein Zuhause und meine Heimat finde ich nur noch in Deinen

starken Armen; dort bin ich geborgen, nur in Deiner / unserer Welt
kann mein Herz glücklich schlagen und die zärtlichsten Gefühle ab-
geben, die ich jetzt für Dich bewahre, weil sie doch ganz allein dir
gehören.
Ich küsse Dich und bin Dein unverändertes Edilein

In seiner Antwort von einem »Donnerstag abend« – das war dann der
8. Juli – bittet er sie, »nicht gar zu traurig« zu sein, denn:

Du hast unter Millionen Frauen ein ganz großes Glück gehabt: alle
drohenden Schicksalsschläge haben nichts weiter zur Folge gehabt,
als daß sich Dein Horstel nur noch klarer über unser Verhältnis ge-
worden ist. Für ihn ist es das selbstverständlichste, die Voraussetzung
jeden Lebens überhaupt, daß Du sein Eigentum bist. Er liebt Dich
wirklich, als ob davon sein ganzes Dasein abhinge. Er ist mit Dir fast
schon in einem überirdischen Sinne verbunden; dauernd spricht er auf
Dich ein. Wellen von Zärtlichkeit lösen sich in ihm, machen sich auf
den Weg nach Tölz, um Dich dort liebend einzuhüllen und Dir Kraft
zum Durchhalten zu geben.

Und aus der Selbstverständlichkeit, dass sie sein »Eigentum« ist, fol-
gert er:

Herzenskind, Du müßtest, sehr, sehr glücklich sein. Denn eines Tages
bist Du mit diesem Menschen der gerade in den schweren Tagen Dir
seine ... ganze Liebe zeigt, immer Stunde für Stunde zusammen.
... Und noch größer quoll in mir meine Liebe, als ich Deine beiden
Briefe las. Ich muß Dir das noch einmal schildern.
Den Brief vom Dienstag bekam ich am Freitag. Ich wartete auf ihn mit
dem Gefühl, daß in ihm die Entscheidung meines Lebens erhalten
wäre. Es war mir klar, was Du schreiben würdest. Und dennoch war
ich überrascht und ergriffen, wie Du schriebst. Ich spürte nur noch
eins: wir sind unzertrennbar.
Das Edilein liebt mich mehr als ein Mensch fassen kann.
Ich sah durch Dein Leid Dein tapferes, starkes Herz. Ich fühle, wie Du
an mir hängst. Diesen Brief werde ich noch an meinem letzten Tage

bei mir tragen; an meinem Hochzeitstage wirst Du ihn mir vorlesen,
Du weißt, in den letzten Minuten, in denen Du den alten Namen trägst:
ja?

Er kann diesen kostbaren Brief nicht bei sich getragen haben, sonst
läge er nicht vor mir. Was, wenn er ihn bei sich behalten, ihn gelegentlich gelesen hätte – wie könnte er es da ertragen haben, ihr so viel Leid
zuzufügen? Hat er es sich damit nicht leichtgemacht, ihre und seine
Liebesschwüre ganz aus seiner Welt und seinem weiteren Leben zu
schaffen, als er ihre Briefe zurückschickte?

Vielleicht gab es für ihn noch einen anderen Hochzeitstag, für meine Mutter nicht. Sie hat ihren alten Namen ihr ganzes Leben lang behalten – es gab keinen anderen mehr, für den sie ihn hätte aufgeben
wollen.

Dein Herz muß durchhalten. Du willst meine Frau werden, Edilein,
ich kenne und verehre Dich so wegen Deines starken Willens, weil er
uns beide glücklich machen wird – und schließlich: unser geträumtes
Märchen wird wahr. Edilein, das weiß ich so bestimmt und klar, wie
ich Dir schon in Deine kleine Bibel ein E.W. zeichnete.
Herzenskind, bewahre auch Du dieses pausenlose Denken an mich,
wenn wir es beide ohne Unterlaß tun, ohne uns ablenken zu lassen
durch das Viele, das natürlich von außen an uns herankommt, dann ist
diese Trennungszeit auch nicht verloren.
Herz, ich weiß, daß du mich nie enttäuschen wirst: Du bist für mich
mit meinem Verhältnis zu Gott und Schicksal so eng verbunden, daß
ich an Dir nicht zweifeln kann, wie ich es auch an Gott nicht kann: mir
ist, daß Er Dich mir anvertrauet hat und da gibt es nur einen Weg und
eine Bestimmung.
So weiß ich auch, daß Du alles Leid ertragen kannst, weil Dein Pflicht-
gefühl dieser Liebe – wie achte ich Dich dafür – gegenüber stärker
ist.
Dein zweiter Brief sagte mir, wie ich mit meiner Sorge um Dich recht
habe; ich spüre doch den Schmerz in Deinem Herzen, es soll sich mit
aller Gewalt an mich klammern. Habe Tag und Nacht das Gefühl, daß
Du Dich an mich anlehnen kannst. Würdest Du mich jetzt sehen, Du

würdest strahlen in dem Bewußtsein, daß in Deinem Liebsten eine un-
vorstellbare Kraft wirkt: daß Du Dich dieser überlassen kannst, daß sie
Dein Leben und Deine Zukunft beschützt – da braucht es keine Lebens-
angst: diese Kraft hält Dich eisern und zärtlichst, sie nimmt Dich gefan-
gen und ist Deine Welt, so wie Du sie Dir ersehnt hast. Edilein, gerade
jetzt weiß ich, daß ich Dich nie allein lasse, Du gehörst mir viel mehr,
als Du es weißt: Du bist mir verfallen. Sei glücklich darüber, Liebste:
ein Horstel belohnt dieses Aufopfern mehr als königlich.

So wörtlich hat er noch nie formuliert, dass er weiß, wie abhängig sie
von ihm ist – und gleichzeitig versüßt er ihr dies mit der Aussicht auf
»königliche« Belohnung!

Herzlein, mein Leben hat ein Ziel: Dir zu gehören. Ich hänge nicht an
Dingen oder sonst etwas: Ich hänge nur an Dir.
Daß ich für Dich kämpfe, mit allen Mitteln, das mußt Du glauben.
Selbst wenn es aussichtslos ist oder wäre, jeder Tag ist ein Himmels-
geschenk.
Du, meine Gesundheit ist schon wieder in Ordnung. Wegen der Hüft-
sache will ich immer wieder versuchen, in ein Hospital zu kommen.
Aber im Augenblick keine Sorge haben, ich bin vorsichtig, denn mein
Körper gehört mir nicht.
Aus W. ist die erste Antwort gekommen. Natürlich kam nicht gleich
eine klare Entscheidung, aber Du kannst schon froher in die Zukunft
sehen: wir beginnen nun zu überlegen, wie es am besten vor Beginn
der Verhandlungen durchzuführen ist. Die Antwort war erstaunlich
positiv – zu meinem Vorschlag.
Liebste, die Ungewißheit hier darf Dich doch keine Kraft kosten.
In diesem Falle sage ich, was Du mir vor genau einem Jahr sagtest:
das kriegen wir schon hin. – Diese W.-Sache ist vielleicht nicht so
schwierig als mich an ruhiges An-Dir-Schlafen zu gewöhnen.

Wie er die »W.-Sache«, bei der es sich immerhin um die Scheidung
von seiner Frau handelt, herunterspielt! Wenn das Zitat von Edi stimmt,
hat sie also von Anfang an gewusst, dass er verheiratet war.

So leicht haben sie aber die Sache nicht »hingekriegt«.

Daß Du schreibst, der Nestbau ist Deine schönste Aufgabe: jeder
Schritt, den mein Herzenskind tut, ist Vorbereitung auf sein Leben in
meinen Armen. Wenn Du das Dir dauernd vor Augen hältst, wir beide
arbeiten für uns, auf das Ineinandertauchen von Herz und Blut und –
Namen.
Herzlein, ich verstehe das alles mit dem Zuhause und weiß, daß es sich
garnicht anders entwicklen kann. Daheim kannst Du auch nur sein in
der Atmosphäre Deines Horstels; Dein Herz wird Dich immer mehr
von allem anderen wegtreiben und in meine Arme: durchhalten mußt
Du es, bis ich Dich hole. Daß alles geschieht, daß es bald sein möge,
das ist meine Pflicht. Ich bitte und bete weiter zum lieben Gott, daß er
uns helfen möge. Manchmal ist es mir so, als ob er mich unwillig fragt:
Wo hast Du denn Dein Edilein? In meiner Vorstellung lebt das so als
meine Lebensaufgabe, mein Auftrag von oben, daß ich Dich nie von
meiner Seite lassen darf.

Das klingt alttestamentarisch, wie »Kain, wo ist dein Bruder Abel?«
    Wo ist der göttliche Auftrag später geblieben? Hat er ihn nicht ein
Leben lang verfolgt? So leicht nimmt ER dort oben seine »Aufträge«
doch nicht zurück.

Ein großer Segen ist es, daß ich jetzt alles kenne, wo Du lebst, schläfst,
ißt, arbeitest – Du das ist eine große Erleichterung, ich kann näher mit
Dir zusammenleben. So ist alles noch inniger, vertrauter geworden.
Wenn ich an Dich schreibe, ich kann mir nicht helfen, ich bin glücklich.
Wie Himmel und Erde zusammengehören, und Sonne und Mond und
Sterne, und Tag und Nacht, so sind Horstel und Edilein für alle Zeiten
eins. Sie gehören zusammen.
Wenn es noch ginge, würde ich Dich noch mehr lieben. L.

Auf diesen Brief reagiert Edi am darauffolgenden Donnerstagabend –
das müsste dann der 15. Juli gewesen sein – wieder euphorisch:

Ob es heute auf der ganzen Welt ein zweites Herz gibt, das wie das
meine so strahlend glücklich sein kann, das nur noch Liebe, ewige,
innige Liebe ist und mit dem heißen Gefühl der tiefsten Verehrung für

*das Teuerste und Kostbarste, das ich besitze Dir danken will für jedes
der durchglühten Worte, die Du mir in Deinem wunderbaren Brief
vom Donnerstag geschenkt hast.*

Sie schwärmt wieder vom »unfaßbaren Wunder« seiner großen Liebe,
die »wirklich Berge versetzen könnte«, beschwört wieder den »ewig
sonnigen Frühling« und versichert ihm, dass er »geliebt und begehrt
wird wie kein zweites Wesen auf dieser Welt«.

*Wie hat mein Herz gepocht, als ich las, daß die erste Antwort aus W.
da sei und wie hat es gejubelt, als ich erfuhr, daß hier alles gut gehen
wird. Jetzt liegt die Zukunft noch strahlender vor mir. Herzlein, ich
habe sehr gebangt um diese Antwort und da Du mir jetzt eine grosse
Sorge abnehmen konntest, ist auch das Ertragen des Trenungsschmer-
zes ein klein bißchen leichter geworden.*

Und sie habe sogar »zum ersten Mal seit Wochen wieder gelacht« über
das, was ihm schwieriger erscheine »als die Lösung der W.-Sache«!
Zuversichtlich vertraut auch sie »auf unsereren guten Stern«, »der liebe Gott wird uns helfen, er hat es ja gewollt, daß ich Dein Edilein und
Du mein Horstel werden mußtest – für immer«.
  Sie muß mit Gott gehadert haben, als Wagner später die Trennung
wollte.

Er schreibt ihr nun fast täglich, flüchtet in endlos langen Briefen in
seine Erinnerungen und Phantasien, entwirft Bilder einer strahlenden
Zukunft und kann damit seine wirkliche Lage, das »Viele von außen«,
einfach ausblenden und sich in der Gewissheit dieser »überirdischen
Liebe« immer wieder in einen Glückszustand versetzen:

*Was ist es bloß mit mir, daß ich immer stärker an Dich gebunden wer-
de, daß Trennung und düstere Wolken meinen Willen, Dich ganz in
mich zu nehmen, nur noch fester machen.*

Trennung und Hindernisse verstärken die romantische Liebe, weil es
möglich wird, die Realität zu ignorieren und sich ganz auf die tatsäch-

lichen oder imaginierten wunderbaren Eigenschaften des anderen zu konzentrieren. Das wirkt stimulierend, »Glückshormone« werden ausgeschüttet, die wiederum die Einmaligkeit dieser Liebe in noch hellerem Licht erstrahlen lassen und die Ausschließlichkeit dieser einen Bindung manifestieren.

Das liegt im Sinn unserer Liebe, daß sie aus allem – Gutem und Leidvollen – nur noch mehr an Kraft gewinnt. Du hast ja so recht, daß unsere überirdische Liebe uns nicht gegeben ist, daß unsere reichen Herzen daran zerbrechen. Wir sollen ein Mensch werden, und alles dient nur diesem Ziel, deshalb können wir uns auch so kompromißlos allen Zukunftsträumen hingeben. Auch ich habe in mein Herz hineingeleuchtet und herausgelesen, daß das Leben ohne den anderen den sicheren Tod bedeutet.

Es ist mir heute noch so, als ob eine höhere Gewalt mich vor einem Jahr zu Deinem Munde hinzwang – und ich werde Dich nie küssen ohne zu glauben, es ist ja das erste Mal, daß ich Deinen Mund berühre, immer ist alles bei Dir das erste Mal, immer zittert mein Herz, als ob Du mir einen ewigen Frühling verkörperst, der zeitlos und immer unerschöpflich neu ist.

Die vielzitierte überwältigende, nicht zu kontrollierende Macht der Liebe – schon Dante beschrieb im dreizehnten Jahrhundert seine erste Begegnung mit Beatrice so: »Siehe, der Gott, der stärker ist denn ich, kommt mich zu beherrschen … Von Stund an – ich bekenne es – beherrschte die Liebe meine Seele.«[34]

Wenn ich jetzt Deine Briefe lese – drei habe ich glücklicherweise schon – dann denke und weiß ich, daß du mich noch inniger liebst als vorher. Du, ich bin auch noch anders geworden – wolltest Du das: mir ist, als ob ich alle Brücken abgebrochen habe und nur noch mit Dir leben kann.

In irgendeiner Ecke meines Herzens jubelt es ohne Unterlaß, seit ich das Märchen beantwortet bekam, vielleicht schon, als Du mir das erste Mal in die Augen sahst. Dir wieder in die Augen sehen können –

*Wir haben schon mehr Glück uns geschenkt, als viele Menschen ihr
ganzes Leben lang erhalten. Wir beide sind unvorstellbar reich: jeder
besitzt in des anderen Herzen einen Schatz, der schon nicht mehr von
dieser Welt ist. Ich will, daß meine Frau jeden Tag glücklicher wird an
meiner Hand und in meinen Armen, liebes, glückliches, geliebtestes
Edilein. L.*

In einem Brief mit Poststempel vom 17. Juli 1948 fleht er sie nach den
üblichen Liebesbezeugungen an, sich nicht zu sorgen, wenn keine
Post kommt:

*Es kann doch auch mal vorkommen, daß ein Brief vergessen wird,
eingesteckt zu werden, daß mal keine Möglichkeit ist. Ich flehe Dich
an, das wertvollste Herz, das für mich mein Ein und Alles ist, nicht
durch unnötige Sorgen noch mehr zu belasten.*
*Wie ernst ich mein Versprechen halte, Dir auch alles Schwere zu
schreiben, sollst Du daraus ersehen, daß ich Dir auch heute einmal
Unangenehmes schreibe.*
*Meine Lage hier verschlechtert sich zusehends. Glaubte ich nicht un-
entwegt an den guten Stern, der uns zusammengeführt und immer über
unserer Liebe gestanden hat, sähe ich nur noch schwarz. Dazu kommt,
daß ich öffentlich – wo Adolf St. gerade ist – in einer solch tollen Weise von den Kollegen angegriffen worden bin, daß es wahrscheinlich
sogar durch die Zeitungen gehen wird.*

»Adolf St.«? Mit »St.« kann eigentlich nur Steengracht gemeint sein,
der hieß Gustav Adolf. Wenn der ehemalige Staatssekretär ihn jetzt
angreift, kann Wagner nicht nur irgendein hoher »Beamter« gewesen
sein!
   Leider ist die unangenehme Mitteilung damit schon wieder beendet – er projiziert die Auswirkungen möglicher Zeitungsberichte sofort auf sie:

*Wir sind nur noch ein Wesen, ich hoffe, daß Du nicht gekränkt bist. Ich
denke daran, daß ich im vorigen Jahre Dir um die gleiche Zeit schrieb,
ich weiß nicht, ob ich recht tue, Dich an mich zu binden. Die Aussich-*

ten sind jetzt, was ein baldiges Zusammenkommen betrifft, ebenso schlecht.

In den schönsten und liebreichsten Briefen hast Du mir immer wieder ausgeredet, daß ich das Leben des Menschen, den ich täglich noch inniger liebe, nicht zerstöre. Sehe ich dennoch, wie Dein Herz leidet und schmerzt, dann weißt Du meinen einzigen Kummer. Herz, kannst Du meinem Herzen helfen dessen größter unertragbarer Schmerz es ist, wenn es Dir Schmerzen zufügt, Dir, die glücklich zu machen der einzige Grund seines Schlagens ist? In diesen Minuten, da ich dieses schreibe, schreit mein Herz so laut, daß der Raum förmlich davon erfüllt ist: der furchtbarste Gedanke ist es, Deinem Herzen wehe tun zu müssen. Das ist wirklich hart zu ertragen, unvorstellbar schwer. Muttilein, findest Du ein Wort des Trostes darüber, daß ich so viel Schmerzen über mein Edilein und mein Herzenskind bringe? Jetzt habe ich Dir mein Herz ausgeschüttet und Du weißt, worunter ich leide.

Es ist unglaublich, wie er sich mit seinen dramatischen Formulierungen um die wirklichen Ursachen der Schmerzen drückt, wie er sich geschickt an Edis Mitleiden heranmäandert, und wie er die Konsequenzen seiner Vergangenheit beharrlich ignoriert.

Herzlein, über die Antwort aus W. schrieb ich Dir schon, mit der ich sogar sehr zufrieden war. Von dort kommt nichts, was Dein Herzlein schmerzen lassen kann, das geht eines Tages meiner Ansicht nach in Ordnung und wird uns nie nur eine Stunde weniger zusammenlassen.

Eine schlichte Beruhigungsstrategie für die sehnsüchtig auf Heirat wartende Geliebte. Ich weiß doch schon aus späteren Briefen, dass auch zwei Jahre später von Scheidung keine Rede sein wird!

Strahlen tue ich, wenn Du jedesmal von unserem kleinen Nest so rührend lieb schreibst, dann weiß ich doch immer wieder, was am Ende dieses schweren Weges steht, wohin er führt. Dann ist jeder Tag doch ein Schritt näher. Auch mir leuchtet das Nest (weißt Du, Edilein, Ehe und Nest, das ist alles eins), besonders da ich nach der Hochzeitsreise – wie unvergleichlich schön war sie – weiß, wie alles zwischen uns

sein wird. Beide sind wir für den anderen auch in den kleinsten Win-
zigkeiten seelischen und körperlichen Lebens so unwahrscheinlich
begabt – begnadet zu sagen ist noch richtiger.

Dazu kommt, daß unser Blut unvorstellbar viele Stunden braucht, um
dem anderen seine Liebe zu zeigen, damit man nicht von der Größe
und Stärke der Liebe, die dem liebsten Menschen doch wie eine Opfer-
gabe dargebracht wird, gepeinigt wird. Wieviel Zeit brauchen allein
Herzensbub und Page, um sich mit allem und ohne Grenzen zu zeigen,
wie hingebend eine Liebe zu sein vermag, bis zur Aufgabe von eige-
nem Ich, eigenem Bewußtsein bis zu dem brennenden Wunsch: ich bin
ja nur noch Du …

Wie wir am ersten Vormittag unserer Hochzeitsreise durch die Wiesen
gingen, wie Du am späten Nachmittag auf der schönen Wiese warst.

»Wie du warst, wie du bist …«, so höre ich meine Mutter wie den
Rosenkavalier nach der Liebesnacht mit der Marschallin vor sich hin
singen, »… das weiß niemand, das ahnt keiner!«

Diese Oper von Richard Strauß hat sie geliebt, hat die Schallplatte
wieder und wieder aufgelegt. Nun wundere ich mich nicht mehr über
die Tränen in ihren Augen bei den Worten: »Aber das Ich vergeht in
dem Du, ich bin Dein Bub!«[35]

Von diesen Tagen zu sprechen, holen wir noch nach, denn diese leuch-
tenden, prunkenden Farben brauchen noch den Rahmen, den mir Dein
süßer Mund und Deine Sprache – die Glocken der Heimat und der
ewigen Seeligkeit für mich – erst geben muß. Dann erst ist alles fester,
unveräußerlicher Besitz meiner Seele.

Alles hat in unserere Liebe seinen Sinn. So muß ich Dir noch über
Dein jetziges Leben schreiben. Du weißt, wie alles, so wie Du lebst,
mir unantastbar ist. Trotzdem weiß ich, daß es Dir nach Deiner Über-
gabe an mich häufig schwer fallen wird, in T. zu sein. Ich weiß auch,
daß der Dienst nicht mehr das richtige für Dich ist. – Aber nun kommt
eine Überlegung für mein Herzenskind, damit ihm alles leichter zu
ertragen ist. Herzlein, sieh alles so an, daß Du jetzt nur für mich
arbeitest. Daß Du dort leben mußt, wo es am sparsamsten ist. Denn
alles, was Deine Arbeit erspart und übrig läßt, gehört mir, ja? Ist

dann alles schön für Dich, wenn Du für mich Geld verdienen und sparen mußt? Kann ich Dir mehr sagen, wie ich Dich liebe, wenn ich Deine Arbeit einfach nur für mich in Anspruch nehme und sage, Du hast, so viel es irgend geht für mich und unser Nest zu sparen? Soll ich meinem Herzenskind zuliebe ihrem jetzigen Dasein einen Sinn und eine Aufgabe geben, nur zu dienen und für mich zu arbeiten und mich freuen, wenn Du – nur zu meinen Gunsten – weniger Steuern bezahlst?

Das alles fällt garnicht so leicht, zu schreiben – aber sehr leicht, wenn ich weiß, daß Dir alles leichter fällt, Dir Freude macht, wenn Du weißt, daß das alles nur für mich ist. Soll ich gar meinem Pagen darüber ein paar Worte schreiben?

Es macht mich wütend, wie er meiner Mutter als wahren Sinn ihres Lebens suggerierte, *nur* für ihn zu arbeiten und für ihr zukünftiges Nest zu sparen? Diese willfährige Geliebte hatte ein *Kind*, für das sie sorgen musste – dessen Erzeuger war nach Kriegsende untergetaucht; er hatte Mühe, seine ehelichen Kinder zu ernähren, von ihm bekam sie keinerlei Unterstützung. Wir lebten an der Armutsgrenze, ich erinnere mich sehr wohl an Hunger und an die Dankbarkeit, wenn mir meine Freundinnen im benachbarten Gasthof ein Butterbrot oder gar ein Stück Kuchen zusteckten.

Da bekommen die Wagnerschen Liebesschwüre einen recht schalen Beigeschmack – die »Königin« seines Herzens muss als Sekretärin arbeiten, weil er das von ihr verlangt hat, auch wenn das weit unter dem Niveau seiner Welt liegt –, aber wenn er ihr das »Dienen« anordnet, wird sie es freudig tun, denn dann betrachtet sie es als ihre »Pagen«-Pflicht!

Bei dem letzten Satz ist mir flau in der Magengegend geworden – bislang habe ich mich über alle Andeutungen, die den »Pagen« betreffen, mit dem Gedanken an ihre sehr schmale, knabenhafte Figur gerettet. Das »Soll ich gar …« ist jedoch eine Drohung, das klingt nach mehr als nur Abhängigkeit.

Aber flugs wird der Ton wieder zärtlich, seine Phantasie romantisiert Armutskitsch:

Edilein, unsere Zukunft wird uns Tag und Nacht noch viel enger in die
Arme treiben, als wir es jetzt wissen, vielleicht auch Not und Kälte und
sieh – dann freue ich mich noch mehr auf die Zukunft. Alles, was uns am
engsten zusammenpreßt, ist der größte Segen für uns. Das lernte ich
von der klügsten Frau, die ich in meinem Leben kennengelernt habe:
ein Nest muß ganz klein sein, darf keine Türen haben. Ein Bett, noch
schmal dazu, und eine Decke und weißt Du, vielleicht nur einen Teller.
Sieh, so stelle ich Dir und mir unser Leben vor und ja, dann wartet auf
uns das große, unbeschreiblich schöne Glück. Sieh, in unseren sich
kreuzenden Briefen schrieben wir Beide zum ersten Mal das Wort:
Rausch des Glückes. Ich war ganz betroffen, zu spüren, daß wohl auch
unsere Gedanken über die räumliche Trennung hinweg, in denselben
Wellen leben; das Wunder unseres gemeinsamen Fühlens und Empfin-
dens; weißt, ich möchte Dich im Augenblick an die Hand nehmen, und
mit Dir zusammen hinknien und meinen Dank sagen – so unwahr-
scheinlich reich und beschenkt sind wir beide worden und der tapfer-
ste Dank ist wohl jetzt, durch diese Zeit zu kommen, für den anderen,
geliebten Menschen. –

Nun wieder das evangelistische »Sieh« (oder er hat es auch bei Dante
gelesen, er war ja angeblich ein sehr gebildeter Mann), das ihr wohl
die Augen wieder in eine andere Richtung lenken soll, falls ihr aufgefallen wäre, dass es nicht ganz in Ordnung ist, was er von ihr zuvor
verlangte. Meinte er den kniefälligen Dank wirklich ernst? Die Treueschwüre fehlen noch:

Muttilein, ich liebe Dich so unendlich, ich kann Dir nicht sagen, wie
ich schon beim Schreiben zittere, es gibt kein Band, das stärker ist, als
das, das mich an Dich bindet. Es gibt keine Sekunde in meinem Leben,
in der ich mich einen Hauch von meinem Muttilein – auch in Gedan-
ken nicht – entfernt hätte.
Mein Band zu meinem Muttilein ist das nie zu zerstörende Gesetz für
mich. Es bestimmt jeden Schritt, den ich tue und tun werde. Es ist mein
Schicksal.
Du hast mir mit einem Paket und einem Brief eine solch rasende Freu-
de gemacht. (Die Briefe gehen alle so durch im Paket)

Seit 4 Jahren wußte ich ja nicht mehr, daß es solch schönes Obst gibt:
Du bringst es mir zum ersten Mal. Du mußt auch meinen ersten Schritt
in die Freiheit mir schenken, gebe es Gott, daß es nicht mehr zu lange
dauert: alles Schöne muß von Dir kommen.

Das einzige Obst, an das ich mich erinnere, waren die Äpfel aus Nach-
bars Garten und einmal im Jahr eine Handvoll Kirschen für alle
Kindergartenkinder vom großen Kirschbaum in der Mitte unserer
Spielwiese. Und natürlich der Anblick der merkwürdigen länglichen
gelben Dinger, die auf einmal im Lebensmittelladen neben den Zwie-
beln an Haken hingen und die wir bestaunen durften, nicht aber kaufen. Dazu waren die ersten Bananen zu teuer.

Die Briefe meiner Mutter erschrecken mich zunehmend, aus der
»übergroßen, schmerzenden Sehnsucht« heraus, der Sorge um ihn,
idealisiert sie Wagner immer mehr:

Für mich bist Du eben zum Symbol eines übernatürlichen Wesens ge-
worden, zu dem ich mit der tiefsten Gläubigkeit aufschaue, die nur
dem eigen ist, der sein eigenes Leben völlig ausschalten kann und sich
ganz in den Dienst dessen stellt, dem er seine Seele, sein Herz und sein
ganzes Sein zu eigen gegeben hat. Nur aus dieser Selbstaufgabe kann
das neue – schönere – Leben erblühen, das in der engsten Verbunden-
heit und im innigsten Ineinanderwachsen mit dem geliebtesten höch-
sten Wesen eine nie versiegende Quelle birgt.

Unter all den zukunftsorientierten Liebesbriefen plötzlich wieder einer »aus der tiefsten Not«. Lange habe ich ihn nicht verstanden, bin
noch einmal die anderen bedrohlichen Nachrichten vom Februar und
Juni durchgegangen, die doch dramatisch genug klangen. Nun aber,
nach der zweiten Rückkehr ins Justizgefängnis, musste Wagner seine
Geliebte mit der Hiobsbotschaft konfrontieren, die er schon lange geahnt hatte, mußte Edi ein drittes Mal sehr weh tun.

Es war ihm offensichtlich wichtig, den dreiteiligen Brief zu datie-
ren:

Mittwoch, 21. Juli 1948

Edilein,

*Ich möchte, daß Du diesen Brief erst liest, wenn Du ganz allein bist.
Ich schreibe ihn Dir in der tiefsten Not meines Herzens – ich schreibe
ihn Dir als den Menschen meiner einmaligen großen Liebe. Ich spüre
die Trauer, die Du jetzt fühlen wirst – aber ich erfülle eine Pflicht gegenüber Dir, die ich mehr liebe als mein Leben. Vielleicht ist es gut,
daß Du mich jetzt während des Schreibens nicht sehen kannst. Ich
weiß, daß ich Dir jetzt wehe tun muß, Dich, deren Augen immer so
vertraut in die meinen gesehen haben, die sich so bedingungslos mit
ihrem Herzen mir hingegeben hat.*

Verzeih mir den Schmerz, den ich Dir jetzt zufüge:

*Mein Anwalt hat mich eben unterrichtet, daß ich zusammen mit drei
anderen Amtskollegen angeklagt werde vor einem Sondergericht hier
in Nürnberg. Wann es beginnt, ist noch nicht festgesetzt.*

*Nun rechne ich damit, bald keine Gelegenheit zu haben, Dir alles zu
schreiben und deshalb muß ich Dich heute an die Hand nehmen und
alles mögliche Kommende mit Dir besprechen. Ich kann Dir auch
nichts ersparen: Meine einzige Sorge ist nicht, was ich jetzt durch-
mache, daß ich durch die Presse gezogen werde, mein Leben in den
kommenden Monaten des Prozeßes.*

*Aber wie über unser Leben dann entschieden wird, die Länge der
Trennung von meinem Ich, das ist die bange Frage. Die Furcht um
Dich, meine Edi, reißt in meinem Herzen, es ist für mich jetzt die
härteste Stunde. Als ich Anfang März mein Golgatha durchmachte, als
Du in den Justizpalast gingst und ich Stunden bitterster Qualen durchmachte, da habe ich Gott angefleht, daß nur Dir nichts passieren dürfe, ich bat ihn, dann lieber mich nie mehr in Freiheit zu lassen. Damals
hat er mir meine Bitte gewährt; jetzt bin ich zu allem bereit.*

Meine Zweifel an seiner Liebe sind wieder wie weggewischt.

Sein Golgatha nennt er ihr letztes Verhör! Es kann sich nur um das
aktenkundige Verhör am 4. März handeln, kurz vor der Urteilsverkün-
dung im »Fall VIII«, in dem die Funktionäre des »Lebensborn e.V.«
freigesprochen wurden. Aus Wagners heftiger Schilderung schließe
ich, dass beide Angst gehabt haben, sie könne sich selbst um Kopf und

Kragen reden – ihre Aussage scheint mir nun auch entscheidend für die Kollegen gewesen zu sein. Wenn es ihm so bange war, dass er im Gebet seine eigene Freiheit »einsetzte«, muss das Verhör auch gefährlich für sie gewesen sein – und er muss sie sehr geliebt haben!

Ich muß jetzt mit Dir alles besprechen. Schreiben kann jeden Augenblick aufhören. Lege doch bitte einen Brief in ein Päckchen, da kannst Du alles schreiben, schicke es aber baldmöglichst. Inhalt braucht nur Brot zu sein.
Ich werde dann versuchen, über den Rechtsanwalt (Dr. Aschenauer) Verbindung zu Dir herzustellen, soweit es irgend geht.
Sei stark: wenn sich das richtige Gefängnis dann hinter mir schließt, ist es vielleicht so, daß wir längere Zeit gar keine Verbindung haben. Aber auch da werde ich alles mit dem Anwalt besprechen, dem ich meine Stellung zu Dir völlig klar sagen werde.
Die Frage einer späteren Existenz wird dann noch erschwerter werden. –
Meine Folgerungen sind nun folgende: Die Möglichkeit, Dich freizugeben besteht nicht mehr. Ich glaube an zwei Dinge in dieser Welt: An den lieben Gott und an Deine Liebe.
Der Prozeß war nicht zu vermeiden. Nur unter dem Vorhandensein seiner Voraussetzungen kam ich in einem Flügel mit Dir zusammen. So ist für mich alles notwendig gewesen, um Dich zu finden.
Du bist mein Schicksal, ich trenne mich nie von Dir. Es gibt nur einen Menschen, der für mich bestimmt ist: Du.
Ich habe in Dir das Herz kennen und lieben lernen müssen: ich kenne Dich und das, was Du für Dein Leben brauchst: mich.
Ich werde Dich zu meiner Frau machen. Du wirst mir dann folgen müssen, wie Du es so oft schon tatest.

In solchen Sätzen glaube ich Hinweise auf das spätere Scheitern dieser Beziehung zu finden: Ohne dass sie es damals schon ahnte, regte sich in ihr vielleicht doch schon ein leiser Widerstand gegen den umfassenden Besitzanspruch. Oder ist das meine Projektion, wünsche ich mir das nur, weil ich das schwer aushalte? Sie schreibt ja auch häufig von ihm als ihr »Eigentum«.

Ich will nun von Dir: daß Du Deine Gesundheit mir erhältst – laß hieran Dein und mein Lebensglück nicht scheitern.

Laß Deine Augen nicht zu viel weinen: Du weißt, wie ich sie brauche.

Schaffe und behalte Dir Deine Arbeit. Du mußt zuerst einmal für Dich, vielleicht auch für uns beide sorgen.

Du bist die vollendete Frau. Auch jetzt spüre ich, daß Deine Gedanken bei mir sind. Laß sie mir immer.

Ich werde Dir schreiben, so viel ich nur kann. Ich habe Dir in der letzten Zeit soviel wie möglich geschrieben, um Dir so viel Wärme in Dein Herz zu geben, wie ich immer mein Leben lang für Dich haben werde.

Sorge Dich nicht um mich; hilf meinem Herzen bitte, damit es nicht in dieser schmerzenden, verzehrenden Sorge um seine Edi – seine Lebensgefährtin – krank wird. Ich bitte Dich als dem Menschenskind, das Teil meines Ichs ist, nur in diesem Einen – Lebenswichtigsten – zu helfen. Ich weiß, daß ich noch nie ohne Hilfe von Dir blieb: auch dieses Mal brauche ich Dich – die Sorge um Dich ist die gefährdetste Stelle meiner Lebenskraft.

Ich brauche Dich – ich lasse Dich nie.

Das kann umgekehrt heißen: Ich lasse dich, wenn ich dich nicht (mehr) brauche.

Gehe jetzt schlafen. Komme zu mir mit Deinem Schmerz. Morgen Abend liest Du den zweiten Brief, damit Du nicht allein bist, übermorgen den dritten. Du sollst in diesen schweren Tagen mehr denn je wissen, daß wir zusammengehören für alle Zeiten. Meine Liebe zu Dir wird nichts ändern können.

Gute Nacht, mein Herz.

Er schickt sie – ganz »Pappilein« – zu Bett wie ein kleines Kind, schreibt ihr vor, wann sie die Briefe lesen »darf«, genau wissend, wie sehr sie die Nachricht über den unvermeidlichen Prozess schockieren muss! Immerhin räumt er ihr auf einem Zettelchen, das er an den zweiten Brief geheftet hat, ein Zugeständnis ein:

Sollte es gerade ein Sonnabend oder Sonntag sein, dann darfst Du den 2. Brief nach kurzer Pause gleich anschließend lesen.

Meine über alles geliebte herzliebe Frau, mein Edilein, das ich unendlich liebe!
Wie hast Du nun diesen Brief überstanden? Alles was in mir atmet und lebt ist pausenlos mit dieser rasenden Glut in meinem Herzen bei Dir, es fließt um Dich herum, es hüllt Dich ein: wenn Du auch bitterlich leiden mußt, die Liebe, die Dir entgegengebracht wird aus der überschäumenden Fülle eines unsterblichen Zusammengehörigkeitsgefühls soll Dich ergreifen, soll Dein geliebtes Herz ganz tief erzittern lassen über die Urgewalt einer solchen Liebe. ... Meine Edileinfrau schrieb, daß unsere Liebe mit der Unsterblichkeit gesegnet sein muß. – Herzensliebste, noch nie habe ich die ganze Tiefe meiner Liebe zu Dir so begriffen, als ich Dir gestern diesen furchtbaren Brief schrieb. Mit Dir bin ich vertraut, Du bist mir anvertraut, ich bleibe Dein Mann und Du meine Frau. Noch nie fühlte ich diese Bindung vor Gott und den Menschen so stark wie an diesem schwersten Tage, da die Hoffnung auf baldiges Zusammenkommen endgültig schwand.
Aber nichts kann mein Glück über Deinen Besitz trüben: verstehe mich doch nur recht, nur wenn ich mich um Dich, Du mein kostbarstes Gut, sorge, schmerzt mein Herz. Denke ich aber daran, wie Du mich liebst, dann bin und bleibe ich dieser frohe, freie und glückliche Mann, zu dem Deine Hingabe und Liebe mich gemacht haben.
Sind unsere Herzen auch zärtlich und weich füreinander, wenn es sein muß haben sie unvorstellbare Kräfte, sie sind so übermenschlich ehern stark, wie es das andere geliebte Herz braucht. Sieh, bin ich nicht ein reicher Mann, solch eine Herzliebste zu haben?
Dann hast Du mir wieder eine rasende Freude gemacht. 2 Dinge können uns Menschen niederdrücken, der Schmerz und der Zweifel: den Schmerz werden wir uns gegenseitig erleichtern: den Zweifel mußte ich Dir nehmen, der ist schlimmer als der Schmerz. Und nun merke ich voll Freude, daß Du beginnst, Dich als meine Frau zu fühlen. Du bist jetzt in Deiner Liebe so weit, Du bist jetzt so eng mit mir verwachsen, daß das meinen Namen tragen werden das Einzig-Mögliche geworden

ist. *Jeder Kummer bringt uns näher zusammen. Aus diesem bisher bittersten Schmerz wird meine Frau erstehen.*

Seine angebliche Anfrage nach W. wegen der Scheidung ist noch keine vier Wochen her, das Hinauszögern erscheint mir nun in einem anderen Licht: War Edi früher trotz aller Beteuerungen in ihrer Liebe »noch nicht so weit«, seine Frau zu werden, brauchte es dazu erst den »bittersten Schmerz«? Als ob sie eine Prüfung zu bestehen hatte, um sich würdig zu erweisen, seinen Namen zu tragen.

Weißt Du, morgen abend liest Du das schönste Erlebnis, das ich in meinem Leben hatte. Morgen abend öffne meinen Brief mit frohem Herzen: ich will Dir darin noch all das Schöne sagen, was Dir später mein Mund sagen wird.
Mein Glück ist trotz allem größer als mein Schmerz. In mir lebt wie eine nie zu löschende, ruhige Flamme das Wissen Deiner Liebe und unseres Zusammengehörens.
Und ich habe die innere Gläubigkeit in meinem Herzen, daß unser guter Stern weiter über uns steht. Es hat alles in unserem Leben nur einen Sinn: unsere Liebe noch inniger und tiefer zu machen. Spürst Du das nicht auch jeden Tag, bei allem, was Du tust? Meine Gedanken sind noch zärtlicher zu Dir geworden und unsere Zärtlichkeit im Alltag wird uns jede Sekunde von neuem beglücken. Jubelt es in Dir auch, wenn Du das Wort Ehepaar schreibst? Da ist alles Glück und alle Verpflichtung füreinander. –
Sieh, nun ist es kein Zweifel mehr über Dein Bangen vor ungefähr einem Jahr – ich gehöre Dir für alle Zeiten ganz allein. Ich habe ja auf meinen Urlauben genug Frauen gesehen – Du bist und bleibst für immer meine einzige Frau – meine Edileinfrau. Dir gehört alles in mir: mein Verstand sieht in Dir die Ergänzung meines Ichs, mein Herz in Dir die Heimat, mein Blut die Erfüllung. Ich kenne mich gut genug: wenn ich einmal entschieden habe, bleibt das für alle Zeiten.

Ich erinnere mich an die Briefe vom August 1947, als sie, eifersüchtig geworden, glaubte, sich von ihm trennen zu müssen, und ihm schrieb, dass sie zu keinem Kompromiss bereit sei und seine Liebe nur annehme, wenn sie ausschließlich ihr gelte. Und: Er scheint sich auf seinen Urlauben – waren das nicht immer gemeinsame? – doch noch umgeschaut zu haben, bis er jetzt endgültig sicher war, dass sie auf allen Ebenen die Richtige für ihn ist und er sich »für alle Zeiten« entschieden hat.

Ich weiß – und das ist auch der Grund unserer unzerstörbaren Liebe und meiner nie zu brechenden Treue meinem Edilein gegenüber – daß die Zeit kaum reichen wird, um Dir meine Liebe zu zeigen und mir die Wünsche erfüllen zu lassen, die ich ohne Grenzen, ohne Maß und Ziel nur an meine einzig geliebte und begehrte Frau richten kann. O, in meinen Träumen sind meine Wünsche noch viel wilder und begehrlicher, es gibt Dinge, die ich selbst Dir kaum zu sagen wage, meine sehnsüchtige Wildheit nach Dir wächst eben von Tag zu Tag. Erschrick später nie: aber die Sehnsucht nach Dir und allem in Dir ist wie eine Sturmflut, die oft über uns beide hinwegbrausen wird und zum Schluß werden engumschlungen zwei restlos selige Menschenskinder ineinander einschlafen. Edilein, ich hab noch vieles entdeckt, was ich zum täglichen Glücksrausch brauche.

In den letzten Tagen habe ich soviel an mein Herzenskind gedacht, als ob es mich besonders brauchte. Es wird ein Paradies auf Erden finden, eine jede mütterliche Zärtlichkeit überbietende Wärme und Liebe bei ihrem Pappilein: mit dem Glück in seinem Herzen fertig werden zu können. Mein Herzenskind weiß wohl schon, wie es verwöhnt werden wird, wie es eine Geborgenheit finden wird, die sein höchstes Glück bedeutet. Sein ganzes Dasein ist – ich weiß das sehr wohl und nehme das ernster als alles andere – nur von meiner Wärme abhängig, es kann auf die Dauer nur atmen und existieren, wenn ich da bin.

»Ich bin immer Dein Herzenskind« – das waren die Worte, die unseren Lebensbund beschlossen. Sieh, diese Freude auf unsere Zukunft, die uns soviel Freuden bringt, kann uns nichts nehmen.

Dann will ich noch meinem Herzenskind von einer Angelegenheit seines innersten Herzens sprechen; ich weiß, daß es sein Pappilein sehr verehrt und aus seinem Leben seinen unbeugsamen Willen und sein eisenstarkes Herz kennenlernte. Es hat – ich weiß es – eine maßlose Achtung vor seines liebsten Pappilein Kraft: Dieser durch nichts zu

beugende Wille – dieses Herz, das weich für sein Herzenskind, aber
unerschütterlich hart gegen das Leben sein kann: das sind die Dinge,
an denen sich meines einzigen Herzenskindes Lebenskraft immer wie-
der aufrichten muß: Kraft und Freude und Vertrauen muß es immer
hier sich wieder holen: Das sind Deine Schätze, die Dir nie genommen
werden –
Soll ich nochmal an den Zauberwald denken ... Werde ruhig rot, mein
Herzenskind. Aber vor Glück. Hier spürten wir beide, wie unsere Lie-
be über alles menschliche Maß ist und uns gefangen genommen hat.

Übergangslos kommen nach den Liebesbeteuerungen die praktischen
Fragen – die beweisen, wie sehr er von ihr abhängig war.

So, Herzenskind, nun einige Fragen, die Du mir im Päckchen beant-
worten kannst. Muß ich nicht etwas mit meiner Lebensversicherung
machen, daß sie nicht verfällt – zahlen kann + will ich nicht weiter,
was muß ich tun, damit mir ein abgewerteter Rest bleibt?
Bis wann muß ich Schadensersatz gegen Amerikaner einreichen, Geld,
Uhr, Pokal – Wann ist letzter Termin, je später, je besser? –
Ist etwas über die **Westberliner Spar- und Bankkonten** *bestimmt, die*
neue Währung gilt doch auch in Berlin. –
Wäsche lasse ich hier waschen wegen Portoersparnis – Zeitungen nie
kaufen, nur was Du aufsammelst, schicken. –
Schreibe noch recht viel jetzt, Du hilfst mir mehr und damit unserer
Zukunft, als Du ahnen kannst. –
Wenn eine Möglichkeit ist, meinen Ledermantel zu verkaufen, tue es
bitte: ich brauche vielleicht etwas Geld. – Wenn die Möglichkeit ist,
Zucker gegen Zigaretten (??) zu tauschen, dann schick mir doch bitte,
bitte (aber nur dann) –
An Poldi habe ich geschrieben –
Für Spätzchen hab ich 1 oder 2 Geburtstagsgeschenke in T. gelassen,
weißt Du, – es ist auch für Dich ein Dank für den 31.8., an dem wir so
zärtlich zusammenwuchsen. –
Damit der Brief nicht zu lang wurde, mußte ich so abgekürzt schrei-
ben. Siehst, wie ich Dich brauche, daß mein ganzes Leben nur noch
auf Dich gestellt ist?

Du hast mir so eindringlich geschrieben, wie Dein Leben jetzt ist:
diese restlose letzte Hingabe an mich. Bewahre Dir dieses Leben;
dann geht es eines Tages in unser gemeinsames Leben über.
Ich bin auch glücklich, daß ich jetzt weiß, daß keine Arbeit mehr Dich
von mir ablenken kann. Das war mal eine große Sorge – heute weiß
ich, wie sehr Deine Liebe zu mir Dein Leben beherrscht.
Wenn ich Dir ein Paket sende, ist ein Brief wahrscheinlich darin.
Ich denke an die Tränen, die Du um uns geweint hast, denke voller
Zärtlichkeit auch an die Brille, die Du deshalb trägst, wenn Du an
mich schreibst. Ich denke an die Briefe, bei deren Lesen mir manchmal
der Atem stockt, weil Du mir in ihnen immer wieder das Wunderland
Deiner Liebe zeigst, das nun zur Sehnsucht meines Lebens geworden
ist, zum Ziel meiner Wanderung. Ich verstehe mehr und mehr die Grö-
ße Deiner Liebe. In diesem Stolz auf Dich glaube ich an das Glück,
das uns einmal beschert wird. Wir werden alle Hindernisse einmal
hinter uns haben. Wenn Du nun in diesem Brief spürst, wie alles in mir
– mehr als vor einem Jahr – nur Liebe geworden ist, wenn all mein
Denken nur noch Dich als meine Geliebte und noch mehr als meine
Frau sieht und empfindet, dann wirst Du auch schon jetzt in dieser
wärmevollen Liebe meine glückliche Edileinfrau sein.

Am Brief »Für den 3. Tag« hängt wieder ein kleiner Zettel mit einer
verrosteten Büroklammer: »… und Deine kleine Bibel – Lies es
vor!«

Als das Jahr 1948 begann, schrieb ich Dir für die erste Nacht ein klei-
nes Büchlein, das Dich immer an meine Liebe erinnern soll, solange
wir noch nicht Mann und Frau sind.

Endlich verstehe ich, was mit der immer wieder erwähnten »kleinen
Bibel« gemeint ist: ein Notizbuch in braunem Leder gebunden, abgegriffen, mit einer verblichenen Goldbordüre. Das hatte meine Mutter
nicht versteckt, es lag bis zu ihrem Tod in der Schreibtischschublade
unter Briefkuverts und gehört zu den Dingen, die genauer zu betrachten ich mich scheute.

Auf der Innenseite steht: »Für das Herz meines Edi. Das Herz ihres

Horstels schrieb es.« Und darunter wie eine Signatur mit großen Buchstaben: »EW – «.

Edith Wagner sollte das wohl heißen. Er hat dieses Heftchen in der Silvesternacht 1947/48 geschrieben. Mit der Sicherheit, dass das Jahr 1948 sein Herzenskind in seine Arme bringen wird, beginnt und endet ein zweiundvierzigseitiger Liebesbrief – ein Konzentrat aller seiner Huldigungen, wie ich sie schon aus vielen Briefen kenne.

Wie hat meine Mutter es nur ausgehalten, diese »Bibel« ein Leben lang griffbereit in ihrer Schublade zu wissen? Oder sogar nach Jahrzehnten noch darin zu lesen?

Ein gutes Geschick hat uns danach unzählige Stunden geschenkt voll des größten Glücks: Zusammenzusein. In einer dieser Stunden erlebte ich die schönsten Augenblicke meines Lebens, die tiefer in mein Herz eindrangen, als alles andere je zuvor.

Ich wollte sie Dir einmal später in einer wundersamen Nacht erzählen, wollte eine Stunde übergroßen Glückes, in der meine Arme Dich fest und zärtlich umspannen wollten abwarten: meine Augen, Hände, mein Herz und Körper wollten Dir mit allem Leuchten und aller Zärtlichkeit zeigen, dass es wirklich die Stunde meines Lebens war, die ich Dir jetzt aufschreibe, ohne zu vergessen, sie später Dir noch einmal in der Heimlichkeit einer Liebesnacht – und welche unserer Nächte wird ohne Liebe sein? – zu schildern!

Es ist eine kleine Begebenheit, scheinbar nicht zu bedeutend und wurde mir doch die Stunde, in der ich alles: Gott, mein Leben, das gütige Schicksal begriff, tiefer, als je zuvor, wichtiger für mein ganzes kommendes Dasein als alles andere: wie ein feuriger Blitz stand es in meinem Leben, erleuchtete die Welt für mich und gab mir das Gefühl eines ewigen Glücks:

Es war eine dunkle, warme Nacht. Unter einer weichen grünen Seidendecke ruhten wir, ein Paar, voll glücklicher gelöster Zärtlichkeit. Wir hatten uns, wir brauchten uns nicht zu trennen. Wir schliefen, zärtlich uns spürend, ermüdet und tief.

Ich verließ das Zimmer, Du schlummertest ruhig weiter, spürtest mich wohl gehen, aber behieltest diese Zärtlichkeit, in die ich gleich zurückkehren wollte.

Ich blieb etwas länger fort, nicht sehr lange. Als ich das Haus wieder betrat, wurde mein Herz wie von einem Wunder berührt: Die Tür des Zimmers, in dem wir so glücklich waren, war geöffnet. Der Lichtschein fiel auf die Treppe und leuchtete mir den Weg zu Dir. Da wußte ich, daß Du immer für mich das Licht sein wirst, das mein Ziel ist. Du wirst mir in jeder Dunkelheit helfen und ich werde immer zu Dir gelangen.

Der Blitzstrahl das Glückes sollte mich aber erst treffen, als ich das Zimmer betrat. Du standest an der Tür – und wartetest auf mich. Auch das erschien mir wie ein Symbol meines Lebens: Du wirst mir immer entgegengehen, immer auf mich warten.

Die sorgende Liebe um Deinen Horstel hatte Dich aus dem Bett getrieben, sie stand in diesem Augenblick so klar und überirdisch schön in Deinem Gesicht – dieses Gesicht in dieser Nacht kann ich nie vergessen: gerade jetzt ist es immer bei mir.

Wenn ich alles vergäße, dieses Gesicht, dessen sich ängstigende Sorge mir alles verriet, war das Schönste, das ich in meinem Leben je gesehen habe: es war die Liebe.

Nun verstehst Du, Edilein, die mein Herz besser kennt wie das ihre, weshalb ich von ewiger Liebe und Treue sprechen kann und muss.

Ich habe in meines Edilein süßem geliebten Gesicht in einer warmen linden Maiennacht in unserer schönen Heimat das Wunder der Liebe gesehen – es war für mich der Ritterschlag Gottes.

Mein Herz schwur diesem Gesicht seinen Eid – es wird ihn in lebenslanger Treue halten und wenn Du genau hinschaust, eingepreßt stehen in ihm die Buchstaben, die schon in Deiner Neujahrsbibel sind

E.W.

Ich habe Dir und mir diese Geschichte vorgelesen, mein Herz pochte tief und glücklich dabei: Du sollst sie lesen, wenn Du traurig bist. Sie wird Dir immer helfen. Genauso soll Dein Stolz Dir beistehen: Du hast mir das Edilein gegeben: Du wirst immer das Herzenskind sein und mein sich hingebender Page. Und das Muttilein steht noch dazu als unzerreißbares Band:

So kann und muß ich Dir sagen, daß Du mich zum reichsten Mann dieser Welt gemacht hast. Ich habe in Dir eine wunderbare Frau, es fehlt und das empfindet sie auch so, nur noch eins: mein Name.

Das Herzenskind, das in mir geborgen lebt, ist das Ziel all meiner
zärtlichen Sorge.
Im Hintergrund steht noch mein schlanker, verträumter Page. Komm
mein Page, beruhige Dich. Ich kenne doch Deine tiefe, leidenschaft-
liche Sehnsucht.
Und wenn das Wort Muttilein nur geschrieben wird, dann geht wirk-
lich ein Glutstrom durch meinen Körper und mein Herz. Und ich habe
noch vor mir stille und heilige Stunden mit meiner Göttin, die für mich
alles Schöne vergangener Zeiten, alles Hohe, Ersehnte und die ganze
Welt und mein Verlangen nach Wäldern und Bergen und Sonne und
Himmel, nach Wasser und Wiesen verkörpert.
Dein Herz ist für mich vollendet; Dein schöner Körper das Idealbild
meiner Sehnsüchte und Träume. Mittelpunkt meines Lebens sind Dei-
ne wunderschönen Hände: in ihnen pocht Dein Herz, Dein Blut und
Dein mich besitzenwollender Wille. Und keinen Abend werde ich ver-
gessen, Deine schönsten Füße zu küssen.
Mit unzerstörbarer Kraft werde ich Dir über diese schwere Zeit helfen,
aus der Kraft schöpfe ich den Glauben an das Glück unserer Zukunft,
mit dem ich Dich aufrecht erhalte: Meine leuchtenden Augen sind
immer bei Dir und später über Dir.
Die Kraft ihrer Liebe läßt Dich nie los und so wirst Du eben
E.W.

Diese Briefserie muss bei ihr ein Wechselbad der Gefühle ausgelöst
haben, meine schwanken zwischen Staunen, Ärger und Mit-Leid für
meine Mutter.

Ob sie sich an die »Vorschrift« gehalten hat, diesen langen Brief auf
drei Tage verteilt zu lesen? Da sie ihn an einem Samstag bekam, wird sie
zumindest die ersten beiden Teile noch am selben Tag gelesen haben.

Erst nach ein paar Tagen, am 28. Juli 1948, einem Mittwoch,
schreibt sie in einem kurzen Eilbrief ohne Umschlag (eigentlich ist es
lediglich ein einseitig beschriebenes DIN-A4-Blatt, zur Hälfte gefaltet
und am Rand mit braunen Streifen zusammengeklebt):

Mein innigstgeliebter Horstel, so viel Liebes und Tröstendes will mein
wundes aber doch unbeugsames Herz Dir sagen, das sich in diesem

unsagbaren Kummer noch mehr an Dich presst, um sich bei Dir Kraft
zu holen, damit es an diesem lebensgefährlichen Stoß nicht verblutet.
Heute abend will ich noch ein Päckchen für Dich herrichten, Du sollst
aber schon jetzt wissen, daß im Schmerz meine unauslöschliche Liebe
zu Dir noch mehr zu glühen vermag, daß mein Herz Dir noch mehr
gehört und daß die Sorge um Dich und sein Drängen, Dir helfen zu
wollen, noch nie so stark war wie in der bittersten Stunde am Samstag
nachmittag. Gerade da wurde es mir wieder so richtig klar, daß alles
was wir durchmachen müßen uns nur noch inniger und unzertrennli-
cher verwachsen läßt, und wir trotz aller Rückschläge nie mehr vonein-
ander loskommen. Unsere Hände halten sich immer umschlungen und
mit der Kraft aus diesem Einssein werden wir immer leben können. Ich
glaube daran!
Dein unbeugsames Edilein

Dem Päckchen legt sie die Antworten auf seine »praktischen Fragen«
im Teil zwei des Dreierbriefes bei – erstaunlich, dass immer noch gilt,
wie Edi es schon 1947 nach Hause schrieb: Zur Vermeidung der Zensur
sollten wichtige Briefe einem Paket oder Päckchen beigelegt werden.

Herzlein, es sind noch ein paar praktische Dinge zu besprechen: We-
gen der Lebensversicherung kann ich im Augenblick nichts unterneh-
men, da die Bestimmungen über ihre Auf- bzw. Abwertung noch nicht
erlassen wird.
Schadensersatz gegen Amerikaner können wir in Deutschland nicht
stellen, weil Dir die Sachen in Gastein, bzw. Salzburg (?) abgenom-
men wurden. Sobald ich wieder nach München komme, werde ich mich
beim österreichischen Konsulat nach der Stelle erkundigen, die der-
artige Anträge annimmt und bearbeitet.

Nun weiß ich also, dass Wagner in Österreich verhaftet wurde, ob in
Gastein oder Salzburg, hat er anscheinend nicht einmal der Geliebten
gesagt. Geld, Uhr, einen Pokal musste er abgeben, und er hat die
Sachen bei seiner Überstellung nach Nürnberg nicht wiederbekom-
men. Er muss sehr sicher gewesen sein, dass ihm Unrecht widerfahren
ist!

Ich habe vor, an die Geldinstitute, bei denen »unser« Geld liegt zu schreiben, damit unsere Ansprüche wenigstens angemeldet sind. Ist es Dir recht?

Selbstverständlich werde ich jetzt nach einer Möglichkeit suchen, den Ledermantel preiswert zu verkaufen. Es wird ja noch einige Zeit dauern, weil die Geldknappheit im allgemeinen sehr groß ist. Mein Leckermäulchen werde ich natürlich auch nicht vergessen. Sobald ich etwas bekomme, schicke ich es Dir gleich zu.

Von Poldi lege ich einen Brief bei, der damals mit dem Geld kam.

Ich war damals so glücklich, als ich las, daß er mit Deinem Freikommen rechnet; wie anders sieht es heute aus.

Die Geburtstagsgeschenke für Spätzchen hatte ich nach Deiner Abfahrt entdeckt, ich hatte mich wirklich sehr gefreut, daß Du schon an den 31.8. dachtest. Was war das für ein strahlend glücklicher Tag, auch jetzt werden meine Augen wieder feucht, weil ich daran denke, wie Du mich mit Deiner einmaligen Liebe verwöhntest. Herzlein, nichts ist vergessen! Ich möchte zu gerne Deinetwegen mit Deinem Rechtsanwalt in Verbindung kommen; gibt es keine Möglichkeit, daß er mich als seine Sekretärin zu einer Besprechung zu Dir mitnimmt. Herzlein, ich muß Dich bald wieder sehen, meine Sehnsucht nach Dir ist so groß, daß ich für eine einzige Minute nach Nürnberg laufen würde. (Fahrgeld habe ich nämlich noch keines.) Kannst Du nicht in das Prison-Hospital in Nürnberg kommen?

Mit allen guten Wünschen und tausend Küssen sage ich Dir Gute Nacht, morgen will ich Dir für die beiden anderen Briefe danken, von denen ich jetzt noch ergriffen bin.

Ich liebe Dich, so schlägt das Herz Deines Edilein

Zunächst hatte ich einige mit Füller eng beschriebene Luftpostblätter zur Seite gelegt, weil sie kaum lesbar waren. So viele Tränen kann niemand weinen, die Tinte ist an der Knickstelle vollkommen verlaufen, der Text dort gänzlich unleserlich, Wasserflecken lassen nur noch wenige Sätze und Wörter übrig. Dieser Brief von einem Dienstag muss wichtig sein, sonst hätten sie ihn nicht aufbewahrt.

Mein allerliebster Horstel!

Auch wenn Dein lieber Brief vom Freitag heute nicht gekommen wäre, hätte ich Dir heute geschrieben, denn Du mußt es doch erfahren, wie mein Herz sich pausenlos nach Dir zersehnt, wie meine Gedanken immer und unverändert bei Dir sind und daß ich mit übermenschlichen Verlangen ... immerzu ... jetzt mein Leben ... wilden Leidenschaft ohne Grenzen in einer Hoch-Zeit unseres Beisammenseins geschenkt hast, weiterblüht und sehnenden Herzen und ... Blut die Feuer der ... Sehnsucht nach ... entzünden ... völlig verwirren, als ob es vom Glücksempfinden, das immer wieder wie ein Zittern meinen Körper erfasst ... berauscht

Ich bin dem Schicksal so dankbar – und will jetzt auch gar nicht klagen ... der in unser sonnenhelles Nest führt. ... ist ... Liebe noch viel inniger ... auch jetzt in der Not ... vor Glück und Lebensfreude verzaubert ... und mich mit dem ganzen beseligenden Gefühl des unzerstörbaren Besitzens durchdringt, das mich so maßlos stolz macht, denn das geliebteste Wesen, nach dem mein Herz, mein Blut und mein Verstand sich ohne Unterlaß sehnen ist ja Ediliens Eigentum und muß es bleiben bis in alle Ewigkeit ...

Keine Neuigkeit, nur wieder eine Variante des »Besitzes« des geliebten Menschen, der zum »Eigentum« in Ewigkeit wird. Mühsam entziffere ich die lesbaren Teile, gierig darauf, gerade in diesem Brief ein Geheimnis zu entdecken, freue mich über ganze Sätze:

... denke ich, daß ich garnicht mehr so lange warten muß. Der liebe Gott muß es doch hören, wie ich ihn jeden Tag bitte uns zu segnen und Dir recht bald die Freiheit zu schenken. Er hat Dich doch in mein Leben geführt und uns in tausend Einzelheiten gezeigt, daß wir füreinander bestimmt sind und unseren Lebensweg zusammen weitergehen müssen. Ein seltsam feierliches und wunderbares Gefühl packt mich, wenn ich dem lieben Gott danke, daß er uns zusammengegeben hat und losgelöst von allem Leid ... als ob wir beide vor ihm knieten und ihm unser »ja« ... als Mann und Frau ... Mit ...

Es kann nicht sein, dass dieser Mann sich über seine ministerielle Tätigkeit hinaus schuldig gemacht hat! Es kann nicht sein, dass meine Mutter Gott um die Freiheit eines Verbrechers, vielleicht gar eines Mörders bittet! Es kann nicht sein, dass sie so sicher ist, dass ER sie zusammengeführt hat, dass sie phantasiert, als Mann und Frau vor Gott zu knien, um sich das Jawort zu geben, und damit wohl eine kirchliche Trauung erträumt.

Ehe ich weiterlese, versuche ich den Brief zu finden, auf den sie hier antwortet.

Ich werde fündig: ein Brief von L. Schaller, diesmal aber nicht mit der üblichen Nürnberger Adresse, sondern wieder einmal »z. Zt. München, Bahnhofsplatz«; auch der Poststempel ist aus München, ich bemühe mich mit der Lupe – eine erkennbare letzte Ziffer 8 deutet auf die Jahreszahl 1948 hin. Da er ja in Haft war und nicht mehr so leicht besucht werden konnte wie früher, muss er den Brief seinem Münchner Anwalt mitgegeben haben.

Jedenfalls wurde dieser Brief an einem Freitag geschrieben, und es muss sich um Freitag, den 30. Juli handeln, denn Wagner bezieht sich darin auf den in Bad Tölz und Nürnberg am 28. Juli 1948 doppelt gestempelten Eilbrief von Edi:

Freitag
Mein über alles geliebtes Herz!
Ich versuche, daß Du diesen Brief noch vor Sonntag bekommst – ich weiß, was Du am vorigen Sonnabend und Sonntag durchgemacht hast. Zuerst war ich ein bissel traurig, daß Du nicht gleich am Sonnabend geantwortet hast, hat doch mein Herz in Sorge um Dich eine fast verzweifelte Stimmung gehabt, aber am Donnerstag kam dann endlich der Brief im Paket und da hab ich nichts als sorgendes liebendes Mitleid mit Deinem Herzen gehabt.
Ach, was sich hier ereignet vermag nicht, meine Gedanken von Dir nur eine Sekunde wegzubringen. Selbst mein Blut schreit mehr denn je, läßt sich durch keinen noch so schweren Schicksalsschlag davon abbringen, daß es jeden Augenblick zu Dir will und in Dir seine Bestimmung sieht, daß es dazu da ist, sich liebend zu verströmen –

Ich habe versucht, Dir alles an Liebe zu zeigen und zu geben, was ein Mensch durch Briefe seinem geliebten Ich zeigen kann, habe versucht, Dir das Wissen, daß ich dir gehöre, zu geben – Ich tue etwas sehr Unmännliches:

Ich lasse mich durch meinen Kampf hier nicht von meiner Liebe ablenken: das ist nur möglich, wenn die geliebte Frau zum Mittelpunkt des Lebens wurde und alles andere nur Wege und Umwege zu ihr sind.

Ich möchte Dir soviel von meiner Kraft abgeben, die allein für Dich da ist und Dir gerade in den Schmerzen helfen will, die Du um meinetwillen tragen mußt, wofür ich Dich noch mehr liebe, mein Herz fühlt eine Verpflichtung, die nie nachlassen wird.

Dein Eilbrief war am 28. früh in Tölz gestempelt, nachmittags um 4 hatte ich ihn schon. Hab Dank, auch für Deine Verschwendung und Deine liebe Absicht, mich nicht noch länger warten zu lassen. Mein Herz hatte vor Warten richtig einen Riß bekommen. Natürlich war ich bestürzt, denn nun wußte ich, was Du durchgemacht hattest, – ich hatte Dir doch 3 Briefe zusammengepackt, um Dir wenigstens durch meine Liebe etwas zu helfen. Das Paket, am 28. aufgegeben, kam schon am 29. nachmittags.

Lange habe ich Deinen Brief gelesen, wieder und wieder. Für das Eingepackte dankt der Bub, es tut so gut gerade jetzt, wenn etwas kommt, das Deine Hände mir schicken.

Das ist ein Brief, bei dem ich wohl jeden Augenblick Schluß machen muß, morgen bekommst Du noch einen anderen. Ich bleibe bei Dir mit jeder Faser, auch wenn ich meine ganze Vergangenheit jetzt durchkramen muß. Ich bin hier in einem Dilemma: schlage ich hart zurück, werde ich in Jahren viel ehrende Achtung finden. Tue ich es weich, mehr auf die Hilfe, die ich leistete, komme ich besser weg, – das ist für uns beide besser.

Ich habe Herzklopfen – zum ersten Mal finde ich einen Hinweis von ihm auf seine Nazi-Vergangenheit –, wie gern würde ich lesen, was er nun »durchkramen« muss! Wie kann man als Angeklagter weich oder hart zurückschlagen, wie kann ich eine spätere »ehrende Achtung« verstehen, wie das Besser-Wegkommen?

Gerade habe ich mich noch gewundert, wie er wieder über seine eigene »Not« kein Wort verliert, sondern sich nur Sorgen um das Leid der Geliebten macht. Und – ja: Es gefiel mir, dass er um ihretwillen bereit sei, etwas »sehr Unmännliches« zu tun.

Nun bekomme ich Gänsehaut bei dem Satz: »Tue ich es weich, mehr auf die Hilfe, die ich leistete, komme ich besser weg.«

Dieser Satz impliziert, dass er *schlecht* wegkommen könnte. Zu Recht? Klingt der Hinweis auf »die Hilfe, die ich leistete«, nicht nach den sarkastisch sogenannten »Vorzeigejuden«, die so mancher Nazi angeblich oder wirklich versteckt hatte oder denen er geholfen haben wollte, was beim Entnazifizierungsverfahren sehr hilfreich war?

Eine weitere Erschwernis – ich will Dir ruhig meine Sorgen sagen, Du willst ja doch alles mit mir tragen: mein Anwalt will Jahre auf das Honorar warten – ich muß es selbst bezahlen, aber die Unkosten – und die sind auch beträchtlich – braucht er sofort. Erkundige Dich doch bitte, was Mantel und Etui erbringen könnten, evtl. will ich ihm diese Dinge anbieten.

Auch die W.-Sache, die ich mit ihm schon besprach, kostete natürlich. Schreibe doch bitte einmal an Herrn O., Hamburg. Sag, ich hätte Euch beide betreut, nun wolltest Du mir helfen. Schreibe, ich hätte die beiden Konten, dazu kommt noch Reichskredit-Gesellschaft mit rund 6000.- aber Behrenstr. (russischer Sektor). Ob Du dorthin schreiben sollst – wie Du es vorhast – was man tun kann, was mit Kredit-briefen.

Du kannst ihm ja mitteilen, daß ich versuchen muß, Geld für die An-waltskosten zusammenzubekommen, da noch ein Prozeß in Nürnberg kommt. – Es ist gut, wenn er etwas über mich Bescheid weiß, er gibt bestimmt Rat, wenn er einen weiß.

Immer wieder ist es dasselbe: Sobald ich glaube, ein wenig mehr verstanden zu haben, mehr Informationen zu bekommen, mich freue, dass etwas zusammenpasst, gibt es schon wieder neue Unbekannte.

Die W.-Sache ist die Scheidung, aber welche Rolle spielt Herr O. in Hamburg, wen meint er mit »Euch beide«? Wieviel Geld hatte er auf seinen anderen beiden Konten? Mehr als die erwähnten sechstausend

Reichsmark? Nach der Währungsreform blieben von tausend gesparten Reichsmark noch fünfundsechzig D-Mark.[36]

Meine liebste Edileinfrau, es geht nichts ohne Dich – Du mußt schon helfen. Es ist ein Schlag, daß meine Sache nach der W-Reform kommt, sonst hätte ich Dir alles diktieren können, das wäre besser für den Ausgang gewesen –
So, nun genug von diesem, warum schreibe ich Dir? Ich liebe Dich mehr denn je; tue mir eine Liebe: laß mein Herzenskind durchhalten, es hat vom Schicksal eine so große Möglichkeit erhalten, unvorstellbar glücklich zu werden mit einem Mann, der so zu der Edileinfrau paßt, der alles hat, um sie in das Paradies zu führen und vor allem, sie dort zu halten für alle Zeiten. Du sollst stolz und froh und sogar ein wenig hochmütig werden, auch wenn Du Deinen Besitz, Deinen Mann jetzt noch nicht bekommst, entscheidend für Dein geliebtes Herz muß immer bleiben, daß Dir ein Mensch gehört, der Dir immer bleibt, der Dir sogar hier nur noch näher kommt.
Dein Horstel gibt Dir in seinen Armen alle Wärme einer Heimat, unter ihm blüht für mein Herzenskind der ewige Frühling, in seinen Augen aber sind immer die Quellen Deines Glücks. Ich liebe Dich. L.

Ist es die schiere Selbstüberschätzung oder das Kalkül, Edi an sich zu ketten, weil er sie brauchte?

Derselbe Mann, der einen Prozess mit ungewissem Ausgang erwartet, der noch nicht einmal weiß, wie er seinen Anwalt bezahlen kann, verspricht der geliebten Frau schon wieder ein Paradies auf Erden! Ich frage mich zwar, warum sie stolz und gar hochmütig sein sollte über den »Besitz« eines Mannes, der nun offenbar als Angeklagter im Gefängnis sitzt – aber ihre Briefe bezeugen, dass sie es war!

Jetzt erst verstehe ich auch das Ende des nur in Fragmenten lesbaren Briefes richtig:

Brauchst Du sofort etwas Geld, dann sage es mir doch, das was ich verdiene und von der Bank abheben kann, gehört Dir doch genau so wie mir. Schätzlein, die Geldfrage soll Dir keinen Kummer machen,

meine Stellung ist gesichert und ich will ja so sparen, um evtl. mit mei-
nem Verdienst die Unkosten bezahlen zu können.
Übrigens habe ich inzwischen bei den 2 Banken im Westsektor Deinen
Anspruch angemeldet, wollen mal sehen was ... in jedem Fall helfen,
ich werde ... schreiben. – ... Untergewicht habe. Mein ganzes Leben ...
... und nach dem ewigen Frühling, den mir Dein begnadetes Herz
und heißes Blut schenken wird. Ich werde Dir auch über das irdische
Leben hinaus meine unerschöpfliche Liebe bewahren, unverändert
bleibe ich immer
Deine Edileinfrau ...

Ich hole den Ordner mit ihren persönlichen Papieren aus dem Schrank,
akribisch hat sie darin auch Gehaltszettel abgeheftet. Leider erst ab
1953, als sie bereits in München arbeitete. Im Januar 1953 hat sie mit
Kindergeld, Zuschuss für Wohnung und einer Sonderzulage 402,38
DM verdient – da war sie das fünfte Jahr im Dienst der Oberfinanz-
direktion, hatte sicher schon mindestens eine Gehaltserhöhung hinter
sich, und der Verdienst war den erhöhten Kosten in der Großstadt an-
gepasst. Also dürfte sie im ersten Jahr in Bad Tölz kaum mehr als
dreihundert Mark verdient haben! Davon musste sie die Miete zahlen,
Mutter und Tochter ernähren. Wir waren ziemlich arm, Kuchen gab es
nur an hohen Feiertagen und Geburtstagen, Wagner hingegen bekam
immer wieder Päckchen mit Leckereien. Und meine Mutter wollte sogar für die drohenden »Unkosten« aufkommen!

Am selben Dienstag, an dem sie den durchnässten Brief schrieb,
schreibt er, wie sehr er nach Post von seinem »liebsten Herz hungert«,
und er gesteht:

Langsam kommen die Schwierigkeiten, die vielleicht größer sind
dadurch, daß wir uns beide für die Liebe zu dem anderen als Sinn
unseres Lebens entschieden haben. Ich bin mir klar, daß wir für
unsere Liebe mehr an Schmerzen durchmachen müssen, als wir sonst
zu tragen hätten. Nun hat das letzte Jahr und die Höhepunkte der letz-
ten Monate mich und Dich gelehrt, daß sich um eine solche Liebe alles
Leid lohnt. Der Weg, um uns manches zu ersparen, uns aufzugeben, ist

*verschlossen. Er ist in meinen Gedanken so unmöglich, daß ich gar-
nicht darauf komme.*

*Mein Band zu meinem Muttilein und die zärtliche Sorge für mein Her-
zenskind sind für mich Bestandteile meines Glaubens und meines Ge-
fühls für die Ewigkeiten, die nach meinem Leben kommen. Ich kann
mich nie von Dir trennen, es würde die Aufgabe meines Ichs bedeuten.*

Und das tue ich nie.

*Ich muß heute mit meiner liebsten Frau eine wichtige Sache bespre-
chen. Du mußt Dir alles reiflich überlegen – und zwar ohne an Deine
Liebe, Deinen Buben und an Deinen Mann zu denken. Daß Du mir
helfen willst, weiß ich, ich kenne Deine Liebe zu mir: das ist der
Grund, daß ich Dich so tief und unabänderlich lieben muß. Aber hier-
bei mußt Du einmal ganz sachlich und vernünftig – ich weiß, wie
schwer das für uns beide ist – denken und überlegen.*

*Wir beide sind – oder besser Horstedilein – wohl das am schwersten
betroffene Opfer der Währungsreform. Ich habe einen Anwalt, Dr.
Aschenauer[36], München, Auenstr. 86 IV. Er ist für meinen Fall der
beste, sehr politisch interessiert, Verbindungen, u.s.w. Jetzt muß ich
sein Honorar bezahlen, im Augenblick unmöglich. Aber sein Eintreten
für mich verlangt die Einzahlung seiner Unkosten. Schreibkraft, Fahr-
ten nach Nürnberg, Porto – für 6 Monate bis zum Prozeß macht das
etwa 2500.– M. Zuerst überlegte ich, ob ich auf einen Verteidiger verzichten sollte. Diese Summe hatte ich nicht erwartet. Aber er ist so gut
als Anwalt, daß ich sehen will, ob man es schaffen kann. Für das
Schreiben, das nicht eilig ist: Abschriften, Plädoyer, Dokumenten-
bücher – etwa 50 Arbeitsstunden – habe ich ihm nun Deine Adresse
gegeben und gesagt, er solle Dich ab + zu Sonnabend/Sonntag nach
München holen, damit Du diese Arbeiten für --- mich übernehmen
kannst. Das würde schon eine Ersparnis von etwa 500.- bedeuten;
aber mein Edilein, es bedeutete für Dich zusätzliche Arbeit, Nervenkraft, Geldausgaben, sehr viel Arbeit, Sorgen um den Verlauf meiner
Sache ...*

Diesmal kann seine angebliche Besorgnis nicht ehrlich sein. Sie hat
doch als integrierter Bestandteil des schwerstbetroffenen Währungs-

reformopfers gar keine Wahl mehr, sich etwas »reiflich« zu überlegen, zumal der Anwalt schon ihre Adresse hat und sie an den Wochenenden »holen soll«. Zu spät macht er sich angeblich Gedanken über zusätzliche Arbeitszeit und Nervenkraft – ist Edilein nicht ohnehin sein Eigentum?

Und kein »Wäre es nicht wunderbar, geliebtes Herzenskind, wenn Du auf diese Weise zu mir kommen könntest« oder etwas Ähnliches, sondern er fährt ganz nüchtern fort:

Er fragte dann auch, ob Du ab und zu statt seiner nach Nürnberg fahren könntest, damit ich Dir hier diktiere. Das wird alles daran scheitern, daß Sonnabend/Sonntag keine Sprechstunden hier sind. Kennenlernen mußt Du ihn auf alle Fälle, auch für die Zeit nach dem Urteil. Sein Einsatz für seine Mandanten ist schon vorbildlich.

Auch aus einem anderen Grund: – über unsere Stellung später habe ich noch nichts gesagt, nur daß wir uns hier kennenlernten und ich vorgehabt hätte (wenn die Reform nicht gekommen wäre), Dich als Verteidigungssekretärin anzustellen, weil Du mir helfen wolltest – er wird meine Scheidung (von der aber vorläufig niemand etwas erfahren soll, war die Bedingung aus W.) einleiten. Er möchte allerdings gerne persönlich mit ihr die Sache besprechen in Nürnberg, ich versuche aber, daß es ohne diesen Besuch geht.

Auf den Besuch der Gattin in Nürnberg legt er keinen großen Wert. Warum wollte Frau Wagner, dass niemand etwas von der geplanten Scheidung erfährt? Ob er die ganze Geschichte nicht selbst auf Eis gelegt hat, weil er sich eine Scheidung gar nicht leisten konnte? Hat er deshalb auch dem Anwalt ihre Beziehung verschwiegen, die er schlicht »spätere Stellung« nennt?

Misstrauisch geworden, glaube ich ihm nicht, wenn er behauptet:

Einverständnis ist jetzt endgültig gegeben und ich weiß, daß ich Dir damit eine der größten Freudenbotschaften schicke. Du sollst Dich auch freuen; jeder Schritt näher einem gemeinsamen Glück: höre jetzt ein wenig auf zu lesen und denke ohne Sorge und Kummer in aller Herzenstiefe an den, den Du liebst und dem Du einmal ganz gehören sollst.

Daß Du natürlich auf sein Schicksal und damit auf das Deine Einfluß nehmen kannst, wenn Du den Anwalt kennst, ist für mein sich sehnendes Herzenskind bestimmt ein gutes Gefühl. Selbst wenn aus den mir bekannten Gründen, auch an Deine Gesundheit denke ich, eine Arbeit Deinerseits nicht möglich wäre – und Herz, ich verstehe alles und finde richtig, wie Du es entscheidest, denn es wäre eine zu große Belastung für Dich – es ist gut, wenn Du eine gewisse Verbindung dorthin hast.

Wie schön, dass er immerhin vorgibt, an Edis Gesundheit zu denken. Dass die berufstätige Mutter vielleicht wenigstens sonntags Ruhe und Zeit für ihr Kind bräuchte – am Samstagvormittag waren Bürostunden –, steht nicht zur Debatte. Und mit seiner Schilderung lässt er ihr sowieso keine Wahl; freilich wird sie die Verbindung aufnehmen. Allerdings gibt es eine Auflage: den Rechtsanwalt in ihren Briefen »immer und sehr wenig nur Herr Adler« zu nennen.

»Adler«: irgendwo habe ich diesen Namen schon gelesen in den früheren Briefen meiner Mutter nach Hause ... Natürlich, das war der Pfleger in der Krankenstation in Nürnberg! Im August 1947 hatte sie am Tag der Entlassung geschrieben: »Der arme Bruder Adler ...«

Hat Wagner sich nun für Aschenauer den unverfänglichen Namen eines Ordensbruders ausgeliehen?

Bei allem ist die Frage wie seit einem Jahr: Wer weiß, wozu es gut ist? Ohne die mir bevorstehende Sache wäre die Scheidungseinleitung unendlich viel schwerer gewesen. –
Ich muß jetzt sehr viel lesen und schreiben, der Tag reicht kaum. Dabei spüre ich Dinge auf bei Leuten, von denen ich früher etwas hielt, aber mein Herz ist so, daß selbst Enttäuschungen, die ich jetzt zu schmecken bekomme, meine Freude am Leben und der Welt nicht berühren: das Glück aber, Dich zu besitzen, ist das Gefühl in meinem Innern, das alles andere überstrahlt und unberührbar über den Geschehnissen und Erlebnissen dieser Zeit ist.
Meine Bindung an Dich, die für mich das tiefste Gefühl ist, das mein Leben vollständig beherrscht, hindert mich an jedem Hochmut – ohne

etwas zu tuen, alles an mich herankommen zu lassen und auch an dem Stolz, in einem Leben zu bleiben, für das man sich verteidigen soll. Ich denke an unsere Gespräche im Königshof, der Grund für alles Schlechte für uns beide – auch Ansicht Herr Adler – daß der Mann in Deutschland blieb – Du weißt, als ich das hörte, wußte ich, das bedeutete unser Unglück.

Welchen Mann meint er, Steengracht? Warum bringt seine Anwesenheit in Deutschland Wagner Unglück? Weil er oder ein Unbekannter ihn belasten konnte? Sicher gehört er zu den Leuten, von denen er »früher etwas hielt« und die ihn nun enttäuschen.

Immer glaube ich, daß letzten Endes alles zu unserem Besten ist. Das Glück, das Deine Liebe in mein Herz gebracht hat, bedeutet für mich solch ein Übermaß an Reichtum, daß ich mir immer wie ein vom lieben Gott verwöhntes Menschenskind vorkomme, der eine solche Bevorzugung erfuhr, daß er sein Edilein und sein Muttilein fand – daß auch alles andere letztlich gut ausgehen wird.
Mein geliebtes Herzenskind, hoffentlich ist der Brief nicht zu ernst und zu schwer geworden. Spüre, auch wenn ich von Schwerem schreibe, immer nur die ganze große Liebe. Ich selbst erlebe hier jeden Tag das Wunder, daß nichts, – und jeden Tag kommt eine neue Verschlechterung und schlechte Nachricht –, die Glut und Tiefe für Dich ändert. Es muß schon ein besonderes Menschenskind sein, das eine solche Liebe entflammen und zum Reifen bringen kann. Was für Gleichheiten, Übereinstimmungen und vor allem Anziehungskraft muß in Dir verborgen sein, daß unbeirrt Dein Horstel aufglüht, wenn er an Deinen geliebten Namen denkt. Und wie wird alles lebendig, strahlend und kräftig, wenn er an das denkt, das sein Leben – wie Sterne überglänzt: Deine Augen, die schönsten, die ich je sah.
Daß mein Blut wilder denn je ist, daß ich an manches gar nicht denken darf, selbst an die geliebten Hände nicht, weißt du ja, denn mit ihm hast Du eine Vertrautheit, wie ich sie nie zwischen Menschen für möglich hielt. Nie wußte ich, was es heißt, Eigentum des anderen zu sein. Du hast es meinem Blut gelehrt. Jetzt weiß es, was Glück bedeutet und schreit danach.

Den nächsten Brief will ich morgen schreiben, da schreib ich Dir aber nur von meiner Liebe. Ich will sehen, daß ich mal an 398 und 369 vorübergehen kann.[37] Ich glaube, ich werde dann bleich vor der Übermacht der Erinnerungen.

Erinnerungen an mein Edilein sind so entscheidend für mein Leben, weil sie die Versprechungen für die Zukunft sind. Was zwischen uns war, wird immer wieder sein. Was einmal unsere Herzen schlagen und unsere Augen strahlen ließ, ist das, was auch unser kommendes Leben formt.

Edilein, mein Herz weiß, daß ungezählte Glückstage auf Dich warten, an denen Dein Gesichtel auf meinem Herzen ruhen wird. Bleib glücklich, meine liebste Edileinfrau. Jeder Tag bringt Dich dem Tag näher, auf den Du Dich doch am meisten freust. Das »Immer und Ewig« das brauchst Du doch zum vollendeten Glück. Und das werde ich Dir geben. L.

In kleinster Schrift hat er noch einige Anweisungen notiert:

Bringe Herrn Adler Abschriften bitte mit:
der Grundbucheintragung
des Aga Khan Vertrages
der Fournier-Quittung über 800 000 Frs. für »Fériee«

Aha, es gibt also einen Grundbesitz – ein Haus, ein Gut? Welcher Vertrag mit Aga Khan? Ist er der früher schon erwähnte »Aga«, sein Freund?

Ganz so fit war er im Französischen nicht, ich nehme an, er meint eine Quittung für »fourniture«, eine Lieferung für ein Fest. Das dürfte ein großes gewesen sein, selbst wenn es sich um alte Francs handelt (für die neuen wurden 1958 zwei Nullen abgezogen), bleibt die Summe noch beachtlich.

Wo, wann, welches Fest?

Diese Anweisung ist wieder ein Beweis dafür, dass meine Mutter alle seine Papiere und Akten aufbewahrt hat – sie waren wohl in den Paketen, die er ihr schickte, oder sie hat sie nach und nach von anderen Bekannten abgeholt, wie beispielsweise die »schwarze Mappe« in Wiesbaden bei Frau Rayka …

Den nächsten Brief finde ich in einem Umschlag, über den ich mich geärgert hatte, weil ausnahmsweise die beiden Zwölf-Pfennig-Marken einmal nicht ausgeschnitten, aber ohne Datum gestempelt sind! Da hilft auch die Lupe nicht, der Stempel zeigt zwar, dass der Brief in Fürth aufgegeben wurde, darunter stehen aber lediglich Posthörnchen in enger Reihe. Wie ungerecht, dass Wagner, der fast nie seine Briefe datierte, auch noch ein Datum auf dem Umschlag »verhindern« konnte! Es gab wohl in Fürth ein automatisches Stempelband – ich kenne aus meiner Kindheit nur die Postangestellten, deren Hand in raschem Takt zwischen Blaukissen und Brief hin- und hersauste.

Aus dem Brief, den Wagner Anfang August geschrieben haben muss, erfahre ich, dass er wieder in der Krankenstation Langwasser ist, und er ist offenbar guter Laune:

Mein liebstes Edilein,
eine kleine Freude für mein geliebtes Herz – ich bin im Hospital, wo Du mich schon oft besuchtest und Poldi, der Dich schön grüßen läßt gab mir den Briefumschlag – ich bin gerade angekommen und nun sollst Du gleich Bescheid wissen, eine größere Freude für mein Herzenskind – fast vor einem Jahr entschied sich – es war die Zeit zwischen 20. – 24. August unser beider Leben. Willst Du herkommen – wenn es paßt für Dich, denn jetzt müssen wir uns ja nach Dir richten. Wäre der 21. und 22. passend, schreib mir bitte gleich, ich muß doch sehen, wie wir uns lange sehen können, denn manches ist gegen früher schwerer geworden, auch Naumann ist nicht mehr da.
Wie lange ich bleibe, wann das andere Übel beginnt, steht noch nicht fest.
Diese überraschende Verlegung empfand ich als eine Frage: Wollt Ihr Euch wiedersehen?
Post kannst Du hierher senden ohne Risiko, ich freue mich auf den ersten Brief, der wieder hierher kommt, wo alles so angefüllt ist mit den Erinnerungen der großen Liebe meines Lebens, an das wunderbarste Geschöpf meiner Sehnsucht, der Wald steht vor mir, den Du entlang gingst, schnell, voller Sehnsucht, alles ist hier überstrahlt von unserer einzigartigen Liebe. –
Ich schrieb Dir vom Palast aus einen langen, wild-sehnsüchtigen Brief

an Muttilein, bekam von Dir ein Päckchen Obst. Dank folgt. Der Brief war zur Hälfte durchnäßt und unleserlich, meinen Schmerz kannst Du Dir kaum vorstellen, es war eine richtige Enttäuschung.

Also ist der Brief schon durchnässt angekommen, er hat sich genauso schwergetan, ihn zu entziffern wie ich – seltsame Vorstellung.

Ach Du, wenn mein Brief heute nur ganz rasend schnell geschrieben ist, die Nachricht wird Dich schon rasend freuen und das ist es ja, was ich will. –
Du, mein Anwalt hat Vollmacht von mir Mantel + Etui bekommen. Das Etui bringst Du ihm noch nicht, erst, wenn ich es sage und Preis weiß. Du sagst ihm, Du hättest es schon weggegeben, würdest es später ihm bringen, falls Ihr Euch vor unserem Wiedersehen seht.
Wiedersehen, das ist doch ein Traum, Dein süßes Gesichtel wieder zu spüren, Deine geliebten, schönen Augen zu sehen?
Es waren doch so schöne wundervolle Träume … Wird es dieses Mal wieder möglich sein? Vor allem schreib hierher, ich warte sehnsüchtig.
Mein Herz ist so voller Liebe, die ganze Sehnsucht nach Dir … gleich lodert sie erneut zu Dir, Du geliebteste Edileinfrau, Dich und vor allem mein Herzenskind nehme ich die erste Nacht hier fest in meine Arme.
Und laß Dich bis morgen früh nicht mehr los. – L.

Die »beglückende Botschaft« lässt sie jubeln. Sie schreibt »am Freitag Abend«:

Wir können uns wiedersehen! Du kannst Dir die Freude kaum vorstellen, die Du mir damit gemacht hast; es ist ein rasender Glückstaumel, der mir nahezu den Atem nimmt und mich völlig verwirrt … Ich darf wieder in Deine schönen Augen sehen – ohne die mein Leben immer dunkel und grau sein wird – und Dein geliebtes Gesichtel, nach dem ich mich so maßlos sehne in meine zärtlichen Hände nehmen und an mich ziehen; wie werden meine brennenden Lippen Dir entgegenblühen und Deinen sehnsüchtigen Mund auf die zwingen, so wie in einer

traumhaft schönen und glücklichen Zeit, als wir verschmolzen sind
zum Wesen Horstedilein, dessen Einssein sogar stärker ist als der Tod
und bis in die Ewigkeit reichen wird.

Ich weiß gar nicht, an was ich zuerst denken soll, die Gedanken über-
stürzen sich; sie tragen mich zurück in all die lichten, unvergesslichen
Stunden unseres Beisammenseins und bringen mich an einen kleinen
Bahnhof, an dem ich mit bebendem Herzen aus dem Zug steigen wer-
de, ich eile den Weg entlang, der mich zu Dir führt, durchrenne das
kleine Wäldchen, das mich noch von Dir trennt, endlich bin ich dann
auf der Straße, sehe die Umzäunung und da stehst Du, mein innigst-
geliebter Horstel, nach dem ich mich seit dem Abschiednehmen mit
tausend Schmerzen zersehnt habe, den ich von ganzem Herzen und mit
aller Kraft liebe, mehr liebe als alles andere in der Welt, dem alle
meine Gefühle, Gedanken und Sehnsüchte gehören und der mir die
ganze Welt bedeutet und der mir die Erfüllung meines Lebens schenkt:
ich werde einmal seinen Namen tragen. Ich möchte Dir zuwinken und
kann doch kaum meine Hand Dir entgegenstrecken, die Wiedersehens-
freude hat mich so sehr ergriffen, daß ich vor Dir wie vor einem heili-
gen Wunder stehe.

Aber das Herz drängt und treibt mich weiter, weil es kaum mehr die
Minuten erwarten kann, in denen Du es an Dein wunderbares Herz
nehmen wirst, das mir zum Inbegriff alles überirdisch Schönen und
Göttlichen geworden ist.

Der Mann, den sie abgöttisch liebt, der »Inbegriff alles überirdisch
Schönen und Göttlichen«, ist Angeklagter. Möglicherweise lautete die
Anklage wie in allen Nürnberger Prozessen: Verbrechen gegen die
Menschlichkeit.

In acht Tagen um diese Zeit bin ich schon auf dem Weg zu Dir, ich
werde die Nacht durchfahren, damit ich am Sonnabend mit dem 7.20 h
Zug schon kommen kann. Werde ich Dich im Hospital besuchen kön-
nen? Bitte, versuche es doch möglich zu machen. Ich sehne mich doch
so nach Deiner Nähe, Deinen Armen, Deiner Wärme. Sollten wir das
Glück nicht haben, dann bin ich nicht traurig. Schon allein Deine
strahlenden Augen, aus denen ich Deine ganze Liebe in mich hinein-

nehme sind der Quell maßlosen Glückes und daß ich wieder Deine
Stimme hören werde, bedeutet für mich schon mehr als für eine andere
Frau das letzte Schönste ...

Vor lauter Begeisterung hat sie ganz vergessen, dass er wohl nicht
ohne Grund auf die Krankenstation verlegt wurde, jetzt fällt ihr ein:

Ein ganz kleiner bitterer Tropfen ist noch da: Schätzlein, mein Horstel,
bist Du krank? Ich war doch recht erschrocken, als ich las, daß man
Dich gleich in das Hospital aufgenommen hat. Weißt Du Horstel, mein
heißester Wunsch ist der, daß Du gesund bist, daß es Dir gut geht und
Du glücklich in meiner maßlosen Liebe sein kannst.
Ich bin so glücklich und liebe Dich über alles, bald bin ich bei Dir.
Deine Edileinfrau

Unterdessen bleibt Rechtsanwalt Aschenauer nicht untätig, wie eine
Postkarte zeigt, die erst am 14. August bei ihr eingegangen sein kann:

10.8.1948
Sehr geehrtes Fräulein E.!
Ich bin auf der Durchreise durch München. Wie Sie wissen, vertrete
ich Herrn Horst Wagner.
In dieser Sache würde ich Sie bitten, Samstag, den 21.8.48, 13 h, mich
in meiner Münchener Privatwohnung aufzusuchen, Herr Horst Wag-
ner hat mir den grauen Ledermantel und das goldene Zigarettenetui,
das sich bei Ihnen befindet, übertragen. Ich bitte Sie, diese Sachen
mitzubringen.
Mit den besten Grüßen!
Ihr
Rudolf Aschenauer

Ich bin erleichtert, dass es kein schwarzer Ledermantel war – frage
mich allerdings, wer sich ein goldenes Etui leisten konnte oder geschenkt bekam.

Gleich am Sonntag, den 15. 8. nimmt Edi in ihrem nächsten Brief
auf die Karte Bezug – freilich erst nach Schilderungen ihrer »rasenden

Freude« auf das »so sehr ersehnte Wiedersehen« und ihrer »brennenden Sehnsucht«.

Meine Liebe zu Dir ist mein Leben und das ewig strahlende Licht geworden, seit Deine Augen zum ersten Mal für mich aufleuchteten und ich in diesem Augenblick wußte, daß das Schicksal mich auserwählt hatte, die Verantwortung für Dein ganzes Sein, Dein kommendes Leben und Dein Glück zu übernehmen, die schönste und glückhafteste Aufgabe, mit der je ein Wesen bevorzugt und begnadet worden ist.
Wieviel berauschende Liebesstunden werden wir uns noch schenken, in denen ich Dich dann ganz in mich aufnehme und in Deiner letzten Hingabe das Göttliche und Unsterbliche unseres Zusammengehörens spüren werde, den Willen des ewigen Gottes, uns nie mehr zu trennen.

So hättest Du Gott nicht vereinnahmen sollen, Mutter. »Dein Wille geschehe«, heißt die Gebetsformel, nicht »Dein Wille geschehe nach unserem Willen«.

– Schätzlein, noch ein paar praktische Dinge: Soll ich Dir etwas an Wäsche oder Kleidung mitbringen?
Herr Adler hat mich für nächsten Samstag nach München bestellt. Soll ich ihm den wahren Grund schreiben, weshalb ich mein Kommen um eine Woche verschieben muß? Es ist gut, daß wir uns wegen des Wertes der Sachen, um die er geschrieben hat, noch vorher kurz sprechen können.
Selbstverständlich fahre ich erst nachts zurück, bitte versuche es doch möglich zu machen daß ich bis abends bei Dir bleiben darf.
Alles, was in mir lebt, strebt zu Dir hin, Du bist der Mittelpunkt der Gedanken, Gefühle und heißen Wünsche Deiner Edileinfrau

Sie kann das Wiedersehen kaum erwarten, schreibt ihm noch einmal am Dienstag, den 17. August 1948:

Du kannst Dir kaum vorstellen, wie mein Herz brennt vor Freude, seliger Erwartung und Sehnsucht nach Deinem geliebten begnadeten

Herzen, das mit seiner ergreifenden Sorge und Wärme und seinem
Verstehen mir das immer entbehrte und ersehnte Zuhause geschenkt
hat, ohne das es kein Glück geben kann, und mich immer noch ein-
dringlicher erkennen läßt, was Du mir bist: mein Ein und Alles, Erfül-
lung und Vollendung meines Lebens, das mir der liebe Gott für Dich
gegeben hat.

Wie so oft werde ich wieder traurig. Obwohl ich die Liebesschwüre
in so vielen Variationen nun schon oft gelesen habe, berührt mich
»das immer entbehrte und ersehnte Zuhause«. Die in ihrer Kindheit und Jugend vermisste Wärme, Anerkennung und Liebe in der
Familie führte sie in die totale Abhängigkeit, bis hin zur völligen
Selbstaufgabe, weil Horst ihre lebenslange Sehnsucht scheinbar erfüllte.

Wie konnte meine Mutter überhaupt ohne ihn weiterleben, wenn sie
überzeugt war, dass ihr das eigene Leben von Gott nur für ihn gegeben
war?

Dafür, dass sie später den Mut und die Tapferkeit aufbrachte, dennoch für sich und ihre Tochter zu sorgen, bin ich ihr dankbar.

Oder hatte sie vielleicht doch insgeheim nie die Hoffnung aufgegeben, dass er eines Tages zu ihr zurückkehrt, so wie Solveig, die in
Werner Egks Oper *Peer Gynt* singt: »Du kehrest mir zurücke, gewiss,
du wirst mein …« Auch dieses Lied hat meine Mutter oft gesungen,
deshalb kenne ich den Text. Als der Treulose nach einem wilden und
phantastischen Leben nach Jahrzehnten zurückkehrt, nimmt Solveig
sein müdes Haupt in ihren Schoß: »… und leg die müde Stirn in meine
Hand, ich hüte deine Ruh, Du bist zu Haus.«[38]

»Nürnberg soll wiedererstehen«, verkündet der Stempel auf einem
Briefumschlag mit intakter Vierundzwanzig-Pfennig-Marke, wie gehabt ohne Datum, nur wieder eine Reihe exakt gestempelter Posthörnchen. Ich nehme an, dass »Schaller« ihn am selben Sonntag schrieb
wie Edi einen ihrer Briefe, nämlich am 15. August.

Mein über alles geliebtes Edilein,
es ist Sonntag nachmittag und ich denke mit großer Sehnsucht an die

Sonntage, die Du hier mit mir verbracht hast, diese wundersamen Tage, an denen wir zusammen waren.

Herzlein, diesen Brief will ich mitgeben und so wird er kürzer, als er sein sollte. Ich muß Dir so viel Praktisches schreiben.

Zuerst weiß ich nicht, wann Du kommen kannst. Wenn ich lese, was Du alles zu tun hast, dann kommen mir Zweifel, ob es im Augenblick überhaupt geht. Ich weiß nicht, wie lange ich hier in Langw. bleibe, das ist meine einzige Sorge, wann diese Möglichkeit vorbei ist.

Herr Adler, der mich besucht hat hier draußen, sagte mir, er wolle an Dich schreiben wegen nächsten Sonnabend. Aus vielen Gründen ist es aber notwendig, daß wir uns so bald wie möglich sehen. Schreibe ihm dann dieses Mal ab, irgend einen Grund.

Solltest Du kommen, dann bringe doch Folgendes mit:

Etwas Tabak + Zigaretten

Das Zigarettenetui (sehen, ob wir hier mehr bekommen)

Ein Küchenmesser

Ein wenig Salz

Meine blaue Hose (zum Anzug)

1 Garnitur Wäsche + 2 Paar Strümpfe

1 großes Laken zum Einschlagen oder Beziehen der Decken, (weiß, aus dem Palast) und meine Originalzeugnisse aus den letzten »Stellen«.

Merkwürdig, dass er schreibt, er wisse nicht, ob sie überhaupt kommen könne, zumindest den ersten begeisterten Brief muss er längst bekommen haben. Auch ohne ihn wusste er genau, dass sie nur darauf brannte, in seine Arme zu laufen.

Ich glaube, sie wusste, dass diese Aufforderung bedeutete: Setze alle Hebel in Bewegung, du musst unbedingt kommen! Weil es etwas Dringendes zu besprechen gab – seine Fluchtpläne.

Seine Bitte um Zigaretten, Tabak und Salz ist verständlich bei einem Lageraufenthalt, aber wozu braucht er auf einmal ein Küchenmesser, eine Anzughose? Es ist auch nicht anzunehmen, dass im Hospital die Decken nicht bezogen sind – wieso ein weißes Laken aus dem Justizpalast? Bestimmt kannte sie eine andere Bedeutung.

Und wenn sie im Besitz seiner Originalzeugnisse war, dann wusste sie genau, an welchen Stellen – und in welcher Position – er zuletzt gearbeitet hat!

Sie hat den Termin bei Aschenauer nicht wahrgenommen und ist mit den Sachen nach Nürnberg-Langwasser gefahren.Wahrscheinlich hat sie ihm das goldene Etui zurückgebracht. Er konnte es sicher bald gut brauchen.

Neben Sonnabend, dem 21. August, steht auf dem Kalender: »Nun wissen wir, dass unser Glück bestimmt kommt …«

Es ist der letzte Eintrag in diesem Kalender überhaupt, auf dem September-Blatt lacht ein Mädchen mit braunen Zöpfen von einem Apfelbaum in die Kamera, die Seite ist nicht beschrieben, Seiten für Oktober, November und Dezember gibt es nicht mehr.

Aber es gibt noch einen Brief von Wagner, der mich, als ich ihn zum ersten Mal las, vollkommen verwirrte. Er ist vom 31. August 1948.

Der Absender ist nicht Schaller, sondern tatsächlich »H. Wagner«, auf den Briefmarken ärgern mich wieder die Posthörnchen, der blasse Poststempel gibt immerhin ein »rnberg« preis, also wurde der nach Bad Tölz adressierte Umschlag von Wagner selbst – oder einem anderen – noch in Nürnberg eingeworfen. Ein sehr gut lesbarer, handschriftlicher Brief:

Nürnberg, 31. August

Liebe Edi,

Ich möchte Dir noch einmal dafür danken, daß Du Dir so verständig meine Argumente hast durch den Kopf gehen lassen. Ich hatte natürlich nicht erwartet, daß Du zu allem Ja sagen würdest und könntest, denn dazu ist die Zeit, in der wir uns beide wirkliche Kameraden und Helfer waren, trotz aller widriger Umstände zu schön gewesen. Aber in der Zwischenzeit hat sich alles für mich so grundlegend geändert; ich habe mir alles, wie ich es Dir versprochen habe, nun noch einmal überlegt. Ich habe mich und meine Gefühle ganz außer Betracht gelassen; alle Verhältnisse haben sich geändert – nun kann ich nur an meine Pflicht denken, sowohl an die Familie und auch an Dich, denn wir haben uns so gestanden, daß ich auch Deine Zukunft nicht vergesse.

Ich bin ein armer Mann geworden. Nach der Währungsreform besitze ich buchstäblich nichts mehr. Ich werde kaum die Möglichkeit haben, jemals mal wieder ordentlich zu verdienen. Ich hatte gehofft, vor der Währungsreform noch herauszukommen, nun bekomme ich keine Stellung mehr. Die Sorge um meine Familie läßt mir keine Ruhe mehr; nun will ich versuchen, doch an meinen alten Wohnort zu kommen, um noch nach den letzten Resten meiner Habe und vielleicht auch meiner Konten zu sehen. So können wir uns sowieso lange, lange Zeit, vielleicht Jahre, nicht mehr sehen.

Mich bedrücken diese Aussichten, dieses Verhungern, dieses Elend so, daß ich nun auf eigene Faust versuchen will, ob ich noch helfen kann. Ich halte das für meine Pflicht.

Und die andere Pflicht, gegenüber Dir, die ich noch genau so achte wie immer, ist, daß ich Dir jetzt offen sage: Du kannst auf mich nicht rechnen. Unter diesen Umständen verfüge ich nicht über mich selber, kann Dir nichts versprechen, und die Jahre vergehen. Ich schrieb Dir schon, es wäre Unrecht von mir, Dich an mich noch weiter zu fesseln. Daß mir dieser Brief eine Qual bedeutet, wirst Du verstehen.

Aber das Leben hat mich zu nüchtern gemacht, ich kann nicht anders handeln und hoffe, wenn es Dir zuerst sehr schwer fallen wird, Dir zuerst sehr großen Kummer bereiten wird, – ich fürchte es natürlich sehr – Du aber doch einsiehst, daß es keinen anderen Weg mehr gibt, als den der Trennung.

Ich habe mir alles ganz anders vorgestellt; ich habe ehrlich an unser beider Aussichten und Pläne für die Zukunft geglaubt. Nun ist alles stärker, ich kann nicht meinen Gefühlen nachgehen.

Eine Bitte habe ich: daß Du mir nie nachtragen wirst, daß ich so handle und Dir diesen Brief eines Abschieds schreibe, der mich mehr als bitter trifft. Verzeih mir; später lasse ich wieder von mir hören, hoffend, daß wir aus unserem Verhältnis wenigstens eine schöne Freundschaft retten können.

Hab noch mal Dank für alles Gute und Liebe – ich bin sicher, daß mein Schritt auch zu Deinem Besten ist.

Mit herzlichem Gruß Dein
Horst W.

346

Zuerst war ich sehr erschrocken – es kann doch nicht sein, daß die über ein Jahr beschworene Liebe und Treue bis in den Tod, die gott-gewollte Bestimmung, das unausweichliche Schicksal urplötzlich sei-nem Pflichtgefühl zum Opfer fällt! Dass die eben noch beschriebene Vollendung und Verschmelzung im Horstedileinwesen plötzlich zu schöner Kameradschaft und Freundschaft mutieren soll!

Es kann doch nicht sein, dass er plötzlich zu seiner Familie zurück-kehren wollte, über die er ein Jahr lang kein Wort verloren hatte, zu seiner Frau, von der er die Scheidung wollte! Hatte er nicht genau vor einem Jahr, am 31. August 1947, meinem vierten Geburtstag, seinen Brief so beendet:

Es ist der Abschluss eines Tages, der uns beiden zeigte, daß wir uns nicht nur zutiefst lieben, sondern auch, daß Dein ganzes Leben mit meinem verwoben ist.

Nach kurzer Überlegung, ob er vielleicht doch aus »Vernunftgründen« so gehandelt haben könnte, da es ja tatsächlich bis Dezember 1949 keine schriftliche Nachricht mehr von ihm gibt, wurde mir klar, dass dieser Brief dazu gedacht war, falsche Spuren zu legen, und Edi das Alibi geben sollte, dass sie nichts mehr von ihm gehört habe.

Mit diesem Brief in der Hand konnte sie das mit Recht behaupten, sogar ihrer Familie gegenüber, die sicher nicht begeistert war über Anklage und Flucht des Verlobten und gerne das Ende dieser Bezie-hung gesehen hätte. Und bestimmt musste er mit ihrer Vernehmung rechnen, im Justizpalast kannte man ihre Adresse von den zahllosen Briefen, die durch die Zensur gegangen waren.

Sie aber wusste genau, was der Brief in Wirklichkeit bedeutete, die dringende Besprechung am 21. August hatte gewiss das weitere Vor-gehen zum Inhalt gehabt, wenn auch möglicherweise der Tag der Flucht noch nicht genau festgelegt war. In einem früheren Brief hatte Wagner schon einmal geschrieben, wenn er plötzlich für längere Zeit »fortgehen« müsse, würde er ihr das so mitteilen, dass sie keine Zei-tungen mehr schicken solle.

Durch eine Postkarte mit einer entsprechenden Botschaft war sie auf den »Abschiedsbrief« schon vorbereitet. Er hatte noch einmal die alte Schreibmaschine benutzt, wie für die ersten Liebesbriefe, und tippte mit vollem Absender »Horst Wagner, Justizpalast ISD, Nuern-berg« in der alten Großbuchstabenmanier:

LIEBSTES EDILEIN, HAB DANK FUER ALLES LIEBE, DAS DU MIR GERADE IN DER LETZTEN ZEIT ERWIESEN HAST. ICH WERDE ES BESTIMMT NIE VERGESSEN KOENNEN. SCHICK MIR NUN BITTE KEINE ZEITUNGEN MEHR HER.
MIR GEHT ES GUT, EINIGE ALTE BRIEFE BEHALTE ICH BEI MIR, DU WEISST JA, WAS SIE FUER MICH BEDEUTEN. ICH HABE DIR JA ALLES GESCHRIEBEN.
DAS BLEIBT UNVERAENDERT BIS ZU UNSEREM WIEDERSEHEN. DEINE WAERME UND ZUVERSICHT BRAUCHE ICH, VOR ALLEM ABER DEINE GESUNDHEIT. WIRST DU EIN VERSPRECHEN HAL-TEN UND SIE MIR BEWAHREN?
IST LIEBE ODER SORGE DAS GROESSERE?

Handschriftlich steht darunter: »Ich bleibe immer dein Horstel.«

4. Kapitel

»Einmal von Dir zum Tanze geführt«

E in Anruf unseres Freundes Jan aus Rom holt mich aus meiner
Grübelei.

»Ich habe eine interessante Nachricht für dich! Du hast mich mit
deiner Wagner-Suche angesteckt, und da du im römischen Stadt-
telefonbuch den Namen ›Rovelli‹ nicht gefunden hast und auch im
Adelsregister keinerlei näheren Angaben über die vermutlich noch
lebenden Nachkommen der Contessa zu finden waren, habe ich Tele-
fonbücher der Campagna durchforstet und bin fündig geworden. Wenn
du willst, kannst du die Nummer einer Elena, Contessa di Rovelli,
haben!«

Das könnte wirklich eine Tochter der Contessa Victoria sein, »Elena« habe ich im Adelsverzeichnis gelesen.

»Ich kann doch nicht einfach da anrufen, mein Italienisch ist zu
schlecht«, wehre ich erschrocken ab, »könntest du das nicht für mich
machen?«

»Nein, nein«, meint er zu Recht, »das ist deine Geschichte. Im Hintergrund helfe ich dir gerne, aber aktiv werden musst du schon
selbst!«

Ich notiere die Nummer. Um heute noch anzurufen, ist es zu spät;
am nächsten Tag überlege ich hin und her, finde jede Tageszeit unpas-
send, bis ich am frühen Abend endlich zum Hörer greife. Was kann

schon passieren – auf jeden Fall gar nichts, wenn ich nicht den Mut aufbringe, anzurufen.

Mit Herzklopfen wähle ich die Nummer und bin so überrascht über das sofortige energische »Pronto« einer weiblichen Stimme, dass ich erst tief durchatmen muss, ehe mir der vorher geübte Satz ohne Stottern von den Lippen geht: »Buona sera, Signora, scusa, e possibile di parlare con la Contessa Elena Rovelli di Valmonte?«

»Sono io«, lautet zu meiner großen Verblüffung die prompte Antwort.

»Scusa ancora di disturbarla, Contessa, io mi chiama Gisela Heidenreich, sono tedesca. Non parlo bene italiano – parla inglese, per favore?«

»Any European language you want«, ist die klare Antwort.

»Well, then I would prefer German.«

»Das ist für mich kein Problem«, antwortet sie in akzentfreiem Deutsch. »Was möchten Sie von mir?«

Ich erzähle ihr, dass ich nach dem Tod meiner Mutter in ihrem Nachlass auf überraschende Spuren eines mir unbekannten, anderen Lebens gestoßen sei.

»In ihren Unterlagen fand ich auch die Adresse einer Contessa Victoria Rovelli di Valmonte, Via del Mare 68.«

»Das ist meine Mutter, die Adresse gibt es allerdings nicht mehr.«

»Ja, ich weiß.« Ich berichte von der vergeblichen Suche an der jetzigen Straße nach Ostia, der Entdeckung des alten Fotos von der jetzigen Via del Teatro Marcello.

»Warum haben Sie mich nicht gleich angerufen, diese Irrfahrt hätten Sie sich sparen können!«

»Es war auch nicht so leicht, Sie zu finden – haben Sie ein wenig Zeit, mir zuzuhören?«

»Es wäre mir lieber, Sie würden mich in zehn Minuten noch einmal anrufen, ich wollte nämlich gerade meine Hunde füttern«, meint sie. Ich habe eher den Verdacht, sie möchte das Gespräch beenden.

»Selbstverständlich, Contessa, sehr gerne rufe ich später noch einmal an.«

»Sie brauchen mich nicht ›Contessa‹ zu nennen, ich heiße Rovelli, das genügt.«

In den nächsten zehn Minuten überlege ich fieberhaft, was sie jetzt möglicherweise tun wird. Hat sie meine Telefonnummer auf ihrem Display gespeichert, wird sie versuchen, Erkundigungen einzuholen, wird sie sich absprechen mit ihrem Mann, ihren Kindern, sonstigen Vertrauten, gar einem Anwalt? Aber dann hätte sie mich auf den nächsten Tag vertröstet, nicht um zehn Minuten Zeit zum Hundefüttern gebeten.

Pünktlich rufe ich wieder an. Diesmal springt ein Anrufbeantworter an, eine elektronische Stimme erklärt, dass der Teilnehmer nicht zu sprechen sei.

Also doch, sie wollte mich abwimmeln. Wenn sie jetzt meine Nummer kennt, werde ich keine Chance mehr haben, sie noch einmal zu sprechen. Einen Versuch werde ich noch wagen. Fünf Minuten später hebt sie ab, erklärt mir, dass es doch ein wenig länger gedauert hat, weil die Hunde – es sind vier! – wieder mal nicht zu bändigen waren.

»Mögen Sie Hunde?«

»Ja, sehr«, kann ich wahrheitsgemäß antworten und erzähle ihr gleich von unserem Hund. In freundschaftlichem Ton nennt sie mir Namen und Rasse ihrer Hunde, schwärmt von deren Temperament.

»Aber Sie wollten sich doch sicher nicht mit mir über meine Lieblinge unterhalten – Sie rufen aus Deutschland an. Das kostet Sie ja ein Vermögen!«

Ehe ich endlich meine Fragen anbringen kann, fragt sie: »War Ihre Mutter eine Freundin meiner Mutter? Wie hieß sie, wo lebte sie, hat Ihre Mutter sie hier in Rom besucht?«

Ich nenne Namen und Adresse meiner Mutter, erzähle ihr vom »Verlobten« meiner Mutter, der sich in Rom Peter Ludwig nannte, in Wirklichkeit aber Horst Wagner hieß.

»Vermutlich wurde er eine Weile von Ihrer Frau Mutter in ihrem Haus an der Via del Mare versteckt, nachdem er vorher möglicherweise durch Bischof Hudal in Santa Maria dell'Anima untergekommen war.«

Ängstlich warte ich auf ihre Reaktion. Ihre spontane Antwort klingt sachlich: »Also war der Verlobte Ihrer Mutter vermutlich ein Nazi. Das ist ja eine bekannte Tatsache, dass die katholische Kirche den Nazis nach dem Krieg zur Flucht verholfen hat. Aber ich wüsste nicht, was meine Mutter damit zu tun gehabt haben sollte.«

Hat sie wirklich keine Ahnung oder blockt sie ab?

»Das weiß ich natürlich auch nicht, ich hatte gehofft, dass Sie mir dazu etwas sagen könnten. Möglicherweise hat Ihre Frau Mutter wiederum mit Bischof Hudal zusammengearbeitet?«

»Davon weiß ich nichts, meine Mutter ist schon lange tot, ich kann sie nicht mehr fragen. Die Namen sagen mir nichts. Ich war ein kleines Kind damals, ich bin erst 1948 geboren, und wir lebten nicht in Rom, sondern in einem großen Landhaus mit Personal außerhalb von Rom. Meine Geschwister und ich sind von unserem Kindermädchen und unserer Gouvernante erzogen worden, unsere Mutter haben wir selten gesehen, eigentlich haben wir keine Beziehung zu ihr gehabt. Sie war meist in unserem Stadthaus in Rom, das Sie erwähnt haben.«

Sie zögert. »Aber hören Sie, ich kenne Sie überhaupt nicht, ich könnte Ihnen viel von meiner Familie erzählen, aber ich weiß nichts von Ihnen. Wann sind Sie das nächste Mal in Rom, dann könnten wir uns doch kennenlernen?«

Und ob ich das will! Ganz kurz erzähle ich ihr, dass sie viel über mich erfahren kann in meinem autobiographischen »Lebensborn«-Buch, das sie sicher in Rom in der italienischen Übersetzung *In nome della razza ariana* bekommen könne, gerne könne ich ihr aber auch ein deutsches Exemplar schicken.

»Ich lese lieber im Original«, antwortet sie und gibt mir die Adresse einer Firma, in der ihre Tochter arbeitet, dorthin soll ich das Buch schicken. Immerhin bekomme ich ihre E-Mail-Adresse, ich werde mich sofort bei ihr melden, sobald mein Reisetermin feststeht.

Mein Gesicht glüht, als ich den Hörer beiseite lege, ich kann es noch gar nicht glauben, dass ich mit der leibhaftigen Tochter der Contessa Rovelli gesprochen habe. Diese »römische Adlige« hat also existiert, ebenso wie die Anschrift – es war keine fiktive Deckadresse!

Sofort schicke ich mein Buch mit Brief weg; so schnell ich es nur mit anderen Verpflichtungen vereinbaren kann, plane ich meine nächste Romreise und informiere »Signora Rovelli« sofort nach der Buchung des Fluges für Ende November. Ich bin irritiert, als ich meine Mail zurückbekomme mit dem Vermerk, die Adresse sei nicht registriert. Glücklicherweise kenne ich das von der Korrespondenz mit den italienischen Freunden, manchmal sind mehrere Versuche nötig, ehe eine Mail auch ankommt. Ich gebe nicht auf, schicke sie erneut, diesmal scheint es geklappt zu haben. Auf eine Antwort warte ich allerdings bis zu meiner Abreise vergeblich.

In der Zwischenzeit befasse ich mich weiter mit den vielen anderen »Rom-Briefen«, die noch ungeordnet und ungelesen sind.

Nach dem ersten Wiedersehen, dem gemeinsamen Urlaub im »Nest« in Meran im Mai 1950, schreibt sie einen ähnlich euphorischen Brief, wie sie es fast zwei Jahre zuvor getan hat, kurz vor ihrem letzten Treffen in Nürnberg-Langwasser im August 1948:

Mein über alles geliebtes Schätzlein, mein Leben, mein Alles!
»Ich gehe mit Dir bis ans Ende der Welt«, so höre ich pausenlos mein übervolles Herz schlagen, seitdem wir am Bahnhof das letzte Mal uns küßten und doch gleichzeitig wußten und spürten, daß keine Macht der Welt und nichts uns noch trennen kann. Es ist mein heiliger Schwur, dem ich mich für alle Zeit verschrieben habe.
Schätzlein, ich leide wie nie zuvor unter dem Getrenntsein-Müssen, schon wieder heule ich einfach los; ich kann ohne Dich nicht mehr sein, ohne meine Lebenskraft zu verlieren.
Herzlein, in diesem fürchterlichen Schmerz über unseren Abschied, der mir nahezu das Herz zerriß, kann ich nur eines tun, um daran nicht krank zu werden; ich träume schon von unserem nächsten Wiedersehen! Viel glückhafter als ich es erahnen konnte und unvergleichbar schön hast Du mir die tiefste Sehnsucht erfüllt: der heilige Wunsch, Deine Frau zu werden.
Noch immer bin ich tief bewegt von Deiner wundervollen Art, wie Du mich verwöhnt und umsorgt hast, wie Du selbstlos nur darauf bedacht warst, mir immer wieder neue Freude und alles Schöne und Gute zu schenken, daß ich oft glaubte, bersten zu müssen vor Glück und Lebensfreude. Du hast aber auch keines der vielen Gefühle, die in mir für Dich leben, unbeglückt gelassen! Ob es der gute Kamerad Elein ist, der in jeder Sekunde ohne Überlegung mit dem Einsatz seines Lebens sich vor Dich stellen würde und den Du deshalb zu Deinem Vertrauten gemacht hast oder das junge, zum ersten Mal unsterblich

in Dich verliebte Mädel, das ihr ganzes Leben hindurch Dein Bild in ihrem Herzen tragen wird, ob die wunderbare Geliebte, die jede Regung Deines unersättlichen heißen Blutes zu einer wilden Begehrlichkeit steigerte und nach jeder Erlösung nur noch mehr nach dem Verführen und Verführtwerden verlangte, die Signora, die mit jedem Tag stolzer und gelöster wurde, weil Du ihr immer mehr die Gewißheit gabst, daß der Platz an Deiner Seite für sie bestimmt ist und er ihr immer gehören wird, oder gar das starke königliche Muttilein, deren ganze Liebes- und Willenskraft Dein Leben bestimmt ... Alle hast Du gerufen (auch den Pagen, ich habe es nicht vergessen) und mit Deiner unbegrenzten Liebe in Deinen Bann gezogen, der mich für ewig Dir verfallen sein läßt.

Herzliebster, es ist mir, als ob ich in die Fremde gekommen sei, unüberbrückbar scheint mir die Kluft, die sich zwischen mir und den Menschen, die jetzt um mich sind, aufgetan hat. Meine Abhängigkeit von Dir ist so endgültig, daß ich ohne Dich nicht mehr essen, nicht mehr schlafen, nicht mehr leben kann. Was ich arbeite, ist schlecht und gleich null, denn meine Gedanken sind aus dem Süden noch nicht zurück. Während ich rechnen und Korrespondenz schreiben soll, wandere ich mit Dir Hand in Hand durch die unvergeßliche Schönheit des Landes zu den Burgen hinauf. Wie weit wird mir ums Herz, wenn ich an die Zeit denke von einer seligen Stunde zur nächsten, die von morgens bis nachts den Tag ausfüllten. Wie strahle ich bei der Erinnerung an meinen besten und schönsten Tänzer, um den ich von allen Frauen und Mädchen beneidet wurde. Nur einmal von Dir zum Tanz geführt zu werden, entschädigt für alles Leid, das wir in der Trennung auf uns nehmen müßen. Weißt Du noch, wie herrlich die Erdbeertörtchen Deinem Elein schmeckten und wie sie sich freute, weil Du sie mit Sekt bewirtetest?

In unserem Nest unterm Dach, in das der Vollmond sein silbernes Licht ergoß, bin ich noch immer daheim, ich habe meine glücklichste Zeit dort verlebt.

Die Knospen unseres herrlichen Rosenstraußes sind leider nicht mehr aufgegangen, aber trotzdem stehen sie noch immer auf meinem Schreibtisch, denn für mich sind es die schönsten Blumen, weil sie mit unserer Liebe und unserem strahlenden Glück um die Wette geblüht haben.

An diese getrockneten Rosenknospen erinnere ich mich! Viele Jahre lang stand ein unansehnlicher Strauß in einer Kristallvase hinter den Glasscheiben des Wohnzimmerbüfetts bei den »guten« Gläsern, die eigentlich nie benutzt wurden. Wenn wir schon einmal Gäste hatten, schimpfte meine Großmutter, weil dann in den Weingläsern trockene Blattreste lagen: »Schmeiß doch endlich mal das alte Zeug weg!«

Irgendwann hat sie die Reste des damals so »herrlichen Rosenstraußes« ins Feuer geworden.

Unser kleines Tagebuch ist mir so recht zum Gebetsbüchlein geworden, aus dem ich jeden Abend beim Zubettgehen – ich muß dann nämlich ganz allein sein, wenn ich es hervorhole – Trost und Kraft holen kann. Jede Sekunde unseres märchenhaft schönen Beisammenseins und das Gefühl, das Du in mir erwecktest wird dann wieder lebendig, ich glaube, Deine Stimme zu hören, und fühle, wie mein sehnendes Herz gestreichelt wird von Deinen lieben Händen, die für mich in jeder Beziehung zum Segen geworden sind.

Wie gerne hätte ich dieses Tagebuch gelesen – ob sie das auch ins Feuer geworfen hat? Schade, dass sie das nicht aufbewahrt hat wie die kleine »Bibel«.

Lasse Deine Frau doch bitte nicht mehr allzu lange allein, ich brauche Dich, ich hänge an Dir, ich liebe Dich mehr, als alles andere auf der Welt, ich gehöre Dir; Schätzlein, bitte begreife doch, daß ich Dich nicht mehr entbehren kann. Im Durchhalten aber will ich Dir beweisen, daß das grenzenlose Glück, das Du mir geschenkt hast und mich zum Aufblühen brachte, und die unbeschreibliche Freude auf unser nächstes Beisammensein am Ende doch stärker ist, als der tödliche Trennungsschmerz. Ich lebe nur noch in der Wärme Deines Herzens, die ich auch hier verspüre, ich atme in unserer unzerstörbaren Liebe und jeder Schlag meines Herzens ist ein sehnsüchtiges Rufen nach Dir und eine heiße Bitte an Dich: hole mich bald! Ich liebe Dich noch viel mehr und inniger, ich lebe für Dich und gehe mit Dir bis ans Ende der Welt.

Meine Mutter scheint nach diesem Brief eine Weile nichts von dem Geliebten gehört zu haben, sie ist in großer Sorge, wie ich einem langen Brief auf Luftpostpapier entnehme – neun eng beschriebene Seiten!

Mein über alles geliebter Mann, nimm mir doch bitte bald meine gro-
ße Sorge um Dich. Ich bin noch immer ohne Nachricht von Dir und
habe deshalb eine maßlose Angst, es könnte Dir etwas zugestoßen
oder Du könntest krank geworden sein.
Jetzt im Alleinsein sind diese Befürchtungen unvorstellbar schwer zu
ertragen. Und dabei ist Eleins Herz vor Schmerz über unser Getrennt-
sein noch genauso wund wie in den Sekunden unseres Abschieds – es
war, als ob man mir mit einem stumpfen Messer ganz langsam Herz
und Körper auseinandersägte – und die mit jedem Tag wachsende
Sehnsucht nach dem Bei-Dir-Sein-Können läßt die Wunde nicht ver-
heilen, die dieses Mal wirklich eine ernstliche Gefahr geworden ist.
Ich muß es mir verbieten, an das Bild zu denken, als Du am Bahnsteig
zurückbliebst und die Entfernung zwischen uns immer größer wurde,
denn dann setzt mein Herz aus und ich werde ohnmächtig, wie es nun
schon zweimal der Fall war.

Mit Schwäche- und Ohnmachtsanfällen hatte meine Mutter lange zu tun, bis sie schließlich einen Schrittmacher bekam, der ihrem Herzen den Rhythmus vorgab. Der Schmerz um den Geliebten also hat damals schon ihr Herz so geschwächt, machte sie »ohnmächtig«. Kein Wunder, dass dieses Herz nach der endgültigen Trennung keine Kraft mehr fand, eigenständig zu schlagen.

Ich will Dir mit diesen Dingen nicht das Herz schwer machen, ich will,
daß Du Dich darüber freust und glücklich bist, wie grenzenlos und
abhängig ich Dich liebe und wie mein ganzes Leben ein einziges Seh-
nen nach Dir ist.
Bevor ich nun weiterschreibe, lasse Dich erst tausendmal küssen für
Deinen so lieben Brief, den ich vor einer Stunde bekam. (So lange
habe ich gebraucht, um wieder aus meiner Seeligkeit zu meinem Brief
zurückzufinden.) Du hast mir so wundervolle Dinge geschrieben und

jedes Deiner lieben Worte gab mir wieder die beseeligende Gewißheit,
daß ich Dir gehören will bis zum letzten Atemzug, den wir bestimmt
einmal zusammen tun werden.
Wenn ich aus Deinem Brief lesen kann, daß ich die Vollendung einer
Frau sei, so muß ich Dir sagen, daß ich – wenn es so ist – das nur sein
kann, weil Du die Vollendung eines Lebensgefährten und weit mehr
als die Verwirklichung eines Traumes bist. Herzlein, ich soll Dir schen-
ken, was Du am meisten an mir bewunderst: gibt es denn etwas, das
man an mir bewundern kann?

Wieder betont sie auch in diesem Brief, wie sehr sie ihn verehrt, und
ihre Hingabe gipfelt in der Formulierung:

Habe ich da nicht recht, wenn ich vor Dir knie und Dir sage, daß wir
es ganz allein Deinem begnadeten und reichen Herzen, das wie kein
anderes empfinden und sich verschenken kann, verdanken, daß unsere
Ehe von einem dauernden Glück überstrahlt sein wird? Ich weiß, daß
Du mich jetzt zu Dir hochziehen und mich in Deine Arme nehmen
wirst, um mir mit Deinen Küssen den Mund zu verschließen, dann
aber wirst Du am lauten Pochen meines Herzens und an meinen Trä-
nen merken, wie unsagbar glücklich und stolz ich bin, daß Du mich für
wert gefunden hast, mich zu Deiner Frau zu machen.

Das mangelnde Selbstwertgefühl meiner Mutter … Eine ihrer sicher
ehrlichen Antworten auf meine in Abständen immer wieder gestellte
Frage, warum sie Wagner nicht geheiratet habe, hieß: »Ich hatte auch
Angst, seinen Ansprüchen nicht gerecht zu werden. Er war ein so
bedeutender, gebildeter und kluger Mann. Und ich – nur eine kleine
Sekretärin!«

Das war sie nicht – auch mein Vater, der vor der Beziehung zu Wagner schon ihren großen Respekt als »gebildeter Offizier vom Scheitel
bis zur Sohle« genossen hatte, sprach mit mir voll Hochachtung über
ihre geistigen Fähigkeiten. Und bis wenige Wochen vor ihrem Tod saß
sie regelmäßig vor Günther Jauchs Ratespiel, wusste fast alles und
konnte sich aufregen über »die Trottel, die sich ohne die geringste
Allgemeinbildung vor die Kamera trauen«.

Aber der Zweifel an sich selbst saß tief.

»Hast du eigentlich wirklich geglaubt, dass er dich liebte?«

Sie zuckte stumm die Achseln, wie immer, wenn sie die kurzen Gespräche zwischen uns beendete.

»... gibt es denn etwas, was man an mir bewundern kann?«

Ich bin so überirdisch beglückt mit Deiner Zuversicht, daß wir uns im Herbst bestimmt wieder sehen werden. Ich fange schon wieder an, die Tage zu zählen.

Die letzte Septemberwoche scheidet aus, da ich ja am 1.10. wieder im Dienst sein müßte. Wenn das Hinausschieben unseres Wiedersehens nicht gar so schmerzlich wäre, könnten wir ja Mitte Oktober überlegen, dann bis Ende Okt. zusammenbleiben. Aber bis dahin sind es noch nahezu 4 ganze Monate!

Schließlich stellt es sich aber heraus, dass doch alles wieder von der Terminplanung für Wagners Mutter abhängt:

Ich freue mich sehr darüber, daß Du Muttchen für eine so lange Zeit zu Dir nehmen darfst. Auch für mich ist das in jeder Hinsicht ein Segen und ich bin jetzt wieder so hoffnungsvoll, daß Du Muttchen für deine Pläne gewinnst. Es ist mein ganzer Wunsch, daß Dein Muttchen mich auch ein bisschen lieb bekommt, darum sei vorsichtig und überstürze nichts. Wenn Muttchen aber Verständnis für unsere große, unzerstörbare Liebe hat, dann versuche und tue alles, damit sie mit der Scheidung und unserer Lebensgemeinschaft einverstanden ist. Ich werde anschließend an diesen Brief sofort an Muttchen schreiben und sie in allem gut beraten. Ich erwarte übrigens in diesen Tagen von Muttchen einen Brief für Dich, um den ich sie gleich nach meiner Rückkehr wie verabredet gebeten hatte. Wenn Post kommt, sende ich sie sofort an Bianca weiter. Du mußt mich dann noch benachrichtigen, wie weit Muttchen die Fahrkarte lösen soll. Ich möchte so gerne die Fahrt von München ab bezahlen, natürlich darf Muttchen das nicht erfahren, ist es recht?

Woher hatte meine Mutter das Geld für die eigenen Reisen und auch noch für die Fahrkarte der ersehnten künftigen Schwiegermutter?

Über ihre Hingabe in der Forschungs- und Vermittlerarbeit für seine »Sache« wundere ich mich nicht mehr.

Ich war so begeistert von dem Auftrag, den Du mir mitgegeben hattest, daß ich keine Zeit verstreichen lassen wollte, um zu erfahren, wie die Sache steht. Leider kann ich mit Güntherchen nicht persönlich sprechen, da er jetzt in Hamburg lebt und dort auch arbeitet. Ich werde ihm nun in den nächsten Tagen schreiben. Meine zweite Anfrage ging an Richard Sch., die noch unbeantwortet ist. Ich warte das zunächst ab und werde dann in der gewünschten Reihenfolge weitersehen. Schätzlein, was wäre ich glücklich, wenn ich Dir auch hier positiv helfen und Dir in einigen Wochen einen guten Bescheid schreiben könnte. Für unser Glück ist es freilich gar nicht mehr so wichtig, wo wir wohnen, denn wenn wir beisammen sind, wird uns jedes Land zur Heimat.

Sie sollte offenbar herausfinden, wie es um seine Anklage stand, ein guter Bescheid wäre die Aufhebung gewesen, dann hätte er nach Deutschland zurückkehren können, was ihr aber zu jenem Zeitpunkt nicht so wichtig erschien, da sie sich an die »bisher schönste Zeit« ihres Lebens erinnert.

Und ich sehe unser nettes Zimmerchen vor mir, in dem ein herrlicher Rosenstrauß blüht, in dem ich durch Deine nimmermüde Zärtlichkeit und Liebe zum glücklichsten Wesen gemacht wurde, in dem Du mich in seeligster Lust und Verzückung aufstöhnen ließest und mein Blut damit Dir in einer Stärke verhaftet hast, daß es nie mehr von Dir loskommen kann ... Jedes Fleckchen an mir blüht und prunkt in der seeligen Vorfreude auf unser nächstes Zusammensein.
Unser Glück wird – wenn das überhaupt noch möglich ist – vielleicht noch größer sein, denn wir werden sicherlich dann über den allerletzten Schritt in unserem gemeinsamen Leben, in unser Paradies, sprechen können ...

Die Antwort von ihm – wie die meisten aus Italien ohne Datum, Anrede, Unterschrift:

Mein Herz, es fällt mir richtig schwer, einen Brief zu beginnen. Plötz-
lich verstehe ich überhaupt nicht mehr, weshalb die Liebe meines Le-
bens nicht in Wirklichkeit hier ist – ohne den Klang Deiner Stimme zu
leben, wird für mich mehr und mehr zu Pein ... Am liebsten höre ich jetzt
auf zu schreiben, so groß ist mein Zorn, daß die Wellen der Zärtlichkeit
jetzt nicht über Dich kommen können. Ich brauche dieses wunderbare
Strahlen Deiner Augen, die Augen dieses verliebten schönen Mädchens,
das von mir zum Tanz geführt, mir mit diesem Strahlen ein Geschenk
machte, das mich mehr als alles andere einfach verrückt gemacht hat.

Er versichert ihr, dass sie sich keine Sorgen machen solle, wenn sie
nichts von ihm höre – es liege an der Post –, und zeigt sich beunruhigt
über ihre Gesundheit:

Du darfst nicht ohnmächtig werden, ich war doch so zufrieden, daß
Du bei mir Dich so gut erholt hast, daß Du Berge klettertest, stunden-
lang tanztest, nie erschöpft warst, daß Du ein wenig dicker wurdest,
durch Essen, Luft, Glück und Bewegung – ich glaube, wenn Du immer
bei mir bleiben wirst, wirst Du ein kerngesundes Herzenskind sein.

Und er tadelt sie für ihre »depperte« Frage: »Gibt es denn etwas zu
bewundern an mir?« Drei Fragezeichen stehen in Klammern hinter
dem »deppert«: Er hat sich wohl an die Bayrisch-Lektionen in Nürnberg durch das »Wolferl« erinnert.

Dann dankt er ihr für die Weitergabe von »Muttchens« Brief mit
Foto, ist erschrocken über deren elendes Aussehen und ermahnt Edi,
dass sie »alles Mögliche tun« solle, damit sein Muttchen »baldmöglichst« nach Rom fährt.

Beinahe hätte ich beim raschen Überfliegen der Liebesschwüre
einen ungewöhnlichen Satz überlesen:

Ich bin aber auch gespannt, ob es bei dreien bleiben wird, es spricht
soviel dafür und soviel dagegen, aber das ist die Kleinste meiner
Sorgen – Dich haben, Dich sehen, Dich spüren, Dich atmen, Dich
schmecken – mit Dir leben – dann kommt alles aus dem Instinkt
unserer Liebe, wie es richtig ist.

Das ist die sehr kurze und höchst diplomatische Antwort auf ihre Phantasie von den »zwei Häuschen« und den drei oder mehr Kindern. Und gleich erzählt er ihr wieder, was für Empfindungen ihn »in unserer schönen Zeit bewegten«:

Ich weiß nur, daß mein Herz voll war von Glück, meine Seele voll Stolz über Dich, mein Kopf von der Sicherheit über Deinen Besitz und mein Blut ist tobend, stolz, glücklich, zukunftsfroh. Wie oft habe ich mit brennenden, staunenden Augen auf Deinen hinreißend schönen Körper geschaut. Selbst wenn Du schlecht und böse wärst, diesem schlanken, meine Sinne verwirrenden Körper wäre ich immer verfallen.

Verfallen – wie der Doppelsinn des Wortes mich anrührt. An den schönen, schlanken Körper meiner Mutter erinnere ich mich sehr wohl, an die ungewöhnlich schmale Taille, ihre langen Beine. Aber darüber schiebt sich das Bild des tief gekrümmten Rückens, des ausgemergelten Leibes, wie ich ihn zuletzt wusch. Warum müssen Körper so verfallen?

An einem strahlenden Wintertag fliege ich wieder nach Rom. Ein tiefblauer Himmel über den Alpen, die schneebedeckten Gipfel unter mir wie versteinerte Gischt. Weit reicht der Blick bis zum Mont-Blanc-Massiv am westlichen Horizont. Ein wenig Wehmut beim Blick hinunter, wie lange bin ich nicht mehr Ski gefahren! Ich spanne Gelenke und Muskeln an, versuche dem Gefühl nachzuspüren, dass die Skier meinen Beinen gehorchen, versuche mir vorzustellen, wie ich mit langen Schwüngen eintauche in die unberührten Hänge, sehe den Pulverschnee aufstäuben, höre das leise Knirschen.

Mit meiner Phantasie knüpfe ich an die »inneren Bilder« von früherem Skifahrerglück an – nun habe ich zwei Möglichkeiten: Ich kann die Augen schließen und das Glücksgefühl zulassen, mich wohl fühlen dabei, oder ich kann hinunterstarren und frustriert sein, dass ich keine Zeit zum Skifahren habe.

Und schon denke ich wieder an Horst Wagner, an eine Sequenz aus dem letzten Brief, den ich zu Hause noch gelesen habe:

Die Erinnerung an die schönsten Tage sind gleichzeitig Glück und Pein – ein Glück, wenn ich an Dich in aller Deiner Zärtlichkeit denke, Schmerz, weil ich Dich nicht bei mir habe.

Zuletzt schon hatten mich allerdings weniger die Liebesbezeugungen beschäftigt als der Eindruck, dass sich der Stil von Wagners Briefen veränderte, er schien sehr unter Druck geraten zu sein.

Die verschneiten Alpen liegen hinter uns, ich wende den Blick von den braunen Feldern der Emilia Romagna ab und lese wieder.

Nach einem ihrer Besuche in Rom schreibt er noch sehr niedergeschlagen, dass ohne sie die Stadt ihm »so grau und leer erscheint«, in einem anderen Brief an sein »einziges innig geliebtes Herz« heißt es:

Du hast ja, mein Liebstes, eine schwere Zeit hinter Dir, hast mir aber nichts geschrieben (oder ist das im verlorenen Brief gewesen?) wie es Dir selber gesundheitlich geht? Dieses Verlorengehen der Briefe ist einfach unerträglich, wieviel Liebe und heiße Sehnsucht kommt da nicht an.

Ich bin froh, daß der Brief nach K. abging, ich warte schon so sehr auf Antwort, es ist zu wichtig für mich. Ich habe jetzt eine zweite Zeitung in Vorbereitung, es ist ein Fortschritt, aber es bringt noch so arg wenig ein. –

Mein geliebtes Herzenskind, leide doch nicht zu sehr, – denk, daß Du an meinem Herzen ruhst und dort alle Wärme findest und träume Dich nach Rom zurück, wo es doch wärmer ist und Dein sich nach Dir sehnendes Ich lebt. Alles, alles Liebe und noch viel mehr. Viele, viele tausend Küsse.

Eine »zweite Zeitung«, das bedeutet ja wohl, dass er bereits eine Zeitung herausgibt. Endlich erfahre ich mehr über die beruflichen Aktivitäten von »Peter Ludwig«, ich habe mich schon gewundert, wie er seinen jahrelangen Aufenthalt in Rom finanzierte.

Nun verstehe ich erst den nächsten Brief und einen kostspieligen Auftrag:

Mein liebstes Herz,

Diese Zeilen handeln nicht von Liebe – alles wird aufgehoben, um gesagt zu werden. Es sind nur noch praktische Dinge.

1. Du triffst also in 336 Stunden, nachmittags 18:31 in B. ein. Bin ich nicht dort, gehst Du nach M., bin ich dort nicht auf dem Bahnhof, gleich ins Haus. Es könnte sein, daß ich gerade an dem Nachmittag zu tun habe.

2. Für den – unwahrscheinlichen – Fall, daß ich schon 2 Tage früher nach Rom zurück muß – wegen einer Arbeit, – würde ich Dir nach München telegrafieren. In diesem Falle würdest Du mit dem gleichen Zug weiterfahren, und ich hole Dich in R. ab – es ist nur eine Vorsichtsmaßnahme, aber das unbeständige Wetter kann auf meine Arbeit störend wirken. Du müßtest dann nach Meran abschreiben.

3. Sollte ich nicht telegrafieren, nicht in M. auf der Bahn oder in unserem Haus sein, so könnte es sein, daß ich erst Sonntag früh eintreffe, dann findest Du aber Nachricht im Haus.

4. Schreib noch heute, ganz kurz, per Eilboten, ob Du folgendes machen kannst:

Bei Pini-Foto am Stachus gibt es: – Prospekt S. 48, Leitz Leica I f mit Elmar 1:3,5/50 mm für 365.– und 1 Bereitschaftstasche für 30.–

Kannst Du das Geld, das Du hier für Deinen Aufenthalt bestimmt hast, nehmen, den Rest leihen – oder Raten? – und mir den Apparat mitbringen.

Ich gebe Dir hier gleich den ganzen Betrag dafür. Es wäre für mich äußerst wichtig, den Apparat zu bekommen, schreib mir also bitte, ob Du den Kauf bewerkstelligen kannst. –

So, ich habe nun meine ganze Kraft zusammennehmen müssen, um diese sachlichen Punkte wenigstens schreiben zu können, denn der Gedanke, Dich in 2 Wochen wieder zu haben, macht mich derartig schwindlig, daß ich mich immer wieder frage, – ist denn soviel Liebe und Sehnsucht noch menschlich? Ich küsse Dich in Gedanken schon jetzt viele tausend Mal, vergesse dabei nichts und bin voller Sehnsucht

Dein glücklicher Mann.

Das Verlorengehen mancher Briefe scheint zunehmend ein Problem zu werden, weshalb er die meisten Briefe vermutlich selbst am Zug einwirft, einige der Briefumschläge tragen auf der Rückseite den doppelten Stempel »Ferrovia Roma« und »Bahnpost München«, oder sie per Vatikanpost schickt, wie die vielen Marken in meinem alten Album bezeugen. Ich habe erfahren, dass die Vatikanpost schon während des Krieges und auch danach durch Kuriere grundsätzlich erst einmal nach Zürich gebracht und von dort aus weitergeschickt wurde und deshalb gerne auch von denen genutzt wurde, die eine mögliche Zensur durch italienische oder deutsche Behörden fürchteten.

Dies ist der Brief, der weniger Glück, als etwas Angst wecken soll. Heute sind die 2 Rollen mit der Revue angekommen, hab vielen, lieben Dank. So will ich auch noch warten, ob Du mir schreibst, daß Dein Brief verloren gegangen ist. Vorigen Sonnabend hatte ich ein Zusammentreffen zwischen Dir und Muttchen organisiert – gespannt wartete ich auf Bericht darüber. Er kam schon am Montag früh von Muttchen. Deiner ist nicht angekommen. Wegen der Süddeutschen *wartete ich, zusammen mit dem Anwalt, nur auf die Antwort: erschienen oder nicht. Erinnerst Du Dich eigentlich noch manchmal an den Pagen? Plötzlich ist der Page, der an seine Pflichten für Jahre nicht zu denken brauchte, wieder herbefohlen.*

Ein solcher harscher Ton ist neu, womit konnte er ihr angst machen?

Es klingt so, als ob er weniger an einen verlorenen Brief glaubte, als dass sie ihre »Pflichten« vernachlässigte, denen sie doch in den vergangenen Jahren mit so großem Eifer nachgekommen war! Welche Strafe verdiente »der Page«?

Ich muß jetzt jeden Tag schreiben, Unterredungen führen, ich bin durch die letzten Ereignisse zu einer solchen Bedeutung gegen meinen Willen gekommen, teils neue große Schwierigkeiten, auf der anderen Seite ein größeres Entgegenkommen. Alles dreht sich jetzt um die Frage, ob ich mit meinem Hierbleiben internationale Schwierigkeiten be-

reiten würde. Fahre ich, muß ich erst einmal weiter sehen. Bleibe ich, schreibe ich sofort, wann wir uns sehen müssen, was wäre für Dich in einem solchen Falle leichter, September oder November?

Wodurch ist er zu einer solchen Bedeutung gekommen, was ist passiert, dass er nicht einmal mehr sehnsüchtig nach der Geliebten ruft, sondern nur sachliche Terminvorschläge macht?

Heute ist nun schon Dienstag, der 11. Ich bin nun sicher, daß Dein Brief verloren gegangen ist. Die Antwort wegen der Süddeutschen – *Muttchen hat es Dir sicher gesagt – war so wichtig, weil davon die Glaubwürdigkeit einer dritten Person abhing und davon Schritte unsererseits auch gegenüber unserem Botschafter.*

In einer sehr unsicheren Lage beschwört er am Ende doch wieder die Sehnsucht:

Meine Situation ist so: Ende August entscheidet es sich, ob mein Aufenthalt wieder verlängert wird. Ob ich dieses erst Ende August erfahre oder schon früher, ich schreibe es Dir sofort. Für den Fall einer positiven Antwort sehen wir uns, so schnell (im September?) wir beide es schaffen. Nun weiß ich nicht, ob St. uns nehmen kann – sie ja, aber ich bin mir bei ihm noch nicht recht klar. Auch ist bei ihnen Hochsaison bis Mitte Oktober und so lange zu warten ist schier unmöglich. Also auch auf die Gefahr einer Enttäuschung, daß meine Antwort nicht günstig wird, ich erlaube mir doch manchmal schon vom 10. oder 15. September zu träumen.
Herzenskind, wenn es auch wohl nicht so lange wie das erste Mal sein kann – ich schaffe es einfach geldlich nicht – glaube nur nicht, daß Du einen Buben und Mann in Deinen geliebten Armen haben wirst, der weniger glücklich ist, als er es die ersten Male war. Mit Dir ist jeder Tag immer der erste, das war schon immer so, eines Deiner vielen Geheimnisse, aus denen die unerschöpflichen Kräfte Deines angebeteten Herzens und bewunderten Körpers kommen, vor dem ich immer wieder zu knien gezwungen werde. Sicher werde ich nicht vergessen, jeden Abend vorm Einschlafen …

Siehst Du, das schreibe ich nicht, dabei würden meine Hände mir den
Dienst versagen – ich sende Dir meine ganze Sehnsucht.

In der Wohnung meiner Freunde angekommen, rufe ich sofort die
Contessa an, doch sie hebt nicht ab. Ich erzähle dem Anrufbeantworter, dass ich verunsichert sei, weil sie mir auf meine Mails nicht geantwortet habe, dass ich hier in Rom sei und mich sehr über einen Rück-
ruf freuen würde.

Mein erster Gang führt mich über die Piazza Venezia am pompö-
sen neoklassizistischen Nationaldenkmal Vittorio Emanuele II. vorbei
hinauf zur Kirche Santa Maria in Aracoeli, einer der ältesten Kirchen
Roms, erbaut auf dem Kapitolhügel über dem einstigen Heiligtum der
Göttin Juno. Die in über tausend Jahren abgetretenen weißen Marmorstufen sind übersät mit den Zivilisationsspuren des letzten Jahrhunderts: schwarze Flecken von unverrottbarem Kaugummi.

Dort, wo auf dem Foto im Bildband, den ich vor meiner letzten
Abreise aus Rom angeschaut hatte, die alte Frau auf einem Stuhl sitzt,
hat sich eine junge Touristin in Jeans und T-Shirt auf der obersten
Treppenstufe niedergelassen und blinzelt in die wärmende Winter-
sonne. Über ihren Rücken hinweg habe ich die gleiche Perspektive
wie der Fotograf vor mehr als siebzig Jahren, nur dass der Blick auf
die Straße hinunter zum Teatro Marcello fast verdeckt ist von den breiten Kronen der Pinien an der hohen Ziegelmauer, die den Kapitol-
felsen stützt. Die damalige Via del Mare ist lebhaft befahren, die
gegenüberliegende Häuserfront kaum verändert.

Der große Block an der Ecke könnte ein Palast gewesen sein – aber
hier, gleich am Beginn der Straße, kann es doch keine Hausnummer
68 gegeben haben!

Aus der Kirche dringt jubelnde Orgelmusik, die Portale werden
geöffnet, ein aufgeregter Mann im schwarzen Anzug verscheucht die
Touristen, feierlich gekleidete Menschen kommen aus der Kirche und
bilden ein Spalier bis zur Treppe. Eine Hochzeit! Strahlend die Braut
im weißen Kleid mit langer Schleppe, ein weißes Pelzjäckchen über
dem tiefen Dekolleté, an ihrer Seite der befrackte Bräutigam, jubelnde
Menschen werfen Reis über das Paar, lassen weiße Luftballons in den
blauen Himmel steigen. Glückliche Gesichter überall.

Ob Du auch einmal hier standest, Mutter, und Dir gewünscht hättest, den so oft beschworenen Segen in dieser Kirche zu erhalten?

Die Fassaden der alten Häuserzeile gegenüber sind ziemlich heruntergekommen, ich suche nach alten Hausnummern, finde eine 2 und eine 8, keine 68. Gleich anschließend eine Kirche, Teatro, Foro Olitario – hier kann auch vor sechzig Jahren kein Palazzo gestanden haben, ebensowenig wie auf der anderen Straßenseite. Rechts und links des Straßenteils, der nun »Via Luigi Petroselli« heißt, stehen große kommunale Gebäudekomplexe, vermutlich aus der Mussolini-Zeit.

Ich gebe die Suche auf, mir bleibt nur die Hoffnung auf eine Begegnung mit der Contessa. Hätte ich es nur gleich gewagt, sie nach dem Stadthaus ihrer Eltern zu fragen.

Zurück bei meinen Freunden erwartet mich immer noch keine Nachricht von Signora Rovelli, statt dessen führe ich ein Telefongespräch mit dem sehr freundlichen Dottore Ickx, der mir versichert, dass er die Namen »Wagner« und »Ludwig« nicht gefunden habe. Herr Huber habe auch noch mit anderen Senioren aus der deutschen Gemeinde gesprochen, aber niemand könne sich an eine Person erinnern, auf die meine Beschreibungen passen.

Nun weiß ich ja inzwischen, dass Wagner sich als Journalist ausgab, dass er Artikel verfasste, Fotos machte – aber für wen, über wen? Er muss doch gerade als Journalist am gesellschaftlichen Leben dieser Stadt teilgenommen haben, sonst konnte er schließlich nichts berichten, was oder wem auch immer!

Bis zum Abendessen bleibt mir noch Zeit, weitere Post zu studieren. Ich stoße auf einen nicht von ihm geschriebenen Brief.

Jetzt erst fällt mir auf, dass auch die Schrift auf einem markenlosen Umschlag nicht die seine ist, obwohl der Absender »B. Sordini« lautet. Gerichtet ist der Brief an die Neureutherstraße in München, er kann nicht vor April 1952 geschrieben sein, dann erst sind wir in diese Wohnung gezogen.

Rom am Dienstag

Mein liebes Fräulein E.!
Nun ist das Schreckliche doch eingetroffen, man hat H. angezeigt u. ihn am Freitag früh verhaftet. Der Verteidiger durfte noch nicht zu

ihm, es wird aber alles, was nur möglich ist, von der guten Mar. getan werden. Besser kann keiner für ihn sorgen, als – die beiden Engel. Ich bin wo anders, in der Nähe von H., kann nur an ihn denken u. nicht sehen. Ich soll den Kopf oben behalten, erst nach der Unterredung mit dem Advokaten wird sich entscheiden, ob ich noch hier außerhalb bleibe oder gleich nach Hause fahre. Dann werden wir uns schnell wiedersehen.

Die Depesche ist hoffentlich angekommen. Als Antwort, daß der Brief eingetroffen, bitte Ansichtskarte mit nur Gruß an B. S. hierher. Sobald ich Näheres weiß, schreibe ich wieder, doch wer weiß wann? Wer es *getan hat? Ist vorläufig ein Rätsel, doch weiß man alles von vorher. Mir bleibt auch nichts erspart, aber auch H. schrieb: Gott wird uns helfen.*

Herzlichst Ihre A. W. – Es soll nicht schlecht stehen, doch wer weiß, der Advokat darf nicht. Bitte nichts vorläufig meinen Verwandten zu erzählen.

Bei »A.W.« kann es sich nur um Wagners »Muttchen« Alice handeln, die ja seit geraumer Zeit mit meiner Mutter korrespondierte und sich wohl gerade wieder zu Besuch bei ihrem Sohn aufhielt, als »das Schreckliche« passierte. Jetzt verstehe ich die Gereiztheit in Wagners Brief, den ich im Flugzeug gelesen habe, da er von seiner »internationalen Bedeutung« schrieb und die nächsten Schritte des Anwalts resümierte – offenbar bereits wieder in Freiheit.

Er war erneut verhaftet worden, saß wieder in einem Gefängnis!

Die Ansichtskarte! Bei den römischen Briefen lagen einige unbeschriebene Postkarten. Ich war mir von Anfang an sicher, dass auch diese Karten eine bestimmte Bedeutung haben mussten, wie jedes Zettelchen in diesem Fundgrubenkarton.

Ich habe sie mitgenommen, weil ich zu den abgebildeten Originalplätzen gehen wollte in der Hoffnung auf »Erleuchtung« an Ort und Stelle. Die Piazza Navona hatte ich mir schon mit der Nähe zum »Anima«-Kolleg erklärt, das Bild von Raffael »Die Befreiung des heiligen Petrus« in einem der nach seinen Gemälden benannten Zimmer im Vatikan-Museum wollte ich mir noch ansehen. Jetzt betrachte ich nur die Postkarte: In der Mitte des Bildes befreit ein Engel den hinter Gittern schlafenden Heiligen – auf der Karte heißt er »Pietro« und »Peter« – aus dem vergitterten Kerker, während sich die Wächter entsetzt oder ohnmächtig abwenden, am rechten Bildrand steht ein zweiter Engel – oder derselbe als Bildfolge – mit dem Befreiten an der Hand.

Es wird so sein, dass er der Geliebten nach seiner Befreiung – diesmal war es sicher keine Flucht – als erste Nachricht kommentarlos diese Postkarte schickte, für fremde Augen nur ein Gemälde von Raffael, aber sie wusste so Bescheid!

Am Tor des Anwesens am Corso d'Italia 35a stand doch »Villa Marignoli« – könnte »Mar.« eine Abkürzung dieses Namens sein? Und gerierte sich jemand dieses Namens als hilfreicher Engel für Wagner? Wer war der zweite Engel – Bianca Sordini? Existierte sie tatsächlich, und Wagner war doch ihr Untermieter? Oder war der zweite Engel die Contessa Rovelli?

Im römischen Telefonbuch gibt es zahlreiche Marignoli, doch ich habe keine Lust auf weitere frustrierende Erfahrungen – ich möchte endlich irgendwelche konkreten Papiere in der Hand haben, die belegen, was ich bislang nur aufgrund der Briefe weiß! Wenn der Mann verhaftet wurde, wenn er sich auch nur für kurze Zeit in einem römischen Gefängnis befunden hat, so muss es doch dafür irgendeinen Beleg geben! Ohne eine juristische Begründung werde ich aber wohl keine Chance haben, an Polizeiakten heranzukommen. Gibt es hier nicht auch so etwas wie das Bundesarchiv bei uns in Deutschland?

Meine Freunde sind nicht sicher, ich rufe noch einmal den Archivar Dottore Ickx an. Er kennt sich aus, ich bekomme von ihm Adresse und Öffnungszeiten des Staatsarchivs.

Nach dem Abendessen erreicht mich eine gute Nachricht: ein Anruf der Contessa! Sie hätte Probleme mit ihrem Computer, meine Mail aus Deutschland nicht erhalten und jetzt erst Zeit gefunden, auf meine Nachricht auf dem Anrufbeantworter zu reagieren. Sie habe mein Buch gelesen, sei sehr beeindruckt und möchte mich wie vereinbart kennenlernen. Am nächsten Tag habe sie in Rom zu tun, wir könnten uns doch zum Mittagessen verabreden. Sie schlägt ein Lokal in der Nähe des Corso vor, das kann ich leicht finden und zu Fuß erreichen.

»Treffen wir uns um 13 Uhr im ersten Stock, da ist es ruhiger«, meint sie.

»Wie erkenne ich Sie?«

»Ich werde Sie erkennen, ich habe ja das Foto in Ihrem Buch. Ich sehe ganz durchschnittlich aus, keine besonderen Kennzeichen, keine Sorge, wir werden uns finden.«

Ich bin sehr aufgeregt, plötzlich auch ängstlich – wenn die Contessa doch mehr weiß, als sie zugegeben hat, und keinerlei Interesse daran hat, dass die Zusammenarbeit ihrer Familie mit einem gesuchten und hier in Rom verhafteten Kriegsverbrecher bekannt wird? Warum sollte sie mich treffen wollen?

Es ist wieder ein sonniger Tag – ist es mir früher schon aufgefallen, dass viele Römer große dunkle Sonnenbrillen tragen wie die beiden, die am Eingang des Lokals stehen? Ich gehe vorbei, bleibe am Schaufenster eines Antiquitätenladens stehen. Erst als einer der beiden Männer eine Frau begrüßt, mit ihr im Lokal verschwindet und der andere sich verabschiedet, gehe ich zurück. Es ist kurz vor 13 Uhr, ich sehe mich suchend um, eine einzige Dame in etwa meinem Alter sitzt alleine an einem Tisch. Sie liest Zeitung, blickt nicht auf. Könnte es sein, dass sie es ist? Sie könnte mich ja wunderbar hinter der Zeitung beobachten und sich nicht zu erkennen geben, wenn ich ihr nicht gefalle.

Ich werde die Dame einfach ansprechen. Sie reagiert mit verwundertem Kopfschütteln auf meine Frage, ob ich eventuell mit ihr verabredet sei, dann lächelt sie ein wenig traurig: »No, non sono io, non ho un appuntamento qui.«

Ich gehe hinauf in den ersten Stock, kein Mensch sitzt da oben, nur mehrere Kellner stehen bereit. Ich suche einen Tisch an der Fensterfront, da kann ich hinausschauen, und bestelle erst nur Wasser – »aspetto una amica«, ich warte auf eine Freundin.

Von Minute zu Minute werde ich nervöser, es ist schon zwanzig Minuten nach eins, eine Adlige würde doch pünktlich sein. Zwei junge Männer kommen die Treppe herauf, setzen sich an den übernächsten Tisch, obwohl der ganze Saal frei ist, und zwar so, dass sie beide zu mir herüberschauen können. Beobachten sie mich, tuscheln sie nicht?

Der Ober hat mir längst die Speisekarte gebracht, ich studiere sie aufmerksam.

Endlich eine Dame allein in einem dunklen Mantel, sie kommt auf mich zu, nimmt die große Sonnenbrille erst ab, nachdem sie sich mit dem Rücken zum Saal an den Tisch gesetzt hat. Sie entschuldigt sich – der Verkehr, sie habe im Stau gestanden, normalerweise brauche sie eine knappe Stunde bis zu dem Parkhaus, von wo aus sie dann mit dem Bus ins Zentrum fahre, heute seien es mehr als eineinhalb Stunden gewesen.

Ich bedanke mich für ihr Kommen, gestehe ihr meine Aufregung, meine Befürchtung, Unruhe in ihr Leben zu bringen.

»Warum, was befürchten Sie?« fragt sie ganz gelassen. Sie habe ein bewegtes Leben gehabt, viel verloren, aber nun lebe sie sehr friedlich, ganz abgelegen auf dem Land mit ihren Tieren, fühle sich wohl dort.

Aber mein Buch, die beschriebene Auseinandersetzung mit meiner Mutter habe sie sehr nachdenklich gemacht. Sie wisse so wenig über ihre eigene.

»Sie hat ja nie mit uns gesprochen, erst waren wir zu klein, und als wir alt genug waren, um Fragen zu stellen, war sie schon sehr krank und nicht mehr ansprechbar. Erst später habe ich überlegt, dass sie mit ihrem Schicksal nicht zurechtgekommen ist, und eigentlich denke ich jetzt erst im Alter darüber nach, was es bedeutete, eine solche Mutter gehabt zu haben. Darum hat mich auch Ihr Buch sehr beschäftigt, ich wünschte, ich hätte die Gelegenheit gehabt, mit ihr noch zu sprechen.«

Nun sind wir beim Thema, das uns verbindet: die eigene Mutter, eine fremde Frau. Da sitzen wir Töchter, die sich eben erst kennengelernt haben, und versuchen herauszufinden, was unsere Mütter verband, die eine aus einer kleinbürgerlichen Familie in München, die andere aus europäischem Hochadel. War es eine gemeinsame Ideologie oder schlicht und einfach ein Mann, den die eine liebte, die andere mochte – oder mehr?

»Ich habe mit meinen Geschwistern telefoniert, sie wissen auch nicht mehr als ich. Unsere Mutter hat als Krankenschwester gearbeitet, ehe sie unseren Vater heiratete und sich dann sehr für das Internationale Rote Kreuz eingesetzt hat.«

Sie sei eine schöne Frau gewesen, sehr engagiert und auch mutig, sie habe schon während des Krieges Leuten geholfen, Partisanen.

»Sie hat sie versorgt und versteckt vor den Deutschen.«

»Und nach dem Krieg hat sie dennoch Deutsche versteckt ?«

»Wahrscheinlich ja, sie hat allen geholfen, die Hilfe brauchten.«

Das klingt sehr nach christlicher Überzeugung, so ähnlich habe ich auch Dottore Ickx über Hudal sprechen hören.

Natürlich war die Contessa katholisch.

Dann könnte es doch sein, dass sie mit der katholischen Kirche, genauer: mit Bischof Hudal zusammengearbeitet habe, meine ich.

Darüber weiß die Tochter nichts, sie ist überrascht zu hören, dass das Internationale Rote Kreuz neue Pässe für die Flüchtlinge ausstellte.

Als ich meine Mutter zitiere: »Die hat das ganze Haus voll gehabt«, meint sie, bisher habe sie sich keine Gedanken gemacht, dass ihr Vater über die Unterbringung von Flüchtlingen Bescheid gewusst haben musste, schließlich sei in jenem Haus auch sein Büro gewesen. Nachdenklich sagt sie: »Merkwürdigerweise hat meine Mutter die Deutschen auch sehr gemocht, daran erinnere ich mich, dass sie immer mit Achtung von ihnen sprach, ich weiß nicht, was mein Vater dachte, aber er muss das ja toleriert haben. – Erzählen Sie mir von dem Verlobten Ihrer Mutter.«

Ich zeige ihr einige Briefe, die Zitate, die sich auf die Contessa beziehen, erzähle alles, was ich bis jetzt weiß, frage sie, ob eine »Bianca Sordini« eine Freundin ihrer Mutter hätte sein können. Aber Elena hat diesen Namen auch nie gehört.

Zögerlich zeige ich ihr auch den Brief, in dem über Wagners Verhaftung berichtet wird, ich befürchte, dass sie das erschreckt. Aber sie bleibt ganz gelassen: »Sind wir verantwortlich für die Taten unserer Eltern? Meine werden ihre Gründe gehabt haben, Wagner zu helfen. Wenn sie das getan haben.«

Ich schaue in die schönen dunklen Augen dieser Frau, die mir von der ersten Minute an sehr sympathisch war. Ich glaube ihr, sie weiß wirklich nicht mehr, als sie sagt.

Als ich von der bisher vergeblichen Spurensuche hier in Rom erzähle und mich wundere, dass niemand in der katholischen Gemeinde ihn gekannt zu haben scheint, hat sie eine Erklärung: »Wenn er mit meinen Eltern befreundet war, dann hat er sich in ganz anderen Kreisen bewegt. Die römische Gesellschaft war damals sehr klassenbewusst, man hat sich in Adelskreisen nur mit wenigen Bürgerlichen eingelassen, und die waren dann zu stolz, um sich noch mit anderen einfachen Bürgern abzugeben!«

Und sie hat eine Idee: Wenn Wagner, alias Ludwig, tatsächlich Gast ihrer Eltern gewesen sei, könnte er sich doch in ein Gästebuch eingetragen haben. Sie wird nachschauen.

Am Ende sagt sie mir, wo ich das Stadthaus ihrer Eltern finden kann.

»Es gehört uns nicht mehr – behalten Sie das bitte dennoch für sich.«

Wir verabschieden uns sehr herzlich, sind sicher, dass wir uns wieder treffen werden.

Am Abend bekomme ich den Anruf: »Ich habe ihn gefunden. Weihnachten 1950 ist ein Peter Ludwig mit Frau in unserem Landhaus zu Gast gewesen. Sie werden verstehen, dass ich Ihnen keine Fotokopie des Eintrags geben kann – aber Sie können sich das Haus anschauen. Auch das mussten wir verkaufen, es ist jetzt ein Hotel.«

Sie nennt mir Namen und Adresse.

Mein Mann wollte sowieso zum Wochenende nach Rom kommen, er hat schon einen Flug gebucht. Ich rufe ihn an: »Du hast mich doch gefragt, was ich mir zu Weihnachten wünsche. Jetzt weiß ich es, ein Wochenende mit dir auf dem Land in einem schönen Hotel – allerdings schon vor Weihnachten, gleich zum zweiten Advent.«

Er wundert sich erst, akzeptiert dann aber meinen Wunsch und will sich sofort um ein Zimmer kümmern.

Vielleicht waren sie genau hier – hier in diesem Zimmer mit einem fast wandgroßen Spiegel in barockem Goldrahmen und einem gewaltigen Deckenfresco. Als »Trompe-l'Œil« gemalt, täuscht es einen hohen Himmel vor, an dem sich zwei Reitergespanne verfolgen. Von der einen Seite jagen zwei Rosse mit ausgreifenden Hufen ins Bild, die vollbusige Wagenlenkerin mit Peitsche muss die Göttin Luna sein: über ihrem Kopf schwebt eine Mondsichel wie ein Diadem. Sie jagt hinter einem Mann her, der an den leuchtenden Strahlen über seinem Haupt als Sonnengott zu erkennen ist. Auf einem Streitwagen stehend, dessen Räder gerade noch den Bildrand erreicht zu haben scheinen, blickt er sich nach der Verfolgerin um, seine erhobene Peitsche gilt dem Pferdegespann, das schon im Abendrot verschwunden ist.

Der faltenreiche Mantel ist vom Fahrtwind so aufgebläht, dass darunter ein wohlgeformter, nackter Hintern zu sehen ist – am besten aus der Perspektive der im Bett Liegenden.

Ob sie auch hier gelegen haben in den alten Bettgestellen aus dunklem Mahagoniholz mit geschnitzten, vergoldeten Girlanden auf hohen Rückenteilen? Haben sie gelacht wie wir über die ungewöhnliche Darstellung, wie die Nacht den Tag besiegt?

Ich habe also den »Landsitz« von Wagners Gastgeberin gefunden, ein altes Castello in der Hügellandschaft, die sich sanft ansteigend den Albaner Bergen nähert.

Wir sind durch ein weitläufiges landwirtschaftliches Gelände gefahren, mussten anhalten, weil sich ein Schafhirt im gelben Plastikregenmantel – ich wünschte ihn mir in einer weiten Lodenkotze mit breitem Schlapphut – mitten in die Straße gestellt hatte, um seinen Tieren den Weg zum Überqueren freizuhalten. Die lange Zypressenallee, Pferdekoppeln auf beiden Seiten, mündet auf einen kopfsteingepflasterten Vorplatz, in der Mitte ein uralter Olivenstamm, abgebrochen irgendwann, vielleicht vom Blitz getroffen, aber mit kräftigen jungen Trieben.

Ein romanisches Gebäude, das mit seinen groben Mauern aus Steinquadern auf den ersten Blick eher an ein großes toskanisches Landhaus erinnert. Durch ein hohes schmiedeeisernes Eingangstor gelangt man in einen kleinen Vorhof. Ein prächtiges Holzportal mit bunt bemaltem Glas führt in die hohe, pompös eingerichtete Halle: Bronzeplastiken und Marmorbüsten, verschnörkelte Kandelaber zwischen Sitzmöbeln aus Chintz und Samt, eine gewagte Stilmischung zwischen Empire, Barock und Biedermeier. Die scheinbar freigelegten Fresken und Ornamente hoch oben an den Wänden sind garantiert noch nicht vor langer Zeit, aber sehr geschickt mit blassen Farben auf Putzbruchstücke gemalt worden. In erleuchteten Glasvitrinen stehen altes Porzellan und kostbare ziselierte Gläser, an den Wänden hängen zwischen Gemälden in Goldrahmen vergrößerte alte Chamoix-Fotos – alle Bilder haben das gleiche Grundmotiv: Pferde und Reiter rings um das alte Schloss oder Jagdszenen.

Um diese Jahreszeit kommen kaum Gäste hierher, wir bekommen statt des bestellten Doppelzimmers sogar eine kleine Suite zum Sonderpreis.

Neben dem hellen Marmorbad mit antik wirkenden bronzierten Armaturen gibt es einen zweiten kleinen Raum mit kleinem Biedermeierschreibtisch und samtbezogener Chaiselongue. Ein guter Platz zum Schreiben.

Ich trete hinaus auf den Balkon, schaue hinunter auf den großzügig angelegten Garten mit Brunnen und Beeten. In Stufen angelegte, gemauerte Terrassen sind mit Orangenbäumen bepflanzt, ich meine, den Duft der reifen Früchte riechen zu können. Mein Blick schweift durch einen Talkessel, Olivenbäume an einem sanft ansteigenden Hang, am anderen ein lichter Pinienwald. Die modernen Wohnblöcke auf der Anhöhe darüber sind in den letzten Jahrzehnten entstanden, damals ging die Sonne über freien Wiesen auf.

Vor dem Abendessen bleibt noch Zeit zu lesen. Bisher habe ich in den Briefen keinen Hinweis auf dieses Haus finden können – ich bin aber auch noch lange nicht fertig.

Wieder einer ohne Umschlag, ohne Datum, ohne Anrede:

Nun weiß ich wirklich nicht mehr, wie ich Dich nennen soll: Viele Namen möchte Dir mein für Dich glühendes Herz geben, um Dir zu zeigen, was Du mir alles geschenkt hast. Ich weiß nicht mehr, was ich alles schreiben soll; um Dir mein Herz zu zeigen, müßte ich die Geschichte unserer »Hohen Zeit« schreiben, denn alles, das Schönste und das Kleinste, lebt in mir noch. Alles zusammen hat in mir ein Glücksgefühl ohnegleichen ausgelöst. Ich habe mir nicht vorstellen können, daß zwei Liebende eine Zeit eines solchen schattenlosen Glücks haben könnten, aber meine Liebste, meine über alles geliebte Frau zeigte mir, wie ein glückliches Leben für immer möglich ist. Nur einen Augenblick eines grausamen Schmerzes konntest auch Du mir nicht ersparen, als der Zug abfuhr, und Deine Hand, – diese geliebte, die so schön und stark ist, daß sie uns beide in einem dauernden Glück zu halten vermag – als diese so viel geküsste Hand winkte und winkte, es war wieder einmal einer dieser furchtbaren Momente, wo mein krampfendes Herz einfach nicht mehr will. Und als Du fort warst, war das schöne Land ohne Sonne.

»Hohe Zeit«, so nennen sie beide immer wieder ihr Zusammensein, jedesmal, wenn sie sich treffen, eine Hochzeit.

Noch immer aber weiß ich noch nicht, was mich am allermeisten während unserer schönsten Tage beglückt hat. Ich glaube alles an Dir, in Dir, Du noch inniger geliebte Frau hat mich so glücklich gemacht, daß ich nur an zwei Dinge denke – an unser nächstes Zusammentreffen und an unser Zusammenbleiben.
Also Liebstes, ich versuche in Richtung auf unser Leben und auf die Hoffnung der »2 Häuschen« jetzt schon möglichst viel zu tun, weil ich noch mehr eingesehen habe, daß mein ganzes Mühen auf unsere endliche Vereinigung gerichtet sein muß. Es war noch viel schöner, als wir erhofften. Unser Zusammenleben ist noch viel notwendiger geworden, als wir früher dachten: Ich wußte immer, daß Du die Vollendung einer Frau sein müßtest: diese Gewißheit trage ich nun für immer in meinem Herzen.
Aga hat natürlich nichts von sich hören lassen. Aber wir kommen schon auch so an unser Ziel.

Er greift also Edis Idee von den zwei »Häuschen« doch noch einmal auf, was und wo aber genau ist das Ziel?

Was ich immer dachte, es müßte das Paradies sein, Dich immer im selben Raum zu spüren, die Augen – auch sie – sich dauernd freuen lassen zu können an Deiner süßen Mädchenhaftigkeit, immer mit Dir sprechen zu können, immer Dir zeigen zu können, ich liebe Dich, ich bin so glücklich, wie überhaupt ein Mensch sein kann, weil ich Dich besitze, oft überwältigt von diesem maßlosen Glücksrausch. Sind wir nicht ein süßes Paar – immer wieder freue ich mich, wie wir für einander da sind.

Offensichtlich sind sie in Italien ohnehin als Ehepaar aufgetreten, der Hinweis in Edis Brief als »Signora« an seiner Seite und der kolportierte Eintrag im Gästebuch »Peter Ludwig und Frau« sprechen für sich.

Ich bin jetzt viel beschäftigt, um die endgültigen Pläne festzulegen,
und dann kommt das von mir so ersehnte: Für immer.
Aber Du, mein Herz, leide nicht zu sehr, bitte nicht, unter dieser Tren-
nung: Du gehst mit mir bis ans Ende der Welt, das ist schon Deine
Bestimmung. Ich verstehe den rasenden Schmerz in Dir, jetzt haben
wir uns wirklich aneinander gewöhnt, die Herzen und auch das Blut.
Dem meinen hast Du Stunden eines solchen noch jetzt unfaßbaren
Glückes geschenkt, daß es wahnsinnig wird vor Erwartung Deiner
Rückkehr.

Die endgültigen Pläne für die wirkliche »Hochzeit« stehen noch aus,
wo immer er sie plante, er konnte sicher sein, dass sie ihm notfalls »bis
ans Ende der Welt« folgen würde, wie sie es geschrieben hatte.

In ein paar Tagen schreibe ich Dir noch mehr, weshalb ich Deine schö-
ne Hand noch mehr und wilder küssen will. Bis dahin will ich auch
zusammentragen, was ich Dir nun erzählen muß, was mein Herz be-
drückend beglückt. Ich will Dir vom Strahlen Deiner Augen erzählen
zwischen St. Peter und dem Kastell, von Deinem Verstehen für alles,
was ich denke, ganz gleich, ob es etwas Neues ist oder nicht ... und
noch viel anderes.
Alles, alles war ein einziger Glückstraum für mich und noch mehr: ein
starkes, unzähmbares Verlangen, Dich zu dem zu machen, was Du in
Wirklichkeit schon bist (denn allein Dein Gang, Deine Gesten sind so
geworden) zu meiner Frau.
Je mehr ich schreibe, umso zärtlicher und stolzer über Dich werde ich.
Je mehr ich an Dich denke, umso sehnender ist in mir Tag und Nacht
das Gefühl unserer Zukunft lebendig, das Du in mir in der schönsten
Zeit meines Lebens hast werden lassen, ein Gefühl, das mich an Dich
kettet für alle Ewigkeit und mich immer Dich als das empfinden lassen
wird, was Du mir bist: Alles.

Diesen Abschnitt habe ich schon einmal gelesen. Mein Mann ist verblüfft, als ich beim Hinuntergehen in den Speisesaal frage, ob sich
mein Gang und meine Gesten verändert hätten, seit ich seine Frau
bin.

377

Das Abendessen wird in einem Gewölbe serviert, das aussieht wie ein mittelalterlicher Rittersaal: An jedem Pfeiler hängt ein anderes Wappen, heraldische Embleme, an grobgehauenen Wänden gekreuzte Schwerter und Degen, Lampen wie Fackeln. Es ist kühl, wir sitzen glücklicherweise vor dem Kamin, ein Hotelangestellter in roter Livree kümmert sich um das Feuer. Ich bin ziemlich schweigsam, meine Gedanken schweifen immer wieder zu meiner Mutter, die ich hier sitzen und in die hellen Flammen schauen sehe, genauso wie ich es jetzt tue. Ich versuche zu ahnen, wie sie sich hier gefühlt hat. Ihre Augen müssen gestrahlt haben, hier, Seite an Seite mit einem Freund der adligen Gastgeber, kam sie doch ihrem Traum von der erlösten Prinzessin schon sehr nahe.

Bei der ersten Nürnberger Post, bei den »Gute Nacht«-Briefen, gibt es einen Brief, in dem sie ihn um ein Märchen bittet, wie ein kleines Kind, das vor dem Schlafengehen wieder und wieder seine Lieblingsgeschichte hören will:

Pappilein, Dein Herzenskind, das von Deinen Sieben[39] am meisten nach Deiner Liebe und Zärtlichkeit hungert und Deine Sorge braucht, kommt heute noch zu Dir mit einer ganz großen Bitte: erzähle mir doch wieder das wunderschöne Märchen von dem kühnen Seemann, der auf einer verwunschenen Insel in einem finsteren Gefängnis ein schlafendes Prinzesschen fand, dessen Augen nach dem Erwecken so zauberhaft zu glühen begannen, daß der wilde Seemann in Liebe zu ihm entbrannte. Plötzlich war aus dem Seemann aber ein stolzer Prinz geworden, der mit einem einzigen Kuß das Prinzesschen in die glücklichste Königin verwandelte, die je auf Erden gelebt hat. Noch konnte der Prinz seine Königin nicht gleich heimführen, denn er mußte noch manch harten Kampf siegreich zu Ende führen.
Als sie aber Hochzeit feierten, konnten sie sich nicht satt trinken an ihren Küssen und die Herzen wurden nicht müde, sich zueinander zu sehnen und sich an den Anderen zu verschwenden. Da geschah das große Wunder, daß im ganzen Land die Blumen und Blüten nicht starben, sondern immerzu ihre herrliche Farbenpracht und ihren berauschenden Duft wie in einem Frühling ohnegleichen ...

Hier bricht der Brief ab. Wieder ihr kindliches Vertrauen zu dem Mann, der ihr Geliebter und Vaterfigur zugleich geworden war.

Das Gefühl zu ihrem wirklichen Vater beschrieb sie mir immer nur als »fremd«.

Ein »Seemann« musste Wagner wohl zunächst sein, weil sie sich im Gefängnis in Nürnberg wie auf einer einsamen Insel fühlte. Dort erlöste er sie wie Dornröschen mit einem Kuss, mutierte somit zum Prinzen.

Zur wirklichen Hochzeit ist es nie gekommen, der »Frühling ohnegleichen« konnte nie erblühen, weil er den »harten Kampf« nicht »siegreich« beendete. Oder weil er sich dem Kampf gar nicht gestellt hat, sondern geflohen ist. So konnte es keine Erlösung geben, weder für ihn noch für die »Prinzessin«.

Es hat nicht geholfen, dass sie irgendwann auf einen Zettel schrieb:

Ich bin das reichste Geschöpf der Welt, denn das geliebteste und wunderbarste Wesen, das mir die Welt in ein Märchenland verzaubert, gehört mir, mir ganz allein. Was ist eine Königin gegen mich.

Vor dem Schlafengehen trinken wir noch eine Grappa an der Bar neben dem Festsaal. Die Türen sind weit geöffnet, die Kronleuchter an der holzgetäfelten Decke hell erleuchtet. Die Wände dieses Saals sind glatt verputzt und weiß gestrichen, am oberen Rand ist eine Blumengirlande in Pastelltönen aufgemalt. Am morgigen Sonntag wird es in diesem stilvollen Saal wohl ein Fest geben, die Angestellten haben die Tische zu einer langen weißen Tafel zusammengestellt, decken sie mit cremefarbenem Geschirr und Silberbesteck ein, schmücken sie mit Narzissen in Porzellanschalen.

Hier also war sie als Frau Ludwig zu Gast …

»Bist du so lieb und wartest unten in der Halle, ich brauch noch ein paar Minuten. Wenn du mich so ansiehst, werde ich noch mehr nervös, und es dauert noch länger.«

»Ganz wie du meinst, Herzenskind«, hatte er gesagt, »ich bekomme dort sicher einen Schluck Champagner und trinke schon mal auf dein Wohl und auf unser Wiedersehen. In einer Viertelstunde musst du allerdings fertig sein – Pünktlichkeit ist die Höflichkeit der Könige. Ich hole dich ab.«

Er lächelte und sah ihr tief in die Augen, bevor er die Zimmertür hinter sich zuzog.

Sie war sehr aufgeregt. Wie konnte sie hier im Castello an seiner Seite als seine Frau bei einem Empfang auftreten! Für ihn war das kein Problem, er hatte sich genug auf internationalem Parkett bewegt, er war ein weltgewandter Mann.

Aber sie – zwar hatte sie bei den Essen und Empfängen im Offizierscasino in Bad Tölz großbürgerliches Benehmen gelernt, was ihr nicht in die Wiege gelegt worden war, aber mit dem Adel war sie noch nicht in Berührung gekommen. Da galt doch nicht der gleiche Verhaltenskodex? Stimmte es, dass ihre Haltung, ihr Gang sich so verändert hatten, dass ihre Unsicherheit nicht auffallen würde?

Gut, sie hatte die Contessa bereits kennengelernt beim letzten Aufenthalt in Rom, sie war sehr freundlich gewesen, hatte sie den Standesunterschied nicht spüren lassen.

»Nennen Sie mich Victoria wie Peter, wir sind gute Freunde, warum sollten wir beide es nicht auch werden?«

Dabei lächelte sie ihn an auf eine Weise, die, wie ihr schien, mehr als freundlich war, vielleicht sogar zärtlich? Es hatte keinen Sinn, sie musste das aufkeimende Gefühl der Eifersucht ganz schnell wegschieben, zu oft schon hatte sie das Bohren im Herzen seit seinem Verschwinden aus Deutschland kaum ausgehalten, hatte es ihr schlaflose Nächte bereitet, wenn sie nicht wusste, wo er war.

Wo würde er übernachten, waren es immer nur »Kameraden«, die ihm Unterkunft gewährten, war es nicht eine Claire gewesen, die er ihr als erste Anlaufadresse nennen ließ in Franzensfeste, auf seinem Weg nach Rom, damals im September 1948?

Hatte sie ihn nicht in Nürnberg kennengelernt als den charmanten Mann, der die Frauen um den Finger wickelte, war nicht sogar ihre ehemalige Chefin in ihn vernarrt gewesen, haben sich nicht auch die anderen sechs Frauen gefreut, wenn er die Zellen aufschloss mit seiner unerschütterlichen Heiterkeit, immer ein freundliches Wort, immer ein Kompliment? Damals wäre ihre junge Liebe beinahe zerbrochen, weil sie dachte, er hätte sie während ihres Krankenhausaufenthaltes betrogen.

Wie oft hat er ihr immer wieder versichert: »Du bist für mich die Vollendung der Liebe und die Vollendung einer Frau.«

Sie versuchte, wie so oft, ihre Zweifel zu besiegen und an seine Worte zu glauben, die sie sich eingeprägt hatte: »Ich gehöre Dir für alle Zeiten ganz allein, Du bist und bleibst für immer meine einzige Frau – meine Edileinfrau. Dir gehört alles in mir: mein Verstand sieht in Dir die Ergänzung meines Ichs, mein Herz in Dir die Heimat, mein Blut die Erfüllung. Ich kenne mich gut genug: wenn ich einmal entschieden habe, bleibt das für alle Zeiten.«

So hatte er ihr geschrieben, kurz vor seiner Flucht aus dem Internierungslager im Sommer 1948, im selben Brief seine Treue beschworen: »Ich habe in meines Edileins geliebtem Gesicht in einer linden Maiennacht das Wunder der Liebe gesehen. Mein Herz schwor diesem Gesicht seinen Eid – es wird ihn in lebenslanger Treue halten.«

Das war nun schon über zwei Jahre her. Er hatte ihr seitdem keinen Anlass gegeben, an seiner Entscheidung zu zweifeln, seine Briefe waren in der ganzen Zeit genauso voller Zärtlichkeit und Verlangen wie die ersten in Nürnberg.

Konnte also die verheiratete Contessa eine Gefahr für sie sein? Sollte sie nicht einfach dankbar sein, dass die Dame sich seiner angenommen hatte, ja dass sie ihm nicht nur Unterkunft gewährte in ihrem wunderschönen Haus in Rom, sondern ihm auch Zugang verschafft hatte zu den Spitzen der römischen Gesellschaft? Aber – hätte sie das gemacht, wenn er ihr nicht gefallen hätte?

Das Lächeln in ihren Augen wirkte eine Spur zu vertraut.

Sie musste sich die trüben Gedanken aus dem Kopf schlagen und einfach stolz darauf sein, dass sie nun zusammen mit ihm eingeladen worden war.

Er wollte eine strahlend schöne Frau als seine Gattin vorstellen, die bisher leider noch immer nicht aus Deutschland hierherziehen konnte, weil sie sich als einzige Tochter um ihre kranke Mutter kümmern musste. Im nächsten Jahr wolle man dann endlich eine andere Lösung finden.

»Ich würde mich sehr freuen, wenn Sie Ihren Mann an Weihnachten zu unserem Empfang begleiten könnten.« So hatte die Gräfin im November ihre Einladung formuliert.

»Wir laden an diesem Tag nur unsere besten Freunde zu uns ins Haus – aber als Gemahlin unseres lieben Peter gehören natürlich auch Sie dazu. Sie werden ihn doch an Weihnachten nicht alleine hier lassen? Es ist nicht gut für einen Mann, so lange alleine zu sein.«

Das musste ihr diese Dame nicht auf die Nase binden, aber wie sollte sie ihr klarmachen, dass sie Weihnachten unmöglich von zu Hause weg konnte, dass es gar nicht eine kranke Mutter war, für die sie die Verantwortung übernehmen musste, sondern die kleine Tochter, deren Existenz »vorläufig besser nicht« erwähnt werden sollte. Die war sieben Jahre alt und freute sich auf Weihnachten. Wie ihr erklären, dass die Mutter schon wieder verreisen musste, ausgerechnet am Heiligen Abend?

Wagner hatte ihre Hand genommen, mit der anderen die Hand der Gräfin zu den Lippen geführt, einen Kuss angedeutet, sich herzlich für die liebenswürdige Einladung bedankt: »Ich denke doch, dass es sich einrichten lässt, dass meine Frau zu Weihnachten wieder hier sein wird. Sie kann gar nicht anders, weil das mein einziger Weihnachtswunsch ist.«

Es war schwer gewesen, ihre Mutter, ihre Schwester von der Notwendigkeit der Weihnachtsreise zu überzeugen, ja es kam sogar zum Streit zwischen ihr und der Schwester: »Bist du jetzt endgültig übergeschnappt? Du warst doch erst vor ein paar Wochen dort! Jetzt will Madame auch noch Weihnachten in Rom feiern! Ich habe es dir schon vor zwei Jahren gesagt, dass es unmöglich ist, diesen Mann zu heiraten, er lebt in einer Welt, die nicht zu der unsrigen passt. Du hast wohl vergessen, wer du bist: die Tochter eines kleinen Postassistenten. Hat es nicht gereicht, wohin dich deine hochtrabenden Pläne schon mal gebracht haben – war dir das Gefängnis nicht Lehre genug? Komm doch endlich auf den Boden der Tatachen zurück und such dir einen ordentlichen Mann, der dich und dein Kind versorgen kann. Es gibt da einige Beamte bei uns im Amt, die sich das sehr gut vorstellen können. Hör endlich auf, von der großen weiten Welt zu träumen, da gehörst du nicht hin. – Aber du hast ja noch nie auf mich gehört – mach, was du willst, aber verlang nicht von uns, dass wir deinen Bankert am Heiligen Abend zu uns holen, ich hab mich lange genug darum gekümmert, jetzt bist du selber dran.«

Die Bemerkungen der Schwester hatten sie tief verletzt, gerade sie wusste wie niemand sonst aus der Familie Bescheid. Nur ihr hatte sie ihre Geheimnisse anvertraut, wie damals, als sie sich nach Norwegen versetzen ließ, bevor die Schwangerschaft nicht mehr zu verbergen war. Nur die Schwester hatte gewusst, dass es kein »norwegisches Waisenkind« war, das sie aus Oslo mit nach Hause brachte. Und nur ihr hatte sie die große Liebe zu Wagner gestanden, und nun wollte ihr die Schwester anscheinend das Glück mit ihm nicht gönnen.

Aber sie musste nach Rom, sie durfte und wollte ihn nicht alleinlassen. Hatte sie ihm nicht immer wieder versichert, dass er der einzige Sinn ihres Leben sei?

Keine Macht der Welt konnte sie von ihm fernhalten, auch nicht das Kind.

Bei ihrer Rückkehr im November hatte sie sich noch am Bahnhof nach den Zügen erkundigt. Da der Empfang erst am 25. Dezember stattfinden sollte, war das irgendwie zu schaffen. Der Nachtzug, der um 23.30 Uhr München verließ, verkehrte sogar in der Heiligen Nacht. Wenn sie in Tölz den letzten Zug um 21 Uhr noch erwischte, käme sie rechtzeitig in München an. Bescherung wäre schon um 18 Uhr wie immer, um 19 Uhr die Bratwürstel. Leicht könnte sie dann um 20.15 Uhr das Haus verlassen, sie müsste nur vorher alles gepackt haben.

Problematischer war die Frage nach der Kleidung; was um Gottes willen sollte sie zum Weihnachtsempfang in einem Schloss tragen? Sie hatte sich beim letzten Rombesuch neue Pumps aus dunkelblauem Wildleder gekauft, dazu musste die Kleidung passen, neue Schuhe waren unmöglich auch noch zu finanzieren.

Sie kaufte einen silbern schimmernden Damaststoff mit einem Muster aus kleinen dunkelblauen Schleifen, dazu Samt im selben Blauton.

Sie wusste selbst am besten, wie sie ihre schlanke Figur zur Geltung bringen konnte, und entwarf ihre Kleidung selbst.

Sie hörte seine schmeichelnden Worte: »Dein schöner Körper ist das Idealbild meiner Sehnsüchte und Träume«, als sie einen fließenden Glockenrock skizzierte, gerade so lang, um ihre schlanken Fesseln freizugeben und die schönen Beine zu erahnen, sehr schmal in der

Taille, eng anliegend an den Hüften, dann durch trapezförmige Bahnen weit schwingend im Saum.

»Wie oft habe ich mit brennenden und staunenden Augen auf Deinen schlanken, meine Sinne verwirrenden, hinreißend schönen Körper geschaut …«

Das Oberteil aus Samt sollte eine taillenkurze Wickelbluse mit eng anliegenden Ärmeln werden, der am Hals schmeichelnde Schalkragen wurde zum tiefen Dekolleté gekreuzt, mit Silberknöpfen an der Taille zusammengehalten.

Es gelang ihr, diesmal die Schneiderin im Haus von der Dringlichkeit ihres Auftrags zu überzeugen, obwohl diese mit Arbeiten zu Weihnachten schon überlastet war. Um der Freundschaft willen – schließlich war sie Patin des Kindes – legte sie eine weitere Nachtschicht ein und wurde am 23. Dezember fertig.

Das Kind war gar nicht traurig gewesen, als sie aufbrach, es spielte glücklich mit den neuen Kleidern für die Puppen und freute sich, dass es länger aufbleiben durfte als sonst. Der Fahrplan klappte, sie traf gegen Mittag in Rom ein, Zeit genug, um am Nachmittag hinauszufahren zum Landsitz.

Sie hatte die neuen Kleider sorgfältig mit mehreren Schichten Seidenpapier im Koffer verpackt, glücklicherweise waren sie trotz der langen Fahrt nur leicht verknittert. Sie hatte ihr kleines Reisebügeleisen mitgeschleppt, den Rock auf dem Bett geglättet, die Bluse wurde im Bad aufgehängt, während sie das Wasser so heiß wie möglich in die Wanne laufen ließ, im Dampf wurde der Samt wieder makellos.

Der matte Glanz der Perlenkette, die er ihr zur Begrüßung im November geschenkt hatte, passte zum blauen Samt, Armband und Uhr aus Silber zum Rock. Wahrscheinlich trug man bei den adligen Gastgebern eher schweres Gold, das sie nicht besaß. Sie hoffte, dass man den zur Kleidung passenden Silberschmuck als Beweis ihres guten Geschmacks sehen würde und nicht als Mangel an Gold.

Nun noch das Make-up: Puder aus der Emailledose mit Rosenapplikation – er hatte sie zu ihrem letzten Geburtstag geschickt –, einen Hauch Rouge auf die sehr blassen Wangen, beim Nachziehen der Augenbrauen musste sie mehrmals ansetzen, sich konzentrieren beim Wimperntuschen, fast hätte sie neben den kleinen Behälter mit der getrockneten schwarzen Masse gespuckt. Sie betrachtete ihre grau-blauen Augen, sie hätte lieber »richtige« blaue gehabt, das war das einzige, was sie gerne von ihrem Vaters geerbt hätte, leider hatten sich in ihrer Augenfarbe die des Vaters mit den grauen Augen der Mutter gemischt.

Dennoch fand er, sie hätte »die schönsten Augen der Welt«, beschwor wieder und wieder deren »unvergleichliches Strahlen«.

Nun noch die Lippen nachgezogen, zugegeben, ihr Mund war wirklich sehr schön – sie musste sich keine herzförmigen Oberlippen aufmalen, wie viele Frauen, sie brauchte nur mit dem Lippenstift dem natürlichen Schwung zu folgen, und ihre Lippen waren perfekt. Seine »Sehnsucht nach Deinen traumhaften Lippen und Deinem unvergleichlichen Mund« konnte sie ihm am ehesten glauben.

Schade, dass der Festsaal im gleichen Haus war, zu gerne wäre sie im Nerzmantel aufgetreten. Ihre beste Freundin hatte ihr das kostbare Stück geliehen, das sie auch nach dem Krieg aufgehoben hatte. Sie hatte lieber gehungert, als ihn auf dem Schwarzmarkt zu versetzen, und lieh ihn Edi gern zum Treffen mit Wagner, den sie sehr wohl kannte.

Sie schlüpfte in die neuen Schuhe mit den zierlichen Absätzen, drehte sich noch einmal vor dem fast wandgroßen Spiegel, rief: »Ich komme schon!«, als er an der Tür klopfte.

Mit pochendem Herzen schritt sie an seinem Arm die breite Treppe hinunter.

»Willst du weiter hier vor dich hin träumen oder kommst du mit nach oben?«, höre ich meinen Mann fragen.

»Entschuldige, ja, klar komme ich mit.«

Der Sonnengott hat wieder über die Mondgöttin gesiegt.

Ich bin aufgewacht vom Gurren der Tauben und lautem Vogelgesang, ziehe die schweren Samtvorhänge zurück und sehe zu, wie die kleinen Wolken am zartblauen östlichen Himmel dort oben auf der anderen Seite des Tales sich barockrosa färben, wie der Himmel lichter wird über den gestochen scharfen Silhouetten einiger Baukräne, warte, bis der erste Sonnenstrahl sie wie ein Pfeil durchschießt und

mich blendet. Als ich hinaustrete auf den kleinen Balkon mit dem verschnörkelten Eisengitter, schrecke ich ein schnäbelndes Taubenpär-
chen auf, mit ihnen fliegt ein ganzer Schwarm vom Dach des Seiten-
flügels, nur die vielen Spatzen lassen sich nicht stören, heben kurz die
Köpfchen und verschwinden dann wieder in den Gassen zwischen den
halbrunden, bemoosten Dachpfannen.

Der Himmel im Osten ist leuchtend gelb geworden, die ockerfarbe-
nen Wölkchen lösen sich mehr und mehr auf, der nun wolkenlose
Himmel wird rasch blau, schlagartig erlöschen die vielen elektrischen
Laternen im Park.

Leider kann ich mich an keinen Traum erinnern – von rauschenden
Festen wollte ich träumen im hell erleuchteten Schloss, wie ich sie mir
vorgestellt habe gestern abend am offenen Kaminfeuer.

Nach dem Frühstück laufe ich hinunter zum Swimmingpool, dunkle
Zypressen spiegeln sich im veralgten Wasser. Zu Hause ist schon tiefer Winter, hier ist es warm genug, dass ich es im Mantel eine Weile
gut auf einer der Plastikliegen aushalten kann. Mit geschlossenen Augen genieße ich die Sonne und die Stille an diesem einsamen Ort, höre
nur Vogelzwitschern und leises Plätschern.

Der kleine Fluss weiter unten ist fast zugewachsen von Schilf und
niedrigen Büschen; nur durch einen schmalen Wiesenstreifen getrennt
davon liegt ein Voltigierplatz, Reitunterricht gehört zu den Freizeit-
angeboten des Hotels in der Saison.

Ich versuche, den tiefen Hufspuren auszuweichen, würde gerne
weiterlaufen am Fluss, aber am Ende des Platzes ist das Hotelgelände
von hohen Zäunen umgeben, und über das Flüsschen führt keine
Brücke.

Ein guter Reiter könnte dieses Hindernis leicht überwinden – das
soll Wagner nach Aussagen meiner Mutter gewesen sein, ein leiden-
schaftlicher dazu, hatte er doch früher selbst ein Gestüt, »irgendwo,
das hab ich vergessen, wahrscheinlich halt in der Nähe von Berlin«.

Seine Pferde habe er schon am meisten vermisst in Nürnberg.

»Stell dir mal vor, jemand, der das tägliche Reiten gewohnt war –
jahrelang eingesperrt!«

Bestimmt ist er hier geritten, vielleicht hat er die ehemaligen Besitzer ja durch die Reiterei kennengelernt, lange vor seiner Flucht nach Italien.

Jetzt verstehe ich auch, warum er schon in seinem ersten Brief mit neuem Wohnsitz in Rom nach seiner Reithose und den Pferdebildern verlangt hat.

Ich habe mich sehr gewundert, als ich vor dem Appartementhaus am Corso d'Italia stand – wo wäre er dort mitten in der Stadt geritten? Als ich dann beim Gang durch den nahe gelegenen Park der Villa Borghese am Ende das große Gelände »Galloppatoio« entdeckte, mit Rennplatz und Hindernisparcours, war ich zufrieden. Aber konnte er sich ein Pferd leisten? Oder hat er dort gearbeitet, um seiner Lieblingsbeschäftigung nachgehen zu können?

Hier aber boten sich ganz andere Möglichkeiten: Er könnte auf diesem Landgut die Pferde seiner Freunde bewegt haben – obendrein bestimmt ein idealer Ort, um unterzutauchen.

Wieder ein kleiner Mosaikstein in meinem Puzzle.

Wie aber hat sich meine Mutter gefühlt hier in der Reitergesellschaft, sie, die Angst hatte vor Pferden? Ich habe als junge Frau ein paar Reitstunden genommen, sie war erschrocken, dass mir das Spaß machte. Sie würde sich »im Leben nicht auf so ein Viech setzen«!

Aber vielleicht war auch das ganz anders, wie so vieles in ihrem Leben, von dem sie nie gesprochen und das sie mitgenommen hat ins Grab; wäre nicht eher zu vermuten, dass er sein geliebtes Elein als künftige Gattin auch am liebsten hoch zu Ross an seiner Seite gesehen hätte?

Und hatte sie nicht selbst in einem ihrer ersten abendlichen »Gute Nacht«-Briefe von Zelle zu Zelle geschrieben: »Du, ich freue mich ja so auf unseren gemeinsamen Ritt durch die blühende Welt«?

Hier wäre endlich Gelegenheit gewesen, ihr auf diesem Platz Reitunterricht zu geben. Es könnte sein, dass sie ihm zuliebe ihre Angst überwand und es gelernt hat. Oder ist sie gestürzt und hatte erst seitdem Angst vor Pferden?

Oder sie reagierte später ebenso paradox auf Pferde wie auf vieles, was ihr früher Spaß gemacht hatte, und behauptete das Gegenteil.

Beim Cappuccino in der Halle betrachte ich die alten Fotos genauer, besonders das unscharfe Bild einer Jagdgesellschaft. Wagner könnte darunter sein.

Ich frage den freundlichen Mann an der Rezeption nach den Fotos. O ja, das seien bestimmt Bilder früherer Besitzer, von wann könne er freilich nicht sagen, man habe die Fotos wohl mit dem ganzen Inventar erworben, Genaueres wisse er nicht, aber auf jeden Fall sei das hier immer schon ein Pferdegut gewesen. Ob ich noch nichts gehört hätte, von den »spiriti dei cavalli«, den Pferdegeistern?

Vor Hunderten von Jahren seien auf dem Gestüt des Schlosses edle Rassepferde gezüchtet worden, bis der Schlossherr sein Vermögen fast verspielte und die kostbaren Tiere ins Ausland verkaufen musste. Die Pferde vertrugen aber das Klima in der Fremde nicht und starben eins nach dem anderen. Als der Graf vom Tod seiner geliebten Pferde erfuhr, verfiel er dem Alkohol und behauptete schließlich, seine Pferde seien zurückgekehrt, er höre immer das Klappern ihrer Hufe. Die Bediensteten lächelten über ihren bedauernswerten Herrn, glaubten ihn im Delirium, bis einer nach dem anderen nachts auch das Getrappel der Hufe vernahm. Selbst nach dem Tod des Schlossherrn verstummten die nächtlichen Geräusche nicht. Der Graf könne keine Ruhe finden, hieß es, weil er schuld war am Tod seiner Pferde, und müsse deshalb mit ihnen Nacht für Nacht über das Schlossgelände jagen.

Erst vor ein paar Jahren hätte man nach einer rationalen Erklärung für die von vielen Leuten bestätigten Geräusche gesucht und herausgefunden, dass es ganz einfach der Fluss sei, der direkt unterhalb des Schlosses einen kleinen Wasserfall bilde, und das Geräusch, mit dem das Wasser in der nächtlichen Stille auf Steine klatscht, klinge ähnlich wie Pferdegetrappel. Die Steine wurden beseitigt, der Fluss begradigt.

»Ma – Signora, senti bene: i rumori continuano ancora oggi!« schließt er augenzwinkernd, man höre die Geräusche bis zum heutigen Tag.

»Questo Hotel e davvero un Castello del mistero e della magia!«

Er kann nicht ahnen, wie sehr das Haus für mich tatsächlich eine Art »Geisterschloss« ist.

Ich schlafe sehr unruhig in dieser Nacht, sehe im Traum immer wieder Bilder der beiden Liebenden: Lachend walzen sie über das spiegelnde Parkett im Festsaal, der silbern glänzende Rock meiner Mutter schwingt weit aus.

Und dann reiten sie nebeneinander durch blühende Wiesen, bis hinter ihnen eine Horde Wildpferde auftaucht. Er reitet immer schneller, sie bleibt zurück, aber ihr Pferd schließt sich der Gruppe an, und alle verfolgen ihn, laut klappern die Hufe.

Ich wache auf, es ist stockdunkel, und aus der Stille höre ich ein Pferdegetrappel – ach so, ich träume noch. Aber es gibt kein passendes Traumbild mehr zum Geräusch! Meine Hände tasten hinüber zur anderen Seite des Bettes, ich spüre meinen Mann, höre seinen leise rasselnden Atem.

Jetzt bin ich hellwach. Ich weiß also, es ist Nacht, wir liegen gemeinsam im Hotelbett im Castello, mein Mann schläft tief, er atmet langsam ein und hörbar aus – aber das andere Geräusch hört nicht auf. Es ist, als ob man im Kino säße und zusähe, wie auf der Leinwand ein Cowboy mit schwingendem Lasso hinter einer Herde Pferde herjagt – genau so klingt es.

Ich glaube nicht an Gespenster. Ich stehe auf, öffne das Fenster. Es regnet. Heftig prasselt der Regen auf die Dachpfannen.

Morgen früh werde ich den Portier fragen, ob die »spiriti dei cavalli« auch in sternklaren Nächten unterwegs sind.

Ich kann nicht mehr schlafen, leise schleiche ich mit meiner Decke hinüber in das andere Zimmer, lese im Licht der Stehlampe auf der Chaiselongue weiter in meinem Briefvorrat, bis ich doch wieder einschlafe.

Es ist noch dunkel, aber wie immer beim Erwachen bist Du bei mir, immer noch lausche ich, ob Du schon aufgewacht sein könntest, und warte auf das erste Zeichen und dann kommst Du ganz dicht neben mich und dann verschmelzen wir beide, nur die immer wieder neue Freude des Sich-Wieder-Spürens durchströmt uns, wir werden selbst in der Ruhe eins …

Die anderen Wochenendgäste sind bereits abgereist, wir sind die einzigen, als wir am Montagvormittag zum Frühstück kommen.

Es ist ganz still, man hört nur den Regen rauschen. Wir sind froh, dass die Musikberieselung abgestellt wurde. Es hat uns gestört, dass zu allen Mahlzeiten amerikanische Songs säuselten; Frank Sinatra und Co. passen wirklich nicht in das mittelalterliche Schlossgewölbe.

»Weißt du, ich habe darüber nachgedacht, ob es ihr Freude gemacht hätte, mit uns hierher zurückzukehren und noch einmal für ein paar Tage den Luxus zu genießen?«

Mein Mann glaubt das eher nicht. »Das hätte alte Wunden wieder aufgerissen«, meint er.

Ich bin mir nicht sicher. Die Wunden waren ohnehin nie verheilt, und sie hat die wenigen Reisen, die ich mit ihr machte, immer genossen. Es hätte ihr gefallen können, sich hier noch einmal bedienen und verwöhnen zu lassen mit gutem italienischem Essen, das sie so liebte.

Vielleicht wäre es gut für sie gewesen, mir die Geschichte ihres Aufenthalts hier zu erzählen.

Ich hätte für Dich ein Zimmer mieten können mit Blick über das Tal, Mutter, ich hätte Dich im Rollstuhl gefahren, Dich unter einen Orangenbaum in die Sonne gesetzt, Du hättest hinuntergeschaut auf den Reitplatz, und wir hätten vielleicht miteinander lachen können über Deinen Respekt vor den Adligen, über Deine ersten Reitversuche.

Aber Du hast mir nichts erzählen wollen, nichts über Deine Freude, wenig über Dein Leid. Und so konnte ich mir nichts ausdenken, was Dir doch noch ein wenig gefallen hätte.

Inzwischen ist dem Personal wohl aufgefallen, dass im Restaurant keine Musik spielt. Es ist nicht das amerikanische Schnulzenband, das sie abspielen, es ist klassische Musik, die ich nach den ersten Tönen erkenne: Beethovens 6. Symphonie. »Pastorale« hat er sie genannt, für mich ist sie die Symphonie vom Leben und Tod. Wie keine andere spiegelt sie soviel Heiterkeit und Freude, zugleich Bedrohung, Zerrissenheit und Schmerz.

Meine Mutter liebte Beethoven. Am meisten diese Symphonie. Ich

habe sie als CD aufgelegt in der letzten Nacht, da ich an ihrem Sterbe-
bett wachte. Sie schien nichts mehr zu hören, dennoch fragte ich:
»Hörst du die Musik, Mama?«

Sie nickte kaum merklich, ich beugte mich dicht über sie und verstand das Gehauchte: »Die Sechste.«

Nur beim gewaltigen vierten Satz mit dem »Gewitter« stellte ich
das Gerät leiser, wollte nicht, dass die »Donnerschläge« sie erschreck-
ten. Sie muss das heitere Allegretto im letzten Satz erkannt haben,
denn sie flüsterte: »Ruhe nach dem Sturm.«

Es ist gut, dass mein Mann meine Hand nimmt.

Vor dem Rückflug will ich noch die verschobene Recherche im
»Archivio Centrale dello Stato« nachholen. Das ist am »Piazzale degli
Archivi« nahe der einstigen Prachtstraße Via Christophoro Colombo
gelegen, weit draußen in der unter Mussolini bombastisch geplanten
und teilweise verwirklichten neuen Stadt, die bis ans Meer reichen
sollte und »EUR« heißt – Kürzel für »Esposizione Universale Roma«.
Wenn auch das Viertel für die Olympischen Spiele 1960 mit Stadien,
Sporteinrichtungen und Wohnanlagen im Stil der damaligen Moder-
ne erweitert wurde, so wird es doch beherrscht von den klotzigen
Bauwerken faschistischer Architektur. Ich bin noch nie in EUR gewesen, es hat mich nicht interessiert. Nun muss ich ganz früh schon
mit der Metro hinausfahren, fühle mich unwohl vom ersten Moment
an, da ich die ungepflegte Station Fermi verlasse. Das ist nicht »mein«
Rom.

Das Unbehagen steigt, je näher ich auf den Prachtbau zugehe, in
dem das Staatsarchiv untergebracht ist, meine Beine, die mühelos die
weit über hundert Stufen zur Kirche Aracoeli erklommen haben, werden schwer auf den breiten, flachen Treppen hinauf zu dem langge-
streckten, säulenbewehrten Bau, der wie ein überdimensionales »Haus
der Kunst« aussieht, wie es in München als der erste Monumentalbau
des Dritten Reiches errichtet worden ist.

Niemand kann mir auf englisch Auskunft geben im Besuchersaal
des Archivs, geschweige denn auf deutsch, es gelingt mir aber, klar-
zumachen, dass ich nach einem Mann suche, der als »correspondente
estero« in Rom lebte und etwa 1952 verhaftet wurde. Karteikarten wie

im Institut für Zeitgeschichte in München gibt es nicht, nur gebundene Bücher, in denen nach Jahrgängen alle polizeilich registrierten Ereignisse aufgelistet sind, daneben steht dann eine Nummer. Diese Nummer gehört zu einer »busta« – »buste« sind schwere, mit Bindfaden verschnürte kartonartige Ordner, in denen lose die verschiedenen Dokumente liegen. Man muss einen Antrag ausfüllen und warten, bis ein Wägelchen angefahren kommt, auf dem riesige Berge von Akten aus dem Archiv geholt werden. Vorher aber ist ein Antrag zum Antrag mit Personalausweis und Begründung nötig, erst dann wird Einblick in die Registrierbücher gewährt.

Für die Jahre 1949 bis 1952 bekomme ich fünf Bände der großen blauen Bücher angeboten, von 1953 bis 1956 sind es doppelt so viele. Beschreibungen von Verkehrsunfällen, Hagelschäden oder Hausbränden sind darin ebenso nachzulesen wie der Brief eines Alteisengroßhändlers »an die Staatsregierung Italien, Rom«, der sich erlaubt, »aus amerikanischen Beständen 167 Stück Jeep-Fahrzeuge, Baujahr 1941/ 42 in gutem Gesamtzustand anzubieten. Die Preise bewegen sich zwischen 230,– und 280,– $ das Stück«.

Fasziniert lese ich dieses handschriftliche deutsche Schreiben, frage mich, wie es in das Buch kommt, bin eigentlich am Absender »Nürnberg« hängengeblieben. Das ist aber auch der einzige Hinweis, der irgend etwas mit Horst Wagner zu tun hat. Nach stundenlangem Blättern auf Hunderten von kleingedruckten Seiten will ich schon aufgeben, da tippt mich ein Herr an die Schulter, stellt sich als Archivar vor. Er habe einen Anruf bekommen von Dottore Ickx vom Hudal-Archiv, der ihm von meiner Suche erzählt habe. Und er legt mir einen Zettel vor mit dem Namen »Wagner, Horst«, der Nummer einer »busta« und eines »fasciolo«. Ich kann es nicht glauben – so einfach geht das mit einem Mal? Anruf genügt – wenn der Richtige anruft.

Obwohl es gleich Mittag ist und eigentlich die Anmeldung für die »buste« schon vorbei ist, bekomme ich den dicken Ordner noch auf den Tisch gelegt.

Unter den zahllosen Einzelblättern dann der »fasciolo«, ein schmaler Aktendeckel, auf dem tatsächlich in großen handgeschriebenen Lettern »Wagner« steht.

Ich hole tief Luft. Auf dem Deckblatt ist eine ganze Reihe von

Dokumenten angekündigt, es liegen aber nur zwei Bögen der »Questura di Roma« darin. Auf einem wird Wagners Verhaftung am 20. März 1953 beschrieben: »… l'arresto del cittadino germanico WAGNER Horst, residente in questa città al Corso d'Italia 35a sotto il falso nome di LUDWIG Peter«, auf dem anderen seine Entlassung am 1. Juni 1953 bestätigt. Außerdem verstehe ich, dass er wegen Führen eines falschen Passes zu fünf Monaten Gefängnis auf Bewährung verurteilt wurde. Und ich erfahre, dass der falsche deutsche Pass am 25. März 1952 in »Buenos Aires, Argentina« ausgestellt wurde, von wo Wagner am 13. Mai 1952 nach Rom zurückgekehrt war, nachdem er zuvor am 9. Februar 1951 mit einem »passaporte della Croce Rossa Internationale« ausgereist war.

Er war also doch in Südamerika. Mehr als ein Jahr. Ohne meine Mutter.

Warum hat sie das geleugnet? Warum haben sie sich in der Zeit nicht geschrieben? Warum ist er zurückgekehrt – er wäre vermutlich drüben in einer der zahllosen Nazi-Kolonien sicher gewesen.

Ein falscher Pass ist doch kein Grund für sofortige Inhaftierung.

Beim aufgeregten Überfliegen der Blätter ist mir schon »Ministero degli Affari Esteri« – das »Auswärtige Amt« – aufgefallen.

Ich muss mich mit meinem mangelhaften Italienisch Zeile für Zeile noch einmal durch den Bericht quälen.

Die schlecht getippten Buchstaben beginnen vor meinen Augen zu tanzen, können dennoch nicht anders gelesen werden: »Concorso in assassinio … con mandato di cattura del Tribunale di Norimberga.«

Ich kenne die Wörter nicht, aber ich brauche nicht im Lexikon nachzusehen, um zu wissen, was sie bedeuten. Es hat mit der Haft in Nürnberg zu tun – und mit Beihilfe zum Mord.

»… doch weiß man alles von vorher«, schrieb das »Muttchen« nach seiner Verhaftung an meine Mutter.

Und ich höre deren verzweifelte Sätze aus dem Jahr 1948: »Es ist mir völlig klar, daß man versuchen wird, Dich für Dinge verantwortlich zu machen, die Dein Herz und Deine Art immer schon abgelehnt haben.« Und: »Für mich bist Du zum Symbol eines übernatürlichen Wesens geworden, zu dem ich mit der tiefsten Gläubigkeit aufschaue.«

Die Luft ist sehr staubig von den vielen Akten in diesem Raum, meine Augen brennen, ich muss meine Kontaktlinsen reinigen. Der Weg zur Toilette führt mich über den spiegelnden Marmor durch die schwindelerregend hohe Halle. Gigantische Zeugnisse faschistischer »Kunst« an den Wänden.

Die nackten Herrenmenschen in Siegerpose ekeln mich an.

5. Kapitel

»Ich gehe mit Dir bis ans Ende der Welt«

Mit schwerem Herzen bin ich diesmal aus Rom zurückgekehrt. Jetzt kann ich mir nichts mehr vormachen, es müssen auch hier in Deutschland Akten zu finden sein. Wie oft war ich im Institut für Zeitgeschichte. Wäre es nicht ein leichtes gewesen, dort in der Kartei bei »Wagner, Horst« nachzusehen? Zumindest in den Nürnberger Prozessakten muss er zu finden sein. Morgen werde ich im Münchner Institut anrufen oder mich am besten gleich im Bundesarchiv in Nürnberg anmelden.

Und warum habe ich in den vielen Briefen, die ich gelesen habe, keinen Hinweis auf Südamerika gefunden?

Noch einmal hole ich alle Unterlagen hervor, schaue sie akribisch durch, auch die dicken Umschläge mit den Packen dicht beschriebener Entwurfsblätter, Schreibpapier mit dem Briefkopf ihrer damaligen Dienststelle, dem Besatzungskostenamt in München, das später in »Amt für Verteidigungslasten« umbenannt wurde.

Sie hätte die Papiere sicher vernichten müssen, weil es niemanden etwas anging, wieviel »Mietvergütung für die von der US-Besatzungsmacht beschlagnahmten Grundstücke der amerikanischen Wohnsiedlung Erding« beispielsweise Herrn Franz-Josef und Frau Katharina

Neumair[40] zustand. Aber nach den Jahren der Papierknappheit ist ihr das sicher sehr schwergefallen, sie hat also solche Bögen, die zu viele Schreibfehler aufwiesen, als dass man sie noch mit hätte leicht korrigieren können, als Schmierpapier mit nach Hause genommen. Ich erinnere mich an die einseitig beschriebenen Blätter, die, zusammengeklammert und auf ein handliches Format zurechtgeschnitten, den Kauf von Notizblöcken für die Schule ersparen sollten. Solche Papiere benutzte sie auch, um die komplizierten Schachtelsätze für ihre Briefe vorzubereiten.

Einige wenige, immer wieder durchgestrichene und korrigierte Sätze in Sütterlin-Schreibschrift stehen darauf, die meisten Blätter aber sind dicht an dicht mit winzigen Stenogrammen beschrieben. Beinahe hätte ich die Papiere nicht aufgehoben, weil ich diese Schrift ohnehin nicht entziffern kann, obwohl ich stenographieren gelernt habe – besser: hätte lernen sollen.

Im Gymnasium wurden die Wahlfächer »Schreibmaschine« und »Stenographie« angeboten, auf beides verspürte ich wenig Lust. Mutter bestand aber darauf, dass ich etwas »Praktisches« lernte. Man wisse nie, was das Leben bringt, und wenn ich diese beiden Techniken beherrschte, hätte ich »auf alle Fälle eine Grundlage fürs Leben«.

»Gute Sekretärinnen sind immer gefragt«, meinte sie.

Wie meine Mutter den ganzen Tag an der Schreibmaschine zu sitzen erschien mir überhaupt nicht erstrebenswert – schon bei der Vorstellung verspürte ich Beklemmungen. Widerwillig ging ich in den Unterricht, akzeptierte mit Mühe, dass es ganz nützlich sein könne, zur Zeitersparnis Texte in die Maschine zu tippen, hasste aber den Zeitdruck. Noch heute zucken meine Finger, wenn ich den »Eurovisionsmarsch« höre, weil unsere Lehrerin Stunde für Stunde eine Schallplatte mit Händels »Wassermusik« auflegte, aus unerfindlichen Gründen erschien ihr deren Takt optimal zum Erlernen fehlerfreier Tastenbedienung.

Erst recht war mir das kleinliche Gefummel in der Stenographie von Anfang an ein Greuel, irgendwie lernte ich zwar die Zeichen schreiben, aber wie blockiert verweigerte mir mein Gehirn, sie lesen zu lernen. Ich schrieb die diktierten Stenogramme in der Schule zwar

mit, doch zu Hause konnte ich sie nur so lange einigermaßen rück-
übersetzen, wie ich mich an das Diktat erinnerte; sollte ich aber als
Hausaufgabe fremde Stenogramme in Normalschrift übertragen, ver-
sagte ich.

Aus Mutters anfänglicher Hilfsbereitschaft wurden rasch Ungeduld
und Ärger. Es sei doch absolut unmöglich, einen Text zwar schreiben,
aber nicht lesen zu können, damit wolle ich doch nur sie »schikanie-
ren«.

»Du bist doch nicht blöd!«, schrie sie dann, und da ich das eigentlich auch glaubte, vermied ich es, sie weiter um Hilfe zu bitten, und
schrieb die Hausaufgaben bei einer Freundin ab. Die Schultests fielen
entsprechend schlecht aus, und im Zeugnis wurde mir »wegen un-
genügender Leistungen die weitere Teilnahme am freiwilligen Wahl-
unterricht Stenographie« verweigert. Das ansonsten gar nicht so
schlechte Zeugnis war eine Katastrophe, meine Mutter war untröst-
lich, kam aus dem Heulen nicht mehr heraus – die Tochter hatte ihr
etwas Schreckliches angetan.

Beim Durchblättern des Papierpackens steigt das alte Gefühl des
Widerwillens in mir hoch, und ich erinnere mich an jede Szene.

Heute, da ich ihr Unglück kenne, kann ich mir vorstellen, dass die
Enttäuschung über die unfähige Tochter ein Ventil war, einmal nicht
die Fassade wahren zu müssen, sondern ihrer Verzweiflung, die andere
Ursachen hatte, nachzugeben und den unterdrückten Tränen freien
Lauf zu lassen.

Ich versuche, wenigstens das eine oder andere Wort zu entziffern –
doch es ist wie damals, ich starre auf die Zeichen, und sie verweigern
mir ihre Bedeutung, als wären es Hieroglyphen. Ich schließe die Augen, versuche, mit dem Finger die Wörter »Liebe«, »Horstel«, »Edi«
und »Muttilein« auf den Tisch zu schreiben. Es ist erstaunlich – ich
sehe die Zeichen vor mir, selbst die Kürzel für »ich« und »du« fallen
mir ein. Jetzt nur nicht den Ehrgeiz entwickeln, mir nach über fünfzig
Jahren beweisen zu wollen, dass ich nicht zu »blöd« bin, ihre Steno-
texte zu entziffern! Ein wenig durchblättern muss ich aber schon, und
ich freue mich wie ein kleines Kind, dass ich die unsichtbar auf den
Tisch geschriebenen Zeichen in ihren Texten wiederfinde.

Aber ich entdecke auch noch etwas anderes: zusammengefaltetes, hauchfeines, eng beschriebenes Durchschlagpapier mit Wagners Handschrift!

Wollte sie die feinen Briefpapiere besonders schützen – warum hat sie die dann nicht in Umschlägen aufbewahrt? Oder sollten sie besonders gut verborgen werden?

Dein Brief mit all den schönen Dingen hat mich beglückt, hat mir wieder so leuchtend das Schöne unserer Liebe gezeigt. Ich habe nie auf einmal zu Ende lesen können, immer an den schönsten Stellen begann ich von Deiner Süße zu träumen, ließ mich von der Ahnung unseres Glückes so gefangen nehmen, daß ich glaubte, Deinen Atem zu verspüren.

Liebstes, ich habe eine furchtbare Sehnsucht nach Deiner Stimme, Deinen Augen, Deinen Händen. Weshalb bist Du nicht bei mir?

Ich glaube, daß wir beide nie in unserer Liebe und Zärtlichkeit auch im Alltag erlahmen. Aus diesem Bewußtsein heraus, daß wir für dieses Glück jetzt auch anfangen müssen, etwas zu planen, aus meinem sehnsüchtigen Wollen heraus, das Geschöpf meines Lebens immer bei mir zu haben und auch aus einem Stolz heraus, der mir sagt, daß wir schon die unmöglichsten Dinge möglich machten, höre ich jetzt einen Augenblick auf, Dir mein Herz in seiner Sehnsucht zu beschreiben, sondern will jetzt – wie schwer – ganz ruhig und sachlich schreiben.

Und Du machst jetzt eine Pause beim Lesen und sollst dann ebenso ruhig und klar alles begreifen, was ich jetzt schreiben werde:

Ich habe lang mit Bianca gesprochen. Sie hat Deinen Brief erhalten und war sehr beeindruckt von dem, was Du schreibst. Sie ist offiziell schon abgereist, Du verstehst. Sie ist drüben und schreibt von dort auch ihre kommende Post an alle anderen, sie reist aber nicht ab, bevor sie Dich gesehen hat. Bei dem Stand ihrer Bemühungen kann sie noch nicht sagen, ob sie Dich hierbehalten oder gleich mitnehmen kann.

Auch dieser Brief kam also aus Rom, die mächtige Bianca spielt wieder eine wichtige Rolle, obwohl sie offiziell schon nach drüben gereist ist. – Nach *drüben?*

Aber sie will Dich so schnell wie möglich sehen. Du mußt Dich also informieren, ob, wann und wie Du – je eher, je besser – als Pilgerin nach Rom kommen kannst. Es gibt Pilgerzüge und auch Einzelreisen (wobei Dir eine beglaubigte Privateinladung, wenn nötig, zugehen würde).

Da ich jede Herzensregung meines geliebten Kindes kenne, weiß ich, daß jetzt erst einmal Schluß ist. Lieber mußt du noch einige Male lesen, um zu begreifen, daß Bianca Dich im Süden sehen will, und Du mußt jetzt alles in der gebotenen Form feststellen, wann Ihr Euch sehen könnt. Zuerst einmal soll es ein Treffen von 1, 2, 3 Wochen sein, Du hast jetzt, Herzenskind, die Pflicht (wie immer Du es schon so vollendet getan hast, worauf ich immer so stolz bin) alles für eine kurze Ferien- oder besser Bußreise hierher vorzubereiten.

Das bayer. Landeskomitée für Pilgerfahrten, Promenadeplatz 2, wird ja Dich oder jemand anders gut beraten können. Alles andere wird hier erledigt; Du sollst nur herkommen. Geht das an Ostern?

Seitdem ich in der Ferne die Umrisse unseres Paradieses noch ganz schwach zwar, aber doch schon als Wirklichkeit sehe, fällt es mir viel, viel schwerer, noch die Trennung von Dir zu ertragen. Ebenso ergeht es Bianca, die es für wichtig hält, sich vorher noch einmal zu treffen. Du mußt aber bei allem mit Rücksicht auf unsere Zukunft klug und überlegt sein, sei vorsichtig, behalte Dein Reiseziel für Dich und über-eile nichts. Schalte die Unruhe Deines geliebten Herzen aus, so lange Du eben planen mußt.

Je eher Du Dich mit Bianca triffst, umso eher ist dann das Treffen mit mir in der weiteren Welt möglich. Laß also jetzt B. nicht eine Stunde länger warten, als nötig ist.

Offiziell sei Bianca schon drüben, andererseits reise sie nicht ab, ehe sie Edi gesehen habe, und eventuell könne sie Edi gleich mitnehmen? Mein Verdacht erhärtet sich, dass diese Bianca nicht existierte, dass auch dieser Name eines seiner Pseudonyme war, zur noch besseren Camouflage ein weibliches.

Ich habe keinen einzigen von meiner Mutter adressierten Umschlag nach Rom gefunden, weiß also nicht, ob sie je an »Peter Ludwig c/o Bianca Sordini« geschrieben hat oder immer an Bianca direkt.

Auf einmal erkenne ich den Grund für das besondere Versteck dieser Briefe: Hier handelt es sich eindeutig um den Vorschlag, mit ihm »drüben«, »in der weiteren Welt« ein neues Leben anzufangen, und es galt, das auch vor ihrer Familie geheimzuhalten. Eine Pilger- oder Bußreise nach Rom konnte sie angeben, viele Katholiken unternehmen eine solche Reise, besonders zu Ostern, aber geplant war, dass sie nach einem genehmigten mehrwöchigen Urlaub nicht mehr von dort zurückkehren würde.

Nun zwinge ich mich weiter, erst einmal die praktischen Dinge zu schreiben. Du möchtest sofort per Eilboten an Bianca, wieder mit unbeschriebenem Luftpostumschlag darin an mich schreiben, und ihr schreiben, wie es Dir geht. Eine Woche später, nicht später, wieder mit Eilboten an Bianca, wann Du kommen kannst und das Ergebnis Deiner Reiseinformationen. B. muß danach natürlich ihre notwendigen Reisevorbereitungen treffen.
Nach 14 Tagen sende bitte, auch in einem zweiten inneren Umschlag mit der Aufschrift: Per Signore Nino B. A. einen Brief an Dott. Ezio P., viale M. 11.[41] In diesen tue bitte, ohne selbst zu schreiben, alle meine Pferdebilder und 3 Passbilder (neue) von Dir.
Im zweiten Brief (anderer Absender) schreibe mir doch auch: Wenn Du meinen Agabrief findest, von welchem Datum er ist und welche Mietzahl angegeben war; erkundige Dich bitte, was eine neue Reiseschreibmaschine kostet (hier sind sie sehr teuer). Hast Du auch, wie versprochen, viel Ziehharmonika geübt; hat Sen sich einmal geäußert. Hast Du mal etwas von Adler gehört (aber frage ihn jetzt bitte nichts). Ich muß auch noch wissen, ob Du Muttchen meinen Aufenthaltsort direkt geschrieben hast, weil ich ihr evtl. gleich von Buenos Aires aus sonst schreiben muß. –

Mit »drüben« ist also Argentinien gemeint, und »B. A.«, wo »Signore Nino« auf Nachricht wartet, ist »Buenos Aires«!

»Adler« ist der Deckname für seinen Anwalt Rudolf Aschenauer, der anscheinend von der Südamerikaaktion noch keine Kenntnis hat, »Sen« dagegen ist mir bisher nicht untergekommen.

Warum hat sie ihm versprochen, Ziehharmonika zu üben?

Wenn dieser Brief auch viel Praktisches enthält, so lies doch auch die
glühende Liebe für Dich aus allen Zeilen, die Dir das bereiten möchte,
was Du Dir ersehnst. Sollte sich in der Zwischenzeit etwas Gutes Neu-
es ergeben, so daß Du anschließend mit Bianca für immer zu mir hin-
überreisen kannst, so schreib ich Dir sogleich. Aber ich glaube, daß
Euer Zusammentreffen von hier aus schon vorbereitet ist und Dir am
besten tut, wenn Ihr beide zusammen Kriegsrat haltet, auch, wie Du
Deinen HB am schnellsten wiedersiehst.

Das »viele Praktische« muss ich erst verstehen und verdauen.

Also, hier steht es im Klartext, dass er von Anfang an seine Ausreise nach Argentinien plante und dass meine Mutter möglicherweise
gleich im Anschluss an eine fiktive Pilgerreise von Rom aus nach
Buenos Aires nachreisen sollte, damit er »das Geschöpf seines Lebens« »für immer« bei sich haben könnte – im ersehnten Paradies. Ein
Visum wäre mit Hilfe des Dottore Ezio P., dem sie ihre Passbilder
schicken sollte, dann schon vorbereitet gewesen.

Kein Wort von dem einmal so innig mit einbezogenen Kind.

Damals in Nürnberg hatte er geschrieben:

Ich liebe Euch doch alle beide. Meine Liebe zu Dir umspannt alles,
was mit Dir geliebten Menschen zusammengehört. Und je mehr Du
etwas liebst, umso mehr tue ich es.

Hast Du seinem Rufen nicht Folge leisten können, weil er nun keinen
Gedanken mehr an Dein Spätzlein verschwendete, Mutter? Oder dachte er gar nicht mehr daran, weil Du ihm in den vergangenen Jahren
allzuoft versichert hattest, dass Dir Deine »Angehörigen« nichts mehr
bedeuten, dass nur noch seine Liebe für Dich zähle, ohne die das
Leben keinen Wert mehr für Dich hätte?

Eine Deiner knappen Antworten auf meine Frage, ob ich der Grund
dafür war, dass Du ihm nicht nach Italien gefolgt bist, war: »Nein, er
hat dich ja sogar adoptieren wollen – aber ich wollte einfach nicht aus
Deutschland weg.«

Noch als ich die ersten Briefe aus dem Nürnberger Gefängnis las,
besonders die nach Mutters »Geständnis« und das anrührende Schrei-

ben an meinem vierten Geburtstag, konnte ich diese Behauptung gut glauben. Später jedoch wurde das Kind kaum noch erwähnt, und Hinweise auf eine mögliche »Adoption« habe ich nicht gefunden.

Im Auswanderungsplan nach Argentinien hatte das Kind sicher keinen Platz. Wolltest Du später selbst nichts mehr wissen von den Überlegungen, Dein Kind zurückzulassen, hast Du Dich so geschämt, dass Du das ganze Südamerika-Kapitel vergessen, verdrängen musstest, Mutter? Hast Du nicht gewollt, dass ich auch nur von Euren Plänen erfahre, hast Du diese Briefe dort versteckt, wo Du mit größter Sicherheit annehmen konntest, dass ich nicht genauer nachschauen würde: zwischen den für mich nicht lesbaren Steno-Entwürfen?

Warum aber hast Du nicht gleich alles verbrannt, warum nicht später?

Gab es noch andere Gründe dafür, dass Du immer behauptet hast, in Südamerika sei er nicht gewesen, Geheimnisse, die für Dich zu behalten sein Auftrag war? Und fiel es Dir leichter, sie zu bewahren, wenn Du die Kenntnis der Reise leugnetest?

Selbst als ich Dir mein altes Briefmarkenalbum zeigte, sagtest Du: »Was weiß denn ich, woher du die südamerikanischen Marken hast!«

Ich frage Dein Bild von damals, das schöne, klare Gesicht mit den großen sehnsüchtigen Augen.

Ich wünschte, Du wärst glücklich geworden, Mutter, mit ihm, auch ohne mich. Mit mir warst Du es ohnehin fast nie.

Der Brief hat noch eine weitere Seite:

Denn der HB hat am stärksten darauf gedrungen, er war tagelang verwirrt durch einige märchenhaft schöne Sätze, die sein Muttilein für ihn über die Zukunft schrieb, er sagte, es wäre für ihn die größte Sünde, etwas zu tun, um dessen Vermeidung das Muttilein mit traurigem Herzen bittet. Ich schreibe Dir dieses, damit Du weißt, daß ebenso sehr wie meine Liebe zu Dir nur heftiger geworden ist und die Zuneigung und die Anbetung Deines Bubens auch in der Ferne unverändert stark geblieben ist. Denn auch in der Phantasie der Liebe und unserem Märchenland weiß der Bub, daß sein Muttilein unvergleich-

lich hoch über allem anderen steht. Ich habe nie ein Gefühl für mög-
lich gehalten, von solcher dauerhaften Tiefe und Stärke, wie es die
klügste aller Frauen, in ihrem Buben geweckt und gepflegt hat.

Das klingt sehr nach einem Treuegelöbnis, auch wenn es schwer vorstellbar ist, dass er auf seiner vermutlich abenteuerlichen Flucht, bei
der er auf Hilfe angewiesen war und sich verstecken musste, Verfüh-
rungen als »größte Sünde« von sich gewiesen hätte.

Jetzt aber muß ich ihn mit Gewalt vom Schreiben wegjagen, denn er
könnte noch viele Bücher schreiben über Dich und viele über seine
Gefühle für Dich. Mach ihn doch auch glücklich, bald, ja?
Jetzt will ich noch einmal mit meinem Herzenskind reden. Ich kann
mir vorstellen, wie dieser Brief, der ihm sagt, wie es erwartet wird,
wirkt. Und Du sollst Dir ein wenig Zeit lassen, Dich erst daran zu
gewöhnen, daß Du wieder einmal, wie schon so oft, eine Reise an-
treten sollst. Dann aber mußt Du es alles so gut und überlegt anfan-
gen, mit einem ganz klaren und vernünftigen Köpfchen. Wenn Du mir
im 2. Brief nicht alles mitteilen kannst, tust Du es in einem dritten; der
müßte aber gegen den 20. hier sein. (Adresse: P.)
Seitdem ich diesen Brief begann, der vielleicht der wichtigste ist, den
ich überhaupt an Dich schrieb, ist die ganze Welt für mich schöner
geworden. Alles in der Welt – auch in mir – prunkt und blüht auf, um
die Königin meines Herzens zu empfangen, wie es ihr gebührt. Und
alle innigste Wärme des Herzens und alle tiefste Zärtlichkeit sind be-
reit, wie ein großes, unendliches Meer, das Herzenskind aufzunehmen
und es weit fort zu tragen auf die Insel des Glückes zweier Menschens-
kinder, die ja in Wirklichkeit immer nur eins gewesen sind.
Du hattest mir einen Zettel mit einem Märchen gesandt und die Frage,
ob dieses Märchen je Wirklichkeit werden wird. Willst Du Dir nicht die
Antwort selbst holen kommen?

Würde »dieses Märchen je Wirklichkeit werden«? Ob sie nun doch an
der gemeinsamen Zukunft zweifelte und ihm deshalb noch einmal das
Märchen aus dem Gefängnis aufgeschrieben hat, in dem nach hartem
Kampf endlich der Prinz Hochzeit mit seiner Königin feiert und dann

im ganzen Land die Blumen nie mehr verblühen – in einem »Frühling ohnegleichen«?

Mein innigstgeliebtes Mädel, wie oft habe ich Deinen Namen vor mich hin gesprochen, wie oft still dagesessen, um auf Deinen Herzschlag zu lauschen. Denn keine Entfernung und keine Mauer haben vermocht, mich von dem Pochen Deines Herzens zu trennen. Meine Liebe ist so stark, daß sie auch mich zur Strecke bringt, wenn sie Dich nicht findet. Es werden jetzt Tage kommen, schmerzend in Unruhe und Sehnsucht. Dieser Brief fiel mir so schwer. Meine Sehnsucht rast, mein Herz schreit wirklich nach seinem Leben. Spür auch Du, geliebtestes Geschöpf, wie ich auf Dich warte. Laß Dein Herz auch die Pilgerfahrt antreten: für andere führen alle Straßen nach Rom, für mein Herzenskind alle zu mir. Komm.

Mühsam entziffere ich ein von Edi mit Bleistift erstaunlicherweise überwiegend in Normalschrift beschriebenes Blatt, offensichtlich ein Entwurf des Antwortbriefs, fasse die teilweise durchgestrichenen Satzteile so zusammen:

… ich träume und träume, durchkoste mit jagendem Herzen schon jetzt das unzerstörbare Glück unseres Beisammenseins im schönen Süden und finde mich in meiner Umwelt nicht mehr zurecht. Wenn Du aus meinen Zeilen nur herausspüren würdest, daß ich so glücklich bin und es kaum mehr erwarten kann, bis ich mein geliebtestes Schätzlein wiedersehen, umarmen und glücklich machen kann.
Weil aber selbst der innigste Wunsch mich nicht dorthin versetzen kann und ich nur nach Erfüllung mancher Formalitäten meine Pilgerreise antreten kann, will ich mich nun doch bemühen, ruhig und vernünftig das Notwendige zu unternehmen.
Ich habe mir das von Dir gesagte genau eingeprägt und werde genau danach verfahren und verhandeln. Sobald alles klar ist, ich hoffe spätestens in einer Woche, bekommst Du sofort Bescheid. Ich bin ehrlich genug zu sagen, daß mir die finanzielle Seite meiner Reise einiges Kopfzerbrechen macht. Die unbedingt erforderlichen Neuanschaffungen haben das Gehalt jeweils gänzlich aufgebraucht, sodaß ich keine

Mark zurücklegen konnte. Ich werde aber schon eine Möglichkeit fin-
den, wie ich zu dem erforderlichen Reisegeld kommen kann.
Von Sen. M. kamen im Herbst 48 die erbetenen Seiten, die ich bei mir
aufbewahre. Ansonsten habe ich – auch von Adler – nichts mehr ge-
hört.

»Sen. M.« – das »Sen« könnte doch eine Abkürzung für »Señor« sein,
vielleicht ein Herr, der sich bereits in Buenos Aires aufhielt? »Im
Herbst 48«, das heißt, dass dies einer seiner ersten Briefe aus Rom
sein muss; die folgende Auskunft über Wagners Mutter bestätigt das:

Von Muttchen ist inzwischen Nachricht gekommen, sie lebt seit Juni 49
in der Zone und ist ganz in der Nähe ihrer Tochter untergebracht. Un-
tertags hält sich Muttchen bei H. auf, auch M. und I. sind dort. Mutt-
chen schreibt, dass es ihr gesundheitlich sehr gut gehe und sie mit
Recht zufrieden wäre, weil die Lebensbedingungen nun viel leichter
wären, nur wartet sie sehnlichst auf Post an nachfolgende Adresse ...

Diese Adresse steht leider nicht im Entwurf.

Habe ich nun nicht Pappileins Lob verdient, weil ich seine Aufträge
und die praktischen Dinge nicht vergessen habe, zu erledigen? Und
ich trotz der Verwirrtheit, an der das Rufen meines HB nach seinem
Muttilein die Schuld trägt, noch ruhig und sachlich denken konnte.
Schwer genug ist es mir gefallen, meine glühende Liebe zu Dir und
meine Sehnsucht ist so stark, daß ich immerzu von ihnen schreiben
möchte. Ist es denn plötzlich Frühling geworden, der mein banges
Herz plötzlich herausgerissen hat aus dem Dunkel des schmerzhaften
Wartens?
Seitdem Dein Brief hier angekommen ist, weiß ich nicht mehr, wie ich
meine maßlose Freude, mit der mich Deine schicksalhaften Worte
überschüttet haben, bändigen soll. In übermütiger Glückseligkeit und
befreit von einer schmerzhaften Bangigkeit um Dich und unsere näch-
ste Zukunft zwingt mich mein jauchzendes Herz, jedes dieser nahezu
unbegreiflichen Worte, die mir bewiesen haben, daß Dein unermeßlich
reiches Herz mir überwältigendes Glück zu schenken vermag, immer

wieder zu küssen, um Dir körperlich so nahe wie nur irgend möglich
zu kommen. Auf den Papierblättern, die Du beschrieben hast und die
mir die erlösende Botschaft gebracht haben, waren doch Deine ge-
liebten Hände gelegen mit der Wärme Deines sehnenden Herzens.
In meinem Herzen ist es Frühling geworden, ich fühle mich auch ge-
sundheitlich so wohl, seit Dein Brief hier ankam, meine Augen haben
wieder einen ganz eigenen Glanz und leuchten nur noch mehr, wenn
ich in die Berge schaue, hinter denen mein liebstes Schätzlein auf mich
wartet und meine verzehrende Sehnsucht Erfüllung finden wird.
Ein einziges Wörtchen hat eine jubelnde Melodie angestimmt, die
jeder Schlag meines Herzens weiterklingen läßt, das kleine, aber für
mein ganzes Leben entscheidende Wörtchen: komm.

So ganz hat sich das Herzenskind »Pappileins Lob« aber doch nicht
verdient, denn anscheinend hat es nicht alles zur Zufriedenheit erledigt und die eigenen Passbilder vergessen. Auf einem hastig beschriebenen Blatt wiederholt Wagner recht ungeduldig:

No. 1: Schreibe sofort an Bianca, Corso d'Italia
Was kostet eine deutsche Reiseschreibmaschine, die Dir liegt?
No. 2: baldmöglichst an Avv. Dott. Ezio P., Roma, viale M. 114 B, in-
nerer Umschlag per Signor Nino B. A.
Muttchens Brief
3 Passbilder von HK (die anderen Bilder habe ich jetzt bekommen)
eine oberflächliche Liste von den Sachen die Du hast (vielleicht mußt
Du etwas mitbringen)
Wenn Du ohne Eile die Zeitung beschaffen kannst, in der der Aufsatz
Rad. stand, den Du meinem Bekannten mitgeben wolltest, dann sende
diese Zeitung (aber ganz, unbezeichnet) an P. unter Kreuzband.
No. 3: Das schwierigste:
Sobald Du Abreisetag und Zug weißt (oder es schon ein wenig sicher
wird), schreibst Du an Bianca. Von Tölz dauern auch Eilboten 5 Tage,
München Hauptbahnhof geht wohl schneller. Schlimmstenfalls mußt
Du telegrafieren an B. S: Unterschrift: Herbert. Aber ich will Dir noch
auf Brief 1 antworten, auch besonders wo + wie wir uns treffen.
So mein liebstes Herzenskind, bei allen Dingen auch wieder die Mah-

*nung zur Vorsicht, denn ich hab ja meinetwegen dort oben überhaupt
keine Ahnung mehr.*
*Ich bin sehr froh, dass Dein Aufgabenzettel jetzt fertig ist. Ich will jetzt
nämlich anfangen, an Dich, mein süßes Kind, zu schreiben.*

Ein Brief an das »süße Kind« liegt nicht dabei, er wird sich nicht
allzusehr von den zahllosen sehnsüchtigen Briefen unterschieden
haben.

Weil er nicht wusste, wie es um seine Sache »dort oben« in Deutschland stand, brauchte er den »Aufsatz Rad.«. Wahrscheinlich meinte
er damit einen Artikel seines früheren Dienstkollegen, des Diplomaten Franz Rademacher, Legationsrat und bis 1943 Leiter des Judenreferats im Auswärtigen Amt. Der war nach vorübergehender Verhaftung 1947 längst wieder in Freiheit und betrieb ein Wirtschaftspressebüro, ehe er 1952 vom Landgericht Nürnberg wegen Beihilfe
zum Totschlag an 1300 Juden verurteilt und nach einem halben Jahr
wieder entlassen wurde, woraufhin er mit spanischem Pass nach
Syrien floh.[42]

Schwierigkeiten verzögern Edis für Ostern erhoffte »Pilgerreise« –
und die Ausreise nach Südamerika. Das entnehme ich einem dritten
Brieffragment im Packen der Entwurfsblätter:

*Mein Liebstes, eben habe ich erst Deinen Brief gelesen, ich muß mich
in wenigen Minuten fertig machen, damit die Antwort noch sofort auf
den Flugplatz kommt. So muß ich auf alles verzichten, was ich Dir
so voller Liebe und Sehnsucht sagen möchte, aber erst einmal das
wichtigste:*
*Selbst, wenn Du bis Ostern Deinen Pass hättest, darfst Du noch nicht
reisen. Gewisse Befürchtungen und Schwierigkeiten, die sich für
mich – denn ich muß ja auch eine Reise unternehmen – hier ergaben,
machen folgendes erforderlich:*
*Du schreibst bitte umgehend an Bianca, wie Deine Sachen stehen.
Schreibe bitte auch, ob Du Victorias Adresse der dortigen Dienststelle
angegeben hast. Sicher ist, daß eine gewisse Klugheit notwendig ist,
um unsere endgültige Lösung nicht weiter hinauszuschieben. Also,
bitte schreibe sofort. Dann telegrafiere ich, etwa 14 Tage später wird*

es werden, an Hansi, wo Du hinkommen sollst. Dort mußt Du aber einige Stunden – ich schreibe Dir die Adresse der Pension mit – auf mich warten. Und Du telegrafierst (von München aus) an Bianca, wann Du eintriffst. Also nochmal in aller Eile:
1.) sofort an Bianca schreiben
2.) mein Telegramm abwarten
3.) an Bianca Telegramm Deine Ankunft
Ich hoffe, dass das alles ganz klar ist. Die Schwierigkeiten, die Dein Büro wegen des Urlaubs machen könnte, kann ich natürlich nicht übersehen. Herzlein, dann hast Du Deine Bilder wieder nicht geschickt (Liste und Muttchs. Brief erhielt ich), ich hätte sie so nötig gebraucht, um uns die Reise und alles weitere zu erleichtern. Schicke sie an Ezio.

Trotz der »verzehrenden Sehnsucht«, der immer wiederholten Schwüre, ohne ihn nicht leben zu können, trotz des schwärmerischen Angebots in einem ihrer überschwenglichen Briefe: »Ich gehe mit Dir bis ans Ende der Welt« scheint Edi die Ausfertigung eines Visums hinausgezögert zu haben. Warum sonst hatte sie »Avv. Dott. Ezio P.«, offenbar Wagners Advokaten in Rom, die angeforderten Passfotos auch nach einer dritten Aufforderung nicht geschickt?

Zu gerne möchte ich glauben, dass es ihr doch schwerfiel, einfach von zu Hause zu verschwinden und ihr Kind im Stich zu lassen.

Wagner musste seine Abreise aus mir unbekannten Gründen verschieben, konnte in jenem Frühjahr 1950 nicht nach Buenos Aires ausreisen, wie er es geplant hatte – ich weiß ja nun aus den römischen Akten, dass er sich erst im Februar 1951 nach Lima eingeschifft hat.

Nur merkwürdig, dass in keinem der folgenden Briefe noch einmal die Argentinienreise erwähnt wird. Oder hat sie entscheidende Briefe doch beseitigt? Oder verstehe ich Metaphern nicht? Womöglich verbergen sich hinter den redundanten Liebesschwüren doch verklausulierte Nachrichten und Anordnungen.

Jedenfalls wurde das Thema »Südamerika« anscheinend zunächst aufgegeben. Zu einem ersten Wiedersehen mit »Muttilein« Edi kam es dann erst in Meran Mitte Mai, am »glücklichen« Tag des heiligen Felix, und eine »Pilgerreise« zum Heiligen Jahr wurde für Horsts echtes »Muttchen« arrangiert.

Vielleicht fände ich ja noch den einen oder anderen Hinweis in den stenographierten Entwürfen – warum nur hat sie sogar jedes »Schmierblatt« aufbewahrt? Warum überhaupt diesen ganzen Karton im Keller versteckt? Warum und wann hat sie die »schwarze Mappe« beseitigt, in der sie vielleicht diese Briefe bis zu jenem Zeitpunkt in den siebziger Jahren verwahrt hatte, als ich sie zuletzt in ihrem Bücherschrank sah? Ein Anhänger mit der Aufschrift: »Den Inhalt nach meinem Tode zu verbrennen« schützte den Inhalt der Mappe vor fremden Augen, auch den meinen. Für sie aber wären diese Briefe im Bücherschrank jederzeit griffbereit gewesen – vielleicht, um sich selbst immer daran zu erinnern, dass diese große Liebe kein Traum war, wenn sie auch nur sieben Jahre lang dauerte.

Später war die Mappe verschwunden, und ich dachte, sie hätte den Inhalt verbrannt. Warum hat sie die Schriftstücke statt dessen irgendwann – erst 1995 habe ich sie bei meinen »Lebensborn«-Recherchen vermisst – in den großen Schuhkarton gepackt, den verschnürt und im Keller versteckt?

Die Mappe ist nie mehr aufgetaucht. Meine Mutter hat den halben Paketanhänger als Buchzeichen verwendet und den Karton ohne eine Aufforderung zum Verbrennen in das unterste Fach einer uralten Kommode in den Keller gesperrt. Dort hat sie ihn wohl nie mehr hervorgeholt, sondern aufbewahrt – warum, für wen?

Hat sie später vergessen, verdrängt, dass die Briefe dort waren?

Ich glaube, ich sollte den Karton finden – ich betrachte den Briefwechsel zwischen ihr und ihrem Geliebten nun als eine Art Nachlass. Sie wollte, dass ich eines Tages auch diesen Teil ihrer Lebensgeschichte erfahren sollte, endlich die »Wahrheit« über ihr Glück und ihren Schmerz, ihre Leidenschaft und ihre Trauer – und über ihre Unfähigkeit, darüber zu sprechen.

Gerade in diesen Tagen, da ich die letzten Geheimnisse zu entschlüsseln versuche, geht Günter Grass in seiner Biographie endlich mit dem Eingeständnis an die Öffentlichkeit, in sehr jungen Jahren unfreiwillig bei der Waffen-SS gewesen zu sein. Aus der verblendeten Sicht in seiner Hitlerjugendzeit hatte er nie ein Hehl gemacht. Nur das »kleine Detail« hat er über Jahrzehnte verschwiegen.

Während ein großer Teil der Menschen im Lande, vor allem aus der jüngeren Generation, entrüstet reagiert, manche den Siebzehnjährigen von damals mit dem Meister der deutschen Sprache von heute gleichsetzen und ihm gar den Nobelpreis für sein Lebenswerk aberkennen wollen, hat diese Geschichte für mich einen merkwürdig entlastenden Effekt: Wenn sogar ein sprachgewaltiger Mann wie Günter Grass es aus Schuldgefühl und Scham erst im hohen Alter fertigbringt, seine Nazi-Aktivitäten in der Jugend einzugestehen, wie kann ich meiner Mutter dann ihre Unfähigkeit vorwerfen, eine große Nachkriegsliebe, die eng mit der Nazi-Zeit verknüpft war und letztlich daran scheiterte, weitgehend verschwiegen zu haben? Musste sie doch zusätzlich den Vorwurf fürchten, einen Nazi-Verbrecher geliebt zu haben, obwohl sie das selbst sicher nie geglaubt hat. Sonst hätte sie nicht bis zum Schluss mit Bewunderung von ihm gesprochen.

Obwohl er sie verlassen hat, grundlos. So sagte sie jedenfalls.

Vielleicht hat sie sich ihre Blindheit später selbst vorgeworfen, vielleicht sollte ich nach ihrem Tod verstehen, was sie selbst nicht verstanden hat.

Wie gerne würde ich das tun. Noch einmal überfliege ich die drei Briefe von Wagner, bleibe an der Ermahnung, Ziehharmonika zu üben, hängen. Meine Mutter besaß tatsächlich ein Akkordeon, das ich als Kind erstmals entdeckte, nachdem wir von Tölz nach München umgezogen waren. Da lag auf einmal dieser Koffer mit seiner merkwürdigen abgeschrägten Form unter dem Bett. Ich war begeistert: »Mutti, kannst du Ziehharmonika spielen? Warum machst du das nie?«

Nein, die Harmonika sei nicht ihre, die habe ihrem gefallenen Bruder gehört, er habe bei so manchem Hüttenabend für Stimmung gesorgt, damals in ihrer Jugend, als sie häufig mit ihm in die Berge gegangen war.

Sie selbst habe es mal probiert, der Bruder hätte ihr ein wenig Unterricht gegeben. Nein, vorspielen wollte sie mir nichts, sie habe alles vergessen.

Wagner hatte sie sicher gebeten, für »drüben« zu lernen und zu üben.

Bei geselligen Abenden der deutschen Einwanderer mit Volkstanz und Musik wurden gewiss gern deutsche Lieder gesungen – und noch lieber mit Begleitung auf einem »Schifferklavier«. Hatte er sich gewünscht, man sollte Edi, seine schöne Frau, auf die er stolz war, die er sicher gerne vorgezeigt hätte, auch wegen ihrer Musikalität schätzen?

Warum dann hat sie nicht fleißig geübt, schließlich beteuerte sie in ihren Briefen doch immer wieder, dass sie ihrem Herzensbuben keinen Wunsch abschlagen konnte?

Oder sie hat eben nicht geübt, weil sie in Wirklichkeit ohnehin nicht nach Südamerika auswandern wollte.

Als ich ins Gymnasium kam, wollte ich gerne Klavier spielen lernen wie meine beste Freundin, aber natürlich besaßen wir keines. Da erinnerte ich mich an Onkels »Quetsch'n« – waren die Tasten an diesem Instrument nicht die gleichen wie beim richtigen Klavier? Zur Not könnte ich doch darauf üben?

Meine Mutter konnte nur wieder den Kopf schütteln über die verrückten Einfälle des Kindes. »Wie stellst du dir das denn vor – die Tasten auf der Ziehharmonika sehen zwar aus wie Klaviertasten, aber man kann sie doch nicht einfach so bedienen, sie geben keinen Ton, wenn man nicht dazu die Luft in den Balg zieht und wieder ausquetscht!«

Ich konnte mir das nicht so recht vorstellen und bettelte so lange, bis sie den Kasten unter dem Bett hervorzog und mir zeigte, wie man diese Quetschkommode zum Tönen bringt. Sie schlüpfte in die Schulterriemen und öffnete die Riemchen, die den Balg zusammenhielten. Und – ich weiß nicht, ob ich das jetzt in meine Erinnerung einblende, weil ich es gerne so gesehen hätte – die Finger ihrer linken Hand eilten flink über die Tasten, während die rechte Hand das Instrument auseinanderzog und deren Finger gleichzeitig weiße Knöpfe bedienten, und ich meine, die Melodie von »Muss i denn, muss i denn zum Städtele hinaus« zu hören.

Jedenfalls legte sie das Instrument ziemlich rasch wieder ab mit dem Kommentar: »Die ist ja völlig verstimmt«, und meine Begeisterung war schnell vorbei, als sie mir das schwere Akkordeon auf meine schmalen Schultern hängte.

Ich habe es danach nie mehr gesehen. Jetzt tut es mir auf einmal leid, dass ich beim Aufräumen ihres Kellers den alten Akkordeonkoffer nicht mehr beachtet habe, als ich so gefesselt war vom Fund des Kartons mit den Briefen. Ich weiß es nicht mehr, ob meine Söhne ihn mit dem anderen Gerümpel zum Sperrmüll gebracht haben.

Ich rufe Julian an, er ist Musiker.

»Erinnerst du dich an das alte Akkordeon, als wir Omas Keller ausgeräumt haben – habt ihr das auch zum Sperrmüll gebracht oder wolltest du das behalten?«

Er lacht: »Klar, Mama, ich kann doch kein Musikinstrument wegschmeißen, solange ich nicht weiß, ob das Ding noch funktioniert! Wir haben uns darüber gewundert, du hast nie erzählt, dass Oma mal Ziehharmonika gespielt hat. Weißt du nicht mehr, ich habe dir doch gesagt, dass ich es mit nach Hause nehmen werde, aber du hast irgendwie nicht zugehört. Allerdings ist das Schloss versperrt, ich wollte dich immer mal fragen, ob du Omas Schlüssel aufgehoben hast, und ausprobieren, ob einer passt, weil ich den Kasten nicht aufbrechen wollte. Aber ich hab's immer wieder vergessen, ehrlich gesagt das Akkordeon auch – ich habe es unter mein Bett geschoben. Warum fällt dir jetzt, nach über einem Jahr, die Ziehharmonika auf einmal wieder ein?«

»Ich denke gerade darüber nach, warum sie nie darauf gespielt hat – ich glaube, sie konnte es. Ich komme gelegentlich bei dir vorbei und bringe Omas Dose mit Kofferschlüsseln mit.«

Ein paar Stunden später steht Julian vor der Tür, den abgeschabten Koffer unter dem Arm, der Ledergriff ist abgerissen.

»Ich musste sowieso zum Proben rausfahren, und da habe ich den Kasten gleich eingepackt, du hast sowieso mehr Platz als ich. Stell ihn doch in den Keller!«

Und weg ist er, der Akkordeonkasten steht zu meinen Füßen.

Jetzt muss ich ihn gleich öffnen.

Das Schloss ist verrostet, auch wenn einige der vielen kleinen Schlüssel, die ich ausprobiere, zu passen scheinen, lässt es sich nicht öffnen, bis ich ein wenig Öl hineinträufle.

Der Kasten hat in all den Jahrzehnten Staub und Feuchtigkeit ferngehalten: das perlmuttfarben und schwarz marmorierte Instrument glänzt, das verchromte Klanggitter im Jugendstilmuster ist rostfrei, die elfenbeinfarbene Klaviatur makellos, der helle Blasebalg ein wenig

fleckig. Nur die Bassknöpfe sind vergilbt. Schwarzgolden der verschnörkelte Schriftzug: »La Paloma«.

Ich nehme die Ziehharmonika heraus, ein langer, klagender Ton, als
der Balg auseinandergleitet.

Das Instrument ist tatsächlich so schwer, wie ich es in Erinnerung
hatte.

Bilder aus Mutters Fotoalbum tauchen in mir auf: die strahlende
junge Frau, lachend neben dem Bruder auf einer Berghütte, umringt
von jungen Männern. Und ich sehe, wie Willi die Ziehharmonika von
den Schultern nimmt, seiner Schwester die roten Ledergurte über-
streift und wie ihre rechte Hand durch das breite Band greift, mit kräf-
tigem Schwung den Balg auseinanderzieht, während sie gleichzeitig
die Bassknöpfe bedient, und die Finger der linken rasch in die Klaviertasten greifen und die ganze Runde fröhlich in das »Muss i denn«
einstimmt.

Ich versuche, dem Instrument ein paar kräftige Töne zu entlocken;
das gelingt nur mit Hilfe der Bassknöpfe, die meisten Klaviertasten
sind verstummt.

Ich habe keine Ahnung, ob man das Akkordeon reparieren kann,
das muss ich Julian überlassen. Jedenfalls kann ich es nicht auf den
Sperrmüll bringen.

Ich lasse die Harmonika von der Schulter gleiten, will sie in den
Kasten zurücklegen. Da sehe ich den großen Briefumschlag in der
Bodenmulde.

Ein DIN-A4-Umschlag, ohne Aufschrift, die Lasche nur einge-
klappt. Darin befinden sich drei weitere, kleinere Umschläge.

»Briefe aus S. A.« steht auf dem einen in Mutters Handschrift,
»Letzte Briefe aus Rom« auf dem zweiten. Der dritte trägt keine Aufschrift, er ist zugeklebt.

Ich entnehme dem »S. A.« einen Packen winzig beschriebener
Luftpostbriefe, die meisten ohne, einige mit Umschlägen, Briefmarken ausgeschnitten. Fremde Namen stehen auf den Absendern aus
Peru, Chile und Argentinien. Nur auf einem blauen Via-Aeria-Um-
schlag sind noch drei bunte Marken der República Argentina mit
einem deutlich lesbaren Poststempel vom 2. April 1952.

Es ist fast so wie vor einem Jahr, als ich den Karton im Keller fand.

Noch einmal Wagner-Briefe, diesmal jedoch aus einer anderen Welt. Auch ein mit Schreibmaschine geschriebenes Blatt von einem Freitagabend an den »Herzliebsten Hstel« ist darunter.

Da schreibt meine Mutter nun an ihn, dass sie glaubte, in »vier furchtbaren Wochen« müsse ihr »das Herz brechen vor Sehnsucht, Sorge und Angst um ihn«. Und dass sie sehr krank geworden sei:

Dann ging alle Kraft von mir, ein richtiges Verzehrtwerden, das mich so überwältigt hat, dass ich die ganze letzte Woche bis gestern mit hohem Fieber krank gelegen bin. Mich hat es nicht überrascht, daß der Arzt keine physische Ursache finden und mir auch nicht helfen konnte. Das hat nur mein Hstel fertiggebracht – zwei Stunden, nachdem ich endlich Deinen Brief in Händen hatte und mich nicht satt lesen konnte an Deinen Liebesworten, war Fieber und Krankheit wie weggeblasen.

Von Deinem Leben drüben hast Du mir recht wenig geschrieben. Du musst mir nur immer die Wahrheit schreiben, ich muß alles wissen, ob alles wirklich gut geht und ob Du ganz gesund bist, Herzlein, verschweig mir nichts, ich spüre es ja doch und werde noch unruhiger. Ich will nichts anderes mehr, als Deine Nähe wieder zu spüren, meine schwärmerische Verliebtheit für Deine wunderschönen Augen, Deine mich so erregende Gestalt, Dein liebes Gesicht, das im Wachen und Träumen vor mir steht, das Wissen um unser unzerstörbares Zusammengehören und der unstillbare Ehrgeiz für Dich zu sorgen und zu schaffen führt uns ja zwingend zu unserer Lebensgemeinschaft für die wir beide die ersten Schritte schon getan haben.

In welche Richtung Deine Pläne für den Ort unseres Beisammenseins gehen müssen, muss ich ganz Dir überlassen, denn ich kann mir ja von drüben gar keine Vorstellung machen. So erschreckend weit bist Du jetzt von mir fort – mir wird wirklich bange, wenn ich auf der Karte die Entfernung sehe. Weißt Du Schätzlein – Italien wäre doch wunderschön, irgendwie ist es mir doch schon zu einem Stück Heimat geworden.

Das klingt nicht so, als ob sie davon begeistert gewesen wäre, ihm nach Südamerika zu folgen. Kann es sein, dass er tatsächlich ihretwegen zurückgekehrt ist nach Rom? Er wäre doch sicherer gewesen im Kreise seiner gleichgesinnten Landsleute wie so viele Nazis, die sich der Verantwortung entzogen haben und in Südamerika einen ruhigen und angenehmen Lebensabend verbrachten.

Beim Durchblättern des Packens seitenlanger Briefe wird aus meiner Neugierde auf einmal Ungeduld. Nur den kürzesten Brief werde ich noch lesen:

Geliebteste Frau, ich habe Deinen so lieben Brief vom 8.10., vor mir, mein jagendes Herz dankt Dir für Deine lieben, süßen, vertrauten Worte. Schon als ich ihn verschlossen in die Hand nahm, überkam mich wieder dieses rasende Zittern, das jedesmal kommt, wenn ich nur einen Hauch Deiner verwirrenden Nähe spüre. Und dann las ich wieder einen der schönsten und ergreifendsten Liebesbriefe, die ein menschliches Herz zu schreiben vermag.

In wenigen Stunden fahre ich wieder weg, nun muß ich noch Koffer packen, es geht alles in großer Eile und deshalb ist mein Brief so kurz: mein glühendes Herz will Dir nur sagen, daß es mir gut geht und daß es sich maßlos nach Dir sehnt. Schreib mir doch bitte nochmal an die Santiago-Adresse, Du bekommst in der Zwischenzeit wieder eine neue Anschrift. Immer begleitet mich Dein geliebtes Bild, auch in dem Trubel der letzten Wochen. Ich kann Dir garnicht beschreiben, wo ich alles war, kaum 2 Nächte bin ich an einem Platz, es gibt viel Neues und Interessantes, die Stunden und Tage verströmen hier so schnell, die Eindrücke jagen um die Wette. Jetzt war ich gerade drei Wochen im Süden des Landes, immer unter (wirklichen) Landsleuten, reitend zwischen großen Wäldern und schneebedeckten Bergen, ein wenig wie Alpenvorland, aber alles ohne Elein – warum bist Du nicht hier?

Ich bin müde, habe das Gefühl, ein weiteres Kapitel aufschlagen zu müssen im Leben meiner Mutter und vor allem Horst Wagners, und ich denke an die *Unendliche Geschichte* von Michael Ende: »Aber das ist eine andere Geschichte …«

Lieber noch einmal zurück nach Rom – ob ich in dem anderen Umschlag den Abschiedsbrief finde, den ich bisher vergeblich gesucht habe?

Nur fünf kurze Briefe sind darin, alle mit Umschlag, die Briefmarken nicht ausgeschnitten, die Poststempel leserlich.

Alle in gehetzter Schrift, fahrig, durchgestrichene Worte.

Der erste, vom 20. November 1953, ist in Perugia abgestempelt:

Mein Liebstes, in der Sehnsucht, Dich wiedersehen zu wollen: Kannst Du am Sonntag, 29. Nov. morgens in Mailand-Hbf. sein? Antwort bitte sofort nach Rom, wo ich am 28. abends abreise mit einem Zug, der 9.02 in Milano ankommt. Wenn Du Sonnabend abends oder nachmittags abfährst über Schweiz (Schweizer Durchreisevisum) so bist Du vielleicht etwas früher dort und könntest mich in Empfang nehmen. Sonst Wartesaal I/II Klasse.

Wenn ja, bringe mir alle *Kopien mit. Ich treffe den Professor und Du müßtest einen Tag lang viel schreiben. Einziger größter Nachteil, wir können uns nur kurz sehen, denn ich habe im Augenblick keinerlei Geld, so daß ich schnell wieder fort muß.*

So weit ich hier in der Provinz auf dem Bahnhof feststellen konnte, trifft gegen 7 Uhr früh Milano centrale ein Zug München–Rom ein. Herzlein, ich bin nicht sicher. Aber sicher nur: sei Sonntag früh in Milano, ich treffe 9.02 dort ein. Hast Du unter meinen Papieren die Todesanzeige meines Vaters? Ob wir uns wiedersehen? Alles Liebe!

Sie bekam kein Durchreisevisum, er fuhr vergeblich nach Mailand, so steht es in seinem Brief vom 9. Dezember:

Mein liebstes Herz, ich wollte es nicht glauben; ich fuhr schon früher nach Mailand und wartete dort die ganze Nacht und noch den nächsten Abend.

Scheinbar sind bayer. Behörden das Brechmittel meines Daseins, überall erhält man sonst in 24 Stunden ein Visum! Schicksal. –

Noch ist nicht abzusehen, ob es mir gelingt, aus den Nürnberger Klauen zu kommen und wenigstens in ein weniger übles Klima zu kommen. – Das bitterste an den Schlägen, die mir Dein zweimaliges Nichtkommenkönnen versetzt ist nun der Zweifel, ob und wann überhaupt ein Wiedersehen in absehbarer Zeit möglich ist. Nach Mailand konnte ich noch kommen, jetzt bin ich ohne jede Mittel und kann mich nicht

bewegen. Evtl. – wenn man mir die Karte gibt, verlasse ich Mitte
Januar Italien. Ob es möglich ist, daß Du 2 – 3 Tage nach Rom kommst,
kann ich nicht im Augenblick beurteilen. Es ist sehr lieb von Dir, daß
Du mir zu Advent ein Päckchen geschickt hast, ich hoffe, daß es in den
nächsten Tagen ankommt.

Nun brauche ich von Dir eine wörtliche *genaue Beschreibung Deiner*
Unterredung mit Aschenauer. Wenn er recht hat, brauchen wir auf
jeden Fall die Zeugenaussagen, dann könnte ich Meineidsanzeige
gegen den Zeugen erstellen und als Ankläger meine Sache durchpau-
ken. Wie ist meine Möglichkeit, an diese Aussagen heranzukommen?

Ich habe auch eine große Sehnsucht, Tiroler Luft zu atmen. Aber das
ist ausgeschlossen. Noch größere Sehnsucht habe ich nach Dir. – Ich
will Dir Dein Herz nicht noch schwerer machen, aber ich habe immer
noch nicht begriffen daß Du nicht gekommen bist. Es erscheint mir
auch heute noch so unmöglich. Ich habe für Dich nach Mailand meine
Schreibmaschine mitgebracht – die mit der deutschen Tastatur für
Dich – auch sie war traurig.

Aber nun mein Herzenskind, schreibe mir bald nach Rom, damit ich
wenigstens Post von Dir habe.

Mach den Bericht Aschenauer gut. Die Sache ist der Schlüsselpunkt
all unserer Aktionen (wie lange z. B. hat Eure Unterredung gedauert,
sei ganz genau in der Wiedergabe).

Alles, alles Liebe, ich hätte Dich so gerne in meinen Armen. Ich weiß
gar nicht mehr, wie das ist, tausend Küsse von Dir. Noch mehr von
mir.

Der nächste Brief ist vom 23. Dezember 1953:

Mein liebstes Herz, eben habe ich Dein Adventspaket ausgepackt mit
den vielen Gaben und der vielen Liebe, die ich darin spürte und so will
ich Dir sofort schreiben, um Dir zu danken und Dir zu sagen, daß die
Worte des Muttilein so gut getan haben, Ruhepause habe ich noch
keine gehabt, jetzt im Dezember geschieht nichts, nur Hausdurch-
suchung nachts um 12 im Schlafzimmer meiner Mutter! Zum Schluß
dieses Jahres weiß ich nun immer noch nicht, was der Anfang des
nächsten bringen wird. Es ist vieles in der Schwebe, aber ich kann

noch nicht wissen, was die Notwendigkeit bestimmt. Ich habe Dir von meinen Sorgen und Kümmernissen wegen der Möglichkeit eines Treffens geschrieben, da die zwei letzten nicht ausgenützt werden konnten, um sich wieder in die Arme zu nehmen und zu streicheln und das Liebe zu sagen, ohne das das Leben kalt und ohne Musik ist.
Vor 6 Jahren hatte ich ein schönes Weihnachten, Du bist damals gekommen und unsere Liebe vergoldete alles. Jetzt bin ich Weihnachten in Rom und Du bist jenseits der Alpen und die Straßen sind blockiert. Nun hoffe ich so sehr auf Deinen großen Weihnachtsbrief, der ja in den nächsten Tagen kommen muß. Der meine ist nicht so sehr schön, ich bin halt doch durch das allzubewegte Jahr leicht lädiert und Du fehlst mir zu sehr, als daß ich mich ohne Dich wieder aufraffen könnte. Dazu gehört doch manches, was nur Du mir zu geben imstande bist. Immer denke ich an die Zeit zwischen den Festen 47, als nichts uns hinderte, uns unsere Zuneigung zu zeigen und uns gegenseitig all die Wärme zu schenken. Ach liebstes Herzenskind und süßestes Muttilein, ein Fest ohne Dich ist sehr traurig. Sehnsucht und liebe Worte können nicht darüber hinweghelfen, daß Du nicht da bist.

Zwei Tage später folgt ein Express-Brief in kaum lesbarer Schrift, dem man die Verzweiflung des Schreibers ansieht:

Geliebtes Herz, Deinen Weihnachtsbrief erhalten: meine Antwort: Kannst Du am 2. Januar abends in Rom Hauptbahnhof sein? Wenn ich nicht dort, warten (vor der Sperre): Ristorante terza classa – Fahrkarte von München hin und zurück; München–Neapel (Napoli) – Wenn österr. Durchreisevisum dauert, fahre über Schweiz (die sollen keines mehr verlangen)
2 – 3 Tage könnten wir uns dann sehen. Mach alles möglich, daß es diesmal zu Stande kommt. Schreibe in der gleichen Stunde nach Erhalt Brief H.W. Corso: Ankomme ... Stunde am 2. (Sonnabend), bringe ihn in den Postzug! Viel Glück – auch für mich.

Nun sollte sie also wieder an »H.W.« schreiben, die alte Adresse am Corso gibt es noch, aber »Bianca Sordini« ist wohl zusammen mit »Peter Ludwig« gestorben ...

Am 28. Dezember schickt er einen ungeduldigen Eilbrief nach:

Noch habe ich keine Antwort, daß Du am 2. Januar abends mit einer Fahrkarte nach Neapel hier in Rom eintriffst. – Durchreise durch Schweiz ohne Visum jetzt möglich. –
Wenn Du vor 20.30 (vorher kann ich nicht kommen) eintriffst, wartest Du etwa 20 Minuten auf dem Bahnsteig, ich komme dann um 20.30/45 an die Stelle der Stadtmauer direkt am Bahnhofsausgang, wo wir uns einst fotografierten. Züge die günstig wären: Über Mailand über Bozen: ab München 7.32 hier um 23.45 eintreffend, ideal. Hauptsache, Du kommst. Am 2. abends fährt meine Mutter, die mit H. und S. für 7 Tage hier waren, ab. – Und wenn es nur 2 Tage sind, mein Herz, ich muß Dich spüren. In quälender Sehnsucht.

Der Stempel der »Espresso«-Marke aus Rom ist vom 7. Januar, der vom Telegrafenamt »München TA« auf der Rückseite ist der 10. Januar 1954.

Der letzte Brief, wieder gut leserlich geschrieben, nur sind einige Stellen verschwommen. Es sieht so aus, als ob Tränen daraufgefallen seien.

Mein liebstes Herz, leider lag ich am 2.1. zu Bett – Nierenkolik – da hatte ich um 23.45 auf alle Fälle unseren gemeinsamen Bekannten zur Bahn geschickt. Nun bekam ich Deinen Verschiebebrief erst am Tag vorher, konnte Dir also nicht mehr schreiben, daß ich mit größter Wahrscheinlichkeit am 11. bereits auf Reisen bin. Sollte es nicht der Fall sein – die Hoffnung ist 1% – dann telegrafiere ich, nur Tag und Ankunftszeit, immer Rom – Fahrkarte nur bis Rom und zurück. Andernfalls müssen sich unsere schon dreimal enttäuschten Herzen noch einmal gedulden, bis sich eine bessere Gelegenheit gibt, denn mehr als 2 Tage hätte ich kaum Zeit. Es ist jetzt alles so gedrängt. Meine Familie war Weihnachten – Neujahr hier, ich konnte sie wegen meiner Krankheit nicht einmal zur Bahn bringen. Heute Gottlob die Entscheidung, daß nichts mit mir angestellt werden braucht, ich bin jetzt auf dem Wege der Besserung.–
Wenn durch unser Nichttreffen zu Neujahr das Jahr wenig gut anzufangen scheint, ich bin doch immer sehr zuversichtlich.

Zu den großen Wünschen, die ich an 1954 habe, gehört, daß ich Dich
bald und lange an mein Herz nehmen kann und Dir alles geben kann,
um Dich das Leid vergessen zu lassen, das auch eine große Liebe mit
sich bringen kann. Laß Dich tausendmal küssen und alle lieben Worte
sagen, und laß Dein Herz streicheln, um es nicht leiden zu lassen und
sei in Gedanken ewig bei mir.

Zwar spiegelt dieser Brief nicht mehr die frühere Leidenschaft, und
auch das »ich bin doch immer sehr zuversichtlich« ändert nichts an
dem resignativen Ton, aber es kann doch nicht sein, dass dies der
Abschiedsbrief gewesen ist!

Er war schwer enttäuscht, dass sie ihn nicht besuchen konnte; viel-
mehr: Er konnte es nicht fassen, dass es ihr nicht gelungen war,
Schwierigkeiten wie die Beschaffung eines Visums zu meistern – was
war das in seinen Augen gegen alle Probleme, die er in den vergangenen Jahren bewältigt hatte! Aber war das ein Grund, an der »ewigen
Liebe« zu zweifeln, das immer wieder beschworene »Horstedileinwesen« plötzlich zu trennen und die Geliebte fallenzulassen?

Es sind keine Briefe von ihr aus dieser Zeit dabei, ich weiß daher
nicht, wie sie ihm gegenüber ihr dreimaliges »Versagen« begründete.
Ich weiß nicht, warum sie nicht alles darangesetzt hat, zu kommen, als
er so verzweifelt nach ihr rief, warum sie es nicht riskiert hat, ohne
Durchreisevisum durch die Schweiz nach Italien einzureisen. Vielleicht hatte sie einfach nicht das Geld für eine Rückfahrkarte nach
Rom oder gar nach Neapel? Vielleicht auch hatte sie Angst, wieder in
die »Nürnberger Klauen« zu kommen, und sei es nur wieder als Zeugin? Der Schrecken der zehnmonatigen Haft saß ihr sicher trotz der
Liebesgeschichte mit Wagner tief in den Knochen. Möglicherweise
konnte oder wollte sie – vielleicht doch ernüchtert genug – nicht mehr
ihre und die Existenz ihres Kindes riskieren, war sie doch durch ihre
Gespräche mit seinen Anwälten und die Verwaltung seiner Unterlagen
schon weit mehr in den »Fall Wagner« verstrickt, als sie es sich als
Staatsangestellte leisten konnte.

Fast klingt die Geschichte mit dem dreimaligen Verpassen wie
eines der Grundthemen im Märchen: die große Prüfung mit den drei
Aufgaben. Wer die nicht besteht, hat für immer verloren. Das Ende

eines Märchens, von dem sie beide sieben Jahre lang geträumt hatten ...

Warum aber dann machte er ihr noch Hoffnung für das neue Jahr 1954, beschwor er sie noch einmal: »Sei in Gedanken ewig bei mir«? Vermutlich verließ er Italien wie angekündigt am 11. Januar 1954. Er ging nach Spanien – dort war er im für seinesgleichen »weniger üblen Klima« des Franco-Regimes ebenso sicher wie in Südamerika.

Ich erinnere mich genau an Briefe aus Spanien, aber die gibt es anscheinend nicht mehr. Hat sie die spanischen Briefe vernichtet, aus Trauer, Verzweiflung, vielleicht sogar Wut? Zu solchen heftigen Emotionen passt aber wiederum nicht, dass sie die Marken vorher ausschnitt. Rätselhafte Mutter.

Ich habe diese spanischen Briefmarken noch in meinem alten Album. Es sind nicht viele, die Stempel sind unleserlich. Auf einem der Franco-Porträts meine ich »Avr.« zu erkennen und die Zahl »54« – April 1954. Im April 1947 hatte sie ihn im Nürnberger Justizgefängnis kennengelernt, sieben Jahre einer Liebe, für die Ewigkeit geplant.

Vielleicht war der Brief zu jener Marke der, mit dem sie sich bei uns zuhause einschloss und weinte und weinte. Danach war sie tagelang krank, klagte über Herzbeschwerden, unser Hausarzt diagnostizierte achselzuckend: »Die Nerven.«

Es gibt noch den verklebten Umschlag ohne Aufschrift. Jetzt bekomme ich noch einmal Herzklopfen: Ist darin der endgültige Abschiedsbrief?

In vergilbtes Seidenpapier eingewickelt: zwei Fotos und ein zusammengefalteter Zeitungsausschnitt.

Auf den Fotos ist ein Mann vor einer Zypresse an der Stadtmauer am Bahnhof zu sehen und derselbe Mann an derselben Säule am Petersdom, die ich vor wenigen Monaten ausfindig gemacht habe. Es sind die beiden Bilder, die in dem kleinen achtseitigen Album »Rom 1950« fehlten. Ein recht korpulenter Mann mit Halbglatze in einem Anzug, der ihm zu eng geworden ist. Die Krawatte hinter dem Pullover mit V-Ausschnitt sitzt schief. Das passt nicht zu der »gewichtigen Persönlichkeit«. Das wohlgenährte Gesicht lächelt freundlich, wunderschöne Augen kann ich darin nicht entdecken. Aber die Fotos sind auch sehr klein.

Ich hole die mit gekonntem Strich gezeichnete Karikatur »Wagner, cell 305« hervor, vergleiche sie mit den Fotos: Der Oberkörper eines breitschultrigen Mannes in einem doppelreihigen Jackett, die Knöpfe spannen ein wenig. Er hat die Arme hinter dem Rücken verschränkt, selbst dem Torso sieht man ein selbstbewusstes Auftreten an. Im Gesicht mit Doppelkinn steckt eine brennende Zigarre, der Rauch um den streng gescheitelten Kopf signalisiert: Der Mann qualmt vor Zorn. Ein weit aufgerissenes, blitzendes Auge, das andere hinter einem dunklen Monokel verborgen. Die Krawatte ist merkwürdig zackig verbogen – sie hat die Form einer SS-Rune.

»Mein Typ ist der Mann nicht«, versuche ich meine Gefühle zu beruhigen. Als ich den Zeitungsausschnitt auseinanderfalte, hilft das nicht mehr. Unter einem Foto steht: »Angeklagter Wagner – Stärker als die Justiz?«

Es zeigt einen alten, gebrechlichen Mann, der sich von einem Sessel erhoben hat. Die angespannten Sehnen zeigen, mit welcher Kraft sich die Hände auf die beiden Krücken stützen, um den gekrümmten Oberkörper auf den schwachen Beinen zu halten. Das Jackett gehörte einmal einem breitschultrigen, ziemlich korpulenten Mann. Der fast haarlose, breite Kopf ist weit nach vorne gesunken, die Augen hinter den Brillengläsern schauen zu Boden, das Gesicht ist ausdruckslos.

Vergeblich wiederhole ich in meinem Kopf den Satz, den ich bei den letzten Nazi-Prozessen in den vergangenen Jahren immer wieder geäußert habe: »Die Leiden der Opfer verbieten das Mitleid mit den gebrechlichen Tätern.«

Ich weine. Weine nicht um den Angeklagten, ich weine, weil sich das Bild meiner Mutter über das Foto schiebt: Genau in dieser vornübergebeugten Haltung schleppte sie sich in den letzten Jahren ihres Lebens auf ihren Krücken, genauso war ihr Kopf eingesunken zwischen den hochgezogenen Schultern, genauso konnte sie den runden Rücken nicht mehr aufrichten, genauso starrte sie oft vor sich hin, und es war schwer, ihrem traurigen Gesicht ein Lächeln abzuringen.

Ich zwinge mich, das Textfragment aus der Zeitung zu lesen:

Seit Jahren versteht es ein ehemaliger Legationsrat im Auswärtigen Amt, sich immer wieder seinem Prozeß wegen Beihilfe zum tausendfachen Judenmord zu entziehen.

(...) Ob der 66jährige mittlerweile tatsächlich invalid ist oder aber taktiert, die Justiz jedenfalls müht sich seit Kriegsende vergeblich, den ehemaligen SS-Standartenführer und Legationsrat im Auswärtigen Amt vor die Schranken zu ziehen.[43]

Die Überschrift zum Artikel heißt: »Schmerzen nicht meßbar«.

Was ging in ihr vor, als sie diese Zeitung im Oktober 1972 in die Hände bekam? Da war sie siebenundfünfzig Jahre alt und ich fast dreißig.

Ich hatte keine Ahnung von ihren Schmerzen.

Es fällt schwer, an die Liebesfähigkeit eines Nazi-Täters zu glauben – ebenso schwer wie zu glauben, dass sie ihn so sehr geliebt hat, obwohl sie wusste, wer er war.

Aber ich kenne ihrer beider Liebesbriefe.

Muss ich ihm nicht zugestehen, dass er durch die Macht der Liebe zu einem anderen geworden war – und ihr, dass sie »den anderen« liebte?

Dennoch haben sie die Chance auf ein gemeinsames Leben verspielt.

Was, wenn er nicht geflohen wäre, damals 1947, wenn er sich seinen Richtern gestellt hätte; was, wenn meine Mutter ihm nach Südamerika gefolgt wäre; was, wenn die römische Justiz ihn ausgeliefert hätte, wenn er dann 1953 zurückgekommen und eine verdiente Strafe abgesessen hätte?

Hätte sie auf ihn gewartet? Hätte der Schwur der ewigen Liebe und Treue Verurteilung und Haft eher überstanden als sieben Jahre Flucht und Heimlichkeit?

Wären sie beide glücklich geworden, wenn sein Stolz darauf, »die unmöglichsten Dinge möglich zu machen«, geringer gewesen wäre, wenn er statt dessen zu seiner Schuld gestanden und gesühnt hätte; wenn sie ihn daran gemahnt hätte, anstatt an eine »gottgewollte Bestimmung« zu glauben?

Fragen, auf die es keine Antwort gibt.

Jedenfalls ist es gut, dass ich ihr den Ring mitgegeben habe.

Solange ich mich erinnern kann, trug meine Mutter zwei goldene Ringe an ihren immer gepflegten Händen, rechts den Rubin, ein leuchtender, vierkantig geschliffener Stein, der Ring selbst abgetragen, an der Innenseite fast papierdünn, das Familienerbstück ihres Vaters.

An der linken Hand steckte stets der viel größere, kostbar geschliffene Aquamarin, ein sehr helles Türkis, fast schon glaskar. Sie hat nie gesagt, von wem sie den Ring hat. »Geschenkt bekommen«, war ihre einzige Antwort auf meine Fragen als Kind. Jahrzehntelang hat sie die beiden Ringe nur zur Hausarbeit abgenommen, auf das Fensterbrett neben dem Spülbecken gelegt, aber gleich danach wieder angezogen. Nur bei Krankenhausaufenthalten musste ich die Ringe an mich nehmen, sie im Safe verwahren. Es war immer der beste Indikator für baldige Genesung, wenn sie nach ihren Ringen verlangte.

Zuletzt wollte sie die Ringe nicht mehr wiederhaben, ihre langen, schmalen Finger waren zu dünn geworden, sie hätte sie verloren.

»Behalt sie nur gleich, bald gehören sie dir ohnehin.«

An den letzten Tagen ihres Lebens waren ihre Hände weiß und kalt geworden, auch wenn ich sie lange in den meinen hielt, konnte ich sie nicht mehr erwärmen.

In der letzten Nacht irrten ihre Hände über die Bettdecke, befühlten sich die weißen Finger gegenseitig.

»Mein Ring, wo ist mein Ring?« verstand ich schließlich.

»Ich habe die Ringe doch zu Hause gelassen, du wolltest sie nicht mehr hier haben, erinnerst du dich?«

Sie nickte, runzelte die Stirn, sah mich ärgerlich an.

»Doch nicht die«, kam es klar formuliert, »ich mein den anderen – *den* Ring in der Schublade!«

Kraftlos sanken die Hände auf die Decke, sie schlief wieder ein.

Ich zündete die alte rote Kerze an.

Dann öffnete ich die Nachttischschublade. Tatsächlich gab es dort ein braunes Juwelierschächtelchen, darin steckte ein goldener Ehering. Stimmt, den hatte ich schon einmal entdeckt, vor vielen Jahren.

»Du wolltest anscheinend doch mal heiraten«, neckte ich sie damals, »das ist doch ein Ehering, wer hat ihn dir zur Verlobung geschenkt?«

»Ach der, das ist ein ganz billiger, den habe ich mir mal vor dem Urlaub im Kaufhof gekauft, weil es mich geärgert hat, dass man als Ledige immer von den Männern belästigt wird im Süden. Den Ring habe ich dann immer getragen, seitdem war Ruh mit dem ewigen Bella-Donna-Gesäusel!«

Ich habe den Ring damals nicht genauer betrachtet, erst in jener Nacht sah ich, dass es keine billige Kaufhausattrappe war, er hatte keine Gravur, aber den 585er Gold-Stempel.

Sie wachte wieder auf, klagte: »Mein Ring, ich brauch meinen Ring!«

»Er ist ja da«, beruhigte ich sie, »an welcher Hand möchtest du ihn denn haben?«

Zittrig griffen drei Finger der linken Hand nach dem rechten Ringfinger.

Ich streifte den Ring darüber. Fest umschloss danach ihre linke Hand die rechte.

Als sie am nächsten Morgen gestorben war und ich ihre Hände faltete, habe ich den Ring nicht wieder abgenommen.

Die Kerze brannte immer noch.

Nachtrag

Im *Personenlexikon zum Dritten Reich* von Ernst Klee habe ich schließlich einen Eintrag gefunden. Dort steht auf Seite 650:

»WAGNER, Horst, Standartenführer
*17.05.1906 Posen, 1936 SS, 1937 NSDAP.
April 1943 Vortragender Legationsrat Inland II (Juden) im Auswärtigen Amt.
Aufzeichnung [Horst Wagners] vom 29.4.1943 (zit. n. Judenverfolgung in Italien):
› Von den allgemeinen Judenmaßnahmen können jedoch die (italienischen) Juden aus grundsätzlichen Erwägungen … nicht ausgenommen werden. ‹
Nachfolger Martin Luthers [SA-Brigadeführer, Leiter der Abteilung »Deutschland« im Auswärtigen Amt]
1948 Flucht aus US-Internierung nach Italien. Später in Argentinien und Spanien, 1956 BRD. † 13.3.1977«

In einem seiner Briefe schrieb derselbe Mann:

Ich habe nie einen Menschen so geliebt wie Dich. Du hast mir gezeigt, was die große, ewige Liebe ist. Ich werde Dich lieben bis zum letzten Atemzuge, und über den Tod hinaus.

Ich möchte genauer wissen, wie Horst Wagner zu dem Mann wurde, der das Leben meiner Mutter seit 1947 bis zu ihrem Tod bestimmte.

Ich möchte wissen, wie es nach 1954 mit ihm weitergegangen ist, wie es ihm gelingen konnte, sich seiner Verurteilung zu entziehen.

Morgen werde ich ins Institut für Zeitgeschichte gehen.

Anhang

Anmerkungen

1 Die Schreibweise der Briefe folgt dem Original, Eigenwilligkeiten in Orthographie und Interpunktion wurden nicht korrigiert.

2 »Drei schwarz gestrichene hölzerne Schafotte standen in der Turnhalle, die ungefähr zehn Meter lang und 25 Meter breit war … Noch drei Tage zuvor hatten amerikanische Sicherheitskräfte in dieser Halle Basketball gespielt.« Zit. nach Radlmeier: *Der Nürnberger Lernprozess,* S. 340.

3 siehe auch Maser: *Das Gefängnis,* S. 99 ff.

4 Maser, a. a. O., S. 507.

5 Klee: *Das Personenlexikon zum Dritten Reich,* S. 348 f.

6 Ebda., S. 374 f.; Maser, a. a. O., S. 617. List war tatsächlich der Schwiegervater eines angeheirateten Verwandten, für den meine Mutter als junges Mädchen sehr geschwärmt hat.

7 Im März 1946 wurde in München das »Gesetz zur Befreiung von Nationalsozialismus und Militarismus« unterzeichnet, mit Genehmigung der amerikanischen Militärregierung nahmen sogenannte Spruchkammern in den drei Westzonen die Arbeit zur »Entnazifizierung« von über 2,5 Millionen Deutschen auf. Den Urteilen dieser – deutschen – Spruchkammern zufolge galten mehr als die Hälfte als »Mitläufer«, bei mehr als einem Drittel wurde das Verfahren eingestellt, nur etwa 1 Prozent wurden als Hauptschuldige oder Belastete verurteilt, weniger als 1 Prozent als Nazi-Gegner anerkannt.

8 Dr. med. Gregor Ebner, SS-Oberführer, war der ärztliche Leiter aller Heime des »Lebensborn«; Max Sollmann, SS-Standartenführer, war von 1940 bis Kriegsende Geschäftsführer des »Lebensborn«; Dr. jur. Günther Tesch, SS-Sturmbannführer, war der Leiter der Hauptabteilung Rechtswesen des »Lebensborn«; Inge Viermetz war die stellvertretende Leiterin der Hauptabteilung Arbeit des »Lebensborn«. Der »Lebensborn e.V.«, gegründet 1937 von Heinrich Himmler, war dem Rasse- und Siedlungshauptamt Ru-

SHA unterstellt. Die Anklage im Prozess lautete: Verbrechen gegen die Menschlichkeit, Kriegsverbrechen, Mitgliedschaft in verbrecherischen Organisationen. Unverständlicherweise wurde der »Lebensborn« jedoch als »Wohlfahrtsorganisation« eingestuft, die Angeklagten wurden, was ihre Tätigkeit in diesem Verein betraf, freigesprochen. Ebner, Sollmann, Tesch erhielten lediglich eine geringfügige Freiheitsstrafe für ihre Mitgliedschaft in der SS, die als »verbrecherische Organisation« beurteilt wurde.

9 Heidenreich: *Das endlose Jahr,* Bern/München/Wien 2002.

10 Nürnberger Prozesse, Fall VIII, Rasse- und Siedlungshauptamt der SS.

11 Mit S. ist Max Sollmann gemeint, Geschäftsführer des »Lebensborn e.V.«

12 SS-Hauptsturmführer Ernst Ragaller, zunächst Hauptabteilungsleiter in der »Lebensborn«-Zentrale in München, später der »Abteilung Lebensborn beim Reichskommissar für die besetzten norwegischen Gebiete in Oslo« – Zeuge in Nürnberg, nicht angeklagt.

13 So nach einem Bericht der *Nürnberger Nachrichten* vom 3.1.1946, abgedruckt in Radlmeier, a. a. O., S. 314. Von Papen wurde am 1. 2.1947 von einer deutschen Spruchkammer als »Hauptschuldiger« eingestuft und zu acht Jahren Arbeitslager verurteilt, 1949 wieder entlassen. 1959 wurde er zum Päpstlichen Geheimkämmerer ernannt. Klee, a. a. O. S. 449.

14 »MP« = Military Police (Militärpolizei).

15 »Politisch überprüft« bezieht sich auf die Entscheidung der Spruchkammer; vgl. Anm. 7.

16 »schieder« = altbayr. für »durchgewetzt«, eigtl. »schütter«.

17 Bei der Leonhardifahrt (auch: Leonhardiritt) handelt es sich um eine in Süddeutschland verbreitete traditionelle Wallfahrt zu Pferde, die zu Ehren des heiligen Leonhard von Limoges, Schutzpatron der landwirtschaftlichen Tiere, am 6. November stattfindet und bei der die Tiere, vor allem die Pferde, gesegnet werden. Die Bad Tölzer Leonhardifahrt gilt als die größte und bekannteste.

18 »Das Zeugenhaus war offenkundig ein Ort der Gegensätze … Auf knappstem Raum lebten Menschen zusammen mit Erfahrungen,

die unterschiedlicher nicht sein konnten. Die Amerikaner hielten die Zeugenherberge gut abgeschirmt vor neugierigen Blicken und Fragen. In den zahlreichen Büchern, die über die Nürnberger Prozesse verfasst wurden, wird das Haus in der Novalisstraße kaum erwähnt.« Zit. nach Kohl: *Das Zeugenhaus*, S. 16.

19 Johanna Wolf, 1900–1985; seit 1929 Schreibkraft bei Hitler, später Sekretärin in der Kanzlei in der Persönlichen Adjutantur Berlin und den Führerhauptquartieren (bis 1945); interniert bis 14. 1. 1948; Junge: *Bis zur letzten Stunde*, S. 217 f.

20 Junge: *Bis zur letzten Stunde*.

21 Christa Schroeder, 1908–1984, 1930–33 Sekretärin bei der Reichsleitung NSDAP, 1933–1939 in der Persönlichen Adjutantur Hitlers, bis 1945 in allen Führerhauptquartieren; interniert bis 12. 5. 1948; siehe Junge, a. a. O. S. 218.

22 »Es war eine verschwörerische Geheimorganisation der SS, die dazu diente, Kriegsverbrecher aus Deutschland herauszuschleusen und nach Südamerika zu bringen.« Zitat Simon Wiesenthal, in: Knopp: *Die SS. Eine Warnung der Geschichte*, S. 330.

23 Knopp, a. a. O., S. 348.

24 Alois Hudal: Die Grundlagen des Nationalsozialismus, Wien 1937, S. 253. »Non possumus« (latein.) = wörtl.: »Wir können nicht«, im Sinne von: »Es ist unvereinbar.«
Bischof Hudal war von 1923–1953 Rektor des deutschsprachigen Priesterkollegs.

25 Johan Ickx: »The Roman ›non possumus‹ and the attitude of Bishop Hudal towards the Nationalist ideological aberrations«, Vortrag beim Workshop of the European Science Foundation in Lubljana, 2002.

26 Name der Contessa geändert; Rovelli ist ein willkürlich gewähltes Pseudonym.

27 *Storia Fotografica di Roma*, Neapel 2003, 8 Bände.

28 Übersetzung: »Auf dem Foto unten betrachtet eine Frau die neue Via del Mare, die aus der (Via) Teatro Marcello entstanden ist.«

29 Die beiden, die am ehesten in Frage kämen, sind der SS-Standartenführer Karl Naumann, der war aber laut Auskunft bereits seit 1945 Kreisvorsitzender des »Bundes der Heimatvertriebenen und

Entrechteten BHE«, und ein Werner Naumann, Staatssekretär im Propagandaministerium, in Hitlers Testament zum Nachfolger von Goebbels ernannt. Werner Naumann war aber von 1945 bis 1950 untergetaucht, ehe er alte Aktivitäten zur Nazi-Unterwanderung der BRD aufnahm und nach kurzzeitiger Verhaftung 1953 auf dem Listenplatz der »Deutschen Reichspartei DRP« auftauchte.

30 Grube / Richter: *Die Schwarzmarktzeit,* S. 145.

31 Maser, a. a. O., S. 617.

32 »Aus dem Beweismaterial geht klar hervor, daß der Verein Lebensborn, der bereits lange vor Kriegsbeginn bestand, eine Wohlfahrtseinrichtung und in erster Linie ein Entbindungsheim war.« Übersetztes Zitat aus dem Urteil, i. O. abgedruckt bei Lilienthal, a. a. O., S. 9, aus: *Trial of War Criminals,* Bd. V S. 162 f.

33 Maser, a. a. O., S. 621; Klee, a. a. O., S. 598.

34 Maser, a. a. O., S. 618.

35 Klee, a. a. O., S. 13.

36 Rudolf Aschenauer, 1913–1983, prominenter Verteidiger bei den Nürnberger Prozessen; Unterstützer und ab 1951 Vorsitzender der Fluchthilfeorganisation »Stille Hilfe für Kriegsgefangene und Internierte«. Vgl. Das Bundesarchiv, Zentrale Datenbank Nachlässe.

37 Dante Alighieri: *Das Neue Leben. Vita Nova,* aus dem Italienischen von Hannelise Hinderberger, Zürich 1995, S. 6.

38 Hugo von Hofmannsthal: *Der Rosenkavalier,* Frankfurt a. M. 1962, S. 8.

39 Grube / Richter, a. a. O., S. 186.

40 »398 und 369« waren die Nummern der beiden Zellen, in denen Edi 1947 inhaftiert war.

41 Wilhelm Zentner / Anton Würz (Hrsg.): *Reclams Opernführer,* Stuttgart 1955, S. 634.

42 Die »Sieben« waren die sieben internierten Frauen, die Wagner zu betreuen hatte.

43 Namen geändert.

44 Die genaue Anschrift ist der Autorin bekannt.

45 Klee, a. a. O., S. 476.

46 *Der Spiegel,* Nr. 42/1972, S. 55 f.

Literaturhinweise

Aly, Götz: *»Endlösung«. Völkerverschiebung und der Mord an den europäischen Juden,* Frankfurt a. M. 1998

Bedürftig, Friedemann: *Drittes Reich und Zweiter Weltkrieg. Das Lexikon,* München 2004

Browning, Christopher: *Die Entfesselung der »Endlösung«. Nationalsozialistische Judenpolitik 1939–1942,* München 2003

Grube, Frank / Richter, Gerhard: *Die Schwarzmarktzeit. Deutschland zwischen 1945 und 1948,* Hamburg 1979

Heidenreich, Gisela: *Das endlose Jahr. Die langsame Entdeckung der eigenen Biographie – Ein Lebensborn-Schicksal,* Bern/München/ Wien 2002, Frankfurt a. M. 2004

Hilberg, Raul: *Die Quellen des Holocaust,* Frankfurt a. M. 2002

Junge, Traudl (unter Mitarbeit von Melissa Müller): *Bis zur letzten Stunde. Hitlers Sekretärin erzählt ihr Leben,* München 2002

Klee, Ernst: *Das Personenlexikon zum Dritten Reich. Wer war was vor und nach 1945?,* Frankfurt a. M. 2003

Knopp, Guido: *Die SS. Eine Warnung der Geschichte,* München 2002

Kohl, Christiane: *Das Zeugenhaus. Nürnberg 1945: Als Täter und Opfer unter einem Dach zusammentrafen,* München 2005

Lilienthal, Georg: Der »Lebensborn e.V.« Ein Instrument nationalsozialistischer Rassenpolitik, Erw. Neuausgabe, Frankfurt a. M. 2003

Maser, Werner: *Nürnberg. Tribunal der Sieger,* Düsseldorf 1977

Radlmeier, Steffen (Hrsg.): *Der Nürnberger Lernprozess. Von Kriegsverbrechern und Starreportern,* Frankfurt a. M. 2001

Das Urteil von Nürnberg 1946, mit einer Vorbemerkung von Herbert Kraus, München 1961

Wistrich, Robert: *Wer war wer im Dritten Reich?,* Frankfurt a. M. 1987

Dank

Ich danke allen, die mir bei der Entstehung dieses Buches mit Rat und Tat zur Seite standen. Besonders danke ich meinen Freunden und Helfern in Rom, ohne die meine Spurensuche dort nicht gelungen wäre.